高等院校汉语言文学专业系列教材

编委会

中国古代文学【第2版】（上）

主编 周裕锴 谢谦 刘黎明

教育部教学改革重点项目
——「文化原典导读与本科人才培养」成果

重庆大学出版社

内容提要

　　本书立足于培养读者对博大精深、源远流长的中国古代文学的亲切感，引导其体悟中国古代文学的深厚底蕴，启迪性灵，润饰文心。全书以约四分之一的篇幅论述历代文学的文化背景、时代思潮，各体文学的基本样态及消长演变等，同时更多地着力于经典作品的解读，使读者既对中国古代文学有宏观的总体印象，又对具体作品有文本细节的真切感受。全书结构独特，选目精当，行文雅洁，重视启发，既可供高校文科各专业中国古代文学课课堂教学使用，又为爱好文学的读者提供一个中国古代文学精读本。

图书在版编目（CIP）数据

中国古代文学：全2册/周裕锴，谢谦，刘黎明主编.--2版.--重庆：重庆大学出版社，2018.3（2019.8重印）
高等院校汉语言文学专业系列教材
ISBN 978-7-5624-5436-6

Ⅰ.①中…　Ⅱ.①周…②谢…③刘…　Ⅲ.①中国文学—古典文学—高等学校—教材　Ⅳ.①I206.2

中国版本图书馆CIP数据核字（2018）第048128号

高等院校汉语言文学专业系列教材
中国古代文学（上）
（第2版）

主　编　周裕锴　谢　谦　刘黎明
策划编辑：邱　慧　林佳木
责任编辑：邱　慧　　版式设计：邱　慧
责任校对：邹　忌　　责任印制：张　策
*
重庆大学出版社出版发行
出版人：饶帮华
社址：重庆市沙坪坝区大学城西路21号
邮编：401331
电话：（023）88617190　88617185（中小学）
传真：（023）88617186　88617166
网址：http://www.cqup.com.cn
邮箱：fxk@cqup.com.cn（营销中心）
全国新华书店经销
重庆巍承印务有限公司印刷
*
开本：787mm×1092mm　1/16　印张：35.25　字数：880千
2018年3月第2版　2019年8月第6次印刷
印数：10 501—13 500
ISBN 978-7-5624-5436-6　定价：88.00元（全2册）

总序

这是一套以原典阅读为特点的新型教材,其编写基于我们较长时间的教改研究和教学实践。

有学者认为中国当代几乎没有培养出诸如钱钟书、季羡林这样学贯中西的学术大师,以至钱钟书在当代中国成了一个"高山仰止"的神话。诚然,钱钟书神话的形成,"钱学"(钱钟书研究)热的兴起,有着正面的意义,这至少反映了学界及广大青年学子对学术的景仰和向往。但从另一个角度看,也可以说是中国学界的悲哀:偌大一个中国,两千多万在校大学生,当钱钟书、季羡林等大师级人物相继去世之后,竟再也找不到人来承续其学术香火。问题究竟出在哪里?造成这种"无大师时代"的原因无疑是多方面的,但首当其冲应该拷问的是我们的教育(包括初等教育与高等教育)。我们的教育体制、课程设置、教学内容、教材编写等方面,都出现了严重的问题,导致我们的学生学术基础不扎实,后续发展乏力。仅就目前高校中文学科课程设置而言,问题可总结为四个字:多、空、旧、窄。

所谓"多"是课程设置太多,包括课程门类多、课时多、课程内容重复多。不仅本科生与硕士生、甚至与博士生开设的课程内容也有不少重复,而且有的课程如"大学写作""现代汉语"等还与中学重复。于是只能陷入课程越设越多,专业越分越窄,讲授越来越空,学生基础越来越差的恶性循环。其结果就是,中文系本科毕业的学生读不懂中国文化原典,甚至不知《十三经》为何物;外语学了多少年,仍没有读过一本原文版的经典名著。所以,我们认为对高校中文课程进行"消肿",适当减少课程门类、减少课时,让学生多有一些阅读作品的时间,是我们进行课程和教学改革的必由之路和当务之急。

所谓"空",即我们现在的课程大而化之的"概论""通论"太多,具体的"导读"较少,导致学生只看"论",只读文学史以应付考试,而很少读甚至不读经典作品,以致空疏学风日盛,踏实作风渐衰。针对这种"空洞"现象,我们建议增开中国古代原典和中外文学作品导读课程,减少文学史课时。教材内容应该更加精炼,集中讲授;应倡导启发式教育,让学生自己去读原著,读作品。在规定的学生必读书目的基础上,老师可采取各种方法检查学生读原著(作品)情况,如抽查、课堂讨论、写读书报告等。这样既可养成学生的自学习惯、提高学生的学习能力,又可改变老师满堂灌的填鸭式教育方式。

所谓"旧",指课程内容陈旧。多年来,我们教材老化的问题并没有真正解决。例如,现在许多大学所用的教材,包括一些新编教材,还是多年前的老一套体系。陈旧的教材体系,造成了课程内容与课程体系不可避免的陈旧,这应当引起我们的高度重视。

"窄",也是一个亟待解决的问题。自 1950 年代以来,高校学科越分越细,专业越来越窄,培养了很多精于专业的"匠",却少了高水平的"大师"。现在,专业过窄的问题已经引起了教育部的高度重视。拓宽专业口径,加强素质教育,正在成为我国大学人才培养模式的一个重要改革方向。中文学科是基础学科,应当首先立足于文化素质教育。我们相信,只要是高素质的中文学科学生,不但适应面广,而且在工作岗位上更有后劲。

纵览近代以来的中国学术界,凡学术大师必具备极其厚实的基础,博古通今,学贯中西。而我们今天的教育,既不博古,也不通今;既不贯中,也不知西。这并不是说我们不学古代和西方的东西,而是学的方式不对。《诗经》、《楚辞》、《论语》、《史记》我们大家多少都会学一点,但这种学习基本上是走了样的。因为今天的教育,多半是由老师"导读"时代背景、主要内容、艺术特色等内容,而不是由真正阅读文本;另外,所用的读本基本是"古文今译"的方式,而并非让学生直接进入原典文本,直接用文言文阅读文化与文学典籍。这样的学习就与原作隔了一层。古文经过"今译"之后,已经走样变味,不复是文学原典了。诚然,古文今译并非不可用,但最多只能作为参考,要真正"博古",只有读原文,从原文去品味、理解。甚至有人提出,古文今译而古文亡,一旦全中国人都读不懂古文之时,就是中国文化危机之日。其实,这种危机状态已经开始呈现了,其显著标志便是中国文化与文论的"失语症"。更不幸的是,我们有些中青年学者,自己没有真正地从原文读过原汁原味的"十三经"或"诸子集成",却常常以批判传统文化相标榜,这是很糟的事情,是造成今日学界极为严重的空疏学风的原因之一。传统文化当然可以批判,但你要首先了解它,知晓它,否则你从何批判呢?"告诸往而知来者","博古"做不好,就不可能真正"通今"。

我们在"贯西"上又做得如何呢? 在我看来,当今中国学术界、教育界,不但"博古"不够,而且"西化"也很不够! 为什么这样说呢? 详观学界,学者们引证的大多是翻译过来的"二手货",学生们读的甚至是三手货、四手货。不少人在基本上看不懂外文原文或者干脆不读外文原文的情况下,就夸夸其谈地大肆向国人贩卖西方理论,"以己昏昏,使人昭昭"。这种状况近年来虽有所改善,但在不少高校中仍然或多或少地存在着。一些中文系学者仍然依赖译文来做研究(我并非说不能参照译文来研究,而是强调应该尽量阅读和参照原文),我们不少学生依然只能读着厚厚的、"中国式"的西方文论著作。在这种状况下怎么可能产生学贯中西的学术大师?

这种不读原文(包括古文与外文)的风气,大大地伤害了学术界与教育界,直接的恶果,就是空疏学风日盛,害了大批青年学生,造就了一个没有学术大师的时代,造成了当代中国文化创新能力的严重衰减。

基于以上形势和判断,我们在承担了"教育部教学改革重点项目——文化原典导读与本科人才培养"的教改实践和研究的基础上,立足"原典阅读"和夯实基础,组织了一批学科带头人、教学名师、著名学者、学术骨干,为培养高素质的中文学科人才,群策群力,编写了这套新型教材。这套教材特色鲜明,立意高远,希望能够秉承百年名校的传统,再续严谨学风,为培养新一代基础扎实、融汇中西的创新型人才而贡献绵薄之力。

本教材第一批共九部,分别由各学科带头人领衔主编,他们是:四川大学文科杰出教授、教育部社科委员、985 创新平台首席专家项楚教授,四川大学文科杰出教授、教育部长江学者、国家级教学名师曹顺庆教授,原伦敦大学教授、现任四川大学符号与传播研究中心主任赵毅衡教授,以及周裕锴、谢谦、刘亚丁、俞理明、雷汉卿、张勇(子开)、李怡、杨文全等教授、博士生导师。

各部教材主编如下:

《西方文化》 曹顺庆 徐开来

《中国古代文学》 周裕锴 谢谦 刘黎明

《古典文献学》 项楚 张子开

《古代汉语》 俞理明 雷汉卿

《外国文学》 刘亚丁 邱晓林

《中国现当代文学》 李怡 干天全

《语言学概论》 刘颖

《现代汉语》 杨文全

《现代西方批评理论》 赵毅衡 傅其林 张怡

曹顺庆

2010 年春于蓉城

前言

　　中国文学源远流长,博大精深,优秀作品不计其数,是留给中华子孙和世界人民的一份极丰厚珍贵的非物质文化遗产。将这份遗产择其精华介绍给新一代大学生,使之感受中国文化的深厚底蕴,体悟汉语言文字的艺术魅力,并将此精华传承下去,是我们编撰这部教材的主要目的。

　　为了培养学生感受并掌握中国文学独有的语言艺术的能力,我们主张《中国文学》课程应着重讲授中国各体文学本身,并提倡学生多读和细读经典文学原著。因此,本教材在编写方面与新中国成立以来流行的"文学史"教学模式有所不同,更多地将重点放在经典作品原文的阅读理解之上,尤其注意选入为其他教材所忽视的辞赋、骈文、小品文以及花间词、晚唐体、西昆体、永嘉四灵、常州词派、同光体的作品。相对而言,重在雅文学作品的选读,而减少了俗文学的比重,以期学生得到典雅气质和高雅情趣的熏陶。另一方面,本教材的编写也与"历代文学作品选"的教学模式颇有差别,全书大约有四分之一的篇幅用于文学史知识和文体学知识的导读,论述历代文学的文化背景、时代思潮,分析各文体的消长演变,各流派的更替对立,讨论作家文学观念以及评论作品艺术价值。以文学史的论述为其骨骼,以作品的选注为其血肉,试图让学生既对中国文学有宏观的总体印象,同时又对具体作品有文本细节的真切感受,这是我们编撰这部教材的基本思路。

　　本教材适用于高校文科各专业(含中文系汉语言文学专业)的中国文学课程,学习时间为一年。本教材所谓中国文学的范围,上起先秦,下至清末,跨度两千多年。全书囊括历代重要美文文体和主要作家流派,共选录作品五百多篇,原则上已见于中学教材的经典作品不再收入。共分为先秦文学、两汉文学、魏晋南北朝文学、隋唐五代文学、宋代文学、金元文学、明代文学、清代文学八部分。各部分设"总论"以提纲挈领。每部分下以不同的文体类别而分为若干章,各章前有简单的概说,勾勒该时代该文体的发展状况。各部分"总论"和各章概说后附"参考书目",引导有兴趣的学生进一步深造。每章下分若干节,选注各流派作家的作品,包括作家传略和作品选读。传略部分除了介绍作家生平,兼及历代评论资料。作品选读"注释"第一条为解题,介绍该作品写作背景及主要成就,其余"注释"重在注明典故出处和解释深僻词语。主讲教师应注重引导学生多读与细读文学原著,鼓励学生根据所学知识与阅读经验去思考分析,展开讨论。

四川大学中文系古代文学教研室集体编写这部教材。全书编写分工情况如下:先秦文学,刘黎明;两汉文学,张朝富;魏晋南北朝文学,黄勇;隋唐五代文学,王红;宋代文学"总论"、各章概说及北宋文学作品选注,周裕锴;南宋文学作品选注及金元文学,吕肖奂;明代文学,丁淑梅;清代文学,谢谦。周裕锴、谢谦、刘黎明负责全书的组织工作。

重庆大学出版社编辑为此书的组稿和出版花费了辛勤的劳动,特此致以诚挚的感谢。

四川大学中文系中国古代文学教研室
2010 年 4 月

目
录
（上）

先秦文学

总　论

在中国古代文学的历史长河中,先秦时期是中国古代文学(乃至中国传统文化)的萌发开拓阶段,它对中国古代文学的走向与特征产生了重大的影响。所谓"先秦",它实际上包括原始社会、夏商周三代奴隶制社会以及春秋战国这些不同的社会发展阶段。虽然目前所阅读的"先秦文学"作品,大多在春秋战国时写定,然而,它们在写定之前有漫长的口耳相传的过程。由于先秦文学基本上与中国古典文化的发生同步,因而,文学自身不可能从整体的文化形态中分离独立出来,文学、史学、哲学甚至宗教相互渗透,相互联结,共同构成一个不可分割的整体。与后代文学相比,先秦文学具有特别鲜明的文化综合性。正因为如此,有些学者将先秦文学称为"大文学",以区别于后世以"纯文学"为中心的断代文学。正是由于先秦文学的这种文化综合性,其由此而形成的丰厚性也是后代文学所无法比拟的。先秦文学内容含量之博大精深,历史影响之深刻复杂,使其不仅成为中国古代文学的源头,而且还是中国古代文学的第一次高峰。同时,由于记载的简约和文献的缺失,也使得许多先秦"文学作品"众说纷纭,相关的争论绵延至今。

最早的文学形式应当是原始神话。神话是原始人类的综合的意识形态,是他们对世界的认识和解释,是他们的百科全书式的知识体系,是他们愿望的表达。通常认为,原始神话的产生发端于母系社会晚期。其时,先民用幻想的形式,按照自己的心理与愿望,对自然和社会潜在力量进行描摹与解释,神话由此形成。神话虽然不等同于文学,但它的幻想方式却是人类艺术创造力的一种不自觉的表现,与文学的形象思维有相通之处。

中国原始神话原本口耳相传，后在记录与整理过程中又不断地被改造，因而出现了种种变异。现存的中国古代神话，主要保存在《山海经》、《楚辞》、《庄子》、《淮南子》等几部不同类型的著作中。较为著名的有"女娲补天"（见《山海经·大荒西经》、《楚辞·天问》、《淮南子·览冥》等），"后羿射日"（见《山海经·海内经》、《淮南子·本经》等），"鲧、禹治水"（见《山海经·海内经》、《楚辞·天问》等），"黄帝擒蚩尤"（见《山海经·大荒北经》、《尚书·吕刑》等）。这些神话，或涉及天地的开辟，或涉及人类的起源，或涉及人类与自然的斗争，或涉及原始部落间的冲突与融合，它们以奇幻的方式表现了特定的现实内容。

原始神话是中华民族文化性格的最早表达，"神性"中积淀着人性，折射出人类的思想情感；同时，作为先民之幻想的产物，原始神话往往能够激发后世作家的想象力，并为他们的创作提供素材。但是，由于史官文化的影响，中国古代神话基本上是以片段的形态被分别记载下来并未形成完整的神话系统；还有一部分被串联为虚拟的古史或远古帝王谱系。因此，中国古代神话对中国文学的影响，远远不同于古希腊、罗马神话对欧洲文学的影响。中国古代文学的某些特殊性，与此有一定关系。

"诗"萌发于原始宗教活动之中。《吕氏春秋·古乐》记载："昔葛天氏之乐，三人操牛尾，投足以歌八阕。"其"歌"之辞，虽然可以姑且称之为最早的"诗"，但实际上应是咒语，它与乐、舞相配合，共同为宗教巫术目的服务。《礼记·郊特牲》记载有相传为伊耆氏的《蜡辞》："土返其宅，水归其壑，昆虫毋作，草木归其泽！"《山海经·大荒北经》也记载有驱逐旱魃神的咒语："神北行！先除水道，决通沟渎。"这些咒语与诗歌的发展显然有密切的关系。《礼记·郊特牲》："殷人尚声，臭味未成，涤荡其声，乐三阕。然后出迎牲，声音之号，所以诏告于天地之间也。"

在描述先秦诗歌的历史发展时，《周易》特别值得注意。《周易》是我国上古具有哲学意义的占卜著作，其内容包括《经》、《传》两部分。《经》主要是六十四卦和三百八十四爻。卦、爻各有说明文字，即卦辞、爻辞，作为占卜之用。《周易》中，每一卦由卦画、标题、卦辞、爻辞四部分组成，其爻辞又由韵文与占辞构成。例如，《乾卦》爻辞中之韵文为："见龙在田，或跃在渊，飞龙在天。"《坤卦》爻辞中之韵文为："履霜，含章。括囊，黄裳。龙战于野，其血玄黄。"《屯卦》爻辞中之韵文为："屯如，邅如；乘马，班如。匪寇，婚媾。女子贞不字，十年乃字……乘马，班如；泣血，涟如。"可见，爻辞之韵文部分，不仅生动地反映了远古社会的一些生活场景，还生动地体现一些文学表现手法，对于认识中国诗歌的发展历史有重大意义。

作为我国最早的一部诗歌总集，《诗经》中的绝大部分作品产生于西周初至春秋中叶的黄河流域，其中既有宫廷、官府的制作，也有经官方音乐机关收集整理的民间作品。总体来说,这些作品显著地反映出黄河流域文化(特别是周文化)的特征。在《诗经》中,诗与原始宗教的关系依然有一定程度的反映。如《相鼠》等,保留了祭祀礼辞,而《楚茨》则描述了以"尸"为媒介的祭祖活动;至于《生民》、《玄鸟》等篇,更是崇拜半人半神的部族远祖的作品,其宗教意味是不言而喻的。但是,中国文化的范式("伦理型")毕竟是在殷周之际通过宗法制而得以初步定型的,周代基本上确定了中国文化性格的走向。由于礼乐制度的确立,《诗经》中某些篇章的宗教祭祀意义逐渐隐而不显,而后人的理性解释则掩盖了其与巫术活动的原始关系。这种误读是一种极有价值的创造性阐释,它为我国现实主义文学奠定了基石,并使赋、比、兴告别了原始迷狂,成为纯粹的文学手法。

甲骨卜辞是中国古代为历史散文的源头,它本身是先民宗教活动的记录。甲骨卜辞既是巫师占卜的产物,又是其负责保管的官方文件,从而具有"史"的性质。这种巫、史不分的情况,直到周代才发生变化,巫的作用逐步退化,出现了专门掌管文献典籍和记录国家大事的史官。在周文化形成的过程中,西周王官发挥了重要作用。西周三百年间,是"学在官府"的时代,周王室的文化官员们直接参与了五经原本的搜集与整理。而在这些文化官员中,史官的地位尤其重要。过去,人们喜欢把夏商周三代视为秦汉以后在时间上前后相承、在空间上大致迭合的三个统一王朝。实际上,我们应该把三代视为在公元前二十一世纪至前八世纪之间在中原地区先后出现的三个早期国家,这三个国家存在的时间或有重合,所在地域也不尽一致。由此,三代文化的发展线索就不是单纯的衔接扬弃,其在特定历史阶段的并行发展是毋庸置疑的事实。由此,西周史官通过历史典籍的整理而对三代文化进行整合就意义非凡了。现存《尚书》殆为周王室史官保存的历代文献汇编,它们最初是口耳相传的,大约在春秋时才写成定本。

《春秋》为现存最早的中国古代编年体历史著作。相传孔子依据鲁国史官所编《春秋》加以整理修订而成,约一万六千余字。《春秋》记事起于鲁隐公元年(前722),终于鲁哀公十四年(前481),计二百四十二年。今通行本《春秋》哀公十四年以后之经文,为后人所续。《春秋》记事以鲁国为主体,兼及他国。它按鲁国国君"十二公"(隐、桓、庄、闵、僖、文、宣、成、襄、昭、定、哀)之顺序,分年记事,是后代编年史之滥觞。《春秋》文字简短,有时寓有褒贬之意,后世称为"春秋笔法",为历代史学家所崇尚;然亦有人对"春秋笔法"刻意求之,反失于牵强附会。尽管《春秋》记事过于简略,近似于今日报刊上的"标题新闻",但它在文化史上的意义是不容否定的。《春秋》以文字的形式,牢固地确立了"人"在历史上的地位。从此之后,历史不再是关于"神"的种种传说,也不再仅仅是关于"辈分"(权力承续)的记忆,而是"人"的有目的之活动。从此,中华民族走出了远古的宗教荒原,人不再是神的工具,相反,神成为人的工具。人肯定了自己,历史文学具有了坚实的基础。

继《春秋》之后,《左传》、《国语》、《战国策》等历史散文著作陆续出现。《左传》对兴衰原因的揭示,表现为道德框架对历史事件的宰割;《国语》侧重于人物言辞,机心毕见;而夸夸其谈的《战国策》则是个人("士")的全方位解放,对个人价值的重视及对财富地位的坦诚,表现出新的时代风尚,而史实的虚构则达到了幻想中的满足。过去,人们过多地注意了先秦历史散文的内部差异性,其实,它们的内在一致性才更有意义。摆脱了神的阴影之后,历史成为个人的活动,历史的发展轨迹不过是人类意志的一种证明。

先秦诸子,是春秋战国时代各个学派之通称。

作为历史阶段的"春秋",始于周平王东迁(前722),终于周元王元年(前475),因鲁史《春秋》而得名,与《春秋》史载的起讫年代大体相当。据《史记·太史公自序》,这期间,"弑君三十六,亡国五十二,诸侯奔走不得保其社稷者不可胜数"。王室衰微,诸侯争霸,奴隶及国人暴动连绵不绝。在这种背景下,"士"这一阶层逐渐兴起,开始登上政治文化舞台;与此同时,周王室的文化官员则纷纷"沦落"民间。《论语·微子》记载说:"大师挚适齐,亚饭干适楚,三饭缭适蔡,四饭缺适秦,鼓方叔入于河,播鼗武入于汉,少师阳、击磬襄入于海。"这种学术下移的情形具有深远的影响,它促进了日后的诸子竞出。故《汉书·艺文志》称:"儒家者流,盖出于司徒之官";"道家者流,盖出于史官";"阴阳家者流,盖出于羲和之官";"墨家者流,盖出于清庙之守";"纵横家者流,盖出于行人之官";"杂家者流,盖出于议官";"农家者流,盖出于农稷之官";"小说家者流,盖出于稗官"。这种描述虽有可商榷之处,但其总体判断却是极有价值的。

由于社会在急剧地变革,各种政治势力都在充分地展示自己的力量,因而,各种学派也十分活跃,从而形成了百家争鸣的局面。其主要的代表人物有老子、孔子、墨子、孟子、惠施、公孙龙、庄子、荀子、韩非子等。他们的观点和思想并不一致,甚至水火不相容,但又往往是相生相灭,相反相成。在各种思想的相互交锋之中,既有驳难,又有融合。即使是尖锐对立的儒法两家,也有相互交错的现象,著名的法家人物韩非、李斯,就是儒家大师荀子的学生。春秋战国时期诸子百家的出现,对我国古代学术思想的繁荣有着重要作用,它是我国学术思想史上的一个重要发展阶段。秦始皇在全国建立了中央集权的专制体制,百家争鸣的局面便结束了。

缤纷绚丽的诸子散文,是理性觉醒并日益成熟的生动表现。政治的分裂与文化的多元化、士的兴起与人文精神的弘扬,为诸子散文的繁荣提供了肥沃的土壤。即便如此,我们也不能完全割断其与原始宗教的联系。位于诸子之先的老子,在其五千妙文中流露出来的自然崇拜与生殖崇拜的情绪,正是原始宗教在中国早期哲学身上留下的胎记。具有巫史传统与南方文化色彩的《老子》,体现着一种睿智者的朦胧;而在周公风范滋润下形成的《论语》,则体现出一种殉道者的情怀,《论语》的真正文学价值在于凸现了中国文化史上第一位知识分子形象,其"知其不可而为之"的超功利追求具有永恒的美学魅力;宣称"万物皆备于我"的孟子则代表了一种仁者的自傲,对性善的坚信为《孟子》文章注入了豪迈之气,而"以意逆志"之说则成为传统文学阐释学的重要原则;《圣经》讲述说,人类获得智慧的同时就失去了伊甸园,人类文化发展到一定程度之后产生出非文化(即非理性)的思想,这是有较深沉意识的民族所共有的现象,对理性的怀疑本身就是理性的一种自我反思,在这一点上,《庄子》体现了冷眼旁观者的热心肠,庄子不仅忧心忡忡地关注人类的心灵自由,而且其对于逻辑语言的突破也具有非凡的意义,以至于有人认为一部中国文学史基本上是在庄子影响下发展起来的;《荀子》的"性恶论"以及对文化的再评价,显示出儒家的重大变化,刻板的见识与严谨的结构则窒息了性情;作为荀子的学生,韩非成为法家之集大成者,这似乎预示了中国文化的某种历史走向,在冷峻分析的背后,读者可以感受到"士"之个体人格的彻底丧失,而《韩非子》的悲怆情调,无疑是百家争鸣宣告结束的挽歌。

在说理散文获得长足发展的同时,诗歌在战国后期也出现了新局面,这便是楚辞的出现。

楚辞的产生有其复杂的原因。从西周到战国中晚期,中国文化已经形成了南北两大系统。江汉流域,物产丰富。自春秋以来,楚国在长期相对独立的发展过程中,得天独厚,逐渐从一个古老的氏族演进为一个封建大国,并且形成了独特的楚国地方文化,在宗教、语言、艺术、风俗等方面都具有自己的特点,而膜拜神灵、巫风盛行、民神杂糅更为引人注目;巫文化的氛围不仅激发了楚人的想象力,同时也使之偏重于抒情。与此同时,楚国又与北方各国频繁接触,并在楚庄王时问鼎中原。在这一过程中,楚人不断吸收中原文化。这一南北合流的文化传统是楚辞产生和发展的重要基础。

楚地民歌源远流长,别具一格。如,早于楚辞百年的《越人歌》:"曰今夕何夕兮?搴舟中流。今日何日兮?得与王子同舟。蒙羞被好兮,不訾诟耻。心几顽而不绝兮,知得王子。山有木兮木有枝,心说君兮君不知。"(《说苑·善说》)这虽然是一首楚人的翻译之作,但亦能生动地体现楚地民歌的特点:以语助"兮"字入歌,句式长短参差,具有浓郁的抒情性。在楚国地方民歌的基础上,楚辞打破了四言诗的格调,文句可长可短,句中或句尾多用语气词"兮"字。楚辞在句式方面也有自己的特点,其作品大都为低回往复的长篇咏叹,篇幅宏大,无法歌唱,只能以一种特殊的声调来"诵读",因而摆脱了短小俭朴的歌谣形式，成为一种"不歌而诵"的抒情文体。由于楚文化中较多地保留了原始宗教文化内容，楚辞内涵丰富，并具有浓郁的浪漫主义色彩。

楚辞的核心作家是屈原。作为一位曾一度从政的楚国贵族，屈原并不是一般意义上的诗人。在政治上连续遭受失败之后，他只能在诗歌中抒写内心的苦闷。《离骚》是屈原最重要的作品。在这首伟大的抒情诗中，作者首先回忆往事，反复倾诉对楚国命运的关怀以及决不同恶势力同流合污的精神；然后开始了上叩天阍、下求佚女的一系列求索，表现了对理想的执著和热爱楚国的强烈精神。作者运用一系列比兴手法，充分利用神话题材，通过丰富的想象，形成了绚烂的文采和宏伟的结构，表现出积极的浪漫主义精神，对后世文学产生了深远的影响。

屈原的出现，标志着诗歌由集体歌唱转变到个人单独歌唱的新时代。作为一位伟大的诗人，屈原所达到的成就是空前的。他的追求，在本质上是战国时期文化精神的象征；而其最可贵之处，在于对理想的痴迷。屈原在自己作品中表现出来的是一种迷惘而伤感的追求，它的魅力在于用神话的方式表现了永远困扰人类心灵的一种迷惑：理想是可望而不可即的。在描述人类精神生活的这一悲壮历程中，屈原突出地表现了一种巨大的精神力量，体现了生命的崇高价值，体现了人类追求真、善、美的巨大热情和坚定性，这正是人类意志力量的一种表现。因此，人们不仅没有被悲剧所压倒，反而受到了伦理上的震动和审美上的感染。

参考书目：

郭预衡. 中国古代文学史长编/先秦卷[M]. 北京：北京师范大学出版社，1992.

赵明. 先秦大文学史[M]. 长春：吉林大学出版社，1993.

章培恒，骆玉明. 中国文学史（上）[M]. 上海：复旦大学出版社，1996.

第一章 《诗经》

　　《诗经》是我国最早的一部诗集。《诗经》收诗三〇五篇,还有六篇有目无辞。其中一部分作品为贵族文人所作,但作者绝大部分已不可考。《诗经》分为《风》、《雅》、《颂》三部分。《风》包括《周南》、《召南》、《邶风》、《墉风》、《卫风》、《王风》、《郑风》、《齐风》、《魏风》、《唐风》、《秦风》、《陈风》、《桧风》、《曹风》、《豳风》,共十五国风,一六〇篇,是地方风土歌谣。《雅》包括《大雅》三十一篇,《小雅》七十四篇,是王畿之乐。《大雅》、《小雅》之分,殆与其音乐特征相关。《颂》包括《周颂》三十一篇,《商颂》五篇,《鲁颂》四篇,是宗庙祭祀音乐。

　　《诗经》的成书应该与古代的采诗制度有关。《礼记·王制》:"天子五年一巡守(狩)。岁二月……巡守(狩)……,命太师陈诗以观民风。"《汉书·艺文志》:"《书》曰:'诗言志,歌咏言。'故哀乐之心感,而歌咏之声发。诵其言谓之诗,咏其声谓之歌。故古有采诗之官,王者所以观风俗,知得失,自考正也。孔子纯取周诗,上采殷,下取鲁,凡三百五十篇。遭秦而全者,以其讽诵,不独在竹帛故也。"又,《食货制》:"孟春之月,群居者将散,行人振木铎徇于路,以采诗,献之大师,比其音律,以闻于天子。故曰:王者不窥牖户而知天下。"《春秋公羊传注疏》卷一六"宣公十五年"何休注语:"男女有所怨恨,相从而歌,饥者歌食,劳者歌其事。男年六十,女年五十,无子者,官衣食之,使之民间求诗。乡移于邑,邑移于国,国以闻于天子。故王者不出牖户,尽知天下所苦;不下堂,而知四方。"但是,亦有学者对采诗制提出质疑。崔述《读风偶识》卷二《通论十三国风》:"旧说,周太史掌采列国之风。今自《邶》《墉》以下十二国风,皆周太史巡行之所采也。余按:克商以后,下逮陈、灵,近五百年。何以前三百年所采殊少,后二百年所采甚多?周之诸侯千八百国,何以独此九国有风可采,而其余皆无之?曰:孔子之所删也。曰:成、康之世,治化大行,刑措不用,诸侯贤者必多,其民岂无称功颂德之词?何为尽删其盛而独存其衰?伯禽之治,郇伯之功,亦卓卓者,岂尚不如郑、卫?而反删此存彼,意何居焉!且十二国风中,东迁以后之诗居其大半;而《春秋》之策,王人至鲁,虽微贱无不书者,何以绝不见有采风之使?乃至《左传》之广搜博采,而亦无之!则此言出于后人臆度无疑也。"然而平心而论,《诗经》中的作品来自不同的地域,押韵大致整齐,应当是有人专门搜集整理的结果。

旧说孔子曾对《诗经》进行过删定。《史记·孔子世家》:"古者诗三千余篇,及至孔子,去其重,取可施于礼义,上采契、后稷,中述殷、周之盛,至幽、厉之缺。……礼乐自此可得而述,以备王道,成六艺。"对于孔子删诗说,唐人孔颖达最先提出质疑,他在《毛诗正义》卷首《诗谱序》疏中说:"书传所引之诗,见在者多,亡逸者少,则孔子所录,不容十分去九。马迁言古诗三千余篇,未可信也。"其后,朱彝尊《曝书亭集》卷五九《诗论一》中说:"孔子'删除'之说,倡自司马子长。历代儒生,莫敢异议。惟朱子谓:'经孔子重新整理,未见得删与不删。'又谓:'孔子不曾删去,只是刊定而已。'水心叶氏亦谓:《诗》不因孔子而删。'诚千古卓见也。窃以《诗》者,掌之王朝,班之侯服,小学大学之所讽诵,冬夏之所教,莫之有异,故盟会、聘问、燕享,列国之大夫赋诗见志,不尽操其土风。使孔子以一人之见,取而删之,王朝列国之臣,其孰信而从之?"再其后,崔述在《洙泗考信录》卷三《辩删〈诗〉之说》中说:"《国风》自二《南》、《豳》以外,多衰世之音。《小雅》大半作于宣、幽之世,夷王以前,寥寥无几。如果每君皆有诗,孔子不应尽删其盛而独存其衰。且武丁以前之颂,岂遽不如周?而六百年之《风》、《雅》,岂无一二可取?孔子何为而尽删之乎?子曰:'诵《诗》三百,授之以政,不达;使于四方,不能专对,虽多亦奚以为?'子曰:'《诗》三百,一言以蔽之,曰:思无邪。'玩其词意,乃当孔子之时,已止此数;非自孔子删之而后为三百也。《春秋传》云:'吴公子札来聘,请观于周乐。'所歌之《风》,无在今十五国外者。是十五国之外,本无风可采;否则有之而鲁逸之,非孔子删之也。且孔子所删者,何诗也哉?《郑》、《卫》之风,淫靡之作,孔子未尝删也。……况以《论》、《孟》、《左传》、《戴记》诸书考之,所引之诗,逸者不及十一。则是颖达之言,左券甚明,而宋儒顾非之,甚可怪也。由此论之,孔子原无删《诗》之事。古者风尚简质,作者本不多,而又以竹写之,其传不广。是以存者少而逸者多。……故世愈近则诗愈多,世愈远则诗愈少。孔子所得,止有此数;或此外虽有,而缺略不全。则遂取是而厘正次第之,以教门人,非删之也。"

这种质疑的基础是认定《诗经》一次成书。从现存文献看,《诗经》是陆续编成的。《左传·襄公二十九年》:"吴公子札来聘,……请观于周乐。使工为之歌《周南》、《召南》,曰:'美哉!始基之矣,犹未也,然勤而不怨矣。'为之歌《邶》、《墉》、《卫》,曰:'美哉,渊乎!忧而不困者也。吾闻卫康叔、武公之德如是,是其《卫风》乎?'为之歌《王》,曰:'美哉!思而不惧,其周之东乎?'为之歌《郑》,曰:'美哉!其细已甚,民弗堪也。是其先亡乎?'为之歌《齐》,曰:'美哉,泱泱乎!大风也哉,表东海者,其大公乎?国未

可量也.'为之歌《豳》,曰:'美哉,荡乎!乐而不淫,其周公之东乎?'为之歌《秦》,曰:
'此之谓夏声.夫能夏则大,大之至也,其周之旧乎?'为之歌《魏》,曰:'美哉,沨沨乎!
大而婉,险而易行,以德辅此,则明主也.'为之歌《唐》,曰:'思深哉!其有陶唐氏之遗
民乎?不然,何其忧之远也?非令德之后,谁能若是?'为之歌《陈》,曰:'国无主,其能
久乎?'自《郐》以下,无讥焉.为之歌《小雅》,曰:'美哉!思而不贰,怨而不言,其周
德之衰乎?犹有先王之遗民焉.'为之歌《大雅》,曰:'广哉,熙熙乎!曲而有直体,其
文王之德乎?'为之歌《颂》,曰:'至矣哉!直而不倨,曲而不屈,迩而不偪,远而不携,
迁而不淫,复而不厌,哀而不愁,乐而不荒,用而不匮,广而不宣,施而不费,取而不贪,
处而不底,行而不流.五声和,八风平,节有度,守有序.盛德之所同也.'”这段文字
说明今本《诗经》在此时已基本定型.孔子自卫返鲁,教弟子以诗,必然面对不同时期
的“诗经”选本,因此,司马迁称孔子“去其重”自有其道理.

　　汉初传授《诗经》者,有鲁国之申培、齐国之袁固生、燕国之韩婴、赵国之毛亨(大
毛公)及毛苌(小毛公),凡四家,简称鲁诗、齐诗、韩诗、毛诗.前二者取国名,后二者
取姓氏.前三家为今文经学,现皆亡佚,仅存《韩诗外传》.毛诗为古文经学,盛行于
东汉以后.今日之《诗经》即毛诗一派之传本.传统看法认为:汉代今古文的划分,一
般说有三个标准:一是经书的来源;二是传授的方式;三是师承关系.今文原是孔子之
后诸生言传口授,后渐渐著于竹帛,其字体多采用隶书,故称今文.今文传于官府,注
重发挥,师承关系明确.古文为民间所藏,传于地方郡国,其字体皆为籀书,故称古文.
在传授过程中,古文经师谨守经文,就经解经,师承关系不明.毛诗与三家诗的区别,
不仅在文字、章节方面,更重要的是在主题方面.如,《毛序》:“《关雎》,后妃之德也,
风之始也,所以风天下而正夫妇也.故用之乡人焉,用之邦国焉.……《关雎》乐得淑
女以配君子,忧在进贤,不淫其色,哀窈窕,思贤才,而无伤善之心焉,是《关雎》之义
也.”而《韩诗故》:“《关雎》,刺时也.”(玉函山房辑佚书)《鲁诗故》:“周之康王夫人
晏(晚也)早出,《关雎》预见,思得淑女,以配君子.”再如,《毛序》:“《汉广》,德广所及
也.文王之道被于南国,美化行乎江汉之域,无思犯礼,求而不可得也.”而《文选·郭
璞〈江赋〉》李善注引《韩诗内传》曰:“郑交甫遵彼汉皋台下,遇二女,与言曰:'愿请子
之佩.'二女与交甫,交甫受而怀之.超然而去十步,循采之,即亡矣,回顾二女,亦即
亡矣.”与三家诗相比,《毛诗》多依附《左传》史实,不免时有穿凿之处.如,《毛序》:
“《二子乘舟》,思伋寿也.卫宣公之二子,争相为死,国人伤而思之,作是诗也.”《毛
传》:“二子:伋、寿也.宣公为伋娶于齐女而美,公夺之,生寿及朔.朔与其母愬伋于
公,公令伋之齐,使贼先待于隘而杀之.寿知之,以告伋,使去之.伋曰:'君命也,不
可以逃.'寿窃其节而先往,贼杀之.伋至曰:'君命杀我,寿有何罪?'贼又杀之.国人

伤其涉危遂往,如乘舟而无所薄,泛泛然迅疾而不碍也。"再如,《毛序》:"《相鼠》,刺无礼也。卫文公能正其群臣,而刺在位承先君之化无礼仪也。"

从内容上看,《诗经》中的作品大致可以分为周民族史诗、农事诗、战争徭役诗、男女情爱诗、政治美刺诗、宴享诗等几大类,这些作品体现了一个古老农业民族的乡土眷恋与宗族伦理情怀,具有浓郁的现实主义意味。《诗经》中的大部分作品句式整齐,表达含蓄,节奏感在迭章中得到加强,赋比兴手法得到完美的运用。

参考书目:

朱熹.诗集传[M].上海:上海古籍出版社,1958.

姚际恒.诗经通论[M].北京:中华书局,1958.

向熹.诗经词典[M].修订本.成都:四川人民出版社,1997.

第一节　风　诗

汉广(周南)[1]

南有乔木,不可休息。汉有游女[2],不可求思[3]。汉之广矣,不可泳思;江之永矣,不可方思[4]。

翘翘错薪[5],言刈其楚[6]。之子于归,言秣其马。汉之广矣,不可泳思;江之永矣,不可方思。

翘翘错薪,言刈其蒌。之子于归,言秣其驹。汉之广矣,不可泳思;江之永矣,不可方思。

【注释】

[1]《毛序》:"《汉广》,德广所及也。文王之道被于南国,美化行乎江汉之域,无思犯礼,求而不可得也。"此外,旧有咏汉水女神、刺不能求贤诸说。今人多以为是民间情歌。[2]游女:姿态婀娜之女。《说文解字》:"游,旌旗之流也。"[3]求思:求也。思,语助词。下同。[4]方:并竹、木为筏以渡水。[5]翘翘:众多貌。错薪:杂乱之柴草。错,杂也。[6]言:语助词。楚:木名,荆属。

载驰(鄘风)[1]

载驰载驱[2],归唁卫侯。驱马悠悠[3],言至于漕[4]。大夫跋涉[5],我心则忧。

既不我嘉[6]，不能旋反。视尔不臧，我思不远[7]。既不我嘉，不能旋济。视尔不臧，我思不闷[8]。

陟彼阿丘[9]，言采其蝱[10]。女子善怀，亦各有行。许人尤之，众稚且狂。

我行其野，芃芃其麦[11]。控于大邦，谁因谁极[12]？

大夫君子，无我有尤[13]。百尔所思，不如我所之。

【注释】

[1]《毛序》："《载驰》，许穆夫人作也。闵其宗国颠覆，自伤不能救也。卫懿公为狄人所灭，国人分散，露于漕邑。许穆夫人闵卫之亡，伤许之小，力不能救。思归唁其兄，又义不得，故赋是诗也。"许穆夫人是卫宣姜之女，嫁于许。周惠王十七年(前660)，卫为狄人所灭，宋桓公迎卫遗民渡过黄河，立卫戴公(许穆夫人之兄)于漕邑(卫邑，今河南滑县)。事见《左传·闵公二年》。[2]载：乃也。[3]悠悠：遥远貌。[4]言：句首助词。[5]大夫：许国大夫。为劝阻许穆夫人返卫而赶来。[6]既不我嘉：即既不嘉我。既，尽管；嘉，赞许。《礼记·杂礼》："妇人非三年之丧，不逾封而吊。"据此，许穆夫人归卫之举非礼。[7]远：迂阔。[8]闷：壅蔽。[9]阿丘：丘之一面偏高者。[10]蝱：通"莔"，即贝母，一种药用植物，古人以为可以治忧闷之疾。[11]芃芃：茂盛貌。[12]因：亲近。极：至。[13]无我有尤：即无有尤我。有，语助词。

黍离 (王风)[1]

彼黍离离[2]，彼稷之苗。行迈靡靡[3]，中心摇摇[4]。知我者谓我心忧，不知我者谓我何求。悠悠苍天[5]，此何人哉[6]？

彼黍离离，彼稷之穗。行迈靡靡，中心如醉。知我者谓我心忧，不知我者谓我何求。悠悠苍天，此何人哉？

彼黍离离，彼稷之实。行迈靡靡，中心如噎[7]。知我者谓我心忧，不知我者谓我何求。悠悠苍天，此何人哉？

【注释】

[1]《毛序》："《黍离》，闵宗周也。周大夫行役至于宗周，过故宗庙宫室，尽为禾黍，闵周室之颠覆，彷徨不忍去，而作是诗也。"今人多以为是流浪者抒写忧愁之诗。王：王畿之简称，即东周王朝的直接统治区，在今河南北部一带。[2]离离：行列貌。[3]行迈：迈，行也。马瑞辰《毛诗传笺通释》："行、迈连言，犹古诗云'行行重行行'也。"靡靡：犹迟迟。[4]摇摇：无所定也。[5]悠悠：遥远貌。[6]此何人：此，指"不知我者"。或以为此言苍天不仁；此指苍天，人，通"仁"。[7]噎：咽喉壅塞。

东山（豳风）[1]

我徂东山，慆慆不归[2]。我来自东，零雨其蒙。我东曰归[3]，我心西悲。制彼裳衣，勿士行枚[4]。蜎蜎者蠋[5]，烝在桑野[6]。敦彼独宿[7]，亦在车下。

我徂东山，慆慆不归。我来自东，零雨其蒙。果臝之实[8]，亦施于宇[9]。伊威在室[10]，蟏蛸在户[11]。町畽鹿场[12]，熠耀宵行[13]。不可畏也，伊可怀也。

我徂东山，慆慆不归。我来自东，零雨其蒙。鹳鸣于垤[14]，妇叹于室。洒扫穹窒，我征聿至[15]。有敦瓜苦[16]，烝在栗薪[17]。自我不见，于今三年。

我徂东山，慆慆不归。我来自东，零雨其蒙。仓庚于飞，熠耀其羽。之子于归，皇驳其马[18]。亲结其缡[19]，九十其仪[20]。其新孔嘉，其旧如之何[21]！

【注释】

[1]《毛序》："《东山》，周公东征也。周公东征，三年而归。劳归士。大夫美之，故作是诗也。"诗中"于今三年"之语，正与《尚书大传》所说"周公摄政，一年救乱，二年东征，三年践奄"相符。今人多以为是戍卒还乡途中思家之作。东山：在鲁国东境，即今之山东费县蒙山。[2]慆慆，底本原作"惛惛"，据《太平御览》卷三二所引改。[3]曰：语助词。[4]行枚：衔枚。古时行军，士卒口中衔枚（筷状物）以防止喧哗。[5]蜎蜎：蠕动貌。蠋：野蚕。[6]烝：久也。[7]敦：瓜圆状，此处指团身貌。[8]果臝：蔓生葫芦科植物。[9]施：蔓延。[10]伊威：虫名，常活动于潮湿之处。[11]蟏蛸：喜蛛。[12]町畽：房舍旁之空地。[13]熠耀：闪耀貌。宵行：一种能发光的虫，夜行。从朱熹说。[14]鹳：水鸟名，似鹤。垤：小土堆。[15]征：征夫。聿：语助词。[16]瓜苦：即瓠瓜。苦，通"瓠"。古时结婚行合卺之礼，以一瓠分为两瓢，夫妇各执一瓢盛酒漱口。此诗之"瓜苦"当指合卺之瓠。[17]栗薪：堆积之薪。[18]皇驳：马毛淡黄者为皇，淡红者为驳。[19]缡：佩巾。古时女子出嫁，母戒之并为之结缡。[20]九十其仪：言结婚仪式之细节，十分繁多。[21]"其新孔嘉"二句：言女子出嫁时很美，谁知道现在如何。孔，很也。

第二节　雅　诗

鹿鸣（小雅）[1]

呦呦鹿鸣，食野之苹。我有嘉宾，鼓瑟吹笙。吹笙鼓簧，承筐是将[2]。人之好我，示我周行[3]。

呦呦鹿鸣,食野之蒿。我有嘉宾,德音孔昭[4]。视民不恌[5],君子是则是效。我有旨酒,嘉宾式燕以敖[6]。

呦呦鹿鸣,食野之芩。我有嘉宾,鼓瑟鼓琴。鼓瑟鼓琴,和乐且湛[7]。我有旨酒,以燕乐嘉宾之心。

【注释】

[1]《毛序》:"《鹿鸣》,燕群臣嘉宾也。既饮食之,又实币帛筐篚以将其厚意,然后忠臣嘉宾得尽其心矣。"[2]承:捧也。将:献也。[3]周行:至美之道。《毛传》:"周,至;行,道也。"[4]德音:郑玄:"先王道德之教也。"孔:很也。[5]视:通"示"。恌:通"佻",轻佻。[6]式:应也。劝令之辞。燕:通"宴"。敖:通"遨",游玩。[7]湛:通"耽",尽情欢乐。

采薇(小雅)[1]

采薇采薇,薇亦作止[2]。曰归曰归,岁亦莫止[3]。靡室靡家[4],猃狁之故[5]。不遑启居[6],猃狁之故。

采薇采薇,薇亦柔止。曰归曰归,心亦忧止。忧心烈烈[7],载饥载渴。我戍未定[8],靡使归聘[9]。

采薇采薇,薇亦刚止[10]。曰归曰归,岁亦阳止[11]。王事靡盬[12],不遑启处。忧心孔疚[13],我行不来[14]。

彼尔维何[15]?维常之华[16]。彼路斯何[17]?君子之车[18]。戎车既驾[19],四牡业业[20]。岂敢定居?一月三捷[21]。

驾彼四牡,四牡骙骙[22]。君子所依[23],小人所腓[24]。四牡翼翼[25],象弭鱼服[26]。岂不日戒?猃狁孔棘[27]。

昔我往矣,杨柳依依[28]。今我来思[29],雨雪霏霏[30]。行道迟迟,载渴载饥。我心伤悲,莫知我哀。

【注释】

[1]《毛序》:"《采薇》,遣戍役也。文王之时,西有昆夷之患,北有猃狁之难。以天子之命,命将率遣戍役以守卫中国,故歌《采薇》以遣之。"《世说新语·文学》:"谢公因子弟集聚,问《毛诗》何句最佳?遏称曰:'昔我往矣,杨柳依依。今我来思,雨雪霏霏。'"薇:野豌豆苗,可食。[2]作:初生。止:语助词。下同。[3]莫:同"暮"。[4]靡:通"无"。[5]猃狁:我国古代北方的一个民族,或以为即匈奴之先人。[6]遑:闲暇也。启居:安居。启,跪也,周人跪坐。[7]烈烈:犹言忧心如焚。[8]定:止也。[9]聘:问候。[10]刚:坚硬。[11]阳:天暖。俗称农历十月为"小阳春"。[12]盬:休

止。[13]疢：病痛。[14]来：犹归也。[15]尔：通"薾"，花盛貌。[16]常：木名，即常棣。华：同"花"。[17]路：通"辂"，车之高大者。斯：语助词，犹"维"。[18]君子：将帅。[19]戎车：兵车。[20]牡：驾车之雄马。业业：高大貌。[21]捷：通"接"，接战。[22]骙骙：强壮貌。[23]依：乘也。[24]腓：隐蔽。[25]翼翼：行列整齐貌。[26]象弭：以象牙制成之弭(弓两端受弦处)。鱼服：鱼皮制成之服(箭袋)。[27]棘：通"急"。[28]依依：柳条迎风披拂貌。[29]思：语助词。[30]雨雪：落雪。霏霏：雪盛貌。

公刘(大雅)[1]

笃公刘[2]！匪居匪康[3]。乃场乃疆[4]，乃积乃仓[5]，乃裹糇粮[6]，于橐于囊[7]，思辑用光[8]。弓矢斯张，干戈戚扬[9]，爰方启行。

笃公刘！于胥斯原[10]。既庶既繁，既顺乃宣[11]，而无永叹。陟则在巘，复降在原。何以舟之[12]？维玉及瑶，鞞琫容刀[13]。

笃公刘！逝彼百泉，瞻彼溥原[14]。乃陟南冈，乃觏于京[15]。京师之野[16]，于时处处[17]，于时庐旅，于时言言，于时语语。

笃公刘！于京斯依[18]。跄跄济济[19]，俾筵俾几[20]。既登乃依[21]，乃造其曹[22]。执豕于牢[23]，酌之用匏[24]。食之饮之，君之宗之[25]。

笃公刘！既溥既长，既景乃冈[26]；相其阴阳[27]，观其流泉。其军三单[28]，度其湿原[29]，彻田为粮[30]。度其夕阳[31]，豳居允荒[32]。

笃公刘！于豳斯馆，涉渭为乱[33]，取厉取锻[34]。止基乃理[35]，爰众爰有[36]。夹其皇涧，溯其过涧[37]。止旅乃密，芮鞫之即[38]。

【注释】

[1]《毛序》："召康公戒成王也。成王将莅政，戒以民事，美公刘之厚于民而献是诗也。"今人多以为是一首英雄史诗。据传说，公刘(公为称号，刘为名)是夏末时的周族酋长。当时，居住在有邰的周族，受到东方部落的不断侵扰，不能再安居，于是在公刘的带领下，全族北迁到豳地(今陕西旬邑和邠一带)，从事农耕。周族从此富强。[2]笃：忠厚。[3]匪：通"非"。康：宁也。[4]场、疆：修整田界。[5]积：露天堆积粮食。仓：在仓中堆积粮食。[6]糇粮：干粮。[7]橐：无底之囊，盛物时以绳扎束两端。[8]思辑用光：辑，和；用，而。朱熹："思以辑和其民人而光显其国家。"[9]干：盾。戚：斧。扬：钺。[10]胥：相察。[11]顺：适意。宣：通畅。马瑞辰："宣之言通也，畅也。言民心既顺，其情乃宣畅也。"[12]舟：通"周"，环绕。[13]鞞：刀鞘上端之饰物。琫：刀鞘下端之饰物。容刀：佩刀。佩刀以为容饰，故曰容刀。[14]溥原：广大之平原。[15]觏：见也。京：邑名。[16]京师：京邑。师，邑之通称。[17]于时：于是。处处：居也。此处为动词复说，下文之"言言"、"语语"类此。庐旅：等于"庐庐"或"旅旅"，居也。[18]依：安居。[19]跄跄：步履从容有节貌。济济：庄严

貌。[20]俾:通"比",排也。筵:铺在地上之竹席。几:坐时所倚之具。[21]登:登筵。依:依几而坐。[22]造:通"祰",告祭也。曹:通"褿",祭祀猪之祖先。马瑞辰:"乃造其曹,谓将用豕而先祭于豕先,犹将差马而先告祭马祖也。"[23]牢:猪圈。[24]酌之:为众宾斟酒。匏:酒器。葫芦一破为二,用以盛酒,称"匏爵"或"匏樽"。[25]宗之:为众宾宗主。[26]景:同"影",测定日影。冈:登上山冈。[27]阴阳:山北寒阴之处与山南向阳之处。[28]其军三单:言成立三军而用其一军,更番相代。单,通"禅",更代。[29]度:测量。[30]彻:治也。[31]度其夕阳:测量山之西面以拓展耕地。山之西面夕时见日,故称夕阳。[32]荒:大也。[33]乱:横流而渡。[34]厉:通"砺",粗糙之石,用来磨物。锻:椎物之石。[35]止基:住处之基址。理:治也。[36]有:众也。[37]"夹其皇涧"二句:或夹皇涧而居,或面向过涧而居。遡,面临。[38]"止旅乃密"二句:言迁来者日见增多,便让其就水涯而居。止,常住者;旅,寄住者;芮,水边向内凹处;鞫,水边向外凸出处。

第三节　颂　诗

玄鸟（商颂）[1]

天命玄鸟,降而生商[2],宅殷土芒芒[3]。

古帝命武汤[4],正域彼四方[5]。方命厥后[6],奄有九有[7]。商之先后[8],受命不殆[9],在武丁孙子[10]。武丁孙子,武王靡不胜[11]。龙旗十乘[12],大糦是承[13]。

邦畿千里[14],维民所止。肇域彼四海[15],四海来假[16]。来假祁祁[17],景员维河[18]。殷受命咸宜,百禄是何[19]。

【注释】

[1]《毛序》:"祭高祖也。"此外,旧有祭成汤、祭中宗等诸说。今人多以为是商民族的一首祭歌,具有史诗的意味。首章追述商之起源,次章歌颂英雄祖先成汤的功绩,末章赞美商之强大。据先秦文献所载,殷商灭亡后,殷商之颂歌保存于宋国,西周末,宋大夫正考父曾请周太师校正殷商著名颂歌十二篇,以《那》为首。今本《诗经》中殷商颂歌只有五首。[2]"天命玄鸟"二句:相传,有娀氏女简狄行浴水边,有玄鸟(黑色燕子)衔卵飞过而坠之,简狄得而含之,误吞而孕,生商祖契。参见《楚辞·天问》、《吕氏春秋·音初》、《史记·殷本纪》。这一神异传说,既表现出商人对于其氏族由母系社会向父系社会转变的朦胧记忆,也是在追溯商族久远神圣的图腾根谱。[3]宅:居也。殷土:商地。殷人在盘庚迁都前国号称商,盘庚迁都以后国号称殷,其后人因称商地为殷地。芒芒:通"茫茫",广大貌。[4]古帝:天帝。武汤:即商王朝建立者汤,甲骨文称唐、大乙,又称高祖乙。因有武功而称武汤或武王。[5]正:通"征"。域:有也。[6]厥:其,指武汤。后:君王,指武汤之后的历代商

王。[7]奄有:覆盖,包括。九有:即九域,指九州。[8]先后:先君。[9]殆:通"怠"。[10]武丁:汤第九代孙盘庚之弟小乙的儿子,在位近六十年,复兴中衰之商朝。[11]武王靡不胜:犹言"武王之事业没有不能胜任者"。胜,任也。[12]龙旗:画有龙形图案之旗帜。乘:古时一车四马为乘。[13]糦:黍稷也。[14]邦畿:天子之直辖区。止:居也。[15]肇:开辟。[16]假:至也。[17]祁祁:众多貌。[18]景员维河:景,山名,在商都亳(今河南偃师)附近(用朱熹《诗集传》说)。王先谦《诗三家义集疏》:"景员维河者,当谓景山绵亘四周于河。员与下篇幅陨义同,盖言周也。景山四面皆大河。"[19]何:通"荷",承受。

第二章　先秦历史散文

　　中国历史散文是在文字发明以后才出现的。十九世纪末,河南安阳县的小屯发现了大量的龟甲和兽骨碎片,上面多刻有古代文字。经研究后,人们认定其为三千多年前殷代王室占卜的记录,称之为甲骨卜辞。虽然由于文字之难识和甲骨的破碎与散乱,其中许多记录无法读懂,但还是有一些比较完整的片断。这些片断虽然十分朴素,但它有叙辞,有命辞,有占辞,有验辞,叙事完整。从逻辑上讲,这是"记叙文"的起步,当然也就是历史散文的起步。

　　除甲骨卜辞外,我们今天所能见到的殷商"记叙文"还有铜器铭文(或称"金文")。目前所出土的殷商青铜器约有酒器、食器、兵器、工具、装饰品等五类,在某些酒器、食器和兵器上,往往铸有文字或图徽,用以表明所有者的名字或其祖先的名字、官名以及部族徽号。在少数酒器或食器上,铸有较长的文辞。与甲骨卜辞相比,铜器铭文的记事色彩显然更为浓郁。

　　但是,铸有较长铭文的青铜器都是宗庙中的祭器,因此,青铜铭文与甲骨卜辞一样,都是被特定的宗教目的所决定的特定文体,它们并不能真切地反映殷商时期的文字表达水平。因此,我们完全可以断定,殷商时期的文字表达能力要高于甲骨卜辞与铜器铭文所表现出来的水平。今本《尚书》中某些殷商时代的作品,虽为后代史官所写定,但聱牙晦涩之特色,正是其虽经历长期流传而原貌依然或存的明证。《盘庚》篇中的种种比喻手法,说明当时的记事散文已经具有了一定的文学色彩。

　　与中国历史散文同步发展的是史官制度。由于史官源于巫官,因此,殷商时期的史官是一种纯粹的神职人员,这正反映了殷商文化尊神重巫的特征。而周人入主中原以后,华夏文明模式发生了根本性的转变。在用武力征服殷商的同时,周人在更为深入的层次上展开了对殷商的文化征服,进行了文化模式的转换。《礼记·表记》说:"殷人尊神,率民以事神。……周人尊礼尚施,事鬼敬神而远之。"此番话可视为殷周之际文化模式转变的概括。周制,王朝及诸侯各国均设有史官,有大史、小史、左史、右史等等，凡此种种或许是继承殷商旧制而略有损益，但史与巫在角色方面已不再完全迭合了。史偏重于人事，故《汉书·艺文志》称古者"君举必书，……左史记言，右史记事；事为《春秋》，言为《尚书》"。

《尚书》为中国上古历史文件和部分追述古代事迹著作的汇编。亦称《书》、《书经》。"尚"即"上"，上古以来之书，故名。相传由孔子编选而成。事实上，许多篇章长期口耳相传，写定时间较晚。西汉初存二十八篇，即《今文尚书》。另有相传汉武帝时在孔子住宅壁中发现的《古文尚书》和东晋梅赜（一作梅颐、枚颐）所献伪《古文尚书》两种。现在通行的《十三经注疏》本《尚书》，就是《今文尚书》与伪《古文尚书》的合编。《尚书》中保存商周时期特别是西周初期的一些重要史料，主要是述功、筹谋、告诫、誓师、封命之辞，其语言表达远远超出甲骨卜辞和铜器铭文水平，具有一定的文学色彩，为后代散文的发展奠定了基础。

《春秋》是现存最早的中国古代编年体历史著作，全书约一万六千五百余字。《春秋》记事起于鲁隐公元年（前722），终于鲁哀公十四年（前481），共计二百四十二年。而《左传》中的《春秋》经文下迄哀公十六年"孔子卒"，学者们多依据《史记·孔子世家》所记孔子作《春秋》"下讫哀公十四年"获麟，把哀公十五、十六两年的经文视为"续经"，以为出于孔子弟子所补。《春秋》以鲁国为主体，兼及他国。它按鲁国国君"十二公"（隐公、桓公、庄公、闵公、僖公、文公、宣公、成公、襄公、昭公、定公、哀公）的顺序，分年记事。杜预《春秋左氏经传集解·序》称其"以事系日，以日系月，以月系时，以时系年"，《春秋》是后代编年史的滥觞。旧说，《春秋》是孔子根据《鲁春秋》编撰而成的。唐人陆德明《经典释文》卷一《序录》："古之王者必有史官，君举则书，所以慎言行、昭法式也。诸侯亦有国史，《春秋》即鲁之史记也。孔子应聘不遇，乃与鲁君子左丘明观书于太史氏，因鲁史记而作《春秋》，上尊周公遗制，下明将来之法，褒善黜恶，勒成十二公之经，以授弟子。"陆德明的说法有其根据。司马迁在《十二诸侯年表》中说："是以孔子明王道，干七十余君，莫能用，故西观周室，论史记旧闻，兴于鲁而次《春秋》。上记隐，下至哀之获麟，约其辞文，去其烦重，以制义法，王道备，人事浃。"然而，唐代史学家刘知几在《史通·惑经》中指出，《春秋》有"未谕者"十二、"虚美者"五，这实际上是对孔子著作权的最早怀疑。大多数学者赞同这样的看法：《春秋》不是孔子编撰的，但经过孔子的修订。尽管《春秋》记事过于简略，但它在文化史上的意义是不容否定的。

周平王东迁以后，时至春秋战国之际，社会急遽变动，各诸侯国以及各社会阶层都更为注意汲取历史经验以维护自己的利益，因此，各国史官更为自觉地积累大量的历史档案，以备编纂之用。同时，从前专门记载王朝、诸侯诰命和大事记如《尚书》、《春秋》之类,已经不能满足新时代之需要。在经过了漫长的准备之后,中国历史散文在种种新观念的刺激下大放光彩,《左传》、《国语》、《战国策》等一批新型历史散文著作应运而生。

《左传》是中国古代第一部记事详赡完整的编年史,亦称《春秋左氏传》或《左氏春秋》,旧传为春秋时鲁国史官左丘明所撰。《左传》记事起于鲁隐公元年(前722),终于鲁悼公四年(前464)。学界有人以为,《左传》原本为一部独立撰写的史书,后人将其与《春秋》配合后,进行了一些相应的处理,使其书多用事实解释《春秋》,同《公羊传》《谷梁传》完全用义理解释《春秋》不同。今天看来,我们现在所看见的《左传》,与《公羊传》、《谷梁传》确实不尽相同。《公羊传》与《谷梁传》都是依经立传的,是阐释《春秋》义理的,它们对《春秋》的文义常常进行一字一句的解说,它们的文字紧紧依附于《春秋》经文而存在。我们今天所见到的《左传》虽然基本上是一部可以相对独立的史书,但是,它在写作过程中,最初也应当是依据《春秋》经文的。《四库全书总目提要》卷二六说:"《汉志》载《春秋》古经十二篇,经十一卷。注曰:《公羊》、《谷梁》二家。……考《汉志》之文,既曰古经十二篇矣,不应复云经十一卷。观《公》、《谷》二传皆十一卷,与经十一卷相配,知经十一卷为二传之经,故有是注。……则所谓'古经十二篇'即《左传》之经,故谓之古经。……则《左传》又自有经。"清代今文经学家认为《左传》乃刘歆改编;近现代学者多以为《左传》为战国初年人据各国史料编成,并非成于一人一时。《左传》保存了大量古代史料,文字优美,记事详明,尤其善于描写战争,行人辞令的记叙也相当生动,实为中国古代一部史学和文学名著,对后世史学及文学有深远影响。

《国语》是我国最早的一部国别史,记事年代起自周穆王,止于鲁悼公(约前1000—前440),分载周、鲁、齐、晋、郑、楚、吴、越八国史事,主要在记言,亦有一些记事成分。除《周语》较连贯外,其余各国只是记载了个别事件。司马迁《报任安书》称"左丘失明,厥有《国语》",因此后人以为其为左丘明所著,又因以为《左传》为传《春秋》之书,故又称其为《春秋外传》。对此,汉代以后的学者多不认同。如,《左传·哀公十三年》孔颖达《正义》引傅玄语:"《国语》非丘明所作。凡有共说一事,而二文不同,必《国语》虚而《左传》实。其言相反,不可强合也。"陆淳《春秋集传纂例》卷一"赵氏损益义"引赵匡语:"《左传》、《国语》文体不伦,序事又多乖剌,定非一人所为也。盖《左氏》广集诸国之史,以释《春秋》;传成之后,盖其家子弟及门人见嘉谋事迹多不入传,或有虽入传,而复不同,故各随国编之而成此书,以广异闻尔。"依据赵匡的看法,《国语》当成书于众手,出现在《左传》之后,这是有道理的。例如,《齐语》一卷几乎全同与《管子·小匡篇》,当是出自稷下学派之手;《鲁语下》专记琐事,与《鲁语上》风格迥然不同;《越语下》专记范蠡,语言讲究对仗韵律,成书当为最晚。另外,《国语·晋语二》

记重耳对秦使者之语,《国语·晋语八》记赵文子称贤随武子之语,《鲁语下》记孔子论公父文伯之母朝暮之哭语,均同于《礼记·檀弓下》之相关记载。我们虽不能断定二书谁抄袭了谁,但二者当同依据战国晚期之传说敷衍而成。

《战国策》,简称《国策》,其初又有《国事》、《事语》等名称。其书杂记东西周、秦、齐、楚、赵、魏、韩、燕、宋、卫、中山诸国之事,主要收录战国时期策士游说各国诸侯时间的陈谋献策或相互辩论的言辞,其时代上接春秋,下至秦并六国,约二百四十年。《战国策》的作者已不可考,大概是秦汉间人杂采各国史料编纂而成,后来经刘向整理,定名为《战国策》,遂相沿至今。关于《战国策》的成书背景以及思想倾向,刘向《〈战国策〉书录》有很恰当的概括:"仲尼既没之后,田氏取齐,六卿分晋,道德大废,上下失序。至秦孝公,捐礼让而贵战争,弃仁义而用诈谲,苟以取强而已矣。夫篡盗之人,列为侯王;诈谲之国,兴立为强。是以转相放效,后生师之,遂相吞灭,并大兼小,暴师经岁,流血满野,父子不相亲,兄弟不相安,夫妇离散,莫保其命,愍然道德绝矣。晚世益甚,万乘之国七,千乘之国五,敌侔争权,盖为战国。贪饕无耻,竞进无厌;国异政教,各自制断;上无天子,下无方伯;力功争强,胜者为右;兵革不休,诈伪并起。当此之时,虽有道德,不得施谋;有设之强,负阻而恃固;连与交质,重约结誓,以守其国。故孟子、孙卿儒术之士,弃捐于世,而游说权谋之徒,见贵于俗……战国之时,君德浅薄,为之谋策者,不得不因势而为资,据时而为画,故其谋扶急持倾,为一切之权,虽不可以临国教化,兵革救急之势也。皆高才秀士,度时君之所能行,出奇策异智,转危为安,运亡为存,亦可喜,皆可观。"正因为如此,清人于鬯《战国策注·序》:"《战国策》者,经学之终而史学之始也,其书宜无人不读。"《战国策》重点记载战国时期各国策士们的言论和活动,赞扬备至,过分强调他们在历史上的作用,不乏夸张与虚构之处,虽不尽与史实相符,但却具有很高的文学成就。李文叔《书〈战国策〉后》:"《战国策》所载,大抵皆纵横捭阖、谲诳相轻、倾夺之说也。其事浅陋不足道,然而人读之,则必向其说之工而忘其事之陋者,文辞之胜移之而已。……文辞骎骎乎上薄六经,而下绝来世者,岂数人之力哉!"

《战国策》可以视为"士的颂歌"。以《苏秦始将连横(秦策一)》为代表的篇章描写的是辩士,他们逞才奋发,攫取功名富贵,体现出一种新的社会思潮。以《齐宣王见颜斶(齐策四)》为代表的篇章写隐逸之士,他们"晚食以当肉,安步以当车,无罪以当贵,清净贞正以自虞",表现出一种可贵的道德坚持。以《燕太子丹质于秦亡归(燕策三)》为代表的篇章描写的侠义之士,作品描写荆轲为解救燕国危急而谋刺秦王的全过程,赞扬荆轲、田光等为扶助弱小、反抗强权、不惜自我牺牲的侠义精神。作品情节紧张,生动感人,为司马迁《史记·刺客列传》所本。在史传文学向传记文学发展的过程中,《战国策》起了很大的作用。

在先秦历史散文中,《逸周书》与《穆天子传》也值得注意。

《逸周书》旧题《汲冢周书》。此书初名《周书》,其主体部分当成书于春秋末年,《汉书·艺文志》有"《周书》七十一篇"注曰:"周史记。"汉代有人为之作解,篇名中的"解"字,盖当时所附,但已不全;晋五经博士孔晁为之作注。西晋太康二年(280),汲郡(今河南汲县西南)人盗发战国魏襄王冢,得竹书《周书》残本,经秘书监荀勖校定,著录于《中经新簿》。东晋朝著作郎李充校书,将世传孔晁注本与汲冢本合并为一,而系于"汲冢书"下。《逸周书》所涉及的史实,上启文王,下至景王,内容驳杂,文风不一,其中有些记叙近似小说。

《穆天子传》又名《周穆王游行记》、《周王传》,书成于战国时期。西晋太康二年(280),汲郡(今河南汲县西南)人盗发战国魏襄王冢,得此书,秘书监荀勖校定为五卷,东晋郭璞作注,增《周穆王盛姬死事》一篇,编为六卷。前五卷记周穆王十三年至十七年西行之事,涉及西方民族、殊方玉山、珍禽异兽、奇花异草,等。《穆天子传》是中国文学史上第一篇具有小说意味的篇幅较长的作品,开创志怪和神魔小说的先河;《穆天子传》最早按时间先后记叙某一人物的特定经历,这对中国传统小说的发生和发展具有重大的启发意义。

参考书目:

杨伯峻.春秋左传注[M].北京:中华书局,1981.

徐元培.国语集解[M].修订本.北京:中华书局,2008.

马王堆汉墓帛书整理小组.战国纵横家书[M].北京:文物出版社,1976.

缪文远.战国策考辨[M].北京:中华书局,1984.

张清常,等.战国策笺注[M].天津:南开大学出版社,1993.

第一节 《尚书》

甘 誓[1]

大战于甘,乃召六卿[2]。

王曰:"嗟,六事之人[3],予誓告汝[4]。有扈氏威侮五行[5],怠弃三正[6]。天用剿绝其命[7],今予惟恭行天之罚[8]。左不攻于左[9],汝不恭命[10];右不攻于右[11],汝不恭命;御非其马之正[12],汝不恭命。用命赏于祖[13],弗用命戮于社[14],予则孥戮汝[15]。"

【注释】

[1]旧《序》以为:"启与有扈战于甘之野,作《甘誓》。"甘,地名,在今陕西鄠县西。《淮南子·齐俗》"昔有扈氏为义而亡"高诱注:"有扈氏,夏启之庶兄也,以尧、舜传贤,禹独传子,故伐启,启亡之。"高氏揭示了新旧制度之争是此次战争的起因。《墨子·明鬼下》、《庄子·人间世》等以为是禹攻有扈,殆传闻之异辞。[2]六卿:此为西周写定《甘誓》者用时语指称夏代之事。《诗经·大雅·棫朴》孔疏引郑玄注:"六卿者,六军之将。"《礼记·夏官司马·叙官》:"凡制军,万有二千五百人为军,王六军。"[3]六事之人:身边几位统军之人。《墨子·明鬼下》引为"左右六人"。[4]誓:《释文》引马融注:"军旅曰誓。"[5]威侮:轻慢。威,威(灭)之讹,威,通"蔑"。说见王引之《经义述闻》。五行:水("辰星")、金("太白")、火("荧惑")、木("岁星")、土("镇星"或称"填星")五行星。《管子·五行》:"经纬星历,以视其离;通若道,然后有行。……然后作立五行,以正天时。"《史记·天官书》:"黄帝考定星历,建立五行。"《论衡·说日》:"星有五,五行之精。"《史记·周本纪》载武王伐纣时称其"自绝于天",所谓"威侮五行",有似于此。或以为五行指水、金、火、木、土五种物质。[6]怠弃:怠忘。三正:诸多官长。或说三正指天地人之事。[7]用:因此。剿绝:绝也。[8]恭行:奉行。[9]左:车左,主射。攻:治也。[10]恭命:奉命。[11]右:车右,主击刺。[12]御:驾马者。正:事也;《史记·夏本纪》引作"政"。[13]祖:祖主。《周礼·春官宗伯·小宗伯》"奉主车"郑玄注:"王出师,必先有事于社而及迁庙而以其主行。社主曰军社,迁主曰祖。"[14]社:社主。[15]孥戮汝:或以之为奴,或杀戮之。孥,通"奴"。

无　逸[1]

周公曰:"呜呼!君子所其无逸[2]。先知稼穑之艰难,乃逸,则知小人之依[3]。相小人,厥父母勤劳稼穑,厥子乃不知稼穑之艰难,乃逸乃谚[4]。既诞[5],否则侮厥父母曰[6]:昔之人无闻知[7]。"

周公曰:"呜呼!我闻曰:昔在殷王中宗[8],严恭寅畏,天命自度[9],治民祗惧,不敢荒宁,肆中宗之享国七十有五年。其在高宗[10],时旧劳于外,爱暨小人。作其即位,乃或亮阴[11],三年不言。其惟不言,言乃雍。不敢荒宁,嘉靖殷邦。至于小大,无时或怨。肆高宗之享国五十有九年。其在祖甲,不义惟王[12],旧为小人。作其即位,爱知小人之依,能保惠于庶民,不敢侮鳏寡。肆祖甲之享国三十有三年。自时厥后,立王生则逸。生则逸,不知稼穑之艰难,不闻小人之劳,惟耽乐之从。自时厥后,亦罔或克寿[13]。或十年,或七八年,或五六年,或四三年。"

周公曰："呜呼！厥亦惟我周太王、王季[14]，克自抑畏。文王卑服，即康功田功。徽柔懿恭，怀保小民，惠鲜鳏寡。自朝至于日中昃，不遑暇食，用咸和万民。文王不敢盘于游田，以庶邦惟正之供[15]。文王受命惟中身[16]，厥享国五十年。"

周公曰："呜呼！继自今嗣王，则其无淫于观于逸于游于田[17]，以万民惟正之供。无皇曰[18]：今日耽乐。乃非民攸训，非天攸佑，时人丕则有愆[19]。无若殷王受之迷乱[20]，酗于酒德哉！"

周公曰："呜呼！我闻曰：古之人犹胥训告[21]，胥保惠，胥教诲，民无或胥诪张为幻。此厥不听，人乃训之[22]，乃变乱先王之正刑[23]，至于小大。民否则厥心违怨，否则厥口诅祝。"

周公曰："呜呼！自殷王中宗及高宗及祖甲及我周文王，兹四人迪哲。厥或告之曰：'小人怨汝詈汝。'则皇自敬德[24]；厥愆[25]，曰：'朕之愆。'允若时[26]，不啻不敢含怒。此厥不听，人乃或诪张为幻，曰小人怨汝詈汝，则信之。则若时，不永念厥辟，不宽绰厥心[27]，乱罚无罪，杀无辜。怨有同，是丛于厥身[28]。"

周公曰："呜呼！嗣王其监于兹[29]。"

【注释】

[1]据《史记·鲁周公世家》，周武王建立西周王朝后不久死去，其子成王年幼，武王弟周公姬旦辅政。成王成年后，周公恐其安于逸乐，故作《无逸》以告诫之。无逸，即不要贪求安逸享受。本篇文字流畅，中心突出，条理分明，故近人疑为写定于春秋末年。[2]所：居其位。[3]依：苦衷。[4]谚：通"喭"，粗暴。[5]诞：通"延"，久也。[6]丕则：乃至于。[7]昔之人：年长者。[8]殷王中宗：即太戊，汤之玄孙。或以为即祖乙，商朝之第七代君。[9]天命自度：自己约束自己，以符合天意。[10]高宗：殷王武丁，商朝之第二十八代君。[11]亮阴：居丧守孝。或以为：此言武丁虽满腹诚信，态度却很沉默。亮，信也；阴，默也。[12]"不义惟王"二句：祖甲有兄祖庚，而祖甲贤，武丁欲立之；祖甲以王废长立少，不义，逃亡民间，久为平民；武丁死，祖庚立；祖庚死，祖甲立。[13]亦罔或克寿：也没有能够长寿的。罔，无也；克，能也。[14]太王、王季：周公之曾祖与祖父。[15]以庶邦惟正之供：文王所统辖的各部落只有正常的贡赋。下文"万民惟正之供"义同。[16]文王受命惟中身：文王在中年时受天命为君。相传文王四十七岁时即位。[17]观：通"欢"。[18]皇，暇也；无皇，即无自宽暇也。[19]时，通"是"。[20]殷王受：即纣王。[21]胥：相也。[22]训，顺也。[23]正刑：政治法律。正，通"政"。[24]皇自敬德：自己更加敬畏修德。[25]厥愆：下民之过失。[26]允时若：诚如此。时，通"是"。下文"则若是"与此义同。[27]"不永念厥辟"二句：不时常思虑为君之道，不能使自己心胸放宽大些。辟，法也；绰，宽也。[28]"怨有同"二句：民怨会同，集于其身。丛，集也。[29]监：通"鉴"，鉴戒。

第二节 《左传》

晋公子重耳之亡(僖公二十三年、二十四年)[1]

晋公子重耳之及于难也,晋人伐诸蒲城[2]。蒲城人欲战,重耳不可,曰:"保君父之命而享其生禄[3],于是乎得人;有人而校[4],罪莫大焉。吾其奔也。"遂奔狄[5]。从者狐偃、赵衰、颠颉、魏武子、司空季子[6]。

狄人伐廧咎如[7],获其二女叔隗、季隗,纳诸公子。公子娶季隗,生伯儵、叔刘;以叔隗妻赵衰,生盾。将适齐,谓季隗曰:"待我二十五年,不来而后嫁。"对曰:"我二十五年矣,又如是而嫁,则就木焉[8]。请待子。"处狄十二年而行。

过卫,卫文公不礼焉。出于五鹿[9],乞食于野人,野人与之块[10]。公子怒,欲鞭之。子犯曰:"天赐也。"稽首,受而载之。

及齐,齐桓公妻之,有马二十乘。公子安之,从者以为不可。将行,谋于桑下,蚕妾在其上,以告姜氏[11]。姜氏杀之,而谓公子曰:"子有四方之志,其闻之者,吾杀之矣。"公子曰:"无之。"姜曰:"行也!怀与安,实败名。"公子不可。姜与子犯谋,醉而遣之。醒,以戈逐子犯。

及曹,曹共公闻其骈胁[12],欲观其裸。浴,薄而观之[13]。僖负羁之妻曰[14]:"吾观晋公子之从者,皆足以相国[15];若以相,夫子必反其国;反其国,必得志于诸侯;得志于诸侯而诛无礼,曹其首也。子盍蚤自贰焉[16]?"乃馈盘飧,寘璧焉。公子受飧反璧。

及宋,宋襄公赠之以马二十乘。

及郑,郑文公亦不礼焉。叔詹谏曰[17]:"臣闻天之所启[18],人弗及也。晋公子有三焉,天其或者将建诸?君其礼焉。男女同姓,其生不蕃,晋公子,姬出也[19],而至于今,一也;离外之患[20],而天不靖晋国,殆将启之,二也;有三士足以上人而从之[21],三也。晋、郑同侪,其过子弟固将礼焉,况天之所启乎?"弗听。

【注释】

[1]重耳,晋献公之子,即后来之晋文公。据《左传》,僖公四年十二月,晋献公听从骊姬之言,逼迫太子申生自杀而死,申生之弟重耳、夷吾同时出奔。本篇记叙重耳出奔、流亡直至回国即位的过程。[2]伐诸蒲城:事在僖公五年(前655)。蒲城,重耳据守之地,在今山西隰县。[3]保:依仗。生禄:养生之禄邑。[4]校:通"较",抵抗。[5]狄:古代中国北方之部族,春秋时散处于北方各诸侯国之间。据《国语·晋语四》及《左传》昭公十四年,此时重耳年十七。[6]狐偃:晋大夫,重耳之舅父,

字子犯。赵衰：晋大夫，字子余。颠颉：晋大夫，此处始见，《左传·僖公二十八年》言其因触犯晋文公军令而被杀。魏武子：晋大夫，名犨。司空季子：名胥臣，司空为官名，季子为其字。当时从重耳出亡的还有其他人，但以此五人功劳为大，故列出姓名。[7]廧咎如：赤狄之支属，隗姓。[8]木：棺椁。[9]五鹿：卫邑，在今河南濮阳东南。[10]块：土块。[11]姜氏：齐桓公之女，重耳之妻。齐国为太公之后，姜姓。[12]骈胁：腋下肋骨连成一片。[13]薄：帘子。[14]僖负羁：曹大夫。[15]相国：治理国家的辅佐之臣。[16]蚤：通"早"。贰：怀有二心，另作准备。[17]叔詹：郑大夫。[18]启：赞助。[19]"晋公子"二句：据《左传·庄公二十八年》，晋献公娶二女于戎，大戎狐姬生重耳；而晋国亦为姬姓。[20]离：通"罹"，遭遇。外：流亡。[21]上人：超过一般人。

及楚，楚子飨之[1]，曰："公子若反晋国，则何以报不榖[2]？"对曰："子女玉帛，则君有之；羽毛齿革[3]，则君地生焉。其波及晋国者[4]，君之余也。其何以报君？"曰："虽然，何以报我？"对曰："若以君之灵，得反晋国，晋、楚治兵[5]，遇于中原，其辟君三舍[6]。若不获命，其左执鞭弭[7]，右属櫜鞬[8]，以与君周旋。"子玉请杀之[9]。楚子曰："晋公子广而俭[10]，文而有礼；其从者肃而宽，忠而能力。晋侯无亲[11]，外内恶之。吾闻姬姓唐叔之后[12]，其后衰者也。其将由晋公子乎！天将兴之，谁能废之？违天必有大咎。"乃送诸秦。

秦伯纳女五人[13]，怀嬴与焉[14]。奉匜沃盥[15]，既而挥之。怒曰："秦、晋匹也，何以卑我？"公子惧，降服而囚[16]。他日，公享之。子犯曰："吾不如衰之文也，请使衰从。"公子赋《河水》[17]，公赋《六月》[18]。赵衰曰："重耳拜赐。"公子降，拜，稽首。公降一级而辞焉。衰曰："君称所以佐天子者命重耳，重耳敢不拜？

【注释】

[1]楚子：楚成王。[2]不榖：不善。古代诸侯自称之谦辞。[3]羽毛齿革：鸟羽、旄牛尾、象牙、犀牛皮之属。[4]波及：散及。波，通"播"。[5]治兵：本为训练军队或习武之意，此处为外交辞令，避免战争字样。[6]辟：通"避"。舍：凡师一宿为一舍；而师每日行三十里，故三十里亦为一舍。[7]弭：不加装饰之弓。[8]櫜鞬：装弓箭之袋。[9]子玉：楚国令尹，名得臣。[10]广而俭：志向大而律己严格。俭，通"检"。[11]晋侯：晋惠公夷吾。[12]唐叔：周武王之子，成王之弟，名虞。封于唐。其子燮迁于曲沃，因南有晋水，改称晋。[13]秦伯：秦穆公。[14]怀嬴：秦穆公之女，嬴姓。曾嫁给晋怀公（晋惠公之子圉），晋怀公从秦国逃归后，又作为媵妾到了重耳身边。[15]奉匜沃盥：捧着盛水器浇水给重耳洗手。据《仪礼·士昏礼》，新郎入室，媵妾为新郎沃盥。奉，通"捧"；匜，盛水器。[16]降服而囚：去上服，自拘囚而谢之。[17]《河水》：当指《诗经·小雅·沔水》。其有"沔彼流水，朝宗于海"之句，赋者以此表达返国后当朝事秦之意。[18]《六月》：指《诗经·小雅·六月》。其有"以匡王国"、"以定王国"之句，赋者以此劝勉重耳返国后匡佐周天子。

二十四年[1]，春，王正月，秦伯纳之[2]。不书，不告入也[3]。及河，子犯以璧授公子，曰："臣负羁绁[4]，从君巡于天下，臣之罪多矣。臣犹知之，而况君乎？请由此亡。"公子曰："所不与舅氏同心者，有如白水！"投其璧于河。

济河，围令狐[5]，入桑泉[6]，取臼衰[7]。二月甲午[8]，晋师军于庐柳[9]。秦伯使公子絷如晋师。师退，军于郇[10]。辛丑，狐偃及秦、晋大夫盟于郇。壬寅，公子入于晋师。丙午，入于曲沃[11]。丁未，朝于武宫[12]。戊申，使杀怀公于高梁[13]。不书，亦不告也。

吕、郤畏逼[14]，将焚公宫而弑晋侯。寺人披请见[15]。公使让之，且辞焉，曰："蒲城之役，君命一宿，女即至[16]。其后，余从狄君以田渭滨[17]，女为惠公来求杀余；命女三宿，女中宿至。虽有君命，何其速也？夫祛犹在，女其行乎！"对曰："臣谓君之入也，其知之矣。若犹未也，又将及难。君命无二，古之制也。除君之恶，唯力是视。蒲人、狄人，余何有焉？今君即位，其无蒲、狄乎？齐桓公置射钩而使管仲相[18]，君若易之，何辱命焉[19]？行者甚众，岂唯刑臣？"公见之，以难告。三月，晋侯潜会秦伯于王城[20]。己丑，晦，公宫火。瑕甥、郤芮不获公，乃如河上，秦伯诱而杀之。

晋侯逆夫人嬴氏以归。秦伯送卫于晋三千人，实纪纲之仆[21]。

【注释】

[1]二十四年：鲁僖公二十四年，即前636。[2]纳之：以武力送重耳返国。[3]"不书"二句：晋不告，故鲁史不载。此处是解释《春秋》笔法。[4]羁绁：马络头及缰绳。[5]令狐：地名。在今山西临猗西。[6]桑泉：地名。在今山西解县西。[7]臼衰：地名。在今山西解县东南。[8]二月甲午：杨伯峻《春秋左传注》："二月无甲午，此及下文六个干支纪日，据王韬推算，并差一月。王韬且云：'晋用夏正，《传》书日月或有误耳。'"《左传》记事因其所依据的史料之不同，有时用周正，有时用殷正，有时用夏正。这段文字，月日分明，与前后文并不和谐，当是出自晋国史官的记载，但经过鲁国史官的改写，把本来用夏正的晋史改用了周正，插入其他记事中，成为我们今天所见的样子。[9]晋师：晋怀公之军队。庐柳：地名。在今山西临猗。[10]郇：地名。在今山西解县西北。[11]曲沃：地名。在今山西闻喜东北。[12]武宫：重耳祖父晋武公之神庙。[13]高梁：地名。在今山西临汾。[14]吕、郤：晋国旧臣吕甥（因其封地在瑕，故下文称之为瑕甥）、郤芮。[15]寺人：宫中供使令之小臣。相当于后世之宦官，故下文自称"刑臣"。[16]"蒲城之役"三句：据《左传·僖公五年》，晋献公使寺人披伐蒲，重耳越墙而走，披斩其祛（袖口）。女，通"汝"。[17]田：打猎。[18]齐桓公置射钩而使管仲相：齐桓公与公子纠争位时，管仲奉公子纠之命射齐桓公，中钩；后管仲为齐桓公所得，并任以为相。[19]何辱命焉：无须您下命令。[20]潜会：秘密会见。王城：地名。在今陕西朝邑西南。[21]实：充实。纪纲之仆：有办事能力之下属。

初，晋侯之竖头须[1]，守藏者也[2]。其出也[3]，窃藏以逃，尽用以求纳之。及入，求见，公辞焉以沐。谓仆人曰："沐则心覆，心覆则图反[4]，宜吾不得见也。居者为社稷之守，行者为羁绁之仆，其亦可也，何必罪居者？国君而仇匹夫，惧者甚众矣。"仆人以告，公遽见之。

狄人归季隗于晋，而请其二子[5]。文公妻赵衰[6]，生原同、屏括、楼婴。赵姬请逆盾与其母[7]，子余辞。姬曰："得宠而忘旧，何以使人？必逆之！"固请，许之。来，以盾为才，固请于公，以为嫡子，而使其三子下之。以叔隗为内子[8]，而己下之。

晋侯赏从亡者，介之推不言禄[9]，禄亦弗及。推曰："献公之子九人，唯君在矣。惠、怀无亲，外内弃之。天未绝晋，必将有主。主晋祀者，非君而谁？天实置之，而二三子以为己力[10]，不亦诬乎[11]？窃人之财，犹谓之盗；况贪天之功以为己力乎？下义其罪，上赏其奸，上下相蒙，难与处矣。"其母曰："盍亦求之，死亦谁怼[12]？"对曰："尤而效之[13]，罪又甚焉。且出怨言，不食其食。"其母曰："亦使知之，若何？"对曰："言，身之文也。身将隐，焉用文之？是求显也。"其母曰："能如是乎？与女偕隐。"遂隐而死。晋侯求之不获，以绵上为之田[14]，曰："以志吾过[15]，且旌善人[16]。"

【注释】

[1]竖：小臣。[2]守藏：看守库藏。[3]其出：重耳出逃时。[4]"沐则心覆"二句：洗头时要低头，低头心即向下，考虑问题就与正常情况相反。[5]请其二子：请求留下季隗所生的伯儵、叔刘。[6]文公妻赵衰：文公将女儿嫁给赵衰。[7]逆：迎回。[8]内子：嫡妻。[9]介之推：重耳之从亡之臣。姓介名推。之，语助词。[10]二三子：指从亡者。[11]诬：诈也。[12]怼：怨恨。[13]尤：以其为错。[14]绵上：地名。在今山西介山之下。田：祭田。[15]志：记也。[16]旌：表彰。

第三节 《国语》

邵公谏厉王弭谤（周语上）[1]

厉王虐，国人谤王。邵公告曰："民不堪命矣！"王怒，得卫巫，使监谤者。以告，则杀之。国人莫敢言，道路以目[2]。王喜，告邵公曰："吾能弭谤矣，乃不敢言。"

邵公曰："是障之也[3]。防民之口，甚于防川。川壅而溃[4]，伤人必多，民亦如之。是故为川者决之使导，为民者宣之使言。故天子听政，使公卿至于列士献诗，瞽献曲[5]，史献书，师箴[6]，瞍赋[7]，蒙诵[8]，百工谏[9]，庶人传语，近臣尽规[10]，亲戚补察，瞽、史教诲,耆、艾修之[11],而后王斟酌焉,是以事行而不悖。民之有口,犹土之有山川也,财用于是乎出;犹其原隰之有衍沃也[12],衣食于是乎生。口之宣言也,善败于是乎兴,行善而备败,其所以阜财用、衣食者也[13]。夫民虑之于心而宣之于口,成而行之,胡可壅也? 若壅其口,其与能几何[14]?"

王不听。于是国人莫敢出言。三年乃流王于彘[15]。

【注释】

[1]邵公,即邵穆公,名虎,周之卿士。厉王,即周厉王,名胡,前878即位,在位三十七年,后被放逐于彘。本篇记载邵公劝戒厉王弭谤之主张,极有见地。[2]道路以目:不敢发言,相遇以目相视而已。[3]障:本指防水堤;此处用为动词,防也。[4]壅:堵塞。列士:一般官员。[5]瞽:无目者为瞽;古代乐官皆由盲者充任,故此处指乐师。[6]师:少师,次于太师之乐官。箴:一种寓有劝戒意义之文辞,类似于后世之格言。[7]瞍:盲人。赋:不歌而诵。[8]蒙:盲人。[9]百工:各种乐工。[10]尽规:进陈规谏之言。尽,通"进"。[11]耆艾:国内之元老。六十岁为耆,五十岁为艾。修:戒饬。[12]原:宽阔而平坦之土地。隰:低下而潮湿之土地。衍:低下而平坦之土地。沃:有河流可资灌溉之土地。[13]阜:增多。[14]其与能几何:言能有几人赞助你呢? 与,助也。[15]彘:晋地,在今山西霍县境内。

第四节 《战国策》

齐宣王见颜斶(齐策四)[1]

齐宣王见颜斶,曰:"斶前!"斶亦曰:"王前!"宣王不悦。左右曰:"王,人君也;斶,人臣也。王曰'斶前',斶亦曰'王前',可乎?"斶对曰:"夫斶前为慕势,王前为趋士。与使斶为慕势,不如使王为趋士。"王忿然作色曰:"王者贵乎? 士贵乎?"对曰:"士贵耳,王者不贵。"王曰:"有说乎?"斶曰:"有。昔者秦攻齐,令曰:'有敢去柳下季垄五十步而樵采者[2],罪死不赦[3]!'令曰:'有能得齐王头者,封万户侯,赐金千镒。'由是观之,生王之头曾不若死士之垄也。"宣王默然不悦。

左右皆曰:"斶来! 斶来! 大王据千乘之地[4],而建千石钟、万石虡;天下之士,仁义皆来役处;辩知并进,莫不来语;东西南北,莫敢不来服;求万物无不备具,而百姓无不亲附。今夫士之高者,乃称匹夫、徒步而处农亩;下则鄙野,监门闾里;士之贱也亦甚矣!"

斶对曰:"不然。斶闻古大禹之时,诸侯万国[5]。何则?德厚之道,得贵士之力也。故舜起农亩,出于野鄙,而为天子。及汤之时,诸侯三千。当今之世,南面称寡者乃二十四。由此观之,非得失之策与[6]?稍稍诛灭,灭亡无族之时,欲为监门闾里,安可得而有乎哉?是故《易传》不云乎[7]:'居上位,未得其实,以喜其为名者,必以骄奢为行。据慢骄奢,则凶从之。'是故无其实而喜其名者削,无德而望其福者约,无功而受其禄者辱,祸必握。故曰:'矜功不立,虚愿不至。'此皆幸乐其名,华而无其实德者也。是以尧有九佐[8],舜有七友[9],禹有五丞[10],汤有三辅[11]。自古及今而能虚成名于天下者,无有。是以君王无羞亟问,不媿下学。是故成其道德而扬功名于后世者,尧、舜、禹、汤、周文王是也。故曰:'无形者,形之君也;无端者,事之本也。'夫上见其原,下通其流,至圣明学,何不吉之有哉?老子曰:'虽贵,必以贱为本;虽高,必以下为基。是以侯王称孤、寡、不穀,是其贱之本与?'[12]夫孤、寡者,人之困贱下位也,而侯王以自谓,岂非下人而尊贵士与?夫尧传舜,舜传禹,周成王任周公旦,而世世称曰明主。是以明乎士之贵也。"

宣王曰:"嗟乎,君子焉可侮哉!寡人自取病耳。及今闻君子之言,乃今闻细人之行。愿请受为弟子。且颜先生与寡人游,食必太牢[13],出必乘车,妻子衣服丽都。"

颜斶辞去,曰:"夫玉生于山,制则破焉;非弗宝贵矣,然大璞不完。士生乎鄙野,推选则禄焉;非不得尊遂也,然而形神不全。斶愿得归,晚食以当肉,安步以当车,无罪以当贵,清净贞正以自虞。制言者,王也;尽忠直言者,斶也。言要道已备矣,愿得赐归,安行而反臣之邑屋。"则再拜而辞去也。

【注释】

[1]齐宣王,名辟疆,前319—301在位。颜斶,齐国隐士。[2]柳下季:春秋时鲁之贤人,姓展,名禽,字季。因食采邑于"柳下",故称柳下季。[3]罪死不赦:底本原作"死不赦",据《太平御览》卷五五七所引改。[4]千乘:当为"万乘",涉下文"千石"而误。齐国为"万乘"之国。齐王之臣言,不当自降一等。[5]"斶闻古大禹之时"二句:据《左传·哀公十七年》,禹合诸侯,"执玉帛者万国"。[6]得失:得士与失士。与:通"欤"。[7]《易传》:解释《周易》之书。[8]九佐:舜为司徒,契为司马,禹为司空,后稷为田畴,夔为乐正,倕为工师,伯夷为秩宗,皋陶为大理,益为驱禽。此据《说苑·君道》。[9]七友:鲍彪注为"雄陶、方回、续牙、伯阳、东不訾、秦不虚、灵甫"。[10]五丞:即陶、化益、真窥、横革、之交。据《吕氏春秋·慎行论·求人》。[11]三辅:鲍彪注为"谊伯、仲伯、咎单"。[12]"虽贵"七句:引自《老子·三十九章》,文字略有不同。[13]太牢:牛、羊、豕三牲具备。

第五节 《逸周书》与《穆天子传》

殷祝解[1]

汤将放桀于中野,士民闻汤在野,皆委货扶老携幼奔[2],国中虚。桀请汤曰:"国所以为国者,以有家;家所以为家者,以有人也。今国无家无人矣,君有人,请致国,君之有也。"汤曰:"否。昔大帝作道[3],明教士民。今君王灭道残政,士民惑矣,吾为王明之[4]。"士民复致于桀,曰:"以薄之居,济民之贱,何必君更?"桀与其属五百人南徙千里,止于不齐[5],民往奔汤于中野。桀复请汤,言:"君之有也。"汤曰:"否。我为君王明之。士民复重请之。"桀与其属五百人徙于鲁,鲁士民复奔汤。桀又曰:"国,君之有也,吾则外人。有言彼以吾道是邪,我将为之。"汤曰:"此君王之士也,君王之民也,委之何?"汤不能止桀。汤曰:"欲从者,从君。"桀与其属五百人去居南巢[6]。汤放桀而复薄[7],三千诸侯大会,汤退,再拜,从诸侯之位。汤曰:"此天子位,有道者可以处之,天下非一家之有也,有道者之有也。故天下者,唯有道者理之,唯有道者纪之,唯有道者宜久处之。"汤以此让,三千诸侯莫敢即位,然后汤即天子之位。与诸侯誓曰:"阴胜阳即谓之变,而天弗施[8]。雌胜雄即谓之乱,而人弗行[9]。故诸侯之治政,在诸侯之大夫治与从。"

【注释】

[1]本文为《逸周书》之第六十六篇。殷祝:熟悉殷礼之祝告者。作品所记叙的历史与正统的说法明显不同,且"天下非一家之有也"云云,亦不是西周时期的思想,而只能是战国时期争夺天下者的一种理论。[2]委:放弃。[3]大帝:远古圣王。道:教化。[4]明之:使之明。[5]不齐:地名,具体位置不详。[6]南巢:地名,即今安徽巢县。[7]薄:通"亳",殷都,故址在今河南商邱县北。[8]施:佑助。[9]行:顺从。

周穆王见西王母[1]

吉日甲子。天子宾于西王母。乃执白圭玄璧[2],以见西王母,好献锦组百纯[3],□组三百纯。西王母再拜受之。□。乙丑,天子觞西王母于瑶池之上[4]。西王母为天子谣[5],曰:"白云在天,丘陵自出。道里悠远,山川闲之[6],将子无死[7],尚能复来。"天子答之曰:"予归东土,和治诸夏[8]。万民平均,吾顾见汝[9]。比及三年[10],将复而野[11]。"西王母又为天子吟曰:"徂彼西土[12],爰居其野。虎豹为群群,于鹊与处[13]。嘉命不迁[14],我惟帝女。彼何世民[15],又将去子。吹笙鼓簧,中心翱翔。世民之子,惟天之望。"天子遂驱升于弇山[16],乃纪名迹于弇山之石而树之槐[17]。眉曰西王母之山[18]。

【注释】

[1]文出《穆天子传》卷三。《山海经·西山经》:"玉山,是西王母所居也。西王母其状如人,豹尾虎齿而善啸,蓬发戴胜,是司天之厉及五残。"此节根据神话故事和历史传说随笔点染而成,开创了有意识地利用神话素材进行文学创作的先例。作者叙述井然,气氛典雅,人物性格比较鲜明。[2]圭:瑞玉,上圆下方。璧:瑞玉,圆形而中间有孔。[3]好献:为结恩而献。锦组:彩色丝条。纯:匹也。[4]觞:敬酒劝饮。[5]谣:徒歌。[6]闲:通"间",阻隔。[7]将:愿也。[8]和治:平治。诸夏:谓中国也。[9]顾:还也。[10]比及:及也。[11]而:通"尔"。[12]徂:往也。[13]于鹊:乌鹊。[14]嘉命:善命。[15]世民:有世袭爵禄之百姓。[16]弇山:即埯嵫山,见《山海经·西山经》,旧以为日落之处。[17]纪名迹:为铭文以记宾西王母之事。名,通"铭"。[18]眉:题额。

第三章　先秦诸子散文

　　诸子散文的繁荣是以人文主义思潮的高涨为背景的。有学者称这一时期为"轴心期"。西方、印度、中国这三大文化圈,几乎都是在这年代大致相当的历史时期形成的。在轴心期,先贤们以人文精神为武器,打破了古代文化数千年的沉寂,表现出人类意识的觉醒,树立起崇高的目标。先秦诸子散文的意义就在于此。

　　先秦诸子阐述自己学说之著作,即先秦诸子散文,不仅具有丰富的思想内容,也具有较高的文学价值。从文学发展的角度来看,先秦诸子散文的发展大致经历了格言体(以《老子》为代表)、语录体(以《论语》为代表)、对话体(以《孟子》、《庄子》为代表)、专题论文(以《荀子》、《韩非子》为代表)等几个阶段。这种划分只是相对的,如,以语录体为主要特征的《论语》也具有对话体的因素,而《庄子》中的某些篇章则是专题论文。这种交叉与迭合,生动地反映了文章形式的历史发展。就总体而言,先秦诸子散文的基本趋向是由简约到繁富、从零散到严整。愈是后期的著作,篇幅愈宏大,组织愈严密。

　　先秦诸子散文对中国文学的影响极其深远。首先,先秦诸子散文中极为丰富的文化蕴涵深刻地影响着古代作家的人生理想,从而在文化心理上确定了中国古代文人的思想传统和学术传统;其次,先秦诸子散文中所蕴涵的美学思想,是中国古代美学的开端,从而影响着古代美学理论的发展;最后,先秦诸子散文创造了独特的形象化说理方法,影响着古代散文体式、流变和文学语言。

　　《老子》与《论语》是早期诸子散文的代表。

　　老子,楚苦县(今河南鹿邑东)厉乡曲仁里人,姓李氏,名耳,字聃,周守藏室之史(管理藏书的史官)也。相传,孔子适周,曾问礼于老子。《老子》又名《道德经》,由《道经》、《德经》两部分组成。《道经》主要讲哲学,《德经》主要讲政治和军事。从书之内容与涉及的某些问题看,可能编定于战国初年,但基本上保留了老子本人的重要思想。全书以"道"解释宇宙万物的演变,"道"既是规律,又具有永恒绝对的本体意义。《老子》包含某些朴素辩证法思想,注意到事物正反两方面的对立转化,在政治上主张"知足"、"寡欲",希望人类回到"小国寡民"的原始状态。《老子》对后代影响很大,不同的思想家都从中汲取智慧。历代注解《老子》者有几百家。1973 年长沙马王堆三号汉墓发掘出《老子》帛书甲、乙本,为研究《老子》之新材料。在表达方式上,《老子》有歌谣体意味,有大体整章压韵者,有散韵结合者,有似《诗经》者,甚至有似《楚辞》者。刘勰《文心雕龙·情采》:"老子疾伪,故称'美言不信';而五千精妙,则非弃美矣。"

孔子,生鲁昌平乡诹邑(今山东曲阜),其先宋人也。鲁襄公二十二年(前 551。《公羊传》记为鲁襄公二十一)生,字仲尼。孔子贫且贱。及长,为季氏史,料量平;尝为司职史而蓄蕃息,由是为司空。已而去鲁,斥乎齐,逐乎宋,困于陈、蔡之间,于是返鲁。鲁定公以孔子为中都宰、大司寇,行摄相事。因不满意鲁国执政季桓子所为,去而周游列国十四年,不为时君所用,归于鲁。聚徒讲学,弟子三千,身通六艺者七十二人。鲁哀公十六年(前 479)卒。《论语》为孔子弟子及其后学关于孔子言行思想之记录。东汉班固《汉书·艺文志》:"《论语》者,孔子应答弟子、时人及弟子相与言而接闻于夫子之语也。当时弟子各有所记,夫子既卒,门人相与辑而论纂,故谓之《论语》。"唐人柳宗元《论语辩·上篇》:"或问曰:'儒者称《论语》孔子弟子所记,信乎?'曰:'未然也。孔子弟子,曾参最少,少孔子四十六岁。曾子老而死。是书记曾子之死,则去孔子也远矣。曾子之死,孔子弟子略无存者矣。吾意曾子弟子为之也。何哉?且是书载弟子必以字,独曾子、有子不然。由是言之,弟子之号之也。然则有子何以称子?曰:孔子之殁也,诸弟子以有子为似夫子,立而师之。其后不能对诸子之问,乃叱避而退,则固尝有师之号矣。今所记独曾子最后死,余是以知之。盖乐正子春、子思之徒为之尔。或曰:孔子弟子尝杂记其言,然而卒成其书者,曾氏之徒也。'"《论语》传至汉代,有今文《齐论》(二十二篇)、《鲁论》(二十篇),《古文论语》(二十一篇)。西汉末年,安昌侯张禹先习《鲁论》,后习《齐论》,将二者合而为一,篇目以《鲁论》为据,号称《张侯论》,为当时一般儒生所尊奉。东汉郑玄以《张侯论》为依据,参照《齐论》、《古文论语》,作《论语注》。今郑注本独传,《齐论》、《古文论语》皆亡。《论语》文风雍容平和,常常在简短的对话中表现出人物的性格,如《宰予昼寝(公冶长)》、《子见南子(雍也)》、《子路、曾皙、冉有、公西华侍坐(先进)》、《樊迟请学稼(子路)》等等;同时,《阳货欲见孔子(阳货)》、《楚狂接舆(微子)》、《长沮桀溺耦而耕(微子)》、《子路从而后(微子)》等篇情节生动,人物鲜明,标示出对话体散文的突破。

《孟子》与《庄子》是中期诸子散文的代表。

孟轲,邹人也。受业子思(即孔子之孙)之门人。道既通,游事齐宣王,宣王不能用。适梁，梁惠王不果所言，则见以为迂远而阔于事情。当是之时，秦用商君，富国强兵；楚用吴起，战胜弱敌；齐威王、齐宣王用孙子、田忌之徒，而诸侯东面朝齐。天下方务于合纵连衡，以攻伐为贤，而孟轲乃述唐、虞、三代之德，是以所如者不合。退而与万章之徒序《诗》、《书》，述仲尼之意，作《孟子》七篇。《汉书·艺文志》著录《孟子》"十一篇"。赵岐《孟子章句·题辞》："又存《外书》四篇：《性善辩》、《文说》、《孝经》、《为政》。其文不能弘深，不与内篇相似，似非孟子本真，后世依放而托之者也。"因赵岐未注，《外书》后亡佚。赵岐将七篇《孟子》分为上下篇，故今本《孟子》十四篇。《孟子》一书主要记录孟子的谈话，它沿袭语录体，但有所发展，生动地再现了孟子的性格、情操与人格精神；其文章激情洋溢，如长江大河，奔流无阻；其说理善用譬喻，精彩隽永。《敢问夫子恶乎长（公孙丑章句上）》一节，记载孟子与其弟子公孙丑之间的一段对话，其中提到的"知言"、"养气"对后世文学理论及作家人格修养有重大影响。《咸丘蒙问诗（万章章句上）》一节，记载孟子在与弟子咸丘蒙对话中提出的"以意逆志"，成为古典文学阐释理论中的重要原则。

庄子，蒙人也，名周。周尝为蒙漆园吏，与梁惠王、齐宣王同时。其学无所不窥，然其要本归于老子之言，故其著书十余万言，大抵率寓言也。作《渔父》、《盗跖》、《胠箧》以诋訾孔子之徒，以明老子之术。其文皆空语无事实，然善属书离辞，指事类情，用剽剥儒、墨，虽当世宿学，不能自解免也。其言洸洋自恣以适己，故自王公大人不能器之。《汉书·艺文志》著录《庄子》五十二篇。今本《庄子》三十三篇，计《内篇》七，《外篇》十五，《杂篇》十一。研究者们多认为《内篇》是庄子自著，《外篇》、《杂篇》多出于庄子后学。庄子以老子思想为归依，剽削儒墨，反对人性异化，探索个人在乱世中自我解脱之路。这种诗意的追求外化为一种诗化哲学，作者善于通过寓言使思想形象化，想象奇幻而丰富，结构变化无端，行文汪洋恣肆。可以说，《庄子》代表了先秦诸子散文的最高成就。林云铭《庄子因》："庄子命意之深处，须以浅读之；为文之曲处，须以直读之。若一味说玄说妙，入心性里面去，便成一部野狐禅。"又："《庄子》当随字随句读之，不随字随句读之，则无以见全书之变化。又当将全书一气读之，不将全书一气读之，则不知随字随句之融洽。"胡文英《庄子独见》："庄子眼极冷，心肠极热。眼冷，故是非不管。心肠热，故感慨无端。虽知无用，而未能忘情，到底是热肠挂住。虽不能忘情，而终不下手，到底是冷眼看穿。"又："庄子最深情，人第知三闾之哀怨，而不知漆园之哀怨有甚于三闾也。盖三闾之哀怨在一国，而漆园之哀怨在天下；三闾之哀怨在一时，而漆园之哀怨在万世。昧其指者，笑如苍蝇。"刘熙载《艺概·文概》："庄子寓真于诞，寓实于玄，于此见寓言之妙。"

《荀子》与《韩非子》是晚期诸子散文的代表。

荀卿,赵国人,年五十游学于齐,三为祭酒。齐人或谗荀卿,荀卿乃适楚,而春申君以为兰陵令。春申君死而荀卿废,因家兰陵。李斯尝为其弟子,已而相秦。荀卿嫉浊世之政,亡国乱君相属,不遂大道而营巫祝,鄙儒小拘,庄周等又滑稽乱俗,于是推儒、墨、道之行事兴坏,序列著数万言而卒。因葬兰陵。今本《荀子》三十二篇。由西汉刘向初编,后又经唐代注家复位目次,其中《大略》等最后六篇当为弟子所记。《荀子》文章,摆脱了早期先秦思想家著作对话体的窠臼,均为自成体系的专题论文。《荀子》之文为学者之文,严谨周详,浑厚老练,博大精深。《荀子》中《成相》一篇,采用了当时民间流行的助力歌形式表达政治理想,形式新颖。同时,荀子为以"赋"名篇之第一人。《汉书·艺文志》著录荀子原有赋十篇,今《荀子·赋篇》仅存《礼》、《知》、《云》、《蚕》、《箴》五篇。"赋"有二意:一曰敛藏;二曰铺陈。荀子之《赋》兼而用之;故在描写之同时,具有谜语之特征。

韩非,出身韩国贵族,喜刑名法术之学。与李斯同师事荀卿,李斯自叹不如。曾上书劝谏韩王变法图强,不被采用。他口吃不能道说而善于著书,著《孤愤》、《五蠹》、《说难》等十余万言。他综合商鞅的"法"治,申不害的"术"治,慎到的"势"治,提出"法、术、势"三者合一的封建君主统治术。他认为言法不言术,则不能控制大臣;言术不言法,则下民无所适从;有法、术而无势,则大权旁落。韩非的作品流传较广,秦王政见其《孤愤》、《五蠹》后感叹说:"嗟乎,寡人得见此人与之游,死不恨矣。"前233韩出使到秦国,不久因李斯等人陷害,自杀于狱中。《韩非子》是韩非死后由后人搜集其遗著并加入他人论述韩非学说之文章编成。今传《韩非子》二十卷,五十五篇(《汉书·艺文志》亦著录为五十五篇),是先秦法家学说集大成之作。韩非说理透彻,善于层层铺展,譬喻、寓言运用得恰到好处;其文风冷峻峭刻,锋芒逼人,情感沈郁,在先秦诸子之文中独具特色。刘熙载《艺概·文概》:"韩非锋颖太锐。《庄子·天下篇》称老子道术所戒曰'锐则挫矣',惜乎非能作《解老》、《喻老》而不鉴之也。"

参考书目:

马王堆汉墓帛书.老子.[M].北京:文物出版社,1974.

朱谦之.老子校释[M].北京:中华书局,1984.

朱熹.四书集注·论语集注[M].北京:中华书局,1983.

程树德.论语集释[M].北京:中华书局,1990.

焦循.孟子正义[M].北京:中华书局,1986.

郭庆藩.庄子集释[M].北京:中华书局,1996.

崔大华.庄学研究[M].北京:人民出版社,1995.

第一节 早期诸子散文

《老子》

绝学无忧(二十章)[1]

绝学无忧。唯之与阿[2],相去几何?善之与恶,相去若何?人之所畏,不可不畏。荒兮[3],其未央哉[4]!众人熙熙[5],如享太牢[6],如春登台。我独泊兮[7],其未兆[8],如婴儿之未孩[9];傫傫兮[10],若无所归。众人皆有余[11],而我独若遗[12]。我愚人之心也哉[13],沌沌兮[14]!俗人昭昭[15],我独昏昏[16]。俗人察察[17],我独闷闷[18]。澹兮其若海[19],扬兮若无止[20]。众人皆有以[21],而我独顽且鄙[22]。我独异人,而贵食母[23]。

【注释】

[1]本章说明价值判断的相对性,说明得道者的生活态度,表现出与世俗不同的价值取向。此章可视为形似自嘲而实则自赞的诗篇。[2]唯:应诺之词。阿:帛书《老子》甲本作"诃",呵斥。[3]荒兮:混乱。[4]未央:无边无际。[5]熙熙:同"嘻嘻",兴高采烈貌。[6]享太牢:参加丰盛的宴席。享,通"飨";太牢,古代帝王、诸侯祭祀社稷时,牛、羊、豕三牲全备为"太牢"。[7]泊:淡泊。[8]未兆:没有迹象;此处指不炫耀自己。[9]孩:通"咳";《说文解字》:"咳,小儿笑也。"[10]傫傫:懒散疲倦貌。[11]有余:有余财以为奢,有余智以为诈。[12]遗:通"匮",不足。[13]愚人:纯朴之人。[14]沌沌:混混沌沌貌。[15]昭昭:自我炫耀貌。[16]昏昏:暗昧貌。[17]察察:严苛貌。[18]闷闷:纯朴貌。[19]澹:沉静貌。[20]扬:飘逸。[21]以:有为也。[22]顽且鄙:愚笨。且:底本原作"似",据傅奕《道德经古本篇》改。[23]贵食母:以守道为本。河上公注:"母,道也。"

不笑不足以为道(二十章)[1]

上士闻道,勤而行之;中士闻道,若存若亡;下士闻道,大笑之。不笑不足以为道。故建言有之[2]:明道若昧,进道若退,夷道若颣[3],上德若谷,大白若辱[4],广德若不足,建德若偷[5],质真若渝[6],大方无隅[7],大器晚成,大音希声,大象无形,道隐无名。夫唯道,善贷且成[8]。

【注释】

[1]本章说明"道"隐奥难见,凡人不易体会,唯"上士"可践行之。[2]建言:古之立言者。[3]夷道:平坦之道。纇:不平。[4]辱:黑垢。[5]建:通"健"。偷:通"媮",苟且。[6]渝:污浊。[7]隅:棱角。[8]贷:施予。

圣人无为故无败(六十四章)[1]

其安易持,其未兆易谋,其脆易泮[2],其微易散。为之于未有,治之于未乱。合抱之木,生于毫末[3];九层之台,起于累土[4];千里之行,始于足下。为者败之,执者失之。是以圣人无为,故无败;无执,故无失。民之从事,恒于几成而败之[5]。慎终如始,则无败事。是以圣人欲不欲[6],不贵难得之货;学不学,复众人之所过[7],以辅万物之自然而不敢为。

【注释】

[1]本章说明凡事均由小到大,由近及远。河上公题本章曰"安微",然老子却由此得出"无为"、"无执"、"欲不欲"、"学不学"的结论。[2]泮:分也。[3]毫末:细小之萌芽。[4]累土:一筐土。累,通"藥",土筐。[5]恒,底本原作"常",据帛书《老子》甲、乙本改。[6]欲不欲:求人所不求。下文"学不学"句式类此。[7]复众人之所过:返回众人走过头的道路。

《论语》

楚狂接舆(微子)[1]

楚狂接舆歌而过孔子曰[2]:"凤兮[3],凤兮!何德之衰?往者不可谏[4],来者犹可追。已而[5],已而!今之从政者殆而[6]!"

孔子下,欲与之言。趋而辟之[7],不得与之言。

【注释】

[1]接舆:楚隐士,佯狂避世。康有为《论语注》:"孔子下车,盖知为异人,欲告之以救世之义,楚狂自有旨趣,故不欲闻而避之,此亦大隐之至。特发歌以致讽,不可谓不勤拳急;趋避而不言,不可谓不淡泊。隐士之高远奇僻,及圣人之优容接引,皆可见焉。"[2]过:过孔子之车。旧注多以为"过孔子之门",似误。曹之升《四书遮余说》:"《论语》所记隐士皆以其事名之。门者谓之'晨门',杖者谓之'丈人',津者谓之'沮'、'溺',接孔子之舆者谓之'接舆',非名亦非字也。"[3]凤:喻指孔子。[4]谏:劝阻。[5]已而:犹言"算了罢"。而,语助词。[6]殆:危险。[7]辟:通"避"。

长沮桀溺耦而耕（微子）[1]

长沮、桀溺耦而耕。孔子过之，使子路问津焉[2]。

长沮曰："夫执舆者为谁[3]？"子路曰："为孔丘。""是鲁孔丘与？""是也。"曰："是知津矣[4]。"

问于桀溺。桀溺曰："子为谁？"曰："为仲由。"曰："是鲁孔丘之徒与？"对曰："然。"曰："滔滔者，天下皆是也，而谁以易之[5]？且而与其从辟人之士也[6]，岂若从辟世之士哉？"耰而不辍[7]。

子路行以告，夫子怃然曰[8]："鸟兽不可与同群，吾非斯人之徒与而谁与[9]！天下有道，丘不与易也[10]。"

【注释】

[1]长沮、桀溺：皆隐士。俞樾《古书疑义举例》卷三："夫二子者，问津且不告，岂复以姓名通于吾徒哉？特以下文各有问答，故为假设之名以别之。曰'沮'曰'溺'，惜其沈沦而不返也。桀之言'桀然'也；'长'与'桀'，指目其状也。以为二人之真姓名，则泥矣。"耦：二人并耕。[2]津：渡口。[3]执舆：执辔于车。[4]知津：讥孔子周游列国，熟悉道路，不必问人。[5]"滔滔者"三句：朱熹《四书集注》："言天下皆乱，将谁与变易之？"滔滔，水周流貌，喻乱世；而，通"尔"；谁以，犹"与谁"。[6]辟人：躲避坏人，不与之合作。辟，通"避"。下同。[7]耰：以土掩盖种子。[8]怃然：怅然若失貌。[9]斯人：世人。[10]"天下有道"二句：言天下若已平治，我不必与尔等变易之。

子路从而后（微子）[1]

子路从而后，遇丈人，以杖荷蓧[2]。

子路问曰："子见夫子乎？"

丈人曰："四体不勤，五谷不分，孰为夫子？"植其杖而芸[3]。

子路拱而立[4]。

止子路宿，杀鸡为黍而食之，见其二子焉[5]。

明日，子路行。以告。子曰："隐者也！"使子路反见之[6]。至，则行矣。

子路曰："不仕无义。长幼之节，不可废也；君臣之义，如之何其废之？欲洁其身，而乱大伦[7]！君子之仕也，行其义也。道之不行，已知之矣。"

【注释】

[1]宋朱熹《四书集注》引范氏曰："隐者为高，故往而不反；仕者为通，故溺而不止。不与鸟兽

同群,则决性命之情以饕富贵。此二子皆惑也,是以依乎中庸者为难。惟圣人不废君臣之义,而必以其正,所以或出或处,而终不离于道也。"[2]荷:扛。莜:除草具。[3]植:通"置"。芸:通"耘",除草。[4]拱:拱手以示敬意。[5]见:通"现",使见。[6]反:通"返"。[7]大伦:君臣之义。伦,道理也。

第二节　中期诸子散文

《孟子》

人皆谓我毁明堂(梁惠王下)[1]

齐宣王问曰:"人皆谓我毁明堂,毁诸? 已乎[2]?"

孟子对曰:"夫明堂者,王者之堂也。王欲行王政,则勿毁之矣。"

王曰:"王政可得闻与?"

对曰:"昔者文王之治岐也[3],耕者九一[4],仕者世禄[5],关市讥而不征[6],泽梁无禁[7],罪人不孥[8]。老而无妻曰鳏,老而无夫曰寡,老而无子曰独,幼而无父曰孤。此四者,天下之穷民而无告者。文王发政施仁,必先斯四者。《诗》云:'哿矣富人,哀此茕独[9]。'"

王曰:"善哉言乎!"

曰:"王如善之,则何为不行?"

王曰:"寡人有疾,寡人好货。"

对曰:"昔者公刘好货[10],《诗》云:'乃积乃仓,乃裹糇粮,于橐于囊,思辑用光。弓矢斯张,干戈戚扬,爰方启行[11]。'故居者有积仓,行者有裹囊也,然后可以爰方启行。王如好货,与百姓同之,于王何有[12]?"

王曰:"寡人有疾,寡人好色。"

对曰:"昔者太王好色[13],爰厥妃。《诗》云:'古公亶父,来朝走马。率西水浒,至于岐下。爰及姜女,聿来胥宇[14]。'当是时也,内无怨女,外无旷夫[15]。王如好色,与百姓同之,于王何有?"

【注释】

[1]明堂:古代天子宣明政教之处,凡祭祀、庆赏等大典,均在其中举行。焦循《孟子正义》:"夫子恂恂然善诱人,诱人以进于善也。齐王好货好色,孟子推以公刘、太王,所谓'责难于君谓之恭'者

也。"[2]已:止也。[3]岐:地名。在今陕西岐山一带。[4]九一:九分抽一之税率。此处指井田制而言。每井九百亩,八家各一百亩私田,当中一百亩公田由八家共同耕种。[5]仕者世禄:仕者之子孙皆享俸禄。[6]讥:察也。征:收税。[7]梁:鱼梁。古人置于流水中拦鱼之装置。[8]罪人不孥:言刑法不殃及妻子。孥,妻子,此处用为动词。[9]"哿矣富人"二句:语出《诗经·小雅·正月》。哿,可也;茕,孤独貌。[10]公刘:夏末时的周族酋长。[11]"乃积乃仓"七句:见《诗经·大雅·公刘》。场、疆:修整田界;积:露天堆积粮食,仓:在仓中堆积粮食;糇粮:干粮;橐:无底之囊,盛物时以绳扎束两端;辑:和;用:而;干:盾;戚:斧;扬:钺。[12]何有:言不难也。[13]太王:即周太王古公亶父。[14]"古公亶父"六句:见《诗经·大雅·绵》。朝:清早,走马:驱马;率:沿,浒:水边;岐下:岐山之下;姜女:太王之妃,姜姓;聿:句首助词,无义;胥:相也。[15]"内无怨女"二句:言使一国男女无有怨旷。

人皆有不忍人之心(公孙丑上)[1]

孟子曰:"人皆有不忍人之心。先王有不忍人之心,斯有不忍人之政矣。以不忍人之心,行不忍人之政,治天下可运之掌上。所以谓'人皆有不忍人之心'者,今人乍见孺子将入于井[2],皆有怵惕恻隐之心[3],非所以内交于孺子之父母也[4],非所以要誉于乡党朋友也[5],非恶其声而然也。由是观之,无恻隐之心,非人也;无羞恶之心,非人也;无辞让之心,非人也;无是非之心,非人也。恻隐之心,仁之端也[6];羞恶之心,义之端也;辞让之心,礼之端也;是非之心,智之端也。人之有是四端也,犹其有四体也。有是四端而自谓不能者,自贼者也;谓其君不能者,贼其君者也。凡有四端于我者,知皆扩而充之矣,若火之始然[7],泉之始达。苟能充之,足以保四海[8];苟不充之,不足以事父母。"

【注释】

[1]不忍人:不忍加恶于人,即同情人。孟子以为人皆有不忍人之心,惟君子能扩而充之,反之则为自弃。[2]乍:忽然。[3]怵惕恻隐:恐惧哀痛。[4]内交:结交。内,通"纳",结也。[5]要:求也。[6]端:发端。[7]然:同"燃"。[8]保:定也。

咸丘蒙问诗(万章上)[1]

咸丘蒙问曰:"语云:'盛德之士,君不得而臣,父不得而子。'舜南面而立,尧帅诸侯北面而朝之,瞽瞍亦北面而朝之[2]。舜见瞽瞍,其容有蹙[3]。孔子曰:'于斯时也,天下殆哉,岌岌乎!'不识此语诚然乎哉[4]?"

孟子曰："否，此非君子之言，齐东野人之语也。尧老而舜摄也。《尧典》曰：'二十有八载，放勋乃徂落，百姓如丧考妣，三年，四海遏密八音[5]。'孔子曰：'天无二日，民无二王[6]。'舜既为天子矣，又帅天下诸侯以为尧三年丧，是二天子矣。"

咸丘蒙曰："舜之不臣尧，则吾既得闻命矣。《诗》云：'普天之下，莫非王土；率土之滨，莫非王臣[7]。'而舜既为天子矣，敢问瞽瞍之非臣，如何？"

曰："是诗也，非是之谓也；劳于王事而不得养父母也。曰：'此莫非王事，我独贤劳也[8]。'故说诗者，不以文害辞[9]，不以辞害志[10]。以意逆志[11]，是为得之。《云汉》之诗曰：'周余黎民，靡有孑遗[12]。'信斯言也，是周无遗民也。孝子之至，莫大乎尊亲；尊亲之至，莫大乎以天下养。为天子父，尊之至也；以天下养，养之至也。《诗》曰：'永言孝思，孝思维则[13]。'此之谓也。《书》曰：'祗载见瞽瞍，夔夔齐栗，瞽瞍亦允若[14]。'是为父不得而子也。"

【注释】

[1]咸丘蒙：孟子弟子。孟子与咸丘蒙在对话中提出的"以意逆志"，成为古典文学阐释理论中的重要原则。朱熹《四书集注》："说《诗》之法，不可以一字而害一句之义，不可以一句害设辞之志，当以己意迎取作者之志，乃可得之。"[2]瞽瞍：即瞽叟，舜父。因其目盲，故称"瞽"。[3]爰：不安貌。[4]"孔子曰"四句：《墨子·非儒》："孔丘与其门弟子闲坐，曰：'夫舜见瞽瞍蹴然，此时天下圾乎！'"[5]"《尧典》曰"六句：见《尚书·尧典》。放勋：尧也。徂落：死也。考妣：父母。遏密八音：不奏音乐。遏，绝也；密，静也；八音，金石丝竹匏土革木之属。[6]"天无二日"二句：语出《礼记·曾子问》。[7]"普天之下"四句：语出《诗经·小雅·北山》。普，《诗》本作"溥"。[8]贤：劳也。[9]不以文害辞：不拘泥于文字而误解词句。[10]不以辞害志：不拘泥于词句而误解原意。[11]以意逆志：赵岐注："志，诗人志所欲之事；意，学者之心意也。"然赵岐《孟子章句·题辞》又曰："孟子长于譬喻，辞不迫切而意以独至。其言曰：'说《诗》者，不以文害辞，不以辞害志。以意逆志，是为得之矣。'斯言殆欲使后人深求其意以解其文，不但施于说《诗》也。"这两种说法不同。后人或以"以意逆志"为以作者之意推求作者之志。[12]"周余黎民"二句：语出《诗经·大雅·云汉》。黎民，众民；靡，通"无"；孑，余也。[13]"永言孝思"二句：语出《诗经·大雅·下武》。意谓永怀孝思，孝思即效法先人。[14]"《书》曰"四句：赵岐注："《书》，《尚书》遗篇；祗，敬；载，事也；夔夔齐栗，敬慎战惧貌。"

《庄子》

秋水（外篇）[1]

秋水时至，百川灌河。泾流之大[2]，两涘渚崖之间[3]，不辩牛马。于是焉河伯欣然自喜[4]，以天下之美为尽在己。顺流而东行，至于北海，东面而视，不见水端。于是焉河伯始旋其面目，望洋向若而叹曰[5]："野语有之曰：'闻道百以为莫己若者'，我之谓也。且夫我尝闻少仲尼之闻而轻伯夷之义者[6]，始吾弗信。今我睹子之难穷也，吾非至于子之门则殆矣，吾长见笑于大方之家[7]。"北海若曰："井蛙不可以语于海者，拘于虚也[8]；夏虫不可以语于冰者，笃于时也[9]；曲士不可以语于道者[10]，束于教也。今尔出于崖涘，观于大海，乃知尔丑[11]，尔将可与语大理矣。天下之水，莫大于海：万川归之，不知何时止而不盈；尾闾泄之[12]，不知何时已而不虚；春秋不变，水旱不知。此其过江河之流，不可为量数。而吾未尝以此自多者，自以比形于天地而受气于阴阳[13]，吾在于天地之间，犹小石小木之在大山也。方存乎见少，又奚以自多！计四海之在天地之间也，不似礨空之在大泽乎[14]？计中国之在海内，不似稊米之在大仓乎[15]？号物之数谓之万[16]，人处一焉；人卒九州岛[17]，谷食之所生，舟车之所通，人处一焉。此其比万物也，不似豪末之在于马体乎[18]？五帝之所连[19]，三王之所争，仁人之所忧，任士之所劳[20]，尽此矣！伯夷辞之以为名，仲尼语之以为博。此其自多也，不似尔向之自多于水乎？"

【注释】

[1]王夫之《庄子解》："此篇因《逍遥游》、《齐物论》而衍之，推言天地万物初无定质，无定情，扩其识量而会通之，则皆无可据，而不足以撄吾心之宁矣。"[2]泾流：水流。泾，水脉也。[3]涘：水边。渚：水中可居之处。辩：通"辨"。[4]河伯：河神。[5]望洋：迷茫貌。若：海神。据《周礼》，"北龟曰若属"，则若本神龟，此处言海神。[6]少仲尼之闻而轻伯夷之义：贬低孔子的学识、轻视伯夷的节气。仲尼，孔子之字；伯夷，殷诸侯孤竹君之长子，为让位于弟而投周文王；反对武王伐纣，为表示节气而不食周粟，最后饿死于首阳山。[7]大方：大道。[8]拘：局限。虚：通"墟"。[9]笃：固也。与上下文"拘"、"束"同义。[10]曲士：乡曲之士。见识浅薄者。[11]丑：鄙陋。[12]尾闾：传说中海底泄水处。[13]比：通"庇"，寄也。[14]礨空：石块上之小孔。[15]稊米：细小的米粒。大仓：储粮的大仓库。大，通"太"。[16]号：称也。[17]卒：通"萃"，聚集。[18]豪末：动物身上毫毛之末端。豪，通"毫"。[19]连：继承。[20]任士：墨家。墨家以"任"要求自己。《墨经》："任，士损己而益所为也。"《经说》："任，为身之所恶，以成人之所急。"

河伯曰："然则吾大天地而小豪末，可乎？"北海若曰："否。夫物，量无穷，时无止，分无常，终始无故。是故大知观于远近，故小而不寡，大而不多：知量无穷。证向今故[1]，故遥而不闷[2]，掇而不跂[3]：知时无止。察乎盈虚，故得而不喜，失而不忧：知分之无常也。明乎坦涂[4]，故生而不说[5]，死而不祸：知终始之不可故也。计人之所知，不若其所不知；其生之时，不若未生之时。以其至小，求穷其至大之域，是故迷乱而不能自得也。由此观之,又何以知豪末之足以定至细之倪[6],又何以知天地之足以穷至大之域?"

河伯曰:"世之议者皆曰:'至精无形,至大不可围。'是信情乎?"北海若曰:"夫自细视大者不尽,自大视细者不明,故异便[7]。夫精,小之微也;垺[8],大之殷也[9];此势之有也。夫精粗者,期于有形者也;无形者,数之所不能分也;不可围者,数之所不能穷也。可以言论者,物之粗也;可以意致者,物之精也;言之所不能论,意之所不能察致者,不期精粗焉。是故大人之行:不出乎害人,不多仁恩;动不为利,不贱门隶;货财弗争,不多辞让;事焉不借人,不多食乎力,不贱贪污;行殊乎俗,不多辟异;为在从众,不贱佞谄;世之爵禄不足以为劝,戮耻不足以为辱,知是非之不可为分,细大之不可为倪。闻曰:'道人不闻,至德不得,大人无己。'约分之至也[10]。"

【注释】

[1]向今:古今。[2]遥而不闷:以今推古,虽遥远而明白。[3]掇而不跂:以古证今,虽近亦不强求知晓。[4]坦涂:大道。涂,通"途"。[5]说:通"悦"。[6]倪:通"仪",标准。[7]异便:异说。便,通"辩"。"故异便"三字本在"大之殷也"之后,据马叙伦《庄子义证》移至此。[8]垺:同"郭",外城,以喻空虚广大之意义。[9]殷:大也。[10]约分之至:缩小分别至极点。

河伯曰:"若物之外,若物之内,恶至而倪贵贱?恶至而倪小大?"北海若曰:"以道观之,物无贵贱。以物观之,自贵而相贱。以俗观之,贵贱不在己。以差观之,因其所大而大之,则万物莫不大;因其所小而小之,则万物莫不小。知天地之为稊米也,知豪末之为丘山也,则差数睹矣。以功观之,因其所有而有之,则万物莫不有;因其所无而无之,则万物莫不无。知东西之相反而不可以相无,则功分定矣。以趣观之,因其所然而然之,则万物莫不然;因其所非而非之,则万物莫不非。知尧、桀之自然而相非,则趣操睹矣。昔者尧、舜让而帝,之、哙让而绝[1];汤、武争而王,白公争而灭[2]。由此观之,争让之礼,尧、桀之行,贵贱有时,未可以为常也。梁丽可以冲城而不可以窒穴[3],言殊器也;骐骥骅骝一日而驰千里,捕鼠不如狸狌,言殊技也;鸱鸺夜撮蚤[4],察毫末,昼出瞋目而不见丘山,言殊性也。故曰:盖师是而无非,师治而无乱乎?是未明天地之理,万物之情者也。是犹师天而无地,师阴而无阳,其不可行明矣!然且语而不舍,非愚则诬也!帝王殊禅,三代殊继。差其时[5],逆其俗者,谓之篡夫;当其时,顺其俗者,谓之义之徒。默默乎河伯,女恶知贵贱之门,小大之家!"

河伯曰:"然而我何为乎?何不为乎?吾辞受趣舍,吾终奈何?"北海若曰:"以道观之,何贵何贱,是谓反衍[6];无拘而志,与道大蹇[7];何少何多,是谓谢施[8];无一而行,与道参差[9]。严乎若国之有君[10],其无私德;繇繇乎若祭之有社[11],其无私福;泛泛乎其若四方之无穷[12]，其无所畛域。兼怀万物，其孰承翼[13]？是谓无方。万物一齐，孰短孰长？道无终始，物有死生，不恃其成。一虚一满，不位乎其形[14]。年不可举[15]，时不可止；消息盈虚，终则有始。是所以语大义之方，论万物之理也。物之生也，若骤若驰。无动而不变，无时而不移。何为乎，何不为乎？夫固将自化。”

河伯曰：“然则何贵于道邪？”北海若曰：“知道者必达于理，达于理者必明于权[16]，明于权者不以物害已。至德者，火弗能热，水弗能溺，寒暑弗能害，禽兽弗能贼。非谓其薄之也[17]，言察乎安危，宁于祸福，谨于去就，莫之能害也。故曰：‘天在内，人在外，德在乎天。’知天人之行，本乎天，位乎得[18]，蹢躅而屈伸[19]，反要而语极[20]。”曰：“何谓天？何谓人？”北海若：“牛马四足，是谓天；落马首[21]，穿牛鼻，是谓人。故曰：无以人灭天，无以故灭命，无以得殉名。谨守而勿失，是谓反其真。”

【注释】

  [1]之、哙让而绝：姬哙为燕王时，重用其相子之，后姬哙效法尧舜禅让之事，使子之为燕王；国人不服，不及三年，燕国大乱，齐国乘机攻燕，杀姬哙及子之，燕国几乎灭亡。事见《战国策·燕策》。[2]白公：即白公胜，楚平王之孙。其父太子建因受陷害而流亡国外，生白公胜；后白公胜回国，发动政变，控制国都，旋失败自杀。事见《左传·哀公十六年》。[3]梁丽：屋栋。[4]鸱鸺：猫头鹰。[5]差：错过。[6]反衍：犹言曼衍，变化。[7]塞：扰也。引申为阻塞。[8]谢施：代谢转移。[9]参差：不齐貌。[10]严乎：庄重貌。严，通“俨”。[11]繇繇乎：自得貌。繇繇，通“悠悠”。[12]泛泛乎：广阔貌。[13]承：接受。翼：帮助。[14]位：固执。[15]举：尽也。[16]权：变化。[17]薄：犯也。[18]得：通“德”。[19]蹢躅：进退不定貌。[20]反要：返回根本。反，通“返”。[21]落：通“络”，笼住。

夔怜蚿[1]，蚿怜蛇，蛇怜风，风怜目，目怜心。夔谓蚿曰：“吾以一足趻踔而行[2]，予无如矣。今子之使万足，独奈何？”蚿曰：“不然。子不见夫唾者乎？喷则大者如珠，小者如雾，杂而下者不可胜数也。今予动吾天机[3]，而不知其所以然。”蚿谓蛇曰：“吾以众足行，而不及子之无足，何也？”蛇曰：“夫天机之所动，何可易邪？吾安用足哉！”蛇谓风曰：“予动吾脊胁而行，则有似也[4]。今子蓬蓬然起于北海[5]，蓬蓬然入于南海，而似无有，何也？”风曰：“然，予蓬蓬然起于北海而入于南海也。然而指我则胜我，鰌我亦胜我[6]。虽然，夫折大木，蜚大屋者[7]，唯我能也。”故以众小不胜为大胜也。为大胜者，唯圣人能之。

【注释】

  [1]夔：神话中之独足兽，似牛而无角，其声如雷。怜：羡慕。蚿：多足之虫。俗名百足，亦即下

文之"距商"。[2]趻踔:独足跳行貌。[3]天机:天生之机能。即本能。[4]有似:当作"似有",意谓似有足。与下文"似无有"相对应。[5]蓬蓬然:风卷动貌。[6]"然而指我则胜我"二句:意谓人以手指风,风不能伤人指,以足蹴风,风不能伤人足。鰌,通"蹙",踏也。[7]螫:通"飞"。

孔子游于匡[1],宋人围之数匝,而弦歌不惙[2]。子路入见[3],曰:"何夫子之娱也?"孔子曰:"来,吾语女。我讳穷久矣,而不免,命也;求通久矣,而不得,时也。当尧、舜而天下无穷人,非知得也[4];当桀、纣而天下无通人,非知失也;时势适然。夫水行不避蛟龙者,渔父之勇也;陆行不避兕虎者,猎夫之勇也;白刃交于前,视死若生者,烈士之勇也;知穷之有命,知通之有时,临大难而不惧者,圣人之勇也。由,处矣!吾命有所制矣!"无几何,将甲者进,辞曰:"以为阳虎也,故围之。今非也。请辞而退。"

【注释】

[1]匡:春秋时卫国邑名。《史记·孔子世家》:"将适陈,过匡,颜刻为仆,以其策指之曰:'昔吾入此,由彼缺也。'匡人闻之,以为鲁之阳虎。阳虎尝暴匡人,匡人于是遂止孔子,孔子状类阳虎,拘焉五日。"[2]惙:通"辍",止也。[3]子路:即仲由,一字季路,孔子学生。[4]知得:得到智慧。知,通"智"。下文"知失"类此。

公孙龙问于魏牟曰[1]:"龙少学先王之道,长而明仁义之行。合同异[2],离坚白[3],然不然,可不可,困百家之知,穷众口之辩,吾自以为至达已。今吾闻庄子之言,汒焉异之[4]。不知论之不及与?知之弗若与?今吾无所开吾喙[5],敢问其方。"公子牟隐机大息[6],仰天而笑曰:"子独不闻夫坎井之蛙乎[7]?谓东海之鳖曰:'吾乐与!出跳梁乎井干之上[8],入休乎缺甃之崖[9]。赴水则接腋持颐,蹶泥则没足灭跗。还视虷蟹与科斗[10],莫吾能若也。且夫擅一壑之水,而跨跱坎井之乐[11],此亦至矣。夫子奚不时来入观乎?'东海之鳖左足未入,而右膝已絷矣[12]。于是逡巡而却,告之海曰:'夫千里之远,不足以举其大[13];千仞之高,不足以极其深。禹之时,十年九潦,而水弗为加益;汤之时,八年七旱,而崖不为加损。夫不为顷久推移,不以多少进退者,此亦东海之大乐也。'于是坎井之蛙闻之,适适然惊[14],规规然自失也[15]。且夫知不知是非之竟[16],而犹欲观于庄子之言,是犹使蚊负山,商蚷驰河也,必不胜任矣。且夫知不知论极妙之言,而自适一时之利者,是非坎井之蛙与[17]?且彼方跐黄泉而登大皇[18],无南无北,奭然四解[19],沦于不测;无东无西,始于玄冥[20],反于大通[21]。子乃规规然而求之以察[22],索之以辩,是直用管窥天,用锥指地也[23],不亦小乎?子往矣!且子独不闻夫寿陵余子之学行于邯郸与[24]?未得国能,又失其故行矣,直匍匐而归耳。今子不去,将忘子之故,失子之业。"公孙龙口呿而不合,舌举而不下,乃逸而走。

【注释】

[1]公孙龙:战国时名家学派代表人物,赵国人。魏牟:魏国公子,故又称公子牟。[2]合同异:战国时期名家学派论题。即否认"同"与"异"的确定性,其主要倡导者为惠施。[3]离坚白:战国时期名家学派论题。公孙龙认为"坚白石"之"坚"与"白"可以分离。可参阅《公孙龙子·坚白论》。[4]汒焉:茫然。汒,通"茫"。[5]喙:嘴。[6]隐机:依靠几案。机,通"几"。大息:叹惜。大,通"太"。[7]坎井:坏井。[8]井干:井栏。干,通"韩",《说文解字》:"韩,井垣也。"[9]甃:井壁。[10]虷蟹:孑孓。视:底本原缺,据《太平御览》卷一八九补。[11]跨跱:叉开腿站立。[12]絷:拌住。[13]举:形容。[14]适适然:惊怖之容。[15]规规然:自失之貌。[16]知(前):通"智"。竟:通"境"。[17]与:通"欤"。[18]趾:登也。大皇:天高处。[19]爽然:毫无阻碍貌。爽,通"释"。解:达也。[20]玄冥:微妙之境。[21]反:通"返"。大通:深远之境界。[22]规规然:拘泥貌。[23]指地:点地而量。[24]寿陵:赵国邑名。余子:少年。

庄子钓于濮水[1]。楚王使大夫二人往先焉[2],曰:"愿以境内累矣!"庄子持竿不顾,曰:"吾闻楚有神龟,死已三千岁矣。王巾笥而藏之庙堂之上[3]。此龟者,宁其死为留骨而贵乎? 宁其生而曳尾于涂中乎?"二大夫曰:"宁生而曳尾涂中[4]。"庄子曰:"往矣! 吾将曳尾于涂中。"

惠子相梁,庄子往见之。或谓惠子曰:"庄子来,欲代子相。"于是惠子恐,搜于国中三日三夜。庄子往见之,曰:"南方有鸟,其名为鹓鶵[5],子知之乎? 夫鹓鶵,发于南海而飞于北海,非梧桐不止,非练实不食[6],非醴泉不饮[7]。于是鸱得腐鼠,鹓鶵过之,仰而视之曰:'吓!'今子欲以子之梁国而'吓'我邪?"

庄子与惠子游于濠梁之上[8]。庄子曰:"儵鱼出游从容[9],是鱼之乐也。"惠子曰:"子非鱼,安知鱼之乐?"庄子曰:"子非我,安知我不知鱼之乐?"惠子曰:"我非子,固不知子矣;子固非鱼也,子之不知鱼之乐。全矣!"庄子曰:"请循其本。子曰'汝安知鱼乐'云者,既已知吾知之而问我。我知之濠上也。"

【注释】

[1]濮水:水名。在今山东濮县。[2]先:通"诜",致言也。[3]巾笥:装进竹箱,再用巾包起来。[4]涂中:泥中。[5]鹓鶵:鸾凤一类的鸟。[6]练实:竹实。《艺文类聚》卷八八、《初学记》卷二八、《太平御览》卷九一一、九一五及九六五均引作"竹实"。[7]醴泉:甘美如甜酒之泉水。或以为醴泉即露。[8]濠:水名。在今安徽凤阳。梁:桥。[9]儵:当作"鯈",《世说新语》注、《尔雅》郭注均引作"鯈"。一种银白色小鱼。

第三节　晚期诸子散文

《荀子》

成相(节录)[1]

　　请成相,世之殃,愚闇愚闇堕贤良。人主无贤,如瞽无相,何伥伥[2]。请布基,慎圣人[3],愚而自专事不治。主忌苟胜[4],群臣莫谏,必逢灾。论臣过,反其施,尊主安国尚贤义。拒谏饰非,愚而上同,国必祸。曷谓罢?国多私,比周还主党与施[5]。远贤近谗,忠臣蔽塞,主埶移[6]。曷谓贤?明君臣,上能尊主下爱民[7]。主诚听之,天下为一,海内宾。主之孽,谗人达,贤能遁逃国乃蹶。愚以重愚,闇以重闇,成为桀。世之灾,妒贤能,飞廉知政任恶来[8]。卑其志意,大其园圃,高其台。武王怒,师牧野[9],纣卒易乡启乃下[10]。武王善之,封之于宋,立其祖[11]。世之衰,谗人归,比干见刳箕子累[12]。武王诛之,吕尚招麾[13],殷民怀。世之祸,恶贤士,子胥见杀百里徙[14]。穆公任之,强配五伯,六卿施。世之愚,恶大儒,逆斥不通孔子拘[15]。展禽三绌[16],春申道缀[17],基毕输[18]。请牧基,贤者思,尧在万世如见之。谗人罔极,险陂倾侧[19],此之疑。基必施,辩贤罢,文、武之道同伏戏[20]。由之者治,不由者乱,何疑为?

【注释】

　　[1]《礼记·乐记》"再成而灭商"郑玄注:"成,犹奏也。"《礼记·曲礼》"邻有丧,舂不相"郑玄注:"相,谓送杵声。"朱熹《楚辞后语》:"成相,助力之歌。"荀子此篇采用了当时民间流行的助力歌形式。[2]伥伥:茫然无适貌。[3]慎圣人:俞樾以为当为"慎听之"。或以为"慎"通"顺"。[4]苟胜:侥幸取胜。[5]比周:勾结。还:通"荧",迷惑。党与:同党者。施:布满。[6]埶:通"势"。[7]下爱民:底本原作"爱下民"。据《荀子·不苟》"上则能尊君,下则能爱民"改。[8]飞廉:殷末人,与其子恶来俱事纣王。知政:当权。[9]牧野:地名,在殷都朝歌(今河南淇县东北)以南七十里,武王于此击败纣王。[10]易乡:倒戈。乡,通"向"。启:殷贵族,即微子。[11]祖:宗庙。[12]比干:殷之宗师,因谏纣王,被剖心而死。箕子:纣王之叔父,被纣王囚禁。累,通"缧",捆绑罪人之绳索,此处用为动词。[13]吕尚:周初大臣,俗称姜太公。[14]子胥:即伍子胥,春秋时吴国大夫,被吴王夫差误杀。百里:即百里奚,春秋时虞国大夫,后以俘虏身份去秦国,协助秦穆公成霸业。[15]孔子拘:孔子畏于匡,又困于陈、蔡之间。事见《史记·孔子世家》。[16]展禽:即柳下惠,春秋时鲁国人,曾三次任士师,三次被黜退。绌,通"黜"。[17]春申:即黄歇,战国时楚国贵族,封为春申君,后死于内乱。缀,通"辍",废止。[18]毕输:完全被破坏。[19]陂:通"诐",邪也。[20]伏戏:即伏羲,传说中上古帝王。

《韩非子》

说　难[1]

　　凡说之难：非吾知之有以说之之难也，又非吾辩之能明吾意之难也，又非吾敢横佚而能尽之难也[2]。凡说之难：在知所说之心，可以吾说当之。所说出于为名高者也，而说之以厚利，则见下节而遇卑贱，必弃远矣。所说出于厚利者也，而说之以名高，则见无心而远事情，必不收矣。所说阴为厚利而显为名高者也，而说之以名高，则阳收其身而实疏之；说之以厚利，则阴用其言，显弃其身矣。此不可不察也。

　　夫事以密成，语以泄败。未必其身泄之也，而语及所匿之事，如此者身危。彼显有所出事，而乃以成他故；说者不徒知所出而已矣，又知其所以为，如此者身危。规异事而当，知者揣之外而得之；事泄于外，必以为己也，如此者身危。周泽未渥也，而语极知，说行而有功则德忘，说不行而有败则见疑，如此者身危。贵人有过端，而说者明言善议以挑其恶[3]，如此者身危。贵人或得计而欲自以为功，说者与知焉，如此者身危。强以其所不能为，止以其所不能已，如此者身危。故与之论大人，则以为闲己矣[4]；与之论细人，则以为卖重[5]；论其所爱，则以为藉资；论其所憎，则以为尝己也。径省其说，则以为不智而拙；米盐博辩[6]，则以为多而交之[7]；略事陈意，则曰怯懦而不尽；虑事广肆，则曰草野而倨侮。此说之难，不可不知也。

　　凡说之务，在知饰所说之所矜而灭其所耻。彼有私急也，必以公义示而强之。其意有下也，然而不能已，说者因为之饰其美而少其不为也。其心有高也，而实不能及，说者为之举其过而见其恶，而多其不行也。有欲矜以智慧，则为之举异事之同类者，多为之地[8]，使之资说于我，而佯不知也，以资其智。欲内相存之言，则必以美名明之，而微见其合于私利也。欲陈危害之事，则显其毁诽，而微见其合于私患也。誉异人与同行者，规异事与同计者。有与同污者，则必以大饰其无伤也。有与同败者，则必以明饰其无失也。彼自多其力，则毋以其难概之也[9]。自勇其断，则无以其谪怒之。自智其计，则毋以其败穷之。大意无所拂悟，辞言无所系縻，然后极骋智辩焉，此道所得亲近不疑，而得尽辞也。伊尹为宰[10]，百里奚为虏[11]，皆所以干其上也。此二人者，皆圣人也，然犹不能无役身以进，如此其污也。今以吾言为宰、虏，而可以听用而振世，此非能仕之所耻也。夫旷日弥久，而周泽既渥，深计而不疑，引争而不罪，则明割利害以致其功，直指是非以饰其身，以此相持。此说之成也。

　　昔者郑武公欲伐胡[12]，故先以其女妻胡君，以娱其意。因问于群臣："吾欲用兵，谁可伐者？"大夫关其思对曰："胡可伐。"武公怒而戮之，曰："胡，兄弟之国也[13]，子言伐之，何也？"胡君闻之，以郑为亲己，遂不备郑。郑人袭胡，取之。宋有富人，天雨墙坏。其子曰:"不筑,必将有盗。"其邻人之父亦云。暮而果大亡其财。其家甚智其子,而疑邻人之父。此二人说者皆当矣,厚者为戮,薄者见疑。则非知之难也,处之则难也。故绕朝之言当矣[14],其为圣人于晋,而为戮于秦也。此不可不察。

昔者,弥子瑕有宠于卫君[15]。卫国之法:窃驾君车者罪刖。弥子瑕母病,人闻有夜告弥子,弥子矫驾君车以出。君闻而贤之曰:"孝哉!为母之故,忘其犯刖罪。"异日与君游于果园,食桃而甘,不尽,以其半啖君。君曰:"爱我哉!忘其口味,以啖寡人。"及弥子色衰爱弛,得罪于君。君曰:"是固尝矫驾吾车,又尝啖我以余桃。"故弥子之行,未变于初也,而以前之所以见贤而后获罪者,爱憎之变也。故有爱于主,则智当而加亲;有憎于主,则智不当见罪而加疏。故谏说谈论之士,不可不察爱憎之主而后说焉。夫龙之为虫也,柔可狎而骑也[16],然其喉下有逆鳞径尺,若人有婴之者[17],则必杀人。人主亦有逆鳞,说者能无婴人主之逆鳞,则几矣。

【注释】

[1]此篇陈述进说君主之难,并分析其成败原因,条理清晰。《史记·老子韩非列传》:"然韩非知说之难,为《说难》书甚具,终死于秦,不能自脱。"[2]横佚:通"横逸",毫无顾忌貌。佚,底本原作"失",据《史记》索隐改。[3]善议:底本原作"礼义",据《史记》改。[4]闲己:离间君臣关系。己,指君。[5]卖重:《史记》作"鬻权",意谓小臣地位虽低,但有权势,与人主谈论小臣,则易被疑为勾结近习以出卖权势。[6]米盐:日用繁琐之事;引申为琐碎。[7]交:当为"史"之误,浮夸。《论语·雍也》:"质胜文则野,文胜质则史。"[8]地:理之所居曰地。[9]概:抑制。概,本为平斗斛之木棍;《管子·枢言》:"釜鼓满,则人概之。"[10]伊尹:又名伊挚,商汤之相。宰:厨夫。《墨子·尚贤中》:"伊挚,有莘氏女之私臣,亲为庖人,汤得之,举以为相。"[11]百里奚:春秋虞国人,晋灭虞后,把他作为陪嫁送给秦国。他逃到楚国,为楚人所执。秦穆公闻其贤,以五张羊皮赎之,授以国政,相秦七年。[12]郑武公:周宣王之庶兄,郑桓公之子,继父位为君。[13]兄弟之国:有嫁娶关系之国。《周礼·地官·大司徒》:"三曰联兄弟。"郑玄注:"兄弟,昏姻嫁娶也。"[14]绕朝:秦大夫。晋大夫士会出亡至秦,晋人以诈谋诱其归国,绕朝劝秦伯勿遣,秦伯不听,士会遂归晋。行时,绕朝谓士会曰:"子毋谓秦无人,吾谋适不用也。"事见《左传·文公十年》。然绕朝被戮于秦事,《左传》、《史记》均未载,韩非或另有所据。[15]弥子瑕:春秋时卫灵公嬖臣。[16]柔:通"扰",驯也。[17]婴:通"撄",触犯。

第四章 楚 辞

　　楚辞是战国时期以屈原为代表的楚国人创作的诗歌，它是《诗经》三百篇以后的一种新诗体。"楚辞"之名，殆西汉初即有之。据《史记·酷吏列传》，朱买臣以善"楚辞"为汉武帝所宠信；不过，其本义当泛指楚地之诗歌。至汉成帝时，刘向编定屈原、宋玉及汉代淮南小山、东方朔、王褒等人辞赋共十六篇，定名《楚辞》，以其"皆书楚语、作楚声、纪楚地、名楚物"（黄伯思《东观余论》卷下《校订楚词序》）也。后王逸增入自己的《九思》，成十七篇。后世因称此种文体为"楚辞体"，又名"骚体"。

　　荆楚的历史极为悠久，至战国时期，它已经从一个古老的氏族社会逐渐发展成为一个强盛的封建王国。由于特殊的地理位置、历史发展和社会状况，楚文化具有与中原文化相区别的一些显著特点。楚地较多地保存了原始的宗教与艺术，巫风盛行，并由此派生出大量的巫舞与原始宗教诗歌；楚地没有中原地区那样严格的礼法束缚，楚人热烈、奔放，富于浪漫主义激情。这一切，为楚辞的产生提供了文化背景，并使楚辞具有浓郁的浪漫主义风格。当然，我们也应该注意到北方文化对楚辞的影响。

　　屈原是楚辞体的代表诗人。屈原（约前340—约278），名平，字原，又自云名正则，字灵均。他出身楚国贵族，博闻强识。初辅佐怀王，做过左徒、三闾大夫。主张彰明法度，举贤授能，东联齐国，西抗强秦，因遭贵族子兰（楚怀王幼弟）、郑袖（楚怀王宠姬）谗害去职，流放汉北。顷襄王时被放逐于江南。后因楚国的政治腐败，国都郢为秦兵攻破，遂投汨罗江而死。在诗歌创作方面，屈原开始了诗人从集体歌唱到个人独立创作的新时代。《汉书·艺文志》著录《屈原赋》二十五篇，其书久佚，后代所见屈原作品皆出自刘向所辑《楚辞》。

　　《离骚》是屈原的代表作。王逸《楚辞章句·离骚经》："《离骚经》者，屈原之所作也。……离，别也。骚，愁也。经，径也。言己放逐离别，中心愁思，犹依道径，以风谏君也。故上述唐、虞、三后之制，下序桀、纣、羿、浇之败，冀君觉悟，反于正道而还己也。"关于本篇命题之意，除王逸说外，还有十余种不同解说。班固《汉书·离骚赞序》："离,犹遭也。骚,忧也。明己遭忧作辞也。"今之学者多从之。此诗当作于楚怀王十六年(前313)屈原遭谗被疏之后。这是古代最长的一首抒情诗,三百七十多句,记叙了屈原在楚怀王时期为革新政治所进行的斗争,以及遭谗被疏后的内心矛盾。《离骚》的前半部分侧重于现实的描述,抒情主人公自叙祖系、志向、从政经历,揭示出贵族制度崩溃前夕的腐败与无耻,具有浓郁的现实主义精神;作品的后半部分侧重于想象的驰骋,抒情主人公上叩帝阍,广求神女,遨游神界,表现出在幻想世界中寻求解脱的企盼,具有浓郁的浪漫主义情怀。《离骚》是屈原思想性格、情感志趣的生动展现,他既承袭着奇幻的远古神话传说,也积淀着雅诗政治怨刺的沉郁激愤,从而形成神性与人性的交融、浪漫主义与现实主义的统一。正是在这个意义上,屈原作品与《诗经》合称"风骚",成为中国古代诗歌的最高典范。同时,屈原作品又是战国时期北方黄河流域文化和南方长江流域文化合流的产物,对民族精神和民族文化心理素质的形成和发展有深刻的影响。

《九歌》原本是祭神的巫歌,渊源甚古。王逸《楚辞章句·九歌》："昔楚国南郢之邑,沅、湘之间,其俗信鬼而好祠。其祠,必作歌乐鼓舞以乐诸神。屈原放逐,窜伏其域,怀忧苦毒,愁思沸郁。出见俗人祭祀之礼,歌舞之乐,其词鄙陋。因为作《九歌》之曲,上陈事神之敬,下见己之冤结,托之以风谏。故其文意不同,章句杂错,而广异意焉。"《九歌》十一章,凡祀十神,末章《礼魂》为全诗之"乱辞"。可知,"九"乃古人表示多之虚数,并非实指篇数。屈原在保留古老《九歌》因娱神而具有抒情性的同时,把自己的现实感受注入其中,从而将虚幻浪漫的意象与幽渺深情的抒怀融为一体,主题明确而凄迷,意蕴惊心而难穷。两千余年,新解不断,原因就在于此。

《九章》具有强烈的写实倾向。王逸《楚辞章句·九章》："屈原放于江南之野,思君念国,忧心罔极,故复作《九章》。章者,明也。言己所陈忠信之道,甚著明也。卒不见纳,委命自沈。楚人惜而哀之,世论其词,以相传焉。"然朱熹《楚辞集注·九章序》以为,"屈原既放,思念君国,随事感触,辄形于声。后人辑之,得其九章,合为一卷,非必出于一时之言"。今人多以为,《九章》有作于被疏之前者,有作于被疏之后者,亦有作于屈原既放江南之后者。《九章》(除《桔颂》外)反映了屈原流放生活的经历,是研究屈原生平活动的宝贵文献。这些作品在内容、情绪以及写法具有某种一致性,明显受到《诗经》中政治怨刺诗的影响。

《天问》是一首奇特的问题诗。王逸《楚辞章句·天问》："屈原放逐,忧心愁悴。彷徨山泽,经历陵陆。嗟号昊旻,仰天叹息。见楚有先王之庙及公卿祠堂,图画天地山川神灵,琦玮谲诡,及古贤圣怪物行事。周流罢倦,休息其下,仰见图画,因书其壁,呵而问之,以渫愤懑,舒泻愁思。"诗人在作品中提出了一百七十多个问题,涉及天地万物、神人史话、政治哲学、伦理道德等等,表现出诗人强烈的探索精神,引而不发的抒情方式则促使读者进一步思考。《天问》在体制上继承了《诗经》的四言传统,但疑问代词的灵活运用则避免了四言诗的呆板;终篇的诘问则将作者的内心苦闷表达得十分充分。

《招魂》是《天问》之外的又一篇奇文。它的产生与楚地巫风盛行有密切关系。王逸《楚辞章句·招魂》:"《招魂》者,宋玉之所作也。招者,召也。以手曰招,以言曰召。魂者,身之精也。宋玉怜哀屈原,忠而斥弃,愁懑山泽,魂鬼放佚,厥命将落。故作《招魂》,欲以复其精神,延其年寿,外陈四方之恶,内崇楚国之美,以讽谏怀王,冀其觉悟而还之也。"然司马迁《史记·屈原列传》中有"余读《离骚》、《天问》、《招魂》、《哀郢》,悲其志"之语,故今人多以为《招魂》是屈原为招楚怀王之魂而作。作者在民间招魂辞的基础上自铸新篇,全诗铺陈夸张,文辞艳丽,对汉赋有很大的影响。

楚辞中亦有其他楚作家的作品。

王逸《楚辞章句·渔父》:"《渔父》者,屈原之所作也。屈原放逐,在江、湘之间,忧愁吟叹,仪容变易。而渔父避世隐身,钓鱼江滨,欣然自乐。时遇屈原川泽之域,怪而问之,遂相应答,楚人思念屈原,因叙其辞以相传焉。"然今人对其是否为屈原所作多有怀疑,以为其为深知屈原思想之楚人作品,此说较为允当。《方言》:"凡尊老,南楚谓之父。"渔父即捕鱼之老人,乃一隐者。战国时,楚国多有此类人物,这与其独特的文化背景有关。此篇句法参差错落,其用韵也较为随便,表现出向汉赋的过渡。

王逸《楚辞章句·九辩》:"《九辩》者,楚大夫宋玉之所作也。辩者,变也,谓陈道德以变说君也。九者,阳之数,道之纲纪也。……宋玉者,屈原弟子也。闵惜其师,忠而放逐,故作《九辩》以述其志。"然王逸之说为推测之辞,与作品内容不合,《九辩》主要抒写"贫士失职而志不平"。据屈原《离骚》与《天问》,《九辩》为夏代乐曲名。或以为"辩"通"变",凡乐曲换章易调谓之"变";九,言其多也。宋玉之《九辩》确立了古代文人悲秋的主题,杜甫《咏怀古迹》五首之一:"摇落深知宋玉悲,风流儒雅亦吾师。"鲁迅《汉文学史纲要》:"《九辩》本古辞,玉取其名,创为新制,虽驰神逞想,不如《离骚》,而凄怨之情,实为独绝。"

除《九辩》外,宋玉还以"赋"闻名。《汉书·艺文志》著录宋玉赋十六篇,颇多亡佚。《隋书·经籍志》著录《宋玉集》三卷,已失传。我们这里所介绍的宋玉作品,虽其究竟是否为宋玉所作尚值得讨论,但其文采及影响是不容置疑的。

《风赋》是一篇有积极思想价值的作品。《文选》吕向题注:"《史记》云:宋玉,鄢人也,为楚大夫。时襄王骄奢,故宋玉作此赋以讽之。"《风赋》灵活自由,时韵时散,其雄辩恣肆与取譬讽喻有战国策士遗风,描写也相当精妙。《神女赋》以巫山神女的传说为素材,生动地描写了一位神女形象,其构思与文句对后代有较大影响,从枚乘《七发》、汉武帝《李夫人赋》、曹植《洛神赋》等作品中可以明显看到这篇赋的痕迹。《登徒子好色赋》有些游戏之作的味道,作品以宋玉面对美女窥墙三年而不为所动、章华大夫与美女相爱而始终守礼,讽劝楚王应专心国事而不为美色所乱。刘勰《文心雕龙·谐隐》:"宋玉赋《好色》,意在微讽,有足观者。"《对楚王问》写宋玉的孤傲之情,间接表现其政治上的不得志。《新序·杂事》也有关于宋玉答楚王问的记载,内容与此相同,唯"楚襄王"误作"楚威王"。本文写法与《登徒子好色赋》类似,也是采用问答体的形式,但《登徒子好色赋》韵散相间,是赋体,而本文则是散体。刘熙载《艺概·文概》:"用辞赋之骈丽以为文者,起于宋玉之《对楚王问》。"

参考书目:

朱熹.楚辞集注[M].上海:上海古籍出版社,1979.

姜亮夫.屈原赋校注[M].北京:人民文学出版社,1957.

汤炳正,等.楚辞今注[M].上海:上海古籍出版社,1996.

金开诚,等.屈原集校注[M].北京:中华书局,1996.

第一节　屈原作品

东君(九歌)[1]

暾将出兮东方[2],照吾槛兮扶桑[3]。抚余马兮安驱[4],夜皎皎兮既明。驾龙辀兮乘雷[5],载云旗兮委蛇[6]。长太息兮将上,心低徊兮顾怀[7]。羌声色兮娱人[8],观者憺兮忘归[9]。緪瑟兮交鼓[10],箫钟兮瑶簴[11]。鸣篪兮吹竽[12],思灵保兮贤姱[13]。翾飞兮翠曾[14],展诗兮会舞[15]。应律兮合节[16],灵之来兮蔽日[17]。青云衣兮白霓裳,举长矢兮射天狼[18]。操余弧兮反沦降[19],援北斗兮酌桂浆[20]。撰余辔兮高驰翔[21],杳冥冥兮以东行[22]。

【注释】

[1]东君:太阳神。《史记·封禅书》有"东君"之祀。《广雅·释天》:"东君,日也。"《礼记·祭仪》称"祭日于东",故日神称东君。[2]暾:温和而明盛貌。[3]槛:栏杆。扶桑:神话中之神树,相传为太阳所生处。[4]安驱:徐行。[5]龙辀:龙车。辀,车辕。乘雷:形容车声如雷。[6]载云旗:

太阳初升时四周为云彩所围绕,如同安插旌旗。委蛇:飘动舒展貌。[7]低徊:迟疑不前。顾怀:眷恋。[8]羌:发语词。声色:祭祀之歌舞。[9]憺:安也;此处有贪恋之意。[10]縆:把弦绷紧。交:对击。[11]箾:通"捎",击也。瑶:通"摇"。簴:悬钟之木。[12]篪:古代管乐器;如笛,有八孔。[13]灵保:扮东君之巫。贤姱:既贤且美。[14]翾飞:回旋飞翔;此处形容舞姿。翠曾:如翠鸟展翅;此处形容舞姿。曾,通"翻",举翅。[15]展诗:陈诗;演唱诗篇。会舞:合舞。[16]律:音律。节:拍节。[17]灵:太阳神之侍从。[18]矢:箭;此处喻指太阳光。天狼:星名。《晋书·天文志》:"狼为野将,主侵略。"旧注多以为此处喻指秦国。[19]弧:星名,九星相连似弓,故名。《晋书·天文志》:"弧九星,在狼东南,天弓也。主备盗贼,常向于狼。"反:通"返"。沦降:沈落;指太阳西沈。[20]援:引也。北斗:星名;即北斗七星。桂浆:桂花酒。[21]撰:持也。[22]杳冥冥兮以东行:言日落后由地下冥冥东行,次日又出于东方。

山鬼(九歌)[1]

若有人兮山之阿[2],被薜荔兮带女罗[3]。既含睇兮又宜笑[4],子慕予兮善窈窕[5]。乘赤豹兮从文狸[6],辛夷车兮结桂旗[7]。被石兰兮带杜衡[8],折芳馨兮遗所思。余处幽篁兮终不见天[9],路险难兮独后来。表独立兮山之上[10],云容容兮而在下[11]。杳冥冥兮羌昼晦[12],东风飘兮神灵雨[13]。留灵修兮憺忘归[14],岁既晏兮孰华予[15]!采三秀兮于山间[16],石磊磊兮葛蔓蔓[17]。怨公子兮怅忘归,君思我兮不得闲[18]。山中人兮芳杜若[19],饮石泉兮阴松柏[20],君思我兮然疑作[21]。雷填填兮雨冥冥,猿啾啾兮又夜鸣[22]。风飒飒兮木萧萧,思公子兮徒离忧[23]。

【注释】

[1]山鬼,即山神。可能因其不是正神,故称为鬼。洪兴祖《补注》以之为"夔";胡文英《屈骚指掌》以之为人鬼;顾天成《九歌解》以之为楚襄王游云梦时所梦见之瑶姬。郭沫若《屈原赋今译》认为"于山"即巫山,此山鬼即巫山神女。[2]阿:曲隅。[3]被:通"披"。带女罗:以女罗为带。女罗,即女萝,蔓生植物。[4]含睇:含情微视。宜笑:口齿好而笑得好看。[5]子:山鬼所爱慕者。予:山鬼自称。窈窕:美好貌。[6]赤豹:赤毛而黑文之豹。从:使随行。文狸:其毛黄黑相杂之狸。[7]辛夷车:以辛夷为车。辛夷,香木名。结桂旗:结桂枝为旗。[8]石兰:香草名。[9]幽篁:竹林深处。[10]表:祭神时所立之木表。[11]容容:云气浮动貌。[12]杳冥冥:昏暗貌。羌:竟也。昼晦:白昼如晦。[13]神灵雨:神灵降雨。[14]留灵修:为灵修而留。灵修,指山鬼所思慕者。憺:安也。[15]晏:晚也。孰华予:谁使我永保青春。[16]三秀:灵芝草;相传其一年开三次花,故称三秀。[17]磊磊:乱石堆积貌。蔓蔓:葛藤连延貌。[18]君思我兮不得闲:此为山鬼推想谅解之词。[19]山中人:山鬼自称。杜若:香草名。[20]石泉:山泉。阴松柏:以松柏为荫庇。《汉书·东方朔传》:"柏者,鬼之廷也。"[21]然疑:将信将疑。[22]啾啾:猴鸣声。又,通"狖",猿类。[23]徒:空

也。离忧:陷于忧愁之中;离,通"罹"。

怀沙(九章)[1]

滔滔孟夏兮[2],草木莽莽。伤怀永哀兮,汩徂南土[3]。眴兮杳杳[4],孔静幽默[5]。郁结纡轸兮[6],离慜而长鞠[7]。抚情效志兮[8],冤屈而自抑。刓方以为圜兮[9],常度未替[10]。易初本迪兮[11],君子所鄙。章画志墨兮[12],前图未改[13];内厚质正兮[14],大人所盛[15]。巧倕不斲兮[16],孰察其拨正[17]。玄文处幽兮[18],蒙瞍谓之不章[19];离娄微睇兮[20],瞽以为无明。变白以为黑兮,倒上以为下。凤凰在笯兮[21],鸡鹜翔舞。同糅玉石兮,一概而相量[22]。夫惟党人鄙固兮[23],羌不知余之所臧[24]。任重载盛兮,陷滞而不济[25];怀瑾握瑜兮,穷不知所示。邑犬之群吠兮,吠所怪也;非俊疑杰兮[26],固庸态也[27]。文质疏内兮[28],众不知余之异采。材朴委积兮[29],莫知余之所有。重仁袭义兮[30],谨厚以为丰[31]。重华不可遌兮[32],孰知余之从容。古固有不并兮[33],岂知其何故!汤禹久远兮,邈而不可慕。惩连改忿兮[34],抑心而自强。离慜而不迁兮,愿志之有像[35]。进路北次兮[36],日昧昧其将暮;舒忧娱哀兮[37],限之以大故[38]。

乱曰[39]:浩浩湘沅,分流汩兮[40]。修路幽蔽,道远忽兮[41]。怀质抱情[42],独无匹兮[43]。伯乐既没,骥焉程兮[44]?万民之生[45],各有所错兮[46]。定心广志,余何畏惧兮。曾伤爰哀[47],永叹喟兮。世混浊莫吾知,人心不可谓兮[48]。知死不可让,愿勿爱兮。明告君子,吾将以为类兮[49]。

【注释】

[1]王逸《楚辞章句·九章·怀沙》:"此章言己虽放逐,不以穷困易其行。小人蔽贤,群起而攻之。举世之人,无知我者。思古人而不得见,伏节死义而已。太史公曰:乃作《怀沙》之赋,遂自投汨罗以死。原所以死,见于此赋,故太史公独载之。"然蒋骥《山带阁注楚辞》以为是怀念长沙之作。今人多从前说。[2]滔滔:《史记》引作"陶陶",和暖貌。孟夏:夏历四月。[3]汩:本指水疾流貌;此处形容人之疾走。徂:往。[4]眴:通"瞬",看也。杳杳:深暗幽远貌。[5]孔:很也。幽默:静寂。[6]郁结:愁思聚集。纡:委屈。轸:痛苦。[7]离:通"罹",遭也。慜:同"愍",忧患。鞠:窘困。[8]抚:依循。效:考核。[9]刓:削刻。圜:通"圆"。[10]度:法也。替:废也。[11]易初本迪:变易其初时本然之道。迪,道也。[12]章:通"彰",明也。画:规划。志:记也。墨:绳墨。[13]前图:前人之法度。[14]内厚:内心忠厚。质正:品质端正。[15]大人:贤人君子。盛:赞美。[16]倕:相传为尧时之巧匠。斲:砍也。[17]拨:曲。[18]玄文:黑色花纹。[19]蒙瞍:瞎子。不章:没有文采;章,通"彰"。[20]离娄:传说中黄帝时视力超常者,能于百步之外见秋毫之末;亦称离朱。微睇:略

睁其目斜视。[21]笈:竹笼。[22]一概而相量:等量齐观,同等看待。概,古时用以平斗斛之木。[23]鄙固:鄙陋。[24]臧:善也。[25]陷滞:陷没停滞。济:成功。[26]非:诽谤。疑:猜忌。[27]庸态:庸人之常态。[28]文质疏内:犹言文疏质内,外表疏放,内心刚毅。内,通"讷",木讷。[29]材朴:喻指自己已发挥及尚未发挥之才能。材,有用之木料;朴,未加工之木料。委积:堆积。[30]重:重复。袭:重迭。[31]谨厚:谨慎、忠厚。丰:充实。[32]重华:舜。逢:遇也。[33]不并:明君贤臣不并世而生。[34]连:《史记》引作"违",通"懫",怨恨。"懫违"与"改忿"互文,均为不再怨恨之意。[35]象:榜样。[36]次:停留,住宿。[37]舒忧娱哀:排遣忧愁,缓释悲哀。[38]大故:死亡。[39]乱:乐曲最后一章或辞赋篇末总结全篇要旨的一段。[40]汩:水疾流貌。[41]忽:荒远貌。[42]怀质抱情:即"怀瑾握瑜",质,品质;情,思想。[43]无匹:无人为证。朱熹《楚辞集注》:"匹,当作'正',字之误也。"[44]程:衡量。[45]生:通"性"。[46]错:通"措",安置。[47]曾:通"增"。爱:《史记》引作"恒",通"咺",哀而不止也。[48]谓:说也。[49]类:榜样。

天问(节选)[1]

曰:遂古之初[2],谁传道之[3]?上下未形,何由考之?冥昭瞢暗[4],谁能极之[5]?冯翼惟像[6],何以识之?明明闇闇,惟时何为[7]?阴阳三合[8],何本何化[9]?圜则九重[10],孰营度之?惟兹何功[11],孰初作之?斡维焉系[12]?天极焉加[13]?八柱何当[14]?东南何亏[15]?九天之际[16],安放安属?隅隈多有[17],谁知其数?天何所沓[18],十二焉分[19]?日月安属,列星安陈?出自汤谷[20],次于蒙汜[21],自明及晦,所行几里?夜光何德[22],死则又育[23]?厥利维何,而顾菟在腹[24]?女歧无合[25],夫焉取九子?伯强何处[26],惠气安在[27]?何阖而晦?何开而明?角宿未旦[28],曜灵安藏[29]?

【注释】

[1]王逸《楚辞章句·天问》:"屈原放逐,忧心愁悴。彷徨山泽,经历陵陆。嗟号昊旻,仰天叹息。见楚有先王之庙及公卿祠堂,图画天地山川神灵,琦玮谲诡,及古贤圣怪物行事。周流罢倦,休息其下,仰见图画,因书其壁,呵而问之,以渫愤懑,舒泻愁思。楚人哀惜屈原,因共论述,故其文义不次序云尔。"诗人在作品中提出一百七十多问题,涉及天地万物、神人史话、政治哲学、伦理道德等等,表现出诗人强烈的探索精神。[2]遂古:远古。遂,通"邃",远也。[3]传道:传说。[4]冥昭:昼夜。瞢暗:不分明貌。[5]极:穷究。[6]冯翼:元气盛满貌。像:无实形可睹但可想象者。[7]惟时何为:日夜为何交替。时,通"是"。[8]三合:参错相合。三,通"参"。[9]本:本源。化:变化。[10]圜:天体。九重:九层;《淮南子·天文》:"天有九重。"[11]兹:此也。功:通"工",工程。[12]斡:北斗七星之柄。斡之本义为车轴;古人以为天体如车轮旋转,斗为轮,柄为轴。维:星名;《汉书·天文志》:"斗柄后有三星,名曰维星。"[13]天极:天之中央。加:犹架也。[14]八柱:神话

传说中撑天之八根支柱。当：植也。[15]亏：缺损，指东南地势低洼。[16]九天：天之中央及八方。[17]隅隈：角落与弯曲处。[18]沓：相合。此处天地相合。[19]十二：十二辰。十二辰本是古代天文学家为观测岁星（木星）而设立，岁星十二岁一周天，一岁一辰，所以有十二辰；后来十二辰与天体脱离，成为黄道周天之十二等分。[20]汤谷：神话中之日出处。[21]次：止息。蒙汜：神话中之日入处。[22]夜光：月亮之别名。德：通"得"。[23]育：生长。对于月亮之圆缺，古有"月有生死"之说。[24]"厥利维何"二句：王逸："言月中有菟，何所贪利，居月之腹，而顾望乎？"[25]女歧：本尾星名，又名九子星；《史记·天官书》："尾有九子。"后衍变出九子母之神话。[26]伯强：即箕星，风神。[27]惠气：惠风，风之和顺者。[28]角宿：星座名，二十八宿之一，有星两颗。古代传说，角宿两星之间为天门，日月五星均经过此处。[29]曜灵：太阳。

第二节　其他楚作家作品

渔　父[1]

　　屈原既放，游于江潭，行吟泽畔，颜色憔悴，形容枯槁。渔父见而问之，曰："子非三闾大夫与[2]？何故至于斯？"屈原曰："举世皆浊我独清，众人皆醉我独醒，是以见放。"渔父曰："圣人不凝滞于物[3]，而能与世推移[4]。世人皆浊，何不淈其泥而扬其波[5]？众人皆醉，何不餔其糟而其歠醨[6]？何故深思高举，自令放为？"屈原曰："吾闻之：新沐者必弹冠，新浴者必振衣。安能以身之察察[7]，受物之汶汶者乎[8]？宁赴湘流，葬于江鱼之腹中。安能以皓皓之白，而蒙世俗之尘埃乎？"

　　渔父莞尔而笑[9]，鼓枻而去[10]。歌曰："沧浪之水清兮[11]，可以濯吾缨[12]；沧浪之水浊兮，可以濯吾足。"遂去，不复与言。

【注释】

　　[1]王逸《楚辞章句·渔父》："《渔父》者，屈原之所作也。屈原放逐，在江、湘之间，忧愁吟叹，仪容变易。而渔父避世隐身，钓鱼江滨，欣然自乐。时遇屈原川泽之域，怪而问之，遂相应答，楚人思念屈原，因叙其辞以相传焉。"然今人对其是否为屈原所作多有怀疑，以为其为深知屈原思想之楚人作品，此说较为允当。此篇句法参差错落，其用韵也较为随便，表现出向汉赋的过渡。[2]三闾大夫：楚官职。王逸《离骚序》："三闾之职，掌王族三姓，曰昭、屈、景。屈原序其谱属，率其贤良，以历国士。入则与王图议政事，决定嫌疑；出则监察群下，应对诸侯。"[3]凝滞：拘泥执著。[4]推移：转变。[5]淈：搅浊。[6]餔：食也。歠：饮也。醨：薄酒。[7]察察：洁白貌。[8]汶汶：肮脏貌。[9]莞尔：微笑貌。[10]鼓枻：敲打船桨。[11]沧浪：水名。蒋骥《山带阁注楚辞》："武陵龙阳，有沧山、浪

山及沧浪之水，又有沧港市、沧浪乡、三闾港、屈原港，参而核之，最为有据。"又，此处之《沧浪歌》又见于《孟子》，可见是江湘间流传之歌曲。[12]缨：冠带。

第三节　宋玉赋

风　赋[1]

楚襄王游于兰台之宫[2]，宋玉、景差侍。有风飒然而至，王迺披襟而当之[3]，曰："快哉，此风！寡人所与庶人共者邪[4]？"宋玉对曰："此独大王之风耳，庶人安得而共之？"王曰："夫风者，天地之气，溥畅而至[5]，不择贵贱高下而加焉。今子独以为寡人之风，岂有说乎？"宋玉对曰："臣闻于师[6]：'枳句来巢，空穴来风[7]。'其所托者然，则风气殊焉。"

王曰："夫风，始安生哉？"宋玉对曰："夫风，生于地，起于青𬞟之末[8]，侵淫溪谷[9]，盛怒于土囊之口[10]，缘泰山之阿[11]，舞于松柏之下。飘忽溯滂[12]，激扬熛怒[13]；耾耾雷声[14]，回穴错迕[15]；蹶石伐木[16]，梢杀林莽[17]。至其将衰也，被丽披离[18]，冲孔动楗[19]，眴焕粲烂[20]，离散转移。故其清凉雄风，则飘举升降，乘凌高城，入于深宫。邸华叶而振气[21]，徘徊于桂椒之间，翱翔于激水之上，将击芙蓉之精[22]。猎蕙草[23]，离秦衡[24]，概新夷[25]，被荑杨[26]，回穴冲陵[27]，萧条众芳。然后倘佯中庭[28]，北上玉堂[29]，跻于罗帷[30]，经于洞房[31]，乃得为大王之风也。故其风中人，状直憯凄惏栗[32]，清凉增欷，清清泠泠，愈病析酲[33]，发明耳目，宁体便人。此所谓大王之雄风也。"

王曰："善哉论事！夫庶人之风，岂可闻乎？"宋玉对曰："夫庶人之风，塕然起于穷巷之间[34]，堀堁扬尘[35]，勃郁烦冤[36]，冲孔袭门，动沙堁，吹死灰，骇溷浊[37]，扬腐余，邪薄入瓮牖[38]，至于室庐。故其风中人，状直憞溷郁邑[39]，殴温致湿[40]，中心惨怛[41]，生病造热，中唇为胗[42]，得目为蔑[43]，啖齰嗽获[44]，死生不卒[45]，此所谓庶人之雌风也。"

【注释】

[1]林纾《古文辞类纂》卷一〇："虽名为赋，直讽喻耳。雄雌对举而言，对庶人言雌风，对王不斥言雄风，但曰'大王之风'，不敢以雄雌比并也。'雄风'二字于间杂中出之，不留痕迹，自是运用妙处。直到结束，始指出雌风。"[2]楚襄王：即楚倾襄王，名横，楚怀王之子。兰台：台名，旧址在今湖

北钟祥。[3]逎:同"乃"。披襟:敞开衣襟。[4]邪:通"耶"。[5]溥畅:周遍畅达。[6]师:或即指屈原。[7]"枳句来巢"二句:枳,树木名;句,即"勾",曲也;枳树枝干多弯曲处,致使鸟来作巢。[8]苹:大水萍。[9]侵淫:逐渐而进。[10]土囊:大穴。《荆州记》:"宜都……有山,山有穴,大数尺,为风井。"[11]阿:曲。[12]飘忽:轻快貌。溯溑:风击物声。[13]熛怒:风声猛如烈火。熛,火势飞扬。[14]耾耾:雷声。[15]回穴:回旋不定貌。错迕:错综交叉。[16]蹶:撼动。伐:折断。[17]梢:击。[18]被丽、披离:皆四散貌。[19]楗:门栓;此处代指门。[20]眴焕、粲烂:皆鲜明貌。言风微尘落,景物光彩鲜明。[21]邸:通"抵",触也。气:香气。[22]芙蓉:荷花。精:通"菁",花也。[23]猎:通"躐",践路;此处为吹掠之意。蕙草:香草。[24]离:同"歷",经过之意。秦衡:秦地所产之香木。[25]概:通"溉",洗涤;此处为吹拂之意。新夷:即"辛夷",香木名。[26]被:加。黄杨:初生之杨;黄,草木初生者。[27]冲陵:突击。[28]倘佯:徘徊。[29]玉堂:宫殿之通称。古时宫殿皆坐北向南,故谓"北上"。[30]跻:升。[31]洞房:深邃的内室。[32]直:只是。憯凄:悲痛貌。惏栗:寒冷貌。[33]析:解。酲:酒病。[34]塕然:忽起貌。[35]堀堁:尘埃突起貌。堀,突;堁,尘埃。[36]勃郁烦冤:风在堀堁扬尘时显得愤愤不平。勃郁,愤怒。[37]骇:惊起;此处为搅起之意。溷浊:污秽肮脏之物。溷,通"混"。[38]邪薄:从旁侵入。邪,通"斜"。瓮牖:以破瓮之口为窗。[39]憞溷:烦浊貌。郁邑:郁冈。[40]殴温致湿:此风驱温湿气来,令人至湿病。殴,通"驱"。[41]惨怛:悲伤痛苦。[42]胗:唇疮。[43]蔑:通"瞇",目病而赤。[44]啗齰嗽获:中风口动之貌。[45]死生不卒:不死不活。卒,通"猝"。

登徒子好色赋[1]

大夫登徒子侍于楚王,短宋玉曰[2]:"玉为人体貌闲丽[3],口多微辞[4],又性好色。愿王勿与出入后宫。"

王以登徒子之言问宋玉。玉曰:"体貌闲丽,所受于天也;口多微辞,所学于师也;至于好色,臣无有也。"

王曰:"子不好色,亦有说乎?有说则止,无说则退。"

玉曰:"天下之佳人,莫若楚国;楚国之丽者,莫若臣里;臣里之美者,莫若臣东家之子。东家之子,增之一分则太长,减之一分则太短;著粉则太白,施朱则太赤。眉如翠羽[5],肌如白雪,腰如束素[6],齿如含贝[7]。嫣然一笑,惑阳城[8],迷下蔡。然此女登墙窥臣三年,至今未许也。登徒子则不然,其妻蓬头挛耳[9],龂唇历齿[10],旁行踽偻[11],又疥且痔。登徒子悦之,使有五子。王孰察之[12],谁为好色者矣。"

是时秦章华大夫在侧[13],因进而称曰:"今夫宋玉盛称邻之女,以为美色,愚乱之邪臣。自以为守德,谓不如彼矣。且夫南楚穷巷之妾,焉足为大王言乎?若臣之陋目所曾睹者[14],未敢云也。"

王曰:"试为寡人说之。"

大夫曰："唯唯。臣少曾远游，周览九土[15]，足历五都[16]，出咸阳[17]，熙邯郸[18]，从容郑、卫、溱、洧之间[19]。是时向春之末[20]，迎夏之阳[21]，鸧鹒喈喈[22]，群女出桑。此郊之姝[23]，华色含光[24]，体美容冶，不待饰装。臣观其丽者，因称诗曰[25]：'遵大路兮揽子袪[26]。'赠以芳华辞甚妙。于是处子悦然有望而不来[27]，忽若有来而不见。意密体疏[28]，俯仰异观[29]，含喜微笑，窃视流眄[30]。复称诗曰[31]：'寤春风兮发鲜荣[32]，絜斋俟兮惠音声[33]，赠我如此兮不如无生。'因迁延而辞避[34]。盖徒以微辞相感动，精神相依凭，目欲其颜，心顾其义，扬诗守礼，终不过差[35]，故足称也[36]。"于是楚王称善。宋玉遂不退。

【注释】

[1]本文以宋玉面对美女窥墙三年而不为所动、章华大夫与美女相爱而始终守礼，讽劝楚王应专心国事而不为美色所乱。登徒：复姓。[2]短：说坏话。[3]体貌闲丽：体态文雅，容貌美丽。[4]微辞：婉转巧妙之言辞。[5]翠羽：翠鸟之羽毛。[6]素：白色生绢。[7]贝：海螺一类动物，色白。[8]阳城：楚国县名，为楚国贵族子弟之封地。下文"下蔡"同。[9]牵耳：耳朵弯曲。[10]龁唇：牙齿露在唇外。历齿：牙齿稀疏。[11]旁行：走路歪歪斜斜。踽偻：驼背。[12]孰察：仔细考察。孰，通"熟"。[13]秦章华大夫：章华为楚地，此章华人在秦国为大夫，当时因出使楚国而在楚王身边。[14]陋目：目光短浅；自谦之辞。[15]九土：即九州。[16]五都：五方都会。[17]咸阳：战国时秦都，在今陕西。[18]熙：通"嬉"，游戏。邯郸：战国时赵都，在今河北。[19]从容：逗留。郑、卫：春秋时国名，在今河南。溱、洧：水名，在今河南。[20]向春之末：暮春。[21]迎夏之阳：初夏。[22]鸧鹒：鸟名，即黄莺。喈喈：黄莺鸣叫声。[23]姝：美女。[24]含光：皮肤光洁。[25]称诗：诵诗。[26]遵大路兮揽子袪：语出《诗经·郑风·遵大路》。袪：衣袖。[27]有望而不来：有接近之意而没有走近。[28]意密体疏：心意接近而形迹疏远。[29]俯仰异观：无论低头还是抬头都表现了不同的神态。[30]窃视流眄：转动眼睛偷看。[31]复称诗：女子亦吟诗回答。[32]寤：苏醒。鲜荣：花木繁荣。[33]絜斋：整洁庄重。俟：待。[34]迁延：拖延。[35]"扬诗守礼"二句：发扬诗教，遵守礼义，始终没有越轨行为。[36]称：称道。

两汉文学

总　论

秦汉是传统文化发展的一个转关时期,政治与文化结束了纷争和林立的多元状态,进入了融汇、总结、建立新的社会文化体系的发展阶段。

秦祚较短,因为政治和文化的近乎暴力的极端行为,它的文化建树并没有来得及形成稳固、较成体系的发展局面,但并不是说就一无是处,"车同轨,书同文",以及历来备受诟病的"史官非秦记皆烧之。非博士官所职,天下敢有藏《诗》、《书》、百家语者,悉诣守、尉杂烧之",也都从侧面反映当时进行了文化整合工作;尽管方式和效果适得其反。因此使文学创作空前冷落,留下的作品不多,故《文心雕龙·诠赋》说"秦世不文"。不过,也并非任何成果也没有,由吕不韦及其门客集体撰写的《吕氏春秋》,体系完整,思想驳杂,全书分为十二纪,每纪五篇;八览,每览八篇;六论,每论六篇;再加上一篇序文,共计一百六十一篇。全书篇章整齐,从结构上组合成了一个"法天地"的完整体系。实际上反映出了政治和文化整合统一的趋势。李斯的《谏逐客书》应该是秦代留下来的唯一的文学精品,排比铺陈,文势纵横,颇有文采,反映了相当的水平。另还有一些秦始皇巡行各地时留下来的刻石,刻有李斯等人撰写的歌功颂德文字,形式上为四言韵文,多以三句为韵,是今存最古的石刻文。其中《会稽刻石》篇幅较长,称颂秦政,所言尤详。从秦刻石可借以了解当时上层的雅颂文章。

汉鉴秦弊,对文化的发展显得宽容和开放很多。对形势的尊重,使统治者能够以一定的姿态来听取文士的治国献言,分封同姓侯王,也给继战国游历余风的文士活动置留了相当的政治和地域空间。叔孙通订制朝仪和为休养生息而采用的黄老之术,实际上也显现了文化和政治的角逐。不过,汉初功臣政治的大势,并没给文士带来多少提高政治身份和表达政治诉求的机会,贾谊、晁错的经历命运是这一现象的最好注脚。所以,文士多只能集中于诸侯王国,更多地扮演着游娱者的角色。

上述情形反映在文学上,就是汉初的政论文比较发达。这时候的文士,如陆贾,还带有战国文士蓬勃的政热情及文化身份的自恃和优越,明知刘邦轻视儒生,还特意常在其面前称《诗》、《书》,惹得刘邦大骂,他也不甘示弱地回应:"居马上得之,宁可以马上治之乎?"可谓固执。但前提是统治者能够反省接纳,刘邦立即命陆贾论秦所以失天下、汉之所以得天下之由,得《新语》。贾谊也以过人的才华被举荐入京。《过秦论》理明辞畅,《论积贮疏》切中肯綮,《治安策》居危思安,显示了贾谊敏锐的思想和急欲施展抱负的心愿,可是却招致了大臣们的一致反对:"雒阳之人,年少初学,专欲擅权,纷乱诸事。"(《史记·屈原贾生列传》)晁错也是如此,他的《论贵粟疏》,质实恳切,有针对性,立论深刻,却也因招致群臣的反对,死于非命。其他士人与汉初功臣之间的对立斗争,基本以失败告终。被贬谪的贾谊,《吊屈原赋》看出他的沉痛,《鵩鸟赋》反映他的无奈,此基调是这一时期士人普遍的状态。另一方面,经秦末动乱,汉初民生凋敝,国家推行休养生息策略,统治者尚较为朴素,如景帝不乐辞赋,所以司马相如从梁王游。而中央对诸侯政治权力的限制使他们多转向寻求娱乐,这是汉初诸侯王身边多游娱之士的原因。在司马相如之前,邹阳、枚乘、严忌等人,常随侍于梁王身边。司马相如的《子虚赋》、淮南小山的《招隐士》、枚乘的《上书谏吴王》、邹阳的《狱中上梁王书》等也都是作于为宾客时期。枚乘的《七发》假托宾主问答的形式,以七事来启发因病消沉的楚太子。太子读后据几而起,霍然病已。文章韵散兼用、铺陈夸张、辞藻富丽、体制宏大。《七发》写法和文章构架标志着汉大赋的形成。

汉初还有一个对汉代文学影响非常深远的背景,那就是汉代统治者为楚人的出身。因为他们的喜好和引领,汉初的骚体诗赋很兴盛,这也构成了汉赋得以发达的一个基本条件。贾谊的赋作是汉初骚体赋的代表。在宗室"乐楚声"风气的带动下,以宗室成员为核心的楚歌诗创作成为汉代诗歌的大宗。

汉代文化发展的转折在汉武帝时。伴随着中央集权的强大、藩国势力的削弱,文化也渐渐地结束了战国以来多样态多中心的发展态势,向与政治形势相呼应的文化整合的方向发展。

随着"文景之治"以及平定"七国之乱",国势渐趋稳定和富强,针对国初休养生息形势的黄老之术,已无法为建立与政治、经济及军事规模相一致并为之提供文化和思想鼓吹的文化体系提供策略与思路,因此,儒、法适时地走到了政治前台,这就是后来汉宣帝概括的"汉家自有制度,本以霸王道杂糅之"。不过,法家更多地介入武宣时期的政治和军事,而教育、制度、思想文化则基本以儒家为引领。实际上,在叔孙通制朝仪时,儒家在文化制度建设方面就体现了突出的优势。窦太后与辕固生之间发生的儒道斗争,意味着儒家文化势力的崛起,而"五经博士"的设立,董仲舒的"独尊儒术、罢黜百家"的对策,白衣卿相公孙弘的经历,使天下对儒学"靡然向风"。不过,这一时期的儒学,与先秦时期的孔孟之学不同,它实际上是以儒学为冠名的诸多学术的融合,与其说是儒学的成功,不如说是儒者运营策略的成功。

对应于上述局面,此时期的文学发展也显示出独特的面貌。汉武帝读司马相如的《子虚赋》大加赞赏,于是传令召见。司马相如请为天子作游猎之赋,这就是著名的《上林赋》(与《子虚赋》其实为一篇,合谓《天子狩猎赋》)。此赋显示小藩王大天子的中央政治集权思想,无论是赋的内容、构架还是用语亦或是所描写的事物,都集中笔力夸耀汉天子的神威,铺陈帝王的物质享受,渲染宫廷的奢靡浮华,无所不用其极。以这篇赋为代表的汉大赋所达到的规格,与鼎盛时期汉武帝的文治武功局面正相应和,既可以说是时代的反映,也可以说是文人努力为之鼓吹的结果。这就同文化界的董仲舒,用经学大一统来应和汉武帝的国家文化建设一样,不过是不同的文化群以不同的方式表现而已。在散文领域,士人们的文章,大致显现着一致的特点,即依经立意,引经据典,文风典雅和缓。其代表作品是董仲舒的《天人三策》。

汉武帝还做了一件对后世影响深远的事情,即设立乐府机关。《汉书·礼乐志》载:"至武帝定郊祀之礼,祠太一于甘泉,就乾位也;祭后土于汾阴,泽中方丘也。乃立乐府,采诗夜诵,有赵、代、秦、楚之讴。以李延年为协律都尉,多举司马相如等数十人造为诗赋,略论律吕,以合八音之调,作十九章之歌。"国兴而礼乐盛,礼乐建设,必定是汉武帝构建其强盛的政治文化帝国的一个重要步骤。班固总结说:"至于武宣之世,乃崇礼官,考文章,内设金马石渠之署,外兴乐府协律之事,以兴废继绝,润色鸿业。是以庶悦豫,福应尤盛。"乐府机关的设立,乐府诗的采集整理,就是为"兴废继绝,润色鸿业"。

汉武帝的这个举动,也许是对《诗经》功能和所代表效果的效仿,是采诗观风传统的时代演绎。《诗经》之诗,就是采集而来,"献之大师,比其音律,以闻于天子"(《汉书·食货志》)而成,《诗》及其背后所隐含的文化,正是孔子推崇的周代礼乐体系的代表。无论是否如此,但继《诗》的采集并促成中国诗歌史第一次发展高峰之后,乐府诗的采集整理也确实带来了汉乐府诗的兴盛,这虽没有直接带动西汉文人诗的繁荣,但东汉中后期逐渐兴盛起来的文人五言诗,却无疑是以汉代乐府诗的发展为前提的。

汉武帝时期另一个有震撼性影响的文化大事,是司马迁《史记》的编写。司马迁的父亲司马谈学问渊博,对于天文、历史、哲学都有研究,所著《论六家要旨》总结先秦诸子,影响很大。司马迁10岁开始习诵古文,后又跟董仲舒学《春秋》,从孔安国学古文《尚书》，20岁开始漫游，加之以后奉使出行，访故老，问故事，行迹几乎遍及全国。司马迁可谓读万卷书，行万里路，这样的经历为他写作《史记》打下了坚实的基础。元封元年，汉武帝东巡泰山，举行著名的"封禅"大典，司马谈因不得同行含恨而终，临终前流涕拉着司马迁的手，把世代为史官而欣逢盛世遇贤君良臣而不能论载的遗憾和著述愿望交给了司马迁。为继承父命，司马迁开始着手著述《史记》。这期间发生了李陵之祸。因李陵兵败投降匈奴，天子震怒，欲治其罪，而朝臣们在李陵成功时为之赞颂，李陵失败时落井下石。司马迁出于史家的公正和人道，为李陵辩解，触怒了汉武帝，被处以宫刑。名誉和尊严被无情剥夺，司马迁几至于死，但父亲的遗愿与不甘"鄙陋没世，而文采不表于后世"的丈夫之志及史家责任，使他隐忍苟活，完成了《史记》的编撰。同时，通过自身的经历，使他深切感悟到，正义并不一定能主导事情的结局，尊严可以瞬间被蛮横的权力践踏得斯文扫地，胜利者的手段往往并不那么光彩，英雄在历史的进程中通常成为悲情的符号。死已无惧，也不再用小心翼翼地维护尊严或利益，司马迁独立、任性地完成了《史记》的撰述，完成了作为人的提升和实现。

汉武帝时期，汉大赋发展到高峰。汉大赋不遗余力的铺排、陈述、夸诞和宣扬，对当朝帝王的伟业正能提供润色、烘染的文学效应。据《汉书·艺文志》著录的西汉赋（不算杂赋在内），计有九百余篇，仅汉武帝时期就有四百余篇，东方朔、枚皋都是这一时期著名的赋家，司马相如是代表人物。除了标志汉大赋高峰的《子虚赋》、《上林赋》，司马相如还有《哀二世赋》、《大人赋》、《长门赋》、《美人赋》等。

汉武帝时期，汉初期的功臣政治局面开始发生根本改变，经过汉武帝的改造和推行，文化士人开始走到政治前台，以白衣而至卿相的公孙弘为代表。在汉武帝的人才选用系统中，汉武帝非常善于把不同的文化人群维系于矛盾的平衡中。比如利用身边的近侍文人，经常就国家大事和重大问题与外廷的卿相大臣辩议问难，以达成对问题的全面了解和厉害平衡，当然也借机消除来自各方的阻力，为其扩边等雄心的实现创造条件。这实际上就是帝权与臣权的斗争。这在客观上造就了汉武帝时期近侍文人的一大批时论散文。

汉宣帝效武帝故事，在文化上多有建树。这一时期的汉赋因为宣帝的喜爱和推动，发展非常兴盛，乃至引起了大臣们的反对和非议。这一时期的赋家主要有王褒、张子侨、刘向、华龙等。

到汉元帝、汉成帝时，儒学真正实现了"独尊"，再经由荐举和各级教育的实施，经学"大一统"的汉代社会文化格局大致确立。汉人自己对这一文化局面进行了总结和宣扬。汉成帝时，国家组织校书，刘向父子等人开始大规模整理典籍，事后著有总结校书和梳理汉代文化内在思路的《七略》一书。《七略》大致将汉代的文化分为六个部分:六艺略、诸子略、诗赋略、兵书略、数术略、方技略,诸略之间并非无序或简单排列,其中有着严密的逻辑和表述意图。首先以"形而上者为之道、形而下者为之器"为逻辑,对六略进行了二分,前三略为述"道"者,后三略为言"器"者。在前三略中也并不是平行并列的,而是以"六艺"为最高引领,诸子不过是"六经之支条与流裔",诗赋身份高低的认定,也都是以《诗经》来比附的。从中不难看出,经艺在当时已被作为最高原则和裁定标准。

这既体现了统治者齐整和规范社会文化的策略和倾向,也较为恰当地反应了当时整体社会文化格局的大势。与之相应的是,经学士人成为社会文化人群中最优宠最顶端的一支,并通过教育与举荐制所形成的社会导向,对其他社会文化从业人群形成招引;其他社会文化群体,或在身份上寻求经学人士的认同因而自觉转向,或是在精神旨归上对经学进行皈依。著名赋作家扬雄批评辞赋"童子雕虫篆刻"、"壮夫不为",就是上述文化背景所折射出来的尴尬。

这一时期代表作家有扬雄、刘歆等。

东汉时期,因光武帝刘秀的极力推崇,在西汉末开始兴起的谶纬之学,愈发地兴盛,借助国家的影响,它与今古文经学合流,成为思想文化领域的统治思想,对以后儒学的发展和当时的文学创作,都产生了不可估量的影响。对东汉文学中发生的一些新变化,如果探究其思想背景方面的因素,不能不考虑来自谶纬的影响。

经学"大一统"的社会文化发展格局,其间虽有波折变化,但大的趋势不变,且日趋稳固,到东汉中期发展到高峰。其在文学领域的表现就是上层文人儒学化改造的完成。西汉上层文人已经在试图向国家核心思想价值观念靠拢,以期能获得与经士同样的社会认同,获得经学人士才能取得的"尊官",而不是类同俳优、"见视如倡"(《汉书·枚乘传附子皋传》)。司马相如临终上《封禅文》而不是他所擅长的大赋,按鲁迅的说法,其原因是司马相如是想做"帮忙"的国家大事,而不是"帮闲"的游娱;而扬雄自弃作赋,专心去做《法言》等,也反映了文人欲向核心价值体系靠拢的现实。在西汉,专业的文学作家,是被主流价值衡量体系所轻视的,这就是为什么这一时期的作家们常常"自悔类倡"、"辍不复为"的原因。东汉时期这一情形虽没有得到彻底的改变,但已经发生了很大的变化,即上层文人儒化改造的完成。蔡邕的身份和观念颇能说明这种变化。蔡邕本为"鸿都门学"人员,因才艺被征召,但他却带头反对国家任用才艺之士:"夫书画辞赋,才之小者,匡国理政,未有其能。……通经释义,其事优大,文武之道,所宜从之。若乃小能小善,虽有可观,孔子以为'致远则泥',君子故当志其大者。"(《后汉书·蔡邕传》)

班固的《汉书》深受这一背景的影响。班固曾指斥司马迁"其是非颇缪于圣人,论大道则先黄老而后六经,序游侠则退处士而进奸雄,述货殖则崇势利而羞贱贫"(《汉书·司马迁传赞》),并认为"古者天子建国,诸侯立家,自卿大夫以至于庶人各有等差,是以民服事其上,而下无觊觎。……夫然,故上下相顺,而庶事理焉。"(《汉书·游侠传》)这也成为他的编撰思想。尽管《汉书》的批评锋芒不及《史记》(二人的观念不同),但它是继《史记》之后另一部伟大的史学名著,在二十五史中影响仅逊于《史记》。在史料的取舍上,武帝太初年以前,《汉书》基本照录《史记》,甚至连赞语都基本援引《史记》;而武帝太初年之后的内容完全为《史记》未涉之事。班固在独立撰修的过程中,更是多方面表现出了一代杰出史家实事求是、公正不阿、忠于客观史实的优秀品质,以及过人的眼光、学识、胆略和文笔。《后汉书·班固传赞》称班文:"不激诡,不抑抗,赡而不秽,详而有体,使读之者亹亹不厌。"

以儒家士族的出现为显著标志,东汉中期左右,儒学发展达到了高峰。因把持教育的便利和荐官举人的权力,座主、门生、故吏的同气连枝和盘根错节,形成了巨大的社会势力和无法撼动的政治权力。这激化了古代社会另一个根深蒂固难以调和的矛盾:君权与臣权的制衡关系。儒家社会势力全面地掌控社会引起了以皇帝为代表的内廷势力的不满,东汉外戚和宦官专权是这一内在矛盾的集中反映。东汉桓灵时期,对外廷士大夫势力的打击达到高峰,最典型的就是历史上著名的"党锢之祸"。禁锢和杀戮使国家官员系统大量缺员,除了宦官子弟大肆充斥州郡、汉灵帝开西园卖官在社会上招徕人员予以补充之外,内廷统治者还注意培养和任用非传统儒家士人的文化人士加入国家官僚系统。其代表举动就是汉灵帝兴"鸿都门学",这是一个与传统太学相对立的选拔和培养国家官员的机构。借助这一机构,一批被传统士大夫斥之为"无行趣势之徒"、"有类俳优"、"竖子小人"的文化群体,得以走向政治前台,得到国家的任用,列州布郡为官。这对从西汉以来选官举人以经学人士为范围的传统做法、社会习以为是的观念造成了根本性的颠覆,以经学为核心和精神引领的社会文化结构因此发生动摇。这对东汉政治文化的发展走势产生了根本性的影响。

东汉上述社会人群升降及所引起的文化变迁,深深带动了文学的变化。

王充为细族孤门,社会上风行的谶纬神学和上层援引浮夸的风气,为王充所不能参与,也正促成了他不同于时论的思想、表述风格和语言。其《论衡》以"疾虚妄"为宗旨。全书85篇,现存84篇。最能代表王充"疾虚妄"的是"九虚"(九篇带"虚"字题目的文章,下"三增"同)、"三增"、《论死》诸篇;此外,《艺增》、《超奇》、《对作》诸篇中提出了很多有价值的文学观点。《论衡》的文字比较接近口语,在当时曾经遭到嘲笑。王符的《潜夫记》也是愤世嫉俗之作。《论衡》、《潜夫论》所代表的东汉时代著述风气和风格,较为充分地反映了东汉中期以后已开始集中显现的激烈的社会矛盾和思想冲突。一般文学史通常将王充、王符以及后来的仲长统并称东汉政论文三大家。

东汉的大赋,以京都赋为代表,如班固的《两都赋》和张衡的《二京赋》。班固的《两都赋》针对的是东汉初定都长安还是洛阳的现实问题而发。《二京赋》通过对西京豪奢淫靡生活的描写和否定,对东都城市、宫殿建筑及上层礼仪、典制予以肯定,突出君主崇尚懿德、整饬礼教的作为。《二京赋》以其规模宏大而被称之为京都赋之极轨。总的来说,东汉大赋与西汉比,没有大的改变,但已和西汉大赋初发生时的社会氛围有所不同,渐渐向显示作者才华和非凡创造力方面发展。

东汉诗歌的成绩很大。一方面是乐府诗的发达(现存汉乐府多为东汉时期作品);另一方面,以《古诗十九首》、"苏李"诗为代表的文人五言诗在东汉中后期开始兴盛,这尤其和上述东汉社会人群结构发生变动有关联:以"党锢之祸"为典型,以内廷政治势力为核心的上层统治者对外廷士大夫势力进行打击,导致他们很多都脱离上层,委身畎亩;借机而起的不以经学为务的才艺之士(他们多来自世俗社会空间),则带着自身的文化特征进入国家官僚体系,即所谓上层。身份及文化倾向的升降起伏,给文化的激荡置留了足够的空间,带有俚俗色彩的五言诗就是这样开始兴盛起来的。

参考书目:

章太炎.国故论衡[M].上海:上海古籍出版社,2003.

万绳楠整理.陈寅恪魏晋南北朝史讲演录[M].安徽:黄山书社,1987.

余英时.士与中国文化[M].上海:上海人民出版社,1987.

袁行霈.中国文学史(第一卷)[M].北京:高等教育出版社,1999.

第一章 秦汉诗

汉代的诗歌从发生方式上大致可分为民间歌谣和文人诗两部分。西汉时期以楚歌和乐府诗为代表的民歌体诗歌非常活跃,而文人诗却未成气候;东汉时期,民歌和文人诗并举,尤其是东汉中后期,文人诗的发展已渐成规模。

秦末,因为项羽和刘邦均出于楚地,政治的强势使我们所见的当时诗歌,带有强烈的楚谣风味,如项羽的《垓下歌》和刘邦的《大风歌》。汉初,因为统治者的偏爱,在宫廷和宗室权贵的带动下,楚歌尤其发达。楚歌这一形式也成为西汉诗歌的大宗。刘邦的《大风歌》在文景时期被奉为宗庙颂歌,刘邦的歌姬唐山夫人的《安世房中歌》也被列入郊庙歌。至如汉武帝所作《秋风辞》、《瓠子歌》及《西极天马歌》、淮南王刘安《八公操》、昭帝刘弗陵《黄鹄歌》及燕王刘旦、广川王刘去、广陵王刘胥、乌孙公主细君等都作有楚歌。东汉时稍有不同,皇室楚歌所见仅灵帝刘宏《招商歌》、汉少帝刘辩《悲歌》等几首,但东汉文人间作楚歌者较多起来。上述现象也体现了古代皇室权贵们的风尚引领在文学发展历程中的独特作用。

汉武帝时设立乐府机关("乐府"字样在秦代就曾出现,但具体情况历史无载)。汉代的乐府机关负责采集和整理民间诗歌,朝廷用以制礼作乐,或宴饮娱乐。《汉书·礼乐志》载:"至武帝定郊祀之礼,祠太一于甘泉,就乾位也;祭后土于汾阴,泽中方丘也。乃立乐府,采诗夜诵,有赵、代、秦、楚之讴。以李延年为协律都尉,多举司马相如等数十人造为诗赋,略论律吕,以合八音之调,作十九章之歌。"这一国家文化举动,影响深远:一方面促进了当时民歌的流动和保存,另一方面这也是先秦采诗观风传统的延续。中国古代诗歌体式的发展,一向具有从下层向上层文化空间提升演化的特点,乐府的主题和功能也颇为文人所重视,西汉国立乐府机关的设立,在这一历程中扮演了极为重要的角色。

东汉有无专门的乐府机关,现在还是一个存在争议的问题,不过,从流传下来的汉代乐府诗歌情况看,东汉的乐府诗歌被收集整理的情形是存在的。今天所看到的汉代乐府诗歌,多数是东汉时期的。经过西汉强势的政治和文化积累,加之官府乃至社会豪强的文化需求及享乐也更具备社会和文化基础,这些都刺激了东汉时期乐府诗歌的发展。

汉乐府都被宋代郭茂倩收入《乐府诗集》。郭茂倩将汉至唐的乐府诗分为十二类,其中包含汉乐府的有四类:郊庙歌辞、相和歌辞、鼓吹曲辞、杂曲歌辞,汉乐府民歌主要保存在后三种之中。

今存的汉乐府诗歌,著名的如谏歌《朱鹭》,恋歌《有所思》、《上邪》,游子之歌《巫山高》,反映社会问题的《孤儿行》、《战城南》、《东门行》、《上山采蘼芜》,反映美好生活情调的《江南》等,反映了当时多层面的社会生活。

汉代的文人诗总体上并不发达,尤其是在西汉。钟嵘《诗品》说汉代是"词赋竞爽,而吟咏靡闻。"说的就是汉代文人诗的情况,大致符合实际情况。在西汉,文人较少进行诗歌创作。这构成了中国诗歌史上一个非常奇怪的现象:《诗经》构成了中国诗歌发展的第一个高峰,但在汉代并没有得到延续,汉代上层文人即使偶尔涉及诗歌创作,也主要是对楚歌和乐府诗的介入,而对此前已经取得相当成绩的四言诗,却显出了基本绝缘的态势。除了韦孟创作的《讽谏诗》、《在邹诗》,韦玄成的《自劾诗》、《戒子孙诗》,汉代四言诗创作寥寥。汉代四言诗的这种发展局面,主要与其在国家礼乐仪式和文化中的特定功能有关。固定场合下特定应用性演奏的规定,使《诗经》为代表的四言诗在先秦具有了上层雅化了的仪式意义,固化进了权威和象征意味,不可僭越和模仿,这就是先秦时期大家纷纷引诗赋诗而不自作诗的根本原因。在汉代,《诗经》虽然作为五经之一为上层文人所熟知,但却很少进行仿作,也正是对传统的遵守。

东汉时期,文人诗的创作情况有了很大的改观,四言诗有了较大的改变,已逐渐构成了诗歌创作的大宗之一(可参看逯钦立《先秦汉魏晋南北朝诗》的相关部分)。借助汉代乐府诗的兴盛,五言这一来自民间、新鲜灵活充满生气的诗歌形式逐渐被文人接受并尝试创作。班固的《咏史》虽被钟嵘批评"质木无文"(《诗品序》),但一直被公认为文人五言诗创作的引领式作品。其后出现的秦嘉、徐淑夫妇的《赠答诗》、蔡邕的《翠鸟》、郦炎的《见志诗》、赵壹的《疾邪诗》等都取得了不错的成绩。此外辛延年的《羽林郎》、宋子侯的《董娇娆》,似乎很能体现五言诗从乐府歌借鉴而来的痕迹。当然东汉时期代表五言诗最高水平的是《古诗十九首》和托名"苏、李诗"为代表的已失作者姓名的一批五言诗。这批作品的作者现在倾向认为是下层文人,因为这些作品所表现的内容、所流露的情绪、所体现的风格、所运用的词汇,均极为接近人们的日常生活,而较少体现上层惯有的思想禁忌和说教颂扬倾向。故刘勰《文心雕龙·明诗》评价言:"观其结体敷文,直而不野,婉转附物,怊怅切情,实五言之冠冕也。"

成熟的五言诗的集结出现,表明继《诗经》之后,传统诗歌发展新的高峰已然到来。

参考书目:

王运熙.乐府诗述论[M].上海:上海古籍出版社,1996.

王运熙,王国安.〈乐府诗集〉导读[M].成都:巴蜀书社,1999.

马茂元.古诗十九首初探[M].西安:陕西人民出版社,1982.

第一节 楚 歌

项 羽(前232—前202)

项羽名籍,字羽,下相(今属江苏)人。楚将之后,随叔父项梁起事,与刘邦争天下,自封为西楚霸王。后在垓下被围,突围至乌江自刎身亡。

垓下歌[1]

力拔山兮气盖世,时不利兮骓不逝。骓不逝兮可奈何,虞兮虞兮奈若何!

【注释】

[1]《史记·项羽本纪》载:"项王军壁垓下,兵少食尽,汉军及诸侯兵围之数重。夜闻汉军四面皆楚歌,项王乃大惊曰:'汉皆已得楚乎? 是何楚人之多也!'项王则夜起,饮帐中。有美人名虞,常幸从;骏马名骓,常骑之。于是项王乃悲歌慷慨,自为诗曰……"宋郭茂倩《乐府诗集》题名为《力拔山操》,《文选补遗》题为《垓下帐中歌》,冯惟讷《古诗记》题为《垓下歌》。朱熹《楚辞集注》卷一评此诗:"慷慨激烈,有千载不平之余愤。"

刘 邦(前256—前195)

刘邦,沛县丰邑人。秦二世元年,起兵于沛,号为沛公。后受命与项羽分兵入关破秦,入咸阳,与父老约法三章,尽除秦苛法。项羽入关,封其为汉王,后与项羽争战,相持五年,卒败项羽,统一天下,国号汉,称高祖。在位十二年。其诗现存两篇,即《大风歌》、《鸿鹄歌》。

大风歌[1]

大风起兮云飞扬,威加海内兮归故乡。安得猛士兮守四方!

【注释】

[1]《史记·高祖本纪》载:"十二年,……高祖还归,过沛,留。置酒沛宫,悉召故人父老子弟纵酒,发沛中儿得百二十人,教之歌。酒酣,高祖击筑自歌诗曰:……令儿皆和习之。高祖乃起舞,慷慨伤怀,泣数行下。"任昉《文章缘起》:"汉祖《大风歌》汪洋自恣,不必三百篇遗音,实开汉一代气象,实为汉后诗开创。"

刘　彻(前156—前87)

刘彻即汉武帝,是一位雄才大略的政治家,也是一位爱好文学、辞赋的文学家,他的许多政治和文化行为都对汉代以及后世产生了很大影响。代表作品有《秋风辞》、《瓠子歌》、《天马歌》、《李夫人歌》等。

秋风辞[1]

秋风起兮白云飞,草木黄落兮雁南归。兰有秀兮菊有芳,携佳人兮不能忘。泛楼船兮济汾河[2],横中流兮扬素波。箫鼓鸣兮发棹歌,欢乐极兮哀情多。少壮几时兮奈老何!

【注释】

[1]《汉武故事》:武帝巡游河东,祠后土,顾视帝京,欣然中流,与群臣燕饮。上甚欢,乃自作《秋风辞》。王世贞《艺苑卮言》卷二:"汉武故是词人,《秋风》一章,几于《九歌》矣。"[2]汾河:水名,在今山西省中部。

梁　鸿(生卒年不详)

梁鸿字伯鸾,东汉扶风平陵人。东汉初,曾入太学受业。学毕,在上林苑放猪。后归平陵,娶孟氏女子,流传有"举案齐眉"的故事。汉章帝时,因事出函谷关,经过京城,作《五噫歌》讽世。

五噫歌[1]

陟彼北芒兮,噫[2]! 顾览帝京兮,噫! 宫室崔嵬兮[3],噫! 人之劬劳兮[4],噫! 辽辽未央兮,噫!

【注释】

[1]《后汉书·梁鸿传》载,鸿东出关,过京师,作五噫之歌曰……肃宗闻而非之,求鸿不得。乃

易姓运期,名耀,字侯光,与妻子居齐鲁之间。清张玉谷《古诗赏析》评曰:"无穷悲痛,全在五个'噫'字托出,真是创体。"[2]噫:感叹词。[3]崔嵬:高大貌。[4]劬劳:劳苦。

第二节　乐府诗

有所思[1]

有所思,乃在大海南。何用问遗君,双珠玳瑁簪[2],用玉绍缭之[3]。闻君有他心,拉杂摧烧之[4]。摧烧之,当风扬其灰。从今以往,勿复相思,相思与君绝!鸡鸣狗吠,兄嫂当知之。妃呼狶[5]!秋风肃肃晨风飔[6],东方须臾高知之!

【注释】

[1]本诗收《乐府诗集》之《鼓吹曲辞》中,是"汉铙歌十八曲"之一。罗根泽《乐府文学史》说:"(此诗)纯将一时迸裂之情感,抒为文章,正见其相思之深。""此中奇作,古今中外,皆不多观;专门诗家,更不能道其只字。"[2]玳瑁:龟类,甲壳光滑多文采,可制饰品。[3]绍缭:缠绕。[4]拉杂:折碎。[5]妃呼狶:叹息声,或以为表声文字。[6]晨风:鸟名,或以为即雉。飔,疾风。

上　邪[1]

上邪!我欲与君相知,长命无绝衰。山无陵,江水为竭,冬雷震震,夏雨雪,天地合,乃敢与君绝。

【注释】

[1] 本诗收《乐府诗集》之《鼓吹曲辞》中,是"汉铙歌十八曲"之一。清人庄述祖《汉短箫铙歌曲句解》提出:"《上邪》与《有所思》当为一篇,……叙男女相谓之言。"闻一多《乐府诗笺》认为"庄说尤为妙悟",余冠英《乐府诗选》亦同意此说。

江　南[1]

江南可采莲。莲叶何田田[2],鱼戏莲叶间。鱼戏莲叶东,鱼戏莲叶西,鱼戏莲叶南,鱼戏莲叶北。

【注释】

[1] 本诗最早载于《宋书·乐志》,《乐府诗集》卷26收录,属《相和歌辞·相和曲》,是一首江南民间情歌。陈祚明《采菽堂古诗选》:"排演四句,文情恣肆,写鱼飘忽。较《诗》'在藻'、'依蒲'尤活。"[2]田田:鲜碧貌。

上山采蘼芜[1]

上山采蘼芜,下山逢故夫。长跪问故夫:"新人复何如?""新人虽言好,未若故人姝。颜色类相似,手爪不相如[2]。""新人从门入,故人从阁去[3]。""新人工织缣,故人工织素[4]。织缣日一匹,织素五丈余。将缣来比素,新人不如故。"

【注释】

[1]本诗《乐府诗集》未收,《玉台新咏》作《古诗》。张玉谷《古诗赏析》曰:"通章问答成章,乐府中有此一体,古诗中仅见斯篇。"蘼芜:香草名,古人以为可以使妇人多子。[2]手爪:指纺织等女工技巧。[3]阁:旁门。[4]素:白绢。

第三节　文人诗

班　固(32—92)

班固字孟坚,班彪子。永平中,召诣校书部,除兰台令史,迁为郎。建初中,迁玄武司马。永元初,大将军窦宪出塞,以为中护军,行中郎将事。及宪败,坐下狱死,年六十一。有《白虎通德论》六卷,《汉书》一百十五卷,《集》十七卷。

咏史诗[1]

三王德弥薄[1],惟后用肉刑[2]。太仓令有罪[3],就逮长安城。自恨身无子,困急独茕茕。小女痛父言,死者不复生。上书诣北阙,阙下歌《鸡鸣》[4]。忧心摧折裂,《晨风》激扬声[5]。圣汉孝文帝,恻然感至诚。百男何愦愦[6],不如一缇萦!

【注释】

[1]这是现存最早的一首文人五言诗,歌咏了西汉孝女缇萦救父的故事。《史记·扁鹊仓公列

传》载:"文帝四年中,人上书言意,以刑罪当传西之长安。意有五女,随而泣。意怒,骂曰:'生子不生男,缓急无可使者!'于是少女缇萦伤父之言,乃随父西。上书曰:'妾父为吏,齐中称其廉平,今坐法当刑。妾切痛死者不可复生而刑者不可复续,虽欲改过自新,其道莫由,终不可得。妾愿入身为官婢,以赎父刑罪,使得改行自新也。'书闻,上悲其意,此岁中亦除肉刑法。"钟嵘《诗品序》评此诗"质木无文"。[2]肉刑:即切断肢体和割裂肌肤之刑。古代以墨、劓、刖、宫、大辟为五刑,均为肉刑。[3]太仓令:汉代主管粮仓的主官。[4]《鸡鸣》:《诗经·齐风》之诗篇。[5]《晨风》:《诗经·秦风》之诗篇。[6]愦愦:通"聩聩",昏乱不明貌。

张　衡(78—139)

张衡字平子,南阳西鄂人。少年时家居读书,青年时游三辅,入太学,举孝廉不行,辟公府不就。安帝时,先征拜郎中,迁尚书侍郎,再迁为太史令。后迁尚书,复为太史令。顺帝时为公车司马令,迁侍中。永和初,出为河间相。文学创作名篇有《二京赋》、《思玄赋》、《归田赋》、《同声歌》、《四愁诗》等,有《张河间集》。

四愁诗[1]

一思曰:我所思兮在太山,欲往从之梁父艰[2]。侧身东望涕沾翰[3]。美人赠我金错刀[4],何以报之英琼瑶[5]。路远莫致倚逍遥[6],何为怀忧心烦劳[7]。

二思曰:我所思兮在桂林[8],欲往从之湘水深。侧身南望涕沾襟。美人赠我琴琅玕[9],何以报之双玉盘。路远莫致倚惆怅,何为怀忧心烦伤。

三思曰:我所思兮在汉阳[10],欲往从之陇阪长[11]。侧身西望涕沾裳。美人赠我貂襜褕[12],何以报之明月珠。路远莫致倚踟蹰,何为怀忧心烦纡[13]。

四思曰:我所思兮在雁门[14],欲往从之雪纷纷。侧身北望涕沾巾。美人赠我锦绣段,何以报之青玉案[15]。路远莫致倚增叹,何为怀忧心烦惋[16]。

【注释】

[1]《文选》卷二九于诗前有序:"张衡不乐久处机密,阳嘉中,出为河间相。……时天下渐敝,郁郁不得志,为《四愁诗》。屈原以美人为君子,以珍宝为仁义,以水深雪雾为小人。思以道术相报,贻于时君,而惧谗邪不得以通。"一思曰:《玉台新咏》无此三字,下同。[2]梁父:山名,为泰山下之小山。[3]翰:衣襟。[4]金错刀:镀金之刀钱,或说是黄金镶嵌刀环或刀柄之佩刀。[5]英:通"瑛",光泽貌。琼、瑶:皆美玉名。[6]倚:通"猗",语助词。逍遥:彷徨。[7]劳:忧伤。[8]桂林:汉郡名,郡治在今广西桂林。[9]琴琅玕:用美玉装饰的琴。[10]汉阳:后汉郡名,郡治在今甘肃甘谷南。[11]陇阪:山名,即陇山。[12]貂襜褕:貂皮缝制的直襟袍子。[13]烦纡:心烦意乱。[14]雁门:汉郡名,在今山西西北。[15]青玉案:青玉制成的小几案。[16]惋:怨。

辛延年

辛延年,东汉诗人,生卒年及生平无考。

羽林郎[1]

昔有霍家奴,姓冯名子都[2]。依倚将军势,调笑酒家胡[3]。胡姬年十五,春日独当垆。长裾连理带[4],广袖合欢襦[5]。头上蓝田玉[6],耳后大秦珠[7]。两鬟何窈窕,一世良所无。一鬟五百万,两鬟千万余。不意金吾子[8],娉婷过我庐[9]。银鞍何煜爚[10],翠盖空踟蹰。就求求清酒,丝绳提玉壶。就我求珍肴,金盘脍鲤鱼。贻我青铜镜,结我红罗裾。不惜红罗裂,何论轻贱躯。男儿爱后妇,女子重前夫。人生有新故,贵贱不相逾。多谢金吾子,私爱徒区区[11]。

【注释】

[1]羽林是皇家禁卫军,汉武帝时设置,羽林郎是军中官名,本诗内容与羽林郎无关,盖为乐府旧题。本诗始见《玉台新咏》,《乐府诗集》收入《杂曲歌辞》。[2]冯子都:名殷,为霍光监奴,相当于王府总管。[3]胡:当时对北方少数民族的称谓。[4]裾:衣前襟。连理带:两边对称之衣带。[5]合欢襦:有合欢图案的短袄。[6]蓝田:山名,陕西蓝田县蓝田山,出产美玉。[7]大秦:古代对罗马帝国的称谓。[8]金吾:即执金吾,为保卫京都的武官。冯子都并非执金吾,这里是文学表现手法。[9]娉婷:姿容美好。[10]煜爚:光彩闪耀。[11]区区:殷勤貌。

宋子侯

宋子侯,东汉人,生卒年不详。

董娇娆[1]

洛阳城东路,桃李生路旁。花花自相对,叶叶自相当。春风东北起,花叶正低昂。不知谁家子,提笼行采桑。纤手折其枝,花落何飘扬。请谢彼姝子[2]:"何为见损伤?""高秋八九月,白露变为霜。终年会飘堕,安得久馨香?""秋时自零落,春月复芬芳。何时盛年去,欢爱永相忘。"吾欲竟此曲,此曲愁人肠。归来酌美酒,挟瑟上高堂。

【注释】

[1]本诗始见于《玉台新咏》,《乐府诗集》收入《杂曲歌辞》。毛先舒《诗辩坻》卷一谓:"深长婉妙,在汉诗亦绝少。"沈德潜《古诗源》卷二曰:"婀娜其枝,无穷摇曳。"[2]谢:谢罪。因下面有责问女郎之语,故先致歉称谢。

行行重行行[1]

行行重行行，与君生别离。相去万余里，各在天一涯。道路阻且长，会面安可知。胡马依北风，越鸟巢南枝[2]。相去日已远，衣带日已缓。浮云蔽白日，游子不顾反。思君令人老，岁月忽已晚。弃捐勿复道，努力加餐饭。

【注释】

[1]本诗为《古诗十九首》的第一首。《古诗十九首》，最早见于《文选》，作者无考，本非一时一人之作，南朝梁萧统因其风格相近，合在一起编入《文选》，题为《古诗十九首》。《古诗十九首》习惯上以句首为标题。陈祚明《采菽堂古诗选》卷三云："《十九首》所以为千古至文者，以能言人同有之情也。人情莫不思得志，而得志者有几？虽处富贵，慊慊犹有不足，况贫贱乎？志不可得而年命如流，谁不感慨？人情于所爱，莫不欲终身相守，然谁不有别离？以我之怀思，猜彼之见弃，亦其常也。夫终身相守者，不知有愁，亦复不知其乐，乍一别离，则此愁难已。逐臣弃妇与朋友阔绝，皆同此旨。故《十九首》虽此二意，而低回反复，人人读之皆若伤我心者，此诗所以为性情之物，而同有之情，人人各俱，则人人本自有诗也。但人人有情而不能言，即能言而言不尽，特故推《十九首》以为至极。"《古诗十九首》是乐府诗文人化的显著标志。[2]"胡马依北风"二句：胡马，产于北地之马；越鸟，来自南方之鸟。李善《文选》注引《韩诗外传》："《诗》：'代马依北风，越鸟翔故巢。'皆不忘本之谓也。"《盐铁论·未通》："故'代马依北风，越鸟翔故巢'，莫不哀其生。"均以马、鸟比喻眷恋故乡。

青青河畔草[1]

青青河畔草，郁郁园中柳[2]。盈盈楼上女，皎皎当窗牖。娥娥红粉妆[3]，纤纤出素手[4]。昔为娼家女[5]，今为荡子妇。荡子行不归，空床难独守。

【注释】

[1]本诗为《古诗十九首》之第二首。王国维《人间词话》："'昔为倡家女，今为荡子妇。荡子行不归，空床难独守。'……可谓淫鄙之尤。然无视为淫词、鄙词者，以其真也。五代、北宋之大词人亦然。非无淫词，读之者但觉其亲切动人；非无鄙词，但觉其精力弥满。可知淫词与鄙词之病，非淫与鄙之病，而游词之病也。"顾炎武《日知录》卷二一："诗用迭字最难。古诗：'青青河畔草，……纤纤出素手。'连用六迭字，亦极自然，下此即无人可继。"[2]郁郁园中柳：郁郁：茂盛。柳：谐"留"音。《三辅黄图》："灞桥在长安东，……汉人送客至此，折柳赠别。"[3]娥娥：容貌美好貌。《方言》："秦晋之间，美貌谓之娥。"[4]纤纤：细也。[5]倡家女：歌妓。

今日良宴会[1]

今日良宴会,欢乐难具陈。弹筝奋逸响[2],新声妙入神[3]。令德唱高言[4],识曲听其真。齐心同所愿,含意俱未申。人生寄一世[5],奄忽若飙尘[6]。何不策高足[7],先据要路津[8]。无为守贫贱,轗轲长苦辛[9]。

【注释】

[1]本诗为《古诗十九首》之第四首。这是一首愤世自讽之作,不仅揭穿了一般士人追求名利的卑俗,也表现了诗人内心深处的痛苦。方东树《昭昧詹言》卷一:"起四句平叙,'令德'四句倒装,豫摄通篇,精神入化矣。"[2]逸响:奔放之音响。[3]新声:时行歌曲。[4]令德:美德。本指贤者,此处为讽刺语,指追求功名利禄者。高言:高妙之论。此处为讽刺语,指下文"人生寄一世"六句之意。[5]寄:寓居。《尸子》:"人生于天地之间,寄也。"[6]奄忽:迅疾貌,指人生之短促。飙尘:被狂风卷起之尘土。[7]高足:良马之代称。[8]要路津:借指重要之职位。[9]轗轲:本指车行不利,引申指人不得志。

迢迢牵牛星[1]

迢迢牵牛星,皎皎河汉女。纤纤擢素手[2],札札弄机杼。终日不成章[3],泣涕零如雨。河汉清且浅,相去复几许。盈盈一水间[4],脉脉不得语[5]。

【注释】

[1]本诗为《古诗十九首》之第十首。这是一首思妇之词,借天上的牛郎星与织女星,抒写人间离别之感。陆时雍《古诗镜总论》:"就事微挑,追情妙绘,绝不费思一点。"牵牛星:民间俗称扁担星,为天鹰座主星,在银河南;河汉女,织女星,为天琴座主星,在银河北。《诗经·小雅·大东》已出现牵牛、织女二星,本诗的出现则说明其故事至东汉末已趋向定型。[2]擢:举。杼:织机上的梭子。[3]章:成品上的经纬纹理。[4]盈盈:清浅貌。[5]脉脉:相视貌。

生年不满百[1]

生年不满百,常怀千岁忧。昼短苦夜长,何不秉烛游!为乐当及时,何能待来兹[2]?愚者爱惜费,但为后世嗤。仙人王子乔[3],难可与等期。

【注释】

  [1]本诗为《古诗十九首》之第十五首。这是一首宣扬人生如梦、应及时行乐的作品。方东树《昭昧詹言》卷二:"《生年不满百》,万古名言,即前'驱车'篇意。而皆重在饮酒,及时行乐,是其志在旷达。汉、魏人无明儒理者,故极高志,止此而已。"[2]来兹:来年。[3]王子乔:刘向《列仙传》卷上:王子乔,周灵王太子晋也,好吹笙,作凤鸣。浮丘公接上嵩山,三十余年后,仙去。

第二章 汉 赋

赋是传统韵文学核心的代表样式,通常诗赋并称。

赋在汉代形成一代巨制。正如班固在《两都赋序》中所言:"故言语侍从之臣,若司马相如、虞丘寿王、东方朔、枚皋、王褒、刘向之属,朝夕论思,日月献纳;而公卿大臣,御史大夫倪宽、太常孔臧、太中大夫董仲舒、宗正刘德、太子太傅萧望之等,时时间作。……盖奏御者千有余篇。"可谓盛况空前,人们也习惯以汉赋来作为汉代的代表文学样式,与唐诗、宋词并举。

汉赋是如何形成的呢? 关于汉赋的来历,主要有三种流行说法。

一是班固《两都赋序》所表述的:"赋者,古诗之流也。"二是《文心雕龙·诠赋》云:"及灵均唱《骚》,始广声貌。然赋也者,受命于诗人,拓宇于楚辞也。"三是清人章学诚《校雠通义·汉志诗赋第十五》中指出的:"古之赋家者流,原本《诗》、《骚》,出入战国诸子。假设问答,《庄》、《列》寓言之遗也;恢廓声势,苏、张纵横之体也;排比谐隐,韩非《储说》之属也;征材聚事,《吕览》类辑之义也。"

大概说法越是后出,就越容易照顾全面,但也越容易脱离实际的发生背景而存在有失偏颇的地方。其中,班固的说法存在许多汉赋生成所包含的复杂因素。《汉书·艺文志·诗赋略》序云:"传曰:'不歌而诵谓之赋,登高能赋可以为大夫。'"由"不歌而诵谓之赋"可以确定,"赋"只是诵诗的一种方式,就是我们熟悉的《诗》的"赋、比、兴"三种表达方式之一,从这点上来说,赋也确实和《诗》发生了关联。但毕竟表现手法和作为文体还是两回事,所以说班固其实还是没有具体解释汉赋到底是怎样来的。当然,这也不是班固表达的重点,班固重点要说的在后者,就是"登高能赋可以为大夫",可以佐命君王。为什么要努力争得这一名分呢,因为赋者当时的文化地位是"为赋乃俳"、"见视如倡";同时,无论是《汉书·艺文志》还是《两都赋序》,类似观点的表达,都承担着这样的使命和宣传:规范汉赋的功能,使其向经艺要求的倾向靠拢。所以,班固的话也不能不加变通地予以尽信,尤其是从中寻找汉赋的发生原因,里面还存在着一些转换环节,而不能直接进行认定。

不过,班固的说法里也有特别值得注意的地方,那就是"赋"作为表达方式的表述。"不歌而诵谓之赋",其实透露了"赋"最初是一种音声的表达方式,而并不同于后世"赋者,铺也"(《文心雕龙·诠赋》)的书写表达手法。也就是说汉赋早期更多是以音声被听的,而不是写在文本上阅读的。所以汉武帝欣赏司马相如的《子虚赋》大概不是捧着竹简阅读,而是作为脚本读来听的。汉赋是用来听的,在汉代有具体的例子,如《汉书·王褒传》载:"太子喜(王)褒所为《甘泉》及《洞箫颂》,令后宫贵人左右皆诵读之。"

至于班固和刘勰都认为的汉赋从楚辞发展而来,有这样两个主要依据:一是司马迁在《史记·屈原贾生列传》中说:"屈原既死之后,楚有宋玉、唐勒、景差之徒者,皆好辞而以赋见称。"旧传为宋玉的作品如《风赋》、《神女赋》、《高唐赋》等都为赋体作品。二是汉代颇为流行的楚辞,在规模结构和风格用语方面对汉赋产生了直接的影响。当然,这其中有一个易被忽略的形式关联,那就是楚辞在汉代也主要是以音声来流传的。《汉书·王褒传》载:"宣帝时修武帝故事,讲论六艺群书,博尽奇异之好,征能为《楚辞》九江被公,召见诵读,……"据《汉书·朱买臣传》,朱买臣也是因能"言《楚辞》"而被汉武帝召见的。也正是以音声的娱乐表演,使规模宏大、用语诘屈的汉赋才得以广泛地传播风行。如楚地流行楚辞,蜀地产生司马相如乃至后来的扬雄和王褒,都不是因外在风气的影响,而是受本地特定的文化风格和习尚的熏染,这些都是构成汉赋形成一代文学的地域文化要素。

据现有材料,最早以赋名篇的是荀子。《汉书·艺文志》载,荀子有赋十篇,现存《礼》、《知》、《云》、《蚕》、《箴》,写的是礼、知、云、蚕、箴五种事物,表现手法完全采用"隐语",类似后世民间流行的猜谜语的方式。如果这也是赋发生的源头之一的话,倒进一步佐证了汉赋来源处的民间属性。

现在通常认为,汉赋的发展,主要分为三个时期。

从汉初到武帝即位初年的七十余年间,是汉赋的形成期。这个时期承战国余绪,纵横之风尚存,尤其是刘姓诸侯王的存在,士人与文化的生存空间相对广大,活动和择取也相对自由,作品多体现楚辞的影响,侧重表达作者自己的政治见解和慷慨。这一时期的作品主要是骚体赋,指的是模仿楚辞而写的一种赋。这种赋在内容上侧重抒情,形式上与楚辞没多大差别,也用带"兮"的语句。代表作家是贾谊。其代表作品是《吊屈原赋》、《鵬鸟赋》。文景时期的枚乘,是汉初一位重要的赋家,他的《七发》在形式上采用主客问答的方式,中间虽然杂有少数楚辞式的语句,但就通篇来说是间有韵文的散文,在状物叙事上则带有铺陈夸张的特点,在赋的发展史上占有重要地位。虽不以"赋"名,但已形成了汉大赋的体制,直接开启了后来司马相如、扬雄等人典型的汉大赋体式。汉初赋坛沿楚辞余绪创作骚体赋并有作品传世的,还有庄忌及淮南王刘安宾客淮南小山。庄忌,约与枚乘同时,曾先后游于吴王刘濞和梁孝王刘武,世称庄夫子。《汉书·艺文志》著录有赋二十四篇,而今只在《楚辞》中收有《哀时命》一篇。淮南小山,淮南王刘安宾客,据《汉书·艺文志》载,淮南王诸宾客有赋四十四篇。但今天流传的只有收在《楚辞》中的淮南小山《招隐士》一篇了。

从武帝到东汉中叶的二百多年间,是汉赋的兴盛期,这个时期主要是新体大赋,代表作家有司马相如、东方朔、王褒、扬雄、班固、张衡等。

司马相如的《子虚赋》、《上林赋》代表新体大赋的最高成就。现在通常认为《子虚赋》、《上林赋》本是一篇文章的两个部分,整体名称为《天子狩猎赋》。《子虚赋》假托楚国子虚先生,在齐国乌有先生面前夸说楚国云梦泽之大和楚王畋猎之盛;乌有先生则批评他"不称楚王之德厚,而盛推云梦以为高,奢言淫乐而显侈靡",但同时也把齐国的土地之广、物类之丰夸耀了一番。《上林赋》写亡是公听了子虚和乌有谈话后,一方面批评他们"不务明君臣之义,正诸侯之礼,徒事争于游戏之乐,苑囿之大";另一方面又在"君未睹夫巨丽"的名义下,把汉天子上林苑的富贵壮丽及天子射猎时的盛况大加铺陈夸说,以压倒齐楚,表明诸侯之事不足道。最后则以汉天子幡然悔悟,觉醒到"此大奢侈","乃解酒罢猎"作结。当时的政治形势是,汉武帝正在运作他的国家政治权力统一、地域版图的扩张以及以董仲舒"独尊儒术"为代表的国家文化体系整合,从《天子狩猎赋》反映的情形看,这是司马相如为代表的文人对国家发展大势的文学式呼应。这是司马相如赋产生重大时代影响的内因。当然,此赋同时以华丽的词藻、夸饰的手法、韵散结合的语言和设为问答的体式,大肆铺陈山川之壮美、物产之丰饶、宫苑之雄丽、帝王生活之豪奢,规模恢弘、气魄张扬、语言非凡,更是在表现形式上对汉武帝时期的非凡国势进行了渲染和鼓吹。其在充分表现汉大赋典型特征的同时,更是一举奠定了汉大赋的地位。《天子狩猎赋》代表了汉赋的最高成绩,直接开启了后来赋家关于帝都、宫苑、田猎、巡游等的描写,但后来者的格局都难与相如比肩。

扬雄是西汉末年最著名的赋家,《甘泉》、《河东》、《羽猎》、《长杨》四赋是他的代表作。这些赋在思想、题材和写法上,都与司马相如的《子虚》、《上林》相似;不过赋中的讽谏成分明显增加,而在艺术水平上有了进一步的提高,部分段落的描写和铺陈相当精彩,在模拟中有自己的特色。后世常以"扬、马"并称,原因即在于此。

班固是东汉前期的著名赋家。他的代表作《两都赋并序》在赋史上占有重要的地位。《序》描写了赋在汉代成为一代文学的盛况,并对赋之功能进行阐述,对后世汉赋的认识影响深远。而《两都赋》则是针对国初是定都洛阳还是长安的争议进行的辩证和鼓吹,在体例和手法上都模仿司马相如,但他把描写对象由贵族帝王的宫苑、游猎扩展为整个帝都的形势、布局和气象,并较多地运用了长安、洛阳的史地材料,因而较之司马相如、扬雄等人的赋作,有更为实在的现实内容。张衡以至左思的所谓"京都大赋"的出现,都明显地受到《两都赋》的影响。另外张衡的《二京赋》,也是东汉新体大赋的力作。

从东汉中叶到汉末的一百多年间,是汉赋的转变期,汉大赋的体式逐渐发生变化,转变为抒情小赋,反映社会黑暗现实、讥讽时事、抒情咏物的短篇小赋开始兴起。东汉中叶以后,上层政治斗争加剧,外戚争权,宦官乱政,政局日趋动荡,文人们忧国叹世的情绪成为其思想基调,汉赋的表达内转,开始注重内在情感的梳理和抚慰。代表作品为张衡的《归田赋》。作者以清新的语言,描写了自然风光,抒发了自己的情志,表现了作者在宦官当政、朝政日非的情况下,不肯同流合污,自甘淡泊的品格。这在汉赋的发展史上是一个很大的转变。他把专门供帝王贵族阅读欣赏的"体物"大赋,转变为个人言志抒情的小赋,使作品有了作者的个性,风格也由雕琢堆砌趋于平易流畅。后世的赋体发展,除着意对汉大赋体制进行模仿以逞才达意,另独辟抒情言理一路,即在《归田赋》一脉。张衡的《归田赋》开创了抒情小赋的先河,标志着汉大赋向抒情小赋转变。其后赵壹的《刺世嫉邪赋》对东汉末年是非颠倒、"情伪万方"的黑暗现象进行了揭露和抨击。这篇赋语言犀利,情绪悲愤,揭露颇有深度,与前一阶段那种歌功颂德、夸美逞能的大赋殊途。蔡邕的《述行赋》是他在桓帝时被当权宦官强征赴都,在途中有感而作。在赋中作者不仅揭露和批判了当时宦官专权、政治黑暗、贵族们荒淫无耻的现实,而且还满怀同情地写出了当时的民间疾苦,表现了作者的爱憎感情,语言平实,格调冷峻,颇具感染力。稍后祢衡的《鹦鹉赋》是一篇寓意深刻的咏物赋,作者借写鹦鹉,抒发了自己生于末世屡遭迫害的感慨。上述作品集体代表着汉赋由汉大赋集体关注描写外在世界向作者专注体己、表达一己之体会认识的情感本体回归,意味着赋史历程的改变。

赋在文学发展史上具有重要的地位和影响,它是继《诗经》、《楚辞》之后,在中国文坛上兴起的一种新型文体,并构成了一代之文学。汉赋对后世文学最重大的影响,莫过于因其兴盛而掀起了文学史上第一次对文学语言的大规模演练。汉大赋好炫博耀奇,堆垛词藻,以至好用生词僻字,但在丰富文学作品的词汇、锻炼语言辞句、描写技巧等方面,却取得了相当的成就。这是中国历史上第一次集中了那么多近乎专业的文学之士,以文学家的身份、以进行文学创作的态度来对文学语言进行实践和演练,在文学史上也是破天荒的。正是以汉赋的实践演练为基础,传统文学开始讲求并专注关于文学语言乃至形式乃至风格等文学的本体要素,并取得成就进而渐渐受到重视,以至文学批评在随后的建安时期开始兴起。

参考书目：

费振刚，等.全汉赋[M].北京：北京大学出版社，1997.

马积高.赋史[M].上海：上海古籍出版社，1998.

曹明纲.赋学概论[M].上海：上海古籍出版社，1998.

第一节　骚体赋

贾　谊（前 200—前 168）

贾谊，洛阳人，以能诵《诗》《书》闻名郡中，汉文帝初年被召见，应对以才华显，为权贵中伤，出为长沙王太傅。后为梁怀王太傅，怀王堕马死，谊自伤为傅无状，忧郁而死。代表作品有《吊屈原赋》《过秦论》《论积贮疏》等。后人辑有《贾长沙集》，另著有《新书》。

鵩鸟赋[1]

单阏之岁兮[2]，四月孟夏，庚子日施兮，鵩集予舍，止于坐隅，貌甚闲暇。异物来萃兮，私怪其故，发书占之兮，筴言其度。曰："野鸟入处兮，主人将去。"请问于服兮[3]："予去何之？吉乎告我，凶言其灾。淹速之度兮[4]，语予其期。"服乃叹息，举首奋翼，口不能言，请对以意[5]。

万物变化兮，固无休息。斡流而迁兮[6]，或推而还。形气转续兮，变化而嬗[7]。沕穆无穷兮[8]，胡可胜言！祸兮福所倚，福兮祸所伏；忧喜聚门兮，吉凶同域。彼吴强大兮，夫差以败；越栖会稽兮，勾践霸世。斯游遂成兮，卒被五刑；傅说胥靡兮，乃相武丁。夫祸之与福，何异纠纆[9]；命不可说兮，孰知其极！水激则旱兮[10]，矢激则远；万物回薄兮[11]，震荡相转。云蒸雨降兮，纠缪相纷；大专盘物兮[12]，坱圠无垠[13]。天不可预虑兮，道不可与谋；迟数有命兮，焉识其时。

且夫天地为炉兮，造化为工；阴阳为炭兮，万物为铜。合散消息兮，安有常则？千变万化兮，未始有极，忽然为人兮，何足控抟[14]；化为异物兮，又何足患！小智自私兮，贱彼贵我；通人大观兮，物无不可。贪夫殉财兮，烈士殉名。夸者死权兮[15]，品庶冯生。怵迫之徒兮[16]，或趋西东；大人不曲兮，亿变齐同。拘士繫俗兮，傴若囚拘[17]；至人遗形兮,独与道俱。众人或或兮[18],好恶积意[19];真人淡漠兮[20],独与道息。释智遗形兮,超然自丧;寥廓忽荒兮,与道翱翔。乘流则逝兮,得坎则止;纵躯委命兮,不私与己。其生兮若浮,其死兮若休;澹乎若深渊之静,泛乎若不系之舟。不以生故自宝兮,养空而浮;德人无累兮[21],知命不忧。细故懘葪兮,何足以疑!

【注释】

[1]《史记·屈原贾生列传》载:"贾生为长沙王太傅三年,有鸮飞入贾生舍,止于坐隅。楚人命鸮曰'服'。贾生既以适居长沙,长沙卑湿,自以为寿不得长,伤悼之,乃为赋以自广。"[2]单阏:古代纪年法,太岁在卯曰单阏,此年为汉文帝六年。[3]服:通"鵩",下文同。[4]淹速:指生死的迟速。[5]意:通"臆",胸。[6]斡流:运转。[7]嬗:通"蝉",像蝉一样蜕化。[8]沕穆:精微深远貌。[9]纠:两股捻成之绳索;纆:三股捻成之绳索。[10]旱:通"悍"。[11]回薄:往返相激。[12]大专:《汉书》作"大均",造化。[13]块圠:无固定形状。[14]控抟:珍惜貌。[15]夸者死权:求虚名者为权势而亡。[16]怵:为利所诱;迫:为贫贱所迫。[17]擂:大木栅。[18]或或:通"惑惑"。[19]积意:积聚很多,意通"亿"。[20]真人:指得天地之道的人。[21]德人:《庄子·天地》:"德人者,居无思,行无虑,不藏是非美恶。"

枚 乘(? —前140)

枚乘,字叔,淮阴人。初为吴王刘濞郎中,上书谏阻其谋反,不纳,遂投奔梁孝王。吴王反,复上书劝谏,由此知名。武帝以安车蒲轮征其入京,卒于道。《汉书·艺文志》著录有赋九篇,今存《七发》、《柳赋》、《兔园赋》,后两篇前人疑是伪作。

七发(节选)

客曰:"将以八月之望[1],与诸侯远方交游兄弟,并往观涛乎广陵之曲江。至则未见涛之形也,徒观水力之所到,则恌然足以骇矣[2]。观其所驾轶者[3],所擢拔者[4],所扬汩者[5],所温汾者[6],所涤汔者[7],虽有心略辞给[8],固未能缕形其所由然也。恍兮忽兮[9],聊兮栗兮[10],混汩汩兮[11]。忽兮慌兮,俶兮傥兮[12],浩溔漾兮[13],慌旷旷兮[14]。秉意乎南山[15],通望乎东海[16]。虹洞兮苍天[17],极虑乎崖涘[18]。流揽无穷,归神日母[19]。汩乘流而下降兮,或不知其所止。或纷纭其流折兮,忽缪往而不来[20]。临朱汜而远逝兮[21],中虚烦而益怠。莫离散而发曙兮[22],内存心而自持。于是澡概胸中,洒练五藏[23],澹澹手足[24],颒濯发齿[25]。揄弃恬怠[26],输写溟浊[27]。分决狐疑,发皇耳目[28]。当是之时,虽有淹病滞疾,犹将伸伛起躄[29]、发瞽披聋而观望之也[30],况直眇小烦懑、醒醲病酒之徒哉! 故曰:发蒙解惑,不足以言也。"[31]太子曰:"善。然则涛何气哉?"[32]

【注释】

[1]八月之望,阴历八月十五日。[2]恤然:惊恐貌。[3]驾轶:超越。[4]擢拔:高耸突起。[5]扬汩:鼓动,激荡。[6]温汾:结聚。[7]涤汔:冲刷。[8]辞给:言辞敏捷。[9]恍兮忽兮,即恍惚,江涛浩荡无际,望不真切。下文"忽兮慌兮"义同。[10]聊兮栗兮:恐惧貌。[11]混汩汩:许多潮头合聚一处,涛声阵阵。[12]俶兮傥兮:即俶傥,卓异貌。[13]潢漾:水深广貌。[14]慌旷旷:汪洋一片,无边无际。[15]南山:江涛发源之地。[16]东海:江涛所往之地。[17]虹洞:水天相连貌。虹,通"澒"。[18]极虑:犹言"极目"。[19]日母:本指太阳(李善引《春秋内事》:"日者,阳德之母。");此处指日出之东方。[20]缪往:潮水纠缠在一起逆流而去。[21]朱汜:地名。或说为南方水涯。[22]莫离散而发曙:晚潮退去,早潮又来。莫,通"暮"。[23]"于是澡概胸中"二句:言观罢江涛,五脏仿佛经过一番洗涤。[24]澉澹:底本原作"澹澉",据《考异》改。犹言"洗涤"。[25]頮:洗涤。[26]揄:脱也。恬怠:懒散。[27]输写:排除。写,通"泻"。澒浊:污垢。[28]发皇:发明。[29]伸伛起躄:使驼背直起腰身,使跛脚站立起来。[30]发瞽披聋:使瞎子睁开眼睛,使聋子恢复听力。披,开也。[31]"发蒙解惑"二句:《黄帝内经·素问》:"发蒙解惑,未足以论也。"[32]何气:何种气象。

客曰:"不记也[1]。然闻于师曰,似神而非者三:疾雷闻百里;江水逆流,海水上潮;山出内云[2],日夜不止。衍溢漂疾[3],波涌而涛起。其始起也,洪淋淋焉[4],若白鹭之下翔。其少进也,浩浩澄澄[5],如素车白马帷盖之张。其波涌而云乱,扰扰焉如三军之腾装[6]。其旁作而奔起也[7],飘飘焉如轻车之勒兵[8]。六驾蛟龙,附从太白[9]。纯驰浩霓[10],前后骆驿。颙颙卬卬[11],椐椐强强[12],莘莘将将[13]。壁垒重坚,沓杂似军行[14]。訇隐匈礚[15],轧盘涌裔[16],原不可当。观其两傍,则滂渤怫郁[17],暗漠感突[18],上击下律[19]。有似勇壮之卒,突怒而无畏。蹈壁冲津,穷曲随隈[20],逾岸出追。遇者死,当者坏。初发乎或围之津涯[21],荄轸谷分[22]。回翔青篾[23],衔枚檀桓[24]。弭节伍子之山[25],通厉骨母之场[26]。凌赤岸[27],彗扶桑[28],横奔似雷行,诚奋厥武,如振如怒[29],沌沌浑浑,状如奔马。混混庉庉[30],声如雷鼓。发怒庢沓[31],清升逾跇[32]。侯波奋振[33],合战于藉藉之口[34]。鸟不及飞,鱼不及回,兽不及走。纷纷翼翼[35],波涌云乱。荡取南山,背击北岸。覆亏丘陵,平夷西畔。险险戏戏[36],崩坏陂池[37],决胜乃罢[38]。澌汩潺湲[39],披扬流洒[40]。横暴之极,鱼鳖失势,颠倒偃侧。沈沈湲湲[41],蒲伏连延[42]。神物怪疑,不可胜言,直使人踣焉[43],洄暗凄怆焉[44]。此天下怪异诡观也,太子能强起观之乎?"太子曰:"仆病,未能也。"

【注释】

[1]不记:不见于记载。[2]出内:吞吐。内,通"纳"。[3]衍溢:平满貌。漂疾:疾流貌。[4]淋淋焉:山下水貌。[5]澄澄:高白之貌。[6]腾装:装备整齐,奔腾前进。[7]旁作:横出。[8]轻车之

勒兵：主帅在轻便之战车上指挥士兵。[9]太白：河神。或以为是帅旗。[10]纯驰：或屯或驰。纯，通"屯"。浩蜺：高大貌。[11]颙颙卬卬：波高貌。[12]椐椐强强：相随貌。[13]莘莘将将：相激貌。[14]沓杂：众多貌。军行：军队之行列。[15]訇隐匈礚：皆大声也。形容涛声轰鸣。[16]轧：块轧，无边无际。盘：盘礴，广大貌。涌裔：涛行貌。[17]滂渤怫郁：怒激貌。[18]暗漠感突：突起貌。[19]上击下律：言潮头上行，如被物所击；而从半空落下时，如推石而下。律，通"硉"，从高处推石也。[20]穷曲随隈：浪涛遍及江流曲折之处。隈，水弯曲处。[21]或围：虚拟之地名。[22]亥轸谷分：言如山隆之相隐，如川谷之区分。亥，通"陔"，陇也。[23]回翔：回旋。青篾：车名。或说为虚拟之地名。[24]衔枚：古代军马行进时口中衔枚（状如箸），以防止喧哗。此处形容江涛无声而进。檀桓：虚拟之地名。或以为犹言"盘桓"，回旋貌。[25]伍子之山：因伍子胥而得名之山。[26]通厉：远行。骨母：当为"胥母"之误。《论衡·书虚》："吴王杀子胥，投之江。子胥恚恨，驱水为涛，以溺杀人。"可见有江涛处，即可能有关于伍子胥之古迹。[27]赤岸：地名，在今江苏。或以为在远方。[28]彗：扫也。扶桑：神话中树名，太阳由此而出。[29]如振如怒：言江涛如示威，如发怒。振，通"震"，威也。[30]混混庉庉：江涛之声。[31]㞚沓：因受阻碍而更加奔涌。㞚，阻碍。沓，沸出。[32]清升：清波上扬。踰跇：超越。[33]侯波：阳侯之波，即大波。阳侯，传说中大波之神。[34]藉藉：虚拟之地名。[35]纷纷翼翼：交错貌。[36]险险戏戏：危貌。戏，通"蟻"。[37]陂池：斜坡；此处指江岸。池，通"陀"。[38]决胜乃罢：言莫之能胜而江涛乃渐衰歇。罢，通"疲"。[39]潏汨：水波相击。潺湲：水流貌。[40]披扬流洒：水花四溅之貌。[41]沈沈湲湲：鱼鳖颠倒之貌。[42]蒲伏：通"匍匐"，伏地爬行。连延：相续貌。[43]踣：向前跌倒。[44]泂涽：惊骇失智貌。

客曰："将为太子奏方术之士有资略者[1]，若庄周、魏牟、杨朱、墨翟、便蜎、詹何之伦[2]，使之论天下之精微[3]，理万物之是非。孔、老览观，孟子持筹而筹之，万不失一。此亦天下要言妙道也。太子岂欲闻之乎？"于是太子据几而起曰："涣乎若一听圣人辩士之言[4]。"涩然汗出[5]，霍然病已[6]。

【注释】

[1]资略：资望、智谋。[2]魏牟：魏国公子，故又称公子牟。杨朱：战国时思想家，倡"为我"之说。便蜎：即《史记》之环渊，学黄、老道德之术。詹何：与魏牟同时之思想家。[3]精微：底本原本"释微"，据《考异》改。[4]涣乎：清醒貌。[5]涩然：汗出貌。[6]霍然：疾速貌。

第二节　散体大赋

司马相如（前179—前117）

司马相如，字长卿，蜀郡成都人。以赀为郎，为武骑常侍。会景帝不好辞赋，称病免官。客游梁,为梁孝王门客,与邹阳、枚乘等辞赋家交游。后归蜀,与临邛富翁卓王孙新寡之女卓文君夜奔。武帝即位后,因辞赋召为郎。曾奉命出使西南夷。晚年拜孝文园令,因病卒于家。作品以《子虚》、《上林》最有名,此外著名者尚有《大人赋》、《长门赋》和散文《喻巴蜀檄》、《难蜀父老》等。有《司马文园集》。

子虚赋[1]

楚使子虚使于齐,王悉发车骑,与使者出畋。畋罢,子虚过姹乌有先生,亡是公存焉。坐定,乌有先生问曰:"今日畋乐乎?"子虚曰:"乐。""获多乎?"曰:"少。""然则何乐?"对曰:"仆乐齐王之欲夸仆以车骑之众,而仆对以云梦之事也[2]。"曰:"可得闻乎?"子虚曰:"可。"

【注释】

[1]此赋是《天子游猎赋》的前一部分,写子虚夸楚和乌有夸齐,与后一部分《上林赋》合起来看,其主题是反对奢侈、崇尚节俭,抑诸侯而尊天子,维护大汉帝国的统一。子虚及下文的乌有先生、亡是公都是作者文中虚构的人物。王世贞《艺苑卮言》卷二:"《子虚》、《上林》材极富,辞极丽,而运笔极古雅,精神极流动,意极高,所以不可及也。"姹:"诧"的假借字,夸耀。[2]云梦:古代楚地著名的大泽。

"王车驾千乘,选徒万骑,畋于海滨。列卒满泽,罘网弥山[1],掩兔辚鹿[2],射麋脚麟[3]。鹜于盐浦[4],割鲜染轮,射中获多,矜而自功,顾谓仆曰:'楚亦有平原广泽游猎之地,饶乐若此者乎?楚王之猎,孰与寡人乎?'仆下车对曰:'臣,楚国之鄙人也。幸得宿卫,十有余年,时从出游,游于后园,览于有无,然犹未能遍睹也,又焉足以言其外泽乎?'齐王曰:'虽然,略以子之所闻见而言之。'仆对曰:'唯唯。'

【注释】

[1]罘网:捕捉兔子的网。[2]掩:用网掩捕。辚,用车轮辗压。[3]麋:又叫"四不象"。[4]鹜:驰骋。盐浦,海滨的盐滩。

"'臣闻楚有七泽,尝见其一,未睹其余也。臣之所见,盖特其小小者耳,名曰云梦。云梦者,方九百里,其中有山焉。其山则盘纡岪郁[1],隆崇崒嵂[2],岑崟参差[3],日月蔽亏。交错纠纷,上干青云。罢池陂陀[4],下属江河。其土则丹青赭垩,雌黄白坿,锡碧金银,众色炫耀,照烂龙鳞。其石则赤玉玫瑰,琳珉昆吾[5],瑊玏玄厉[6],碝石碔砆[7]。其东则有蕙圃:蘅兰芷若,芎藭菖蒲[8],江蓠蘼芜[9],诸柘巴苴[10]。其南则有平原广泽：登降陁靡[11]，案衍坛曼[12]，缘以大江，限以巫山；其高燥，则生葴菥苞荔[13]，薛莎青薠[14]；其埤湿，则生藏莨蒹葭[15]，东蔷雕胡[16]，莲藕菰卢[17]，庵闾轩于[18]，众物居之，不可胜图。其西则有涌泉清池：激水推移，外发芙蓉菱华[19]，内隐鉅石白沙；其中则有神龟蛟鼍[20]，瑇瑁鳖鼋[21]。其北则有阴林：其树楩柟豫章[22]，桂椒木兰，檗离朱杨[23]，樝梨梬栗[24]，橘柚芬芳；其上则有鹓雏孔鸾[25]，腾远射干[26]；其下则有白虎玄豹，蟃蜒貙犴[27]。'

【注释】

[1]盘纡弗郁：山势盘旋曲折的样子。[2]隆崇：山高峻耸立貌。崒崯：山高危貌。[3]岑崟：山势高峻貌。[4]罢池陂陀：山势倾斜貌。[5]瑊：一种次于玉的美石。昆吾：类似玉的石头。[6]瑊功：次于玉的美石。玄厉：黑石。[7]碝石：一种次于玉的美石，颜色白中带赤。碔砆：一种赤地白纹的玉石。[8]芎藭：一种香草，叶似芹。根可入药。菖蒲：多年生草本植物，根茎可作香料，也可入药。[9]江蓠：水藻名。蘪芜，叶似当归香似白芷的香草。[10]诸柘：甘蔗。巴苴：芭蕉。[11]登降：地势高低起伏。陁靡：山势斜长貌。[12]案衍：地势低下貌。坛曼：地势平坦宽阔貌。[13]葴：马兰草。菥：形似燕麦的草。苞：一种与茅相似的草。荔：一种似蒲而小的草。[14]薛、莎：蒿的一种。青薠：似莎而大的水草。[15]藏莨：狗尾巴草。蒹葭：芦苇。[16]东蔷：草名，形似蓬草，实如葵子，可食。雕胡：即菰米，俗名茭白。[17]菰卢：菰米的嫩茎和芦笋，一说葫芦。[18]庵闾：草名，状若蒿艾，其实可制药。轩于：即莸草，茎似蕙而臭。[19]外发：水面开放。[20]鼍：扬子鳄。[21]鼋：似鳖而大的龟类动物。[22]楩：黄楩树。柟，楠木。豫章：樟树。[23]檗：黄柏。离：山梨。朱扬：赤茎柳。[24]樝：果名，形似梨而味甘。梬：梬枣，似柿而小。栗：板栗。[25]鹓雏：鸟名，形状似凤。[26]射干：又名野干，似狐而小，能攀援。[27]蟃蜒：传说中似狸而长达百寻的巨兽。貙犴：似狸而大的猛兽。

"'于是乎乃使剸诸之伦[1]，手格此兽。楚王乃驾驯驳之驷[2]，乘雕玉之舆，靡鱼须之桡旃[3]，曳明月之珠旗，建干将之雄戟[4]，左乌号之雕弓[5]，右夏服之劲箭[6]。阳子骖乘[7]，孅阿为御[8]，案节未舒[9]，即陵狡兽，蹴蛩蛩[10]，辚距虚[11]，轶野马[12]，轊陶駼[13]，乘遗风[14]，射游骐。倏眒倩浰[15]，雷动熛至，星流霆击，弓不虚发，中必决眦，洞胸达掖，绝乎心系。获若雨兽[16]，揜草蔽地[17]。于是楚王乃弭节徘徊[18]，翱翔容与，览乎阴林，观壮士之暴怒，与猛兽之恐惧，徼㰟受诎[19]，殚睹众物之变态。'

……

【注释】

[1]剸诸:即专诸,春秋时吴国的勇士,曾替吴公子光刺死吴王僚。[2]驳:同"驳",毛色不纯的马。[3]麾:当作"麾",挥动。鱼须:用海鱼须做的旌旗上的旒穗。橈旃:曲柄的旗。[4]干将:吴人,善铸剑,曾制干将、莫邪二宝剑,此指宝剑。[5]乌号:拓桑名,木质坚硬,适合制弓。[6]夏服:相传夏后氏有良弓箭,其箭袋名叫夏服,此指箭袋。[7]阳子:孙阳,字伯乐,春秋时秦人,以善相马和驾车著称。骖乘:在车上右位陪乘的人。[8]孅阿:人名,善于驾御。[9]案节:按下马鞭,意思是使车马缓慢行走。未舒:没有尽意驰驱。[10]蹴:践踏。蛩蛩,善于奔跑的青色的兽,形似马而小。[11]距虚:似马善奔跑的动物。[12]轶:超过,一说冲犯践踏。[13]辖:本指车轴,这里用作动词,以车轴头冲撞。陶駼:野马。[14]遗风:千里马名。[15]倏眒倩浰:迅速惊疾貌。[16]雨兽:被射中的鸟兽,像天下雨一样纷纷落地。[17]掩:覆蔽。[18]弭节:停止策马。[19]徼:拦截。㺎、詘,均指精疲力尽的鸟兽。

"'于是楚王乃登云阳之台,怕乎无为,憺乎自持,勺药之和具,而后御之。不若大王终日驰骋,曾不下舆,胊割轮焠[1],自以为娱。臣窃观之,齐殆不如。'于是齐王无以应仆也。"

乌有先生曰:"是何言之过也!足下不远千里,来贶齐国[2];王悉发境内之士,备车骑之众,与使者出畋,乃欲戮力致获,以娱左右,何名为夸哉?问楚地之有无者,愿闻大国之风烈,先生之馀论也。今足下不称楚王之德厚,而盛推云梦以为高,奢言淫乐,而显侈靡,窃为足下不取也。必若所言,固非楚国之美也;无而言之,是害足下之信也。彰君恶,伤私义,二者无一可,而先生行之,必且轻于齐而累于楚矣!且齐东陼钜海[3],南有琅邪,观乎成山,射乎之罘[4],浮渤澥[5],游孟诸[6]。邪与肃慎为邻[7],右以汤谷为界[8];秋田乎青丘[9],彷徨乎海外,吞若云梦者八九于其胸中,曾不蒂芥[10]。若乃俶傥瑰玮,异方殊类,珍怪鸟兽,万端鳞崒[11],充牣其中[12],不可胜记,禹不能名,卨不能计[13]。然在诸侯之位,不敢言游戏之乐,苑囿之大;先生又见客,是以王辞不复,何为无以应哉?"

【注释】

[1]胊割:把鲜肉切成块状。胊:同"胔"。轮焠:在车轮上烤炙。焠:烤炙。[2]贶:加惠,赐与。[3]东陼钜海:东临大海。陼:水边,这里用作动词。[4]之罘:地名。[5]渤澥:渤海的港湾。[6]孟诸:古代大泽名。[7]肃慎:古国名,在今辽宁、吉林、黑龙江一带。[8]汤谷:神话传说中日出之地。[9]青丘:古国名,相传在大海之东三百里。[10]蒂芥:果蒂和草芥,比喻细小的事物。[11]鳞崒:像鱼鳞一样聚集在一起。崒:同"萃"。[12]牣:满,盈。[13]卨:古"契"字,尧时的司徒,主四方会计。计:计数。

班　固（传略见前秦汉诗部分）

两都赋并序（节选）[1]

或曰：赋者，古诗之流也。昔成康没而颂声寝，王泽竭而诗不作[2]。大汉初定，日不暇给。至于武宣之世[3]，乃崇礼官，考文章，内设金马石渠之署[4]，外兴乐府协律之事[5]，以兴废继绝，润色鸿业[6]。是以庶悦豫，福应尤盛，《白麟》、《赤雁》、《芝房》、《宝鼎》之歌，荐于郊庙[7]。神爵、五凤、甘露、黄龙之瑞，以为年纪[8]。故言语侍从之臣，若司马相如、虞丘寿王、东方朔、枚皋、王褒、刘向之属[9]，朝夕论思，日月献纳；而公卿大臣，御史大夫倪宽、太常孔臧、太中大夫董仲舒、宗正刘德、太子太傅萧望之等[10]，时时间作。或以抒下情而通讽谕，或以宣上德而尽忠孝，雍容揄扬[11]，著于后嗣，抑亦雅颂之亚也。故孝成之世，论而录之，盖奏御者千有余篇，而后大汉之文章，炳焉与三代同风。

且夫道有夷隆，学有麤密，因时而建德者，不以远近易则。故皋陶歌虞，奚斯颂鲁[12]，同见采于孔氏，列于《诗》、《书》，其义一也。稽之上古则如彼，考之汉室又如此。斯事虽细，然先臣之旧式，国家之遗美，不可阙也。臣窃见海内清平，朝廷无事，京师修宫室，浚城隍，起苑囿，以备制度。西土耆老，咸怀怨思，冀上之眷顾，而盛称长安旧制，有陋雒邑之议。故臣作两都赋，以极众人之所眩曜，折以今之法度。其词曰：
……（——编者注）

【注释】

[1]《文选》卷一李善注曰："自光武至和帝都洛阳，西京父老有怨。班固恐帝去洛阳，故上此词以谏。和帝大悦也。"文本分为《西都赋》、《东都赋》，这里节选《东都赋》。《两都赋序》所描绘之情况，为了解汉赋发展状况的珍贵资料。[2]成康没而颂声寝：言周道既微，雅颂并废。王泽竭而诗不作：《孟子·离娄下》："王者之迹息而诗亡。"[3]武宣：汉武帝和汉宣帝。[4]金马门：宦者署门，傍有铜马，故谓之曰金马门。[5]武帝定郊祀之礼，乃立乐府，以李延年为协律都尉。[6]兴废继绝，润色鸿业：言能发起遗文，以光赞大业。[7]《汉书·武帝纪》：行幸雍，获白麟，作白麟之歌。又曰：行幸东海，获赤雁，作朱雁之歌。又曰：甘泉宫内产芝，九茎连叶，作芝房歌。又曰：得宝鼎后土祠傍，作宝鼎之歌。[8]神爵、五凤、甘露、黄龙分别为汉宣帝年号，据说有上述祥瑞出现，因据改元。[9]虞丘寿王：字子贡，以善格五召待诏，迁为侍中中书。刘向：字子政，为辇郎，迁中垒校尉。王褒：字子渊，曾待诏金马门，后拜为太中大夫给事中。枚皋，字少孺，上书北阙，自称枚乘之子，上得大喜，召入见待诏，拜为郎。[10]倪宽：修《尚书》，以郡选诣博士孔安国，射策为掌固，迁侍御史。孔臧：仲尼之后，少以才博知名，稍迁御史大夫，曾有辞曰：臣代以经学为家，乞为太常，专修家业。武帝遂用之。董仲舒：以修《春秋》为博士，后为中大夫。刘德：字路叔，少修黄老术，武帝谓之千里驹，

为宗正。萧望之:字长倩,以射策甲科为郎,迁太子太傅。[11]揄:引也。扬:举也。[12]《尚书》皋陶歌曰:元首明哉,股肱良哉,庶事康哉。《韩诗》鲁颂曰:新庙奕奕,奚斯所作。奚斯,鲁公子也。

东都赋

东都主人喟然而叹曰:"痛乎风俗之移人也!子实秦人,矜夸馆室,保界河山,信识昭、襄而知始皇矣,乌睹大汉之云为乎?夫大汉之开元也,奋布衣以登皇位,由数期而创万代,盖六籍所不能谈,前圣靡得言焉。当此之时,功有横而当天,讨有逆而顺民。故娄敬度势而献其说[1],萧公权宜而拓其制[2]。时岂泰而安之哉?计不得以已也。吾子曾不是睹,顾曜后嗣之末造,不亦暗乎。今将语子以建武之治[3],永平之事。监于太清,以变子之惑志。

【注释】

[1]娄敬度势而献其说:娄敬又名刘敬,曾谏刘邦,言洛阳虽处天下之中,然战后经济残破,民怨沸腾,定都于此,利小弊大;而关中一带地腴民富,且被山带河,地势险要,易守难攻。娄敬的建议得到张良的支持,刘邦最终决定建都长安。为表彰娄敬,赐姓"刘",号"春申君"。[2]萧公权宜而拓其制:萧何修未央宫,上见其壮丽,甚怒。何曰:"天下方未定,故可因遂就宫室。且夫天子以四海为家,非壮丽无以重威,且毋令后代有以加也。"上说之。[3]建武:光武年号。永平:孝明年号。

"往者王莽作逆[1],汉祚中缺。天人致诛,六合相灭[2]。于时之乱,生人几亡[3],鬼神泯绝。壑无完柩,郛罔遗室[4]。原野厌人之肉,川谷流人之血。秦项之灾犹不克半,书契以来未之或纪。故下人号而上诉,上帝怀而降监。乃致命乎圣皇。于是圣皇乃握乾符,阐坤珍[5]。披皇图,稽帝文。赫然发愤,应若兴云。霆击昆阳[6],凭怒雷震[7]。遂超大河[8],跨北岳。立号高邑[9],建都河洛。绍百王之荒屯[10],因造化之荡涤[11]。体元立制[12],继天而作。系唐统,接汉绪[13]。茂育群生,恢复疆宇[14]。勋兼乎在昔,事勤乎三五[15]。岂特方轨并迹,纷纶后辟[16],治近古之所务,蹈一圣之险易云尔哉?

且夫建武之元,天地革命。四海之内,更造夫妇,肇有父子。君臣初建,人伦寔始。斯乃伏牺氏之所以基皇德也。分州土,立市朝,作舟舆,造器械,斯乃轩辕氏之所以开帝功也。龚行天罚,应天顺人,斯乃汤武之所以昭王业也。迁都改邑,有殷宗中兴之则焉;即土之中,有周成隆平之制焉。不阶尺土一人之柄,同符乎高祖。克己复礼,以奉终始,允恭乎孝文。宪章稽古,封岱勒成,仪炳乎世宗。案六经而校德,眇古昔而论功,仁圣之事既该,而帝王之道备矣。

【注释】

[1]王莽:字巨君,王皇后之弟子也。初居摄,后即天子位。改国号为"新"。祚:位也。[2]六合:上下和东西南北四方,即天地四方,泛指天下。[3]几:近也。[4]郛,郭也。[5]乾符、坤珍:谓天地符瑞。皇图、帝文:谓图纬之文。[6]霆击昆阳:据《东观汉记》载,光武皇帝刘秀初起兵时,曾在昆阳以少胜多,大败王莽军。霆:疾雷也。[7]凭怒雷震:言盛怒如雷之震。凭:盛也。[8]超大河:据《东观汉记》载光武帝刘秀初为为大司马时,被安排到河北,安集百姓。[9]立号高邑:据《东观汉记》载诸将请刘秀尊号皇帝,于是乃命有司设坛场于鄗之阳千秋亭五成陌。皇帝即位,改鄗为高邑。[10]绍:继也。屯:难也。[11]造化:谓天地也。荡涤:消除。[12]体元立制:创立根基制度。元:君之始年曰元。[13]系:继也。绪:业也。[14]恢,大也。[15]三五:三皇五帝。[16]纷纶:犹杂蹂也。后,辟:君也。

"至乎永平之际[1],重熙而累洽[2]。盛三雍之上仪[3],修衮龙之法服[4]。铺鸿藻,信景铄。扬世庙,正雅乐[5]。人神之和允洽,君臣之序既肃。乃动大辂[6],遵皇衢。省方巡狩,躬览万国之有无。考声教之所被,散皇明以烛幽。然后增周旧,修洛邑。扇巍巍[7],显翼翼。光汉京于诸夏,总八方而为之极。于是皇城之内,宫室光明,阙庭神丽。奢不可踰,俭不能侈[8]。外则因原野以作苑,填流泉而为沼。发苹藻以潜鱼,丰圃草以毓兽。制同乎梁邹,谊合乎灵囿。若乃顺时节而搜狩,简车徒以讲武。则必临之以王制,考之以风雅。历《驺虞》,览《驷铁》[9]。嘉《车攻》,采《吉日》[10]。礼官整仪,乘舆乃出。于是发鲸鱼,铿华钟[11]。登玉辂[12],乘时龙。凤盖棽丽,和銮玲珑[13]。天官景从,寝威盛容。山灵护野,属御方神[14]。雨师泛洒,风伯清尘。千乘雷起,万骑纷纭。元戎竟野,戈鋋彗云[15]。羽旄扫霓,旌旗拂天。焱焱炎炎[16],扬光飞文。吐爓生风,欱野歕山[17]。日月为之夺明,丘陵为之摇震。遂集乎中囿,陈师按屯[18]。骈部曲,列校队。勒三军,誓将帅。然后举烽伐鼓,申令三驱[19]。輶车霆激,骁骑电骛[20]。由基发射,范氏施御[21]。弦不睼禽,辔不诡遇[22]。飞者未及翔,走者未及去。指顾倏忽,获车已实。乐不极盘[23],杀不尽物。马踠余足,士怒未泄[24]。先驱复路,属车案节[25]。于是荐三牺,效五牲[26]。礼神祇,怀百灵。觐明堂,临辟雍。扬缉熙,宣皇风。登灵台,考休征[27]。俯仰乎乾坤,参象乎圣躬[28]。目中夏而布德,瞰四裔而抗棱[29]。西荡河源,东澹海漘[30]。北动幽崖,南耀朱垠[31]。殊方别区,界绝而不邻。自孝武之所不征,孝宣之所未臣。莫不陆詟水栗[32],奔走而来宾。遂绥哀牢,开永昌[33]。春王三朝[34],会同汉京。是日也,天子受四海之图籍,膺万国之贡珍。内抚诸夏,外绥百蛮。

尔乃盛礼兴乐,供帐置乎云龙之庭[35]。陈百寮而赞羣后,究皇仪而展帝容。于是庭实千品[36]，旨酒万钟。列金罍[37]，班玉觞。嘉珍御，太牢飨[38]。尔乃食举《雍》彻[39]，太师奏乐。陈金石，布丝竹。钟鼓铿鍧，管弦烨煜[40]。抗五声，极六律。歌九功，舞八佾[41]。韶武备，泰古毕。四夷间奏，德广所及。《僸》、《侏》、《兜离》[42]，罔不具集。万乐备，百礼暨。皇欢浃，羣臣醉。降因烟[43]，调元气。然后撞钟告罢，百寮遂退。

【注释】

[1]永平：汉明帝刘庄的年号。[2]熙：光也。洽：和谐意。[3]三雍：谓明堂、辟雍、灵台。[4]修衮龙之法服：《东观汉记》载，永平二年，皇帝及公卿列侯始服冕冠衣裳。衮：卷龙衣也。[5]"铺鸿藻"四句：鸿：大也。藻：文藻也。谓明堂礼毕，登灵台之后，布诏于天下曰："建明堂，立辟雍，起灵台，恢弘大道，被之八极。"此为布鸿藻也。景：大也。铄，美也。谓上尊号光武庙曰代祖。正予乐谓依谶改大乐为大予乐也。[6]大辂：玉路。皇衢：驰道。[7]扇巍巍，显翼翼：并宫阙显盛茂。[8]奢不可踰，俭不能侈：言奢俭合礼，故奢者不可踰，俭者不能更侈。[9]《毛诗序》曰："《驺虞》，搜田以时，仁如驺虞也。"又曰："《驷铁》，美襄公也，始命有田狩之事。"[10]《毛诗序》曰："《车攻》，宣王复会诸侯于东都，因田猎而选车徒焉。"又曰："《吉日》，美宣王也，能慎微接下，无不自尽以奉其上焉。"[11]鲸鱼：谓刻杵作鱼形。铿：敲击。[12]辂：帝王所用的大车。龙：《尔雅》："马高八尺以上曰龙。"[13]枝：大枝条。和蛮：铃也。玲珑：玉声也。[14]山灵：山神也。属御：属车之御也。方神：四方之神也。[15]鋋：小矛也。彗：扫竹也。[16]焱：火华。炎：火光。[17]歈：啜也。歔：吹气也。[18]陈师按屯：《续汉志》曰："大将军营五部，部校尉一人。部下有曲，曲下有屯长一人。"[19]三驱：孔安国《尚书传》曰："师出以律，三申令之，重难之义。"[20]辒：轻也。骁：良马也。[21]由基：即养由基，战国时楚善射者，去柳叶百步而射之，百发百中。范氏：赵之善御者。[22]睒：视也。诡遇：不按规矩射猎禽兽。[23]极：尽也。盘：乐也。[24]踠：屈也。渫：歇也。[25]案节：按辔徐行。[26]五牲：麏、鹿、麐、狼、兔。三牺：祭天、地、宗庙三者之牺也。[27]缉熙：光明也。休征：孔安国曰：叙美行之验也。[28]圣躬：谓天子。[29]棱：威也。[30]湄：水崖。[31]幽崖：北方的边界。朱垠：南方也。[32]耆：惧怕。[33]绥：安也。哀牢：西南夷号。开永昌：置永昌郡也。[34]三朝：岁首朔日也。[35]供帐：供设帷帐。云龙：宫门名。赞：引也。[36]庭实：贡献之物。千品：言多也。旨酒：美酒。[37]罍：酒器。[38]珍：八珍也。太牢：用牛羊豕三牲祭祀也。[39]食举：谓当食举乐也。《雍》彻：谓食讫歌《雍》诗以彻也。[40]丝：琴瑟也。竹：管箫也。鍧：亦声也。烨煜：声之盛也。[41]五声：宫、商、角、征、羽也。六律：黄钟、太蔟、姑洗、蕤宾、夷则、无射。九功：谓金、木、水、火、土、谷、正德、利用、厚生。八佾：天子所用舞之规格，八人为列，八八六十四人也。佾，列也。[42]《僸》、《侏》、《兜离》：为四夷之乐。[43]因烟：絪缊也。

"于是圣上觌万方之欢娱，又沐浴于膏泽，惧其侈心之将萌，而怠于东作也，乃申旧章，下明诏。命有司，班宪度。昭节俭，示太素。去后宫之丽饰，损乘舆之服御。抑工商之淫业,兴农桑之盛务。遂令海内弃末而反本,背伪而归真。女修织纴,男务耕耘。器用陶匏[1],服尚素玄。耻纤靡而不服,贱奇丽而弗珍。捐金于山,沈珠于渊。于是百姓涤瑕荡秽,而镜至清。形神寂漠,耳目弗营。嗜欲之源灭,廉耻之心生。莫不优游而自得,玉润而金声。是以四海以内,学校如林,庠序盈门[2]。献酬交错[3],俎豆莘莘[4]。下舞上歌,蹈德咏仁。登降饫宴之礼既毕[5],因相与嗟叹玄德,说言弘说[6]。咸含和而吐气,颂曰:盛哉乎斯世!

【注释】

　　[1]陶匏:古代一种陶质礼器。[2]学校如林,庠序盈门:汉代立学官,郡国曰学,县道侯国曰校,乡曰庠,聚曰序,小于乡曰聚。[3]献酬:主客相互敬酒。[4]俎、豆均为古代祭祀、宴会时盛肉类等食品的器皿,这里指祭品。莘莘:多貌。[5]不脱屦升堂谓之饫。下跣而上坐者谓之宴。[6]说:美言也。

　　"今论者但知诵虞夏之书,咏殷周之诗。讲羲文之易,论孔氏之春秋。罕能精古今之清浊,究汉德之所由。唯子颇识旧典,又徒驰骋乎末流。温故知新已难,而知德者鲜矣!且夫僻界西戎,险阻四塞,修其防御。孰与处乎土中,平夷洞达,万方辐凑[1]?秦岭九嵕,泾渭之川。曷若四渎五岳[2],带河泝洛,图书之渊?建章甘泉,馆御列仙。孰与灵台明堂,统和天人?太液昆明,鸟兽之囿。曷若辟雍海流,道德之富?游侠踰侈,犯义侵礼。孰与同履法度,翼翼济济也?子徒习秦阿房之造天,而不知京洛之有制也;识函谷之可关,而不知王者之无外也。"

　　主人之辞未终,西都宾矍然失容。逡巡降级,慄然意下[3],捧手欲辞。主人曰:"复位,今将授子以五篇之诗。"宾既卒业,乃称曰:"美哉乎斯诗!义正乎杨雄,事实乎相如。匪唯主人之好学,盖乃遭遇乎斯时也。小子狂简,不知所裁。既闻正道,请终身而诵之。"

　　其诗曰:……

【注释】

　　[1]辐凑:如辐之凑于毂也。[2]四渎:谓江、河、淮、济也。[3]慄:恐惧。

第三节　东汉抒情小赋

张　衡（传略见前秦汉诗部分）

归田赋[1]

游都邑以永久,无明略以佐时,徒临川以羡鱼,俟河清乎未期。感蔡子之慷慨,从唐生以决疑。谅天道之微昧[2],追渔父以同嬉。超埃尘以遐逝,与世事乎长辞。

于是仲春令月,时和气清,原隰郁茂[3],百草滋荣。王雎鼓翼,鸧鹒哀鸣[4],交颈颉颃[5],关关嘤嘤。于焉逍遥,聊以娱情。

尔乃龙吟方泽,虎啸山丘,仰飞纤缴,俯钓长流。触矢而毙,贪饵吞钩。落云间之逸禽,悬渊沈之魦鰡[6]。

于时曜灵俄景[7],继以望舒。极般游之至乐,虽日夕而忘劬。感老氏之遗诫,将回驾乎蓬庐。弹五弦之妙指,咏周、孔之图书。挥翰墨以奋藻,陈三皇之轨模。苟纵心于物外,安知荣辱之所如。

【注释】

[1]《文选》李善注:"归田赋者,张衡仕不得志,欲归于田,因作此赋。"此赋作于顺帝永和三年,张衡上书乞骸骨后。[2]谅,信,确实。天道,天理,指自然的发展变化及人间的吉凶祸福。[3]隰,低湿之地。[4]王雎,鸟名,雎鸠。鸧鹒,即黄莺。[5]颉颃,鸟上下飞翔貌。[6]魦鰡,两种河鱼名。[7]曜灵,太阳。

第三章 秦汉文

　　这里的文,是指与较为严格的韵文相对而言的散文,是一个较为泛意的概念指称。其实史传文也应隶属于此,不过,汉代以《史记》和《汉书》为代表的史传文,因为巨大的实绩和影响,加之传统特定的史传文化,它们一向被划分为独立的单元,所以这里的选文实仅指秦汉的论议文章。

　　短暂的秦王朝流传下来的文学作品较少,故有"秦世不文"之议。今天我们可以看到的仅仅是李斯的《谏逐客书》和少量的颂扬石刻文字。

　　汉代最先崭露头角、取得较大成绩的是汉初的政论文。代表作品如陆贾的《新语》、贾山的《至言》、贾谊的《过秦论》、《治安策》、晁错的《论贵粟疏》。汉初的政论文发生有特定的政治文化背景:刚刚经历动乱取得政权的统治者意识到探究兴亡更替的原因对维护和稳定统治具有积极的意义,所以君王面对陆贾"居马上得之,宁可以马上治之乎"(《史记·郦生陆贾列传》)的驳斥而能接纳,并请陆贾"试为我著秦所以失天下,吾所以得之者何",这就产生了后来的《新语》。贾山的《至言》也深入地分析了曾经不可一世的秦帝国顷刻间土崩瓦解的若干原因。

　　贾谊的《过秦论》、《治安策》无疑是汉初政论文中最有名的,也是产生于汉初这一政治文化氛围当中的。《过秦论》上、中、下三篇,扣准秦之过失的本题,分别论述始皇不明攻守之势,二世不知取守不同,子婴不能救败,连环相属,剖析精微,得出:"三主之惑,终身不悟,亡不亦宜乎"的结论,最后归于为引以为戒的主旨:"野谚曰'前事不忘,后事之师也'。是以君子为国,观之上古,验之当世,参以人事,察盛衰之理,审权势之宜,去就有序,变化有时,故旷日长久而社稷安矣。"全文联三篇而相表里,章法灵活严谨;在语言表达上更是吸收战国论辩的长处,极富文采藻饰,铺张扬厉,纵横驰骋,气势雄健,神完意足。《治安策》(又称《陈政事疏》)涉及了王朝内部诸侯割据势力日益壮大危及中央集权的矛盾,对外纳币匈奴行臣下之礼愈使边境不安的祸患,以及富者侈靡、贫民卖身、官吏塞责的社会弊端,进而主张削诸侯、强国威、重农耕、易风俗、健全礼制、提倡道德、推行文教,等。其文慷慨陈词,感情浓烈,议论说理,指陈时弊,毫无顾忌;而时用比喻,更增加了生动性。

晁错的《论贵粟疏》围绕"贵粟",援古况今,层层剖析,分析时局,提出解决办法,鞭辟入里,具有极强的现实针对性。和贾谊相比较,晁错的文章同样受战国纵横家的影响,铺排渲染,言词激切,富于鼓动性,但同时又显出更加分析透彻、妥贴平实的特性。

鲁迅《汉文学史纲要》评价贾谊、晁错:"为文皆疏直激切,尽所欲言;……惟谊尤有文采,而沈实则稍逊,如其《治安策》、《过秦论》,与晁错之《贤良对策》、《言兵事疏》、《守边劝农疏》,皆为西汉鸿文,沾溉后人,其泽甚远。"

除此之外,藩国侍从文人的论议文也取得了很大的成绩,代表作品有枚乘的《上书谏吴王》、邹阳的《狱中上梁王书》。枚乘的散文带有辞赋的特点,铺张扬厉,富于辞采,多用形象的比喻来增强直观性和感染力,说理透彻,具有很高的审美价值。

汉代散文在武宣时期发生了一些变化。一方面因以儒取士及"独尊儒术"的提出和推行,一些学者因经立意,为文多引经据典,文风趋于典雅和缓。这一脉以董仲舒为代表,著名的作品如董仲舒参加策试的《天人三策》。刘勰《文心雕龙·议对》称:"仲舒之对,祖述《春秋》,本阴阳变化,究列代之变,烦而不恩者,事理明也。"《汉书·董仲舒传》也说他所著"皆明经术之意"。《天人三策》是典型的范例,其文沉稳醇厚,器局宏大,温文尔雅,援引经艺以说理。因经艺独尊的社会文化现实,此后汉代这一类文章基本上就是对董仲舒文风的效仿和发展。一方面,或对汉武帝雄武扩边等政治举动进行鼓吹,或常常被汉武帝用来对外廷大臣进行问难议论,或对时政得失进行褒贬评议;一些近侍文人,如司马相如、主父偃、徐乐、东方朔等,或陈穷兵黩武之祸,或论土崩之害,或言拒谏之非,或议侈靡纵欲之患。代表性的作品如司马相如的《谕巴蜀檄》、《难蜀父老》、《封禅文》、东方朔的《谏猎疏》、《谏除上林苑》及《化民有道对》、主父偃的《谏伐匈奴书》等。司马相如的这三篇作品,大抵是颂扬汉帝国国势及对汉天子的颂扬之文。司马相如的文章长于铺陈夸饰,气势雄壮,颇有汉赋之风。东方朔之文,切言直谏,笔法铺张扬厉,有战国纵横捭阖之气。主父偃之文,长于考虑世情,分析利害,行文具有不可遏抑之势。除了上述与朝廷政治文化行为有关的文章,在这一时期,还有一类作品,和作者个人的感触和际遇有关系,代表性的作品如东方朔的《答客难》、司马迁的《报任少卿书》和杨恽的《报孙会宗书》。

西汉末,因今古经文学之争,刘歆写了著名的《移让太常博士书》,应和王莽的托古改制,扬雄写了非常有影响的《剧秦美新》。

东汉时期,光武帝开国之初,受天下形势、政治时事、军旅征伐等事态影响,这一时期的散文多为檄文、说辞、书牍等与时事相关的作品,代表作品如窦融《与隗嚣书》、班彪的《王命论》等。

明章时期,国力强盛,社会稳定,文人不乏时代颂德之音,如《论衡》中的《宣汉》、《齐世》、《恢国》、《须颂》诸篇;同时,由西汉末就开始大兴的谶纬神学以及由此带动的世俗迷信,至此时也有了高涨的趋势。针对这一社会文化氛围,《论衡》高扬"疾虚妄"的大旗,对其进行了极有针对性的批判,如《实知》、《奇怪》、《问孔》、《论死》诸篇,思想大胆,针砭有力,语言浅白直接。对于王充的成就,刘熙载《艺概·文概》道:"王充《论衡》独抒己见,思力绝人,虽时有激而近僻者,然不掩其卓诣。故不独蔡中郎、刘子玄深重其书,即韩退之性有三品之说,亦承藉于其《本性篇》也。"

东汉中后期,因帝治昏庸,外戚宦官乱政,内外廷斗争激烈,一些痛心时政、遭受迫害打击的士人,对现实进行了猛烈的抨击,《后汉书·党锢列传序》概况说:"匹夫抗愤,处士横议"、"品核公卿,裁量执政,婞直之风,于斯行矣。"这一时期代表性的作品如王符的《潜夫论》、崔寔的《政论》、仲长统的《昌言》等。《潜夫论》为指斥时弊、发奋议政之作,文章通俗生动,情感色彩强烈。《政论》为针对现实问题而发,《后汉书》本传载:"寔明于政体,吏才有余,论当世便事数十条,名曰《政论》。指切时要,言辩而确,当世称之。"

汉代散文多为应用文,我们现在认定的所谓纯文学的散文,大概在汉代还不具备形成的条件,汉代散文,言即为用,或剖析,或针砭,或说理,或劝告,或颂扬,或鼓吹,体现了较强的功能意味。功能性一直是传统上层文化要求文学具备的一种秉性,在汉代尤其如此。这些作品针对社会与国家大事,表达政治的、文化的、哲学的、伦理道德等思想观念、意见主张,以及在人与人之间进行诸如赞誉、劝诫、思念、哀悼等情感的交流。同时,为了达到最佳效果,很多散文作品讲究布局谋篇、遣词造句,极力追求形式上的效应和完美,综合运用比兴、铺排、取象等手法,在叙事、说理或抒情中,追求直观的感性。再有,题材涉及广泛,大到宇宙、社会、人生,小到具体的生活现象、自然景致,无不展开思考,投入强烈的主体意识,寄托理想、表达爱憎、激情洋溢、充满哲思。炼语成绮,文白叠用,将现实的实用与艺术的审美创造结合,构建了传统散文史上的一个重要时代,品类繁多,诸体皆备,成果斐然。

汉代成为古代散文大发展的一个时期,刘师培曾概括说:"文章各体,至东汉而大备。"(《中国中古文学史》)确实如此,刘勰《文心雕龙》文体论中所涉及的颂、赞、祝、盟、铭、箴、诔、碑、哀、吊、杂文、谐、隐、史传、诸子、论、说、诏、策、檄、移、封禅、章、表、奏、启、议、对、书、记等三十种散文文体都已独立出现。后世所谓的"文必秦汉"(《明史·李东阳传》),自有它内在的道理。

限于篇幅,这里所介绍的汉代散文,仅仅是一般较为熟知或谓之名篇的,其实背后很多的作品,很多汉代文人在散文方面的尝试和拓展,都有待于进一步关注。

参考书目:

卞孝萱,王琳.两汉文学[M].安徽:安徽教育出版社,2001.

鲁迅.汉文学史纲要[M].北京:人民文学出版社,1982.

第一节　秦及西汉前期散文

泰山刻石文[1]

皇帝临位,作制明法,臣下修饬。二十有六年,初并天下,罔不宾服。亲巡远方黎民,登兹泰山,周览东极。从臣思迹,本原事业,祗诵功德[2]。治道运行,诸产得宜,皆有法式。大义休明,垂于后嗣,顺承勿革[3]。皇帝躬圣,既平天下,不懈于治。夙兴夜寐,建设长利,专隆教诲。训经宣达[4],远近毕理,咸承圣志。贵贱分明,男女礼顺[5],慎遵职事。昭隔内外,靡不清净,施于后嗣。化及无穷,遵奉遗诏,永承重戒[6]。

【注释】

[1]《史记·秦始皇本纪》:"二十八年,始皇东行郡县,上邹峄山。立石,与鲁诸儒生议,刻石颂秦德,议封禅望祭山川之事。乃遂上泰山,立石,封,祠祀。下,风雨暴至,休于树下,因封其树为五大夫。禅梁父。刻所立石。"刘勰《文心雕龙·封禅》:"秦皇岱铭,文自李斯,法家辞气,体乏弘润,然疏而能壮,亦彼时之绝采也。"[2]祗:敬也。[3]顺承勿革:继承前法,不要妄作改动。[4]训经宣达:顺承常道阐明治国之策。[5]礼顺:顺法行事。礼,通"履",行事。[6]重戒:谆谆告诫。

贾　谊(传略见前汉赋部分)

过秦论[1]上

秦孝公据崤函之固,拥雍州之地[2],君臣固守,以窥周室;有席卷天下、包举宇内、囊括四海之意,并吞八荒之心[3]。当是时也,商君佐之,内立法度,务耕织,修守战之具,外连衡而斗诸侯[4]。于是秦人拱手而取西河之外。

【注释】

[1]该文错见于《史记·秦始皇本纪》和《陈涉世家》。《古文辞类纂》定为上中下三篇,此选为上篇。金圣叹《才子古文》卷二:"《过秦论》者,论秦之过也。秦过只是末句'仁义不施'之语,便断尽此通篇文字。……至于前半有说六国时,此只是反衬秦;后半有说秦时,此只是反衬陈涉。最是疏奇之笔。"[2]秦孝公:名渠梁,任用商鞅,实行变法,使秦富强。崤函:即函谷关。雍州:《禹贡》九州之一。约包括今陕西主要部分及甘肃和青海的一部分。[3]八荒:古代称四方边远之地曰四荒,四正方之外再加四隅方,故称八荒。[4]连衡:即连横。东西为横,南北曰纵。战国时两种政治斗争的策略:处于西方的秦与东方之齐、楚等国个别联合以打击其他国家叫连横;东方各国北自燕、南至楚联合起来以抗秦叫合纵。

  孝公既没,惠文、武、昭襄王[1],蒙故业,因遗策,南取汉中[2],西举巴蜀,东割膏腴之地,北收要害之郡。诸侯恐惧,会盟而谋弱秦,不爱珍器、重宝、肥饶之地,以致天下之士,合从缔交[3],相与为一。当此之时,齐有孟尝[4],赵有平原[5],楚有春申[6],魏有信陵[7]。此四君者,皆明智而忠信,宽厚而爱人,尊贤重士。约从离衡,兼韩、魏、燕、赵、齐、楚、宋、卫、中山之众。于是六国之士,有宁越、徐尚、苏秦、杜赫之属为之谋[8];齐明、周最、陈轸、召滑、楼缓、翟景、苏厉、乐毅之徒通其意[9];吴起、孙膑、带佗、倪良、王廖、田忌、廉颇、赵奢之朋制其兵[10]。尝以什倍之地、百万之众,仰关而攻秦。秦人开关延敌,九国之师逡巡遁逃而不敢进。秦无亡矢遗镞之费,而天下诸侯已困矣[11]。于是从散约解,争割地而赂秦。秦有余力而制其敝,追亡逐北[12],伏尸百万,流血漂橹[13];因利乘便,宰割天下,分裂河山,强国请服,弱国入朝。

【注释】

[1]惠文:秦惠文帝,孝公之子,名驷。武:秦武王,惠文王之子,名荡。昭:秦昭襄王,武王异母弟,名则;一名稷。[2]汉中:地名,相当今陕西南部和湖北西北部的地方;《史记·秦本纪》载,秦惠文王二十六年,秦攻取汉中,取地六百里,置汉中郡。[3]合从:即合纵;战国时,六国联合起来与秦国相对抗的一种政策。[4]孟尝:即孟尝君田文,孟为其字;尝,邑名。《史记》有传。[5]平原:即平原君赵胜,赵之公子。《史记》有传。[6]春申:即春申君黄歇,楚考烈王元年,封为相。《史记》有传。[7]信陵:即信陵君魏无忌,魏昭王少子。《史记》有传。[8]宁越:赵之中牟人,事见《吕氏春秋·博士》及《不广》高诱注。徐尚:未详。梁章巨《文选旁证》曰:"疑即《史记·魏世家》之外黄徐子,说魏太子申以百战百胜之术者。"苏秦:东周洛阳人,《史记》有传。杜赫:周人,事见《战国策·东周策》。[9]齐明:东周臣,后仕秦、楚及韩。事见《战国策·东周策》。周最:周君之子。事见《战国策·东周策》及《西周策》。陈轸:楚臣,亦仕秦。事见《史记·张仪传》。召滑:楚臣,事见《史记·楚世家》。楼缓:赵人,曾为魏相。事见《战国策·赵策》及《魏策》。翟景:魏人,王念孙《读书杂志》谓即《战国策·楚策》所谓魏相翟强。苏厉:东周人,苏秦之弟。乐毅:燕人,燕昭王封其为昌国君。《史记》有

传。[10]吴起:卫人,曾仕魏、楚。《史记》有传。孙膑:齐臣,孙武之后。事见《史记·孙武传》。带佗:楚将;或以为赵、魏人。倪良:越将,或以为赵、魏人。王廖:生平未详。田忌:齐将。事见《战国策·齐策》及《史记·齐世家》。廉颇:赵将。《史记》有传。赵奢:赵将,事附《史记·廉颇蔺相如传》。[11]"秦人开关延敌"三句:《史记·楚世家》载,"怀王十一年(前318),苏秦约纵,山东六国兵攻秦,楚怀王为纵长。至函谷关,秦出兵击六国,六国兵皆引而归"。延敌,引进敌人。[12]逐北:追赶败走者。北,败走。[13]橹:大盾牌。

施及孝文王、庄襄王[1],享国之日浅,国家无事。及至始皇,奋六世之余烈,振长策而御宇内,吞二周而亡诸侯[2],履至尊而制六合[3],执搞朴以鞭笞天下[4],威振四海。南取百粤之地,以为桂林、象郡[5]。百粤之君,俛首系颈[6],委命下吏[7]。乃使蒙恬北筑长城而守藩篱[8],却匈奴七百余里;胡人不敢南下而牧马,士不敢弯弓而报怨。于是废先王之道,燔百家之言,以愚黔首[9]。堕名城,杀豪俊,收天下之兵,聚之咸阳,销锋镝[10],铸以为金人十二,以弱天下之民。然后践华为城[11],因河为池,据亿丈之城,临不测之渊,以为固。良将劲弩守要害之处;信臣精卒陈利兵而谁何[12]。天下已定,秦王之心,自以为关中之固,金城千里,子孙帝王万世之业也。

【注释】

[1]孝文王:秦昭襄王之子,名柱。据《史记·秦本纪》,其即位三日而亡。庄襄王:秦孝文王之子,名楚。据《史记·秦本纪》,其即位三年而亡。○六世:指秦孝公、惠文王、武王、昭襄王、孝文王、庄襄王六代。[2]二周:东周王朝在周赧王时,分为东西二周,西周都于洛(今河南洛阳),东周都于巩(今河南巩县)。西周亡于秦昭襄王五十一年(前26),东周亡于庄襄王元年(前9)。[3]至尊:天子之位。六合:天地四方。[4]搞朴:打人之刑具。[5]百粤:古代南方一些少数民族之总称。桂林:即桂林郡,秦置,相当今广西壮族自治区之一部分。象郡:秦置,相当今广东西南部与广西壮族自治区南部及西部等地区。[6]俛首:低头;俛,同"俯"。系颈:以绳系在颈上,表示屈服。[7]下吏:秦之下级官吏。[8]蒙恬:秦始皇之将领,二世时赐死。《史记·蒙恬传》:"秦已并天下,乃使蒙恬将三十万众,北逐戎狄,收河南,筑长城,因地形,用险制塞,起临洮,至辽东,延袤万余里。"[9]黔首:秦统治者对百姓之称呼。[10]"销锋镝"二句:销,熔化;锋,兵器;镝,通"镝",箭头。据《史记·秦始皇本纪》,事在秦始皇二十六年。[11]华:华山。[12]谁何:李善注:"问之也。"即督责之意。

秦王既没,余威震于殊俗[1]。然而陈涉瓮牖绳枢之子,甿隶之人[2],而迁徙之徒也[3]。才能不及中人,非有仲尼、墨翟之贤,陶朱、猗顿之富[4],蹑足行伍之间,俛起阡陌之中,率罢散之卒,将数百之众,转而攻秦。斩木为兵,揭竿为旗,天下云集响应,赢粮而景从[5],山东豪俊并起而亡秦族矣[6]。

且夫天下非小弱也,雍州之地,崤函之固,自若也。陈涉之位,非尊于齐、楚、燕、赵、韩、魏、宋、卫、中山之君也。锄耰棘矜,不敌于钩戟长铩也[7];谪戍之众,非抗于九国之师也[8]。深谋远虑,行军用兵之道,非及曩时之士也。然而成败异变,功业相反。试使山东之国,与陈涉度长絜大[9],比权量力,则不可同年而语矣。然秦以区区之地,致万乘之权,序八州而朝同列[10],百有余年矣;然后以六合为家,崤函为宫,一夫作难而七庙堕[11],身死人手[12],为天下笑者,何也?仁义不施,而攻守之势异也。

【注释】

[1]殊俗:不同之风俗,指远方的部族。[2]瓮牖绳枢:以破瓮为窗,以绳索拴门。喻出身微贱。氓隶:出卖劳力之农民。[3]迁徙之徒:指被谪罚而服役者。[4]陶朱:春秋末越国大夫范蠡。据《史记·越王勾践世家》,范蠡晚年曾在陶山经商,号称陶朱公。猗顿:鲁人,范蠡教以畜牧,他就到猗氏(山西临猗南)大畜牛羊,十年为巨富。事见《史记·货殖列传》。[5]赢:担负。景从:如影之随形;景,通"影"。[6]山东:指函谷关、崤山以东。[7]棘矜:以荆木为杖(见王念孙《读书杂志》)。或说,矜通"戟"(见《文选》李善注)。铩:长矛。[8]抗:通"亢",高出。[9]度长絜大:比较长短大小。度,度量物之长短;絜,计量物之粗细。[10]八州:古分天下为九州,秦雍州之外的八州为六国之地。朝同列:使原来同等的六国之君来朝。[11]七庙:按古代宗法制度,天子祀七庙。《礼记·王制》:"天子庙七,昭三穆三,与太祖之庙而七。"[12]身死人手:指秦王子婴为项羽所杀。子婴为秦始皇长子扶苏之长子,秦二世三年(前207),赵高杀二世,立子婴为秦王,子婴设计杀赵高;后降刘邦,不久又为项羽所杀。

枚　乘(传略见前汉赋部分)

上书谏吴王[1]

臣闻:"得全者全昌,失全者全亡。"[2]舜无立锥之地,以有天下;禹无十户之聚,以王诸侯;汤、武之土不过百里,上不绝三光之明,下不伤百姓之心者,有王术也。故父子之道,天性也;忠臣不避重诛以直谏,则事无遗策,功流万世。臣乘愿披腹心而效愚忠,唯大王少加意念恻怛之心于臣乘言。

【注释】

[1]枚乘初与邹阳等在吴王濞手下供职,任郎中,以文辞著称。吴王谋反,枚乘上此书谏阻,吴王不听。于是枚乘与邹阳等至梁孝王门下。《汉书》有传。李兆洛《骈体文钞》卷一一:"欲言难言,愈离奇愈沈痛,《国策》之体,《离骚》之神,后来无继。"[2]"得全者全昌"二句:《史记·田敬仲完世家》载淳于髡语:"得全全昌,失全全亡。"得全,谓人臣事君之礼完美无瑕;全昌,谓身名获昌。[3]"舜无立锥之地"五句:《战国策·赵策二》载苏秦语:"舜无咫尺之地,以有天下;禹无百户之聚,以王诸侯;汤、武之卒不过三千人,车不过三百乘,立为天子。"[4]三光:指日、月、星辰。

　　夫以一缕之任系千钧之重,上悬无极之高,下垂不测之渊,虽甚愚之人,犹知哀其将绝也。马方骇,鼓而惊之;系方绝,又重镇之。系绝于天,不可复结;队入深渊,难以复出。其出不出[1],间不容发。能听忠臣之言,百举必脱。必若所欲为,危于累卵,难于上天;变所欲为,易于反掌,安于太山。今欲极天命之寿,敝无穷之乐,究万乘之势,不出反掌之易,以居泰山之安,而欲乘累卵之危,走上天之难,此愚臣之所以为大王惑也。

【注释】

　　[1]"其出不出"二句:意为出得来与出不来,其间相差极其微小。

　　人性有畏其景而恶其迹者,却背而走,迹愈多,景愈疾,不知就阴而止,景灭迹绝[1]。欲人勿闻,莫若勿言;欲人勿知,莫若勿为。欲汤之凔,一人炊之,百人扬之,无益也,不如绝薪止火而已[2]。不绝之于彼,而救之于此,譬犹抱薪而救火也。养由基,楚之善射者也。去杨叶百步,百发百中[3]。杨叶之大,加百中焉,可谓善射矣。然其所止,乃百步之内耳,比于臣乘,未知操弓持矢也。

【注释】

　　[1]"人性有畏其景而恶其迹者"六句:《庄子·渔父》:"人有畏影恶迹而去之走者,举足愈数而迹愈多,走愈疾而影不离身,自以为尚迟,疾走不休,绝力而死。不知处阴以休影,处静以息迹,愚亦甚矣!"[2]"欲汤之凔"五句:《吕氏春秋·尽数》:"夫以汤之沸,沸愈不止,去其火则止矣。"凔,冷。扬,以勺舀起沸水再倾下,使之散热。[3]"养由基"四句:《战国策·西周策》:"楚有养由基者,善射,去柳叶者百步而射之,百发百中。"

　　福生有基,祸生有胎;纳其基,绝其胎,祸何自来?泰山之溜穿石[1],单极之绠断干[2]。水非石之钻,索非木之锯,渐靡使之然也。夫铢铢而称之,至石必差;寸寸而度之,至丈必过。石称丈量,径而寡失。夫十围之木,始生如蘖[3],足可搔而绝,手可擢而拔。据其未生,先其未形也。磨砻底厉,不见其损,有时而尽;种树畜养,不见其益,有时而大;积德累行,不知其善,有时而用;弃义背理,不知其恶,有时而亡。臣愿大王孰计而身行之,此百世不易之道也。

【注释】

　　[1]溜:屋檐滴下的水,引申为自上而下的山水。[2]单极之绠断干:言常用之瓮索,能锲断井

架。单："瘅"之省，劳也。极：甚也。"绠"，瓮索。干：井上汲水用的架子。[3]蘖：树木之嫩芽。

第二节　西汉中后期散文

东方朔（前154—前93）

东方朔，字曼倩，平原厌次人。武帝初，征四方士人。朔上书自荐，文辞不逊，高自称誉，武帝伟之。后任常侍郎。朔性格诙谐，言词敏捷，滑稽多智，常在武帝前谈笑取乐，司马迁称其为"滑稽之雄"。然时观察颜色，直言切谏，曾言政治得失，陈农战强国之计，而武帝终以俳优视之。因以《答客难》、《非有先生论》陈志向和发抒不满。

东方朔一生著述甚丰，后人汇为《东方太中集》，收入《汉魏六朝百三家集》中。

答客难[1]

客难东方朔曰："苏秦、张仪壹当万乘之主，而身都卿相之位[2]，泽及后世。今子大夫修先生之术，慕圣人之义，讽诵《诗》、《书》百家之言，不可胜记，著于竹帛，唇腐齿落，服膺而不可释，好学乐道之效，明白甚矣，自以为智能海内无双，则可谓博闻辩智矣。然悉力尽忠，以事圣帝，旷日持久，积数十年，官不过侍郎，位不过执戟[3]，意者尚有遗行邪？同胞之徒，无所容居，其故何也？"

【注释】

[1]《汉书·东方朔传》："朔上书陈农战强国之计，因自讼独不得大官，欲求试用。其言专商鞅、韩非之语，指意放荡，颇复诙谐，辞数万言，终不见用。朔因著论，设客难己，用位卑以自慰谕。"[2]都：居也。[3]执戟：宫廷侍卫官，因值勤时手持戟，故名。

东方先生喟然长息，仰而应之曰："是故非子之所能备。彼一时也，此一时也，岂可同哉？夫苏秦、张仪之时，周室大坏，诸侯不朝，力政争权，相擒以兵，为十二国，未有雌雄，得士者强，失士者亡，故说得行焉。身处尊位，珍宝充内，外有仓廪[1]，泽及后世，子孙长享。今则不然。圣帝德流，天下震慑，诸侯宾服，连四海之外以为带，安于覆盂，天下平均，合为一家，动发举事，犹运之掌，贤与不肖，何以异哉？遵天之道，顺地之理，物无不得其所。故绥之则安，动之则苦；尊之则为将，卑之则为虏；抗之则在青云之上，抑之则在深渊之下；用之则为虎，不用则为鼠；虽欲尽节效情，安知前后？夫天地之大，士民之众，竭精驰说，并进辐凑者，不可胜数，悉力慕之，困于衣食，或失门户。使苏秦张仪与仆并生于今之世,曾不得掌故[2],安敢望侍郎乎!传曰:'天下无害,虽有圣人无所施才;上下和同,虽有贤者无所立功。'故曰时异事异。虽然,安可以不务修身乎哉?诗曰:'鼓钟于宫,声闻于外';'鹤鸣九皋,声闻于天。'苟能修身,何患不荣?太公体行仁义,七十有二,乃设用于文武,得信厥说,封于齐,七百岁而不绝。此士所以日夜孳孳[3],修学敏行而不敢怠也。譬若鹡鸰,飞且鸣矣。传曰:'天不为人之恶寒而辍其冬,地不为人之恶险而辍其广,君子不为小人之匈匈而易其行。''天有常度,地有常形,君子有常行;君子道其常,小人计其功。'诗云:'礼义之不愆,何恤人之言?''水至清则无鱼,人至察则无徒,冕而前旒,所以蔽明,黈纩充耳[4],所以塞聪。'明有所不见,聪有所不闻,举大德,赦小过,无求备于一人之义也。枉而直之,使自得之;优而柔之,使自求之;揆而度之,使自索之。盖圣人之教化如此,欲其自得之;自得之,则敏且广矣。

"今世之处士,时虽不用,块然无徒,廓然独居,上观许由,下察接舆,计同范蠡,忠合子胥,天下和平,与义相扶,寡偶少徒,固其宜也,子何疑于予哉?若夫燕之用乐毅,秦之任李斯,郦食其之下齐,说行如流,曲从如环,所欲必得,功若丘山,海内定,国家安,是遇其时者也,子又何怪之邪?语曰:'以筦窥天,以蠡测海,以莛撞钟'[5],岂能通其条贯,考其文理,发其音声哉!犹是观之,譬由鼱鼩之袭狗[6],孤豚之咋虎,至则靡耳,何功之有?今以下愚而非处士,虽欲勿困,固不得已。此适足以明其不知权变,而终惑于大道也。"

【注释】

　　[1]仓廪:谷藏曰仓,米藏曰廪。[2]掌故:百石吏,主故事者。[3]孳孳:努力不懈貌。[4]黈纩:黄绵所制的小球。悬于冠冕之上,垂两耳旁,以示不欲妄听是非。[5]筦:同"管"。蠡:瓠瓢也。莛:通"莛",草茎也。[6]鼱鼩:一名奚鼠。

司马迁(前145—?)

　　司马迁,字子长,夏阳(今陕西韩城)人。其先代,世为史官,司马迁深受影响。司马迁二十岁后几乎游遍全国,得以领略祖国河山和采访大量历史故事和人文掌故。武帝元封三年,迁入太史令,有机会博览政府大量藏书。太初元年开始着手编写《史记》。天汉二年,为替投降匈奴的李陵辩解,被处腐刑,迁深以为耻,发愤著书,约在征和初完成《史记》,不久便去世。

报任少卿书[1]

太史公[2]、牛马走[3]、司马迁再拜言。

少卿足下[4]：曩者辱赐书，教以顺于接物，推贤进士为务。意气勤勤恳恳[5]，若望仆不相师，而用流俗人之言。仆非敢如此也。仆虽罢驽，亦尝侧闻长者之遗风矣。顾自以为身残处秽，动而见尤[6]，欲益反损，是以独郁悒而与谁语。谚曰："谁为为之？孰令听之？"盖钟子期死，伯牙终身不复鼓琴[7]。何则？士为知己者用，女为说己者容[8]。若仆大质已亏缺矣，虽才怀随和[9]，行若由夷，终不可以为荣，适足以见笑而自点耳。书辞宜答，会东从上来，又迫贱事，相见日浅，卒卒无须臾之间[10]，得竭至意。今少卿抱不测之罪，涉旬月，迫季冬；仆又薄从上雍，恐卒然不可为讳。是仆终已不得舒愤懑以晓左右，则长逝者魂魄私恨无穷。请略陈固陋，阙然久不报，幸勿为过。

【注释】

[1]任安，字少卿，初为大将军卫青舍人，后任北军使者护军，因卷入巫蛊之祸，被杀。任安曾写信给司马迁，希望他能"推贤进士"。《报任少卿书》是司马迁给他的回信。司马迁遭李陵之祸，借此抒愤懑、表气节、立远志。清吴楚材《古文观止》："其感慨啸歌，大有燕赵烈士之风，忧愁幽思，则又直与《离骚》对垒，文情至此极矣。"[2]太史公：迁父谈也。[3]走：犹仆也。言己为太史公掌牛马之仆，自谦之辞也。[4]少卿：任安字也。[5]勤勤恳恳：忠款之貌也。[6]尤：过错。[7]《吕氏春秋》载："伯牙鼓琴，意在太山。钟子期曰：'善哉，巍巍若太山。'俄而志在流水。子期曰：'善哉，汤汤乎若流水。'子期死，伯牙破琴绝弦，终身不复鼓琴，以为世无赏音者。"[8]《战国策》载，晋阳之孙豫让事知伯，知伯宠之。及赵襄子杀知伯，豫让逃山中，曰："嗟乎！士为知己者用，女为悦己者容，吾其报智氏矣。"[9]隋：隋侯珠也。晋干宝《搜神记》卷二十："隋县溠水侧，有断蛇丘，隋侯出行，见大蛇被伤中断，疑其灵异，使人以药封之，蛇乃能走，因号其处'断蛇丘'。岁余，蛇衔明珠以报之。珠盈径寸，纯白，而夜有光明，如月之照，可以烛室，故谓之'隋侯珠'。"和：和氏璧也。由：许由也。夷：伯夷也。[10]卒卒：促遽之意也。

仆闻之：修身者，智之符也[1]；爱施者，仁之端也；取与者，义之表也；耻辱者，勇之决也；立名者，行之极也。士有此五者，然后可以托于世，而列于君子之林矣。故祸莫憯于欲利，悲莫痛于伤心，行莫丑于辱先，诟莫大于宫刑。刑余之人，无所比数，非一世也，所从来远矣。昔灵公与雍渠同载，孔子适陈[2]；商鞅因景监见，赵良寒心[3]；同子参乘，袁丝变色[4]。自古而耻之。夫以中才之人，事有关于宦竖，莫不伤气，而况于慷慨之士乎！如今朝廷虽乏人，奈何令刀锯之余，荐天下豪俊哉？

【注释】

[1]符：信也。[2]《文选》注引《家语》载，孔子居卫，月余，灵公与夫人同车出。令宦者雍渠参乘，使孔子为次乘，游过市。孔子曰："吾未见好德如好色。"耻之，于是去卫过曹。此言孔子适陈，未

详。[3]赵良寒心:据《史记·商君列传》载,秦国贤者赵良认为,商鞅是通过宦官景监的推荐才见到秦孝公并被重用的,一开始名声就不好。[4]据《史记·袁盎晁错列传》载,汉文帝乘车外出,宦官赵同于车中陪侍,袁盎伏于车前直言谏阻,文帝只好让赵同下车。赵同,原名谈,司马迁为避其父的名讳,所以称其为赵同。

仆赖先人绪业[1],得待罪辇毂下[2],二十余年矣。所以自惟,上之不能纳忠信,有奇策才力之誉,自结明主;次之又不能拾遗补阙,招贤进能,显岩穴之士;外之又不能备行伍,攻城野战,有斩将搴旗之功;下之不能积日累劳,取尊官厚禄,以为宗族交游光宠。四者无一遂,苟合取容,无所短长之效,可见如此矣。向者,仆常厕下大夫之列,陪外廷末议。不以此时引维纲,尽思虑。今以亏形为扫除之隶,在阘茸之中[3],乃欲仰首伸眉,论列是非,不亦轻朝廷羞当世之士邪? 嗟乎! 嗟呼! 如仆尚何言哉! 尚何言哉!

【注释】

[1]绪:余也。[2]辇毂下:代指京城。辇:皇帝所乘车。毂:车轮中心插入车轴之圆木,常代指车轮。[3]阘茸:卑贱。

且事本末未易明也。仆少负不羁之行[1],长无乡曲之誉[2],主上幸以先人之故,使得奏薄伎,出入周卫之中[3]。仆以为戴盆何以望天? 故绝宾客之知,亡室家之业,日夜思竭其不肖之才力,务一心营职,以求亲媚于主上。而事乃有大谬不然者夫。

仆与李陵,俱居门下,素非能相善也。趣舍异路,未尝衔杯酒,接殷勤之余欢。然仆观其为人自奇士,事亲孝,与士信,临财廉,取与义。分别有让,恭俭下人,常思奋不顾身,以徇国家之急。其素所蓄积也,仆以为有国士之风。夫人臣出万死不顾一生之计,赴公家之难,斯以奇矣。今举事壹不当,而全躯保妻子之臣,随而媒孽其短[4],仆诚私心痛之。且李陵提步卒不满五千,深践戎马之地,足历王庭,垂饵虎口,横挑强胡,仰亿万之师,与单于连战十有余日,所杀过当。虏救死扶伤不给,旃裘之君长咸震怖[5],乃悉征其左右贤王,举引弓之人,一国共攻而围之。转斗千里,矢尽道穷,救兵不至,士卒死伤如积。然陵一呼劳军,士无不起,躬自流涕,沫血饮泣[6],更张空弮[7],冒白刃,北向争死敌者。陵未没时,使有来报,汉公卿王侯,皆奉觞上寿。后数日,陵败书闻,主上为之食不甘味,听朝不怡。大臣忧惧,不知所出。仆窃不自料其卑贱,见主上惨怆怛悼,诚欲效其款款之愚,以为李陵素与士大夫绝甘分少,能得人死力,虽古之名将,不能过也。身虽陷败,彼观其意,且欲得其当而报于汉。事已无可奈何,其所摧败,功亦足以暴于天下矣。仆怀欲陈之,而未有路,适会召问,即以此指推言陵之功,欲以广主上之意，塞睚眦之辞。未能尽明，明主不晓，以为仆沮贰师，而为李陵游说，遂下于理[8]。拳拳之忠，终不能自列。因为诬上，卒从吏议。家贫，货赂不足以自赎，交游莫救；左右亲近，不为一言。身非木石，独与法吏为伍，深幽囹圄之中，谁可告愬者？此真少卿所亲见，仆行事岂不然乎？李陵既生降，隤其家声；而仆又佴之蚕室[9]，重为天下观笑。悲夫！悲夫！事未易一二为俗人言也。

【注释】

[1]不羁：不可羁系也。[2]乡曲：乡里。[3]周卫：指防卫周密的宫禁。[4]媒蘖：酿酒之酒曲。这里引申为扩大，夸大。[5]旃裘：兽毛制做之皮衣，这里代指匈奴。旃，通"毡"。[6]沫血：用血洗脸，指血流满面。沫：洗脸。[7]弮：弩弓。[8]理：治狱官。[9]佴之蚕室：居住于蚕室，指受宫刑。佴：放置。

仆之先，非有剖符丹书之功[1]，文史星历，近乎卜祝之间，固主上所戏弄，倡优所畜，流俗之所轻也。假令仆伏法受诛，若九牛亡一毛，与蝼蚁何以异？而世又不与能死节者，特以为智穷罪极，不能自免，卒就死耳。何也？素所自树立使然也。人固有一死，或重于太山，或轻于鸿毛，用之所趋异也。太上不辱先，其次不辱身，其次不辱理色[2]，其次不辱辞令，其次诎体受辱，其次易服受辱，其次关木索被棰楚受辱[3]，其次剔毛发婴金铁受辱[4]，最下腐刑[5]，极矣。传曰："刑不上大夫。"此言士节不可不勉励也。猛虎在深山，百兽震恐，及在槛阱之中，摇尾而求食，积威约之渐也。故有画地为牢势不可入，削木为吏议不可对，定计于鲜也。今交手足，受木索，暴肌肤，受榜棰，幽于圜墙之中。当此之时，见狱吏则头枪地，视徒隶则心惕息，何者？积威约之势也。及以至是言不辱者，所谓强颜耳，曷足贵乎！且西伯，伯也，拘于羑里[6]；李斯，相也，具于五刑；淮阴，王也，受械于陈[7]；彭越张敖，南面称孤，系狱抵罪[8]；绛侯诛诸吕，权倾五伯，囚于请室[9]；魏其，大将也，衣赭衣，关三木[10]；季布为朱家钳奴[11]；灌夫受辱于居室[12]。此人皆身至王侯将相，声闻邻国，及罪至罔加，不能引决自裁，在尘埃之中，古今一体，安在其不辱也？由此言之，勇怯，势也；强弱，形也。审矣！何足怪乎？夫人不能早自裁绳墨之外，以稍陵迟至于鞭棰之间，乃欲引节，斯不亦远乎？古人所以重施刑于大夫者，殆为此也。

【注释】

[1]剖符丹书：剖符：分剖之符，君臣各一，以示信守。丹书：即丹书铁券。汉初论功定封讫，于是申以丹书之信，重以白马之盟。[2]理：道理也。色：颜色也。[3]关木索：戴上刑具。棰：杖。楚：荆条。[4]剔：通"剃"。婴：缠绕。金铁：指钳刑，以铁圈束颈，故曰"婴金铁"。[5]腐刑：宫刑腐臭，

故曰腐刑。[6]西伯,文王也。《史记·周本纪》载,崇侯虎谮西伯于殷纣曰:"西伯积善累德,诸侯皆向之,将不利于帝。纣乃囚西伯于羑里。"[7]《史记·淮阴侯列传》载:韩信为楚王,都下邳。信因行县邑,陈兵出入,人有变告信欲反。上闻,患之,用陈平谋,伪游云梦,信谒上于陈,高祖令武士缚信,载后车。遂械信至洛阳,赦以为淮阴侯。[8]《史记·魏豹彭越列传》载,高帝立彭越为梁王。梁王称疾,上使使掩捕梁王,囚之洛阳。《汉书·张耳陈余传》载,赵王张耳子敖,尚高祖长女鲁元公主。七年,高祖从平城过赵,赵王旦暮自上食,礼甚卑,高祖箕踞骂詈,甚慢之。赵相贯高、赵午说敖曰:天下豪杰并起,能者先立。今王事皇帝甚恭,皇帝遇王无礼,请为杀之。事发,于是捕赵王。诸反者十余人皆自刭。贯高独怒骂曰:谁令公等为之?今王实无反谋。槛车与诣长安,高下狱,曰:"吾属为之,王不知也。"[9]绛侯:刘邦的功臣周勃。诸吕:刘邦之妻吕后的亲属。诸吕专权,刘氏倾危,周勃等共诛诸吕,拥立文帝。后被诬告,一度下狱。请室:请罪之室,囚禁有罪官吏的牢狱。[10]魏其:魏其侯窦婴。汉景帝时大将军。下狱,被杀。衣赭:穿囚衣。囚衣为赭色。三木:刑具,即枷,手铐和脚镣。[11]季布:项羽的将领。项羽败死后,隐姓埋名为大侠朱家之奴。钳:颈上套的铁枷。[12]灌夫:汉武帝时将军。居室:贵族犯罪后拘留待审问的地方。

　　夫人情莫不贪生恶死,念父母,顾妻子,至激于义理者不然,乃有所不得已也。今仆不幸,早失父母,无兄弟之亲,独身孤立,少卿视仆于妻子何如哉?且勇者不必死节,怯夫慕义,何处不勉焉!仆虽怯懦欲苟活,亦颇识去就之分矣[1]。何至自沈溺缧绁之辱哉[2]?且夫臧获婢妾[3],由能引决,况仆之不得已乎?所以隐忍苟活,幽于粪土之中而不辞者,恨私心有所不尽,鄙陋没世,而文彩不表于后世也。

　　古者富贵而名摩灭[4],不可胜记,唯倜傥非常之人称焉[5]。盖文王拘而演周易;仲尼厄而作春秋;屈原放逐,乃赋离骚;孙子膑脚,兵法修列;不韦迁蜀,世传吕览;韩非囚秦,说难孤愤;诗三百篇,大氐圣贤发愤之所为作也。此人皆意有郁结,不得通其道,故述往事,思来者。乃如左丘无目,孙子断足,终不可用,退而论书策,以舒其愤,思垂空文以自见。

　　仆窃不逊,近自托于无能之辞,网罗天下放失旧闻,略考其行事,综其终始,稽其成败兴坏之纪,上计轩辕,下至于兹,为十表,本纪十二,书八章,世家三十,列传七十,凡百三十篇,亦欲以究天人之际,通古今之变,成一家之言。草创未就,会遭此祸,惜其不成,已就极刑而无愠色。仆诚以著此书藏诸名山,传之其人,通邑大都,则仆偿前辱之责,虽万被戮,岂有悔哉?然此可为智者道,难为俗人言也。

　　且负下未易居,下流多谤议,仆以口语遇此祸,重为乡党所笑,以污辱先人,亦何面目复上父母丘墓乎?虽累百世,垢弥甚耳!是以肠一日而九回,居则忽忽若有所亡,出则不知其所往。每念斯耻,汗未尝不发背沾衣也。身直为闺合之臣,宁得自引于深藏岩穴邪?故且从俗浮沈,与时俯仰,以通其狂惑。今少卿乃教以推贤进士,无乃与仆私心刺谬乎[6]！今虽欲自雕琢，曼辞以自饰[7]，无益于俗不信，适足取辱耳。要之死日，然后是非乃定。书不能悉意，略陈固陋，谨再拜。

【注释】

[1]去就：舍生就义。[2]沉溺：深陷。缧绁：捆人的绳索。引申为牢狱。[3]臧获：古人骂奴婢的贱称。[4]摩灭：同"磨灭"。[5]倜傥：同"俶傥"，豪爽。[6]刺谬：违背，悖谬。[7]曼辞：美辞。

第三节　东汉散文

蔡　邕（132—192）

蔡邕，字伯喈，陈留人也。辟桥玄府，稍迁至郎中。后董卓辟邕，迁尚书。及卓被诛，王允收邕付廷尉，遂死狱中。邕于书法、音乐、文学均卓有建树，在东汉末有很大影响。有《蔡中郎集》。

郭有道碑文并序[1]

先生讳泰，字林宗，太原界休人也。其先出自有周王季之穆，有虢叔者，寔有懿德，文王咨焉。建国命氏[2]，或谓之郭，即其后也。先生诞应天衷，聪睿明哲，孝友温恭，仁笃慈惠。夫其器量弘深，姿度广大，浩浩焉，汪汪焉，奥乎不可测已。若乃砥节厉行，直道正辞，贞固足以干事[3]，隐括足以矫时。遂考览六经，探综图纬[4]。周流华夏，随集帝学。收文武之将坠，拯微言之未绝。于时缨緌之徒，绅佩之士，望形表而影附，聆嘉声而响和者，犹百川之归巨海，鳞介之宗龟龙也。尔乃潜隐衡门[5]，收朋勤海，童蒙赖焉，用祛其蔽[6]。州郡闻德，虚己备礼，莫之能致。羣公休之，遂辟司徒掾[7]，又举有道[8]，皆以疾辞。将蹈鸿涯之遐迹，绍巢、许之绝轨，翔区外以舒翼，超天衢以高峙。禀命不融[8]，享年四十有二，以建宁二年正月乙亥卒。

【注释】

[1]《后汉书》卷六十八《郭符许列传》："（郭泰卒），四方之士千余人，皆来会葬。同志者乃共刻石立碑，蔡邕为其文，既而谓涿郡卢植曰：'吾为碑铭多矣，皆有惭德，唯郭有道无愧色耳。'"[2]建国命氏，或谓之郭：高诱《战国策注》曰："郭，古文虢字也。"[3]"贞固足以干事"两句：贞：正也。干：操办。隐：度也。括：犹量也。矫：正也。[4]图：河图也。纬：六经及孝经皆有纬也。[5]衡门：横木为门，言浅陋也。[6]祛：犹去也。[7]辟：犹征召。[8]有道：东汉选拔人才的一种科目。

[9]禀命不融:寿命不长。

　　凡我四方同好之人,永怀哀悼,靡所寘念[1]。乃相与惟先生之德,以谋不朽之事。金以为先民既没,而德音犹存者,亦赖之于见述也。今其如何而阙斯礼!于是树碑表墓,昭铭景行,俾芳烈奋于百世,令问显于无穷。其辞曰:

　　于休先生,明德通玄[2]。纯懿淑灵,受之自天。崇壮幽浚,如山如渊。礼乐是悦,诗书是敦。匪惟撷华,乃寻厥根。宫墙重仞,允得其门。懿乎其纯,确乎其操。洋洋搢绅,言观其高。栖迟泌丘,善诱能教。赫赫三事,几行其招[3]。委辞召贡[4],保此清妙。降年不永,民斯悲悼。爰勒兹铭,摛其光耀[5]。嗟尔来世,是则是效。

【注释】

　　[1]寘:置也。[2]玄:道也。[3]三事:指正德、利用、厚生三事。招:犹召也。[4]委辞召贡:言有召贡者,委弃而辞之。[5]摛:布也。

第四章 史传文

中国古代特别重史,故史文化特别发达。《汉书·艺文志》云:"古之王者世有史官,君举必书,所以慎言行、昭法式也。左史记言,右史记事。事为《春秋》,言为《尚书》,帝王靡不同之。"古代较早的几部典籍,《易》、《诗》、《书》、《礼》、《乐》、《春秋》,即后来被称为六经者,几乎都被认为是历史著作。章学诚《文史通义》卷一:"六经皆史也。"龚自珍《古史钩沉论二》亦言:"夫六经者,周史之宗子也。《易》也者,卜筮之史也;《书》也者,记言之史也;《春秋》也者,记动之史也;《风》也者,史所采于民,而编之竹帛,付之司乐者也。《雅》、《颂》也者,史所采于士大夫也。《礼》也者,一代之律令;史职藏之故府,而时以诏王者。小学也者,外史达之四方,瞽史谕之宾客之所为也。……故曰:《五经》者,周史之大宗也。"如此一来,说中华文化的基础是扎根于浓厚的史文化氛围中的,当不为过。先秦很多的历史、故事乃至观念、著作,在上一单元已有介绍,这里说一下历史在两汉时期所显现出来的独有特性和阶段意义。

汉代是一个破天荒的时代,它的萌生和创建,是一群身份、观念、作为都和先秦统治者大不相同的人士来完成的。如果说先秦诸子授徒办学意味着王官学下移,即上层贵族把持的文化向社会中下层扩散,但这一变化还更多地集中于文化的层面,至于政治的、经济的、军事的重大社会行为,还是集中由上层贵族集团来主导完成的,社会基本的人群体系框架,并没有根本性的变动,而汉王朝的建立,恰是通过颠覆上述社会政治人群结构的方式来完成的。

翻看秦末动乱中出现的英雄谱,很容易看到这一批人:"尝与人佣耕"的陈涉、贫寒的吴广、备受人欺凌的韩信、曾任狱吏的萧何、沦落下层的张良,至于刘邦的卑贱身份就更为人熟知,大致可说,刘邦的成功,是布衣集团的胜利。这凝聚了特定的时代昭示:天意何曾私授将相,权势并不专属达官,功业可以拼取获得(这真是令人错愕的变化),陈涉吴广所疾呼的"王侯将相宁有种乎",正是风云突变的突破口。

感受并记录这一时代脉动的,就是名垂千古的《史记》。

《史记》原名《太史公书》,东汉末始称《史记》。《史记》全书共一百三十篇,五十二万六千多字,分为"本纪"十二篇、"表"十篇、"书"八篇、"世家"三十篇、"列传"七十篇,上至传说中的轩辕,下至汉武帝时期,纵贯三千年历史。"本纪",乃编年记本之意,是按时间顺序记述历代帝王活动的简史,记录了当时最重大的事件,如《秦本纪》、《项羽本纪》。"表",即谱系,是用表格的形式较清晰地罗列历史事件与现象的一种题材,其有纵有横,纵按时间为序,横则以地域划分,将历代帝王、诸侯之间的大事简明扼要地排记下来,以作为全书叙事的联络和补充,如《三代世表》、《十二诸侯年表》等。"书",是对专门问题进行分类记载论述的体裁,如对有史以来的典章制度、音乐文化、天文历法、农田水利、财政经济等发展情况作系统的阐述,如《礼书》、《乐书》、《封禅书》、《河渠书》、《平准书》等。"世家",是记载世代承续的显贵家族历史的体裁,主要记载诸侯贵戚及有重大贡献的将相名臣的身世历史,如《晋世家》、《外戚世家》、《萧相国世家》、《留侯世家》等。"列传",即序列行状,传写事迹,是各种重要历史人物的传记,还包括一些国内外其他民族君长统治者的历史,如《老子韩非列传》、《淮阴侯列传》、《游侠列传》、《匈奴列传》、《朝鲜列传》等,"列传"的最后一篇为《太史公自序》。

司马迁创造的上述体例在历史上影响极大。宋郑樵称:"(《史记》)分为五体,本纪纪年,世家传代,表以正历,书以类事,传以著人,使百代而下,史官不能易其法,学者不能舍其书。六经之后,惟有此作。"(《通志·总序》)清王鸣盛:"司马迁创立本纪、表、书、世家、列传体例,后之作史者,第相祖述,莫能出其范围。"(《十七史商榷》卷一)

《史记》是我国文化史上第一部通史,记录了中华民族先民三千年发展的历史,这有别于此前的某一时期史如《春秋》、《战国策》,也不同于国别史如《国语》,它探究的是汉民族在中华大地上独特的生存密码,是要"网罗天下放失旧闻,王迹所兴,原始察终,见盛观衰"(《太史公自序》)的,在其中"究天人之际,通古今之变"。在这一长段历程中,司马迁感悟最深的就是人的坎坷生存和辉煌创造,历史就是在两者的交互中形成的,所以司马迁创造了"纪传体"这一独特的史学记述体系,以人为中心,以人为本位,记录先民英雄般的个性履迹。看看《史记》的传主们,他们之中有帝王、妃子、王侯、将相,有经师、文士,有游侠、刺客,有工商、医卜,有外戚、宦官,有戏子、男宠,多彩多层的社会人群结构,记叙无遗。这一关注视角是以前所没有的:此前的历史著作也记录社会人群的活动,但那不是叙述的主线,它们淹没于以时间或事件为逻辑的安排之中,著述者对准的,基本局限于政治上层。而司马迁将目光洒向了整个社会,尤其是社会底层,那些小人物,绝不会有惊天动地的大事件大影响,但他们有他们自己的喜怒哀乐,依然在拼搏努力地生存和生活着,历史和生活的意义与内涵,并不总是蕴含在大人物大变化之中,当关注的视角也开始注意小人物的运命和生活时,一定预示着时代在发生着很大的变化。司马迁把他感受到的用"纪传体"的形式来体现。所以梁启超这样评价司马迁:"太史公诚史界之造物主也,其书亦常有国民思想,如项羽而列诸本纪,孔子、陈涉而列诸世家,儒林、游侠、刺客、货殖而为之列传,皆有深意焉。"(《饮冰室文集·历史·中国史界革命案》)

《史记》是一部充满批判锋芒的著作,即使那些在历史上取得巨大功勋的帝王,也常常被两面地恢复于历史面前,并不因贵而隐,甚至对当时统治者,也敢于据实揭露。如肯定刘邦功业的同时,对其自私、无赖的嘴脸也予以揭示;如颂扬汉武帝的雄才伟略时,对其任人唯亲、穷兵黩武、蛮横霸道等也进行揭露。在司马迁的笔下,最栩栩如生、更令人印象深刻的,往往是那些充满悲情的人物。历史的真实进程往往就是这样的,高贵的品行、执著的信守和诚实的努力,并不一定获得接受和取得成功。一部历史,更多表现的是人类的坎坷史,悲剧的揭示必定是其中的主基调,所以司马迁的批评和悲情,是懂得和尊重历史的必然结果。连批评司马迁的班固也不得不说:"自刘向、扬雄博极群书,皆称迁有良史之材,服其善序事理,辨而不华,质而不俚,其文直,其事核,不虚美,不隐恶,故谓之实录。"(《汉书·司马迁传赞》)"实录"是自古史家最高的荣誉标准,其中的历史使命,不是轻易能够承担得下来的。自《汉书》及以后,历代的正史,除个别外,多数都成了名副其实的"官史",体现的是君主的修撰意志或是正统的文化价值观念,独立和敢于自主,都大大地缺失了,而这,恰恰是《史记》的秉性。

汉代继《史记》之后的另一部伟大历史著作是《汉书》。

司马迁之后,很多人都续补过《史记》,比如东汉初班彪就曾"继采前史遗事,旁贯异闻,作《后传》数十篇"(《后汉书·班彪传》)。班固潜精研思,欲就其业,后有人上书明帝,告其私作国史,明帝下诏捕班固下狱,尽收书稿进京。班固弟班超赴京上书辩白,书稿也得到明帝赏识,令班固继续撰修《汉书》,至章帝时,除八篇表及《天文志》之外,基本完成《汉书》的写作。后班固因事死于狱,和帝命其妹班昭参考东观皇家藏书,补足八表;又命马续协助修成《天文志》。至此《汉书》成为完璧。《汉书》所记起自汉高祖元年,迄于王莽新朝地皇四年,前后共二百三十年。全书分十二帝纪、八表、十志、七十列传,凡一百篇,是我国第一部纪传体的断代史。

《汉书》开中国历代王朝沿续不断修前代正史的先河。其体例上基本继承《史记》的传统,而又有重要发展。改《史记》八表为十志,合《史记》之《律书》、《历书》为《律历志》,合《礼书》、《乐书》为《礼乐志》,改《平准书》为《食货志》,《封禅书》为《郊祀志》,《天官书》为《天文志》,《河渠书》为《沟洫志》,新增《刑法志》、《五行志》、《地理志》、《艺文志》,详细记载诸如司法制度、自然变迁、地理沿革、文化典籍等状况。后世历代所修正史,大体上都是依据此十志而稍加增减,从而使我国封建王朝从汉代起,两千多年来各个朝代的政治、经济、典章制度等方面的史料,多借志书得以完整保存,其中班固的开创功不可没。

《汉书》继承"纪传体"的写法,对《史记》所载而不详或所未突出的一些重要方面进行了补充。班固为东汉著名的辞赋家,传记中熔铸了诗赋的语言,不仅富赡雅丽,而且严整凝练,讲究韵味,对历史事件及人物形象的叙述和描绘,细致生动,多有成功,使其继《史记》之后,成为我国古代史传文学的又一光辉典范。

《汉书》与《史记》比,正统观念较为浓厚,他曾指斥司马迁:"其是非颇缪于圣人,论大道则先黄老而后六经,序游侠则退处士而进奸雄,述货殖则崇势利而羞贱贫,此其所蔽也。"(《汉书·司马迁传赞》)而认为:"古者天子建国,诸侯立家,自卿大夫以至于庶人各有等差,是以民服事其上,而下无觊觎。孔子曰:'天下有道,政不在大夫。'百官有司奉法承令,以修所职,失职有诛,侵官有罚。夫然,故上下相顺,而庶事理焉。"(《汉书·游侠传》)

和司马迁的出发点不同,认识的效果也就各异。但这也是班固所处的环境有关,是时代规定了班固的视野和认识。二者各有擅长,历史上以"班马"或"史汉"并称,是对这两部伟大作品的褒奖。

这里还要提及在以后的文学史中占有重要部分的"小说"一体。在汉代,"小说"一词指的是与论大道相对的街谈巷语,是"刍荛狂夫之议"。不过,据现有数据显示,先秦汉代的"小说"一类,显然是很兴盛的,竟入了《汉书·艺文志》所列诸子"十家"中的一家,不过是小说不入流,可观者"九家"而已,这就是后世"十家九流"说法的来由。这一体类的归属颇有点曲折,它虽然也有后世小说体的娱乐功能,但在当时又常常不同于后世的小说创作,更多的时候,它是以偏近于史的面貌出现的。所以,汉之后传统小说的发展兴盛,与历史有难以明断的纠缠,无论如何看待与处理,史观、史法乃至作史的命意,都是传统小说避不开的。

参考书目:

李长之.司马迁之人格与风格[M].上海:三联书社,1984.

泷川资言.史记汇注考证[M].上海:上海古籍出版社,1986.

杨燕起,等.历代名家评史记[M].北京:北京师范大学出版社,1986.

章培恒,骆玉明.中国文学史[M].上海:复旦大学出版社,1996.

第一节 《史记》

司马迁(传略见前秦汉文部分)

项羽本纪[1]

项籍者,下相人也,字羽。初起时,年二十四。其季父项梁,梁父即楚将项燕,为秦将王翦所戮者也。项氏世世为楚将,封于项,故姓项氏。

项籍少时,学书不成,去;学剑,又不成。项梁怒之。籍曰:"书足以记名姓而已。剑一人敌,不足学,学万人敌。"于是项梁乃教籍兵法,籍大喜,略知其意,又不肯竟学。……项梁杀人,与籍避仇于吴中。吴中贤士大夫皆出项梁下。每吴中有大繇役及丧[2],项梁常为主办,阴以兵法部勒宾客及子弟[3],以是知其能。秦始皇帝游会稽,渡浙江,梁与籍俱观。籍曰:"彼可取而代也。"梁掩其口,曰:"毋妄言,族矣!"梁以此奇籍。籍长八尺余,力能扛鼎,才气过人,虽吴中子弟,皆已惮籍矣。

【注释】

[1]《史记·太史公自序》:"秦失其道,豪桀并扰;项梁业之,子羽接之;杀庆救赵,诸侯立之;诛婴背怀,天下非之。作项羽本纪第七。"李晚芳《读史管见》卷一:"羽之神勇,千古无二;太史公以神勇之笔,写神勇之人,亦千古无二。迄今正襟读之,犹觉喑恶叱咤之雄,纵横驰骋于数页之间。"[2]繇:同"徭"。[3]部勒:部署,组织。

秦二世元年七月,陈涉等起大泽中。其九月,会稽守通谓梁曰[1]:"江西皆反,此亦天亡秦之时也。吾闻先即制人,后则为人所制。吾欲发兵,使公及桓楚将。"是时桓楚亡在泽中。梁曰:"桓楚亡,人莫知其处,独籍知之耳。"梁乃出,诫籍持剑居外待。梁复入,与守坐,曰:"请召籍,使受命召桓楚。"守曰:"诺。"梁召籍入。须臾,梁眴籍曰[2]:"可行矣!"于是籍遂拔剑斩守头。项梁持守头,佩其印绶。门下大惊,扰乱,籍所击杀数十百人。一府中皆慑伏[3],莫敢起。梁乃召故所知豪吏,谕以所为起大事,遂举吴中兵。使人收下县,得精兵八千人。梁部署吴中豪杰为校、尉、侯、司马。有一人不得用,自言于梁。梁曰:"前时某丧使公主某事,不能办,以此不任用公。"众乃皆伏。于是梁为会稽守,籍为裨将,徇下县。……

【注释】

[1]守:会稽郡郡守。[2]眴:以目示意。[3]慑伏:因惧怕而屈服。"慑",恐惧。"伏":同"服"。

居鄛人范增,年七十,素居家,好奇计,往说项梁曰:"陈胜败固当。夫秦灭六国,楚最无罪。自怀王入秦不反,楚人怜之至今,故楚南公曰'楚虽三户[1],亡秦必楚'也。今陈胜首事,不立楚后而自立,其势不长。今君起江东,楚蠭午之将皆争附君者[2],以君世世楚将,为能复立楚之后也。"于是项梁然其言,乃求楚怀王孙心民间[3],为人牧羊,立以为楚怀王,从民所望也。

……

项梁起东阿,西,比至定陶[4],再破秦军,项羽等又斩李由,益轻秦,有骄色。宋义乃谏项梁曰:"战胜而将骄卒惰者败。今卒少惰矣,秦兵日益,臣为君畏之。"项梁弗听。乃使宋义使于齐。道遇齐使者高陵君显,曰:"公将见武信君乎?"曰:"然。"曰:"臣论武信君军必败。公徐行即免死,疾行则及祸。"秦果悉起兵益章邯,击楚军,大破之定陶,项梁死。……

【注释】

[1]三户:二三户人家。"三户"是极言其少。一说"三户"为地名。[2]蠭午:等于说蜂起。"蠭":同"蜂"。"午":纵横交错貌。[3]心:熊心,楚怀王之孙名心。[4]比:及。

初,宋义所遇齐使者高陵君显在楚军,见楚王曰:"宋义论武信君之军必败,居数日,军果败。兵未战而先见败征,此可谓知兵矣。"王召宋义与计事而大说之,因置以为上将军;项羽为鲁公,为次将,范增为末将,救赵。诸别将皆属宋义,号为卿子冠军[1]。行至安阳,留四十六日不进。项羽曰:"吾闻秦军围赵王钜鹿,疾引兵渡河,楚击其外,赵应其内,破秦军必矣。"宋义曰:"不然。夫搏牛之虻不可以破虮虱。今秦攻赵,战胜则兵罢[2],我承其敝;不胜,则我引兵鼓行而西,必举秦矣[3]。故不如先斗秦、赵。夫被坚执锐,义不如公;坐而运策,公不如义。"因下令军中曰:"猛如虎,很如羊[4],贪如狼,强不可使者[5],皆斩之。"乃遣其子宋襄相齐,身送之至无盐[6],饮酒高会。天寒大雨,士卒冻饥。项羽曰:"将戮力而攻秦[7],久留不行。今岁饥民贫,士卒食芋菽[8],军无见粮[9],乃饮酒高会,不引兵渡河因赵食,与赵并力攻秦,乃曰'承其敝'。夫以秦之强,攻新造之赵,其势必举赵。赵举而秦强,何敝之承!且国兵新破,王坐不安席,埽境内而专属于将军,国家安危,在此一举。今不恤士卒而徇其私,非社稷之臣。"项羽晨朝上将军宋义,即其帐中斩宋义头,出令军中曰:"宋义与齐谋反楚,楚王阴令羽诛之。"当是时,诸将皆慑服,莫敢枝梧[10]。皆曰:"首立楚者,将军家也。今将军诛乱。"乃相与共立羽为假上将军[11]。使人追宋义子,及之齐,杀之。使桓楚报命于怀王。怀王因使项羽为上将军,当阳君、蒲将军皆属项羽。

【注释】

[1]卿子:当时对人的尊称。冠军:《汉书》颜师古注:"言其在诸军之上。"[2]罢:通"疲"。[3]举:攻取,占领。[4]很:同"狠",不听从,执拗。[5]强,通强,倔强。[6]无盐:地名,在今山东东平东。[7]戮力:合力,并力。"戮"通"勠"。[8]芋:芋头,这里指薯类。菽:豆类。[9]见:同"现",现成的,原有的。[10]枝梧:本指架屋的小柱与斜柱,枝梧相抵,引由为抵抗、抗拒之意。[11]假:代理。

项羽已杀卿子冠军,威震楚国,名闻诸侯。乃遣当阳君[1]、蒲将军[2]将卒二万渡河,救钜鹿。战少利,陈余复请兵。项羽乃悉引兵渡河,皆沈船,破釜甑[3],烧庐舍,持三日粮,以示士卒必死,无一还心。于是至则围王离,与秦军遇,九战,绝其甬道,大破之,杀苏角,虏王离。涉间不降楚,自烧杀。当是时,楚兵冠诸侯。诸侯军救钜鹿下者十余壁,莫敢纵兵。及楚击秦,诸将皆从壁上观。楚战士无不一以当十,楚兵呼声动天,诸侯军无不人人惴恐。于是已破秦军,项羽召见诸侯将,入辕门,无不膝行而前,莫敢仰视。项羽由是始为诸侯上将军,诸侯皆属焉。……

【注释】

[1]当阳君:即英布。以罪受黥面之刑,故又称黥布。其初起兵时称当阳君,曾受项羽封为九江王,后投刘邦,因谋反被杀。[2]蒲将军:未详。[3]甑:做饭用的瓦器。

函谷关有兵守关,不得入。又闻沛公已破咸阳,项羽大怒,使当阳君等击关。项羽遂入,至于戏西[1]。沛公军霸上[2],未得与项羽相见。沛公左司马曹无伤使人言于项羽曰:"沛公欲王关中,使子婴为相,珍宝尽有之。"项羽大怒,曰:"旦日飨士卒[3],为击破沛公军!"当是时,项羽兵四十万,在新丰鸿门[4],沛公兵十万,在霸上。范增说项羽曰:"沛公居山东时[5],贪于财货,好美姬。今入关,财物无所取,妇女无所幸,此其志不在小。吾令人望其气,皆为龙虎,成五采,此天子气也。急击勿失。"

【注释】

[1]戏西:戏水西,今陕西临潼东。[2]霸上:地名,因在霸水西高原上得名,在今陕西西安东。[3]旦日:明天。飨:用酒食款待,这里指犒劳。[4]新丰:地名,在今陕西临潼东。[5]山东:战国时

泛称六国之地为山东,以其在崤山之东。

　　楚左尹项伯者,项羽季父也,素善留侯张良。张良是时从沛公,项伯乃夜驰之沛公军,私见张良,具告以事,欲呼张良与俱去。曰:"毋从俱死也。"张良曰:"臣为韩王送沛公,沛公今事有急,亡去不义,不可不语。"良乃入,具告沛公。沛公大惊,曰:"为之奈何?"张良曰:"谁为大王为此计者?"曰:"鲰生说我曰'距关,毋内诸侯,秦地尽可王也'[1]。故听之。"良曰:"料大王士卒足以当项王乎?"沛公默然,曰:"固不如也,且为之奈何?"张良曰:"请往谓项伯,言沛公不敢背项王也。"沛公曰:"君安与项伯有故?"张良曰:"秦时与臣游,项伯杀人,臣活之。今事有急,故幸来告良。"沛公曰:"孰与君少长?"良曰:"长于臣。"沛公曰:"君为我呼入,吾得兄事之。"张良出,要项伯。项伯即入见沛公。沛公奉卮酒为寿[2],约为婚姻,曰:"吾入关,秋豪不敢有所近[3],籍吏民[4],封府库,而待将军。所以遣将守关者,备他盗之出入与非常也。日夜望将军至,岂敢反乎!愿伯具言臣之不敢倍德也[5]。"项伯许诺。谓沛公曰:"旦日不可不蚤自来谢项王[6]。"沛公曰:"诺。"于是项伯复夜去,至军中,具以沛公言报项王。因言曰:"沛公不先破关中,公岂敢入乎?今人有大功而击之,不义也,不如因而善遇之。"项王许诺。

【注释】

　　[1]鲰生:浅薄愚陋之人。[2]卮:酒器。为寿:古时献酒致祝颂词叫为寿。[3]秋豪:即秋毫,秋天动物身上新长出的细毛,比喻极细微的东西。[4]籍:登记。[5]倍:通"背",背叛。[6]蚤:通"早"。

　　沛公旦日从百余骑来见项王,至鸿门,谢曰:"臣与将军戮力而攻秦,将军战河北,臣战河南,然不自意能先入关破秦,得复见将军于此。今者有小人之言,令将军与臣有郤。"项王曰:"此沛公左司马曹无伤言之。不然,籍何以至此。"项王即日因留沛公与饮。项王、项伯东向坐,亚父南向坐。亚父者,范增也。沛公北向坐,张良西向侍。范增数目项王,举所佩玉玦以示之者三[1],项王默然不应。范增起,出召项庄,谓曰:"君王为人不忍[2],若入前为寿,寿毕,请以剑舞,因击沛公于坐,杀之。不者,若属皆且为所虏[3]。"庄则入为寿。寿毕,曰:"君王与沛公饮,军中无以为乐,请以剑舞。"项王曰:"诺。"项庄拔剑起舞,项伯亦拔剑起舞,常以身翼蔽沛公,庄不得击。于是张良至军门,见樊哙。樊哙曰:"今日之事何如?"良曰:"甚急。今者项庄拔剑舞,其意常在沛公也。"哙曰:"此迫矣,臣请入,与之同命。"哙即带剑拥盾入军门。交戟之卫士欲止不内,樊哙侧其盾以撞,卫士仆地,哙遂入,披帷西向立,瞋目视项王[4],头发上指,目眦尽裂[5]。项王按剑而跽曰[6]："客何为者？"张良曰："沛公之参乘樊哙者也[7]。"项王曰："壮士，赐之卮酒。"则与斗卮酒。哙拜谢，起，立而饮之。项王曰："赐之彘肩[8]。"则与一生彘肩。樊哙覆其盾于地，加彘肩上，拔剑切而啖之。项王曰："壮士，能复饮乎？"樊哙曰："臣死且不避，卮酒安足辞！夫秦王有虎狼之心，杀人如不能举，刑人如不恐胜，天下皆叛之。怀王与诸将约，曰：'先破秦入咸阳者王之。'今沛公先破秦，入咸阳，豪毛不敢有所近，封闭宫室，还军霸上，以待大王来。故遣将守关者，备他盗出入与非常也。劳苦功高如此，未有封侯之赏，而听细说，欲诛有功之人。此亡秦之续耳，窃为大王不取也。"项王未有以应，曰："坐。"樊哙从良坐。坐须臾，沛公起如厕，因招樊哙出。

【注释】

[1]玦：环形而有缺口的佩玉。[2]忍：狠心。[3]若属：你们这班人。[4]瞋目：睁大眼睛。[5]眦：眼眶。[6]跽：长跪，挺直上身跪起。按：古人席地而坐，坐时臀部压在小腿上，挺直上身就显得身子长了，叫长跪，就是跽。[7]参乘，即"骖乘"，古代主将战车上居于右侧担任护卫的武士，又叫车右。[8]彘肩：猪腿。

沛公已出，项王使都尉陈平召沛公。沛公曰："今者出，未辞也，为之奈何？"樊哙曰："大行不顾细谨，大礼不辞小让。如今人方为刀俎[1]，我为鱼肉，何辞为！"于是遂去，乃令张良留谢。良问曰："大王来何操[2]？"曰："我持白璧一双，欲献项王，玉斗一双，欲与亚父，会其怒，不敢献。公为我献之。"张良曰："谨诺。"当是时，项王军在鸿门下，沛公军在霸上，相去四十里。沛公则置车骑，脱身独骑，与樊哙、夏侯婴、靳强、纪信等四人持剑盾步走，从郦山下，道芷阳间行。沛公谓张良曰："从此道至吾军，不过二十里耳。度我至军中，公乃入。"沛公已去，间至军中，张良入，谢曰："沛公不胜杯杓，不能辞。谨使臣良奉白璧一双，再拜献大王足下；玉斗一双，再拜奉大将军足下。"项王曰："沛公安在？"良曰："闻大王有意督过之，脱身独去，已至军矣。"项王则受璧，置之坐上。亚父受玉斗，置之地，拔剑撞而破之，曰："唉！竖子不足与谋。夺项王天下者，必沛公也，吾属今为之虏矣。"沛公至军，立诛杀曹无伤。

居数日，项羽引兵西屠咸阳，杀秦降王子婴，烧秦宫室，火三月不灭；收其货宝妇女而东。人或说项王曰："关中阻山河四塞，地肥饶，可都以霸。"项王见秦宫室皆以烧残破，又心怀思欲东归，曰："富贵不归故乡，如衣绣夜行，谁知之者！"说者曰："人言楚人沐猴而冠耳，果然。"项王闻之，烹说者。

【注释】

[1]俎:切肉的砧板。[2]何操:带了什么。

项王使人致命怀王。怀王曰:"如约。"乃尊怀王为义帝。项王欲自王,先王诸将相。谓曰:"天下初发难时,假立诸侯后以伐秦。然身被坚执锐首事,暴露于野三年,灭秦定天下者,皆将相诸君与籍之力也。义帝虽无功,故当分其地而王之。"诸将皆曰:"善。"乃分天下,立诸将为侯王。项王、范增疑沛公之有天下,业已讲解,又恶负约,恐诸侯叛之,乃阴谋曰:"巴蜀道险,秦之迁人皆居蜀。"乃曰:"巴蜀亦关中地也。"故立沛公为汉王,王巴、蜀、汉中,都南郑。而三分关中,王秦降将以距塞汉王。

……

春,汉王部五诸侯兵[1],凡五十六万人,东伐楚。项王闻之,即令诸将击齐,而自以精兵三万人南从鲁出胡陵。四月,汉皆已入彭城,收其货宝美人,日置酒高会。项王乃西,从萧晨击汉军,而东至彭城。日中,大破汉军。汉军皆走,相随入谷、泗水,杀汉卒十余万人。汉卒皆南走山,楚又追击至灵壁东睢水上。汉军却,为楚所挤,多杀,汉卒十余万人皆入睢水,睢水为之不流。围汉王三匝。于是大风从西北而起,折木发屋,扬沙石,窈冥昼晦,逢迎楚军。楚军大乱,坏散,而汉王乃得与数十骑遁去。欲过沛,收家室而西;楚亦使人追之沛,取汉王家;家皆亡,不与汉王相见。汉王道逢得孝惠、鲁元,乃载行。楚骑追汉王,汉王急,推堕孝惠、鲁元车下,滕公常下收载之。如是者三。曰:"虽急,不可以驱,奈何弃之?"于是遂得脱。太公、吕后不相遇。审食其从太公、吕后间行,求汉王,反遇楚军。楚军遂与归,报项王,项王常置军中。

【注释】

[1]部:率领。五诸侯:指常山、河南、韩、魏、殷五国。

楚汉久相持未决,丁壮苦军旅,老弱罢转漕[1]。项王谓汉王曰:"天下匈匈数岁者,徒以吾两人耳,愿与汉王挑战,决雌雄,毋徒苦天下之民父子为也。"汉王笑谢曰:"吾宁斗智,不能斗力。"项王令壮士出挑战。汉有善骑射者楼烦[2],楚挑战三合,楼烦辄射杀之[3]。项王大怒,乃自披甲持戟挑战。楼烦欲射之,项王瞋目叱之,数烦目不敢视,手不敢发,遂走还入壁,不敢复出。汉王使人间问之,乃项王也。汉王大惊。于是项王乃即汉王相与临广武间而语。汉王数之,项王怒,欲一战。汉王不听,项王伏弩射中汉王。汉王伤,走入成皋。

【注释】

[1]罢:疲惫。转:车运。漕:船运。[2]楼烦:北方种族名,其人善骑射,这里指善于骑射的士卒。[3]辄:每每就。

……

是时,汉兵盛食多,项王兵罢食绝。汉遣陆贾说项王,请太公,项王弗听。汉王复使侯公往说项王,项王乃与汉约,中分天下,割鸿沟以西者为汉[1],鸿沟而东者为楚。项王许之,即归汉王父母妻子。军皆呼万岁。汉王乃封侯公为平国君。匿弗肯复见。曰:"此天下辩士,所居倾国,故号为平国君。"项王已约,乃引兵解而东归。

汉欲西归,张良、陈平说曰:"汉有天下太半[2],而诸侯皆附之。楚兵罢食尽,此天亡楚之时也,不如因其机而遂取之。今释弗击,此所谓'养虎自遗患'也。"汉王听之。汉五年,汉王乃追项王,至阳夏南,止军,与淮阴侯韩信、建成侯彭越期会而击楚军。至固陵,而信、越之兵不会。楚击汉军,大破之。汉王复入壁,深堑而自守。谓张子房曰:"诸侯不从约,为之奈何?"对曰:"楚兵且破,信、越未有分地,其不至固宜[3]。君王能与共分天下,今可立致也。即不能,事未可知也。君王能自陈以东傅海,尽与韩信;睢阳以北至谷城,以与彭越:使各自为战,则楚易败也。"汉王曰:"善。"于是乃发使者告韩信、彭越曰:"并力击楚。楚破,自陈以东傅海与齐王,睢阳以北至谷城与彭相国。"使者至,韩信、彭越皆报曰:"请今进兵。"韩信乃从齐往,刘贾军从寿春并行,屠城父,至垓下[4]。大司马周殷叛楚,以舒屠六,举九江兵,随刘贾、彭越皆会垓下,诣项王。

【注释】

[1]鸿沟:古运河名。故道自今荥阳北引黄河水,流经今中牟、开封北,南折后至淮阳东南入颍水。[2]太半:大半。[3]固:本来。宜:应该。[4]垓下:地名,在今安徽灵璧东南。

项王军壁垓下,兵少食尽,汉军及诸侯兵围之数重。夜闻汉军四面皆楚歌,项王乃大惊曰:"汉皆已得楚乎?是何楚人之多也!"项王则夜起,饮帐中。有美人名虞,常幸从;骏马名骓,常骑之。于是项王乃悲歌慷慨,自为诗曰:"力拔山兮气盖世,时不利兮骓不逝。骓不逝兮可奈何,虞兮虞兮奈若何!"歌数阕,美人和之。项王泣数行下,左右皆泣,莫能仰视。

于是项王乃上马骑,麾下壮士骑从者八百余人,直夜溃围南出[1],驰走。平明,汉军乃觉之,令骑将灌婴以五千骑追之。项王渡淮,骑能属者百余人耳[2]。项王至阴陵,迷失道,问一田父[3],田父绐曰"左"[4]。左,乃陷大泽中。以故汉追及之。项王乃复引兵而东,至东城,乃有二十八骑。汉骑追者数千人。项王自度不得脱。谓其骑曰:"吾起兵至今八岁矣,身七十余战,所当者破,所击者服,未尝败北,遂霸有天下。然今卒困于此[5],此天之亡我,非战之罪也。今日固决死,愿为诸君快战,必三胜之,为诸君溃围,斩将,刈旗,令诸君知天亡我,非战之罪也。"乃分其骑以为四队,四向。汉军围之数重。项王谓其骑曰:"吾为公取彼一将。"令四面骑驰下,期山东为三处。于是项王大呼驰下,汉军皆披靡[6],遂斩汉一将。是时,赤泉侯为骑将,追项王,项王瞋目而叱之,赤泉侯人马俱惊,辟易数里[7]。与其骑会为三处。汉军不知项王所在,乃分军为三,复围之。项王乃驰,复斩汉一都尉,杀数十百人,复聚其骑,亡其两骑耳。乃谓其骑曰:"何如?"骑皆伏曰:"如大王言。"

【注释】

[1]直:同"值",当,趁。[2]属:连接,这里指跟上。[3]田父:老农。[4]绐:欺骗。[5]卒:终于。[6]披靡:原指草木随风倒伏,这里比喻军队溃败。[7]辟易:倒退貌。

于是项王乃欲东渡乌江。乌江亭长檥船待,谓项王曰:"江东虽小,地方千里,众数十万人,亦足王也。愿大王急渡。今独臣有船,汉军至,无以渡。"项王笑曰:"天之亡我,我何渡为!且籍与江东子弟八千人渡江而西,今无一人还,纵江东父兄怜而王我,我何面目见之?纵彼不言,籍独不愧于心乎?"乃谓亭长曰:"吾知公长者。吾骑此马五岁,所当无敌,尝一日行千里,不忍杀之,以赐公。"乃令骑皆下马步行,持短兵接战。独籍所杀汉军数百人。项王身亦被十余创。顾见汉骑司马吕马童,曰:"若非吾故人乎?"马童面之,指王翳曰:"此项王也。"项王乃曰:"吾闻汉购我头千金,邑万户,吾为若德。"乃自刎而死。王翳取其头,余骑相蹂践争项王,相杀者数十人。最其后,郎中骑杨喜,骑司马吕马童,郎中吕胜、杨武各得其一体。五人共会其体,皆是。故分其地为五:封吕马童为中水侯,封王翳为杜衍侯,封杨喜为赤泉侯,封杨武为吴防侯,封吕胜为涅阳侯。

项王已死,楚地皆降汉,独鲁不下。汉乃引天下兵欲屠之,为其守礼义,为主死节[1],乃持项王头视鲁[2],鲁父兄乃降。始,楚怀王初封项籍为鲁公,及其死,鲁最后下,故以鲁公礼葬项王谷城。汉王为发哀,泣之而去。

诸项氏枝属[3],汉王皆不诛。乃封项伯为射阳侯。桃侯、平皋侯、玄武侯皆项氏,赐姓刘。

【注释】

[1]死节:为节操而死。[2]视:同"示",给……看。[3]枝属:宗族。

太史公曰：吾闻之周生曰"舜目盖重瞳子"，又闻项羽亦重瞳子。羽岂其苗裔邪？何兴之暴也[1]！夫秦失其政，陈涉首难，豪杰蠭起，相与并争，不可胜数，然羽非有尺寸，乘埶起陇亩之中[2]，三年，遂将五诸侯灭秦，分裂天下，而封王侯，政由羽出，号为"霸王"，位虽不终，近古以来未尝有也。及羽背关怀楚，放逐义帝而自立，怨王侯叛己，难矣。自矜功伐，奋其私智而不师古，谓霸王之业，欲以力征经营天下，五年卒亡其国，身死东城，尚不觉寤而不自责[3]，过矣。乃引"天亡我，非用兵之罪也"，岂不谬哉！

【注释】

[1]何兴之暴：怎么起来得这么突然。[2]埶：同"势"，权势，权柄。[3]寤：同"悟"。

游侠列传[1]

韩子曰："儒以文乱法，而侠以武犯禁。"二者皆讥，而学士多称于世云。至如以术取宰相卿大夫，辅翼其世主，功名俱著于春秋，固无可言者。及若季次、原宪[2]，闾巷人也，读书怀独行君子之德，义不苟合当世，当世亦笑之。故季次、原宪终身空室蓬户，褐衣疏食不厌。死而已四百余年，而弟子志之不倦。今游侠，其行虽不轨于正义，然其言必信，其行必果，已诺必诚，不爱其躯，赴士之阨困[3]，既已存亡死生矣，而不矜其能，羞伐其德，盖亦有足多者焉。

【注释】

[1]《史记·太史公自序》："救人于戹，振人不赡，仁者有乎；不既信，不倍言，义者有取焉。作游侠列传第六十四。"曾国藩《求阙斋读书录》卷三："《游侠列传·序》分三等人，术取卿相，功名俱著，一也；季次、原宪，独行君子，二也；游侠，三也。于游侠中又分三等人：布衣闾巷之侠，一也；有土卿相之富，二也；暴豪恣欲之徒，三也。反侧错综，语南意北，骤难觅其针线之迹。"韩子：即韩非，战国时著名哲学家。[2]季次：孔子弟子公晳哀，齐人，季次为其字，终身不仕。原宪：孔子弟子，鲁人，字子思，终身不仕。[3]阨：同"厄"，困苦。

且缓急，人之所时有也。太史公曰：昔者虞舜窘于井廪[1]，伊尹负于鼎俎[2]，傅说匿于傅险[3]，吕尚困于棘津[4]，夷吾桎梏[5]，百里饭牛[6]，仲尼畏匡，菜色陈、蔡[7]。此皆学士所谓有道仁人也，犹然遭此菑，况以中材而涉乱世之末流乎？其遇害何可胜道哉！

【注释】

[1]传说舜父瞽叟因宠爱后妻子象，欲害舜，舜修廪打井时，曾放火烧廪填井，但舜都设法得脱。

事见《孟子·万章上》[2]伊尹:名挚,商汤之相。微贱时曾经做过厨师。事见《墨子·上贤中》。鼎:古代烹饪器,俎:割牲肉用之砧板,"鼎俎"泛指烹调器具。[3]傅说:殷高宗武丁之相,任相之前曾于傅险这个地方为奴。[4]吕尚:即姜尚,又称太公望,七十岁时曾在棘津卖过饮食。[5]管仲:字夷吾,曾辅佐齐公子纠与小白争夺政权,小白获胜,即位为齐桓公,管仲因此获罪,后齐桓公启用管仲,齐国因以富强。"桎梏",脚镣手铐。事见《左传·庄公九年》及《国语·齐语》。[6]百里:百里奚,春秋时虞国人,晋灭虞后,逃至宛,听说秦缪公贤明,就自己卖到秦国当奴隶,给人喂牛,后来秦缪公发现了他,委以重任,使秦国得以称霸。事见《史记·秦本纪》。[7]孔子去陈国,行经匡地,鲁国的阳虎过去曾经残害过匡地,孔子的相貌和阳虎相似,匡地人就把孔子拘禁起来,孔子因而蒙难。前四八九年,吴国攻打陈国,楚国发兵助陈,驻军城父。当时孔子正住在蔡国,楚人想把他聘往楚国,陈、蔡两国怕孔子在楚任职对他们不利,就把孔子围困在陈、蔡两国之间的旷野中,孔子因而断粮。事见《史记·孔子世家》。

  鄙人有言曰:"何知仁义,已飨其利者为有德[1]。"故伯夷丑周,饿死首阳山,而文、武不以其故贬王;跖、蹻暴戾[2],其徒诵义无穷。由此观之,"窃钩者诛,窃国者侯,侯之门仁义存"[3],非虚言也。

【注释】

  [1]飨:同"享"。已:当为"己"。[2]跖:春秋时人,曾聚众起义。蹻:即庄蹻,楚国大盗。[3]"窃钩者诛"三句:见《庄子·胠箧》。

  今拘学或抱咫尺之义,久孤于世,岂若卑论侪俗,与世沉浮而取荣名哉!而布衣之徒,设取予然诺,千里诵义,为死不顾世,此亦有所长,非苟而已也。故士穷窘而得委命,此岂非人之所谓贤豪间者邪[1]?诚使乡曲之侠,予季次、原宪比权量力,效功于当世,不同日而论矣。要以功见言信,侠客之义又曷可少哉!

  古布衣之侠,靡得而闻已。近世延陵[2]、孟尝、春申、平原、信陵[3]之徒,皆因王者亲属,藉于有土、卿相之富厚,招天下贤者,显名诸侯,不可谓不贤者矣。比如顺风而呼,声非加疾,其势激也[4]。至如闾巷之侠,修行砥名,声施于天下,莫不称贤,是为难耳。然儒、墨皆排摈不载。自秦以前,匹夫之侠,湮灭不见,余甚恨之。以余所闻,汉兴有朱家、田仲、王公、剧孟、郭解之徒,虽时扞当世之文罔[5],然其私义廉絜退让,有足称者。名不虚立,士不虚附。至如朋党宗强,比周设财役贫,豪暴侵凌孤弱,恣欲自快,游侠亦丑之。余悲世俗不察其意,而猥以朱家[6]、郭解等令与暴豪之徒同类而共笑之也。

【注释】

[1]间者:杰出人物。[2]延陵:春秋时吴公子季札,封于延陵,号延陵季子。见《史记·吴太伯世家》。[3]孟尝:孟尝君,战国时齐国贵族田文,好养士。春申:春申君,战国时楚相黄歇,好养士。平原:平原君,战国时赵惠王弟赵胜,好养士。信陵:信陵君,战国时魏国公子。[4]埶:古同势。[5]扞:触犯。文罔:法律禁令,罔通"网"。[6]猥:随便地。

鲁朱家者,与高祖同时。鲁人皆以儒教,而朱家用侠闻。所藏活豪士以百数,其余庸人不可胜言。然终不伐其能,歆其德[1],诸所尝施,唯恐见之。振人不赡[2],先从贫贱始。家无余财,衣不完采,食不重味,乘不过軥牛[3]。专趋人之急,甚己之私。既阴脱季布将军之阸[4],及布尊贵,终身不见也。自关以东[5],莫不延颈愿交焉。

【注释】

[1]歆:欣喜。[2]振:通"赈",救济。[3]軥牛:驾牛车。[4]季布:原项羽部将,曾多次困窘刘邦,刘邦统一天下后,悬赏捉拿。朱家通过汝阴侯夏侯婴为之疏通,刘邦免其罪,任为郎中。[5]关:函谷关,在今河南灵宝西南。

楚田仲以侠闻,喜剑,父事朱家,自以为行弗及。田仲已死,而雒阳有剧孟[1]。周人以商贾为资,而剧孟以任侠显诸侯。吴楚反时,条侯为太尉[2],乘传车将至河南[3],得剧孟,喜曰:"吴楚举大事而不求孟,吾知其无能为已矣。"天下骚动,宰相得之若得一敌国云。剧孟行大类朱家,而好博,多少年之戏。然剧孟母死,自远方送丧盖千乘。及剧孟死,家无余十金之财。而符离人王孟亦以侠称江淮之间[4]。

是时济南瞷氏、陈周庸亦以豪闻,景帝闻之,使使尽诛此属。其后代诸白[5]、梁韩无辟、阳翟薛兄、陕韩孺纷纷复出焉。

【注释】

[1]雒阳:即洛阳。[2]条侯:周亚夫,绛侯周勃之子,文帝时改封条,故称条侯。[3]传车:驿站之车。河南:汉初郡名,治雒阳。[4]符离:县名,今安徽宿县。[5]代:汉郡名。诸白:非只一人,故曰诸白。

郭解,轵人也[1],字翁伯,善相人者许负外孙也。解父以任侠,孝文时诛死。解为人短小精悍,不饮酒。少时阴贼,慨不快意[2],身所杀甚众。以躯借交报仇[3],藏命作奸剽攻[4],休乃铸钱掘冢,固不可胜数。适有天幸,窘急常得脱,若遇赦。及解年长,更折节为俭,以德报怨,厚施而薄望。然其自喜为侠益甚。既已振人之命,不矜其功。

其阴贼著于心,卒发于睚眦如故云[5]。而少年慕其行,亦辄为报仇,不使知也。解姊子负解之势,与人饮,使之嚼[6]。非其任,强必灌之。人怒,拔刀刺杀解姊子,亡去。解姊怒曰:"以翁伯之义,人杀吾子,贼不得。"弃其尸于道,弗葬,欲以辱解。解使人微知贼处。贼窘自归,具以实告解。解曰:"公杀之固当,吾儿不直。"遂去其贼,罪其姊子,乃收而葬之。诸公闻之,皆多解之义,益附焉。

解出入,人皆避之。有一人独箕倨视之[7],解遣人问其名姓。客欲杀之。解曰:"居邑屋至不见敬,是吾德不修也,彼何罪!"乃阴属尉史曰:"是人,吾所急也,至践更时脱之。"每至践更[8],数过,吏弗求。怪之,问其故,乃解使脱之。箕踞者乃肉袒谢罪。少年闻之,愈益慕解之行。雒阳人有相仇者,邑中贤豪居间者以十数,终不听。客乃见郭解。解夜见仇家,仇家曲听解。解乃谓仇家曰:"吾闻雒阳诸公在此间,多不听者。今子幸而听解,解奈何乃从他县夺人邑中贤大夫权乎!"乃夜去,不使人知,曰:"且无用,待我去,令雒阳豪居其间,乃听之。"

【注释】

[1]轵:汉县名,在今河南济源县东南。[2]慨:感到。[3]借:通"籍",助也。[4]藏命:藏匿亡命之徒。剽攻:抢掠。[5]卒:同猝,突然。睚眦:怒目而视,引申为细小的仇恨。[6]嚼:通"釂",干杯。[7]箕倨:两腿向前,左右分开,同时两手据膝,就认为是对别人的不尊重。因为这种姿势像簸箕,所以叫"箕倨",倨:通"踞"。[8]践更:受雇代人服役。

解执恭敬[1],不敢乘车入其县廷。之旁郡国,为人请求事,事可出,出之;不可者,各厌其意,然后乃敢尝酒食。诸公以故严重之[2],争为用。邑中少年及旁近县贤豪,夜半过门常十余车,请得解客舍养之。

及徙豪富茂陵也[3],解家贫,不中訾[4],吏恐,不敢不徙。卫将军为言:"郭解家贫不中徙。"上曰:"布衣权至使将军为言,此其家不贫。"解家遂徙。诸公送者出千余万。轵人杨季主子为县掾,举徙解[5]。解兄子断杨掾头。由此杨氏与郭氏为仇。

【注释】

[1]执:谨守。[2]严重:敬重。[3]徙豪富茂陵:元朔二年(前127),汉武帝接受主父偃的建议,把各地有势力的人物及家产在三百万钱以上的富民强行迁往茂陵附近居住,以打击地方上的豪强势力。[4]不中訾:财产不满三百万,不合迁徙条件。訾:通"赀"。[5]举:提名。

解入关,关中贤豪知与不知,闻其声,争交驩解。解为人短小,不饮酒,出未尝有骑。已又杀杨季主。杨季主家上书,人又杀之阙下。上闻,乃下吏捕解。解亡,置其母家室夏阳，身至临晋。临晋籍少公素不知解，解冒，因求出关。籍少公已出解，解转入太原。所过辄告主人家[1]。吏逐之，迹至籍少公。少公自杀，口绝。久之，乃得解。穷治所犯，为解所杀，皆在赦前。轵有儒生侍使者坐，客誉郭解，生曰："郭解专以奸犯公法，何谓贤！"解客闻，杀此生，断其舌。吏以此责解，解实不知杀者。杀者亦竟绝[2]，莫知为谁。吏奏解无罪。御史大夫公孙弘议曰："解布衣为任侠行权[3]，以睚眦杀人，解虽弗知此，此罪甚于解杀之。当大逆无道。"遂族郭解翁伯。

【注释】

[1]所过辄告主人家：常常将要去的地方告诉自己住宿的人家，以便官吏追查时可以脱罪。[2]竟绝：始终追查不出来。[3]行权：触犯常规。

自是之后，为侠者极众，敖而无足数者[1]。然关中长安樊仲子，槐里赵王孙，长陵高公子，西河郭公仲，太原卤公孺，临淮儿长卿，东阳田君孺，虽为侠而逡逡有退让君子之风[2]。至若北道姚氏，西道诸杜，南道仇景，东道赵他羽公子[3]，南阳赵调之徒，此盗跖居民间者耳，曷足道哉！此乃乡者朱家之羞也[4]。

太史公曰：吾视郭解，状貌不及中人，言语不足采者。然天下无贤与不肖，知与不知，皆慕其声，言侠者皆引以为名。谚曰："人貌荣名，岂有既乎！"于戏，惜哉！

【注释】

[1]敖：通"傲"，倨傲无礼。[2]逡逡：谨慎诚实貌。[3]赵他羽公子：《史记索隐》："此姓赵，名他羽，字公子。"或以为是两人。[4]乡者：从前。乡：通"向"。

第二节 《汉书》

班　固（传略见前秦汉诗部分）

朱买臣传[1]

朱买臣字翁子，吴人也。家贫，好读书，不治产业，常艾薪樵，卖以给食，担束薪[2]，行且诵书。其妻亦负戴相随，数止买臣毋歌讴道中。买臣愈益疾歌，妻羞之，求去。买臣笑曰："我年五十当富贵，今已四十余矣。女苦日久，待我富贵报女功。"妻恚怒曰[3]："如公等，终饿死沟中耳，何能富贵？"买臣不能留，即听去。其后，买臣独行歌道中,负薪墓间。故妻与夫家俱上冢,见买臣饥寒,呼饭饮之。

【注释】

[1]《朱买臣传》为合传,传主计有严朱、朱买臣、吾丘寿王、主父偃、徐乐、严安、终军、王褒、贾捐之等,传主主要以文学显,他们的机遇沉浮颇能反映汉代文学家们的境遇和实际状况,由之也可以较好地观察汉代文人们的情况。本篇描写风趣有致,为《汉书》中的名篇。[2]束薪:一捆捆柴草。[3]恚:愤恨。

后数岁,买臣随上计吏为卒[1],将重车至长安[2],诣阙上书,书久不报。待诏公车[3],粮用乏,上计吏卒更乞丐之。会邑子严助贵幸[4],荐买臣。召见,说春秋,言楚辞,帝甚说之,拜买臣为中大夫,与严助俱侍中。是时方筑朔方[5],公孙弘谏,以为罢敝中国。上使买臣难诎弘,语在弘传。后买臣坐事免,久之,召待诏。

【注释】

[1]上计:古代社会的一种考覆制度,盛行于战国。具体做法是:中央的官员与地方官每年都必须把赋税收入预算写在木卷上,交送君王。君王再将"券"破分为二,由君王执右券,臣下执左券。时至年终,臣下须执左券向君王汇报执行情况,君王则执右券对其进行考覆,并根据情况决定升免。[2]将:推扶。[3]公车:汉代征士所用之官车。[4]严助:西汉辞赋家。[5]朔方:地名,在今内蒙古西部黄河以南地区。

是时,东越数反覆[1],买臣因言:"故东越王居保泉山,一人守险,千人不得上。今闻东越王更徙处南行,去泉山五百里,居大泽中。今发兵浮海,直指泉山,陈舟列兵,席卷南行,可破灭也。"上拜买臣会稽太守。上谓买臣曰:"富贵不归故乡,如衣绣夜行,今子何如?"买臣顿首辞谢。诏买臣到郡,治楼船,备粮食、水战具,须诏书到,军与俱进。

【注释】

[1]东越:百越的一支。

初,买臣免,待诏,常从会稽守邸者寄居饭食[1]。拜为太守,买臣衣故衣,怀其印绶,步归郡邸。直上计时,会稽吏方相与饮,不视买臣。买臣入室中,守邸与共食,食且饱,少见其绶。守邸怪之,前引其绶,视其印,会稽太守章也。守邸惊,出语上计掾吏。皆醉,大呼曰:"妄诞耳!"守邸曰:"试来视之。"其故人素轻买臣者入内视之,还走,疾呼曰："实然！"坐中惊骇，白守丞，相推排陈列中庭拜谒。买臣徐出户。有顷，长安厩吏乘驷马车来迎，买臣遂乘传去[2]。会稽闻太守且至，发民除道，县吏并送迎，车百余乘。入吴界，见其故妻、妻夫治道。买臣驻车，呼令后车载其夫妻，到太守舍，置园中，给食之。居一月，妻自经死[3]，买臣乞其夫钱，令葬。悉召见故人与饮食诸尝有恩者，皆报复焉[4]。

【注释】

[1]会稽守邸者：会稽郡在京城所设官邸的看守人员。[2]传：驿车。[3]自经：自杀。[4]报复：酬谢。

居岁余，买臣受诏将兵，与横海将军韩说等俱击破东越，有功。征入为主爵都尉，列于九卿。

数年，坐法免官，复为丞相长史。张汤为御史大夫。始买臣与严助俱侍中，贵用事，汤尚为小吏，趋走买臣等前。后汤以廷尉治淮南狱，排陷严助，买臣怨汤。及买臣为长史，汤数行丞相事，知买臣素贵，故陵折之。买臣见汤，坐床上弗为礼。买臣深怨，常欲死之。后遂告汤阴事，汤自杀，上亦诛买臣。

李夫人传[1]

孝武李夫人，本以倡进。初，夫人兄延年性知音，善歌舞，武帝爱之。每为新声变曲，闻者莫不感动。延年侍上起舞，歌曰："北方有佳人，绝世而独立，一顾倾人城，再顾倾人国。宁不知倾城与倾国，佳人难再得！"上叹息曰："善！世岂有此人乎？"平阳主因言延年有女弟[2]，上乃召见之，实妙丽善舞。由是得幸，生一男，是为昌邑哀王。李夫人少而蚤卒，上怜闵焉，图画其形于甘泉宫。及卫思后废后四年，武帝崩，大将军霍光缘上雅意[3]，以李夫人配食[4]，追上尊号曰孝武皇后。

【注释】

[1]本文选自《汉书》卷九七上《外戚传》，《外戚传》实则为后妃传，外戚事则多为附见。本传描写李夫人拒见武帝一节，尤见生色。[2]平阳主：平阳公主，汉武帝姊。[3]雅意：素旧之意。[4]配食：配享。

初，李夫人病笃，上自临候之，夫人蒙被谢曰："妾久寝病，形貌毁坏，不可以见帝。愿以王及兄弟为托。"上曰："夫人病甚，殆将不起，一见我属托王及兄弟，岂不快哉？"夫人曰："妇人貌不修饰，不见君父。妾不敢以燕媠见帝[1]。"上曰："夫人弟一见我[2]，将加赐千金,而予兄弟尊官。"夫人曰:"尊官在帝,不在一见。"上复言欲必见之,夫人遂转乡歔欷而不复言。于是上不说而起。夫人姊妹让之曰:"贵人独不可一见上属托兄弟邪?何为恨上如此?"夫人曰:"所以不欲见帝者,乃欲以深托兄弟也。我以容貌之好,得从微贱爱幸于上。夫以色事人者,色衰而爱弛,爱弛则恩绝。上所以挛挛顾念我者[3],乃以平生容貌也。今见我毁坏,颜色非故,必畏恶,有吐弃我意,尚肯复追思闵录其兄弟哉!"及夫人卒,上以后礼葬焉。其后,上以夫人兄李广利为贰师将军,封海西侯,延年为协律都尉。

【注释】

[1]歜:与惨同。谓不严饰。[2]弟:但也。[3]挛挛:爱恋不忘。

上思念李夫人不已,方士齐人少翁言能致其神。乃夜张灯烛,设帷帐,陈酒肉,而令上居他帐,遥望好女如李夫人之貌,还幄坐而步。又不得就视,上愈益相思悲感,为作诗曰:"是邪,非邪?立而望之,偏何姗姗其来迟!"令乐府诸音家弦歌之。上又自为作赋,以伤悼夫人,其辞曰:

美连娟以修嫭兮[1],命樔绝而不长[2],饰新宫以延贮兮[3],泯不归乎故乡。惨郁郁其芜秽兮,隐处幽而怀伤,释舆马于山椒兮[4],奄修夜之不阳。秋气憯以凄泪兮[5],桂枝落而销亡,神茕茕以遥思兮,精浮游而出畺[6]。托沈阴以圹久兮[7],惜蕃华之未央[8],念穷极之不还兮,惟幼眇之相羊。函荾荴以俟风兮[9],芳杂袭以弥章,的容与以猗靡兮[10],缥飘姚虖愈庄[11]。燕淫衍而抚楹兮,连流视而娥扬[12],既激感而心逐兮[13],包红颜而弗明[14]。驩接狎以离别兮,宵寤梦之芒芒[15],忽迁化而不反兮,魄放逸以飞扬。何灵魂之纷纷兮,哀裴回以踌躇[16],势路日以远兮,遂荒忽而辞去[17]。超兮西征,屑兮不见[18]。寝淫敝怳[19],寂兮无音,思若流波[20],怛兮在心。

【注释】

[1]连娟:纤弱也。嫭,美也。[2]樔:截也。[3]新宫:待神之处。贮与伫同,伫,待也。[4]山椒:山陵。[5]凄泪:寒凉之意。[6]畺:古疆字。[7]沈阴:言在地下也。圹与旷同。[8]惟:思也。幼眇:犹窈窕也。相羊:徜徉。[9]荾:一种香菜。荴:敷布,散开。[10]的:确实。容与:安逸自得貌。猗靡:婉顺貌。[11]飘姚:即飘摇。[12]燕淫衍而抚楹兮,连流视而娥扬:追述平生欢宴之时也。娥扬:扬其娥眉。[13]心逐:追思。[14]包红颜而弗明:言在坟墓之中不可见。[15]芒芒:渺茫。[16]裴回:通"徘徊"。踌躇:住足也。[17]荒忽:恍惚。[18]屑:疾意也。[19]敝怳:通"惝怳"。[20]思:或以为"恩"之误。流波:言恩宠不绝。怛:悼也。

乱曰[1]:佳侠函光[2],陨朱荣兮,嫉妒闒茸[3],将安程兮[4]!方时隆盛,年夭伤兮,弟子增欷[5],洿沫怅兮[6]。悲愁于邑,喧不可止兮[7]。向不虚应[8],亦云已兮。嫶妍太息[9],叹稚子兮,懰栗不言,倚所恃兮。仁者不誓[10],岂约亲兮?既往不来,申以信兮[11]。去彼昭昭,就冥冥兮,既下新宫,不复故庭兮。呜呼哀哉,想魂灵兮!

【注释】

[1]乱:理也,总理赋中之意。[2]佳侠:犹佳丽。[3]闒茸:众贱之称也。[4]程:品级,等次。[5]弟:夫人弟兄。子:昌邑王。[6]洿沫:涕泪覆面。[7]喧:哭泣不止。[8]向不虚应:向读曰响。响之随声,必当有应,而今涕泣徒自己耳,夫人不知之,是虚其应。[9]嫶妍:忧伤愁损。[10]仁者不誓,岂约亲兮:仁者不为盟誓,难道与亲人有约言吗?[11]既往不来,申以信:死者一往不返,情念酷痛,重以此心为信,不有忽忘也。

魏晋南北朝文学

总　论

　　魏晋南北朝是中国文学史上继汉开唐的重要时代,也是通常所谓"文学自觉的时代"。在这个时代,文学的观念更加明晰,文学创作日益成为一种自觉的艺术活动,文学作品的审美功能日益强化。建安时代,曹丕就已提出"诗赋欲丽"的主张,把文学的功用提升到"经国之大业,不朽之盛事"的高度。西晋陆机更进一步提出"诗缘情而绮靡"的观点。不过,文学自觉,或者说文学从广义的学术中分化出来,成为一个独立的门类,到南北朝时期才真正完成。南朝时期,宋文帝立文、史、儒、玄四学,范晔作《后汉书》单列《文苑列传》等文化事项的出现,标志着文学脱离学术获得独立地位。此外,代表着文学独立意识觉醒的文体辨析在这个时期也得到长足发展。曹丕的《典论·论文》、陆机的《文赋》、挚虞的《文章流别论》、李充的《翰林论》都在辨析文体方面取得了较大成就。刘勰的《文心雕龙》和萧统编纂的《文选》,则把文体辨析推向了新的高度。

　　门阀制度是魏晋南北朝政治生活中最重要的现象。东汉后期,士大夫中出现了一些世家大族,形成了一个在政治、经济和文化上占据特殊地位的阶层。士族势力在曹操掌权时一度受到抑制,魏晋时期重新兴起,出现了"上品无寒门,下品无势族"的局面。在这种状况下,当时的文学话语权主要掌握在门阀世族手中。南北朝时期,这一状况虽然没有根本改变,但是随着门阀制度趋于衰落,文学发展也出现了新的变化。晋宋之际是门阀政治向皇权政治过渡的重要时期。在门阀制度之下,由于士族占据优势地位,因而在世家大族中出现了大量引领风骚的文学家族。刘宋政权建立后,门阀政治开始向皇权政治回归。豪门大族的优势渐衰,以皇权为中心的新贵逐渐形成。因此,以世家大族为中心的文学集团也逐步向以宫廷和诸王势力为中心的文学集团转变,从而改变了文坛格局。

魏晋南北朝时期,来自域外的佛教开始对中国文化产生强烈冲击,本土道教的影响也日益增强。东汉初年,佛教传入中土。在佛教传入初期,佛教与中土固有的黄老方术杂糅难分,对中国文化的影响不甚显著。经过二百余年的发展,佛教逐渐与中土思想交融涵化。魏晋南北朝时期,其影响开始广泛波及中国文化的各个领域以及社会生活的各个层面。在这个时期,文人和佛教的关系密切,佛教因而对文学创作产生了深远影响。在佛教影响日益深化的同时,中国本土的道教也得到蓬勃发展。一般认为道教产生于东汉后期。南北朝时期,道教逐渐摆脱了早期道教的民间化色彩,开始向贵族化方向发展。在这个时期,许多衣冠世族都成为虔诚的天师道信徒。士族人士加入道教,一方面提升了道教的层次;另一方面,道教思想也借助文人创作对文学产生了深远影响。

魏晋南北朝文学中出现的最显著的现象,是五言诗正式确立了在诗坛中的主导地位,文学作品的形式美和文学创作的修辞技巧得到高度强化。建安时代就已出现的追求辞采绮靡,篇章华丽的倾向,在后世逐渐成为一种主流创作风潮。随着"四声"的发现,声律学与骈偶学的兴起,诗歌创作日益远离汉诗的浑厚朴拙,趋于精妍新巧。这一趋势影响及赋与文的创作,从而促成了俳赋与骈文的成立。自此,文学家不仅藉诗文言志抒情,而且开始自觉地按照美的规律进行创作。

从宏观的视角来看,魏晋南北朝文学可以分为魏晋型和南北朝型两个发展阶段。魏晋文学上承汉代古朴之风,文学创作有一个从慷慨悲凉转向繁缛绮靡的发展过程。但总体来说,对个体精神的彰显,对历史、现实和人生的思考,仍然是这个时期文学的精神特质。建安文人把他们的创作指向艰难时世,形成了慷慨雄峻,以风骨著称的时代风格。正始年间,天下多故,政治迫害滋多,文人受到压制,文学创作风云之气不再,诗风为之一变,或清峻脱俗,或意在言表,旨趣遥深。西晋时期,天下安定,文人多依附于权贵之门。此时的文学创作,片面追求形式之美,辞采渐趋繁缛,内容上却乏于新意。唯左思一人,因出身寒素,困于门阀制度,有感于身世,发不平之鸣,一定程度上能遥接建安风力。永嘉东渡以后,玄风日炽,玄言诗大行于世,然而诗风枯淡寡味,几乎成为玄学脚注。其间有大诗人陶渊明横空出世,以清新自然之风格,扫尽繁华,归于真淳,为诗坛别开生面。晋宋鼎革之后,文坛"声色大开",新变之风日益盛行,文学发展遂转入南北朝型时期。

清人沈德潜《说诗晬语》卷上说:"诗至于宋,性情渐隐,声色大开,诗运一转关也。"其实,南北朝文学家崇尚声色、追求艺术形式之美的风尚不仅表现在诗歌创作方面,在散文、骈文、辞赋等文体的创作之中也无所不尽其极。因此,"声色大开"不仅是"诗运之转关",也是整个文学发展之"转关"。过度重视"声色之美"的创作风尚固然在一定程度上有掩盖真实性情之弊,但是,对艺术表现的不懈探索也有其积极的意义。

南北朝虽然没有结束汉末以来的政治乱象,但是在相对稳定的南北对峙政治格局之下,文学发展出现了重要转折。永嘉之乱后,汉人政权被迫南迁江左,中原地区的精英知识分子也大量南迁。至南北朝时,中国的文化中心逐渐南移。在中国文学的版图上,南方第一次取代北方,占据了绝对的领导地位。在这个时期,五言诗一如魏晋时期一样,仍然在诗坛中占据主导地位。七言诗在以鲍照为代表的一批作家的推动之下,也开始异军突起。齐梁以降,四声的发现及其在诗歌声律中的运用,促成了中国诗体的重大变革。沈约等人创立的"永明体"在诗歌声韵、格律、词藻、用事、对偶等方面的探索,为唐代近体诗的形成做了必要的准备,是古体诗向近体诗过渡的重要阶段。

南北对峙和文化发展的不平衡,导致南北文风的不同。在文人诗歌创作方面,由于北朝文人崇尚南朝诗风,多有模仿南朝的习气,南北差异还不甚明显。庾信、王褒等南朝文人北上,则促进了南北文风的交流。但是,在最能代表南北地域风尚的乐府民歌中,南方清绮、北方质朴的特点表现得非常明显。南方民歌以情歌为主,艺术技巧娴熟精致,声情摇曳;北方民歌口头创作居多,气象开阔,艺术表现质朴粗犷、刚健雄壮。

南北朝文较之汉魏也有较大发展,主要表现为学术色彩有所弱化,普遍注重辞采,追求形式之美。产生于北方的《水经注》和《洛阳伽蓝记》,是这个时期著名的散文佳作。史书的写作在这个时期也非常兴盛,《后汉书》是这个时期最具代表性的史传作品。南北朝辞赋接续后汉魏晋以来抒情赋的传统,注重对个人情感的抒发,产生了江淹的《恨赋》、《别赋》,鲍照的《芜城赋》,谢庄的《月赋》,庾信的《哀江南赋》等一大批佳篇杰作。南北朝文学还出现了骈俪化的发展趋势,讲求藻饰、声律、骈偶、用典的骈文在这个时期盛极一时,成为最具时代特征的文学体裁,甚至连《文心雕龙》之类文学理论著作都是用骈文写就。

魏晋南北朝是中国古代文言短篇小说的第一个发展高峰期。这个时期的小说通常被分成志怪小说和志人小说两类。志怪小说专记神异鬼怪故事,它的兴起与佛教、道教以及各种民间鬼神信仰有关,代表作是干宝的《搜神记》。志人小说多记社会名流的言行,代表作是刘义庆的《世说新语》。魏晋南北朝小说大多篇幅短小,只是粗陈故事梗概,还不能算成熟的小说作品。但是,它为唐传奇的兴起做好了铺垫,是中国小说发展史上一个不可或缺的重要环节。

参考书目：

刘师培.中古文学史讲义[M].北京:人民文学出版社,1982.

刘永济.十四朝文学要略[M].哈尔滨:黑龙江人民出版社,1984.

王瑶.中古文学史论[M].北京:北京大学出版社,1986.

罗宗强.魏晋南北朝文学思想史[M].北京:中华书局,2002.

第一章　魏晋南北朝诗

　　魏晋诗风上承古诗十九首时代的传统,但在诗歌的表现领域、精神风貌、艺术风格等方面都发生了较大变化。早在"三曹"时代,既已出现"汉音魏响"之异趋。曹魏时代,统治阶级内部矛盾尖锐,文人受到压制,慷慨悲歌、梗概多气的建安诗风转向猖急幽邃、隐晦曲折的正始诗风。然而,正始诗歌师心使气的个性特征则与建安一脉相承。魏晋易代之后,曹魏时期出现的追求篇章华丽的创作倾向进一步发展,汉魏古朴之风式微,新变之风日趋流行。降及南北朝,新变之风遂大行于世。在不算很长的时间内,新的题材、新的形式和新的风格不断出现,诗歌创作面貌发生了许多变化。在这个时期,虽然篡乱相寻,但是文人地位相对稳定。富庶的江南经济为他们提供了丰富的物质与文化享受,贵族文人普遍满足现状,在政治上缺乏雄心与自信,内心也缺乏激情和强烈的冲动,他们的文学创作自然难以形成雄健有力的美学风格。由于南朝文学在当时占据主导地位,北朝文人的诗歌创作多因袭南朝,因而南朝诗风也波及北朝,汉魏"风骨"至此消亡殆尽。南朝帝王大多喜好文学。在王室的倡导下,宫廷文学逐渐成为主流,诗歌创作愈来愈远离现实,艺术精美、思想贫乏的流弊日益显著。

　　汉末建安时代,中国陷入极度动荡混乱状态,社会政治、经济、思想、文学等各个方面都发生了急剧变化。这个时期,诗歌创作中心在北方。以"三曹"父子为核心,形成了邺下文人集团。除"三曹"父子之外,其中最著名的有"建安七子"和"蔡琰"等人。建安诗人大都受到汉乐府影响,其中尤以曹操为甚。曹操喜爱音乐,善于用乐府旧题抒写政治怀抱,作品悲凉古直,雄浑沉郁,气魄很大。曹植是这个时代最负盛名的诗人,也是最早大力写作五言诗的诗人之一。他的诗词采华茂,韵律和谐,甚有新鲜绮丽之感。曹丕的诗以文辞清绮见长,与其父古朴之风已有不同。"七子"诗歌的风格大多与丕、植兄弟同调,其中以王粲的成就为最高。蔡琰的诗记述自己被掳入胡直到被赎回国的经历,写出了时代的动荡,民众的悲惨遭遇和个人的不幸命运,令人读之不能不为之动容。

　　正始时期，司马氏专权，政治形势极其残酷。面对恐怖和虚伪的现实，知识阶层陷入极端的精神痛苦之中。这个时期，佛、老思想开始在士大夫中流行，汉末人物品藻之风演为清谈，随之玄学大兴。在这种背景之下，文学发生了重大变化。建安文学的昂扬基调逐渐改变，积极入世、慷慨刚健的建安诗风逐渐代之以隐晦曲折、师心使气的正始诗风，出现了以"竹林七贤"为代表的文人集团，其中以阮籍、嵇康的文名最胜。生于乱世，阮籍一生明哲自保，口不臧否人物，其诗作以八十二首《咏怀诗》成就最高。这些诗用笔曲折，含蓄隐约，用隐讳象征的语言表达了自己的政治思想、生活态度和对人生问题的思考，集中表现了诗人内心的苦闷。嵇康为人高傲刚直，不拘礼法。其诗歌成就略逊于散文，但四言诗创作冠绝当世。

　　魏晋易代以后，随着政治秩序重新稳定，士大夫内心的痛苦和压抑逐渐消弭。到太康时期，诗坛呈现出空前繁荣。其时诗歌创作倾向是模拟古人，追求词藻华丽和对仗工整，代表作家有陆机、张华、潘岳、左思、刘琨等人。陆机的诗最能代表西晋一代之文学风气。陆机出自东吴名门世家，其作品多、影响大，在当时享有盛名，被钟嵘誉为"太康之英"。他的诗作内容多模拟，文辞繁缛，语言华美典雅，好用排偶，有雕琢过重、繁冗乏力之弊。张华的学问广博，好为奇谈怪说，有志怪小说集《博物志》传世。他的诗多写男女之情，语言华丽，格调柔弱，钟嵘《诗品》谓之"儿女情多，风云气少"。潘岳与陆机齐名，他的诗在追求绮丽、喜欢铺写方面与陆机较为一致。

　　追求词采富丽是太康诗歌的重要特征，然而过分注重修辞之美往往会削弱诗歌的"风骨"。这个时期，惟左思和刘琨的作品能力矫时弊，颇具风力，直攀建安。左思出身寒素，虽有仕进之志，却为门阀制度所遏，一生郁郁不得志，遂将满腔不平之气发为歌咏。他的代表作《咏史》八首，藉古讽今，以古人之酒浇自家之块垒，语言简劲，不重词采，表现出一种强烈的情感冲创力，显得与时代流风格格不入。两晋之际最重要的诗人要数刘琨和郭璞。刘琨是西晋末年著名将领，五胡之乱时，他率部转战北方。中原板荡、社稷崩摧的惨痛现实令他忧愤填膺。家国之痛，英雄末路之悲，发之于诗，既慷慨激昂，又沉痛悲凉。郭璞喜阴阳卜筮之术，以博学多识为时人所重。他的诗作以《游仙诗》最为出名。郭璞的《游仙诗》歌咏高蹈遗世的精神，寄寓仕宦失意、惧祸避乱的情绪和苦闷的情怀，名为"游仙"，实为咏怀。东晋之后，正始玄风进一步影响到文学创作，玄言诗盛行一时，诗歌变得"淡乎寡味"，直到陶渊明的出现才给诗坛带来了新的风格和内容。

　　晋宋之际是诗歌发展的重要转折期。这个时期最值得注意的文学现象是山水诗的兴起。山水诗的兴起直接导源于玄言诗。魏晋时期，玄学大行。受玄学影响，诗歌也成为阐发玄理的工具，从而产生了玄言诗。东晋时期，玄言诗盛极一时。由于当时士人好山林之游,山水也被引入玄言诗创作之中。然而,玄言诗的创作宗旨是阐发玄理,所以山水仅仅是诗人藉以阐发玄学奥义的媒介,毫无美学意蕴可言。晋宋之际,随着山水审美意识的觉醒,作为喻道媒体的山水冲破玄学雾霾,彰显出其美学价值,促成山水诗的兴起,已成为诗歌发展的必然趋势。

谢灵运是第一个大力创作山水诗的诗人。他的诗歌创作一改魏晋诗歌的古朴风格,善于用富丽精工的语言生动细致地描写山水自然。在谢灵运之前,中国诗以写意为主,摹写物象只占从属地位。谢灵运的山水诗却极尽模山范水之能事。他对自然景物的观察与体验细致入微,描写精妙。谢灵运之后,山水诗成为一种独立诗歌题材,并日益兴盛。谢灵运的从弟谢惠连,同时代的颜延之、鲍照,以及稍后的谢朓、王融、沈约、何逊、阴铿等人,都不乏山水诗佳作。

谢灵运、颜延之、鲍照是刘宋诗坛最重要的作家,并称"元嘉三大家"。颜延之在当时诗坛享有盛名,与谢灵运合称"颜谢"。颜诗喜铺陈,重藻饰,好用典故和对偶,语言艰深,风格华丽典雅,是陆机、潘岳以来诗歌修辞化倾向的极端发展。与出生于高门贵胄之家的颜、谢不同,鲍照出身寒微,一生命运多舛。在门阀制度之下,有志难伸的鲍照内心饱受煎熬,充满愤世嫉俗的孤愤之情。悲苦怨愤之情发而为诗,就使鲍照的诗歌带有一种强烈的慷慨不平之气,与那些片面追求富丽精工的贵族文学形成鲜明对比。在典雅雍穆的贵族风尚占主导的南朝诗坛,鲍照的诗可以算是一个异数,对当时诗坛有别开生面之功。

中国诗歌向来讲究声律之美。齐代之前,诗人创作中对声律的运用还处于自发状态。齐武帝永明年间,随着四声的发现及其在诗歌创作中的运用,出现了讲究声韵格律的新体诗——永明体。永明体的出现,标志着中国诗歌开始从古体向近体转变。在永明体产生的过程中,沈约起的作用不可忽视。他是最早把声律引入诗歌创作中的诗人之一,在当时享有甚高名望。沈约的诗歌"长于清怨",写景清新自然,抒情缠绵悱恻,堪称一代名家。永明体的代表作家是谢朓。谢朓与谢灵运出自同一家族,且与谢灵运齐名,合称"大小谢"。谢朓为山水诗的发展做出了突出贡献。他的山水诗继承了谢灵运山水诗细致清新的特点,又避免了大谢诗晦涩、平板及情景割裂的弊端,同时摆脱了玄言的成分,达到了情景交融的境界,从而形成了一种清新流丽的风格。谢朓在新体诗的探索中也取得了很高成就,他能够把讲究平仄四声的永明声律娴熟地运用到诗歌创作之中,因而他的诗读起来朗朗上口,铿锵悦耳。在南朝诗人中,除沈约、谢朓之外,王融、范云、江淹、何逊、阴铿等人也深受永明体影响,并且取得了较高成就。

齐梁时代,以王室成员为中心出现了众多宫廷诗人集团,也是一个十分值得注意的文学现象。以竟陵王萧子良、梁武帝萧衍、太子萧统、简文帝萧纲为中心形成的几个文学集团在当时最具影响力。宫廷诗人集团的出现一方面繁荣了诗歌创作,提升了诗歌创作的艺术技巧,另一方面也导致了应制奉和之作的泛滥,使文学创作愈来愈远离现实。

齐梁以降,随着宫廷诗人集团的形成,宫廷逐渐成为诗歌创作活动的中心。由于受生活范围和生活方式的局限,宫廷诗人大多视野狭窄,诗歌题材单调,内容脱离社会生活。宫廷创作常常要迎合帝王的口味,因此很难产生真正的吟咏性情之作。然而,这个时期的诗歌创作也不乏新变之处。在当时出现了一种把文学标准和伦理标准区分开来的倾向。此外,梁代文人的创作观念也发生了变化,开始反对诗歌创作过分典雅深奥的语言风格,提倡雅俗结合,追求诗歌语言浅显流畅并具有音乐性的效果。

晋室南渡后,文化中心随之南移。由于文化精英大多南迁,北方文星寥落,文学发展陷入极度衰落状态,直至北魏孝文帝改革之后,北朝文学才渐有转机。随着南朝文学的蓬勃发展,南朝文学在当时文坛占据了主导地位,北朝诗歌创作长期笼罩在南朝的影响之下。北朝诗人大多倾慕南朝诗风,模仿南朝的创作风格。北朝诗人中的佼佼者当数史称“北地三才”的温子升、邢邵、魏收。温子升的诗流传不多,其中多有模仿南朝诗歌的痕迹。邢邵的诗现在仅存八首,其中一些作品的风格明显近于齐梁。魏收颇有文才,在史学上较有造诣,有《魏书》传世,其诗歌创作也好模仿南朝风格,他的诗节奏轻快、色泽明丽,与齐梁诗相比,亦不逊色。

中国幅员辽阔,各地风土不同,地域文化差异较大。虽然北朝诗人倾慕南朝诗风,自觉追随南朝的诗歌创作潮流,然而,迥异于南方的生存环境和地域文化背景也使北朝诗歌带有较强的自身特点。《隋书·文学传》总结南北文风差别时说:“江左宫商发越,贵于清绮;河朔词义贞刚,重乎气质。”可见刚健质朴正是北朝文学的长处。北朝文学“重乎气质”的特点恰好可以纠正南朝文学轻艳柔靡的弊端。庾信等南朝文人北上,则使以北朝之长弥补南朝之不足,并进一步融合南北文学成为可能。

庾信是南北朝文学的集大成者,清人倪璠盛赞他的作品“穷南北之胜”。庾信的一生以侯景之乱后出使西魏为限,可以分为前后两期。其前期的诗歌多奉和应制之作,思想内容浅俗单调,风格轻艳流荡。庾信最重要的文学成就是在后期取得的。侯景之乱时,庾信逃亡江陵辅佐梁元帝萧绎,后来奉命出使西魏。在此期间,江陵为西魏所破,庾信从此被迫羁留北方。羁留北方期间,他虽然受到北朝统治者礼遇,但是身仕敌国的愧怍、不得南返的怨愤,以及深切的家国之思常常困扰着他。由于长期生活在北方,北方文化刚健沉郁的风尚也对他产生了一定影响。在这个时期,他的创作风格发生了根本改变,作品中大量出现了亡国之哀、羁旅之愁、乡关之思、身世之感等内容,风格也由过去的轻艳流荡转为苍劲悲凉。

除庾信之外,在由南入北的文人中,王褒也是较为知名的一位。王褒的经历和庾信相似,也是在西魏破梁后被迫羁留北朝,历仕西魏、北周两朝,与庾信同被奉为北方文坛宗匠。入北后王褒创作风格发生了重大转变,诗歌多家国之思、身世之叹,风格萧瑟苍凉。在南北朝诗风的演变中,他和庾信起到了相似的作用。

参考书目:

钱志熙.魏晋诗歌艺术原论[M].北京:北京大学出版社,2005.

刘跃进.门阀士族与永明文学[M].上海:三联书店,1996.

叶嘉莹.汉魏六朝诗讲录[M].石家庄:河北教育出版社,2001.

余冠英.汉魏六朝诗选[M].北京:人民文学出版社,1997.

第一节　建安诗坛

曹　操(155—220)

曹操,字孟德,沛国谯(今安徽亳县)人。年二十,举孝廉,为郎。因镇压黄巾起义官拜骑都尉。后起兵讨董卓,迎献帝迁都许昌,灭袁术、袁绍,官至丞相及大将军,封魏王。曹丕称帝,追谥为武帝。他的诗歌深受乐府民歌影响,富于创造性,以旧调旧题表现新内容,或反映当时的社会动乱,或抒发个人政治抱负,或抒写理想未得实现之苦闷,气魄雄伟,情感深沉,苍凉悲壮。有《魏武帝集》传世。

蒿里行[1]

关东有义士[2],兴兵讨群凶。初期会盟津[3],乃心在咸阳。军合力不齐,踌躇而雁行。势利使人争,嗣还自相戕[4]。淮南弟称号,刻玺于北方[5]。铠甲生虮虱,万姓以死亡。白骨露于野,千里无鸡鸣。生民百遗一,念之断人肠。

【注释】

[1]《蒿里》,汉时挽歌。《乐府诗集》卷二十七引崔豹《古今注》:"《薤露》、《蒿里》,泣丧歌也。本出田横门人。横自杀,门人伤之,为作悲歌。言人命奄忽,如薤上之露,易晞灭也。亦谓人死魂魄归于蒿里。至汉武帝时,李延年分为二曲,《薤露》送王公贵人,《蒿里》送士大夫庶人。"[2]关东,指函谷关以东。汉献帝初平元年(190),关东州郡推渤海太守袁绍为盟主共同讨伐董卓。义士系指讨伐董卓的关东州郡将领,群凶指董卓及其爪牙。[3]盟津,即孟津(今河南省孟县南),相传是周武王

讨伐纣时与诸侯会盟之地。[4]嗣还:其后不久。自相戕,自相残杀,指袁绍、公孙瓒自相攻杀。[5]"淮南"句:董卓被杀后,袁绍和异母弟袁术闹分裂。袁术据有淮南,于建安二年(197)在寿春(今安徽省寿县)私刻皇帝玉玺,自立为帝。

短歌行[1]

对酒当歌,人生几何?譬如朝露[2],去日苦多。慨当以慷,忧思难忘。何以解忧?唯有杜康[3]。青青子衿,悠悠我心[4]。但为君故,沉吟至今。呦呦鹿鸣,食野之苹。我有嘉宾,鼓瑟吹笙[5]。明明如月,何时可掇?忧从中来,不可断绝。越陌度阡,枉用相存。契阔谈宴,心念旧恩。月明星稀,乌鹊南飞,绕树三匝,何枝可依?山不厌高,海不厌深。周公吐哺,天下归心[6]!

【注释】

[1]《短歌行》,乐府旧题。曹操《短歌行》凡二首,本篇为第一首,抒写时光易逝、功业未就的苦闷和作者欲招纳贤才,助其建功立业的意志。[2]汉人常以朝露喻人生短暂。《汉书·苏武传》:"李陵谓苏武曰:'人生如朝露。'"[3]杜康:相传为最初造酒之人,此处代指酒。[4]"青青子衿"句:衿,衣领。青衿是周代学子的服装。此二句语出《诗经·郑风·子衿》。[5]"呦呦鹿鸣"句:此四句语出《诗经·小雅·鹿鸣》。[6]"周公"句:《韩诗外传》说周公"一沐三握发,一饭三吐哺,犹恐失天下之士"。

曹　丕(187—226)

曹丕,字子桓,沛国谯(今安徽亳县)人,曹操次子。先为五官中郎将、副丞相、魏太子。曹操死后,嗣位为丞相、魏王,220年迫汉献帝禅位,建立魏王朝,死后谥文帝。他的诗形式多样、语言清绮自然。有《魏文帝集》传世。

燕歌行[1]

秋风萧瑟天气凉,草木摇落露为霜,群燕辞归雁南翔。念君客游思断肠,慊慊思归恋故乡[2],君何淹留寄他方?贱妾茕茕守空房,忧来思君不敢忘,不觉泪下沾衣裳。援琴鸣弦发清商[3],短歌微吟不能长。明月皎皎照我床[4],星汉西流夜未央[5]。牵牛织女遥相望,尔独何辜限河梁?

【注释】

[1]《燕歌行》,乐府旧题。乐府诗题冠以地名,一般表明乐曲的地方特点。后曲调失传,便用以

歌咏各地风土。燕为北方边地,征戍不绝,故《燕歌行》多描写征夫思妇别离之情。曹丕的《燕歌行》是现存文人诗中较早的完整七言诗。曹丕《燕歌行》凡二首,本篇为第一首。[2]慊慊:空虚不满之感。[3]清商,乐曲名,其音节短促,故曰"短歌微吟不能长"。[4]"明月"句:《古诗十九首》:"明月何皎皎,照我罗床帷。"[5]未央:未尽。《诗经·小雅·庭燎》:"夜如何其? 夜未央。"

曹　植(192—232)

曹植,字子建,沛国谯(今安徽亳县)人,曹操第三子,曹丕同母弟,自幼颖慧,深得曹操宠爱。然而曹植行为放任,不拘礼法,屡犯法禁,终在立储斗争中失败。曹丕称帝后,曹植备受猜忌压迫,郁郁而终。他的文学创作分前后两期,前期多写建功立业的抱负,后期多写忧生之嗟及激愤之情。他的诗歌骨气奇高,辞采华茂,对五言诗的发展起到了很大推动作用。

七　哀[1]

明月照高楼,流光正徘徊。上有愁思妇,悲叹有余哀。借问叹者谁? 言是宕子妻[2]。君行逾十年,孤妾常独栖。君若清路尘,妾若浊水泥[3];浮沉各异势,会合何时谐? 愿为西南风,长逝入君怀[4]。君怀良不开,贱妾当何依!

【注释】

[1]本篇亦题作《杂诗》、《怨诗行》,描写了思妇怀念游子的哀怨。《文选》六臣注吕向曰:"七哀谓痛而哀,义而哀,感而哀,怨而哀,耳目闻见而哀,口叹而哀,鼻酸而哀。"[2]宕子:游子。宕,同"荡"。[3]清路尘:路上的轻尘,喻曹丕、曹睿等人。浊水泥:水中的浊泥,喻自己。这句的意思是说,夫妻本来像尘和泥那般共同一体,如今丈夫却像路上的轻尘,自己则成了水中的浊泥。[4]"愿为"二句:《古诗》:"从风入君怀,四座莫不叹。"

送应氏[1]

步登北邙阪[2],遥望洛阳山。洛阳何寂寞,宫室尽烧焚[3]。垣墙皆顿擗[4],荆棘上参天。不见旧耆老,但睹新少年。侧足无行径,荒畴不复田。游子久不归,不识陌与阡。中野何萧条,千里无人烟。念我平常居,气结不能言。

【注释】

[1]本篇描写洛阳城经董卓之乱后悲惨荒凉的景象,共二首,此处所选为第一首,是建安十六年(211)曹植随曹操西征马超,路过洛阳送别应场、应璩兄弟时所作。[2]北邙:山名,在洛阳东北。

阪：山坡。[3]"宫室"句：初平元年，董卓挟献帝迁都长安，把洛阳的宗庙宫室全部焚毁。[4]顿：坍塌。擗：分裂。

远游篇[1]

远游临四海，俯仰观洪波。大鱼若曲陵，承浪相经过。灵鳌戴方丈[2]，神岳俨嵯峨。仙人翔其隅，玉女戏其阿。琼蕊可疗饥[3]，仰首吸朝霞。昆仑本吾宅，中州非我家[4]。将归谒东父，一举超流沙[5]。鼓翼舞时风，长啸激清歌。金石固易敝，日月同光华。齐年与天地，万乘安足多。

【注释】

[1]《远游》本是《楚辞》篇名，传为屈原所作。此篇借用《楚辞》旧题，是一首游仙诗，表达了作者希望摆脱世俗羁绊，追求自由与长生的愿望。[2]"灵鳌"句：传说东海有五神山，负戴于巨鳌之上。方丈，亦名方壶，五神山之一。事见《列子·汤问》。[3]"琼蕊"句：琼为美玉，传说仙人以玉屑为食，汉武帝曾服玉屑以求长生。事见《史记·封禅书》。[4]"昆仑"二句：昆仑，传说神仙居所。中州，即中国，此处指凡人所居之处。[5]"东父"二句：东父，即东王公，与西王母对应并称之神。流沙，西北沙漠地带。

白马篇[1]

白马饰金羁[2]，连翩西北驰。借问谁家子，幽并游侠儿[3]。少小去乡邑，扬声沙漠垂。宿昔秉良弓，楛矢何参差[4]。控弦破左的，右发摧月支[5]。仰手接飞猱[6]，俯身散马蹄[7]。狡捷过猴猿，勇剽若豹螭。边城多警急，胡虏数迁移。羽檄从北来[8]，厉马登高堤。长驱蹈匈奴，左顾陵鲜卑。弃身锋刃端，性命安可怀？父母且不顾，何言子与妻！名在壮士籍，不得中顾私。捐躯赴国难，视死忽如归。

【注释】

[1]本篇是曹植自创的乐府新题，一名《游侠篇》。全诗用酣畅豪爽的笔调，从多角度塑造了一个武艺高超、捐躯为国、视死如归、渴望为国立功的游侠少年形象，藉以抒发作者建功立业的雄心壮志和报国激情。[2]羁，马笼头。[3]幽并：幽州和并州。幽州，今河北北部一带；并州，今山西、陕西北部一带。[4]楛矢：以楛木为杆的箭。[5]月支：又名素支，一种箭靶。[6]猱：猿类动物，善攀树木，动作敏捷。[7]散：射碎。马蹄：一种箭靶。[8]檄：用于征召的文书，写在一尺二寸长的木简上，情况紧急时上插羽毛，故称羽檄。

王 粲(177—217)

王粲,字仲宣,山阳高平(今山东邹县)人。少有才名,为当时名士蔡邕所重。西京扰乱,他避难荆州,依附刘表,不受重用。建安十三年(208)曹操征荆州,王粲劝降刘琮,因此被曹操任命为丞相掾,赐爵关内侯。建安二十二年(217)冬,王粲随曹操出征,第二年春天,返回邺城途中病逝。王粲文学才华出众,在"建安七子"中成就最高,与曹植齐名。其诗赋注重炼句锻字,风格清丽。有《王侍中集》传世。

七哀诗[1]

西京乱无象,豺虎方遘患[2]。复弃中国去,委身适荆蛮[3]。亲戚对我悲,朋友相追攀。出门无所见,白骨蔽平原。路有饥妇人,抱子弃草间。顾闻号泣声,挥涕独不还。"未知身死处,何能两相完?"驱马弃之去,不忍听此言。南登霸陵岸[4],回首望长安。悟彼下泉人[5],喟然伤心肝。

【注释】

[1]初平三年(192),董卓部将李傕、郭汜作乱于长安,王粲往荆州避难,此篇作于此时。《七哀诗》共三首,本篇为第一首,描写作者离开长安时看到的凄惨景象和自己的悲痛心情。[2]豺虎:指董卓部将李傕、郭汜等人。[3]荆蛮:指荆州。古人称南方民族为蛮,荆州在南方,故称荆蛮。[4]霸陵:汉文帝刘恒坟墓。岸:高地。[5]《下泉》:《诗经·曹风》篇名。《毛诗序》:"《下泉》,思治也。曹人疾共工侵刻下民,不得其所,忧而思明王贤伯也。"又,下泉即黄泉,"下泉人"当暗指汉文帝,则此句表达的应该是作者对"文景之治"的追忆与感慨。

陈 琳(?—217)

陈琳,字孔璋,广陵射阳(今江苏省江都县)人。"建安七子"之一。初仕袁绍,后归曹操,为曹操掌管书记,当时军国书檄多出其手。陈琳诗现存四首,较有现实意义。其散文风格比较雄放,文气贯注,笔力强劲,曹丕有"孔璋章表殊健"之评。有《陈记室集》传世。

饮马长城窟行[1]

饮马长城窟[2],水寒伤马骨。往谓长城吏:"慎莫稽留太原卒!"[3]"官作自有程[4],举筑谐汝声。""男儿宁当格斗死,何能怫郁筑长城!"长城何连连,连连三千里。边城多健少,内舍多寡妇。作书与内舍:"便嫁莫留住。善事新姑嫜[5],时时念我故夫子[6]。"报书往边地:"君今出语一何鄙!""身在祸难中,何为稽留他家子?生男慎勿举,生女哺用脯。君独不见长城下,死人骸骨相撑拄!"[7]"结发行事君,慊慊心意关,明知边地苦,贱妾何能久自全。"

【注释】

[1]《饮马长城窟行》,乐府古题,又名《饮马行》。本篇以对话方式写成,通过一个修筑长城的戍卒与妻子的对话,生动而真实揭露了战争和徭役给人民带来的深重灾难。[2]长城窟:长城边的泉眼。[3]太原:今山西省中部一带,秦时为太原郡。[4]程:期限。[5]姑嫜:公婆。[6]故夫子:原来的丈夫,即戍卒自己。[7]"生男慎勿举"四句:此四句借用秦时民谣,见杨泉《物理论》。

第二节　正始诗坛

阮　籍(210—263)

阮籍,字嗣宗,陈留尉氏(今属河南)人。阮瑀之子,竹林七贤之一,曾任步兵校尉,世称阮步兵。阮籍生逢魏晋易代之时,因政治险恶,乃纵酒谈玄,口不臧否人物,以此避祸。与嵇康、刘伶等七人做竹林之游,世称竹林七贤。他是正始文学的代表作家,其诗作意旨渊放,归趣难求,善于用隐晦曲折的语言抒写内心的苦闷。诗歌之外,散文和辞赋的成就也很高。有《阮步兵集》传世。

咏怀诗[1]

其一

夜中不能寐,起坐弹鸣琴。薄帷鉴明月,清风吹我襟。孤鸿号外野,翔鸟鸣北林。徘徊将何见?忧思独伤心。

其二

独坐空堂上,谁可与欢者?出门临永路,不见行车马。登高望九州,悠悠分旷野。孤鸟西北飞,离兽东南下[2]。日暮思亲友,晤言用自写[3]。

其三

洪生资制度[4],被服正有常。尊卑设次序,事物齐纪纲。容饰整颜色,磬折执圭璋[5]。堂上置玄酒[6],室中盛稻粱。外厉贞素谈[7],户内灭芬芳。放口从衷出,复说道义方。委曲周旋仪,姿态愁我肠。

【注释】

[1]《咏怀诗》是阮籍生平诗作的总题,凡八十二首,非一时一地所作。大多写人生感慨和内心

苦闷,以及对当时政治的讥讽,但写得文笔曲折,辞旨隐晦。此处所选为原第一首、第十七首、第六十七首。[2]离兽:失群之野兽。[3]晤言:对坐而谈。《诗经·陈风·东门之池》:"彼美淑姬,可以晤言。"写:除,此处指解除忧愁。[4]洪生:指鸿儒。制度:指礼制。[5]磬折:指行礼时身体弯屈如磬。圭璋:玉器,上尖下方曰圭,半圭曰璋。古礼制,诸侯朝王时执圭,朝后时执璋。[6]玄酒:祭祀时用的清水。《礼记·礼运》:"故玄酒在室,醴醆在户。"孔颖达疏:"玄酒,谓水也。以其色黑,谓之玄。而太古无酒,此水当酒所用,故谓之玄酒。"[7]厉:作。贞素谈:纯正的言论。

嵇 康(223—262)

嵇康,字叔夜,谯郡铚(今安徽宿县西南)人,竹林七贤之一。曾为中散大夫,世称嵇中散。他崇尚老庄,受道教影响较深,喜谈服食养生之事,为人孤傲刚直,不拘礼法。因为和曹魏宗室有姻亲关系,加之性格刚直,不苟合于世,与司马氏矛盾较为尖锐,最终被司马昭所杀。嵇康的文章词锋犀利,风调峻切,诗作以四言为主,风格清峻超逸。有《嵇中散集》传世。

赠秀才入军[1]

其一

良马既闲[2],丽服有晖。左揽繁弱,右接忘归[3]。风驰电逝,蹑景追飞。凌厉中原,顾盼生姿。

其二

息徒兰圃,秣马华山[4]。流磻平皋[5],垂纶长川。目送归鸿,手挥五弦[6]。俯仰自得,游心太玄。嘉彼钓叟,得鱼忘筌[7]。郢人逝矣[8],谁与尽言?

【注释】

[1]《赠秀才入军》共十九首,是寄赠其兄嵇喜从军之作。此处选二首,原列第九、第十四。第一首想象嵇喜在军中戎装驰射的生活,第二首想象嵇喜行军休息的光景。[2]闲:熟练,娴熟。[3]繁弱:良弓名。忘归:矢名。《荀子·性恶》:"繁弱、巨黍,古之良弓。"《文选》李善注引《新序》:"楚王载繁弱之弓,忘归之矢,以射兕于云梦。"[4]兰圃:有兰草的野地。华山:有花草的山。或曰华山指山有光华,亦通。[5]磻:音波。古人以生丝系箭射鸟,称弋射,丝绳上加系石块叫做磻。[6]五弦:乐器名,似琵琶而略小。[7]筌:捕鱼用的竹器。《庄子·外物》曰:"筌者所以在鱼,得鱼而忘筌。言者所以在意,得意而忘言。"[8]郢:古地名,楚国的首都。《庄子·徐无鬼》:"郢人垩漫其鼻端若蝇翼,使匠石斫之。匠石运斤成风,听而斫之,尽垩而鼻不伤。郢人立不失容。宋元君闻之,召匠石曰:"尝试为寡人为之。"匠石曰:"臣则尝能斫之。虽然,臣之质死久矣,自夫子之死,吾无以为质矣。"

第三节　两晋诗坛

陆　机(261—303)

陆机,字士衡,吴郡华亭人(今上海松江),出身于东吴世家,与其弟陆云合称"二陆",俱为西晋时期著名文学家。历任平原内史、祭酒、著作郎等职,世称"陆平原",后死于"八王之乱"。陆机少有奇才,文章冠世,被誉为"太康之英"。其作品多模仿之作,重雕琢排偶。同时还是一位杰出的书法家,他的《平复帖》是我国古代存世最早的名人书法真迹。有《陆机集》传世。

赴洛阳道中作[1]

总辔登长路,呜咽辞密亲。借问子何之? 世网婴我身[2]。永叹遵北渚,遗思结南津[3]。行行遂已远,野途旷无人。山泽纷纡余[4],林薄杳阡眠[5]。虎啸深谷底,鸡鸣高树巅。哀风中夜流,孤兽更我前。悲情触物感,沈思郁缠绵。伫立望故乡,顾影凄自怜。

【注释】

[1]本篇作于太康十年(289)作者离家赴洛阳途中。原诗共二首,此为第一首,写途中所见景物及由此引起的感触。[2]婴:缠绕。[3]南津:南面的渡口,当指与亲朋分别之处。[4]纡余:屈曲貌。[5]薄:草丛。阡眠:同"芊绵",茂密。

左　思(生卒年不详)

左思,字太冲,齐国临淄(今山东淄博)人。家世儒学,出身寒门,虽有高才,却在当时的门阀制度下郁郁不得志。貌寝口讷,辞藻壮丽,不喜交游,惟以闲居为事。其作品多表达自己的抱负及对现实的不满,诗风雄浑,语言遒劲。曾精思十年作《三都赋》,豪贵之家竞相传写,洛阳为之纸贵。有《左太冲集》传世。

咏　史[1]

其一

郁郁涧底松,离离山上苗。以彼径寸茎,荫此百尺条。世胄蹑高位,英俊沉下僚。地势使之然,由来非一朝。金张籍旧业,七叶珥汉貂[2]。冯公岂不伟? 白首不见招[3]。

其二

荆轲饮燕市,酒酣气益震。哀歌和渐离,谓若旁无人[4]。虽无壮士节,与世亦殊伦。高眄邈四海,豪右何足陈[5]?贵者虽自贵,视之若埃尘。贱者虽自贱,重之若千钧[6]。

【注释】

[1]《咏史》诗共八首,大都借古人古事抒写自己的抱负。错综史实,融会古今,连类引喻,题作咏史,实为咏怀。此处所选原列第二、第六。[2]金张:指金日磾、张安世两家族。金、张两家是西汉时期世代公卿的权贵家族。珥:插。汉貂:汉代侍中、中常侍的官帽上皆插貂尾为饰。[3]冯公:指冯唐。他曾历仕西汉文、景、武诸朝,至老仍居郎官小职。[4]"荆轲"四句:此四句写荆轲事,事见据《史记·刺客列传》。[5]豪右:世家大族。古以右为尊,故称世家大族为右族。[6]钧:重量单位,三十斤为一钧。

刘 琨(271—318)

刘琨,字越石,中山魏昌(今河北无极县)人。少年时即有"俊朗"之美誉,以雄豪闻名,与其兄刘舆并称"洛中奕奕,庆孙越石"。五胡之乱时率部转战北方,后为石勒所败,投奔段匹磾,卒以嫌隙为段所杀。刘琨善文学,通音律,诗风刚健豪迈,慷慨激昂。有《刘中山集》。

扶风歌[1]

朝发广漠门,莫宿丹水山[2]。左手弯繁弱,右手挥龙渊[3]。顾瞻望宫阙,俯仰御飞轩[4]。据鞍长叹首,泪下如流泉。系马长松下,发鞍高岳头[5]。烈烈悲风起,泠泠涧水流。挥手长相谢,哽咽不能言。浮云为我结,归鸟为我旋。去家日已远,安知存与亡?慷慨穷林中,抱膝独摧藏[6]。麋鹿游我前,猨猴戏我侧。资粮既乏尽,薇蕨安可食?揽辔命徒侣,吟啸绝岩中。君子道微矣,夫子故有穷[7]。惟昔李骞期,寄在匈奴庭[8]。忠信反获罪,汉武不见明。我欲竟此曲,此曲悲且长。弃置勿重陈,重陈令心伤。

【注释】

[1]本篇作于永嘉元年(307)赴任并州刺史时,描写作者自洛阳出发赴并州途中所见沿途的艰苦情况,表达了对政局的不满和自己的忧伤情怀。[2]广莫门:洛阳城北门。汉朝洛阳城北有二门:一曰谷门,一曰夏门,魏晋之后改谷门为广莫门。莫:同暮。丹水山:即丹朱岭,丹水发源处,在今山西高平县北。丹水由此东南流入晋城县界,又南入河南省,经沁阳县入沁水,是为大丹河。刘琨出任并州刺史,由洛阳出发,丹水为其必经之地。[3]繁弱:古良弓名。龙渊:古宝剑名。[4]飞轩:奔驰如飞的车子。[5]发鞍:当作废鞍,即卸下马鞍。[6]摧藏:即凄怆,伤心感叹的样子。[7]夫子:

指孔子。《论语·卫灵公》:"孔子在陈绝粮,从者病,莫能兴。子路愠,见曰:'君子亦穷乎?'子曰:'君子固穷,小人穷斯滥矣。'"[8]李骞期:指汉李陵。骞:与愆字通。愆期:错过期限。汉武帝天汉二年李陵率步卒五千人击匈奴,力竭援绝而降。事见《史记·李将军列传》。

郭　璞 (276—324)

郭璞,字景纯,河东闻喜县人(今山西省闻喜县)。东晋著名学者,博学多闻,精于阴阳数术,曾注《周易》、《山海经》、《穆天子传》、《方言》、《尔雅》等古籍。晋室南渡后,任王敦记室参军。王敦欲谋反,郭璞以卜筮相劝,为王敦所杀。其诗赋辞藻繁丽,富于文采,最为人传诵的作品是《游仙诗》。有《郭弘农集》。

游仙诗[1]

京华游侠窟,山林隐遁栖。朱门何足荣?未若托蓬莱[2]。临源挹清波,陵岗掇丹荑[3]。灵溪可潜盘[4],安事登云梯?漆园有傲吏,莱氏有逸妻[5]。进则保龙见,退为触藩羝[6]。高蹈风尘外,长揖谢夷齐[7]。

【注释】

[1]郭璞《游仙诗》现存十四首,大部分名为游仙,实为抒写个人怀抱,包含着复杂的历史意蕴和多重情感,钟嵘评价他的《游仙诗》说:"乃是坎壈咏怀,非列仙之趣也。"本篇为第一首。[2]蓬莱:海上三神山之一,借指隐栖之地。《史记·孝武本纪》:"安期生,仙者,通蓬莱中,合则见人,不合则隐。"[3]丹荑:赤芝,一名丹芝,道教认为服食之可以延年。[4]灵溪:水名。《文选》李善注引庾仲雍《荆州记》曰:"大城西九里有灵溪水。"潜盘:隐居盘桓。[5]"漆园"二句:漆园吏,指庄周。庄周为漆园吏,曾拒绝为楚相,事见《史记·老庄申韩列传》。莱氏,指老莱子。老莱子逃世,耕于蒙山之阳。楚王请他出来做官,为其妻劝阻。事见《列女传》。[6]"进则"二句:龙见,《周易·干》:"九二,见龙在田,利见大人。"王弼注:"出潜离隐,故曰见龙,处于地上,故曰在田。德施周普,居中不废,虽非君位,君之德也。"触藩羝,《周易·大壮》:"羝羊触藩,羸其角,不能退,不能遂。"《文选》李善注曰:"进谓求仙也,退谓处俗也。"[7]夷齐:伯夷、叔齐,孤竹君之子。武王伐纣,义不食周粟,饿死于首阳山。事见《史记·伯夷叔齐列传》。

陶渊明 (365— 427)

陶渊明,字元亮,或云名潜,字渊明,自号五柳先生,浔阳柴桑(今江西九江)人。陶渊明出身于没落仕宦家庭,幼年丧父,家境日渐败落。他从二十九岁时开始出仕,任江州祭酒,不久即归隐。后来又断续出仕。义熙元年(404)为彭泽令,因不愿为五斗米折腰,乃辞官归乡,躬耕陇亩,过着隐居生活。他的诗歌风格平淡自然,感情真淳深厚,以纯朴自然的语言、高远拔俗的意境,为中国诗坛开辟了田园诗一体,为中国古典诗歌开创了一个新的境界,对后世诗歌创作产生了深远影响。有《陶渊明集》。

读山海经[1]

孟夏草木长,绕屋树扶疏。众鸟欣有托,吾亦爱吾庐。既耕亦已种,时还读我书。穷巷隔深辙[2],颇回故人车。欢然酌春酒[3],摘我园中蔬。微雨从东来,好风与之俱。泛览周王传[4],流观山海图[5]。俯仰终宇宙,不乐复何如[6]?

【注释】

[1]《读山海经》共十三首。第一首写幽居耕读之乐,其余各首分咏《山海经》中所记奇谈异物。本篇为第一首,主要写耕种之暇泛览群书之乐。[2]"穷巷"句:深辙,指显贵者所乘大车之车迹。《汉书·陈平传》:"(张)负随平至其家,家乃负郭穷巷,以席为门,然门外多长者车辙。"[3]"春酒"句:《诗经·豳风·七月》:"为此春酒,以介眉寿。"[4]周王传:指《穆天子传》,战国旧籍,叙周穆王驾八骏西征的神奇故事。[5]山海图:即《山海经图》。东晋郭璞曾为《山海经》作注并题图赞,可见原本《山海经》有图,陶渊明读的可能是郭璞图赞本。今本《山海经》中的图系后人所加,已非原图。[6]孟子说君子有三乐,"仰不愧于天,俯不怍于人,二乐也。"见《孟子·尽心》。

饮　酒[1]

结庐在人境,而无车马喧。问君何能尔?心远地自偏。采菊东篱下[2],悠然见南山。山气日夕佳,飞鸟相与还。此中有真意,欲辩已忘言[3]。

【注释】

[1]《饮酒》原诗凡二十首,非一时之作。本篇为第五首,描写悠然自得之情,幽美淡远之景,在情景交融的境界中蕴涵着万物各得其所、委运任化的哲理,富于理趣,隽秀悠长。[2]"采菊"二句:南山,指庐山。《文选》作"望南山"。苏轼《东坡题跋》曰:"因采菊而见山,境与意会,此句最妙。近俗本皆作'望南山',则此一篇神气都索然矣。"[3]"欲辩"句:《庄子·齐物论》:"辩也者,有不见也。夫大道不称,大辩不言。"《庄子·外物》:"言者所以在意也,得意而忘言。"

移　居[1]

昔欲居南村[2],非为卜其宅[3]。闻多素心人,乐与数晨夕[4]。怀此颇有年,今日从兹役。弊庐何必广,取足蔽床席。邻曲时时来,抗言谈在昔[5]。奇文共欣赏,疑义相与析。

【注释】

[1]晋安帝义熙四年(408)六月,陶渊明在上京的旧宅遭火灾焚毁。义熙六年(410)九月,他由上京迁居至南里之南村。《移居》诗作于此时,共两首。本篇是第一首,写迁居的原因和迁居后的乐趣。[2]南村:在浔阳城下,今江西省九江市西南。[3]卜其宅:《左传·昭公三年》引谚曰:"非宅是卜,惟邻是卜。"[4]数:音硕,屡。数晨夕,谓朝夕相处。[5]在昔:往古之事。

挽歌诗[1]

荒草何茫茫,白杨亦萧萧。严霜九月中,送我出远郊。四面无人居,高坟正嶕峣[2]。马为仰天鸣,风为自萧条。幽室一已闭[3],千年不复朝。千年不复朝,贤达无奈何。向来相送人,各自还其家。亲戚或余悲,他人亦已歌。死去何所道,托体同山阿。

【注释】

[1]挽歌,即葬歌,最初是挽灵车时所唱,故名挽歌。汉末魏晋士人往往在欢宴之余继以挽歌,以表达对生死的看法和人生态度。陶渊明《挽歌诗》共三首,第一首写初死入殓,第二首写祭奠入殡,第三首写送殡入葬。本篇为第三首,表达了作者对死亡的旷达态度。[2]嶕峣:高耸貌。[3]幽室:此处指墓穴。

第四节　刘宋诗坛

颜延之(384—456)

颜延之,字延年,琅琊临沂(今山东省临沂市)人。少时孤贫,好读书,无所不览。性喜饮酒,好肆意直言,后官至光禄大夫。诗歌创作与谢灵运齐名,时称"颜谢"。时人评其作品"铺锦列绣,雕缋满眼"。其创作好用典故,喜欢雕章琢句,缺少自然清新的风格。有《颜光禄集》。

北使洛[1]

改服饬徒旅,首路局险难[2]。振楫发吴州,秣马陵楚山[3]。涂出梁宋郊,道由周郑间。前发阳城路,日夕望三川[4]。在昔辍期运,经始阔圣贤[5]。伊谷绝津济,台馆无尺椽^[6]。宫陛多巢穴，城阙生云烟。王猷升八表，嗟行方暮年^[7]。阴风振凉野，飞雪瞀穷天^[8]。临涂未及引^[9]，置酒惨无言。隐悯徒御悲，威驰良马烦^[10]。游役去芳时，归来屡徂晷。蓬心既已矣^[11]，飞薄殊亦然。

【注释】

[1]义熙十二年(416)，刘裕北伐，十月，克复洛阳，颜延之奉命到前线祝贺，《北使洛》作于此年冬天。[2]"改服"二句：《左传》曰："齐侯谓韩厥曰：改服矣。"杜预曰："戎朝异服也。"谢承《后汉书序》曰："徐俶戎车首路。"局：曲也。[3]"振楫"二句：阮籍《咏怀诗》："朱鳖跃飞泉，夜飞过吴州。"《韩子》曰："楚和得璞玉于楚山之中。"秣：以粟食马。[4]阳城：汝南郡阳城县，今河南省漯河、周口一带。三川：郡名，战国时韩国所置，因境内有河、洛、伊三川而得名，汉时改河南郡，辖境相当今河南黄河以南，灵宝以东的伊、洛水流域和北汝河上游地区。[5]"经始"句：《抱朴子》曰："闻之前志，圣人生，率阔五百岁。"[6]"伊谷"二句：曹植《毁故殿令》曰："秦之灭也，则阿房无尺椽。"伊、谷：二水名。[7]暮年：岁暮。[8]"凉野"二句：陆机《苦寒行》："凉野多险难。"穷天：谓冬季之日月穷尽也。[9]引：进也。[10]"隐悯"二句：《楚辞》严忌《哀时命》曰："然隐悯而不达兮，独徙倚而彷徉。"《韩诗》："周道威迟。"《洛神赋》曰："车殆马烦。"[11]《文选》李善注引《庄子》曰："庄子谓惠子曰：夫拙于用大，则夫子犹有蓬之心也夫。"

五君咏^[1]

阮步兵

阮公虽沦迹，识密鉴亦洞。沈醉似埋照^[2]，寓辞类托讽。长啸若怀人，越礼自警众^[3]。物故不可论，途穷能无恸^[4]？

嵇中散

中散不偶世，本自餐霞人^[5]。形解验默仙，吐论知凝神^[6]。立俗迕流议，寻山洽隐沦^[7]。鸾翮有时铩^[8]，龙性谁能驯？

【注释】

[1]原诗凡五首，分咏"竹林七贤"中阮籍、嵇康、刘伶、阮咸、向秀等五人。元嘉中，颜延之初为步兵校尉，以好酒疏诞出为永嘉太守，乃作此诗发泄内心怨愤。此处选两首。[2]"沈醉"句：《文选》李善注引臧荣绪《晋书》："籍拜东平相，不以政事为务，沈醉日多。善属文论，初步苦思，率尔便成。作五言诗《咏怀》八十余篇，为世所重。"[3]"长啸"二句：《文选》李善注引《魏氏春秋》："籍少时常游苏门山，有隐者，莫知姓名，籍从与谈太古无为之道，及论五帝三王之义，苏门生萧然曾不经听，籍乃对之长啸，清韵响亮，苏门生逌尔而笑。籍既降，苏门生亦啸，若鸾凤之音。"孙盛《晋阳秋》："阮籍嫂尝归家，籍相见与别。或以礼讥之，籍曰：'礼岂为我设邪？'"嵇康《司马长卿讚》曰："长卿

慢世,越礼自放。"[4]"物故"二句:臧荣绪《晋书》:"阮籍虽放诞不拘礼教,发言玄远,口不臧否人物。"《魏氏春秋》:"籍时率意独驾,不由径路,车迹所穷,辄恸哭而返。"[5]"中散"二句:孙盛《晋阳秋》:"嵇康性不偶俗。"餐霞人:仙人。司马相如《大人赋》:"呼吸沆瀣飧朝霞。"[6]"形解"二句:《文选》李善注引顾凯之《嵇康赞》:"南海太守鲍靓,通灵士也。东海徐宁师之。宁夜闻静室有琴声,怪其妙而问焉。靓曰:'嵇叔夜。'宁曰:'嵇临命东市,何得在兹?'靓曰:'叔夜亦示终而实尸解。'"吐论:孙绰《嵇中散传》:"嵇康作《养生论》,入洛,京师谓之神人。向子期难之,不得屈。"凝神:《庄子·逍遥游》:"藐姑射之山有神人居焉,其神凝。"[7]"寻山"句:《神仙传》:"王烈年已二百三十八岁,康甚爱之,数与共入山游戏采药。"[8]铩:残羽。

谢灵运(385—433)

谢灵运陈郡阳夏(今河南省太康县附近)人。东晋名将谢玄之孙,袭封康乐公,世称谢康乐。曾任永嘉太守、侍中、临川内史等职,后因反抗刘宋王朝被杀于广州。谢灵运自幼好学,博学多闻,文章之美,冠于江左。好做山水之游,每出游,随从之人常有数百。他是第一个大力创作山水诗的作家,其作品描写自然景物细致精工,对革除东晋以来淡乎寡味的玄言诗风功莫大焉。有《谢康乐集》传世。

登池上楼[1]

潜虬媚幽姿,飞鸿响远音[2]。薄霄愧云浮,栖川怍渊沉[3]。进德智所拙,退耕力不任[4]。徇禄反穷海,卧疴对空林[5]。衾枕昧节候,褰开暂窥临。倾耳聆波澜[6],举目眺岖嵚。初景革绪风,新阳改故阴[7]。池塘生春草,园柳变鸣禽。祁祁伤豳歌,萋萋感楚吟[8]。索居易永久,离群难处心[9]。持操岂独古,无闷征在今[10]。

【注释】

[1]景平元年(423)初春作于永嘉,描写久病初愈时登楼所见,表达了不得志的伤感情绪。"池"指谢公池,在今浙江省永嘉县西北三里积谷山东。[2]虬:龙有角者。远音:《谷梁传》孔子曰:"听远者,闻其疾而不闻其舒。"[3]薄与泊同,古字通。泊:止也。怍:惭也。[4]进德:《周易·文言》曰:"君子进德修业,欲及时也。"退耕:《尸子》曰:"为令尹而不喜,退耕而不忧,此孙叔敖之德也。"[5]徇:从也。疴:病也。穷海:谓永嘉郡也。[6]"倾耳"句:《礼记》曰:"倾耳而听之。"聆:听也。[7]"初景"二句:《楚辞·涉江》曰:"欸秋冬之绪风。"欸:叹也。绪:馀也。新阳句:《神农本草》曰:"春夏为阳,秋冬为阴。"[8]"祁祁"二句:《诗经·豳风》曰:"春日迟迟,采蘩祁祁。"祁祁,众多貌。《楚辞·招隐士》曰:"王孙游兮不归,春草生兮萋萋。"萋萋:草木茂盛貌。[9]索居:《礼记》子夏曰:"吾离群索居,亦已久矣。"处心:《谷梁传》曰:"郑伯之处心积虑,成于杀也。"[10]无闷:《周易·乾卦》曰:"遁世无闷。"

晚出西射堂[1]

步出西城门,遥望城西岑[2]。连鄣迭巇崿[3],青翠杳深沉。晓霜枫叶丹,夕曛岚气阴。节往戚不浅,感来念已深。羁雌恋旧侣,迷鸟怀故林[4]。含情尚劳爱,如何离赏心?抚镜华缁鬓,揽带缓促衿[5]。安排徒空言,幽独赖鸣琴[6]。

【注释】

[1]本篇写作者在深秋的傍晚步出西城门的所见所感,全诗平实古朴,在谢诗中较为少见。西射堂,指永嘉郡射堂。[2]"步出"二句:刘桢《赠徐干》:"步出北寺门,遥望西苑园。"岑:山小而高曰岑。[3]巇崿:崖之别名。[4]"羁雌"二句:枚乘《七发》:"暮则羁雌,迷鸟宿焉。"[5]"揽带"句:《古歌》:"离家日趋远,衣带日趋缓。"[6]"安排"二句:《庄子·大宗师》:"安排而去化,乃入于寥天一。"郭象曰:"安于推移,而与化俱去,故乃入于寂寥,而与天惟一也。"嵇康《琴赋》:"处穷独而不闷者,莫近于音声也。"

石壁精舍还湖中作[1]

昏旦变气候,山水含清晖。清晖能娱人,游子憺忘归[2]。出谷日尚早,入舟阳已微。林壑敛暝色,云霞收夕霏[3]。芰荷迭映蔚,蒲稗相因依[4]。披拂趋南径,愉悦偃东扉。虑澹物自轻[5],意惬理无违。寄言摄生客[6],试用此道推。

【注释】

[1]本篇描写自石壁精舍至湖中游览所见及从中体会到的理趣。石壁精舍在始宁县(今浙江省上虞县)东南。精舍,指佛寺。湖,指巫湖,湖三面高山枕水渚,溪涧凡五处,南第一谷即石壁精舍所在之处。[2]"清晖"二句:《九歌·东君》:"羌声色兮娱人,观者憺兮忘归。"憺:安适貌。[3]敛:聚。暝色:暮色。霏:云飞貌。[4]"蒲稗"句:阮籍《咏怀诗》:"寒鸟相因依。"蒲:菖蒲。稗:形状类稻之杂草。[5]"虑澹"句:《淮南子·原道训》:"大丈夫恬然无思,澹然无虑。"《荀子·修身》:"志意修则骄富贵,道义重则轻王公,内省而外物轻矣。"[6]摄生客:养生之徒。

登江中孤屿[1]

江南倦历览,江北旷周旋[2]。怀新道转迥,寻异景不延。乱流趋正绝,孤屿媚中川[3]。云日相辉映,空水共澄鲜。表灵物莫赏,蕴真谁为传[4]?想象昆山姿,缅邈区中缘[5]。始信安期术,得尽养生年[6]。

【注释】

[1]江,指永嘉江。孤屿,指孤屿山,在温州南四里永嘉江中。本篇写江中孤屿的秀媚景色,篇末抒发超尘高蹈之想。[2]历览:游览已遍。周旋:游览之意。[3]"乱流"二句:《尔雅》:"水正绝流曰乱。"郭璞曰:"直横渡也。"孤屿:永嘉江中之孤屿山。[4]表:显现。灵:风景灵秀。蕴:隐藏。真:神仙。[5]昆山:即昆仑山,传说为西王母所居。缅邈:辽远。区中缘:尘缘。司马相如《大人赋》曰:"迫区中之隘狭。"[6]安期:即安期生,传说中的仙人,事见《列仙传》。《庄子·养生主》曰:"可以尽年。"郭象曰:"养生非求过分,盖全理尽年而已。"

鲍　照(412—466)

鲍照,字明远,东海(今江苏省涟水县)人。身世贫寒,受当时门阀制度压抑,一生孤愤不得志。曾为临海王萧子顼的前军参军,世称鲍参军。后子顼作乱,照为乱军所杀。鲍照长于七言歌行,作品多表达怀才不遇的愤懑之情,揭示社会中不合理的现象。鲍照的作品能吸收民歌的精华,情感充沛,语言劲健,在当时独具一格,对唐代李白、高适、岑参等人有较大影响。有《鲍参军集》传世。

结客少年场行[1]

骢马金络头[2],锦带佩吴钩。失意杯酒间[3],白刃起相仇。追兵一旦至,负剑远行游。去乡三十载,复得还旧丘[4]。升高临四关,表里望皇州[5]。九涂平若水,双阙似云浮[6]。扶宫罗将相,夹道列王侯。日中市朝满[7],车马若川流。击钟陈鼎食[8],方驾自相求。今我独何为,埳壈怀百忧。

【注释】

[1]《结客少年场行》,乐府旧题,属"杂曲歌辞"。《乐府诗集》曰:"《结客少年场行》,言少年时结任侠之客,为游乐之场,终而无成,故作此曲也。"此篇是拟乐府,写侠客激愤杀人,去乡避仇江湖之际遇,篇末抒发身世之忧。[2]"骢马"句:《古日出东南行》曰:"黄金络马头,观者满道旁。"骢马:毛色青白相杂之马。[3]"失意"句:《淮南子·诠言训》曰:"今有美酒佳肴,以相宾飨,争盈爵之间,乃反为斗而相伤,三族结怨。"[4]旧丘:旧居。[5]"升高"二句:陆机《洛阳记》曰:"洛阳有四关:东为城皋,南伊阙,北孟津,西函谷。"表里:犹内外。[6]"九涂"二句:《周礼》曰:"匠人营国旁三门,国中九经九纬。"郑玄曰:"经纬,涂也。"《古诗》曰:"双阙百余尺。"《史记》云三神山浮海上,望之如云。见《史记·封禅书》。[7]日中:《周易》曰:"日中为市,致天下之人,聚天下之货,交易而退,各得其所。"[8]"击钟"句:《左传》:"宋左师每食击钟。闻钟声,公曰:'夫子将食。'"《家语》曰:"子路南游于楚,积粟万钟,列鼎而食。"

代出自蓟北门行[1]

羽檄起边亭,烽火入咸阳[2]。征骑屯广武,分兵救朔方[3]。严秋筋竿劲[4],虏阵精且强。天子按剑怒,使者遥相望[5]。雁行缘石径,鱼贯度飞梁。箫鼓流汉思,旌甲被胡霜。疾风冲塞起,沙砾自飘扬。马毛缩如猬[6],角弓不可张。时危见臣节,世乱识忠良[7]。投躯报明主,身死为国殇[8]。

【注释】

[1]《乐府解题》曰:“《出自蓟北门行》,其致与《从军行》同,而兼言燕蓟风物,及突骑勇悍之状。”此篇是拟乐府,写壮士从军卫国的意志和北地风物。蓟,古燕国地,今北京市附近。代,是拟的意思。[2]羽檄:古代紧急军事公文,上插羽毛表示紧急。烽火:古代的一种边防警报,于边地筑高台,寇至则举火报警。[3]广武:县名,今山西代县西。朔方:郡名,今内蒙古境内黄河以南。[4]筋:弓弦。竿:箭杆。[5]“天子”二句:《说苑》:“始皇按剑而坐。”《汉书·梁孝王世家》:“遣使冠盖相望于道。”[6]“马毛”句:《西京杂记》:“元封二年,大雪深五尺,野鸟兽皆死,牛马蜷缩如猬。”[7]“时危”二句:《老子》:“大道废,有仁义;智慧出,有大伪;六亲不和,有孝慈;国家昏乱,有忠臣。”[8]国殇:为国捐躯者。《楚辞·九歌·国殇》:“身既死兮神以灵,魂魄毅兮为鬼雄。”

拟行路难[1]

其一

洛阳名工铸为金博山[2],千斫复万镂,上刻秦女携手仙[3]。承君清夜之欢娱,列置帏里明烛前。外发龙鳞之丹彩,内含麝芬之紫烟[4]。如今君心一朝异,对此长叹终百年。

其二

写水置平地,各自东西南北流[5]。人生亦有命,安能行叹复坐愁!酌酒以自宽,举杯断绝歌路难。心非木石岂无感,吞声踯躅不敢言。

其三

对案不能食,拔剑击柱长叹息。丈夫生世会几时,安能蹀躞垂羽翼[6]?弃置罢官去,还家自休息。朝出与亲辞,暮还在亲侧。弄儿床前戏,看妇机中织。自古圣贤尽贫贱,何况我辈孤且直!

【注释】

[1]《行路难》,乐府旧题。《乐府解题》曰:“《行路难》,备言世路艰难及离别悲伤之意,多以君

不见为首。"原诗凡十八首,大多写人世忧患及被压抑的不平之感。此处共选三首,原列第二、第四、第六。[2]金博山:博山炉,形状如重叠加如山的香炉。[3]秦女携手仙:指萧史和弄玉。萧史善吹箫,秦穆公女弄玉好之,穆公遂以妻焉。后来二人跨凤而去。事见《列仙传》。[4]麝芬:芬芳的麝香。[5]"写水"句:《世说新语·文学》:"殷中军问:'自然无心于禀受,何以正善人少恶人多?'……刘尹答曰:'譬如写水着地,正自纵横流漫,略无正方圆者。'一时叹绝,以为名通。"写,通泻。[6]蹀躞:小步行走貌。

第五节 新体诗与齐梁陈诗坛

沈 约(441—513)

沈约,字休文,吴兴武康(今浙江省德清县)人,幼孤贫,笃志好学,历仕宋、齐、梁三朝,官至尚书令,封建昌侯,谥隐,世称沈隐侯。沈约提倡"四声八病"之说,和谢朓、王融等开创"永明体",是古体诗转向格律严格的近体诗的一个重要阶段,对后世律诗、绝句形式的确立影响深远。有《沈隐侯集》。

别范安成[1]

生平少年日,分手易前期。及尔同衰暮,非复别离时。勿言一樽酒[2],明日难重持。梦中不识路[3],何以慰相思?

【注释】

[1]范安成,名岫,字懋宾,南齐时曾为建威将军安成内史。本篇写作者与范安成别离时的感伤,风格朴素,感情真挚,是永明体的代表作之一。[2]"勿言"句:《苏武诗》:"我有一樽酒,欲以赠远人。"[3]"梦中"句:《文选》李善注引《韩非子》曰:"六国时,张敏与高惠为友,每相思不能得见,敏便于梦中往寻,但行至半道,即迷不知路,遂回,如此者三。"

游沈道士馆[1]

秦皇御宇宙,汉武恢武功[2]。欢娱人事尽,情性犹未充。锐意三山上[3],托慕九霄中。既表祈年观,复立望仙馆[4]。宁为心好道,直由意无穷。日余知止足[5],是愿不须丰。遇可淹留处,便欲息微躬。山嶂远重迭,竹树近蒙笼。开衿濯寒水,解带临清风。所累非物外,为念在玄空。朋来握石髓[6],宾至驾轻鸿。都令人径绝,唯使云路通。一举陵倒景,无事适华嵩[7]。寄言赏心客,岁暮尔来同。

【注释】

[1]《文选》六臣注李周翰曰:"休文游道士沈恭馆。"沈恭,其人不详。本篇借游道士馆,指出秦皇汉武求仙好道、祈求长年,其目的在于满足无穷欢娱的欲望,说明只有"止足",不为外物所累,才是求仙得道的根基。[2]"秦皇"句:贾谊《过秦论》:"及至始皇,奋六世之余烈,振长策而御宇内。"《汉书·礼乐志》:"是时,上方征讨四夷,锐志武功,不暇留意礼文之事。"[3]三山:海上三神山,事见《史记·封禅书》。[4]祈年观,在长安城外,秦穆公所建。望仙馆,在华阴,汉武帝所建。[5]知止:《老子》曰:"知足不辱,知止不殆。"[6]石髓:《文选》李善注引袁宏《竹林名士传》:"王烈服食养性,嵇康甚敬之,随入山。烈尝得石髓,柔滑如饴,即自服半,余半取以与康,皆凝而为石。"事亦见《神仙传》。[7]"一举"二句:倒景:《文选》李善注引《汉书》:"谷永曰:'及言世有仙人,服食不终之药,遥兴轻举,登遐倒景。'如淳曰:'在日月之上,日月反从下照,故其景倒。'"华嵩:华山和嵩山。传说呼子先于华山成仙,王子乔从浮丘公上嵩山而登仙。事见《列仙传》。

陶弘景(457—537)

陶弘景,字通明,丹阳秣陵(今南京)人。南朝齐梁间文学家、道教思想家、医学家。好读书,喜道术,二十岁前曾任诸王侍读,后辞官隐居于句曲山,自号华阳陶隐居,继续钻研学问,炼丹习道,并遍游名山。梁武帝萧衍早年曾和他交游,即帝位以后经常向他咨询国家大事,时人谓之"山中宰相"。陶弘景一生著述颇丰,诗文有《陶隐居集》辑本一卷传世。

诏问"山中何所有"赋诗以答[1]

山中何所有,岭上多白云。只可自怡悦,不堪持赠君。

【注释】

[1]陶弘景隐居茅山,齐高帝颁诏相问:"山中何所有?"陶弘景呈上此诗以答。面对君主垂问,不卑不亢,孤高不驯。

云林右英王夫人诗[1]

眷景落沧浪[2],腾跃清海津[3]。绛烟乱太阳,羽盖倾九天。云舆浮空洞[4],儵忽风波间[5]。来寻冥中友,相携侍帝晨[6]。王子协明德,齐首招玉贤[7]。下晡八阿宫,上寝希林颠。漱此紫琼腴[8]，方知秽涂辛[9]。佳人将安在？勤之乃得亲。

【注释】

[1]此诗出自《真诰》卷二《运象篇》，据称是云林右英王夫人所嗳。又见《太清金液神气经》卷下，《云笈七签》卷九八《云林右英王夫人嗳杨真人许长史诗》。云林右英王夫人：女仙，王母第十三女，名王媚兰，字申林。《真诰》，道教上清派经典，由陶弘景整理。[2]沧浪：沧浪山，海山仙山，云林右英王夫人治所。《道藏》中有沧海岛，藏本《十洲记》云："沧海岛在北海中，地方三千里，海四面绕岛，各五千里，水皆沧色，仙人谓之沧海者也……上有九老丈人、九天真王，盖太上真人之所居，唯飞仙能至其处。"[3]腾跃：《庄子·逍遥游》："我腾跃而上，不过数仞而下，翱翔蓬蒿之间，此亦飞之至也。"[4]"云舆"句：阮籍《清思赋》："载云舆之奄霭兮，乘夏后之两龙。"《云笈七签》卷二《空洞》："道君曰：'元气于眇莽之内，幽冥之外，生乎空洞，空洞之内，生乎太无，太无三变而三气明焉。'"[5]"儵忽"句：《楚辞·招魂》："雄虺九首，往来儵忽。"《楚辞·九章·哀郢》："顺风波以从流兮，焉洋洋而为客。"[6]帝晨：即上清高圣太上玉晨大道君，《真灵位业图》注谓其"为万道之祖"，《真诰》卷九《协昌期》："太上大道玉晨君，常以正月四日、二月八日……登玉霄琳房，四眄天下有志节远游之心者。子至其日，平旦日出时，北向再拜，亦可于静中也，自陈本怀所愿。"[7]玉贤：即许翙，许谧（长史）之子，字道翔，小名玉斧，亦称许掾。[8]紫琼腴：《太元真人东岳上卿司命真君传》："今故赐盈紫琳之腴、玉浆金罂，可以寿同三光，刻简丹琼也。"[9]秽涂：尘世。

谢 朓 (464—499)

谢朓，字玄晖，陈郡阳夏（今河南省太康县附近）人。曾任宣城太守，尚书吏部郎等职。后为萧遥光诬陷，下狱死。谢朓诗风清新流丽，颇多秀句，风格自然秀逸，对山水诗的发展有重要贡献，与谢灵运齐名，并称"大小谢"。有《谢宣城集》。

晚登三山还望京邑[1]

灞涘望长安，河阳视京县[2]。白日丽飞甍[3]，参差皆可见。馀霞散成绮，澄江静如练。喧鸟覆春洲，杂英满芳甸。去矣方滞淫，怀哉罢欢宴[4]。佳期怅何许，泪下如流霰[5]。有情知望乡，谁能鬒不变[6]。

【注释】

[1]三山，在今南京西南长江南岸。京邑，指金陵，故址在今南京东南。本篇写登三山还望京邑引起的思乡之情。[2]"灞涘"二句：王粲《七哀诗》："南登霸陵岸，回首望长安。"潘岳《河阳县》："引领望京室，南路在伐柯。"[3]甍：屋脊。[4]"去矣"二句：邯郸淳《赠伍处玄》："行矣去言，别易会难。"王粲《七哀诗》："荆蛮非我乡，何为久滞淫。"滞淫，滞留。《诗经·王风·扬之水》："怀哉怀哉，曷月予旋归哉。"[5]"佳期"二句：《楚辞·九歌·湘夫人》："登白薠兮骋望，与佳期兮夕张。"《楚

辞·九章·哀郢》:"望长楸而太息兮,涕淫淫其若霰。"[6]"谁能"句:张载《七哀诗》:"忧来令髪白,谁云愁可任。"冀,黑发。

暂使下都夜发新林至京邑赠西府同僚[1]

大江流日月,客心悲未央[2]。徒念关山近,终知返路长。秋河曙耿耿[3],寒渚夜苍苍。引领见京室,宫雉正相望[4]。金波丽鳷鹊,玉绳低建章[5]。驱车鼎门外,思见昭丘阳[6]。驰晖不可接[7],何况隔两乡?风云有鸟路,江汉限无梁。常恐鹰隼击,时菊委严霜[8]。寄言罻罗者[9],寥廓已高翔。

【注释】

[1]谢朓曾为随王萧子隆文学,甚受赏识,为长史王秀所嫉妒谗毁,被齐武帝召还京城,此诗作于还京途中,表现了忧谗畏讥的心情。下都,东晋称建康为下都,此盖沿袭晋人用语。新林,浦名,在今南京市西南。京邑,当时的首都建康。西府,指荆州随王萧子隆的王府,荆州在建康之西,故称西府。[2]未央:不已。《老子》:"荒兮,其未央哉!"[3]秋河:秋夜的银河。耿耿:明亮貌。[4]京室:京城。宫雉:宫墙。[5]金波:月光。鳷鹊:鳷鹊观,在甘泉宫外。玉绳:星名。建章:建章宫。[6]"驱车"句:《文选》李善注引《帝王世纪》曰:"春秋,成王定鼎于郏鄏,其南门名定鼎门。"鼎门,此处指金陵南门。昭丘:楚昭王墓,在荆州当阳县东。[7]驰晖:日光。[8]"时菊"句:潘岳《河阳县》:"鸣蝉厉寒音,时菊耀秋华。"《楚辞·九辩》:"秋既先戒之以白露兮,冬又申之以严霜。"[9]罻罗者:张网捕鸟之人。罻、罗,俱为捕鸟之网。

之宣城郡出新林浦向板桥[1]

江路西南永,归流东北骛[2]。天际识归舟,云中辨江树。旅思倦摇摇,孤游昔已屡。既欢怀禄情,复协沧洲趣[3]。嚣尘自兹隔[4],赏心于此遇。虽无玄豹姿,终隐南山雾[5]。

【注释】

[1]本篇作于作者出任宣城太守途中,前半写景,后半抒情,表现了远离京城,全身避害的思想。宣城郡,在今安徽宣城县。板桥,即板桥浦,在今南京市西南。《水经注·江水》曰:"江水经三山,又湘浦出焉。水上南北结浮桥度水,故曰板桥浦,江又北经新林浦。"[2]永:长。骛:奔驰。[3]怀禄:贪恋禄位。沧洲趣:隐居的意趣。[4]嚣尘:指烦杂的人事。[5]"虽无"二句:《列女传》曰:"陶答子治陶三年,名誉不兴,家富三倍。其妻独抱儿泣。姑怒,以为不祥。妻曰:'妾闻南山有玄豹,隐雾而七日不食,欲以泽其衣毛,成其文章。至于犬豕,肥以取之,逢祸必矣。'朞年,答子之家,果被盗诛。"

阴 铿（生卒年不详）

阴铿，字子坚，武威姑臧（今甘肃武威）人。在梁时做过法曹参军，由梁入陈，官至晋陵太守，员外散骑常侍。工五言诗，诗风清新流丽，与何逊齐名。有《阴常侍集》。

渡青草湖[1]

洞庭春溜满[2]，平湖锦帆张。沅水桃花色，湘流杜若香。穴去茅山近[3]，江连巫峡长。带天澄迥碧，映日动浮光。行舟逗远树[4]，度鸟息危樯。滔滔不可测，一苇讵能航[5]？

【注释】

[1]青草湖，在今湖南省岳阳市西南，与洞庭湖相连。[2]春溜：春水。[3]"穴去"句：穴，神仙洞府。茅山：即句曲山，今江苏省句容县东南，相传汉时三茅真君（茅盈、茅固、茅衷）曾在此修道，事见《茅盈内传》。[4]逗：停止。[5]"一苇"句：《诗经·卫风·河广》："谁谓河广，一苇杭之。"杭与航通。

庾 信（513—581）

庾信，字子山，祖籍南阳新野（今河南省新野县），后迁居江陵。早年出入梁朝宫廷，善作宫体诗，诗风华艳，为当时所重。梁元帝承圣三年（554），奉使西魏，适值西魏破江陵，遂羁留北朝，终生不得南返。庾信在北朝因其文学才华甚受优遇。然而家国之悲、乡关之思、身世之忧萦怀难去，诗风遂大变，逐渐尽去前期华艳纤秾之风，风格变得苍劲沉郁，其艺术成就堪称集六朝之大成。有《庾子山集》。

拟咏怀[1]

摇落秋为气[2]，凄凉多怨情。啼枯湘水竹，哭坏杞梁城[3]。天亡遭愦战，日蹙值愁兵[4]。直虹朝映垒，长星夜落营[5]。楚歌饶恨曲，南风多死声[6]。眼前一杯酒，谁论身后名[7]。

【注释】

[1]庾信《拟咏怀》诗凡二十七首，本篇原列第十一，悼念梁朝兵败覆灭的悲剧。因阮籍有《咏怀》诗，故题为《拟咏怀》。《拟咏怀》作于羁留北朝时期，所写大都为乡关之思。[2]"摇落"句：《楚辞·九辩》："悲哉秋之为气，萧瑟兮草木摇落而变衰。"[3]"啼枯"二句：湘水竹：相传尧以娥皇、女英嫁舜。舜南巡，死于苍梧，二女往寻，泪洒翠竹，竹上生斑。杞梁城：相传春秋时齐大夫杞梁战死，

其妻放声痛哭,杞城为之崩塌。[4]"天亡"二句:《史记·项羽本纪》:"天亡我也,我何渡为?"《诗经·大雅·召旻》:"今也日蹙国百里。"[5]"直虹"二句:长虹映垒为兵败之象,长星落营为主将死亡之兆。[6]"楚歌"二句:项羽垓下之围,夜闻四面皆楚歌,事见《史记·项羽本纪》。《左传》:"晋人闻有楚师。师旷曰:'不害。吾骤歌北歌,又歌南歌,南风不竞,多死声,楚必无功。'"[7]"眼前"二句:《世说新语·任诞》:"张季鹰纵任不拘,时人号为江东步兵。或谓之曰:'卿乃可纵适一时,独不为身后名邪?'答曰:'使我有身后名,不如即时一杯酒。'"

寄王琳[1]

玉关道路远,金陵信使希。独下千行泪,开君万里书。

【注释】

[1]王琳,字子珩,梁朝大将,平侯景之乱有功。西魏围江陵,琳自广州驰援,未至城破。陈霸先篡位,琳引兵讨伐,兵败被杀。本篇是作者在北朝收到王琳书信所作,表达了故国之思及作者与王琳的深厚友情。

重别周尚书[1]

阳关万里道,不见一人归。唯有河边雁,秋来南向飞。

【注释】

[1]周尚书名弘正,曾于陈文帝天嘉元年(560)奉使北周,与庾信相见。本篇是周弘正南归时庾信所作赠别诗,原诗共二首,这是第一首。

第二章　南北朝乐府

　　乐府诗在中国诗史上占有重要地位。较之汉乐府，南北朝乐府在创作风格和表现手法上都有巨大创新。它不仅对当时文人创作有重要借鉴作用，而且对唐代诗人也产生了深远影响，并为唐代五绝的兴起开辟了道路。南北朝时期，由于南北长期割据，加之南北自然环境不同，民风好尚有异，南北之间在政治、经济、文化等方面存在着明显差别。当时北方诗人普遍崇尚南朝诗风，追随南朝创作潮流，因而南北方文人诗歌的差异不算太明显。然而，在更接近于民间生活原生形态的乐府诗歌中，南北双方却呈现出了迥然不同的情调和风格。

　　南朝乐府民歌主要有吴歌和西曲两类，大部分保存在宋人郭茂倩所编《乐府诗集·清商曲辞》里。吴歌多产生于建业（今南京）为中心的长江下游地区，西曲多产生于长江中游和汉水流域。这些民歌原本多是徒歌，经乐府机构采集以后才入乐。吴歌、西曲虽同属南朝民歌，但是音节和歌唱方式却有所不同。从产生时间来看，吴歌产生于东晋、刘宋两朝的居多，西曲大多产生于齐、梁、陈时代。吴歌、西曲之外，清商曲辞中还有十八首《神弦歌》，是江南地区民间祀神的乐诗。

　　南朝乐府民歌主要产生于城市生活之中，因此它的作者应该以伎女和中下层文士为主。从一些诗中表现出的较高文学素养和修辞技巧来看，其中应夹杂着贵族文人的作品，可能经过了贵族文人的润色。与广泛反映社会生活的汉乐府民歌不同，南朝乐府民歌内容比较狭窄，绝大多数是描写男女之情的情歌。

　　造成南朝民歌这一特点的原因很多。首先，江南经济的发展为南朝乐府的兴起创造了物质条件。永嘉之后，由于汉族政权的南迁，江南地区得到进一步开发，江南逐渐发展为全国经济的重心。都邑市肆、街衢里巷中流行的歌曲追求文化娱乐，不关心风雅兴寄，是很正常的，因而情歌的流行也便是自然而然的事情。其次，南方特殊的自然环境和民风土俗为南朝乐府的发展提供了滋生的土壤。南朝乐府民歌产生的长江流域物产丰饶，山温水软，陶冶出当地居民热情浪漫的性格特征。在民歌发达的南北朝时期,受这种地方传统的影响,表达男女情爱的乐府歌诗流行一时亦非偶然。再次,当时贵族的好尚也对乐府民歌的发展起到了一定的导向作用。从魏晋开始,中国便已进入一个思想观念比较开放的时代。南渡以后,统治阶级意志消磨,安于现状,对声色的追求靡然成风。南朝民歌的情爱主题恰好能满足统治者的这种生活情调。跟旨在通过采集民间歌谣,观风俗、知厚薄、行教化的汉代乐府机构不同,南朝乐府机构采集民歌的目的,主要是为了满足贵族阶层的声色需求。现存南朝民歌是由乐府机构采集而保存下来的,因此,其中以情歌为主也不足为奇。

现存南朝乐府民歌中,吴歌有三百二十六首,西曲一百四十二首。吴歌中最著名的有《子夜歌》、《子夜四时歌》、《读曲歌》、《华山畿》等。吴歌大多为女子的吟唱,以表现少女的相思之苦、对爱情的渴望、对负心男子的怨恨、婚姻不自由带来的苦闷、对爱情的坚贞不渝等情感为主。西曲产生于长江和汉水两岸的城市,所以多写水边船上的别离之情,反映的生活面较吴歌稍广。此外,《乐府诗集·杂曲歌词》中还收录了一首长篇五言诗《西洲曲》。此诗共三十二句,四句一转韵,实际上是由五言四句连章体演变而成。《西洲曲》可能是经过文人加工的南朝民歌,全诗写得情意缠绵,辞采清丽,声调婉转,堪称南朝乐府的代表作。

南朝乐府民歌在艺术表现方面也独具特色。南朝乐府的语言清新明朗,自然天成,形式上以五言四句为主,对五言绝句的形成起到了很大作用。善于巧用双关语是南朝乐府民歌最显著的特征,比如以"藕"双关"偶",以"莲"双关"怜",以"丝"双关"思",以"碑"双关"悲",以"篱"双关"离";或者以布匹之"匹"双关匹偶之"匹",以药名或曲名之"散"双关聚散之"散",以黄连之"苦"双关相思之"苦"。双关语的运用不仅使诗歌语言更加生动活泼,而且使情感的表达更加含蓄委婉。

北朝乐府民歌现存六十多首,大部分收录在《乐府诗集·横吹曲辞》的《梁鼓角横吹曲》中,另有几篇收在《杂曲歌词》和《杂歌谣辞》中。横吹曲原来是马上演奏的军乐,由于演奏的乐器中有鼓、角,所以又称"鼓角横吹曲"。北朝民歌多数产生于北魏以后。在南北文化交流中,大量北朝民歌传到了南朝,并由梁朝乐府机关保留下来,所以叫作"梁鼓角横吹曲"。

北朝民歌原来大多数是北方少数民族传唱的歌谣。比如,《折杨柳歌辞》说"我是虏家儿,不解汉儿歌",便是明证。再如,著名的《敕勒川》就是由鲜卑语翻译而来。当然,北朝民歌中也有一部分是北方人直接用汉语创作的。除了汉族、鲜卑族民歌之外,北朝民歌中还包括羌、氐等民族的歌谣。因此,北朝乐府民歌可以说是北方各民族共同创造的文化硕果。

与南朝民歌主要限于歌咏狭隘的爱情主题不同,北朝民歌反映的社会生活面要广阔得多。北朝民歌表现的主要内容有北地风光、游牧生活、尚武精神、战争、徭役、爱情、婚姻以及下层人民的悲苦生活,它所反映出的社会生活的广度和深度,是歌楼酒肆中演唱的南朝风情小调无法比拟的。与柔婉缠绵的南朝民歌不同,北朝民歌最显著的特征是质朴粗犷、刚健雄壮。这种艺术特征的形成,和北方的地理环境、民风土俗、文化风尚、生活方式息息相关。

北地山高水深,土地平旷,阔大峻伟的自然环境塑造了北人粗犷豪迈的性格特征;漂移不定的游牧生活和频仍的战争,陶铸出了北人强悍的民风和雄健的尚武精神。这些因素灌注人心,发为歌咏,自然使北歌带有一股浓郁的苍凉雄壮之气。比如歌唱广阔无垠、苍茫混沌的北方草原景象的《敕勒川》所表现出的开阔胸襟和豪迈情怀,绝非吟唱江南清丽山水的南朝歌者所能想见。同样是表现爱情主题,北人径直唱到:"腹中愁不乐,愿作郎马鞭。出入擐郎臂,蹀坐郎膝边。"(《折杨柳歌辞》)毫无江南情歌的含蓄便娟之致。

北朝民歌在诗歌形式上和南朝民歌相似,也以五言四句体式为主。其余的诗歌多为整齐的七言、四言,杂言体较少。北朝民歌抒情直率粗犷,语言朴实无华,很少使用双关隐语。值得一提的是,许多北朝民歌是由少数民族语言翻译而来的,表现出了高超的文学翻译技巧。《乐府诗集》中还收录了一首长篇叙事诗《木兰诗》。虽然其产生年代尚有争议,但是多数研究者都认为它是北朝民歌。《木兰诗》一向被认为是北朝民歌的代表作。

参考书目:

黄节.汉魏乐府风笺[M].北京:人民文学出版社,1958.

萧涤非.汉魏六朝乐府文学史[M].北京:人民文学出版社,1984.

罗根泽.乐府文学史[M].上海:东方出版社,1996.

第一节　南朝乐府

子夜歌[1]

一

宿昔不梳头,丝发被两肩。婉伸郎膝上,何处不可怜。

二

夜长不得眠，转侧听更鼓。无故欢相逢，使侬肝肠苦。

三

气清明月朗，夜与君共嬉。郎歌妙意曲，侬亦吐芳词。

四

始欲识郎时，两心望如一。理丝入残机，何悟不成匹。

【注释】

[1]《子夜歌》始于晋代。《乐府诗集》卷四四《清商曲辞》曰："《唐书·乐志》：'《子夜歌》者，晋曲也。晋有女子名子夜，造此声，声过哀苦。'《宋书·乐志》：'晋孝武太元中，琅琊王轲家有鬼歌子夜，殷允为豫章，豫章侨人庚虔家亦有鬼歌子夜。'殷允为豫章亦是太元中，则子夜是此时以前人也。"《子夜歌》现存四十二首，都是男女恋歌。

子夜四时歌[1]

春歌

春林花多媚，春鸟意多哀。春风复多情，吹我罗裳开。

夏歌

高堂不作壁，招取四面风。吹散罗裳开，动侬含笑容。

秋歌

秋风入窗里，罗帐起飘飏。仰头看明月，寄情千里光。

冬歌

寒鸟依高树，枯林鸣悲风。为欢憔悴尽，那得好颜容。

【注释】

[1]《子夜四时歌》简称《四时歌》，是从《子夜歌》变化出的歌唱四时的曲调。《乐府诗集》收《子夜四时歌》七十五首，其中《春歌》、《夏歌》各二十首，《秋歌》十八首，《冬歌》十七首，都是描写男女情爱的恋歌。此处四时各选一首。

华山畿[1]

华山畿！君既为侬死，独生为谁施？欢若见怜时，棺木为侬开。

【注释】

[1]《乐府诗集》引《古今乐录》曰:"《华山畿》者,宋少帝时《懊恼》一曲,亦变曲也。少帝时,南徐一士子从华山畿往云阳,见客舍有女子,年十八九,悦之无因,遂感心疾。母问其故,俱以告之。母为至华山寻访,见女具说。闻感之,因脱蔽膝,令母密置其席下卧之,当已。少日果差。忽举席见蔽膝而抱持,遂吞食而死。气欲绝,谓母曰:'葬时车载从华山度。'母从其意。比至女门,牛不肯前,打拍不动。女曰:'且待须臾。'妆点沐浴,既而出,歌曰:'华山畿,君既为侬死,独活为谁施?欢若见怜时,棺木为侬开。'棺应声开,女遂入棺。家人叩打,无如之何,乃合葬。呼曰'神女冢'。"《华山畿》,《乐府诗集》载二十五首,大多写男女相思情爱。

莫愁乐[1]

莫愁在何处?莫愁石城西。艇子打两桨,催送莫愁来。

【注释】

[1]《唐书·乐志》曰:"《莫愁乐》者,出于《石城乐》。石城有女子名莫愁,善歌谣。《石城乐》中复有'忘愁'声,因有此歌。"《乐府诗集》收录两首。

那呵滩[1]

一

闻欢下扬州,相送江津湾。愿得篙橹折,交郎到头还。

二

篙折当更觅,橹折当更安。各自是官人,那得到头还。

【注释】

[1]《那呵滩》属《清商曲辞·西曲歌》。《古今乐录》:"那呵,盖滩名也。"《那呵滩》多叙江陵及扬州之事,《乐府诗集》收录六首,都是男女情歌。

西洲曲[1]

忆梅下西洲,折梅寄江北。单衫杏子红,双鬓鸦雏色。西洲在何处?两桨桥头渡。日暮伯劳飞[2],风吹乌臼树。树下即门前,门中露翠钿。开门郎不至,出门采红莲。采莲南塘秋,莲花过人头。低头弄莲子,莲子青如水。置莲怀袖中,莲心彻底红。忆郎郎不至,仰首望飞鸿。鸿飞满西洲,望郎上青楼[3]。楼高望不见,尽日栏杆头。栏杆十二曲,垂手明如玉。卷帘天自高,海水摇空绿[4]。海水梦悠悠,君愁我亦愁。南风知我意,吹梦到西洲。

【注释】

[1]本篇《乐府诗集》收入"杂曲歌辞",题作"古辞"。当是经过文人加工的南朝民歌。全篇通过季节变换抒发女子相思之情。[2]伯劳:鸟名,仲夏始鸣,好单栖。[3]青楼:以青色涂饰之楼,古代女子居所的通称。[4]海水:即江水。因江水浩瀚,望之如海,故称海水。

第二节　北朝乐府

企喻歌辞[1]

一

男儿欲作健,结伴不须多。鹞子经天飞,群雀两向波。

二

男儿可怜虫,出门怀死忧。尸丧狭谷中,白骨无人收。

【注释】

[1]《企喻歌辞》,《乐府诗集》收入《横吹曲辞·梁鼓角横吹曲》,共四首,此处选二首。《乐府诗集》引《古今乐录》:"此歌是燕魏之际鲜卑歌也。"

陇头歌辞[1]

一

陇头流水,流离山下。念吾一身,飘然旷野。

二

朝发欣城,暮宿陇头。寒不能语,舌卷入喉。

三

陇头流水,鸣声幽咽。遥望秦川,心肝断绝。

【注释】

[1]《陇头歌辞》本是汉横吹曲,古辞已亡。《乐府诗集》归入《梁鼓角横吹曲》,凡三首。

折杨柳歌辞[1]

一

健儿须快马,快马须健儿。跸跋黄尘下,然后别雌雄。

二

上马不捉鞭,反折杨柳枝。蹀座吹长笛,愁杀行客儿。

【注释】

[1]《折杨柳歌辞》,《乐府诗集》收录五首,归入《梁鼓角横吹曲》。此处选二首。[2]跸跋:急促的马蹄声。[3]蹀座:趺坐,即盘腿而坐。

第三章　魏晋南北朝文

　　魏晋以降,随着文学的自觉,文章写作风格发生了重大转变。记事说理的史传文和诸子文繁华不再,铺张扬厉的辞赋创作风气也日渐式微。继之而起的是言情述志的散文,后汉时期兴起的抒情小赋也得到长足发展。文章的形式美和音乐美逐渐受到重视。从西晋起,散文和辞赋不约而同开始向骈俪化方向发展。东晋文学受玄风影响,情采稍逊。降及宋初,文学独立观念益发明确,追新求变之风日盛,"俪采百字之偶,争价一句之奇"的诗歌创作风气,也影响到其他各类文体。南齐永明声律论的提出,更为此一潮流推波助澜。受此风潮影响,文人创作踵事增华,追求骈偶、辞采、声韵之美的创作风格成为时尚,骈文由此勃然而兴,沛然风行。辞赋创作在汉大赋时代既已显露出骈偶化迹象。降及南北朝,习染于骈俪之风盛行的时代风潮之中,辞赋亦逐渐开始向骈俪化方向发展,形成了带有显著时代特征的骈赋。

　　魏晋文章一扫汉儒迂阔之气,直抒胸臆,述志言情类散文得到长足发展。曹操被鲁迅先生誉为"改造文章的祖师"。他的散文不受陈规束缚,立法谨严,词锋犀利,形成了清峻通脱、质朴简约的风格。曹丕提出了"诗赋欲丽"、"文以气为主"的理论主张,使文章在通脱之外,增加了华丽壮大之气。曹丕、曹植兄弟的散文长于抒怀,情采瑰玮,或追怀旧游,或品第时文,或感慨身世,或流连光景,清新流畅,情韵悠长,其风格影响建安一代。魏晋之际,"天下多故,名士少有全者"(《晋书·阮籍传》)。因此,文人创作多以老庄为旨趣,风格转为狷急幽邃。何晏、王弼之徒炽煽玄风,言约意深;竹林诸贤玄默自守,傲骨凌霜,其文皆以师心使气为主。永嘉南渡以后,王羲之、陶渊明等人的散文渐趋平淡,词约意隽,写意抒怀的作风仍然步武前贤,风格之淡远则过之。

　　南北朝散文成就虽然略逊于前朝,但也不乏佳作。郦道元的《水经注》和杨衒之的《洛阳伽蓝记》就是备受后人推许的两部奇书。《水经注》虽然是一部学术性的地理著作,但是它对山川形貌、四时风物的描写,文笔清新,富有情趣,令人有身临其境之感。《水经注》以其清朗朴茂的文风奠定了中国山水散文发展的基础,对唐以后古文家的山水游记文产生了极大影响。《洛阳伽蓝记》主要记载了北魏定都洛阳四十年间的政治大事、中外交通、人物传记、市井景象、民间习俗、传说异闻。其写景穷形尽态，记事细致生动，写人栩栩如生，笔下常带浓郁的个人情感。在历史散文方面，南北朝也有较高成就。南北朝时期，史书创作较为繁荣，涌现出了一大批史学著作。秉承"良史莫不工文"的史学传统，加之受讲究文采的时代风气影响，这个时期的史书大都表现出较高的文学水平，范晔的《后汉书》堪称此一时期历史散文的代表作。

建安时期，文学创作已出现追求华丽风格的趋向。到西晋时期，追求文学修辞技巧的风气愈发风靡。降及南北朝，文人更加执著于追求文章的形式之美，文学创作精雕细琢，刻意追新求变，遂使骈俪化文风盛行于世。骈俪本是一种讲究语言结构和词性平行对偶的修辞手法。这种修辞手法在文章写作中的广泛运用，使文章中的骈偶句数量大幅增加，始而骈散并行，进而骈偶句成为文章中的主要句式，散文便逐渐演化为骈文。

骈文是南北朝时期最具代表性的文体，其间佳作迭出，为一时之胜。有"元嘉三大家"之称的谢灵运、颜延之、鲍照文才不让诗才，其骈文造诣之高，冠绝当世，其中鲍照的《登大雷岸与妹书》尤为后人所激赏。此文以骈语作家书，开启了文人在书信中记叙山水胜景的法门。此外，孔稚珪的《北山移文》、陶弘景的《答谢中书书》、丘迟的《与陈伯之书》、吴均的《与朱元思书》，均是千古传诵的骈文名篇。

南北朝骈文的运用极为广泛，铭、诔、书、论等各种文体中无处不有骈文的痕迹。一般来说，骈文长于抒情体物，短于说理论事。然而，高明的骈文作家却往往能文心自用，以短扬长，为骈文创作别开生面。如范晔《后汉书》的论赞部分多用骈文书写，意旨明通，辞采润泽，声律协畅，显示出以骈文论史的高超水平。刘勰的《文心雕龙》、钟嵘的《诗品》，虽是文学理论著作，却也是用骈文所写，显示出了非凡的骈文才力。

魏晋辞赋上承后汉抒情小赋之传统，注重言情述志、体物寄怀。曹植的《洛神赋》、王粲的《登楼赋》、向秀的《思旧赋》、陶渊明的《归去来兮辞》等名篇，艺术水平超迈前代，左思的《三都赋》则足以比肩于汉代京都大赋。此外，魏晋赋家还扩宽了赋的表现领域，把赋引进到学术理论探讨活动之中，例如陆机的《文赋》即是辞赋体文学理论名作。

南北朝辞赋最显著的特征是骈俪化。其实早在汉代，辞赋中既已出现骈偶句式，初现骈化倾向。到南北朝时期，受骈俪化文风影响，辞赋中的骈偶成分渐次增加，由此便形成了骈俪色彩浓厚的新体骈赋。南北朝辞赋虽然在艺术上有所改变，但是在思想情趣方面接续的仍然是汉魏抒情赋的传统，抒情性依旧是南北朝辞赋最重要的特征。江淹的《恨赋》《别赋》，是这个时期最负盛名的抒情小赋名篇。"赋体物而浏亮"，写景状物本是辞赋的基本特色,谢惠连的《雪赋》、谢庄的《月赋》、谢灵运的《岭表赋》、《山居赋》等赋作,在写景状物方面堪称杰构。鲍照的《芜城赋》长于状物托情,最能感发人心,为一时之秀。这个时期最伟大的赋家当数庾信。其代表作《哀江南赋》以自身经历为线索历叙梁朝兴衰历史,篇制宏大,感情深沉,叙事、议论、抒情熔于一炉,为古代赋作中所罕见,备受历代名家推许。除了《哀江南赋》,庾信还有《枯树赋》、《小园赋》、《伤心赋》等脍炙人口的名篇传世。

参考书目:

高步瀛.魏晋文举要[M].北京:中华书局,1998.

高步瀛.南北朝文举要[M].北京:中华书局,1998.

第一节 散 文

曹 操(传略见前魏晋南北朝诗部分)

让县自明本志令[1]

孤始举孝廉[2],年少,自以本非岩穴知名之士,恐海内人之所见凡愚,欲为一郡守,好作政教,以建立名誉,使世士明知之。故在济南,始除残去秽[3],平心选举,违迕诸常侍[4]。以为强豪所忿,恐致家祸,故以病还。去官之后,年纪尚少,顾视同岁中[5],年有五十,未名为老,内自图之,从此却去二十年,待天下清,乃与同岁中始举者等耳。故以四时归乡里,于谯东五十里筑精舍[6],欲秋夏读书,冬春射猎,求底下之地,欲以泥水自蔽,绝宾客往来之望,然不能得如意。后征为都尉,迁典军校尉,意遂更欲为国家讨贼立功,欲望封侯作征西将军,然后题墓道言"汉故征西将军曹侯之墓",此其志也。

而遭值董卓之难,兴举义兵。是时合兵能多得耳,然常自损,不欲多之。所以然者,多兵意盛,与强敌争,倘更为祸始。故汴水之战数千[7],后还到扬州更募,亦复不过三千人。此其本志有限也。后领兖州,破降黄巾三十万众。又袁术僭号于九江[8],下皆称臣,名门曰建号门,衣被皆为天子之制,两妇预争为皇后。志计已定,人有劝术使遂即帝位,露布天下[9]。答言"曹公尚在,未可也"。后孤讨禽其四将,获其人众,遂使术穷亡解沮,发病而死。及至袁绍据河北,兵势强盛。孤自度势,实不敌之,但计投死为国,以义灭身,足垂于后。幸而破绍,枭其二子。又刘表自以为宗室,包藏奸心,乍前乍却,以观世事,据有当州。孤复定之,遂平天下。身为宰相,人臣之贵已极,意望已过矣。

今孤言此,若为自大,欲人言尽,故无讳耳。设使国家无有孤,不知当几人称帝,几人称王。或者人见孤强盛,又性不信天命之事,恐私心相评,言有不逊之志,妄相忖度,每用耿耿。齐桓、晋文所以垂称至今日者,以其兵势广大,犹能奉事周室也。《论语》云:"三分天下有其二,以服事殷,周之德可谓至德矣。"[10]夫能以大事小也。昔乐毅走赵,赵王欲与之图燕,乐毅伏而垂泣,对曰:"臣事昭王,犹事大王;臣若获戾[11],放在他国,没世然后已,不忍谋赵之徒隶,况燕后嗣乎?"胡亥之杀蒙恬也,恬曰:"自吾先人及至子孙,积信于秦三世矣。今臣将兵三十余万,其势足以背叛,然知必死而守义者,不敢辱先人之教以忘先王也。"孤每读此二人书,未尝不怆然流涕也。孤祖、父以至孤身,皆当亲重之任,可谓见信者也,以及子桓兄弟,过于三世矣。孤非徒对诸君说此也,常以语妻妾,皆令深知此意。孤谓之言:"顾我万年之后,汝曹皆当出嫁。欲令传道我心,使他人皆知之。"孤此言皆肝鬲之要也。所以勤勤恳恳叙心腹者,见周公有《金縢》之书以自明[12],恐人不信之故。

然欲孤便尔委捐所典兵众,以还执事,归就武平侯国,实不可也。何者?诚恐己离兵为人所祸也。既为子孙计,又己败则国家倾危,是以不得慕虚名而处实祸,此所不得为也。前朝恩封三子为侯,固辞不受,今更欲受之,非欲复以为荣,欲以为外援为万安计。

孤闻介推之避晋封[13],申胥之逃楚赏[14],未尝不舍书而叹,有以自省也。奉国威灵,仗钺征伐,推弱以克强,处小而禽大,意之所图,动无违事,心之所虑,何向不济。遂荡平天下,不辱主命,可谓天助汉室,非人力也。然封兼四县,食户三万,何德堪之!江湖未静,不可让位,至于邑土,可得而辞。今上还阳夏、柘、苦三县户二万,但食武平万户,且以分损谤议,少减孤之责也。

【注释】

[1]建安十五年(210),曹操基本统一北方,权力逐渐巩固,流言谓其将篡汉自立,他因此写了这篇令以表明心迹,申明自己由举义兵到官拜丞相实为形势所迫,并无篡立之心,最后表示愿奉还大部分食邑以分损谤议。[2]孝廉:汉代选拔人才的科目之一。善事父母为孝,清廉方正为廉。曹操举孝廉在熹平三年(174),时年二十。[3]除残去秽:中平元年(184),曹操由骑都尉迁为济南相,奏免了八个贪官污吏。此句即指此事而言。[4]常侍:官名,皇帝的侍从近臣,东汉以宦官充任。[5]同岁:指同年被荐举为孝廉的人。[6]精舍:汉代学舍的名称。[7]汴水之战:初平元年(190),关东州郡起兵讨伐董卓,曹操与董卓部将徐荣战于荥阳汴水(今河南荥阳市西南),曹操战败。[8]僭号:

盗用皇帝名号。[9]露布:布告,宣示。[10]此三句语见《论语·泰伯篇》。[11]获戾:获罪。戾,罪也。[12]金縢:《尚书》篇名。周武王病,周公作祷词,愿以身代,祷词藏于金縢柜中。武王死后,成王年幼,周公摄政,流言谓周公将篡位自立,周公遂避居洛邑。后来成王发现祷词,始知其忠贞。[13]介推之避晋封:春秋时,介之推从晋文公流亡十九年。晋文公回国即位,封赏有功之臣,介之推不求赏赐,避入绵山。晋文公派人放火烧山逼他出来,介之推抱木而死。事见《左传》僖公二十四年。[14]申胥之逃楚赏:吴伐楚,陷郢都。楚大夫申包胥赴秦求援,哭于秦庭七日,秦乃出兵救楚。后来楚昭王论功行赏,申包胥逃而不受。事见《左传》定公四年。

曹　丕(传略见前魏晋南北朝诗部分)

与吴质书[1]

二月三日,丕白:岁月易得,别来行复四年。三年不见,东山犹叹其远[2],况乃过之,思何可支!虽书疏往返,未足解其劳结。

昔年疾疫,亲故多离其灾。徐陈应刘,一时俱逝,痛可言邪!昔日游处,行则连舆,止则接席;何曾须臾相失。每至觞酌流行,丝竹并奏,酒酣耳热,仰而赋诗[3]。当此之时,忽然不自知乐也。谓百年己分,可长共相保。何图数年之间,零落略尽,言之伤心!顷撰其遗文,都为一集[4]。观其姓名,已为鬼录。追思昔游,犹在心目。而此诸子,化为粪壤,可复道哉!

观古今文人,类不护细行,鲜能以名节自立。而伟长独怀文抱质,恬淡寡欲,有箕山之志[5],可谓彬彬君子者矣[6]。著《中论》二十余篇,成一家之言,辞义典雅,足传于后,此子为不朽矣。德琏常斐然有述作之意[7],其才学足以著书,美志不遂,良可痛惜!间者历览诸子之文,对之抆泪,既痛逝者,行自念也。孔璋章表殊健,微为繁富。公幹有逸气,但未遒耳;其五言诗之善者,妙绝时人。元瑜书记翩翩,致足乐也。仲宣续自善于辞赋[8],惜其体弱,不足起其文,至于所善,古人无以远过。

昔伯牙绝弦于钟期,仲尼覆醢于子路[9],痛知音之难遇,伤门人之莫逮。诸子但为未及古人,亦一时之隽也。今之存者,已不逮矣。后生可畏[10],来者难诬,然恐吾与足下不及见也。

年行已长大,所怀万端,时有所虑,至通夜不瞑。志意何时复类昔日?已成老翁,但未白头耳。光武言:年三十余,在兵中十岁,所更非一[11]。吾德不及之,年与之齐矣。以犬羊之质,服虎豹之文;无众星之明,假日月之光;动见瞻观,何时易乎?恐永不复得为昔日游也。少壮真当努力,年一过往,何可攀援!古人思秉烛夜游[12],良有以也。

顷何以自娱?颇复有所述造不?东望于邑,裁书叙心。丕白。

【注释】

[1]曹丕与吴质书有两篇，《文选》第一篇题为《与朝歌令吴质书》，此为第二篇。李善注引《典略》曰："初，徐幹、刘桢、应玚、阮瑀、陈琳、王粲等与吴质并见友于太子。二十二年(217)，魏大疫，诸人多死，故太子与质书。"[2]"东山"句：《诗·豳风·东山》："我徂东山，慆慆不归。自我不见，于今三年。"[3]"酒酣耳热，仰而赋诗"句：杨恽《报孙会宗书》曰："酒后耳热，仰天抚缶。"[4]撰：编定。都：总共。[5]箕山之志：指洁身自守的品德。传说尧欲让天下于许由，许由逃往箕山。[6]《论语·雍也》：子曰："质胜文则野，文胜质则史，文质彬彬，然后君子。"[7]《论语·述而》：子曰："述而不作，信而好古，窃比于我老彭。"[8]《文选》李善注曰："言仲宣最少，续彼众贤，自善于辞赋。续或为独。"[9]"伯牙"、"仲尼"二句：《文选》李善注引《吕氏春秋》曰："子期死，而伯牙破琴绝弦。"《礼记》曰："孔子哭子路于中庭，有人吊者，而夫子拜之。既哭，进使者而问故。使者曰：'醢之矣'。遂命覆醢。"醢，肉酱。子路被杀后被剁为肉酱，故孔子命覆醢不食。[10]《论语·子罕》：子曰："后生可畏，焉知来者之不如今也?"[11]《文选》李善注引《东观汉记》："光武赐隗嚣书曰：'吾年已三十余，在兵中十岁，所更非一狃浮语虚辞耳。'"所更非一：意思是经历的时期不一一叙述。[12]"古人"句：《古诗十九首》："昼短苦夜长，何不秉烛游。"

嵇 康（传略见前魏晋南北朝诗部分）

与山巨源绝交书[1]

康白：足下昔称吾于颍川[2]，吾常谓之知言。然经怪此意尚未熟悉于足下，何从便得之也？前年从河东还，显宗、阿都说足下议以吾自代[3]。事虽不行，知足下故不知之。足下傍通[4]，多可而少怪，吾直性狭中，多所不堪，偶与足下相知耳。间闻足下迁，惕然不喜，恐足下羞庖人之独割，引尸祝以自助[5]，手荐鸾刀，漫之膻腥。故具为足下陈其可否。

吾昔读书，得并介之人，或谓无之，今乃信其真有耳。性有所不堪，真不可强。今空语同知有达人，无所不堪，外不殊俗，而内不失正，与一世同其波流，而悔吝不生耳。老子、庄周，吾之师也，亲居贱职；柳下惠、东方朔，达人也，安乎卑位。吾岂敢短之哉！又仲尼兼爱，不羞执鞭[6]；子文无欲卿相，而三登令尹[7]，是乃君子思济物之意也。所谓达能兼善而不渝，穷则自得而无闷。以此观之，故尧、舜之君世，许由之岩栖，子房之佐汉，接舆之行歌[8]，其揆一也。仰瞻数君，可谓能遂其志者也。故君子百行，殊涂而同致，循性而动，各附所安。故有处朝廷而不出，入山林而不反之论。且延陵高子臧之风[9]，长卿慕相如之节，志气所托，不可夺也。

吾每读尚子平、台孝威传[10]，慨然慕之，想其为人。少加孤露，母兄见骄，不涉经学。性复疏懒，筋驽肉缓，头面常一月十五日不洗，不大闷痒，不能沐也。每常小便而忍不起,令胞中略转乃起耳。又纵逸来久,情意傲散,简与礼相背,懒与慢相成,而为侪类见宽,不攻其过。又读庄老,重增其放。故使荣进之心日颓,任实之情转笃。此犹禽鹿,少见驯育,则服从教制;长而见羁,则狂顾顿缨,赴蹈汤火,虽饰以金镳,飨以嘉肴,逾思长林而志在丰草也。

阮嗣宗口不论人过,吾每师之,而未能及。至性过人,与物无伤,唯饮酒过差耳。至为礼法之士所绳,疾之如雠,幸赖大将军保持之耳[11]。以不如嗣宗之贤,而有慢驰之阙;又不识人情,暗于机宜;无万石之慎[12],而有好尽之累,久与事接,疵衅日兴,虽欲无患,其可得乎?

又人伦有礼,朝庭有法,自惟至熟,有必不堪者七,甚不可者二:卧喜晚起,而当关呼之不置[13],一不堪也。抱琴行吟,弋钓草野,而吏卒守之,不得妄动,二不堪也。危坐一时,痹不得摇,性复多虱,把搔无已,而当裹以章服,揖拜上官,三不堪也。素不便书,又不喜作书,而人间多事,堆案盈机,不相酬答,则犯教伤义,欲自勉强,则不能久,四不堪也。不喜吊丧,而人道以此为重,已为未见恕者所怨,至欲见中伤者。虽瞿然自责,然性不可化,欲降心顺俗,则诡故不情,亦终不能获无咎无誉如此[14],五不堪也。不喜俗人,而当与之共事,或宾客盈坐,鸣声聒耳,嚣尘臭处,千变百伎,在人目前,六不堪也。心不耐烦,而官事鞅掌,机务缠其心,世故繁其虑,七不堪也。又每非汤武而薄周孔,在人间不止,此事会显,世教所不容,此其甚不可一也。刚肠疾恶,轻肆直言,遇事便发,此甚不可二也。以促中小心之性,统此九患,不有外难,当有内病,宁可久处人间邪!又闻道士遗言,饵术黄精[15],令人久寿,意甚信之。游山泽,观鱼鸟,心甚乐之。一行作吏,此事便废,安能舍其所乐,而从其所惧哉!

夫人之相知,贵识其天性,因而济之。禹不偪伯成子高,全其节也[16]。仲尼不假盖于子夏,护其短也[17]。近诸葛孔明不偪元直以入蜀[18],华子鱼不强幼安以卿相[19],此可谓能相终始,真相知者也。足下见直木必不可以为轮,曲木者不可以为桷,盖不欲以枉其天才,令得其所也。故四民有业,各以得志为乐,唯达者为能通之,此足下度内耳。不可自见好章甫,强越人以文冕也[20];己嗜臭腐,养鸳雏以死鼠也[21]。吾顷学养生之术,方外荣华,去滋味,游心于寂寞,以无为为贵。纵无九患,尚不顾足下所好者。又有心闷疾,顷转增笃,私意自试,不能堪其所不乐。自卜已审,若道尽途穷则已耳。足下无事冤之,令转于沟壑也。

吾新失母兄之欢,意常凄切。女年十三,男年八岁,未及成人,况复多病,顾此恨恨,如何可言!今但愿守陋巷,教养子孙;时与亲旧叙阔,陈说平生,浊酒一杯,弹琴一曲,志愿毕矣。足下若嬲之不置,不过欲为官得人,以益时用耳。足下旧知吾潦倒粗疏,不切事情,自惟亦皆不如今日之贤能也。若以俗人皆喜荣华,独能离之,以此为快,此最近之，可得言耳。然使长才广度，无所不淹，而能不营，乃可贵耳。若吾多病困，欲离事自全，以保余年，此真所乏耳。岂可见黄门而称贞哉[22]！若趣欲共登王涂，期于相致，共为欢益，一旦迫之，必发其狂疾。自非重怨，不至于此也。

野人有快炙背而美芹子者[23]，欲献之至尊，虽有区区之意，亦已疏矣。愿足下勿似之。其意如此，既以解足下，并以为别。嵇康白。

【注释】

[1]山涛，字巨源，与嵇康同为竹林七贤中的人物，后投靠司马氏集团。他由尚书吏部郎迁散骑常侍时，举荐嵇康代其原职，嵇康断然拒绝，并作此书与之绝交。文中流露出不满司马氏阴谋篡魏的情绪，因此招致司马氏的厌恨，为日后埋下杀身之祸。[2]颍川：指山涛的叔父山嵚。山嵚曾为颍川太守，故以颍川代指其人。[3]显宗：公孙崇，字显宗，谯国人，曾为尚书郎。阿都：吕安，小名阿都，与嵇康为至交。[4]傍通：善于应变的意思。[5]《庄子·逍遥游》："庖人虽不治庖，尸祝不越樽俎而代之。"[6]《论语·述而》："子曰：'富而可求，虽执鞭之士吾亦为之。如不可求，从吾所好。'"[7]子文，春秋时期楚国人。令尹，楚职官名。《论语·公冶长》："令尹子文，三仕为令尹，无喜色；三已之，无愠色。"[8]许由，尧时隐士，尧欲让位于许由，许由逃入箕山隐居。子房，即张良。接舆，楚国隐士，曾与孔子相值，事见《论语·微子》。[9]延陵，即春秋吴国公子季札。吴王长子诸樊欲依父遗命立季札为君，季札举子臧事谢绝。子臧，春秋曹国公子，曹宣公死后曹人欲立子臧为君，子臧不受，逃往宋国。事见《左传》成公十五年、襄公十四年。[10]尚子平，东汉人，《文选》李善注引《英雄记》："尚子平有道术，为县功曹，休归。自入山担薪，卖以供食饮。"台孝威，东汉隐士，李善注引《后汉书》："台佟者，字孝威，魏郡人，隐于武安山，凿穴为居，采药为业。"[11]大将军：指司马昭。《文选》李善注引孙盛《晋阳秋》："何会于太祖坐谓阮籍曰：'卿任性放荡，败礼伤教，若不革变，王宪岂得相容！'谓太祖宜投之四裔，以絜王道。太祖曰：'此贤素羸病，君当恕之。'"[12]万石：汉朝石奋历仕高祖、文帝、景帝，以谨慎著称，奋及四子皆官至二千石，合为万石，故景帝号奋为万石君。[13]当关：守门的差役。[14]无咎无誉：语出《易·屯卦》："囊括无咎无誉。咎，过错，罪过。[15]饵：服食。饵术黄精，指服食术和黄精。《文选》李善注引《本草经》曰："术、黄精，久服轻身延年。"[16]伯成子高：夏禹时隐士。禹问政于子高，答曰："昔尧治天下，不赏而民勤，不罚而民畏。今则赏罚而民不仁，德自此衰，刑自此立，后世之乱，自此始矣。"事见《庄子·天地》。[17]"仲尼"句：孔子将行遇雨，无盖，门人建议向子夏借，孔子曰："商之为人也啬，短于财。吾闻与人交者，推其长者，违其短者，故能久也。"事见《孔子家语》。[18]"诸葛"句：徐庶，字符直，曾与诸葛亮同事刘备，因母被曹操所拘，不得已弃刘投曹。事见《三国志·蜀书·诸葛亮传》。[19]"华子鱼"句：华歆字子鱼，魏文帝时拜相，曾推荐管宁做官，管宁坚辞不受。事见《三国志·魏书·华歆传》、同书《管宁传》。[20]章甫：冠名。《庄子·逍遥游》："宋人资章甫而适越，越人断发文身，无所用之。"[21]鹓雏：鸟名，凤凰的一种。《庄子·秋水》载，惠子为梁相，担心庄子取代他的地位。庄子对他说："南方有鸟，其名鹓雏，子知之乎？夫鹓雏发南海而飞于北海，非梧桐而不止，非练实而不食，非醴泉不饮。

于是鸱得腐鼠,鹓雏过之,仰而视之曰'吓'！今子欲以子之梁国吓我耶?"[22]黄门:即宦官,受过宫刑,本无贞洁可言。[23]"野人"句:《列子·杨朱》载,宋国有田夫春天自曝于日,甚乐,谓其妻曰:"负日之暄,人莫知之,以献吾君,将有重赏。"里之富室告之曰:"昔人有美戎菽,甘枲茎芹萍子者,对乡豪称之。乡豪取而尝之,蜇于口,惨于腹。众哂而怨之,其人大惭。子,此类也。"

郦道元(约469—527)

郦道元,字善长,范阳涿县(今河北省涿县)人。历仕安南将军、东荆州刺史、御史中尉等职,后因谗出任关右大使,适值雍州刺史萧宝夤叛乱,被杀于赴任途中。郦道元性喜读书,博学多识,撰《水经注》四十卷。

水经注·河水·龙门[1]

河水南经北屈县故城西[2]。西四十里有风山,风山西四十里,河南孟门山[3]。《山海经》曰:"孟门之山,其上多金玉,其下多黄垩涅石。"[4]《淮南子》曰:"龙门未辟,吕梁未凿,河出孟门之上,大溢逆流,无有丘陵,高阜灭之,名曰洪水。大禹疏通,谓之孟门。"故《穆天子传》曰:"北登孟门九河之磴。"[5]孟门[6],即龙门之上口也。实为河之巨阨,兼孟门津之名矣。

此石经始禹凿,河中漱广[7],夹岸崇深,倾崖返捍,巨石临危,若坠复倚。古之人有言:"水非石凿,而能入石。"信哉！其中水流交冲,素气云浮,往来遥观者,常若雾露沾人,窥深悸魄。其水尚崩浪万寻,悬流千尺,浑洪赑怒[8],鼓若山腾,浚波颓叠,迄于下口。方知慎子下龙门[9],流浮竹,非驷马之追也。

【注释】

　　[1]《水经》是一部记载水系的地理书,旧传汉桑钦作。《水经》原文极为简略,郦道元遍搜各种记载及自己实地考察的见闻,为《水经》作注,注文比原书多出约二十倍。《水经注》文笔清丽,实为后世山水游记文学之先导。本篇所选描写河水经过龙门险要之地,写得惊心动魄,骇人心目。[2]北屈县故城,在今山西吉县东北。[3]风山:在今山西吉县北。孟门山:在今山西吉县西北,陕西宜川县东北,龙门山之北,绵延于黄河两岸。[4]黄垩:黄沙土。涅石:矾石。[5]磴:斜坡。[6]孟门津:在今山西宜川县东南,与孟门山相接,即河中之石檀山。[7]漱广:河道被冲刷得十分宽阔。[8]赑:猛壮貌。[9]慎子:即慎到,战国人,著《慎子》云:"河下龙门,其流驶如竹箭,驷马追之不及。"

第二节　骈　文

孔稚珪(448—501)

孔稚珪,字德彰,会稽山阴(今浙江省绍兴市)人。齐代曾任太子詹事等职。博学能文,风韵清疏,爱山水,喜文咏,不乐世务。有《孔詹事集》。

北山移文[1]

钟山之英[2],草堂之灵[3],驰烟驿路,勒移山庭。夫以耿介拔俗之标,潇洒出尘之想,度白雪以方絜,干青云而直上,吾方知之矣。若其亭亭物表,皎皎霞外,芥千金而不眄[4],屣万乘其如脱[5],闻凤吹于洛浦[6],植薪歌于延濑[7],固亦有焉。岂期终始参差,苍黄翻覆,泪翟子之悲,恸朱公之哭[8],乍回迹以心染,或先贞而后黩,何其谬哉!呜呼!尚生不存,仲氏既往[9],山阿寂寥,千载谁赏?

世有周子,隽俗之士,既文既博,亦玄亦史。然而学遁东鲁[10],习隐南郭[11],偶吹草堂[12],滥巾北岳,诱我松桂,欺我云壑,虽假容于江皋,乃缨情于好爵。其始至也,将欲排巢父,拉许由[13],傲百氏,蔑王侯,风情张日,霜气横秋。或叹幽人长往,或怨王孙不游[14]。谈空空于释部,核玄玄于道流。务光何足比[15],涓子不能俦[16]。

及其鸣驺入谷,鹤书赴陇[17],形驰魄散,志变神动。尔乃眉轩席次,袂耸筵上,焚芰制而裂荷衣[18],抗尘容而走俗状。风云凄其带愤,石泉咽而下怆,望林峦而有失,顾草木而如丧。

至其纽金章,绾墨绶[19],跨属城之雄,冠百里之首[20],张英风于海甸,驰妙誉于浙右。道帙长殡,法筵久埋,敲扑喧嚣犯其虑,牒诉倥偬装其怀。琴歌既断,酒赋无续。常绸缪于结课[21],每纷纶于折狱。笼张赵于往图,架卓鲁于前箓[22]。希踪三辅豪[23],驰声九州牧。

使我高霞孤映,明月独举,青松落阴,白云谁侣?涧户摧绝无与归,石径荒凉徒延伫。至于还飙入幕,写雾出楹,蕙帐空兮夜鹄怨,山人去兮晓猨惊。昔闻投簪逸海岸[24],今见解兰缚尘缨。于是南岳献嘲,北垄腾笑,列壑争讥,攒峰竦诮。慨游子之我欺,悲无人以赴吊。故其林惭无尽,涧愧不歇,秋桂遣风,春萝罢月,骋西山之逸议,驰东皋之素谒[25]。

今又促装下邑,浪拽上京,虽情投于魏阙,或假步于山扃。岂可使芳杜厚颜,薜荔蒙耻,碧岭再辱,丹崖重滓,尘游躅于蕙路[26],污渌池以洗耳?宜扃岫幌,掩云关,敛轻雾,藏鸣湍,截来辕于谷口,杜妄辔于郊端。于是丛条瞋胆,叠颖怒魄,或飞柯以折轮,乍低枝而扫迹。请回俗士驾,为君谢逋客!

【注释】

[1]北山,即钟山,今名紫金山,在南京市东北。旧说周颙曾隐于此处,后应诏出为海盐令,欲过此山,孔稚珪乃假山灵之意移文,作《北山移文》。然而《南齐书·周颙传》并无周颙先隐后仕的记载,周颙也未曾做过海盐令。此文当是游戏笔墨之作。移文,一种古代的文体,旨在宣扬自身旨意,晓谕对方。[2]钟山:即北山,因在建康(今南京)城北,故又名北山。英:神灵。[3]草堂:周颙隐居处。[4]芥千金而不眄:《史记·鲁仲连邹阳列传》:"平原君欲封鲁连,鲁连辞让者三,终不肯受。平原君乃置酒,酒酣,起,前以千金为鲁连寿。鲁连笑曰:'所贵于天下之士者,为人排患释难解纷乱而无取也。即有取者,是商贾之事也,而连不忍为也。'遂辞平原君而去,终身不复见。"[5]屣万乘其如脱:《文选》李善注引《淮南子》:"尧年衰志闵,举天下而传之舜,犹却行而脱屣也。"[6]闻凤歌于洛浦:《列仙传》:"王子乔,周灵王太子也。好吹笙,作凤凰鸣。游伊雒之间。道士浮丘公接以上嵩高山。"[7]值薪歌于延濑:《文选》五臣注云:苏门先生游于延濑,见一人采薪,谓之曰:"子以终此乎?"采薪人曰:"吾闻圣人无怀,以道德为心,何怪乎而为哀也。"遂为歌二章而去。[8]《淮南子·说林训》:"杨朱见歧路而哭之,为其可以南,可以北;墨子见练丝而泣之,为其可以黄,可以黑。"[9]尚生:尚子平,西汉末隐士。《文选》李善注引《英雄记》:"尚子平有道术,为县功曹,休归。自入山担薪,卖以供食饮。"仲氏:仲长统,东汉末名士,性俶傥,每州郡召,辄称疾不就,尝叹曰:"若得背山临水,游览平原,此亦足矣,何为区区于帝王之门哉!"事见《后汉书·仲长统传》。[10]学遁东鲁:《庄子·让王》:"鲁君闻颜阖得道人也,使人以币先焉。颜阖守陋闾,使者至曰:'此颜阖之家与?'颜阖对曰:'此阖之家。'使者致币。颜阖对曰:'恐听者谬而遗使者罪,不若审之。'使者反审之,复来求之,则不得已。"[11]习隐南郭:《庄子·齐物论》:"南郭子綦隐机而坐,仰天而嘘,似丧其偶。"[12]偶吹:滥竽充数,事见《韩非子·内储说》。[13]巢父、许由:均是尧时隐士。尧欲让天下于许由,许由恶之,洗耳于颍水滨。巢父牵犊欲饮,知许由洗耳之故,乃牵犊于上游饮之。事见《高士传》。[14]怨王孙不游:《楚辞·召隐士》:"王孙游兮不归,春草生兮萋萋。"[15]务光:《列仙传》:"务光者,夏时人也。耳长七寸,好琴,服蒲韭根。殷汤伐,因光而谋。光曰:'非吾事也。'汤得天下,已而让光,光遂负石沉窾水而自匿。"[16]涓子:《列仙传》:"涓子者,齐人也。好饵术,隐于宕山。"[17]鹤书:征召的诏书,因诏板所用书体为鹤头书,故名鹤书。[18]焚芰制而裂荷衣:《楚辞·离骚》:"制芰荷以为衣兮,集芙蓉以为裳。"[19]金章:铜印。墨绶:黑色印带。金章、墨绶俱为县令级官员所佩用。[20]属城、百里:均指县。县隶属于郡,故称属城;县管辖范围通常为百里见方,故称百里。[21]绸缪:牵绕。结课:综核赋税。[22]张赵:张敞和赵广汉,西汉能吏,都做过京兆尹。卓鲁:指卓茂和鲁恭,后汉循吏。[23]三辅:汉代称京兆、左冯翊、右扶风为三辅。[24]投簪:西汉人疏广,官拜太傅,为汉宣帝所重。光曰:"功遂身退,天之道也。"乃辞官还乡。因为疏广是东海兰陵人,故称投簪逸海岸。[25]逸议:隐逸之议也。素谒:贫素有德者之言。西山:《史记·伯夷叔齐列传》:"登彼西山兮,采其薇矣。"东皋:陶渊明《归去来兮辞》:"登东皋以舒啸,临清流而赋诗。"[26]躅:足迹。

刘　勰(约465—约521)

刘勰,字彦和,东莞莒(今山东莒县)人,出身于没落官僚家庭。幼年丧父,家贫不婚娶,依沙门僧祐居定林寺,帮助僧祐编订佛藏。曾任东宫通事舍人、步兵校尉等职,才华为昭明太子萧统所推重。晚年燔须发出家为僧,法号慧地。所著《文心雕龙》是我国古代最重要的文学理论著作之一。

文心雕龙·宗经[1]

三极彝训[2],其书言经。经也者,恒久之至道,不刊之鸿教也。故象天地,效鬼神,参物序,制人纪;洞性灵之奥区,极文章之骨髓者也。皇世《三坟》,帝代《五典》,重以《八索》,申以《九丘》[3];岁历绵暧,条流纷糅。自夫子删述,而大宝咸耀。于是《易》张《十翼》,《书》标"七观",《诗》列"四始",《礼》正"五经",《春秋》"五例"[4]。义既埏乎性情,辞亦匠于文理;故能开学养正,昭明有融。然而道心惟微,圣谟卓绝;墙宇重峻,而吐纳自深。譬万钧之洪钟,无铮铮之细响矣。

夫《易》惟谈天,入神致用。故《系》称旨远辞文,言中事隐。韦编三绝,固哲人之骊渊也[5]。《书》实记言,而训诂茫昧,通乎《尔雅》,则文意晓然。故子夏叹《书》,"昭昭若日月之明,离离如星辰之行"[6],言昭灼也。《诗》主言志,诂训同《书》;摛风裁兴,藻辞谲喻,温柔在诵,故最附深衷矣。《礼》以立体,据事制范;章条纤曲,执而后显;采掇片言,莫非宝也。《春秋》辨理,一字见义,五石六鹢,以详备成文[7];雉门两观,以先后显旨[8]。其婉章志晦,谅以邃矣。《尚书》则览文如诡,而寻理即畅;《春秋》则观辞立晓,而访义方隐。此圣文之殊致,表里之异体者也。

至根柢盘深,枝叶峻茂,辞约而旨丰,事近而喻远。是以往者虽旧,余味日新。后进追取而非晚,前修久用而未先,可谓泰山偏雨,河润千里者也。故论、说、辞、序,则《易》统其首;诏、策、章、奏,则《书》发其源;赋、颂、歌、赞,则《诗》立其本;铭、诔、箴、祝,则《礼》总其端;纪、传、盟、檄,则《春秋》为根。并穷高以树表,极远以启疆,所以百家腾跃,终入环内者也。

若禀经以制式,酌雅以富言,是即山而铸铜,煮海而为盐也。故文能宗经,体有六义:一则情深而不诡,二则风清而不杂,三则事信而不诞,四则义贞而不回,五则体约而不芜,六则文丽而不淫。扬子比雕玉以作器,谓五经之含文也[9]。夫文以行立,行以文传;四教所先[10],符采相济。励德树声,莫不师圣,而建言修辞,鲜克宗经。是以楚艳汉侈,流弊不还,正末归本,不其懿欤?

赞曰:三极彝训,道深稽古。致化惟一,分教斯五[11]。性灵熔匠,文章奥府。渊哉铄乎,群言之祖。

【注释】

[1]《文心雕龙》全书五十篇,是我国古代第一部有严密体系的文学理论专著,有"体大而虑周"之誉。本篇为原书第三篇,论述经书与文学的关系。[2]三极:指天地人三才。称"极",指把三才的道理探索的极致。[3]皇世三坟,三皇之书。帝代五典,五帝之书。八索,讲八卦之书。九丘,叙九州之书。[4]十翼,十篇解释《易经》的文章。七观,《书大传》说从《尚书》中可看到义、仁、诚、度、事、治、美。四始,《诗经》风、大雅、小雅、颂四部分的开始。五经,指吉、凶、宾、军、嘉五礼。五例,《春秋》的五种写作条例:微而显,志而晦,婉而成章,尽而不污,惩恶而劝善。[5]骊渊:黑龙潜伏的深潭。骊,黑龙。传说龙颌下有珠。此处以骊龙之珠喻文章之精义。[6]子夏:孔子的学生,长于经义,他的这几句话见《尚书大传》。[7]《春秋·僖公十六年》:"陨石于宋五,六鹢退飞,过宋都。"《公羊传》曰:"曷为先言'陨'而后言'石'?记闻,闻其填然,视之则石,察之则五。曷为先言'六'而后言'鹢'?'六鹢退飞',记见也,视之则六,察之则鹢,徐而察之则退飞。"[8]《春秋·定公二年》:"雉门及两观灾。"《公羊传》曰:"其言雉门及两观灾何?两观微也。然则曷为不言雉门灾及两观?主灾者两观也。时灾者两观,则曷为后言之?不以微及大也。何以书?记灾也。"[9]扬雄《法言·寡见》:"或曰:'良玉不雕,美言不文,何谓也?'曰:'玉不雕,玙璠不作器。言不文,典谟不作经。'"[10]四教:《论语·述而》:"子以四教,文、行、忠、信。"[11]致化惟一,分教斯五:五,指五经。这句的意思是说达到的教化只有一个,在教育时却分成五经。

庾 信(传略见前魏晋南北朝诗部分)

哀江南赋序[1]

粤以戊辰之年,建亥之月[2],大盗移国[3],金陵瓦解。余乃窜身荒谷[4],公私涂炭。华阳奔命,有去无归[5]。中兴道销,穷于甲戌[6]。三日哭于都亭[7],三年囚于别馆。

天道周星,物极不反。傅燮之但悲身世,无处求生[8];袁安之每念王室,自然流涕[9]。桓君山之志事,杜元凯之平生,并有著书,咸能自序[10]。潘岳之文采,始述家风;陆机之词赋,先陈世德[11]。信年始二毛,即逢丧乱,藐是流离,至于暮齿。燕歌远别,悲不自胜;楚老相逢,泣将何及[12]。畏南山之雨,忽践秦庭[13];让东海之滨,遂餐周粟[14]。下亭漂泊,高桥羁旅[15]。楚歌非取乐之方,鲁酒无忘忧之用。追为此赋,聊以记言,不无危苦之词,惟以悲哀为主。

日暮涂远,人间何世!将军一去,大树飘零[16];壮士不还,寒风萧瑟[17]。荆璧睨柱,受连城而见欺[18];载书横阶,捧珠盘而不定[19]。钟仪君子,入就南冠之囚[20];季孙行人，留守西河之馆[21]。申包胥之顿地，碎之以首；蔡威公之泪尽，加之以血[22]。钓台移柳，非玉关之可望[23]；华亭鹤唳，岂河桥之可闻[24]！

孙策以天下为三分，众才一旅；项籍用江东之子弟，人唯八千。遂乃分裂山河，宰割天下。岂有百万义师，一朝卷甲，芟夷斩伐，如草木焉！江淮无涯岸之阻，亭壁无藩篱之固。头会箕敛者，合从缔交；锄耰棘矜者，因利乘便。将非江表王气，终于三百年乎？

是知并吞六合，不免轵道之灾[25]；混一车书，无救平阳之祸[26]。呜呼！山岳崩颓，既履危亡之运；春秋迭代，必有去故之悲。天意人事，可以凄怆伤心者矣！况复舟楫路穷，星汉非乘槎可上[27]；风飙道阻，蓬莱无可到之期[28]。穷者欲达其言，劳者须歌其事[29]。陆士衡闻而抚掌，是所甘心[30]；张平子见而陋之，固其宜矣[31]！

【注释】

[1]《哀江南赋》作于庾信晚年时期，主旨是哀痛梁朝的灭亡。本篇是《哀江南赋》前的序，是一篇独立成章的骈文，交代作赋的缘由，概括全篇大意，语言精丽，意绪苍凉。"哀江南"一语出自《楚辞·招魂》："魂兮归来哀江南。"[2]戊辰之年：梁武帝太清三年（548）。建亥之月：夏历十月。[3]大盗移国：指侯景之乱。[4]窜身荒谷：侯景之乱时作者自金陵逃奔江陵。[5]华阳，指江陵，因江陵在华山之南，山南为阳，故称华阳。此句是说作者奉使自江陵出使西魏，被迫羁留北朝不得南归。[6]此句是说梁元帝虽然讨平侯景，但是江陵又在甲戌年（554）被西魏攻破，中兴之道就此消亡。[7]三国蜀亡时，蜀将罗宪守永安城，闻后主出降，率部下于都亭痛苦三日。[8]傅燮：后汉人，官汉阳太守，为叛军所困，临阵战死。[9]袁安：后汉人，任司徒。和帝时外戚专权，安每与公卿议国事，辄鸣咽流涕。[10]桓君山：即桓谭，著有《新论》二十九篇。杜元凯：即杜预，晋代人，著有《春秋经传集解》。二书皆有自序。[11]潘岳有《家风诗》，陆机有《祖德》、《述先》二赋。[12]《列子·周穆王》载燕人生于燕而长于楚，及老还乡，不觉淁然而泣。[13]践秦庭：楚昭王时，吴军攻陷楚都，申包胥至秦庭乞师求援。[14]餐周粟：武王伐纣，伯夷、叔齐义不食周粟，饿死于首阳山。[15]下亭：后汉孔嵩被征召，逆旅下亭，马被盗窃。高桥：在苏州阊门内，汉高士梁鸿曾于此处做佣工。[16]"将军"句：后汉将军冯异，每逢诸将争功，辄回避大树下，时称大树将军。[17]"壮士"句：荆轲辞燕赴秦，于易水作歌曰："风萧萧兮易水寒，壮士一去兮不复还。"[18]"荆璧"句：蔺相如持和氏璧入秦，智斗强秦，完璧归赵，事见《史记·廉颇蔺相如列传》。[19]"载书"句：此句反用毛遂自荐事，事见《史记·平原君列传》。[20]"钟仪"句：《左传》成公九年载：楚人钟仪被囚于晋，戴南冠，操南音，晋范文子誉之为君子。[21]"季孙"句：《左传》昭公十三年载：季孙意如随昭公参加平丘之盟，为晋侯所扣。[22]"蔡威公"句：春秋时蔡威公感国之将亡，闭门而泣，泪尽继之以血。事见《说苑》。[23]钓台：地名，在武昌。晋陶侃驻武昌，曾令诸营遍植柳树。[24]"华亭"句：地名。晋陆机，华亭人。陆机在八王之乱中被成都王颍所杀，临刑前曰："华亭鹤唳，岂可复闻乎？"[25]轵道：地名，在今陕西咸阳，刘邦入关，子婴于此出降。[26]平阳：地名，在今山西临汾，是晋怀帝、愍帝杀身

之处。[27]"星汉"句:晋张华《博物志》云:天河与海相通,有人乘槎浮海至天河,遇牵牛织女。[28]蓬莱:海上三神山之一。[29]"穷者"句:何休《公羊传解诂》:"饥者歌其食,劳者歌其事。"[30]"陆士衡"句,陆机,字士衡,他初到洛阳时拟作《三都赋》,听说左思也要作,便抚掌大笑,事见《晋书·左思传》。[31]"张平子"句:张衡,字平子,因鄙薄班固《两都赋》而另作《二京赋》。

第三节 辞 赋

王 粲（传略见前魏晋南北朝诗部分）

登楼赋[1]

登兹楼以四望兮,聊暇日以销忧。览斯宇之所处兮,实显敞而寡仇。挟清漳之通浦兮,倚曲沮之长洲[2]。背坟衍之广陆兮,临皋隰之沃流。北弥陶牧[3],西接昭邱[4]。华实蔽野,黍稷盈畴。虽信美而非吾土兮,曾何足以少留!

遭纷浊而迁逝兮,漫逾纪以迄今[5]。情眷眷而怀归兮,孰忧思之可任?凭轩槛以遥望兮,向北风而开襟。平原远而极目兮,蔽荆山之高岑。路逶迤而修迥兮,川既漾而济深。悲旧乡之壅隔兮,涕横坠而弗禁。昔尼父之在陈兮,有归欤之叹音[6]。钟仪幽而楚奏兮[7],庄舄显而越吟[8]。人情同于怀土兮,岂穷达而异心!

惟日月之逾迈兮,俟河清其未极[9]。冀王道之一平兮,假高衢而骋力。惧匏瓜之徒悬兮,畏井渫之莫食[10]。步栖迟以徙倚兮,白日忽其将匿。风萧瑟而并兴兮,天惨惨而无色。兽狂顾以求群兮,鸟相鸣而举翼,原野阒其无人兮,征夫行而未息。心凄怆以感发兮,意忉怛而惨恻。循阶除而下降兮,气交愤于胸臆。夜参半而不寐兮,怅盘桓以反侧。

【注释】

[1]此赋是王粲在荆州依附刘表时登麦城(今湖北当阳县东南)城楼所作,抒发了作者客居异乡,怀才不遇而产生的思乡之情。[2]漳:水名,在麦城西。沮:水名,在麦城西与漳水会合。[3]陶:陶朱公范蠡。牧:《尔雅·释地》云:"邑外谓之郊,郊外谓之牧。"陶牧指范蠡的葬地,相传在湖北江陵县附近。[4]昭丘:楚昭王的墓地,在麦城西沮水边。[5]纪:十二年为一纪。[6]昔尼父二句:孔子在陈绝粮,叹曰:"归欤,归欤!"事见《论语·公冶长》。[7]钟仪句:楚人钟仪曾为晋俘,晋侯令操琴,仪乃为楚声。事见《左传·成公九年》。[8]庄舄句:越人庄舄在楚为官,病中思乡,乃操越音,事见《史记·张仪列传》。[9]河清句:河清喻太平盛世。《左传·襄公八年》载逸诗云:"俟河之清,人

生几何！"[10]匏瓜二句：《论语·阳货》："（子曰）吾岂匏瓜也哉，焉能系而不食。"《周易·井卦》："井渫不食，为我心恻。"

谢　庄（421—466）

谢庄，字希逸，陈郡阳夏（今河南省太康县）人。宋文帝元嘉末年，任太子中庶子。刘劭弑立，谢庄和刘骏密通音信。刘骏讨平刘劭，即皇帝位，授谢庄为侍中，后拜吏部尚书。宋明帝泰始元年（465），授散骑常侍、金紫光禄大夫。卒谥宪子。谢庄早慧，七岁能文，年轻时既已文名远播，为当时所重。有《谢光禄集》。

月　赋

陈王初丧应刘[1]，端忧多暇。绿苔生阁，芳尘凝榭。悄焉疚怀，不怡中夜。乃清兰路，肃桂苑。腾吹寒山，弭盖秋阪[2]。临浚壑而怨遥，登崇岫而伤远。于时斜汉左界，北陆南躔；白露暧空，素月流天[3]；沉吟齐章，殷勤陈篇[4]。抽豪进牍，以命仲宣。

仲宣跪而称曰：臣东鄙幽介[5]，长自丘樊，昧道懵学，孤奉明恩。臣闻沉潜既义，高明既经[6]，日以阳德，月以阴灵[7]。擅扶光于东沼，嗣若英于西冥[8]。引玄兔于帝台，集素娥于后庭[9]。朒朓警阙，朏魄示冲[10]。顺辰通烛，从星泽风[11]。增华台室，扬采轩宫[12]。委照而吴业昌，沦精而汉道融[13]。

若夫气霁地表，云敛天末。洞庭始波，木叶微脱[14]。菊散芳于山椒，雁流哀于江濑[15]。升清质之悠悠，降澄辉之蔼蔼。列宿掩缛，长河韬映；柔祇雪凝，圆灵水镜[16]；连观霜缟，周除冰净。君王乃厌晨欢，乐宵宴；收妙舞，驰清县；去烛房，即月殿，芳酒登，鸣琴荐。

若乃凉夜自凄，风篁成韵，亲懿莫从[17]，羁孤递进。聆皋禽之夕闻，听朔管之秋引[18]。于是弦桐练响[19]，音容选和。徘徊房露，惆怅阳阿，声林虚籁，沦池灭波。情纡轸其何托，愬皓月而长歌。歌曰：

美人迈兮音尘阙，隔千里兮共明月[20]。临风叹兮将焉歇，川路长兮不可越。歌响未终，余景就毕；满堂变容，回遑如失。又称歌曰：月既没兮露欲晞，岁方晏兮无与归。佳期可以还，微霜沾人衣！

陈王曰："善。"乃命执事，献寿羞璧。敬佩玉音，复之无斁。

【注释】

[1]陈王：即曹植。植曾封于陈，死后谥思，世称陈王或陈思王。应、刘：应场和刘桢，建安七子中的成员。曹丕《与吴质书》："徐、陈、应、刘，一时俱逝。"[2]腾：驰也。弭：按也。《礼记》曰："季秋入学，习吹。"[3]"素月"句：《长歌行》："昭昭素明月，辉光烛我床。"[4]《诗经·齐风·东方之日》：

"东方之月兮,彼姝者子,在我闼兮。"《诗经·陈风·月出》:"月出皎兮,佼人僚兮,舒窈纠兮,劳心悄兮。"[5]东鄙:王仲宣是山阳人(今山东邹县),故称东鄙幽介。[6]《尚书·洪范》:"沉潜刚克,高明柔克。"孔安国曰:"沉潜谓地,高明谓天。"《左传》:"礼,天之经,地之义也。"[7]《春秋说题辞》:"阳精为日。"《春秋感精符》:"月者阴之精。"[8]扶光:扶桑之光。东沼:汤谷。若英:若木之英。西冥:昧谷。《文选》李善注引《山海经》曰:"汤谷有扶木,九日居下枝,一日居上枝。又曰:灰野之山,有赤树青叶,名曰若木,日所入处。"郭璞注曰:"扶木,扶桑也。"[9]张衡《灵宪》:"月者,阴精之宗,积成为兽,象兔形。"帝台:星座名,帝台四星在织女星东。素娥:即嫦娥。《归藏》:"昔嫦娥以不死之药奔月。"《淮南子·览冥训》:"羿请不死之药于西王母,嫦娥窃以奔月。"后庭:即帝庭。张泉《观象赋》:"寥寥帝庭。"自注云:"帝庭谓太微宫也。"[10]《说文》曰:"朒,朔而月见于东方,缩朒然。朓,晦而月见于西方也。朏,月未成光。魄,月始生魄然。"《尚书·五行传》曰:"晦而月见于西方谓之朓,朓则王侯奢也。朔而月见于东方谓之侧匿,侧匿则王侯肃也。"郑玄曰:"朓,条达行疾貌也。警阙,谓朒朓失度,则警人君有所阙德。示冲,言朏魄有所,则表人君有谦冲,不自盈大也。"[11]辰:十二辰。《尚书·洪范》曰:"月之从风,则以风雨。"孔安国曰:"月经于箕则多风,离于毕则多雨。然泽则雨也。"[12]台室:三公之位。轩宫:轩辕之宫。《史记·天官书》:"中宫曰文昌,魁下六星,两两相比,名曰三能。能,古台字也。"《淮南子·天文训》:"轩辕者,地妃之舍也。"高诱注曰:"轩辕,星名。"[13]《文选》李善注引《吴录》:"长沙恒王名策,武烈长子。母吴氏有身,梦月入怀。"《汉书》:"元后母李亲梦月入怀而生后,遂为天下母。"[14]《楚辞·九歌·湘夫人》:"袅袅兮秋风,洞庭波兮木叶下。"[15]山椒:山顶,土高四堕为椒。濑:水流沙上。[16]柔祇:地。圆灵:天。[17]亲懿:《左传》:"兄弟虽有小忿,不废懿亲也。"[18]皋禽:鹤。《诗经·小雅·鹤鸣》:"鹤鸣于九皋,声闻于野。"朔管:羌笛。《说文》:"管,十二月位在北方,故云朔。"[19]弦桐:琴也。桓谭《新论》:"神农始削桐为琴,练丝为弦。"[20]《楚辞·九歌·少司命》:"望美人兮未来,临风恍兮浩歌。"陆机《思归赋》:"绝音尘于江介,托影响乎洛湄。"《淮南子》:"道德之论,譬如日月驰骛,千里不改其处也。"

江 淹(444—505)

江淹,字文通,济阳考城(今河南省兰考县)人,先世于晋室南渡时迁往江南。出身孤寒,自幼沉静好学,历仕宋、齐、梁三朝,官至金紫光禄大夫,封醴陵伯。其诗文多作于前期,后期创作力渐弱,故有"江郎才尽"之讥。江淹诗歌长于拟古,辞赋长于抒情,以《恨赋》、《别赋》闻名于世。有《江文通集》。

恨 赋

试望平原,蔓草萦骨,拱木敛魂[1]。人生到此,天道宁论!

于是仆本恨人,心惊不已,直念古者,伏恨而死。至如秦帝按剑,诸侯西驰[2]。削平天下,同文共规[3]。华山为城,紫渊为池[4]。雄图既溢,武力未毕。方架鼋鼍以为梁,巡海右以送日[5]。一旦魂断,宫车晚出[6]。若乃赵王既虏,迁于房陵[7]。薄暮心动,昧旦神兴。别艳姬与美女,丧金舆及玉乘。置酒欲饮,悲来填膺。千秋万岁[8],为怨难胜。

至如李君降北,名辱身冤。拔剑击柱,吊影惭魂[9]。情往上郡,心留雁门[10]。裂帛系书,誓还汉恩[11]。朝露溘至,握手何言? 若夫明妃去时,仰天太息。紫台稍远[12],关山无极。摇风忽起,白日西匿[13]。陇雁少飞,代云寡色。望君王兮何期? 终芜绝兮异域。

至乃敬通见抵[14],罢归田里。闭关却扫,塞门不仕[15]。左对孺人[16],右顾稚子。脱略公卿,跌宕文史。赍志没地,长怀无已。及夫中散下狱[17],神气激扬。浊醪夕引,素琴晨张[18]。秋日萧索,浮云无光。郁青霞之奇意,入修夜之不旸。

或有孤臣危涕,孽子坠心[19]。迁客海上,流戍陇阴[20]。此人但闻悲风汩起,血下蔚沾襟;亦复含酸茹叹,销落湮沉。若乃骑叠迹,车屯轨[21],黄尘帀地,歌吹四起。无不烟断火绝[22],闭骨泉里。

已矣哉! 春草暮兮秋风惊,秋风罢兮春草生。绮罗毕兮池馆尽,琴瑟灭兮丘垄平。自古皆有死,莫不饮恨而吞声。

【注释】

[1]拱木敛魂:《左传》:"秦伯谓蹇叔曰:'中寿,尔墓志木拱矣。'"《蒿里》:"蒿里谁家地,聚敛魂魄无贤愚。"[2]《说苑》:"秦始皇帝太后不谨,幸郎嫪毐,茅焦上谏,始皇按剑而坐。"《战国策》:"苏代曰:'伏轼而西驰。"[3]《礼记·中庸》:"今天下车同轨,书同文。"[4]贾谊《过秦论》:"践华为城,因河为池。"[5]《文选》李善注引《纪年》:"周穆王三十七年,伐纣,大起九师,东至于九江,叱鼋鼍以为梁。"《列子·周穆王》:周穆王"命驾八骏之乘……乃观日之所入。"[6]晏出:即晏驾,帝王初崩曰晏驾。[7]《淮南子·泰族训》:"赵王迁流房陵,思故乡作山木之讴,闻者莫不陨涕。"高诱注曰:"赵王,张敖。秦灭赵,虏王,迁徙房陵。房陵在汉中。山木之讴,歌曲也。"[8]《战国策·楚策一》:"楚王游于云梦……仰天而笑曰:'乐矣,今日之游也! 寡人万岁千秋之后,谁与此乐矣?'"[9]《汉书·郦陆朱刘叔孙传》:"高帝悉去秦仪法,为简易。群臣饮争功,醉,或妄呼,拔剑击柱。"曹植《上责躬应诏诗表》:"形影相吊,五情愧赧。"《晏子春秋》:"君子独寝,不惭于魂。"[10]上郡:汉郡名,治所在今陕西榆林东南。雁门:汉郡名,治所在今山西代县西北。[11]苏武出使匈奴被羁,汉要求匈奴放还苏武。匈奴称苏武已死,汉使诈称天子在上林苑射落大雁,足上系苏武书,苏武由此获释返国。李陵《答苏武书》:"欲如前书之言,报恩于国主耳。"[12]紫台:犹紫宫,帝王之所居。[13]王粲《登楼赋》:"白日忽西匿。"[14]《文选》李善注引《东观汉记》:"冯衍,字敬通,明帝以衍才过其实,抑而不用。"[15]《文选》李善注引司马彪《续汉书》:"赵壹闭关却扫,非德不交。"《吴志》:"张昭称疾不朝,孙权恨之,土塞其门。"[16]《礼记·曲礼》:"天子之妃曰后,诸侯曰夫人,大夫曰孺人,士曰夫人,庶人曰妻。"[17]《文选》李善注引臧荣绪《晋书》:"嵇康拜中散大夫,东平吕安家事系狱,釁阋之始,安尝以语康,辞相证引,遂复收康。"[18]嵇康《与山巨源绝交书》:"浊醪一杯,弹琴一

曲。"[19]《孟子·尽心上》:"独孤臣孽子,其操心也危,其虑患也深。"[20] 迁客海上:《汉书·苏武传》:"匈奴乃徙苏武北海上无人处,使牧羝。羝乳,乃得归。"流戍陇阴:《史记·刘敬叔孙通列传》:"刘敬者,齐人也,汉五年,戍陇西。"[21]左思《吴都赋》:"跃马叠迹,朱轮累辙。"《楚辞·离骚》:"屯余车其千乘,齐玉轪而并驰。"[22]王充《论衡》:"人之死也,有火之灭。火灭而耀不照,人死而智不慧。"

第四章　魏晋南北朝小说

"小说"一词首见于《庄子·外物》:"饰小说以干县令,其与大达亦远矣。"此处"小说"与"大达"对举,指那些无关宏旨的琐碎言谈和小道理,其含义与现代的小说观念不尽相同。先秦其他学者对小说的认识与庄子没有多大差别,对小说的概括无非是"小家珍说"、"小道"之类。

《汉书·艺文志》把小说家列于诸子十家之末,它对小说的认识较之先秦略有进步。《汉志》云:"小说家者流,盖出于稗官。街谈巷议、道听途说者之所造也。"指出了小说的民间起源。《汉志》代表着史家和目录学家对小说的权威解释,它对小说的认识虽然未能突破先秦学者的樊篱,但是对小说观的发展有重要价值。总体来看,小说的起源大体有三:或出于神话传说;或出于诸子寓言;或出于史传故事。以上三者为小说创作提供了丰富的故事资源,而此类故事多数亦出自民间。

魏晋南北朝是小说发展史的第一个高峰期。这个时期的小说篇制短小,大多只是粗陈故事梗概。从主观创作意图来看,小说作者受史家"实录"精神影响,往往把小说当作真实事件记录,缺乏艺术虚构,尚处于"无意为小说"的创作状态。由此可见,魏晋南北朝小说还不是中国小说的成熟形态。然而,这个时期的小说数量可观,在情节叙述、人物描写等方面已初具规模,对文言小说的成熟形态唐传奇以及后世小说都产生了重要影响。因此,魏晋南北朝小说是中国小说发展史上至为关键的一个阶段。从小说的内容来看,魏晋南北朝小说一般被分为志怪和志人两种类型。

志怪小说主要记述殊方异物、鬼魅精怪、神仙方术、佛法灵验等神怪故事。魏晋南北朝志怪小说的兴盛,原因较为复杂。从小说创作主体来看,炫耀博闻广识的文人习气、发明神道不诬的宗教意图、追求骋目游怀的审美趣味、矢志拾遗补阙的史家情怀,都对志怪小说的兴盛产生了一定影响。当时浓郁的宗教文化氛围则对志怪小说的兴盛起到了最为关键的作用。

志怪小说所志之"怪",背后其实都隐藏着重要的宗教文化意蕴。影响志怪小说创作的宗教信仰主要有上古以来一直流传于民间的鬼神思想和巫俗信仰；先秦以来流行的神仙方术思想和道教信仰；后汉以来传入中土的佛教信仰。这些宗教思想藉助志怪小说得到充分传播，更进一步增强了这个时期的宗教文化氛围。当然，志怪小说毕竟不是宗教宣传品，大多数志怪小说对宗教思想的宣传都是出于一种无意识状态，小说中表现的也往往不一定是某种单纯的宗教思想。以上三种宗教传统中，神仙方术思想和道教信仰对志怪小说的影响最为深远，可以说贯穿了魏晋南北朝志怪小说发展之始终。

在志怪小说中，表现方仙思想的小说产生最早。这可能跟战国秦汉以来，方士为干谒王侯而进行的有意宣传有关。现存先秦作品《穆天子传》、《山海经》中就已经出现了较浓的方仙色彩；《汉书·艺文志》中收录的小说大多数都和方士有关；旧题东方朔撰的《十洲记》、《神异经》、刘向撰的《列仙传》、班固撰的《汉武帝故事》、郭宪撰的《汉武帝别国洞冥记》等汉人小说，也无不带有明显的神仙方术色彩。过去的研究者多认为此类汉人小说是六朝人的伪作，但近来也有学者提出了不同意见。姑且抛开这些所谓汉人小说不论，仅就公认的魏晋南北朝小说而言，其中也不乏神仙道教思想较为纯正的作品。当然，民间鬼神信仰和佛教信仰对志怪小说的影响也同样不容忽视。

魏晋南北朝志怪小说的数量巨大，除了以上提到的之外，较有代表性的还有干宝的《搜神记》、托名陶渊明的《搜神后记》、张华的《博物志》、刘义庆的《幽明录》、王琰的《冥祥记》、吴均的《续齐谐记》、颜之推的《冤魂志》、任昉的《述异记》等。其中《搜神记》的成就最高，堪称魏晋南北朝志怪小说的代表作，干宝也因为此书被誉为"鬼之董狐"。

志人小说主要记录社会名流的逸闻轶事，以及各种野史传闻、笑谈琐语，所以也称轶事小说。集中记录笑话的小说首推邯郸淳的《笑林》。此书开后世俳谐文字之端，可惜此类小说数量较少，大多湮没无闻。野史小说当首推葛洪的《西京杂记》。此书所记有关王昭君、司马相如等人的野史传闻在后世流传甚广。与前一类小说相似，野史小说亦传世不多。魏晋南北朝志人小说中，最主要的还是记录社会名流的异闻轶事之作，较有名的有裴启的《语林》、郭澄之的《郭子》、殷芸的《小说》、沈约的《俗说》和刘义庆的《世说新语》。

志人小说的兴起，是汉末以来品藻人物之风以及魏晋以来门阀世族崇尚清谈的结果。汉代选官实行察举制，郡国举士注重乡评里选。至东汉后期，品藻人物之风大盛。魏晋名士好清谈，讲究言语容止。无论是汉末的人物品评，还是魏晋的名士风流，注重的都是历史人物的嘉言懿行和卓尔不群的脱俗言行。历史人物的超迈言行和脱俗轶事，经好事者加工敷衍，著之纸端，汇为篇帙，刊行于世，便成为今人所说的志人小说。

志人小说的集大成之作是刘义庆的《世说新语》。《世说新语》全书共分三十六门,主要记录了魏晋名士的逸闻轶事和玄虚清谈,堪称是一部魏晋风流的故事集。书中保存了不少《语林》、《郭子》的遗文,可见此书带有纂辑性质。因为此书记录了大量魏晋名士的活动和历史事件,所以也是研究魏晋文化的重要史料。梁代刘孝标的注,引书达四百余种,更增加了该书的史料价值。

《世说新语》在艺术上取得了很高的成就。它善于捕捉精彩的生活片段,用简约精练的语言刻画人物性格,展现名士风流,往往只用寥寥数笔,就能把人物形象表现得栩栩如生,呼之欲出。这种遗貌取神的简古笔法备受历代文人激赏。《世说新语》的语言简约含蓄,隽永传神,鲁迅先生曾称赞它:"记言则玄远冷隽,记行则高简瑰奇。"(《中国小说史略》)胡应麟则盛赞:"读其语言,晋人面目气韵,恍惚生动,而简约玄澹,真致不穷。"(《少室山房笔丛》)《世说新语》问世后,受到历代文人的特别喜爱,后世仅模仿之作就有十余种之多。此外,后世的许多小说、戏剧也常常从中取材。

参考书目:

鲁迅.中国小说史略[M].北京:人民文学出版社,1973.

李剑国.唐前志怪小说史[M].天津:南开大学出版社,1984.

张庆民.魏晋南北朝志怪小说通论[M].北京:首都师范大学出版社,2000.

第一节　志怪小说

干　宝(生卒年不详)

干宝,字令升,新蔡(今河南省新蔡县)人。东晋初做过著作郎、始安太守,散骑常侍等职。曾领国史,著有《晋纪》,有"良史"之誉。为"发明神道之不诬"而作《搜神记》,时人誉之为"鬼之董狐"。

搜神记·宋定伯[1]

南阳宋定伯年少时,夜行逢鬼。问之,鬼言:"我是鬼。"鬼问:"汝复谁?"宋定伯诳之,言:"我亦鬼。"鬼问:"欲至何所?"答曰:"欲至宛市。"[2]鬼言:"我亦欲至宛市。"遂行数里,鬼言:"步行太迟,可共递相担,何如?"定伯曰:"大善"。鬼便先担定伯数里。鬼言:"卿太重,将非鬼也?"定伯言:"我新鬼,故身重耳。"定伯因复担鬼,鬼略无重。如是再三。定伯复言:"我新鬼,不知有何所畏忌。"鬼答曰:"惟不喜欢唾。"于是共行。

道遇水,定伯令鬼先渡,听之,了然无声音。定伯自渡,漕漼作声[3]。鬼复言:"何以有声?"定伯曰:"新死,不习渡水故耳,勿怪也。"行欲至宛市,定伯便担鬼着肩上,急执之。鬼大呼,声咋咋然[4],索下,不复听之,径至宛市中,下着地,化为一羊,便卖之。恐其变化,唾之。得钱千百五乃去。

【注释】

[1]《搜神记》共二十卷,多记神怪灵异之事,保存了大量神话故事和民间传说,是六朝志怪小说的代表作。今本《搜神记》乃明人胡应麟辑录本,已非干宝原书。本篇写宋定伯夜行遇鬼,用自己的智慧与鬼周旋,并最终捉住鬼的故事。本篇亦见《列异传》。[2]宛市:今河南省南阳市。[3]漕漼:涉水的响声。[4]咋咋:鬼惨叫之声。

搜神记·韩凭妻

宋康王舍人韩凭[1],娶妻何氏,美。康王夺之。凭怨,王囚之,论为城旦[2]。妻密遗凭书,缪其辞曰:"其雨淫淫,河大水深,日出当心。"既而王得其书,以示左右,左右莫解其意。臣苏贺对曰:"其雨淫淫,言愁且思也;河大水深,不得往来也;日出当心,心有死志也。"俄而凭乃自杀。其妻乃阴腐其衣。王与之登台,妻遂自投台,左右揽之,衣不中手而死。遗书于带曰:"王利其生,妾利其死。愿以尸骨,赐凭合葬。"王怒,弗听。使里人埋之,冢相望也。王曰:"尔夫妇相爱不已,若能使冢合,则吾弗阻也。"宿昔之间,便有大梓木生于二冢之端,旬日而大盈抱,屈体相就,根交于下,枝错于上。又有鸳鸯,雌雄各一,恒栖树上,晨夕不去,交颈悲鸣,音声感人。宋人哀之,遂号其木曰相思树。相思之名,起于此也。南人谓此禽即韩凭夫妇之精魂。今睢阳有韩凭城[3],其歌谣至今犹存[4]。

【注释】

[1]宋康王:名偃,战国末年宋国君。舍人:官职名,类似门客。[2]城旦:一种刑罚,受刑者白天防备敌寇,夜晚筑城。[3]睢阳:今河南商丘。[4]《彤管集》:"韩凭为宋康王舍人,妻何氏美,王欲之,捕舍人筑青陵之台。何氏作《乌鹊歌》以见志:'南山有鸟,北山张罗,鸟自高飞,罗当奈何!'"

刘义庆(403—444)

刘义庆,字季伯,彭城(今江苏徐州)人,刘宋宗室。性简素,寡嗜欲,自幼才华出众,爱好文学,广招四方文学之士聚于门下,切磋艺文,研讨篇籍,编有《世说新语》及志怪小说集《幽明录》。

幽明录·刘晨阮肇[1]

汉明帝永平五年，剡县刘晨、阮肇共入天台山取谷皮[2]，迷不得返。经十三日，粮食乏尽，饥馁殆死。遥望山上，有一桃树，大有子实；而绝岩邃涧，了无登路。攀援藤葛，乃得至上。各啖数枚，而饥止体充。复下山，持杯取水，欲盥漱。见芜菁叶从山腹流出，甚鲜新。复一杯流出，有胡麻饭糁。相谓曰："此必去人径不远。"便共没水，逆流二三里，得度山，出一大溪。溪边有二女子，姿质妙绝，见二人持杯出，便笑曰："刘阮二郎捉向所失流杯来。"晨、肇既不识之，缘二女便呼其姓，如似有旧，乃相见欣喜。问："来何晚耶？"因邀还家。其家筒瓦屋。南壁及东壁下各有一大床，皆施绛罗帐，帐角悬铃，金银交错，床头各有十侍婢，敕云："刘阮二郎，经涉山岨，向虽得琼实，犹尚虚弊，可速作食。"食胡麻饭、山羊脯、牛肉，甚甘美。食毕行酒，有一群女来，各持五三桃子，笑而言："贺汝婿来。"酒酣作乐，刘阮欣怖交并。至暮，令各就一帐宿，女往就之，言声清婉，令人忘忧。至十日后，欲求还去，女云："君已来是，宿福所牵，何复欲还邪？"遂停半年。气候草木，当是春时，百鸟啼鸣，更怀悲思，求归甚苦。女曰："罪牵君，当可如何？"遂呼前来女子，有三四十人，集会奏乐，共送刘阮，指示还路。既出，亲旧零落，邑屋改异，无复相识。问讯得七世孙，传闻上世入山，迷不得归。至晋太元八年，忽复去，不知何所。

【注释】

[1]《幽明录》共二十卷，原书久佚。鲁迅《古小说钩沉》辑集佚文260多条。所记多神鬼怪异故事，与《搜神记》同为志怪小说代表作。本篇讲述刘晨、阮肇入天台山遇仙女的故事。[2]剡县：今浙江嵊县。

第二节 志人小说

西京杂记·相如死渴[1]

司马相如初与卓文君还成都，居贫愁懑，以所著鹔鹴裘就市人阳昌贳酒[2]，与文君为欢。既而文君抱颈而泣曰："我平生富足，今乃以衣裘贳酒！"遂相与谋，于成都卖酒。相如亲着犊鼻裈涤器[3]，以耻王孙。王孙果以为病，乃厚给文君，文君遂为富人。文君姣好，眉色如望远山，脸际常若芙蓉，肌肤柔滑如脂。十七而寡，为人放诞风流，故悦长卿之才而越礼焉。长卿素有消渴疾[4]，及还成都，悦文君之色，遂以发痼疾。乃作《美人赋》，欲以自刺，而终不能改，卒以此疾至死。文君为诔，传于世。

【注释】

[1]《西京杂记》，作者不详，有人认为是东晋葛洪所撰。"西京"指西汉首都长安。该书记录了许多西汉时期的遗闻轶事。本篇讲述司马相如与卓文君的故事。此故事当是敷衍民间传说，并非史实。[2]鹔鹴：鸟名，以鹔鹴羽毛所制之衣名鹔鹴裘。贳：音世，赊，借贷。[3]犊鼻裈：长不过膝的围裙。[4]消渴疾：即糖尿病。

世说新语[1]

王子猷居山阴（任诞）

王子猷居山阴，夜大雪，眠觉，开室，命酌酒，四望皎然。因起彷徨，咏左思《招隐诗》，忽忆戴安道。时戴在剡，即便夜乘小船就之。经宿方至，造门不前而返。人问其故，王曰："吾本乘兴而行，兴尽而返，何必见戴？"

谢太傅寒雪日内集（言语）

谢太傅寒雪日内集，与儿女讲论文义。俄而雪骤，公欣然曰："白雪纷纷何所拟？"兄子胡儿曰："撒盐空中差可拟。"兄女曰："未若柳絮因风起。"公大笑乐。即公大兄无奕女，左将军王凝之妻也。

孔文举随父到洛（言语）

孔文举年十岁，随父到洛。时李元礼有盛名，为司隶校尉，诣门者皆儁才清称及中表亲戚乃通。文举至门，谓吏曰："我是李府君亲。"既通，前坐。元礼问曰："君与仆有何亲？"对曰："昔先君仲尼与君先人伯阳，有师资之尊，是仆与君奕世为通好也。"元礼及宾客莫不奇之。太中大夫陈韪后至，人以其语语之。韪曰："小时了了，大未必佳！"文举曰："想君小时，必当了了。"韪大踧踖。

山阴道上（言语）

王子敬曰："从山阴道上行，山川自相映发，使人应接不暇。若秋冬之际，尤难为怀。

石崇邀客燕集（汰侈）

石崇每邀客燕集，常令美人行酒。客饮酒不尽者，使黄门交斩美人。王丞相与大将军尝共诣崇。丞相素不能饮，辄自勉强，至于沉醉。每至大将军，固不饮，以观其变。已斩三人，颜色如故，尚不肯饮。丞相让之，大将军曰："自杀伊家人，何预卿事？"

顾长康画人（巧艺）

顾长康画人，或数年不点目睛。人问其故，顾曰："四体妍蚩，本无关于妙处，传神写照，正在阿堵中。"

王仲宣好驴鸣（伤逝）

王仲宣好驴鸣。既葬，文帝临其丧，顾语同游曰："王好驴鸣，可各作一声以送之。"赴客皆一作驴鸣。

嵇康风姿特秀（容止）

嵇康身长七尺八寸，风姿特秀。见者叹曰："萧萧肃肃，爽朗清举。"或云："肃肃如松下风，高而徐引。"山公曰："嵇叔夜之为人也，岩岩若孤松之独立；其醉也，傀俄若玉山之将崩。"

诸葛令王丞相共争姓族先后（排调）

诸葛令、王丞相共争姓族先后，王曰："何不言葛王，而云王葛？"令曰："譬言驴马，不言马驴，驴宁胜马邪？"

【注释】

[1]《世说新语》，刘义庆编撰的志人小说集。本名《世说新书》，简称《世说》，全书原为八卷，刘孝标注本分为十卷，今传本皆作三卷，分德行、言语、政事、文学、雅量、方正等三十六门，记载汉末至东晋名士的言谈轶事。该书语言精练，善于刻画人物性格，展现名士风流，艺术水平较高，深受历代文人喜爱，后世仅模仿之作就有十余种之多。此处共选九则。

隋唐五代文学

总　论

　　隋唐五代文学,尤其是唐代文学,在中国文学的历史长河中占有重要地位,标志着中国古代文学已发展到成熟的阶段。诗歌、散文、小说、戏曲等各种基本的文学样式在唐代都已出现,诗和文的创作更取得了高度成就。

　　隋王朝完成了统一中国的大业,在政治、经济上为继之出现的唐帝国初步奠基,隋代文学却并未完成统一的进程,三十多年基本上承六朝余绪,成就不高,虽有一些值得称道的作品,却未出现象征一代文风的标志性创作。隋文帝时提出了改革浮靡文风的要求,但由于是以行政命令的方式执行,当时又不具备革新文风的理论和实践条件,故收效甚微。从总体上看,这一时期为由六朝文学向唐代文学的过渡时期。

　　唐王朝经过太宗贞观到玄宗开元年间一百多年的发展,达到了国力强大、经济实力雄厚的全盛阶段。其间虽也有曲折,但国家的基本趋势是繁荣向上的。多次发生于上层权力中心的事变,并未引起具有破坏性的社会动荡。同时,唐文化在继承的基础上,也出现了全面高涨的态势。唐代的经学、史学、书法、绘画、建筑、音乐、舞蹈等都取得了相当的成就,文学更放射出绚烂异彩。特别是诗歌的发展更值得骄傲。经过"初唐四杰"、陈子昂、沈宋等人近百年的努力,既扫荡齐梁颓风,又吸收其韵律、艺术表现手法方面的优长而加以发展,创出为后世所称道的"唐音",体现了新的时代精神和新的艺术风格。于是,在盛唐诗坛上涌现出李白、杜甫以及王维、孟浩然、高适、岑参等大家名家,群星丽天,形成文学的煌煌盛唐气象,使后世难以为继。

　　"安史之乱"是唐王朝由盛而衰的转折点。由此开始,中央政权削弱,藩镇割据形成,社会矛盾日益加剧。唐德宗贞元年间到宪宗元和年间,社会经济有所恢复,朝廷曾一度振作,希图中兴。于是一些有识之士发出了革除弊端、裨补时阙、挽回颓势的呼声。在文学领域,遂有韩愈、柳宗元等倡导的古文运动和白居易、元稹等倡导的新乐府运动,产生了大量为时为事而作、有为而作的文学作品。古文在理论和创作实践上达到全盛期,韩柳古文成为后世创作的典范。诗坛也再度活跃,形成了唐代文学开元、天宝以后又一个高潮。同时,盛、中唐城市经济发展迅速,水陆交通发达,中外商人云集各大城市,长安、洛阳、益州等都市极度繁荣。平定安史之乱以后,江南海运、漕运繁忙,扬州、广州成为商业贸易中心,随着城市经济的活跃形成了新兴的市民阶层。中唐以后的文学开始出现世俗化倾向,白居易、元稹一派平易浅俗的诗歌风靡朝野,传奇小说、曲子词、变文等适应城市生活需要的文学样式也兴盛起来,较之初盛唐,文学创作有了更加多元化的发展。

元和中兴的局面未能维持很久。自唐文宗以后,多种社会危机愈演愈烈,唐王朝无可挽回地走向没落与衰亡。杜牧、李商隐等诗人的诗歌,在艺术上善于借鉴前人,也能自求发展,穷力创新,但已不免抹有衰飒感伤的色彩。唐末皮日休、陆龟蒙等人的诗文,继承了新乐府运动和古文运动的传统,较多地显露出批判现实的愤激情绪。与此同时,新兴的传奇、曲子词创作更趋活跃,尤其是与唐代新乐共生的新体诗曲子词,已隐然显示出代替诗歌而兴盛的趋势。进入五代十国以后,战乱频仍,社会震荡,文学衰落。惟有西蜀和南唐保持着相对安定,因而成为词的发展基地,在晚唐温庭筠、韦庄词的基础上,两地词人的创作为宋词的兴盛开辟了道路。

特别值得注意的是,唐代文学的空前繁荣是在唐代文化的大背景之上出现的,而唐代文化是融会南北、贯通中外的兼容并包的开放型文化。作为经济富庶、国力强盛的大国,唐王朝不仅以恢宏气度融南北文化为己用,而且在中外文化交流上表现出高度的自信和开放。唐本土文化是当时世界上的先进文化,唐长安是该时代最繁荣的国际都市之一,各国使节往来不绝,外国王侯贵族、官员、学问僧、求法僧、艺术家、商人大量涌入,仅与唐帝国通商者就有高丽、日本、天竺、大食以及东南亚和中亚等地区的许多国家。唐文化输出到境外,影响及于周边各国,日本文化的汉化就是明显的例证。输出的同时也在不断输入,唐人以兼收并蓄的气魄大量吸收异域文化的营养成分,并且迅速消化,融进本土文化。宗教方面,不仅佛教盛极一时,西方的景教、波斯的祆教与摩尼教、阿拉伯的伊斯兰教等也在此时进入中土。中国传统的音乐、舞蹈、绘画、雕塑乃至日常器物、服饰、饮食,都因为异国异族文化的影响而发生了重大改变,爱好胡服、胡酒、胡乐、胡舞,甚至成为时尚。异域异质文化的传入中土,不仅给文学创作提供了新的题材,增添了绚丽的光彩,甚至还促成了新的文学体裁的产生,如曲子词是配合燕乐乐调演唱的,而燕乐则大多采用或融合了少数民族和西域音乐。总之,南北文化、国内各民族文化、中外文化汇聚交流,给唐文化带来无穷生机与活力。更重要的是,唐帝国兼收并蓄的宏伟气魄与开放型的文化,深刻影响了一代士风。唐代文人眼界开阔,胸襟豪放,少思想禁忌,多创造精神。喜仗义行侠,重交友,好漫游,千里赴举,万里出塞,旅食天下,四海为家。终生安住一地的士人,几不可见。且大多脱略形迹,不拘小节,宴游歌舞,豪饮携妓,习以为常。正是这些阅历丰富、个性张扬的士人,构成了唐代文学的创作主体。

唐王朝不仅创造了自由、开放的文化氛围,还为士人提供了相对宽松的创作环境。宋人曾指出唐人作诗无所避忌:"唐人歌诗,其于先世及当时事,直辞咏寄,略无避隐。至宫禁嬖昵,非外间所应知者,皆反复极言,而上之人亦不以为罪。……今之诗人不敢尔也"(洪迈《容斋续笔》卷二)。唐代君王不但显示了文字忌讳少的雅量,而且大多爱好文艺,有不少善于写诗作文者。影响所及,从宫廷、官邸到酒楼、妓馆,吟诗唱曲成了普遍的风气,自王侯将相至和尚、道士、妓女,各种身份的作者热情投入创作,这也为文学的发展提供了有利的环境。唐代作家作品数量之多,范围之广,大大超越了前代。仅《全唐诗》所收,就有诗人二千二百余家,诗作近五万首。《全唐文》所收,则有作者三千余人,文章一万八千四百余篇。而且多样艺术风格纷呈,各种文学流派争胜,整个唐代文学园地呈现空前繁荣景象。

唐代承袭隋制,以科举取士。科目除了进士、明经之常选,还有各种不定期举行的制科。科举突破了门第出身的限制,士人不问门第高下,均可"怀牒自列于州县",以乡贡应试。这为出身不等的士人提供了相对均等的机会。虽然录取的人数并不是很多,但科举却唤起广大中下层士人的希望和幻想,刺激他们产生进取的活力和竞争的胆量。最受人们重视的进士科以诗赋取士,以致写诗成了当时士人的必修科目。伴随科举而来的"行卷""温卷"风尚,也有助于锻炼士子的写作技能。对诗文创作及传奇小说的兴起,都有一定促进作用。

作为强盛的大一统王朝,唐王朝始终未曾建立单一的思想统治。这也有助于人们思想的活跃和文学创作的活跃。唐代统治者对意识形态采取开放的、包容的态度。历朝除武后崇佛外,都以儒家思想为统治思想,但同时提倡、扶植佛、道。这种政策在唐初已确立,以后大抵相沿不改。各代君王由于政治需要或个人嗜好,曾左佛右道或左道右佛,但综观唐世,大体是三教并崇的。唐太宗曾命孔颖达等修《五经正义》,以指导士子学习、理解儒家经义,并颁布天下,规定为科试经义的依据。当时科举中的明经科,以儒家经典为主要考试内容。在文学上,杜甫、韩愈、白居易等人的诗文及文学主张中,可看出儒家思想的深刻影响。唐代佛教大盛。玄奘、义净等高僧曾先后游历天竺(今印度),带回上千部佛经,大量翻译传播。除纯粹取自天竺佛学的法相宗外,当时还出现了结合中国特点的天台宗、华严宗、禅宗、净土宗等佛教宗派，禅宗影响尤大。道教在唐代视如国教，老子李耳被奉为皇室的先祖，尊为太上玄元皇帝。李林甫、贺知章、颜真卿、李泌、元载等著名官员，都是道教信徒。当时佛道两教的寺观，遍布全国通都大邑、名山胜境，影响及于社会的各个方面。在文人中，王勃、王维、梁肃、白居易、柳宗元、李商隐、司空图等，都曾与佛教发生过密切的关系。王维等人的山水诗，往往将写景与禅趣结合在一起。即使是反对佛教的韩愈也对佛典有所借鉴，他的名篇《南山诗》连用五十一个"或"字，这种句法在佛教经典中早被运用。王梵志、寒山、拾得一派的诗，则往往用通俗的语言阐说佛理。佛经故事对唐人传奇的题材、构思以及细节描写也有一定影响。变文更是由佛经直接演变而来，它那种讲唱合体的形式，又影响了《长恨歌》和《长恨歌传》一类诗文的写作。佛教谈神悟境界，谈象外之说，对文学批评有所启迪，导致了皎然《诗式》等诗论的出现。道教与当时文学的关系，也不亚于佛教，李白、李商隐都是深受道教影响的诗人。传奇小说中，直接取材于神仙传说与明显带着道教神异色彩的，更比比皆是。

唐代文学生气淋漓，新异多变，唐人文艺天才成批涌现，这一时代，进行理论总结的时机尚不成熟。然而丰富多彩的文学创作实践，已为文学理论的发展提供了基础。唐人的文学理论，既有重视作品现实内容和社会功能的一派，如陈子昂、韩愈、柳宗元、白居易、元稹、皮日休等；又有侧重于探讨作品艺术形式和艺术风格的一派，如皎然等。他们的理论和主张，都是从创作实践的经验中总结出来的，又指导、推动了创作实践。其中如"文以载道"说、讽喻说、象外说等，对唐文学和后世文学的发展产生了深远的影响。

参考书目：

乔象钟,陈铁民.唐代文学史(上)[M].北京:人民文学出版社,1995.

吴庚舜,董乃斌.唐代文学史(下)[M].北京:人民文学出版社,1995.

傅璇琮,许逸民,张忱石.隋唐五代人物传记数据综合索引[M].北京:中华书局,1982.

陶敏,李一飞.隋唐五代文学史料学[M].北京:中华书局,2001.

第一章　隋唐诗

隋唐五代文学,最盛者莫如诗,尤其是作为唐代文学标志的唐诗。

隋王朝一统江山,结束了南北长期分裂的局面,其时诗人多是齐、周旧臣以及由陈入隋者,"时俗词藻,犹多淫丽。"(《隋书·文学传序》)虽然薛道衡、卢思道、杨素、杨广等作者也有少数刚健清新之作,透露出一点新的时代气息,但并无足以振起一代文风的不朽之作。诗入唐代,由靡转健,积健为雄,三百年间不断推陈出新,方成雄视千古之势。

唐高祖武德元年以后百年间,通常称初唐。初唐之始,太宗君臣所作尚难超越宫廷贵族生活的狭窄,唯王绩意趣澹远,导王、孟之先路。至被称为"初唐四杰"的王勃、杨炯、卢照邻、骆宾王登上诗坛,风气渐转。他们名高位下,热切抒写建功立业的豪情壮志与悲欢离合的人生感慨,从而推动诗歌"由宫廷走到市井","从台阁移至江山与塞漠"(闻一多《唐诗杂论》)。陈子昂继起,倡"汉魏风骨"以扫除齐梁"采丽竞繁"的积弊,其诗作古雅冲淡,但未能充分汲取六朝诗歌的艺术经验,因而质朴有余,文采不足。与其同时的沈佺期、宋之问及号称"文章四友"的李峤、崔融、苏味道、杜审言着力于诗歌艺术形式的探求与新创,实现了五七言律诗格律的定型。杜审言与沈宋也有不少风调清新的作品为后人称道。

玄宗开元元年以后五十余年谓之盛唐。这是唐王朝的鼎盛期,现实生活的无限丰富与广阔,开拓了诗人们的胸怀和诗歌的意境。许多著名诗人同时出现,虽造诣有深浅、风格有差异、成就有高下,但创作大多明快爽朗,浑然成天,个性鲜明,卓然名家,互不相掩,共同形成了"盛唐之音"的彬彬之盛。在题材方面,表现边塞战争和歌咏田园山水者居多。前者以高适、岑参、王昌龄、李颀最为知名,他们的作品或豪放壮烈,或奇思异彩,或慷慨,或哀婉,合而观之,有如一部声情悲壮的边塞交响乐。后者则以王维、孟浩然、储光羲、常建等最为擅长,他们在发掘自然美方面,把六朝以来的山水诗向前大大推进了一步。其中尤以王维的成就为高。此外,诸如社会政治、朋友聚散、游侠习尚、音乐舞蹈、书法绘画、佛理禅趣等等，无不入诗，展示了浓郁丰满的盛唐气象。

标志着盛唐诗也是唐诗最高成就的，是李白与杜甫。李白是站在盛世顶峰的诗人，他的魅力就是盛唐的魅力。他高扬自我、狂放不羁的个性，无所拘限、自由创造的艺术，天马行空、飘逸不群的风格，成为后人难以企及的境界。杜甫代表着另一种"盛唐"。社会的剧变引起诗歌创作的重大变化，明丽和美的意境转换成直面惨淡人生的沉吟悲慨，这种转换完成于杜甫。他以仁民爱物之心写下了动乱时代的"诗史"，所作包孕深闳，沉郁顿挫。在诗歌艺术方面，他善学习，善创新，"尽得古今之体势，而兼人人之所独专"（元稹《唐故检校工部员外郎杜君墓系铭》），为后来诗歌艺术的发展开辟了万千途径。

李杜齐名，为唐诗之杰出代表。韩愈云："李杜文章在，光焰万丈长。"（《调张籍》）严羽曰："子美不能为太白之飘逸，太白不能为子美之沉郁。"（《沧浪诗话·诗评》）

自代宗大历至穆宗长庆年间为中唐。中唐前期，唐王朝处于大乱后的衰落时期，诗歌也失却了盛唐的青春风貌。刘长卿与"大历十才子"多长于五言律体，语言精致，诗风近王维；李益有色调苍凉的边塞绝句；顾况善仿效俚歌俗曲，但他们都达不到开元诗人的水平。唯有韦应物古近体均可观，是大历诗人中的佼佼者。贞元至长庆年间，随着社会改革思潮的兴起，诗坛重又出现大活跃的景象。"诗到元和体变新"，各种风格流派求新求变，争奇斗艳。元稹、白居易、张籍、王建之舒徐坦易，孟郊、贾岛之瘦炼峭刻，李贺之凄艳诡激，皆为一时之杰。尤其是古文家而兼诗人的韩愈标新立异，洗削凡近，以文为诗，化丑为美，矜才使学，硬语盘空。虽有时流于怪诞僻涩，但堪称唐诗之一大变，对宋诗影响甚大。其他如柳宗元的山水之咏、刘禹锡的民歌体诗及怀古之作，也都有独到成就。

自敬宗宝历初至唐亡为晚唐。唐王朝衰亡的命运逐渐逼临，诗歌中弥漫着对国家命运和个人前途的惶惑、感伤，艺术上则藻饰的风气逐渐增浓。杜牧雄姿英发，声色高华，是晚唐风格最明快的诗人，但悠扬风调中不时流出伤时忧国的感喟。李商隐深情绵邈，内心郁积着对人生、政治、爱情的痛苦激情，欲罢不能，欲语还休，从而形成意境朦胧、造语精丽、富于暗示的诗风，创造性极为显著。与李商隐同时的温庭筠，才思清绮，辞采秾丽，也为唐诗增添了一种新色彩。其他如许浑、刘沧、薛能、马戴、赵嘏、张祜等人，体貌各殊，也各有佳篇秀句流传于世。唐亡以前的最后五十年，诗歌趋于衰落。诗人虽多，却无大的作家、大的创造。吴融、韩偓、司空图、杜荀鹤、罗隐、韦庄等虽未能在艺术上超越前人，但各有特色，可算唐音的"余响"。

与文人诗相辉映，唐代民间白话诗创作也呈繁盛之势。汇集了王梵志与其他无名诗人之作的"王梵志诗",标志着中国白话通俗文学的崛起。它们以通俗的语言阐说佛理,刻画世俗人生情态。作者从社会下层观察生活,以白描、叙述和议论的手法再现和评价生活,质朴明快,展现出与努力创造"意境"的传统文人诗迥然不同的艺术风貌。其犀利泼辣、机智幽默处,对宋诗特色的形成也有影响。寒山、拾得直接继承了王梵志诗的传统,寒山诗内容丰富,风格多样,大抵不拘格律,不限雅俗,信手拈弄,涉笔成趣,显示了白话诗自然洒脱的风姿。此外,僧人也是一个不可小视的创作群体。其中,皎然的闲澹与清壮;贯休的不忘世情,敢怒敢言,率意放辞;齐己的含蓄有味,都卓然名家,为唐代诗僧的代表。

参考书目:

清沈德.唐诗别裁集[M].北京:中华书局,1981.

高步瀛.唐宋诗举要[M].上海:上海古籍出版社,1978.

宇文所安.初唐诗[M].贾晋华,译.上海:三联书店,2004.

宇文所安.盛唐诗[M].贾晋华,译.上海:三联书店,2004.

第一节　隋诗与初唐诗

杨　素（约544—606）

杨素,字处道,弘农华阴(今陕西省华阴县)人。仕北周,封成安县公。隋时,封越公,拜司徒,改封楚公。卒谥景武。《隋书》有传。

赠薛番州[1]

衔悲向南浦[2],寒色黯沉沉。风起洞庭险,烟生云梦深。独飞时慕侣,寡和[3]乍孤音。木落[4]悲时暮,时暮感离心。离心多苦调,讵假雍门琴[5]!

【注释】

[1]大业二年(606)杨素赠薛道衡之作。《隋书·杨素传》:"素尝以五言诗七百字赠番州刺史薛道衡,词气宏拔,风韵秀上,亦为一时盛作。未几而卒,道衡叹曰:'人之将死,其言也善,岂若是乎!'"诗题"番州",旧作"播州",误。按隋有番州而无播州,《隋书·地理志》:"南海郡,……仁寿元年置番州,大业初府废。"今据此及《隋书》薛道衡、杨素、房彦谦诸传改。原诗共十四首,此为第十四首。[2]南浦:《楚辞·九歌·河伯》:"子交手兮东行,送美人兮南浦。"《文选·江淹〈别赋〉》:"送君

南浦,伤如之何!"[3]寡和:《文选·宋玉〈对楚王问〉》:"客有歌于郢中者,……其曲弥高,其和弥寡。"[4]"木落"句:《楚辞·九歌·湘夫人》:"袅袅兮秋风,洞庭波兮木叶下。"[5]雍门琴:指哀伤之曲调。刘向《说苑·善说》:"雍门子周以琴见乎孟尝君。孟尝君曰:'先生鼓琴亦能令文悲乎?'……雍门子周曰:'臣之所为足下悲者,一事也。夫声敌帝而困秦者,君也;连五国之约,南面而伐楚者,又君也。天下未尝无事,不纵则横。纵成则楚王,横成则秦帝。楚王秦帝,必报仇于薛矣。夫以秦楚之强而报仇于弱薛,譬之犹摩萧斧而伐朝菌也,必不留行矣。天下有识之士无不为足下寒心酸鼻者。千秋万岁之后,庙堂必不血食矣。……'于是孟尝君泫然泣涕,承睫而未殒。雍门子周引琴而鼓之,徐动宫徵,微挥羽角,切终而成曲。孟尝君涕浪汗增,歔而就之曰:'先生之鼓琴,令文若破国亡邑之人也。'"

薛道衡(540—609)

薛道衡,字玄卿,河东汾阴(今山西省万荣县)人。历仕北齐、北周。入隋,官至司隶大夫。因论时政为炀帝缢杀。

人日思归[1]

入春才七日,离家已二年[2]。人归落雁后,思发在花前。

【注释】

[1]人日:正月七日。[2]本句云客中度岁,由旧年入了新年。

王 勃(650—676)

王勃,字子安,绛州龙门(今山西省河津县)人。年未及冠,应幽素举及第。沛王贤闻其名,召为沛府修撰,甚爱重之。勃恃才傲物,为同僚所嫉。有官奴曹达犯罪,勃匿之,又惧事泄,乃杀达以塞口。事发,当诛,会赦除名。时勃父福畤为雍州司户参军,坐勃左迁交趾令。上元二年,勃往交趾省父,渡南海,堕水而卒。有《王子安集》二十卷。

山 中[1]

长江悲已滞,万里念将归。况属高风晚,山山黄叶飞。

【注释】

[1]近人高步瀛《唐宋诗举要》云:"此疑咸亨二年(671)寓巴蜀时作。"虽为一时感兴,亦内蕴浑厚,气度慷慨。

·杨 炯（650—约693）

杨炯，华阴（今陕西省华阴县）人。幼聪敏博学，举神童，拜校书郎。后为崇文馆学士，迁詹事司直。则天初，坐从祖弟神让犯逆，左转梓州司法参军。秩满，选授盈川令。卒于官。有《杨盈川集》。炯与王勃、卢照邻、骆宾王以文词齐名，海内称为王杨卢骆。

从军行[1]

烽火照西京，心中自不平。牙璋辞凤阙[2]，铁骑绕龙城[3]。雪暗凋旗画，风多杂鼓声。宁为百夫长[4]，胜作一书生。

【注释】

[1]从军行，乐府《相和歌辞·平调曲》旧题。《乐府诗集》卷三十二引《乐府解题》曰："《从军行》，皆军旅苦辛之辞。"王夫之称此诗"裁乐府作律，以自意起止，泯径入化。"（《唐诗评选》卷三）[2]牙璋：兵符。《周礼·春官·典瑞》："牙璋以起军旅，以治兵守。"郑玄注引郑众曰："牙璋瑑以为牙。牙齿，兵象，故以牙璋发兵，若今时以铜虎符发兵。"凤阙：《史记·封禅书》："（武帝）作建章宫，度为千门万户。前殿度高未央。其东则凤阙，高二十余丈。"[3]龙城：汉时匈奴大会诸部祭天之所。《史记·匈奴列传》："岁正月，诸长小会单于庭，祠。五月，大会龙城，祭其先、天地、鬼神。"《索隐》引崔浩云："西方胡皆事龙神，故名大会处为龙城。"一说即十六国北燕都城黄龙城（见《宋书·夷蛮传·东夷高句骊国》）。[4]百夫长：《书·牧誓》："千夫长，百夫长。"孔传："师帅卒帅。"孔颖达疏："百人为卒，卒长皆上士。"

卢照邻（634—约685）

卢照邻，字升之，幽州范阳（今河北省涿州市）人。博学，善属文。初授邓王府典签，王甚爱重之，曾谓群官曰："此即寡人相如也。"拜新都尉，因染风疾去官，著《释疾文》、《五悲》等，自述遭遇。后因不堪病痛之苦，与亲属作别，自投颍水而死。

长安古意[1]

长安大道连狭斜[2]，青牛白马七香车[3]。玉辇纵横过主第，金鞭络绎向侯家。龙衔宝盖承朝日，凤吐流苏带晚霞。百丈游丝争绕树，一群娇鸟共啼花。啼花戏蝶千门侧，碧树银台万种色。复道交窗作合欢[4]，双阙连甍垂凤翼。梁家画阁天中起[5]，汉帝金茎云外直[6]。楼前相望不相知，陌上相逢讵相识？借问吹箫向紫烟[7]，曾经学舞度芳年。得成比目何辞死[8]，愿作鸳鸯不羡仙。比目鸳鸯真可羡，双去双来君不见？生憎帐额绣孤鸾，好取门帘帖双燕。双燕双飞绕画梁，罗帷翠被郁金香[9]。片片行云着蝉鬓[10]，纤纤初月上鸦黄[11]。鸦黄粉白车中出，含娇含态情非一。妖童宝马铁连钱[12]，娼妇盘龙金屈膝[13]。御史府中乌夜啼，廷尉门前雀欲栖[14]。隐隐朱城临玉道，遥遥翠幰没金堤。挟弹飞鹰杜陵北[15]，探丸借客渭桥西[16]。俱邀侠客芙蓉剑[17]，共宿娼家桃李蹊[18]。娼家日暮紫罗裙，清歌一啭口氛氲。北堂夜夜人如月，南陌朝朝骑似云。南陌北堂连北里[19]，五剧三条控三市[20]。弱柳青槐拂地垂，佳气红尘暗天起。汉代金吾千骑来[21]，翡翠屠苏鹦鹉杯[22]。罗襦宝带为君解[23]，燕歌赵舞为君开[24]。别有豪华称将相，转日回天不相让[25]。意气由来排灌夫[26]，专权判不容萧相[27]。专权意气本豪雄，青虬紫燕坐春风[28]。自言歌舞长千载，自谓骄奢凌五公[29]。节物风光不相待，桑田碧海须臾改[30]。昔时金阶白玉堂，即今唯见青松在。寂寂寥寥扬子居[31]，年年岁岁一床书。独有南山桂花发[32]，飞来飞去袭人裾。

【注释】

[1]古意犹拟古、仿古，为讽咏前代故事以寄意的诗题。本篇乃托古咏今之作。王夫之称此诗"是将西京诸赋改入七言者"（《唐诗评选》卷一），沈德潜评曰："长安大道，豪贵骄奢，狭邪艳冶，无所不有。自嬖宠而侠客而金吾而权臣，皆向娼家游宿，自谓可永保富贵矣。然转瞬沧桑，徒存墟墓，不如读书自守之为得也。借言子云，聊以自况云尔。"（《唐诗别裁集》卷五）[2]狭斜：小街曲巷。古乐府有《长安有狭斜行》，述少年冶游之事，后亦称娼家居处为狭斜。[3]"青牛"句：《拾遗记》卷七："（魏）文帝所爱美人，姓薛名灵芸。……帝以文车迎之，……驾青色之牛，日行三百里。"梁萧纲《乌栖曲》："青牛丹毂七香车，可怜今夜宿倡家。"[4]复道：宫苑内楼阁间架木空际构成的道路。《史记·秦始皇本纪》："秦每破诸侯，写放其宫室，作之咸阳北阪上，南临渭，自雍门以东至泾、渭，殿屋复道周阁相属。"[5]"梁家"句：《后汉书·梁冀传》："冀乃大起第舍，……堂寝皆有阴阳奥室，连房洞户，柱壁雕镂，加以铜漆；窗牖皆有绮疏青琐，图以云气仙灵。台阁周通，更相临望。"[6]汉帝金茎：《史记·孝武本纪》："其后则又作柏梁、铜柱、承露仙人掌之属矣。"司马贞《索隐》引《三辅故事》曰："建章宫承露盘高三十丈，大七围，以铜为之。上有仙人掌承露，和玉屑饮之。"班固《西都赋》："抗仙掌以承露，擢双立之金茎。"李善注："金茎，铜柱也。"[7]吹箫向紫烟：《列仙传》卷上："萧史者，秦穆公时人也。善吹箫，能致孔雀白鹤于庭。穆公有女字弄玉，好之。公遂以女妻焉。日教弄玉作凤鸣，居数年，吹似凤声，凤凰来止其屋。公为作凤台，夫妇止其上。不下数年，一旦随凤凰飞去。"[8]比目：《尔雅·释地》："东方有比目鱼焉，不比不行，其名谓之鲽。"[9]"罗帷"句：翠被指以翡翠鸟羽毛为饰的被，《楚辞·招魂》："翡翠珠被，烂齐光些。"郁金香，《本草纲目》卷十四"郁金香"条"集解"引陈藏器《本草拾遗》："郁金香，生大秦国。二月、三月有花，状如红蓝。四月、五月采花，即香也。"[10]蝉鬓：晋崔豹《古今注·杂注》："魏文帝宫人，绝所爱者，有莫琼树、薛夜来、田尚衣、段巧笑四人，日夕在侧。琼树乃制蝉鬓，缥缈如蝉，故曰蝉鬓。"[11]"纤纤"句：六朝妇女喜于额上涂黄为饰，《木兰诗》之"对镜帖花黄"、萧纲《美女篇》之"约黄能效月"、虞世南《应诏嘲司花女》之"学画鸦黄半未成"均指此。唐代仍沿此习（李商隐《无题》"八字宫眉捧额黄"可证）。本句即描写这种

黄色新月状的额妆。[12]铁连钱:马毛色呈铁连钱状花纹。[13]蟠龙金屈膝:蟠龙,钗名。崔豹《古今注·杂注》:"盘龙钗,梁冀妇(孙寿)所制。"屈膝,同屈戌,门窗、屏风等物各扇相连处的铰链,用于此处或指钗制作复杂,是以金屈戌将若干部分联缀而成。一说金屈膝指金屈戌的屏风,"蟠龙"为屏风上的雕饰。[14]"御史府"二句:御史司弹劾,廷尉执法。但因权贵枉法,游侠横行,二机构形同虚设。《汉书·朱博传》:"(御史)府中列柏树,常有野乌数千栖宿其上,晨去暮来,号曰朝夕乌。"《史记·汲郑列传》:"始翟公为廷尉,宾客阗门;及废,门外可设雀罗。"[15]杜陵:汉宣帝的陵墓,在长安东南。[16]"探丸"句:《汉书·尹赏传》:"永始、元延间,……(长安)间里少年群辈杀吏,受赇报仇,相与探丸为弹,得赤丸者斫武吏,得黑丸者斫文吏,白者主治丧。"《汉书·朱云传》:"朱云少时通轻侠,借客报仇。"颜师古注:"借,助也。"渭桥,位于长安西北渭水上。[17]芙蓉剑:即纯钧剑。汉袁康《越绝书》卷十一:"昔者越王勾践有宝剑五,闻于天下。客有能相剑者名薛烛,王召而问之。……王取纯钧,薛烛……手振拂,扬其华,捽如芙蓉始出。"[18]桃李蹊:借用《史记·李将军列传》"桃李不言,下自成蹊"语暗示娼家为热闹去处。[19]北里:唐长安平康里位于城北,亦称北里,为娼家聚居处。[20]"五剧"句:剧为交错的道路。《尔雅·释宫》"三达谓之剧旁"郭璞注:"今南阳冠军乐乡,数道交错,俗呼为五剧乡。"条为通达的道路。班固《西都赋》:"披三条之广路。"市为商业繁盛的大街。左思《魏都赋》:"廊三市而开廛。"此句以成语状长安城道路纵横、街市繁荣貌,五、三并非实数。[21]金吾:汉代禁卫军军官执金吾的简称。《汉书·百官公卿表上》:"中尉,秦官,掌徼巡京师,有两丞、候、司马、千人。武帝太初元年更名为执金吾。"唐置左、右金吾,有金吾大将军。[22]"翡翠"句:屠苏,药酒名。梁宗懔《荆楚岁时记》:"(正月一日)长幼悉正衣冠,以次拜贺,进椒柏酒,饮桃汤,进屠苏酒。"鹦鹉杯,以鹦鹉螺制成的酒杯。(旧题)唐刘恂《岭表录异》卷中:"鹦鹉螺,旋尖处屈而朱,如鹦鹉嘴,故以此名。壳上青绿斑文,大者可受二升。壳内光莹如云母。装为酒杯,奇而可玩。"[23]"罗襦"句:《史记·滑稽列传》:"日暮酒阑,合尊促坐,男女同席,履舄交错,杯盘狼藉,堂上烛灭,……罗襦襟解,微闻芗泽。"[24]"燕歌"句:战国时燕赵一带以歌舞著名,故云。[25]转日回天:东汉时宦官左悺封上蔡侯,权倾一时,时号"左回天"。(见《后汉书·单超传》)[26]灌夫:汉武帝时人,家资豪富,任侠尚气。与丞相武安侯田蚡不睦,曾使酒骂坐,辱田。终被田陷害,族诛。事见《史记·魏其武安侯列传》。[27]"专权"句:萧相,指汉高祖时宰相萧何,其为人素以恭敬谨慎称。事见《史记·萧相国世家》。判,同拚。[28]"青虬"句:青虬,《楚辞·九章·涉江》:"驾青虬兮骖白螭。"虬为有角龙,此处借指马。紫燕,亦作"紫䴏",骏马名。《西京杂记》第二:"文帝自代还,有良马九匹,皆天下之骏马也。一名浮云,一名赤电,一名绝群,一名逸骠,一名紫燕骝,……号为九逸。"[29]五公:《文选·班固〈西都赋〉》"冠盖如云,七相五公"李善注:"公,御史大夫、将军通称也。《汉书》曰:'张汤为御史大夫,徙杜陵;杜周为御史大夫,徙茂陵;萧望之为前将军,徙杜陵;冯奉世为右将军,徙杜陵;史丹为大将军,徙杜陵。'"又《后汉书·班固传》"七相五公"李贤注曰:"五公谓田蚡为太尉,长陵人,张安世为大司马,朱博为司空,并杜陵人,平晏为司徒,韦赏为大司马,并平陵人也。"[30]"桑田"句:《神仙传》卷五"王远"条载麻姑谓王方平(即王远)曰:"接待以来,已见东海三为桑田。向到蓬莱,水又浅于往昔会时略半也,岂将复还为陵陵乎!"[31]"寂寂"句:扬子,汉代扬雄。扬终生仕宦不得意,家贫,人罕至其门,闭门著《法言》、《太玄》。事见《汉书·扬雄传》。此处用左思《咏史》（其四）"寂寂扬子宅，门无卿相舆。寥寥空宇中，所讲在玄虚。……悠悠百世后，英名擅八区。"意。[32]"独有"句：南山，指长安之南的终南山。南山桂花，暗用《楚辞》淮南小山《招隐士》"桂树丛生兮山之幽，偃蹇连蜷兮枝相缭。"喻指隐居生涯。

沈佺期（约656—714）

沈佺期，字云卿，相州内黄（今河南省内黄县）人。及进士第，由协律郎累除给事中。武则天时官至考功员外郎。后因谄事张易之长流驩州。中宗时历官修文馆直学士、中书舍人、太子少詹事。开元初卒。

遥同杜员外审言过岭[1]

天长地阔岭头分，去国离家见白云。洛浦风光何所似[2]，崇山瘴疬不堪闻。南浮涨海人何处[3]，北望衡阳雁几群[4]。两地江山万余里，何时重谒圣明君。

【注释】

[1]神龙初，作者与杜审言坐交通张易之流岭南，杜流峰州（治所在今越南河西省境内），沈流驩州（治所在今越南荣市）。此诗作于贬谪途中，为标志初唐七律成熟的作品。[2]洛浦风光：郦道元《水经注·洛水》："昔王子晋好吹凤笙，招延与道士浮丘同游伊洛之浦。"又《文选·曹植〈洛神赋〉》写洛水之滨人神邂逅事，亦可能为此语之所本。[3]"南浮"句：《论语·公冶长》："子曰：'道不行，乘桴浮于海。'"此句云自己浮海南行。[4]北望句：衡阳有回雁峰，为衡山七十二峰之一。相传北雁南飞，至此而止。

宋之问（约656—712）

宋之问，字延清，汾州（今山西省汾阳县）人。武后召与杨炯分直习艺馆。累转尚方监丞、左奉宸内供奉。与阎朝隐、沈佺期、刘允济倾心媚附张易之，易之所赋诸篇，尽之问、朝隐所为。及败，贬泷州，逃归洛阳，匿张仲之家，因向武三思告发仲之而复官。睿宗时流钦州。玄宗初赐死桂州。

题大庾岭北驿[1]

阳月南飞雁[2]，传闻至此回。我行殊未已，何日复归来？江静潮初落，林昏瘴不开。明朝望乡处，应见陇头梅[3]。

【注释】

[1]此诗作于之问南流泷州过大庾岭时。大庾岭，五岭之一，在今江西省大余县、广东省南雄县

交界处,向为岭南、岭北之交通咽喉。[2]阳月:农历十月。汉董仲舒《雨雹对》:"十月,阴虽用事,而阴不孤立。此月纯阴,疑于无阳,故谓之阳月。"[3]"明朝"二句:南朝宋陆凯《赠范晔诗》:"折梅逢驿使,寄与陇头人。江南无所有,聊寄一枝春。"语本此。又因大庾岭多梅,别称梅岭,故作此设想。

陈子昂(659—700)

陈子昂,字伯玉,梓州射洪县(今四川省射洪县)人。始以豪家子任侠使气,至年十七八未知书。尝从博徒入乡学,慨然立志,因谢绝门客,专精坟典。数年之间,遍览经史百家,属文有相如子云之风骨。睿宗文明元年(684)以进士对策高第。武后时官右拾遗,随建安郡王武攸宜征契丹。后解职归故里,为县令段简陷害,死狱中。有《陈子昂集》。

感　遇[1]

兰若生春夏[2],芊蔚何青青[3]。幽独空林色,朱蕤冒紫茎[4]。迟迟白日晚,袅袅秋风生[5]。岁华尽摇落[6],芳意竟何成!

【注释】

[1]原作共三十八首,本篇为第二首,以楚骚手法托物感兴,自伤不遇。《旧唐书·文苑传·陈子昂传》:"初为《感遇诗》三十首,京兆司功王适见而惊曰:'此子必为天下文宗矣!'由是知名。"此为附会之说,《感遇》不似少作,亦未必成于一时一地。卢藏用曰:"至于感激顿挫,微显(疑为显微)阐幽,庶几见变化之朕,以接乎天人之际者,则感遇之篇存焉。"(《陈子昂文集序》)皎然云:"子昂《感遇》三十首,出自阮公《咏怀》。"(《诗式》卷三)二说为近。[2]兰若:《汉书·司马相如传》:《子虚赋》曰:"衡兰芷若。"注引张揖曰:"若,杜若也。"颜师古曰:"兰即今之泽兰也。"[3]"芊蔚"句:《广雅·释训》:"芊芊、蔚蔚,茂也。"《楚辞·九歌·少司命》:"秋兰兮青青,绿叶兮紫茎。"洪兴祖《补注》曰:"青青,茂盛也,音菁。"[4]"朱蕤"句:《说文》:"蕤,艸木华垂貌。"紫茎,见前注。[5]"迟迟"二句:《楚辞·九辩》:"白日晼晚其将入兮。"《九歌·湘夫人》:"袅袅兮秋风,洞庭波兮木叶下。"[6]"岁华"句:《楚辞·九辩》:"萧瑟兮,草木摇落而变衰。"

张若虚(生卒年不详)

张若虚,扬州人,曾任兖州兵曹。中宗神龙中与贺知章、张旭、包融齐名,号吴中四士。

春江花月夜[1]

春江潮水连海平,海上明月共潮生。滟滟随波千万里,何处春江无月明。江流宛转绕芳甸,月照花林皆似霰。空里流霜不觉飞,汀上白沙看不见。江天一色无纤尘,皎皎空中孤月轮。江畔何人初见月?江月何年初照人?人生代代无穷已,江月年年只相似。不知江月待何人,但见长江送流水。白云一片去悠悠,青枫浦上不胜愁[2]。谁家今夜扁舟子?何处相思明月楼?可怜楼上月裴回[3],应照离人妆镜台。玉户帘中卷不去,捣衣砧上拂还来。此时相望不相闻,愿逐月华流照君。鸿雁长飞光不度,鱼龙潜跃水成文[4]。昨夜闲潭梦落花,可怜春半不还家。江水流春去欲尽,江潭落月复西斜。斜月沉沉藏海雾,碣石潇湘无限路[5]。不知乘月几人归,落月摇情满江树。

【注释】

[1]乐府《清商曲辞·吴声歌曲》旧题。《旧唐书·音乐志》二:"《春江花月夜》、《玉树后庭花》、《堂堂》,并陈后主所作。叔宝常与宫中女学士及朝臣相和为诗,太乐令何胥又善于文咏,采其尤艳丽者以为此曲。"同题作品多短章,此诗则为富于波澜的长篇,"将春江花月夜五字炼成一片奇光,分合不得。"(钟惺语,见《唐诗归》卷五)作者存诗仅两首,本篇备受后人重视,王闿运称其"孤篇横绝,竟为大家"(陈兆奎辑《王志》卷二),闻一多誉为"诗中的诗,顶峰上的顶峰"(《宫体诗的自赎》)。[2]"青枫"句:暗用《楚辞·招魂》:"湛湛江水兮上有枫,目极千里兮伤春心。"及《九歌·河伯》:"送美人兮南浦"意。[3]"可怜"句:曹植《七哀诗》:"明月照高楼,流光正徘徊。上有愁思妇,悲叹有余哀。"[4]"鸿雁"二句:寓鱼雁传书意。《汉书·苏武传》:"常惠教(汉)使者谓单于,言天子射上林中,得雁,足有系帛书,言武等在某泽中。"乐府古辞《饮马长城窟行》:"客从远方来,遗我双鲤鱼。呼儿烹鲤鱼,中有尺素书。"[5]"碣石"句:言人相距之遥。碣石,山名,在今河北省昌黎县北。潇湘,本二水名,在湖南省零陵县合流后称潇湘。

第二节　盛唐诗

张九龄(678—740)

张九龄,字子寿。韶州曲江(今广东省韶关市)人。登进士第。神龙三年(707)应制举,拜校书郎。玄宗时对策高第,迁左拾遗。十年间连登三第。开元十九年(722)为秘书少监、集贤院学士副知院事。开元二十一年拜中书侍郎、同中书门下平章事,次年迁中书令,兼修国史。开元二十四年罢相,次年左迁荆州大都督府长史。有《张曲江集》传世。

感　遇[1]

兰叶春葳蕤[2],桂华秋皎洁。欣欣此生意,自尔为佳节。谁知林栖者,闻风坐相悦^[3]。草木有本心,何求美人折^[4]?

【注释】

[1]原诗共十二首,此选其一。高棅曰:"张曲江公《感遇》等作,雅正冲澹,体合风骚,骎骎乎盛唐矣。"(《唐诗品汇·五言古诗叙目》)沈德潜曰:"《感遇》诗,正字古奥,曲江蕴藉,本原同出嗣宗而精神面目各别,所以千古。"(《唐诗别裁集》卷一)[2]葳蕤:《楚辞·东方朔〈七谏〉》"上葳蕤而防露兮"王逸注:"葳蕤,盛貌。"[3]坐相悦:张相《诗词曲语辞汇释》卷四:"坐,甚辞,沈深也;殊也。……坐相悦,犹云深相悦也。"[4]"草木"二句:《楚辞·离骚》:"惟草木之零落兮,恐美人之迟暮。"王逸注:"美人谓怀王也。"沈德潜云:"'草木有本心,何求美人折',想见君子立品,即昌黎'不采而佩,于兰何伤'意。"(《唐诗别裁集》卷一)

孟浩然(689—740)

孟浩然,字浩然,襄州襄阳(今湖北省襄樊市)人。少好节义,喜振人患难,隐鹿门山。年四十游京师,应进士试落第。尝于太学赋诗,一座嗟伏。张九龄、王维称道之。张九龄左迁荆州时曾招致幕府。开元末,病疽卒。

夏日南亭怀辛大^[1]

山光忽西落,池月渐东上。散发乘夕凉,开轩卧闲敞^[2]。荷风送香气,竹露滴清响。欲取鸣琴弹,恨无知音赏^[3]。感此怀故人,中宵劳梦想^[4]。

【注释】

[1]孟集中与辛大有关之诗共四首,《都中送辛大》云:"南国辛居士,言归旧竹林。未逢调鼎用,徒有济川心。"观诸作知辛与孟同乡,曾入京而未见用,二人过从甚密。孟集又有《西山寻辛谔》诗,此辛谔或即为辛大之名。[2]"开轩"句:《文选·左思〈魏都赋〉》"周轩中天"李善注:"轩,长廊之有窗也。"阮籍《咏怀》十五:"开轩临四野,登高望所思。"闲敞,《文选·张衡〈南都赋〉》"体爽垲以闲敞"张铣注:"闲敞,清虚貌。"[3]"欲取"二句:《吕氏春秋·孝行览·本味》:"伯牙鼓琴,钟子期听之。方鼓琴而志在太山,钟子期曰:'善哉乎鼓琴,巍巍乎若太山。'少选之间,而志在流水,钟子期又曰:'善哉乎鼓琴,汤汤乎若流水。'钟子期死,伯牙破琴绝弦,终身不复鼓琴,以为世无足复为鼓琴者。"《淮南子·修务训》:"钟子期死,而伯牙绝弦破琴,知世莫赏也。"[4]中宵,中夜。陶渊明《辛丑岁七月赴假还江陵夜行涂口》:"怀役不遑寐,中宵尚孤征。"

临洞庭^[1]

八月湖水平,涵虚混太清^[2]。气蒸云梦泽,波撼岳阳城^[3]。欲济无舟楫,端居耻圣明[4]。坐观垂钓者，徒有羡鱼情[5]。

【注释】

[1]此诗题一作《望洞庭湖赠张丞相》。张丞相，当指张九龄。[2]八月二句：意谓秋水平湖，混茫空阔，与天相连。涵虚，形容湖面空阔无边。太清，谓天。[3]气蒸二句：云梦泽，古泽，在洞庭湖之北。撼，摇动。岳阳城，今湖南省岳阳市，在洞庭湖北岸。[4]端居，犹言平居，指隐居。圣明，指皇帝圣明而天下太平的时期。[5]坐观二句：申足愿出仕意。《淮南子·说林训》："临河而羡鱼，不若归家结网。"

王　维（701—761）

王维，字摩诘，太原祁人。徙家于蒲（今山西永济县），遂为蒲州人。开元九年登进士第，任太乐丞，贬济州司仓参军。张九龄为相，擢右拾遗，转监察御史。天宝末，为给事中。安禄山陷两都，玄宗奔蜀，维扈从不及，为叛军所得。禄山逼任伪官。两京收复，以陷贼官论罪，责授太子中允。乾元中，迁太子中庶子、中书舍人，复拜给事中，转尚书右丞，世称王右丞。维诗名盛于开元、天宝间，尤长五言诗。书画特臻其妙。奉佛，居常蔬食，不茹荤血，晚年长斋，不衣文采，退朝之后，焚香独坐，以禅诵为事。妻亡不再娶，三十年孤居一室。乾元二年七月卒。

辋川闲居赠裴秀才迪[1]

寒山转苍翠，秋水日潺湲[2]。倚杖柴门外，临风听暮蝉。渡头余落日，墟里上孤烟[3]。复值接舆醉[4]，狂歌五柳前[5]。

【注释】

[1]据两唐书本传，王维得宋之问辋川别业，风景奇胜。宋程大昌《雍录》卷七："辋川在蓝田县西南二十里，王维别墅在焉。本宋之问别圃也。"裴秀才迪，《唐诗纪事》卷十六："裴迪初与王维俱居终南。天宝后，为蜀州刺史，与杜甫友善。"《唐才子传》卷二："（王维在辋川）日与文士丘丹、裴迪、崔兴宗游览赋诗，琴樽自乐。"[2]潺湲：《楚辞·九歌·湘君》"横流涕兮潺湲"王逸注："潺湲，流貌。"[3]"墟里"句：自陶渊明《归园田居》"暧暧远人村，依依墟里烟。"化出。[4]接舆：《论语·微子》："楚狂接舆歌而过孔子曰：'凤兮凤兮！何德之衰？……'孔子下，欲与之言。趋而避之，不得与之言。"皇甫谧《高士传》卷上："陆通，字接舆，楚人也。好养性，躬耕以为食。楚昭王时通见楚政无常，乃佯狂不仕，故时人谓之楚狂。"[5]五柳：《晋书·隐逸传·陶潜传》："（陶潜）尝著《五柳先生传》以自况曰：'先生不知何许人，不详姓字，宅边有五柳树，因以为号焉。'"

汉江临泛[1]

楚塞三湘接[2],荆门九派通[3]。江流天地外,山色有无中[4]。郡邑浮前浦,波澜动远空。襄阳好风日,留醉与山翁[5]。

【注释】

[1]汉江,即汉水。汉水东南流经襄阳、钟祥等地,于汉口入长江。此诗当作于湖北襄阳一带。[2]"楚塞"句:楚塞,楚国边界。江淹《望荆山》:"奉义至江汉,始知楚塞长。"三湘,陶渊明《赠长沙公》:"遥遥三湘,滔滔九江。"清陶澍集注:"湘水发源会潇水,谓之潇湘;及至洞庭陵子口,会资江谓之资湘;又北与沅水会于湖中,谓之沅湘。"[3]"荆门"句:荆门,山名,《清一统志·湖北荆州府》:"荆门山在宜都县西北五十里。"九派,《文选·郭璞〈江赋〉》:"流九派乎浔阳"李善注:"水别流为派。"《书·禹贡》"过九江,至于东陵"孔传:"江分为九道在荆州。"《汉书·地理志》(上)"九江郡"注引应劭曰:"江自庐江寻阳分为九。"[4]"江流"二句:《瀛奎律髓》卷一称其"足敌孟(浩然)、杜(甫)岳阳之作。"[5]"襄阳"二句:《晋书·山简传》:"(简)镇襄阳,……唯酒是耽。诸习氏,荆土豪族,有佳园地,简每出嬉游,多之池上,置酒辄醉,名之曰高阳池。"

山居秋暝[1]

空山新雨后,天气晚来秋。明月松间照,清泉石上流。竹喧归浣女[2],莲动下渔舟。随意春芳歇[3],王孙自可留[4]。

【注释】

[1]暝:夜,此指傍晚。[2]浣女:洗衣女子。浣,洗。[3]歇:消歇,凋谢。[4]王孙:用《楚辞·招隐士》"王孙遊兮不归,春草生兮萋萋"典。

鹿　柴[1]

空山不见人,但闻人语响。返景入深林[2],复照青苔上。

【注释】

[1]此诗出自《辋川集》。《辋川集》凡二十题,皆以地名为题。原序云:"余别业在辋川山谷。其游止有孟城坳、华子冈、文杏馆、斤竹岭、鹿柴、木兰柴、茱萸沜、宫槐陌、临湖亭、南垞、欹湖、柳浪、栾家濑、金屑泉、白石滩、北垞、竹里馆、辛夷坞、漆园、椒园等。与裴迪闲暇,各赋绝句云尔。"胡应麟

称王辋川诸作"自出机轴,名言两忘,色相俱泯。"(《诗薮·内编》卷六)柴,通砦、寨,原指用于防守的栅栏、篱障,此处指有篱落的村墅。[2]返景:即反景。梁刘孝绰《侍宴集贤堂应令诗》:"反景入池林,余光映泉石。"唐徐坚《初学记·天部》:"日西落,光反照于东,谓之反景。"

高 适(约703—765)

高适,渤海蓨(今河北省景县)人。少濩落,不事生业,家贫,客于梁宋,以求丐取给。适中年始留意诗什,以气质自高,每吟一篇已,为好事者称诵。任河西节度使哥舒翰幕府掌书记。禄山之乱,佐翰守潼关。翰兵败,适奔赴行在,谒见玄宗,陈潼关败亡之势,玄宗嘉之。任淮南节度使,讨永王璘。历彭、蜀二州刺史、剑南西川节度使。官终散骑常侍。适喜言王霸大略,务功名,尚节义。有唐已来,诗人之达者,唯适而已。

燕歌行[1]

汉家烟尘在东北,汉将辞家破残贼[2]。男儿本自重横行[3],天子非常赐颜色[4]。摐金伐鼓下榆关[5],旌旆逶迤碣石间[6]。校尉羽书飞瀚海[7],单于猎火照狼山[8]。山川萧条极边土,胡骑凭陵杂风雨。战士军前半死生,美人帐下犹歌舞!大漠穷秋塞草腓[9],孤城落日斗兵稀。身当恩遇常轻敌,力尽关山未解围。铁衣远戍辛勤久,玉箸应啼别离后[10]。少妇城南欲断肠[11],征人蓟北空回首。边庭飘飖那可度,绝域苍茫无所有!杀气三时作阵云[12],寒声一夜传刁斗[13]。相看白刃血纷纷,死节从来岂顾勋。君不见沙场征战苦,至今犹忆李将军[14]!

【注释】

[1]乐府《相和歌辞·平调曲》旧题。《乐府诗集》卷三十二:"《乐府解题》曰:'晋乐奏魏文帝"秋风"、"别日"二曲,言时序迁换,行役不归,妇人怨旷无所诉也。'《广题》曰:'燕,地名也,言良人从役于燕,而为此曲。'"原序云:"开元二十六年,客有从元戎出塞而还者,作《燕歌行》以示适,感征戍之事,因而和焉。"旧说多以为此诗刺张守珪。张为营州都督、河北节度副大使,后以功拜辅国大将军、右羽林大将军,兼御史大夫。开元二十六年部将败于奚族余部,张隐瞒败状,虚报战功,事颇泄。(见《旧唐书·张守珪传》)今综览全篇,非为一人一事而作,主旨即"感征戍之事",而声情高壮,跌宕多姿,迥出前人同题作品之上。[2]"汉家"二句:开元年间,唐与地处东北的契丹、奚族战争不断,故云。以汉代唐乃唐诗常用手法,边塞诗中更为习见,本篇中即多用汉代地名、职官、典故等。[3]横行:《史记·季布栾布列传》:"上将军樊哙曰:'臣愿得十万众,横行匈奴中。'"[4]赐颜色:《文选·江淹〈诣建平王上书〉》:"大王惠以恩光,顾以颜色"李善注引曹植《艳歌》曰:"长者赐颜色,泰山可动移。"[5]摐金句:《文选·司马相如〈子虚赋〉》:"摐金鼓"注引韦昭曰:"摐,击也。"《诗·小雅·采芑》:"钲人伐鼓"。毛传:"伐,击也。"榆关即渝关,又称临闾关、临渝关。《通典·州郡典》

八"北平郡平州卢龙县":"临闾关今名临渝关,在县城东一百八十里。"故址即今河北省秦皇岛市东山海关。[6]碣石,见张若虚《春江花月夜》注。[7]"校尉"句:校尉,汉代武职。《汉书·百官公卿表》称武帝初置中垒、屯骑、步兵、越骑、长水、胡骑、射声、虎贲八校尉。羽书,即羽檄。《汉书·高帝纪》:"吾以羽檄征天下兵,未有至者。"颜师古注:"檄者,以木简为书,长尺二寸,用征召也。其有急事,则加以鸟羽插之,示速疾也。"瀚海,《史记·卫将军骠骑列传》:"登临瀚海。"《索隐》引崔浩云:"北海名,群鸟之所解羽,故云瀚海。"又引《广异志》云:"在沙漠北。"汉以后往往称沙漠为瀚海。明周祈《名义考》卷四"瀚海":"以沙飞若浪,人马相失若沉,视犹海然,非真浊晦之海也。"[8]"单于"句:《史记·匈奴列传》"匈奴单于曰头曼"《集解》引《汉书音义》曰:"单于者,广大之貌,言其象天单于然。"《汉书·文帝纪》颜注曰:"单于,匈奴天子之号也。"狼山有数处,用汉典当为霍去病所封狼居胥山之省称(事见《史记·卫将军骠骑列传》),地在今蒙古人民共和国境内;言唐事则为东北边塞之狼山(《新唐书·地理志》"河北道幽州范阳郡"载居庸关北有狼山)。[9]腓:《诗·小雅·四月》:"秋日凄凄,百卉具腓。"毛传:"腓,病也。"[10]玉筯:指思妇之泪。刘孝威《独不见》:"谁怜双玉筯,流面复流襟。"[11]"少妇"句:沈佺期《独不见》:"白狼河北音书断,丹凤城南秋夜长。"[12]三时:《左传·桓公六年》:"谓其三时不害"杜预注:"三时,春夏秋。"[13]刁斗:《史记·李将军列传》:"不击刁斗以自卫"《集解》引孟康曰:"以铜作鐎器,受一斗,昼炊饭食,夜击持行,名曰刁斗。"□[14]"至今"句:《唐诗别裁集》卷五:"李广爱惜士卒,故云。或云李牧亦可。"按此处兼取抵御外敌与爱惜士卒二义。《史记·李将军列传》:"广居右北平,匈奴闻之,号曰汉之飞将军,避之,数岁不敢入右北平。……广之将兵,乏绝之处,见水,士卒不尽饮,广不近水;士卒不尽食,广不尝食。宽缓不苛,士以此爱乐为用。"《廉颇蔺相如列传》:"李牧者,赵之北边良将也。常居代雁门,备匈奴。以便宜置吏,市租皆输入幕府,为士卒费。日击数牛飨士。习骑射,谨烽火,多间谍,厚遇战士。……大破匈奴十余万骑。……其后十余岁,匈奴不敢近赵边城。"

岑 参(715—769)

岑参,荆州江陵(今湖北江陵)人。曾祖父、伯祖父、堂伯父都官至宰相。幼年丧父,从兄读书。天宝三载登进士第,授右内率府兵曹参军。曾两度从军,充安西节度使府掌书记及安西、北庭节度判官。大历初入蜀为嘉州刺史,世称岑嘉州。岑"累佐戎幕,往来鞍马烽尘间十余载,极征行离别之情,城障塞堡,无不经行"(《唐才子传》卷三),其诗"迥拔孤秀,出于常情"(杜确《岑嘉州集序》),"语奇体峻,意亦造奇"(殷璠《河岳英灵集》)。

走马川行奉送出师西征[1]

君不见走马川行雪海边[2],平沙莽莽黄入天。轮台九月风夜吼,一川碎石大如斗,随风满地石乱走。匈奴草黄马正肥,金山西见烟尘飞[3],汉家大将西出师。将军金甲夜不脱,半夜军行戈相拨,风头如刀面如割。马毛带雪汗气蒸,五花连钱旋作冰[4],幕中草檄砚水凝。虏骑闻之应胆慑,料知短兵不敢接[5],车师西门伫献捷。

【注释】

[1]岑参天宝十三载出塞后,尝从安西北庭节度使封常清驻轮台(今新疆轮台县)。其间,封两次出师,岑均曾献诗。此为诸作之一。闻一多谓诗中"西征"指破播仙(见《岑嘉州系年考证》),非是。此次西征无考。(说详陈铁民、侯忠义《岑参集校注》附《岑参年谱》)走马川,不详,其地当在轮台附近。今人孙映逵《岑参西征诗本事及有关地名》(《徐州师院学报》1982年第3期)谓即北庭川,可备一说。此诗章法甚奇,"句句用韵,三句一转","势险节短"。(沈德潜《唐诗别裁集》卷五)[2]"君不见"句:行,疑涉诗题而衍。雪海,《新唐书·西域传》下:"出安西西北千里所,得勃达岭,……北三日行度雪海,春夏常雨雪。"[3]金山:即今阿尔泰山。《资治通鉴·梁武帝普通二年》:"西海在酒泉之北,去高车所居金山千余里。"胡三省注:"金山形如兜鍪,其后突厥居金山之阳,即此山。"[4]五花连钱:宋郭若虚《图画见闻志》卷五云,唐开元天宝间,承平日久,世尚轻肥,喜剪马鬃毛为花瓣状,剪三瓣者称三花马。据此,疑五花马即剪马毛为五瓣者。连钱即连钱骢。《尔雅·释畜第十九》:"青骊驎驒"郭璞注云:"色有深浅,斑驳隐粼,今之谓连钱骢。"[5]短兵不敢接:《楚辞·九歌·国殇》:"车错毂兮短兵接。"

王昌龄(约698—756)

王昌龄,字少伯,京兆万年(今陕西省西安市)人。开元十五年进士,授校书郎。又中博学宏辞科,迁汜水尉,贬岭南。开元二十八年任江宁丞。天宝间再贬龙标尉。"安史之乱"时还乡里,路经亳州谯郡,为太守闾丘晓所杀。昌龄工诗,尤擅七绝,时称王江宁。

从军行七首[1]

烽火城西百尺楼,黄昏独坐海风秋[2]。更吹羌笛关山月[3],无那金闺万里愁[4]。

【注释】

[1]乐府《相和歌辞·平调曲》旧题。原作七首,此处选第一首。[2]海风:西北地区常称湖为海,此处即指边塞湖泊上吹来的风。[3]关山月,乐府《横吹曲辞·汉横吹曲》旧题。《乐府诗集》卷二十三引《乐府解题》曰:"《关山月》,伤离别也。"[4]"无那"句:吴昌祺曰:"无那言无如深闺远隔而愁我,若曰我愁,则浅一层。"(《删订唐诗解》卷十三)

出塞二首[1]

秦时明月汉时关,万里长征人未还。但使龙城飞将在[2],不教胡马度阴山[3]!

【注释】

[1]乐府《横吹曲辞·汉横吹曲》旧题。原作两首,此处选第一首。沈德潜曰:"'秦时明月'一章,前人推奖之而未言其妙。盖言师劳力竭,而功不成,由将非其人之故,得飞将军备边,边烽自熄,即高常侍《燕歌行》归重'至今人说李将军'也。防边筑城,起于秦汉,明月属秦,关属汉,诗中互文。"(《说诗晬语》卷上)[2]龙城飞将:《史记·李将军列传》:"(李)广居右北平,匈奴闻之,号曰汉之飞将军,避之,数岁不敢入右北平。"龙城,见杨炯《从军行》"龙城"注。[3]阴山:即今绵亘于内蒙古自治区、东北与兴安岭相接的阴山山脉。汉时,匈奴屡据此袭扰汉边。

芙蓉楼送辛渐(二首选一)[1]

寒雨连江夜入吴,平明送客楚山孤[2]。洛阳亲友如相问,一片冰心在玉壶[3]。

【注释】

[1]芙蓉楼,在润州(今江苏省镇江市)。《元和郡县图志》卷二五:"江南道润州:晋王恭为刺史,改创西南楼名万岁楼,西北楼名芙蓉楼。"辛渐,事迹不详。此诗当为昌龄官江宁丞时作。原作两首,此处选第一首。[2]楚山:润州春秋时属吴,战国时属楚。楚山仍指送客处,与上句之"吴"同义互文。[3]"一片"句:陆机《汉高祖功臣颂》:"周苛慷慨,心若怀冰。"鲍照《白头吟》:"直如朱丝绳,清如玉壶冰。"语本此。又唐姚崇《冰壶诫》序曰:"夫洞澈无瑕,澄空见底,当官明白者,有类是乎! 故内怀冰清,外涵玉润,此君子冰壶之德也"(《全唐文》卷二零六),可与王诗参看。

第三节　李　白

李　白(701—762)

李白,字太白,祖籍陇西成纪(今甘肃省秦安县)人,生于安西都护府之碎叶城(在今吉尔吉斯斯坦境内),约五岁时随父迁居绵州彰明县(今四川省江油市)。长而漫游天下,天宝元年,因玉真公主及贺知章荐,为玄宗征召至长安。三载赐金还山。安史之乱中,为永王李璘征辟为幕僚。璘败,白长流夜郎。遇赦,漂泊东南,依族叔当涂令李阳冰,卒于当涂。李白诗想落天外,豪迈飘逸,杜甫称其"笔落惊风雨,诗成泣鬼神"(《寄李十二白二十韵》)。

蜀道难^[1]

　　噫吁嚱^[2]！危乎高哉！蜀道之难，难于上青天！蚕丛及鱼凫，开国何茫然^[3]。尔来四万八千岁，不与秦塞通人烟。西当太白有鸟道，可以横绝峨眉巅^[4]。地崩山摧壮士死，然后天梯石栈相钩连^[5]。上有六龙回日之高标^[6]，下有冲波逆折之回川^[7]。黄鹤之飞尚不得过，猿猱欲度愁攀援。青泥何盘盘^[8]，百步九折萦岩峦。扪参历井仰胁息^[9]，以手抚膺坐长叹。问君西游何时还^[10]？畏途巉岩不可攀。但见悲鸟号古木，雄飞雌从绕林间。又闻子规啼夜月^[11]，愁空山。蜀道之难，难于上青天，使人听此凋朱颜！连峰去天不盈尺，枯松倒挂倚绝壁。飞湍瀑流争喧豗^[12]，砯崖转石万壑雷^[13]。其险也如此，嗟尔远道之人胡为乎来哉！剑阁峥嵘而崔嵬^[14]，一夫当关，万夫莫开。所守或匪亲，化为狼与豺。朝避猛虎，夕避长蛇，磨牙吮血，杀人如麻。锦城虽云乐^[15]，不如早还家。蜀道之难，难于上青天，侧身西望长咨嗟！

【注释】

　　[1]乐府《相和歌辞·瑟调曲》旧题。《乐府诗集》卷四十引《乐府解题》曰："《蜀道难》备言铜梁、玉垒(均蜀中山名)之阻，与《蜀国弦》颇同。"千载以来，此诗诸解纷纭。今人詹锳综之为罪严武、刺章仇兼琼、讽玄宗幸蜀、即事成篇别无寓意四说，并一一辩驳，指前三说为谬，且谓此诗与作者《剑阁赋》、《送友人入蜀》为先后之作，内容亦无二致，有发明阴铿《蜀道难》"蜀道难如此，功名讵可要？"之意(见《李白诗文系年》)。孟棨《本事诗·高逸》云李白初至京，贺知章往访，见《蜀道难》，"读未竟，称叹者数四，号为谪仙。"殷璠《河岳英灵集》亦选入此诗，称之为"奇之又奇"。此诗写作年代，詹锳系于天宝二年，安旗主编《李白全集编年注释》则系于开元十九年。[2]噫吁嚱：《苕溪渔隐丛话·后集》卷四引《宋景文笔记》曰："蜀人见物惊异，辄曰噫吁嚱。李白作《蜀道难》，因用之。"[3]"蚕丛"二句：《文选·左思〈蜀都赋〉》刘逵注引扬雄《蜀王本纪》："蜀王之先，名蚕丛、柏灌、鱼凫、蒲泽、开明。……从开明上至蚕丛，积三万四千岁。"《华阳国志》卷三："蜀侯蚕丛，其目纵，始称王。……次王曰柏灌，次王曰鱼凫。"[4]"西当"二句：《元和郡县图志》卷二："关内道凤翔府郿县：太白山，在县东南五十里。"王琦注(以下简称王注，均见《李太白全集》)引慎蒙《名山记》："太白山，在凤翔府郿县东南四十里，钟西方金宿之秀，关中诸山莫高于此。其山巅高寒，不生草木，常有积雪不消，盛夏视之犹烂然，故以太白名。"《元和郡县图志》卷三一："剑南道嘉州峨眉县：峨眉大山，在县西七里。……两山相对，望之如峨眉，故名。"[5]"地崩"二句：《艺文类聚·兽部》(中)引扬雄《蜀王本纪》："秦惠王欲伐蜀，乃刻五石牛，置金其后。蜀人见之……以为此天牛也，能便金。蜀王以为然，即发卒千人，使五丁力士拖牛成道。"《华阳国志》卷三："(秦)惠王知蜀王好色，许嫁五女于蜀。蜀遣五丁迎之。还到梓潼，见一大蛇入穴中。一人揽其尾，掣之不禁，至五人相助，大呼拖蛇，山崩，时压杀五人及秦五女并将从，而山分为五岭。"[6]"上有"句：王注："《初学记》：《淮南子》云，爰止羲和，爰息六螭，是谓悬车。注曰：日乘车，驾以六龙，羲和御之。日至此而薄于虞泉，羲至此而回六

螭。《蜀都赋》：羲和假道于峻岐,阳鸟回翼乎高标。琦按:高标,是指蜀山之最高而为一方之标识者言也。"[7]逆折:《文选·司马相如〈上林赋〉》:"横流逆折"。司马彪注:"逆折,旋回也。"[8]青泥:《元和郡县图志》卷二二:"山南道兴州长举县:青泥岭,在县西北五十三里接溪山东,即今通路也。悬崖万仞,山多云雨,行者屡逢泥淖,故号青泥岭。"其地在今陕西省略阳县北。[9]"扪参"句:王注:"扪参历井者,谓仰视天星,去人不远,若可以手扪及之,极言其岭之高也。参井二宿,本相近。参三星,居西方七宿之末,占度十,为蜀之分野。井八星,居南方七宿之首,占度三十三,为秦之分野。青泥岭,乃自秦入蜀之路,故举二方分野之星相联者言之。《汉书》:豪强胁息。颜师古注:胁,敛也,屏气而息。"[10]"问君"句:《汉书·终军传》载军西入关时曰:"大丈夫西游,终不复传还。"[11]子规:鸟名。即杜鹃。又名杜宇、子鹃。《文选·左思〈蜀都赋〉》"鸟生杜宇之魄。"刘逵注引《蜀记》曰:"昔有人姓杜名宇,王蜀,号曰望帝。宇死,俗说云宇化为子规。子规,鸟名也。蜀人闻子规鸣,皆曰望帝也。"又《华阳国志》卷三:"后有王曰杜宇,教民务农,……号曰望帝,……其相开明决玉垒山以除水害,帝遂……禅位于开明,帝升西山隐焉。时适二月,子鹃鸟鸣,故蜀人悲子鹃鸟啼也。"[12]砏:《文选·木华〈海赋〉》:"磊匒匌而相砏。"李善注:"相砏,相击也。"[13]砯崖:《文选·郭璞〈江赋〉》:"砯崖鼓作"。李善注:"砯,水击崖之声也。"[14]"剑阁"五句:剑阁在今四川省剑阁县北。《水经注·漾水》:"又东南径小剑戍北,西去大剑三十里,连山绝险,飞阁通衢,故谓之剑阁也。"《元和郡县图志》卷三三:"剑南道剑州普安县:剑阁道,自利州益昌县界西南十里,至大剑镇合今驿道。秦惠王使张仪、司马错从石牛道伐蜀,即此也。后诸葛亮相蜀,又凿石驾空为飞梁阁道,以通行路。"张载《剑阁铭》:"一人荷戟,万夫趑趄。形胜之地,匪亲勿居。"峥嵘,《文选·孙绰〈游天台山赋〉》:"陟峭崿之峥嵘"。李善注引《字林》:"峥嵘,山高貌。"崔嵬,《楚辞·九章·涉江》:"带长铗之陆离兮,冠切云之崔嵬。"王逸注:"崔嵬,高貌。"[15]锦城:即锦官城,故址在今四川省成都市南。《初学记》卷二七引晋任豫《益州记》:"锦城在益州南,笮桥东,流江南岸,昔蜀时故锦官处也,号锦里,城墉犹在。"《元和郡县图志》卷三一:"剑南道成都府成都县:锦城在县南十里,故锦官城也。"后因以锦官城、锦城、锦里为成都别称。

长相思[1]

长相思,在长安。络纬秋啼金井阑[2],微霜凄凄簟色寒。孤灯不明思欲绝,卷帷望月空长叹。美人如花隔云端[3]。上有青冥之高天,下有渌水之波澜,天长路远魂飞苦,梦魂不到关山难。长相思,摧心肝!

【注释】

[1]乐府《杂曲歌辞》名。王注:"长相思,本汉人诗中语。古诗:'客从远方来,遗我一书札。上言长相思,下言久离别。'苏武诗:'生当复来归,死当长相思。'李陵诗:'行人难久留,各言长相思。'六朝始以名篇,如陈后主'长相思,久相忆'、徐陵'长相思,望归难'、江总'长相思,久别离'诸作,并

以'长相思'发端。太白此篇,正拟此格。"此诗格调虽拟乐府,诗意实祖《楚辞》,故诸家多以之为比兴之作。[2]"络纬"句:崔豹《古今注·鱼虫》:"莎鸡一名促织,一名络纬,一名蟋蟀。促织谓鸣声如急织,络纬谓其鸣声如纺绩也。"王琦曰:"古乐府多有玉床金井之辞,盖言其木石美丽,价值金玉耳。"[3]"美人"句:《楚辞·离骚》:"惟草木之零落兮,恐美人之迟暮。"王逸注:"美人谓怀王也。"《文选·宋玉〈神女赋〉》:"晔兮如花,温乎如莹。"《文选·谢庄〈月赋〉》:"美人迈兮音尘阙,隔千里兮共明月。临风叹兮将焉歇,川路长兮不可越。"

江上吟[1]

木兰之枻沙棠舟[2],玉箫金管坐两头。美酒樽中置千斛[3],载妓随波任去留。仙人有待乘黄鹤[4],海客无心随白鸥[5]。屈平词赋悬日月[6],楚王台榭空山丘[7]。兴酣落笔摇五岳,诗成笑傲凌沧洲[8]。功名富贵若长在,汉水亦应西北流。

【注释】

[1]詹瑛系此诗于开元二十二年,郭沫若以为系长流夜郎、半途赦回江夏时所作(《李白与杜甫》)。观此诗蔑视功名富贵及求仙轻举,志在著作以传千秋不刊之文的情感,亦似晚年所作。[2]"木兰"句:木兰,木名,又名杜兰、林兰,状若楠树。司马相如《子虚赋》:"桂椒木兰。"《本草纲目·木一》:"木兰枝叶俱疏,其花内白外紫,亦有四季开者,深山生者尤大,可以为舟。"《述异记》下:"木兰洲在浔阳江中,多木兰树,吴王阖闾植木兰于此,用构宫殿也。七里洲中,有鲁班刻木兰为舟,舟至今在洲中,诗家云木兰舟,出于此。"《史记·司马相如列传》:"浮文鹢,扬桂枻。"《集解》引韦昭曰:"枻,楫也。"《山海经·西山经》:"昆仑之丘,……有木焉,其状如棠,华黄赤实,其味如李而无核,名曰沙棠,可以御水,食之使人不溺。"《述异记》上:"汉成帝常与赵飞燕游太液池,以沙棠木为舟。"[3]"美酒"句:《太平御览·饮食部》四引《吴书》曰:"郑泉,字文渊,陈郡人。博学有奇志,而性嗜酒。其闲居每曰:'愿得美酒五百斛舡,以四时甘脆置两头,反复以饮之,惫即往而啖肴膳,酒有斗升减,则随益之,不亦快乎?'"[4]"仙人"句:高步瀛《唐宋诗举要》卷二:"《元和郡县志》曰:'江南道鄂州:城西临大江,西南角因矶名楼,为黄鹤楼。'案黄鹤楼因黄鹤矶而名,鹤鹄字通,此说自正。而后人傅会仙人乘鹤有数说。唐阎伯瑾《黄鹤楼记》引《图经》曰:'费祎登仙,尝驾鹤返憩于此,遂以名楼。'《文苑英华》卷八百一十、《太平寰宇记》卷一百一十二从之,此一说也。《述异记》卷上曰:'荀瓌,字叔伟,东游憩江夏黄鹤楼上,望西南有物飘然降自宵汉,俄顷已至,乃驾鹤之宾也。……已而辞去,跨鹤腾空而灭。'此又一说也。《舆地纪胜》卷六十六引《南齐志》以为世传仙人王子安每乘黄鹤过此。此又一说也。神仙之说不可究诘已。"[5]"海客"句:《列子·黄帝篇》:"海上之人有好沤鸟者,每旦之海上,从沤鸟游。沤鸟之至者百住而不止。其父曰:'吾闻沤鸟皆从汝游,汝取来,吾玩之。'明日之海上,沤鸟舞而不下也。"[6]"屈平"句:《史记·屈原贾生列传》:"若《离骚》者,……其文约,其辞微,其志洁,其行廉,其称文小而其指极大,举类迩而见义远。其志洁,故其称物芳。其

行廉,故死而不容自疏。……推此志也,虽与日月争光可也。"[7]楚王台榭:《左传·昭公七年》:"楚子(灵王)成章华之台。"《水经注·沔水》中:"(龙)陂北有楚庄王钓台,高三丈四尺。……(离)湖侧有章华台,台高十丈,基广十五丈。"《清一统志·湖北荆州府》:"章华台在监利县西北。""钓台在江陵县东。"[8]沧洲:谢朓《之宣城郡出新林浦向板桥》:"既欢怀禄情,复协沧洲趣。"

宣州谢朓楼饯别校书叔云[1]

弃我去者,昨日之日不可留;乱我心者,今日之日多烦忧。长风万里送秋雁,对此可以酣高楼。蓬莱文章建安骨[2],中间小谢又清发[3]。俱怀逸兴壮思飞,欲上青天览明月。抽刀断水水更流,举杯消愁愁更愁。人生在世不称意,明朝散发弄扁舟[4]。

【注释】

　　[1]宣州,治所在今安徽省宣州市。谢朓楼,又名北楼、迭嶂楼。《江南通志》卷三十四:"北楼在(宁国)府治北,南齐宣城守谢朓建,……亦名谢公楼。……唐(刺史)独孤霖改建迭嶂楼。"按此诗《文苑英华》题作《陪侍御叔华登楼歌》,可从。李华,字遐叔,开元进士,天宝十一载(752)为监察御史,权幸见疾,徙右补阙。禄山之乱后,因曾任伪官被贬。华以文章著,与萧颖士齐名。事见《旧唐书·文苑传》、《新唐书·文艺传》。此诗当为李白在宣城陪李华登谢朓楼时所作。[2]"蓬莱"句:《后汉书·窦章传》:"是时学者称东观(东汉官方藏书机构)为老氏藏室,道家蓬莱山。"李贤注:"言东观经籍多也。蓬莱,海中神山,为仙府,幽经秘录并皆在焉。"建安骨,即建安风骨。[3]小谢:即南朝齐诗人谢朓。朓字玄晖,曾为宣城太守,诗风清俊。事见《南齐书》本传。[4]"明朝"句:《后汉书·袁闳传》:"延熹末,党事将作,闳遂散发绝世,欲投迹深林。"弄扁舟用范蠡事。蠡于灭吴后,乘扁舟浮于江湖,变姓名,适齐为鸱夷子皮(见《史记·越王勾践世家》、《货殖列传》)。

陪族叔刑部侍郎晔及中书贾舍人至游洞庭五首[1]

其二

南湖秋水夜无烟,耐可乘流直上天[2]。且就洞庭赊月色,将船买酒白云边。

其五

帝子潇湘去不还[3],空余秋草洞庭间。淡扫明湖开玉镜,丹青画出是君山[4]。

【注释】

　　[1]此诗作于乾元二年秋。晔,即李晔,唐宗室,乾元二年四月,以事忤宦官李辅国,由刑部侍郎贬岭下尉。(事见《旧唐书·李岘传》、《资治通鉴·唐肃宗乾元二年》)贾舍人至,即贾至,字幼邻,天宝末官中书舍人,本年贬岳州司马。两《唐书》有传。原作五首,选二首。[2]耐可:张相《诗词曲

语词汇释》卷二:"耐可,有那可与宁可两解。李白《陪族叔晔及贾舍人至游洞庭诗》……此当作那可解,犹云安得也。"[3]帝子:《楚辞·九歌·湘夫人》"帝子降兮北渚"王逸注:"帝子,谓尧女也。……尧二女娥皇、女英,随舜不反,没于湘水之渚,因为湘夫人。"[4]君山:《水经注·湘水》:"(洞庭)湖中有君山,……是山湘君之所游处,故曰君山矣。"

哭晁卿衡[1]

日本晁卿辞帝都,征帆一片绕蓬壶[2]。明月不归沉碧海[3],白云愁色满苍梧[4]。

【注释】

[1]晁衡,日本阿倍仲麻吕,唐时译为仲满。开元初随遣唐使来华,慕中国之风,因留不去,改姓名为晁衡(亦作朝衡)。历官左补阙、仪王友、秘书监等职。事见两唐书《东夷列传》。天宝十二载,衡随遣唐使藤原等归国,海上遇风暴,漂流至安南,遇盗,同舟死者多人,衡幸免,后辗转复至长安。时误传其已死,白遂作此诗吊之。[2]蓬壶:即蓬莱。《史记·封禅书》:"自(齐)威(王)、宣(王)、燕昭(王)使人入海求蓬莱、方丈、瀛洲。此三神山者,其傅在勃海中,……诸仙人及不死之药皆在焉。"晋王嘉《拾遗记》卷一"高辛":"三壶则海中三山也。一曰方壶,则方丈也;二曰蓬壶,则蓬莱也;三曰瀛壶,则瀛洲也。形如壶器。此三山上广、中狭、下方,皆如工制。"[3]"明月"句:明月,《楚辞·九章·涉江》:"被明月兮佩宝璐。"王逸注:"言己背被明月之珠。"《史记·李斯列传》:"垂明月之珠,服太阿之剑。"碧海,《海内十洲记》:"东复有碧海,广狭浩汗,与东海等,水既不咸苦,正作碧色,甘香味美。扶桑在碧海之中。"[4]苍梧:据《水经注·淮水》,故东海郡朐县(今江苏省东海县)东北海中有大洲,名郁洲或郁山,相传山自苍梧飞徙而来,因又称苍梧山。

第四节 杜甫

杜甫(712—770)

杜甫,字子美,原籍襄阳(今湖北省襄樊市),徙河南巩县(今河南巩县)。祖父审言为著名诗人。甫开元二十三年应进士举不第。天宝中客长安,近十年。天宝十三载,玄宗朝献太清宫,飨庙及郊,甫奏赋三篇。帝使待制集贤院,命宰相试文章,擢河西尉,不就。改任右卫帅府兵曹参军。安史乱起,颠沛流离。肃宗朝官左拾遗,因进谏触怒皇帝,改华州司功参军。后弃官入蜀。严武节度剑南东、西川,表为参谋,检校工部员外郎。大历中,携家出蜀,病卒于湖湘。杜甫诗悲天悯人,沉郁顿挫,时号"诗史"。

杜被称为诗之"集大成"者,对后世影响深远。元稹评其诗曰:"上薄风骚,下该沈宋,言夺苏李,气吞曹刘,掩颜谢之孤高,杂徐庾之流丽,尽得古今之体势,而兼人人之所独专矣。"(《唐检校工部员外郎杜君墓系铭序》)

自京赴奉先县咏怀五百字[1]

杜陵有布衣[2],老大意转拙。许身一何愚,窃比稷与契[3]。居然成濩落[4],白首甘契阔[5]。盖棺事则已[6],此志常觊豁。穷年忧黎元[7],叹息肠内热。取笑同学翁,浩歌弥激烈。非无江海志,萧洒送日月。生逢尧舜君,不忍便永诀。当今廊庙具,构厦岂云缺?葵藿倾太阳,物性固莫夺[8]。顾惟蝼蚁辈,但自求其穴。胡为慕大鲸,辄拟偃溟渤[9]?以兹悟生理,独耻事干谒。兀兀遂至今[10],忍为尘埃没。终愧巢与由,未能易其节。沉饮聊自遣,放歌破愁绝。

岁暮百草零,疾风高冈裂。天衢阴峥嵘[11],客子中夜发。霜严衣带断,指直不得结。凌晨过骊山,御榻在嵽嵲[12]。蚩尤塞寒空[13],蹴踏崖谷滑。瑶池气郁律,羽林相摩戛[14]。君臣留欢娱,乐动殷胶葛[15]。赐浴皆长缨,与宴非短褐[16]。彤庭所分帛[17],本自寒女出。鞭挞其夫家,聚敛贡城阙。圣人筐篚恩[18],实欲邦国活。臣如忽至理,君岂弃此物?多士盈朝廷[19],仁者宜战栗。况闻内金盘,尽在卫霍室[20]。中堂舞神仙,烟雾蒙玉质。暖客貂鼠裘,悲管逐清瑟。劝客驼蹄羹,霜橙压香橘。朱门酒肉臭,路有冻死骨。荣枯咫尺异,惆怅难再述。

北辕就泾渭,官渡又改辙。群冰从西下,极目高崒兀。疑是崆峒来,恐触天柱折[21]。河梁幸未坼,枝撑声窸窣[22]。行李相攀援[23],川广不可越。老妻寄异县,十口隔风雪。谁能久不顾?庶往共饥渴。入门闻号咷,幼子饿已卒。吾宁舍一哀,里巷亦呜咽!所愧为人父,无食致夭折。岂知秋禾登,贫窭有仓卒。生常免租税,名不隶征伐[24]。抚迹犹酸辛,平人固骚屑[25]。默思失业徒,因念远戍卒。忧端齐终南[26],澒洞不可掇[27]!

【注释】

[1]作于玄宗天宝十四载(755)冬十一月。是时正当安史之乱爆发前夕,杜甫自长安赴奉先县(今陕西省蒲城县)探望妻儿,就途中和归家后之所见所感写成此诗,为其十年旅食京华生活的总结。杨伦《杜诗镜铨》曰:"五古前人多以质厚清远胜,少陵出而沉郁顿挫,每多大篇,遂为诗道中另辟一门径。无一语蹈袭汉魏,正深得其神理。此及《北征》,尤为集内大文章,见老杜生平大本领;所谓巨刃摩天,乾坤雷硠者,惟此种足以当之。"[2]"杜陵"句:杜甫祖籍杜陵,在长安时居处又近杜陵,故每自称"杜陵布衣"、"杜陵野客"或"少陵野老"。[3]"窃比"句:稷、契为传说中尧舜时代的贤臣。《孟子·离娄下》:"稷思天下有饥者,由(犹)己饥之也。"《礼记·祭法》:"契为司徒而民成,

……此皆有功烈于民者也。"[4]濩落：同瓠落、廓落。语出《庄子·逍遥游》："魏王贻我大瓠之种，我树之成而实五石。……剖之以为瓢，则瓠落无所容。非不呺然大也，吾为其无用而掊之。"[5]契阔：《诗·邶风·击鼓》："死生契阔。"毛传："契阔，勤苦也。"[6]盖棺：《韩诗外传》卷八载孔子曰："学而不已，阖棺乃止。"[7]黎元：百姓。《汉书·谷永传》："使天下黎元咸安家乐业。"[8]"葵藿"二句：《淮南子·说林训》："圣人之于道，犹葵之与日也。虽不能与终始哉，其向之诚也。"曹植《求通亲亲表》："若葵藿之倾叶，太阳虽不为之回光，然终向之者，诚也。"[9]溟渤：海之别称。[10]兀兀：犹言矻矻。《汉书·王褒传》："终日矻矻。"应劭注："矻矻，劳极貌。"[11]峥嵘：见李白《蜀道难》注。[12]"凌晨"二句：骊山在今陕西省临潼县。《元和郡县图志》卷一："京兆府昭应县：华清宫在骊山上，开元十一年初置温泉宫，天宝六年改为华清宫。"《雍录》卷四："温泉在骊山。……自秦汉隋唐人主皆尝游幸，惟玄宗特侈。盖即山建宫，百司庶府皆行，各有寓止。自十月往，至岁尽乃还宫。又缘杨妃之故，其奢荡特为章著，大抵宫殿包裹骊山一山，而缭墙周遍其外。观风楼下，又有夹城可通禁中。"《资治通鉴·唐玄宗天宝十四载》："冬十月庚寅，上幸华清宫。"嶒嵘，通嶒霓。《文选·张衡〈西京赋〉》："直嶒霓以高居。"薛综注："嶒霓，高貌也。"[13]蚩尤：传说中的古代部落首领，与黄帝战于涿鹿，兵败被杀。（见《史记·五帝本纪》等）据说其与黄帝作战时兴大雾（见《古今注·舆服》），故以之为雾的代称。一说代指兵气。钱注："《皇览》：蚩尤冢在东郡寿张县阚乡城中，高七丈，民常十月祀之。有赤气出，如匹绛帛，民名为蚩尤旗。（按见《史记·五帝本纪》、《集解》引）余按此正十一月初，借蚩尤以喻兵象也。"（卷一）[14]羽林：皇室禁军。《新唐书·兵志》："高宗龙朔二年，始取越骑、步射置于左右羽林军，大朝会则执仗以卫阶陛，行幸则夹驰道为内仗。"[15]胶葛：广大之貌。[16]"赐浴"二句：唐郑处诲《明皇杂录》卷下："（玄宗）又尝于（华清）宫中置长汤屋数十间。"陈鸿《长恨歌传》："时每岁十月，驾幸华清宫，内外命妇，熠耀景从。浴日余波，赐以汤沐。"长缨，《韩非子·外储说左上》："邹君好服长缨，左右皆服长缨。"因借指贵人。短褐，《史记·秦始皇本纪》载贾谊《过秦论》："夫寒者利裋褐"。《集解》引徐广曰："一作'短'，小襦也，音竖。"《索隐》："赵岐曰：褐以毛毳织之，若马衣。或以褐编衣也。裋，一音竖。谓褐布竖裁，为劳役之衣，短而且狭，故谓之短褐，亦曰竖褐。"[17]"彤庭"句：彤庭，《汉书·外戚传》下："（飞燕女弟）居昭阳舍，其中庭彤朱而殿上髹漆。"班固《西都赋》："玉阶彤庭。"此处指朝廷。《资治通鉴·唐玄宗天宝八载》："是时州县殷富，仓库积粟帛，动以万计。杨钊奏请所在粜变为轻货，及征丁租地税皆变布帛输京师。……上以国用丰衍，故视金帛如粪壤，赏赐贵宠之家，无有限极。"[18]"圣人"句：唐人每称天子曰圣人，如《资治通鉴·唐肃宗至德元载》载军士指肃宗曰："衣黄者，圣人也。"又哥舒翰对安禄山曰："臣肉眼不识圣人。"（时禄山已称帝）筐筥，出《诗·小雅·鹿鸣》毛序："《鹿鸣》，燕群臣嘉宾也。既饮食之，又实币帛筐筥，以将其厚意。然后忠臣嘉宾，得尽其心矣。"[19]多士：出《诗·大雅·文王》："济济多士，文王以宁。"又《书·多方》亦屡用"多士"一语。[20]卫霍：卫青、霍去病皆汉武帝时外戚，贵宠无比。（见《史记》、《汉书》本传）此处借指杨贵妃的亲属。宋乐史《杨太真外传》上："（玄宗）又赐虢国（夫人）照夜玑，秦国（夫人）七叶冠，（杨）国忠锁子帐，盖希代之珍。其恩宠如此。"[21]"群冰"四句：崆峒，山名。《元和郡县图志》卷三九："陇右道岷州溢乐县：崆峒山在县西二十里。"其地在今甘肃省岷县西。天柱折：《神异经·中荒经》："昆仑之山，有铜柱焉。其高入天，所谓天柱也。"《列子·汤问》:"共工氏与颛顼争为帝,怒而触不周之山,折天柱,绝地维。"明王嗣奭以为天柱折等皆隐语,乃忧国家将覆。(见《杜臆》卷一)[22]"枝撑"句:仇注:"枝撑,河梁交柱。窸窣,桥动有声也。李贺《神弦曲》:'海神山鬼来座中,纸钱窸窣鸣飙风。'窸窣,盖唐人方言也。"[23]行李:《左传·僖公三十年》:"行李之往来,共其乏困。"杜预注:"行李,使人。"同上襄公八年"亦不使一介行李,告于寡君。"杜注:"行李,行人也。"[24]"生常"二句:唐代凡皇亲贵戚、五品以上官员的父祖兄弟子孙及本身有官职者,皆免征赋役。(见《唐六典》卷三)[25]骚屑:《楚辞·九叹·思古》:"风骚屑以摇木兮"。王逸注:"骚屑,风声貌。"此处引申为动荡不安意。[26]终南:终南山,又名中南山或南山,即秦岭。西起今甘肃省天水市,东至今河南省陕县,山脉绵亘八百余里。[27]澒洞:《淮南子·精神训》:"窈窈冥冥,芒芠漠闵,澒蒙鸿洞,莫知其门。"高诱注:"皆未成形之气也。"

羌村三首[1]

峥嵘赤云西[2],日脚下平地。柴门鸟雀噪,归客千里至。妻孥怪我在,惊定还拭泪。世乱遭飘荡,生还偶然遂。邻人满墙头,感叹亦歔欷。夜阑更秉烛,相对如梦寐[3]。

【注释】

[1]唐肃宗至德二载(757),杜甫因疏救房琯触怒肃宗,闰八月,被放归鄜州(治所在今陕西省富县)探望妻子。原作三首,此为第一首,写初归时情事。羌村,在鄜州城北,杜甫家人寄居处。[2]峥嵘:见李白《蜀道难》注。[3]"妻孥"八句:仇注:"此记悲欢交集之状。家人乍见而骇,邻人遥望而怜,道出情事逼真。……乱后忽归,猝然怪惊,有疑鬼疑人之意。偶然遂,死方幸免。如梦寐,生恐未真。司空曙诗:'乍见翻疑梦,相悲各问年。'是用杜句。陈后山诗:'了知不是梦,忽忽心未稳。'是翻杜语。"

佳　人[1]

绝代有佳人[2],幽居在空谷。自云良家子[3],零落依草木[4]。关中昔丧乱,兄弟遭杀戮。官高何足论,不得收骨肉。世情恶衰歇,万事随转烛。夫婿轻薄儿,新人美如玉。合昏尚知时[5],鸳鸯不独宿。但见新人笑,那闻旧人哭?在山泉水清,出山泉水浊[6]。侍婢卖珠回,牵萝补茅屋。摘花不插鬓,采柏动盈掬。天寒翠袖薄,日暮倚修竹[7]。

【注释】

[1]乾元二年(759)秋流寓秦州(治所在今甘肃省天水市)时作。仇注以此诗为写实："天宝乱后，当是实有其人，故形容曲尽其情。"陈沆斥仇注等为"愚子说梦"："夫放臣弃妇，自古同情。守志贞居，君子所托。兄弟谓同朝之人，官高谓勋戚之属，如玉喻新进之猖狂，山泉明出处之清浊。摘花不插，膏沐谁容？竹柏天真，衡门招隐。此非寄托，未之前闻。"(《诗比兴笺》卷三)王嗣奭、黄生之说则较为折中："大抵佳人事必有所感，而公遂藉以写自己情事。"(《杜臆》卷三)"偶然有此人有此事，适切放臣之感，故作此诗，全是托事起兴，故题但云《佳人》而已。后人无其事而拟作，与有其事而题必明道其事，皆不足与言古乐府者也。"(《杜诗说》卷一) [2]"绝代"句：仇注："李延年歌：'北方有佳人，绝世而独立。'唐人避太宗讳，故改世为代。"[3]良家子：清白人家的子女。《史记·外戚世家》："吕太后时，窦姬以良家子入官侍太后。"同上《李将军列传》："广以良家子从军击胡。"《索隐》引如淳云："非医、巫、商贾、百工也。"良家亦作世家解。《后汉书·陈蕃传》："桓帝欲立所幸田贵人为皇后，蕃以田氏卑微，窦族良家，争之甚固。"《晋书·后妃传》上："泰始中，(晋武)帝博选良家以充后官。……名家盛族子女，多败衣瘁貌以避之。"[4]"零落"句：《楚辞·离骚》："惟草木之零落兮，恐美人之迟暮。"[5]合昏：《文选·陆倕〈新刻漏铭〉》"合昏暮卷"李善注引周处《风土记》："合昏，槿也，华晨舒而昏合。"《本草纲目·木二》"合欢"《集解》引陈藏器曰："其叶至暮即合，故云合昏。"[6]"在山"二句：《诗·小雅·四月》："相彼泉水，载清载浊。"语本此。仇注："此谓守贞清而改节浊也。或以新人旧人为清浊，或以前华后憔为清浊，或以在家弃外为清浊，皆未当。"黄生曰："'在山'二句，似喻非喻，最是乐府妙境。"[7]"天寒"二句：黄生曰："末二语，嫣然有韵，本美其幽闲贞静之意，却无半点道学气。"

登　楼[1]

　　花近高楼伤客心，万方多难此登临[2]。锦江春色来天地[3]，玉垒浮云变古今[4]。北极朝廷终不改，西山寇盗莫相侵[5]！可怜后主还祠庙，日暮聊为《梁父吟》[6]。

【注释】

　　[1]代宗广德二年(764)春作于成都。此前杜甫在阆州，正拟举家离蜀东下，闻严武再度镇蜀，遂携眷重回成都。宋叶梦得曰："七言难于气象雄浑，句中有力，而纡徐不失言外之意。自老杜'锦江春色来天地。玉垒浮云变古今'与'五更鼓角声悲壮，三峡星河影动摇'等句之后，尝恨无复继者。"(《石林诗话》卷下)沈德潜谓"气象雄伟，笼盖宇宙，此杜诗之最上者。"(《唐诗别裁集》卷十三)[2]"花近"二句：《杜臆》："此诗妙在突然而起，情理反常，令人错愕，而伤心之故，至末始尽发之，而竟不使人知，此作者之苦心也。"(卷六)《岘佣说诗》："起得沉厚突兀，若倒装一转，万方多难此登临，花近高楼伤客心，便是平调。"[3]锦江：《华阳国志》卷三："其道西城，故锦官也。锦江，织锦濯其中则鲜明，濯他江则不好。"按锦江为岷江支流，自今四川省都江堰市流经成都城西南(参见

《元和郡县图志》卷三一),杜甫草堂临锦江。[4]玉垒:《文选·左思〈蜀都赋〉》:"包玉垒而为宇"刘渊林注:"玉垒,山名也,湔水出焉,在成都西北岷山界。"《清一统志·四川成都府》:"玉垒山在灌县(今都江堰市)西北。"[5]"北极"二句:《尔雅·释天》:"北极谓之北辰。"此以北极星喻唐王朝。《旧唐书·代宗本纪》:广德元年(763)十月"戊寅,吐蕃入京师,立广武王承宏为帝,仍逼前翰林学士于可封为制封拜。辛巳,车驾至陕州。(郭)子仪在商州,会六军使张知节、乌崇福、长孙全绪等率兵继至,军威遂振。……庚寅,子仪收京城。"西山寇盗,指吐蕃。《资治通鉴·唐代宗广德元年》:十二月,"吐蕃陷松、维、保三州及云山新筑二城,西川节度使高适不能救,于是剑南西山诸州亦入于吐蕃矣。"《杜臆》:"曰终不改,亦幸而不改也;曰莫相侵,亦难保其不侵也。终、莫二字有微意在。"[6]"可怜"二句:后主,指三国时蜀后主刘禅。其祠在成都锦官门外、先主刘备庙侧。梁父吟,《三国志·蜀志·诸葛亮传》:"亮躬耕陇亩,好为《梁父吟》。"此二句寓意深婉,故诸解不一。钱注:"可怜后主还祠庙,其以代宗任用程元振、鱼朝恩,致蒙尘之祸,而托讽于后主之用黄皓乎?"(卷十三)《心解》驳钱说,又谓以诸葛勋名望于严武。(卷四之一)《镜铨》云隐况代宗幸未失国,且伤时无诸葛之才并自伤不用。(卷十一)高步瀛曰:"盖意谓后主犹能祠庙三十余年,赖武侯为之辅耳。伤今之无人也。故聊为《梁父吟》以寄慨,大意如此,不可深求。"(《唐宋诗举要》卷五)

秋兴八首[1]

　　玉露凋伤枫树林[2],巫山巫峡气萧森[3]。江间波浪兼天涌,塞上风云接地阴。丛菊两开他日泪[4],孤舟一系故园心。寒衣处处催刀尺,白帝城高急暮砧[5]。

【注释】

　　[1]大历元年(766)作于夔州(治所在今四川省奉节县)。秋兴,沈德潜曰:"潘岳有《秋兴赋》,言因秋而感兴,重在兴不在秋也。每章中时见秋意。"(《唐诗别裁集》卷十四)《镜铨》:"俞玚曰:身居巫峡,心忆京华,为八诗大旨。曰巫峡,曰夔府,曰瞿唐、曰江楼、沧江、关塞,皆言身之所处;曰故国,曰故园、京华、长安、蓬莱、昆明、曲江、紫阁,皆言心之所思,此八诗中线索。"(卷十三)八首脉络贯通,组织谨严,前人至有称其"总是一篇文字,拆去一章不得"(《杜臆》)或"一事迭为八章"(钱注)者。实则八诗既相互呼应又各自独立,"才大气厚,格高声宏"(《镜铨》引郝敬语),为杜甫律诗代表作之一。此处选第一首。[2]"玉露"句:隋李密《淮阳感秋》:"金风荡初节,玉露凋晚林。"语本此。钱注:"《招魂》曰:'湛湛江水兮上有枫,目极千里兮伤春心。'宋玉以枫树之茂盛伤心,此以枫树之凋伤起兴也。"又曰:"玉露凋伤一章,秋兴之发端也。江间塞上,状其悲壮;丛菊孤舟,写其凄紧。末二句结上生下,故即以夔府孤城次之。"[3]"巫山"句:《水经注·江水》:"江水历峡东,径新崩滩,……其下十余里有大巫山,……其间首尾百六十里,谓之巫峡,盖因山为名也。自三峡七百里中,两岸连山,略无阙处,重岩迭嶂,隐天蔽日,自非停午夜分,不见曦月。"[4]"丛菊"句:杜甫于永泰元年(765)夏离成都东行,拟出峡还乡。但当年秋居云安,次年秋季又滞留夔州,故云"丛菊两开"。

他日,有来日与昔日二意。《左传·襄公三十一年》:"他日我日:子为郑国,我为吾家,以庇焉,其可也。今而后知不足。"唐诗中亦兼作将来与过去解,如李商隐《樱桃花下》"他日未开今日谢"即用后意。此处亦是。[5]"寒衣"二句:唐代制衣必先捣帛。秋季为赶制寒衣之时,故妇女每于秋夜捣衣。白帝城,即夔州。《元和郡县图志·阙卷逸文》卷一:"山南道夔州:白帝山,即州城所据也。……初,公孙述殿前井有白龙出,因号白帝城。"砧,捣衣所用垫石。

登　高[1]

　　风急天高猿啸哀,渚清沙白鸟飞回。无边落木萧萧下[2],不尽长江滚滚来。万里悲秋常作客,百年多病独登台[3]。艰难苦恨繁霜鬓,潦倒新停浊酒杯[4]。

【注释】

　　[1]此为重阳登高感怀诗,约作于大历二年(767)杜甫流寓夔州时。胡应麟谓此诗"如海底珊瑚,瘦劲难名,沉深莫测,而精光万丈,力量万钧。""一篇之中句句皆律,一句之中字字皆律,而实一意贯串,一气呵成。"以至称其为"古今七言律第一"、"旷代之作"。(《诗薮·内编》卷五)[2]"无边"句:《楚辞·九歌·湘夫人》:"袅袅兮秋风,洞庭波兮木叶下。"《山鬼》:"风飒飒兮木萧萧"。[3]"万里"二句:宋罗大经曰:"盖万里,地之远也;秋,时之惨凄也;作客,羁旅也;常作客,久旅也;百年,暮齿也;多病,衰疾也;台,高迥处也;独登台,无亲朋也。十四字之间,含八意,而对偶又精确。"(《鹤林玉露·乙编》卷五)[4]"潦倒"句:仇注引朱鹤龄注:"时公以肺疾断酒,曰新停。"

登岳阳楼[1]

　　昔闻洞庭水,今上岳阳楼。吴楚东南坼[2],乾坤日夜浮。亲朋无一字,老病有孤舟。戎马关山北[3],凭轩涕泗流[4]。

【注释】

　　[1]作于大历三年(768)冬。宋范致明《岳阳风土记》曰:"岳阳楼,城西门楼也,下瞰洞庭景物宽阔。"宋唐庚云:"过岳阳楼观杜子美诗,不过四十字尔,气象闳放,涵蓄深远,殆与洞庭争雄,所谓富哉言乎者。"(《唐子西文录》)黄生评:"前半写景,如此阔大;转落五六,身事如此落寞,诗境阔狭顿异。结语凑泊极难,不图转出'戎马关山北'五字,胸襟气象,一等相称,宜使后人阁笔也。"(《杜诗说》卷五)[2]"吴楚"二句:乾坤日夜浮,出《水经注·湘水》:洞庭"湖水广圆五百余里,日月若出没于其中。"黄鹤称此联"尤为雄伟。虽不到洞庭者读之,可使胸次豁达。"(仇注引)[3]"戎马"句:《资治通鉴·唐代宗大历三年》:"八月壬戌,吐蕃十万众寇灵武。丁卯,吐蕃尚赞摩二万众寇邠州,京师戒严。……九月壬申,命郭子仪将兵五万屯奉天以备吐蕃。"[4]涕泗:《诗·陈风·泽陂》:"涕

泗滂沱。"毛传:"自目曰涕,自鼻曰泗。"

江南逢李龟年[1]

岐王宅里寻常见[2],崔九堂前几度闻[3]。正是江南好风景,落花时节又逢君。

【注释】

[1]大历五年(770)作于潭州(今湖南省长沙市)。《明皇杂录》卷下:"唐开元中,乐工李龟年、彭年、鹤年兄弟三人,皆有才学盛名。彭年善舞,鹤年、龟年能歌,尤妙制《渭川》,特承顾遇。于东都大起第宅,僭侈之制,逾于公侯。宅在东都通远里,中堂制度甲于都下。其后龟年流落江南,每遇良辰胜赏,为人歌数阕。座中闻之,莫不掩泣罢酒。"范摅《云谿友议》卷中:"明皇幸岷山,……李龟年奔迫江潭,杜甫以诗赠之。"钱注引《史记·秦始皇本纪》"王翦定荆江南地"、《项羽本纪》"徙义帝于江南"、《楚辞章句》"襄王流屈原于江南"证江湘之间亦称江南,龟年流落江潭,故曰江南。(卷十七)黄生谓:"此诗与《剑器行》同意,今昔盛衰之感,言外黯然欲绝。见风韵于行间,寄感慨于字里,即使龙标、供奉操笔,亦无以过。"(《杜诗说》卷十)[2]岐王:《旧唐书·睿宗诸子传》:"惠文太子范,睿宗第四子也。……睿宗践祚,进封岐王。""范好学工书,雅爱文章之士,士无贵贱,皆尽礼接待。"[3]崔九:原注:"崔九即殿中监崔涤,中书令湜之弟。"《旧唐书·崔仁师传》:"(崔)湜美姿仪,早有才名,弟液、涤及从兄莅并有文翰,居清要,每宴私之际,自比东晋王导、谢安之家。""涤多辩智,善谐谑,素与玄宗款密。兄湜坐太平党诛,玄宗常思之,故待涤踰厚,用为秘书监,出入禁中,与诸王侍宴不让席,而坐或在宁王之上。后赐名澄。"杜甫少年时曾在洛阳随名士出入岐王与崔涤的宅第,听过李龟年的歌唱。

第五节　中唐诗

白居易(772—846)

白居易,字乐天,晚号香山居士。原籍太原,徙于下邽(今属陕西省渭南市)。贞元十六年(800)进士及第,授秘书省校书郎。后任翰林学士、左拾遗、太子左赞善大夫。因上书言事贬为江州司马,量移忠州刺史。长庆时,由中书舍人求为外任,任杭州、苏州刺史。晚岁,以太子宾客、太子少傅分司东都。以刑部尚书致仕。卒于洛阳。白居易生前多次编辑诗文,《白氏长庆集后序》云:"白氏前著《长庆集》五十卷,元微之为序,后集二十卷,自为序;今又续后集五卷,自为记。前后七十五卷,诗笔大小凡三千八百四十首。"今存白诗二千八百余首,文八百余篇。

长恨歌[1]

汉皇重色思倾国[2],御宇多年求不得,杨家有女初长成[3],养在深闺人未识。天生丽质难自弃,一朝选在君王侧。回眸一笑百媚生,六宫粉黛无颜色。春寒赐浴华清池[4],温泉水滑洗凝脂[5]。侍儿扶起娇无力,始是新承恩泽时。云鬓花颜金步摇[6],芙蓉帐暖度春宵。春宵苦短日高起,从此君王不早朝。承欢侍宴无闲暇,春从春游夜专夜。后宫佳丽三千人[7],三千宠爱在一身。金屋妆成娇侍夜[8],玉楼宴罢醉和春。姊妹弟兄皆列土[9],可怜光彩生门户。遂令天下父母心,不重生男重生女[10]。骊宫高处入青云[11],仙乐风飘处处闻。缓歌慢舞凝丝竹,尽日君王看不足。渔阳鞞鼓动地来[12],惊破《霓裳羽衣曲》[13]。九重城阙烟尘生[14],千乘万骑西南行。翠华摇摇行复止[15],西出都门百余里[16]。六军不发无奈何[17],宛转蛾眉马前死。花钿委地无人收[18],翠翘金雀玉搔头[19],君王掩面救不得,回看血泪相和流。

黄埃散漫风萧索,云栈萦纡登剑阁。峨嵋山下少人行[20],旌旗无光日色薄。蜀江水碧蜀山青,圣主朝朝暮暮情。行宫见月伤心色[21],夜雨闻铃肠断声[22]。天旋日转回龙驭[23],到此踌躇不能去。马嵬坡下泥土中[24],不见玉颜空死处。君臣相顾尽沾衣,东望都门信马归。归来池苑皆依旧,太液芙蓉未央柳[25]。芙蓉如面柳如眉,对此如何不泪垂? 春风桃李花开日,秋雨梧桐叶落时。西宫南苑多秋草[26],宫叶满阶红不扫。梨园弟子白发新[27],椒房阿监青娥老[28]。夕殿萤飞思悄然,孤灯挑尽未成眠。迟迟钟鼓初长夜,耿耿星河欲曙天。鸳鸯瓦冷霜华重,翡翠衾寒谁与共[29]? 悠悠生死别经年,魂魄不曾来入梦。

临邛道士鸿都客[30],能以精诚致魂魄。为感君王展转思,遂教方士殷勤觅。排空驭气奔如电,升天入地求之遍。上穷碧落下黄泉[31],两处茫茫皆不见。忽闻海上有仙山,山在虚无缥缈间[32]。楼阁玲珑五云起,其中绰约多仙子[33]。中有一人字太真,雪肤花貌参差是。金阙西厢叩玉扃,转教小玉报双成[34]。闻道汉家天子使,九华帐里梦魂惊[35]。揽衣推枕起徘徊,珠箔银屏迤逦开。云鬓半偏新睡觉,花冠不整下堂来。风吹仙袂飘飘举,犹似《霓裳羽衣舞》[36]。玉容寂寞泪阑干[37],梨花一枝春带雨。含情凝睇谢君王,一别音容两渺茫。昭阳殿里恩爱绝,蓬莱宫中日月长。回头下望人寰处,不见长安见尘雾。唯将旧物表深情,钿合金钗寄将去。钗留一股合一扇,钗擘黄金合分钿。但令心似金钿坚,天上人间会相见。临别殷勤重寄词,词中有誓两心知。七月七日长生殿,夜半无人私语时。在天愿作比翼鸟[38],在地愿为连理枝。天长地久有时尽,此恨绵绵无绝期[39]。

【注释】

[1]元和元年(806)作于盩厔尉任上。诗成,陈鸿为作《长恨歌传》。歌与传皆写玄宗与杨妃之事。此诗当时即负盛名,白《与元九书》云:"及再来长安,又闻有军使高霞寓者,欲聘倡妓,妓大夸曰:'我诵得白学士《长恨歌》,岂同他妓哉?'由是增价。……又昨过汉南日,适遇主人集众乐娱他宾,诸妓见仆来,指而顾曰:'此是《秦中吟》、《长恨歌》主耳。'"白自言"一篇长恨有风情"(《编集拙诗成一十五卷因题卷末戏赠元九李二十》),清人称其"情文相生,沉郁顿挫,哀艳之中,具有讽刺。"(《唐宋诗醇》卷二二)今人陈寅恪则认为"《长恨歌》为具备众体体裁之唐代小说中歌诗部分,与《长恨歌传》为不可分离独立之作品。故必须合并读之,赏之,评之。明皇与杨妃之关系,虽为唐世文人公开共同习作诗文之题目,而增入汉武帝李夫人故事,乃白陈之所特制。诗句传文之佳胜,实职是之故"(《元白诗笺证稿》)。[2]"汉皇"句:汉皇,汉武帝,此处暗指唐玄宗。倾国,《汉书·外戚传》载武帝李夫人兄延年对武帝歌曰:"北方有佳人,绝世而独立。一顾倾人城,再顾倾人国。"[3]"杨家"六句:《新唐书·后妃传》上:"玄宗贵妃杨氏……幼孤,养叔父家。始为寿王妃。开元二十四年(736),武惠妃薨,后廷无当帝意者。或言妃资质天挺,宜充掖庭,遂召内禁中,异之,即为自出妃意者,丐籍女官,号太真,更为寿王聘韦昭训女,而太真得幸。善歌舞,邃晓音律,且智算警颖,迎意辄悟。帝大悦,遂专房宴,宫中号'娘子',仪体与皇后等。"[4]华清池:即骊山华清宫温泉。参见杜甫《自京赴奉先县咏怀五百字》注。[5]凝脂:《诗·卫风·硕人》:"肤如凝脂。"[6]金步摇:《西京杂记》一:"赵飞燕为皇后,其女弟在昭阳殿,遗飞燕书曰:'今日嘉辰,谨上……黄金步摇。'"《后汉书·舆服志》下"皇后谒庙服":"假结,步摇,簪珥。步摇以黄金为山题,贯白珠为桂枝相缪,一爵九华……六兽,……诸爵兽皆以翡翠为毛羽。金题白珠珰绕,以翡翠为华云。"《释名·释首饰》:"步摇,上有垂珠,步则摇也。"步摇在天宝年间为妇女所喜好之饰物,《新唐书·五行志》一:"天宝初,……妇人则簪步摇钗,衿袖窄小。"乐史《杨太真外传》(上)载玄宗与杨妃定情之夕"授金钗钿合。上又自执丽水镇库紫磨金琢成步摇,至妆阁,亲与插鬓。"[7]"后宫"句:《后汉书·皇后纪》上:"自武、元之后,世增淫费,乃至掖庭三千。"[8]金屋:用汉武帝陈阿娇事。[9]"姊妹"二句:《新唐书·后妃传》上:"(杨氏)天宝初,进册贵妃。追赠父玄琰太尉、齐国公。擢叔玄珪光禄卿,宗兄铦鸿胪卿,锜侍御史,尚太华公主。……而钊亦寖显。钊,国忠也。三姊皆美劭,帝呼为姨,封韩、虢、秦三国,为夫人,出入宫掖,恩宠声焰震天下。"[10]"不重"句:《史记·外戚世家》:"卫子夫立为皇后,……天下歌之曰:'生男无喜,生女无怒,独不见卫子夫霸天下!'"陈鸿《长恨歌传》:"当时谣咏有云:'生女勿悲酸,生男勿喜欢!'又曰:'男不封侯女作妃,看女却为门上楣。'其为人羡慕如此!"[11]骊宫:即华清宫。[12]"渔阳"句:借东汉初彭宠据渔阳叛汉事(见《后汉书·彭宠传》)言安禄山据范阳叛唐。《旧唐书·安禄山传》:"(天宝十四载)十一月,反于范阳。"渔阳为范阳节度使统辖的八郡之一(见《旧唐书·地理志》二),此处以之泛指范阳地区。[13]"惊破"句:《杨太真外传》上:"进见之日,奏《霓裳羽衣曲》。"白居易《霓裳羽衣歌》"杨氏创声君造谱"自注:"开元中,西凉府节度杨敬述造。"此舞曲应是唐玄宗据杨所献之曲润色而成(详《唐戏弄》上册《辨体·弄婆罗门》)。陈寅恪以为"破"不仅有破散或破坏之意,且为乐舞术语。据白居易《卧听法曲霓裳》"宛转柔声入破时",霓裳羽衣曲"入破时"本奏以缓歌柔声之丝竹,今以惊天动地急迫之鼙鼓,与之对举,愈见造语

之妙。（详见《元白诗笺证稿》第一章）[14]九重城阙：《楚辞·宋玉〈九辩〉》："君之门以九重。"
[15]翠华：《文选·司马相如〈上林赋〉》："建翠华之旗"李善注引张揖曰："以翠羽为葆也"。[16]
"西出"句：百余里，指马嵬驿。《元和郡县图志》卷二："关内道京兆府：兴平县东至府九十里。"又：
"马嵬故城在县西北二十三里。马嵬于此筑城以避难，未详何代人也。"[17]"六军"二句：六军，《周
礼·夏官·司马》："王六军。"后遂引用为皇帝的护卫总数。但玄宗时只有左右龙武、左右羽林四
军，肃宗至德二载始益左右神武军，备六军之数。宛转，《后汉书·马援传》："晓夕号泣，婉（同宛）
转尘中。"蛾眉，代指美女，语出《诗·卫风·硕人》："螓首蛾眉。"[18]花钿：《旧唐书·舆服志》："内
外命妇服花钗"注："施两博鬓，宝钿饰也。"[19]"翠翘"句：委地的各种头饰。翠翘、金雀皆钗名，玉
搔头即玉簪，《西京杂记》二："武帝过李夫人，就取玉簪搔头，自此后宫人搔头皆用玉。"[20]峨嵋
山：见李白《蜀道难》注。[21]行宫：《文选·左思〈吴都赋〉》："乌闻梁岷有陟方之馆、行宫之基欤？"
李善注："天子行所立，名曰行宫。"[22]"夜雨"句：《明皇杂录·补遗》："明皇既幸蜀，西南行初入斜
谷，属霖雨涉旬，于栈道雨中闻铃，音与山相应。上即悼念贵妃，采其声为《雨霖铃》曲以寄恨焉。"
[23]"天旋"句：肃宗至德二载（757）十月，郭子仪收复长安，肃宗派太子太师韦见素迎玄宗于蜀。
十二月，玄宗还京。龙驭，《拾遗记》卷二："夏禹瑜翠岑则神龙而为驭。"[24]"马嵬"二句：《新唐书
·后妃传》上："帝（玄宗）至自蜀，道过其所（杨妃葬处），使祭之，……密遣中使者具棺椁它葬焉。
启瘗，故香囊犹在，中人以献，帝视之，凄感流涕。"《唐宋诗举要》卷二引吴北江曰："空死处言空见死
处也。"[25]"太液"句：《三辅黄图》卷四："太液池在长安故城西，建章宫北。"《史记·高祖本纪》：
"八年，……萧丞相营作未央宫，立东阙、北阙。"[26]"西宫"句：西宫，太极宫，亦称西内。南苑，即
南内，兴庆宫。《新唐书·宦者传》下："时太上皇（玄宗）居兴庆宫，……（李）辅国因妄言于帝（肃
宗）曰：'太上皇居近市，交通外人，高礼、力士等将不利陛下，六军功臣反侧不自安，愿徙太上皇入禁
中。'……会帝属疾，辅国即诈言皇帝请太上皇按行宫中，……与力士对执辔还西内，居甘露殿。侍
卫才数十，皆尪老。"[27]梨园弟子：《雍录》卷九："梨园在光化门北。……开元二月正月，置教坊于
蓬莱宫，上自教法曲，谓之梨园弟子。至天宝中，即东宫置宜春北苑，命宫女数百人为梨园弟子。"
[28]"椒房"句：椒房，《文选·班固〈西都赋〉》："后宫则有掖庭、椒房，后妃之室。"《三辅黄图》卷
三："椒房殿在未央宫，以椒和泥涂，取其温而芬芳也"。又《后汉书·皇后纪》："自处椒房，二纪于
兹"注引《汉官仪》曰："皇后称椒房，取其蕃实之意也"。阿监，内廷女官。《宋书·后妃传》："紫极
中监女史置一人，光兴中监女史置一人，……官品第四。青娥，《方言》卷二："秦、晋之间，美貌谓之
娥。"[29]翡翠衾：指以翡翠鸟羽毛为饰的被，语出《楚辞·招魂》："翡翠珠被，烂齐光些。"[30]"临
邛"句：临邛，临邛县属剑南道邛州（见《元和郡县图志》卷三一），即今四川省邛崃市。鸿都，东汉洛
阳宫门名，《后汉书·灵帝纪》：光和元年二月"始置鸿都门学生。"此处暗指长安。[31]"上穷"句：
碧落，道教术语。《度人经》："昔于始青天中碧落高歌。"注："始青天乃东方第一天，有碧霞遍满，是
云碧落。"此指天界。黄泉，《左传·隐公元年》："不及黄泉，无相见也。"杜预注："地中之泉，故曰黄
泉。"[32]"忽闻"二句：《史记·封禅书》："自威、宣、燕昭使人入海求蓬莱、方丈、瀛洲。此三神山
者，其傅在勃海中，去人不远，患且至，则船风引而去。盖尝有至者，诸仙人及不死之药皆在焉。其
物禽兽尽白，而黄金银为宫阙。未至，望之如云；及到，三神山反居水下。临之，风辄引去，终莫能至

云。"[33]绰约:《庄子·逍遥游》:"藐姑射之山,有神人居焉,肌肤若冰雪,淖约若处子。"[34]"转教"句:小玉,作者《霓裳羽衣歌》"吴妖小玉飞作烟"句原注:"夫差女小玉死后形见于王,其母抱之,霏微若烟雾散空。"双成,《汉武帝内传》:"西王母命玉女董双成吹云和之笙。"[35]九华帐:《博物志》卷八:"汉武帝好仙道,祭祀名山大泽,以求神仙之道。时西王母遣使乘白鹿告帝当来,乃供帐九华殿以待之。"[36]"风吹"二句:两唐书《后妃传》谓杨贵妃善歌舞,精音律。《杨太真外传》上:"上又宴诸王于木兰殿,时木兰花发,皇情不悦。妃醉中舞《霓裳羽衣》一曲,天颜大悦。"[37]阑干:纵横貌,汉赵晔《吴越春秋·勾践入臣外传》:"王与夫人叹曰:'吾已绝望,永辞万民,岂料再还,重复乡国。'言竟掩面,涕泣阑干。"[38]比翼鸟:《尔雅·释地》:"南方有比翼鸟焉,不比不飞,其名谓之鹣鹣。"[39]绵绵:《诗·大雅·绵》"绵绵瓜瓞"。毛传:"绵绵,不绝貌。"

元 稹(779—831)

元稹,字微之,河南(今河南省洛阳市)人。十五岁擢明经,补校书郎。又举制科,名列第一,授左拾遗。后任监察御史,得罪宦官,贬江陵士曹参军。结交监军、宦官崔潭峻,于穆宗朝不断升迁,长庆二年拜相,为朝野所轻。出为同州刺史,转浙东观察使。卒于武昌节度使任。稹长于诗,与白居易齐名,号"元白"。

遣悲怀三首[1]

谢公最小偏怜女[2],嫁与黔娄百事乖[3]。顾我无衣搜荩箧[4],泥他沽酒拔金钗。野蔬充膳甘长藿,落叶添薪仰古槐。今日俸钱过十万,与君营奠复营斋。

【注释】

[1]元稹原配韦丛卒于元和四年,享年二十七岁。元稹在其死后写过不少哀婉动人的悼亡诗,此为其中之代表作,语浅而情挚,清蘅塘退士评之曰:"古今悼亡诗充栋,终无能出此三首范围者,勿以浅近忽之。"(《唐诗三百首》卷六)原诗三首,选第一首。[2]谢公:东晋谢安,位至宰相(事见《晋书》本传)。韦丛之父韦夏卿亦官居高位,故以谢安拟之。[3]黔娄:春秋时隐士,不求仕进,家贫,死时衾不蔽体。其妻亦为安贫乐道的贤德女子。事见《列女传·鲁黔娄妻》、《高士传·黔娄先生》。[4]荩箧:荩,草名。荩箧,以荩草编织的箱子。

张 籍(766—约830)

张籍,字文昌,和州乌江(今安徽省和县)人。第进士,为太常寺太祝。迁秘书郎。韩愈荐为国子博士。历水部员外郎、主客郎中。籍为诗,长于乐府,多警句。仕终国子司业。

节妇吟[1]

君知妾有夫,赠妾双明珠。感君缠绵意,系在红罗襦[2]。妾家高楼连苑起,良人执戟明光里[3]。知君用心如日月,事夫誓拟同生死。还君明珠双泪垂,恨不相逢未嫁时。

【注释】

[1]题下原注"寄东平李司空师道"。李师道为父子相承,多年割据于今河北、山东一带的强藩,时任平卢淄青节度使、检校司空、同中书门下平章事,故称李司空(事见两唐书本传)。此诗为婉拒李师道之聘的比兴之作,借男女情爱表明政治态度。钟惺云"节义肝肠,以情款语出之"(《唐诗归》卷三十),沈德潜《唐诗别裁集》则不录此诗,谓"玩辞意,恐失节妇之旨"(《唐诗别裁集》卷八)。[2]襦:短衣,汉乐府《陌上桑》:"缃绮为下裙,紫绮为上襦。"[3]执戟明光:执戟,秦汉时的宫廷侍卫官(如中郎、侍郎、郎中等)。因执勤时持戟,故名。《史记·滑稽列传》:"官不过侍郎,位不过执戟。"明光,汉宫殿名。汉有明光宫,又未央宫渐台西桂宫中有明光殿,均见《三辅黄图》。

刘禹锡(772—842)

刘禹锡,字梦得,祖籍河南洛阳。贞元九年进士,又登宏辞科,为监察御史。参与王叔文永贞革新,贬朗州司马,历连州、夔州、和州刺史。后入朝拜主客郎中,以太子宾客分司东都。世称刘宾客。晚岁与白居易友善,称"刘白"。

竹枝词九首[1]

瞿唐嘈嘈十二滩[2],此中道路古来难。长恨人心不如水,等闲平地起波澜。
山上层层桃李花,云间烟火是人家。银钏金钗来负水,长刀短笠去烧畲[3]。

【注释】

[1]原诗《引》曰:"四方之歌,异音而同乐。岁正月,余来建平,里中儿联歌竹枝,吹短笛击鼓以赴节。歌者扬袂睢舞,以曲多为贤。聆其音,中黄钟之羽。其卒章激讦如吴声。虽伧儜不可分,而含思宛转,有淇濮之艳。昔屈原居沅湘间,其民迎神,词多鄙陋,乃为作《九歌》,到于今荆楚鼓舞之。故余亦作《竹枝词》九篇,俾善歌者扬之,附于末,后之聆巴歈,知变风之自焉。"《乐府诗集》卷八一:"《竹枝》本出于巴渝。唐贞元中,刘禹锡在沅湘,以俚歌鄙陋,乃依骚人《九歌》作《竹枝》新辞九章,教里中儿歌之,由是盛于贞元、元和之间。"禹锡所作《竹枝词》甚多,其写作时、地向有争议。《引》中所言"建平"乃古郡名,三国时吴所置,治所在今四川省巫山县,故可指夔州。又朗州一称武陵郡,汉武陵郡于王莽时曾改为建平郡,故建平亦可指朗州(治所在今湖南省常德市)。《新唐书·刘禹锡

传》谓刘贬朗州司马时作《竹枝辞》十余篇,郭茂倩亦从史所书谓作于沅湘(见前所引),葛立方《韵语阳秋》则以为《竹枝》所咏多夔州事,乃梦得为夔州刺史时所作(卷十五)。考较诸说,应以作于夔州为是。原作九首,此处选七、九两首。[2]瞿唐:《水经注·江水》:"江水又东径广溪峡,斯乃三峡之首也。……峡中有瞿塘、黄龛二滩,夏水回复,沿泝所忌。"[3]烧畬:烧山草开荒。杜甫《秋日夔府咏怀奉寄郑监李宾客一百韵》:"煮井为盐速,烧畬度地偏。"仇注引《农书》:"荆楚多畬田,先纵火燔炉,俟经雨下种,历三岁土脉竭,复燔旁山。燔,爇火燎草。炉,火烧山界也。"

韩 愈(768—824)

韩愈,字退之,河内河阳(今河南孟县)人。郡望昌黎,每自称昌黎韩愈。登进士第。先后任宣武及宁武节度使判官。迁监察御史。上疏论宫市,德宗怒,贬阳山令,改江陵法曹参军。宪宗时,累官至刑部侍郎。谏迎佛骨,贬潮州刺史。移袁州。穆宗时召拜国子祭酒,转兵部侍郎、吏部侍郎。卒,谥文。世称韩文公。

山 石[1]

山石荦确行径微,黄昏到寺蝙蝠飞。升堂坐阶新雨足,芭蕉叶大支子肥[2]。僧言古壁佛画好,以火来照所见稀。铺床拂席置羹饭,疏粝亦足饱我饥[3]。夜深静卧百虫绝,清月出岭光入扉。天明独去无道路。出入高下穷烟霏。山红涧碧纷烂漫,时见松枥皆十围[4]。当流赤足蹋涧石,水声激激风吹衣。人生如此自可乐,岂必局束为人鞿[5]!嗟哉吾党二三子[6],安得至老不更归!

【注释】

[1]写作年代无考。清人方东树谓其"只是一篇游记,而叙写简妙,犹是古文手笔。""不事雕琢,自见精彩。""虽是顺叙,却一句一样境界。如展图画,触目通层在眼。"(《昭昧詹言》卷十二)何焯则赞其"直书即目,无意求工而文自至。一变谢家模范之迹,如画家之有荆、关也。"(《义门读书记》卷三十)[2]支子:即栀子。常绿灌木,春夏开白花,可供观赏。果实可入药,亦可作黄色染料。杜甫《栀子》诗:"栀子比众木,人间诚未多。"[3]疏粝:《史记·刺客列传》:"故进百金者,将用为大人麤粝之费。"《索隐》:"粝犹麤米也,脱粟也。"[4]枥,同栎,落叶乔木名。[5]鞿:《楚辞·离骚》:"余虽好修姱以鞿羁兮"王逸注:"缰在口曰鞿。"[6]二三子:《论语·八佾》:"二三子何患于丧乎?天下之无道也久矣,天将以夫子为木铎。"

八月十五夜赠张功曹[1]

纤云四卷天无河,清风吹空月舒波。沙平水息声影绝,一杯相属君当歌[2]。君歌声酸辞且苦,不能听终泪如雨。洞庭连天九疑高[3],蛟龙出没猩鼯号。十生九死到官所,幽居默默如藏逃。下床畏蛇食畏药[4],海气湿蛰熏腥臊。昨者州前捶大鼓[5],嗣皇继圣登夔皋。赦书一日行万里,罪从大辟皆除死[6]。迁者追回流者还,涤瑕荡垢朝清班[7]。州家申名使家抑[8],坎轲祇得移荆蛮[9]。判司卑官不堪说[10],未免捶楚尘埃间。同时辈流多上道,天路幽险难追攀。君歌且休听我歌,我歌今与君殊科[11]。一年明月今宵多,人生由命非由他,有酒不饮奈明何!

【注释】

[1]永贞元年(805)作于郴州。张功曹,名署。韩愈《唐故河南令张君墓志铭》曰:"君讳署,字某,河间人。……方质有气,形貌魁硕,长于文词。以进士举博学宏词,为校书郎。自京兆武功尉拜监察御史。为幸臣所谮,与同辈韩愈、李方叔三人俱为县令南方(贞元十九年,韩愈贬阳山令,张署贬临武令)。二年,逢恩俱徙掾江陵。"宋魏仲举《五百家注昌黎文集》卷三引樊汝霖曰:"公与张以贞元二十一年(805)二月二十四日赦自南方,俱徙掾江陵,至是俟命于郴而作是诗。"方世举《昌黎诗集编年笺注》(以下简称方世举注)卷三曰:"永贞元年,公为江陵府法曹参军,署为功曹参军,此诗虽未之任而官已定矣。"此诗结构独特,被后人评为"一篇古文章法"(方东树《昭昧詹言》卷十二),"虚者实之,实者虚之,得反客为主之法"(汪琬《批韩诗》)。[2]属:《汉书·灌夫传》:"及饮酒酣,夫起舞属蚡。"颜师古注:"属,付也,犹今之舞迄相劝也。"[3]"洞庭"句:洞庭见杜甫《登岳阳楼》注。九疑,九疑山即苍梧山。《山海经·海内经》:"南方苍梧之丘,苍梧之渊,其中有九疑山,舜之所葬。"郭璞注:"其山九谿皆相似,故云九疑。古者总名其地为苍梧也。"[4]"下床"句:方世举注:"南方多蛇,又多畜蛊,以毒药杀人。"[5]"昨者"二句:《新唐书·百官志》三:"少府监中尚署令:赦日……击搁鼓千声,集百官、父老、囚徒。"《旧唐书·顺宗纪》:"[贞元二十一年(805)正月]丙申,即位于太极殿。……(二月)甲子,御丹凤楼,大赦天下。"此二句言顺宗李诵即位大赦事。注家多有谓大赦指贞元二十一年(805)八月宪宗李纯登基事者,非。史载宪宗大赦在元和元年(806)正月(详见两唐书《宪宗纪》及《资治通鉴》卷二三六、二三七),与韩、张徙掾江陵之时不合。夔皋,舜时贤臣夔与皋陶。《书·舜典》:"帝曰:皋陶,……汝作士。""帝曰:夔,命汝典乐,教胄子。"[6]大辟:《书·吕刑》:"大辟疑赦"孔传"死刑也。"[7]涤瑕荡垢:班固《东都赋》:"于是百姓涤瑕荡秽,而镜至清。"[8]"州家"句:州家谓郴州刺史,使家谓湖南观察使。沈钦韩《韩集补注》:"是时杨凭为湖南观察使。"[9]荆蛮:指江陵。江陵古属荆州,为楚国地。楚国原名荆,周人泛称南方民族为蛮,故楚称荆蛮。[10]"判司"二句:判司,唐代州郡诸曹参军之统称,皆七品卑官。东雅堂本《昌黎先生集》(卷三):"唐制:参军簿尉有过即受笞杖之刑。"杜甫《送高三十五书记十五韵》:"脱身簿尉中,始与捶楚辞。"杜牧《冬至日寄小侄阿宜诗》:"参军与簿尉,尘土惊劻勷,一语不中治,笞棰满身疮。"二者可与韩诗互证。[11]殊科:不同类。《说文》:"科,程也。程,品也。"《广雅·释言》:"科,品也。"

孟 郊(751—814)

孟郊,字东野,湖州武康(今浙江省德清县)人。贞元十二年(796)登进士第,曾任溧阳尉。元和元年(806)受郑余庆辟任水陆转运判官,元和九年(814)入郑兴元幕,卒于途中。诗为韩愈推重,与韩并称韩、孟。

秋 怀[1]

秋月颜色冰,老客志气单。冷露滴梦破,峭风梳骨寒。席上印病文,肠中转愁盘。疑怀无所凭,虚听多无端。梧桐枯峥嵘[2],声响如哀弹。

【注释】

[1]咏怀组诗,共十五首,极写老病困穷之感,为孟郊重要代表作。此处选第二首。[2]峥嵘:枯槁貌,杜甫《枯柟》:"梗柟枯峥嵘"。

柳宗元(773—819)

柳宗元,字子厚,河东(今山西省永济县)人。贞元九年(793)进士,又中博学宏辞科,授校书郎,调蓝田尉。拜监察御史。参与永贞革新,贬永州司马。十年后徙柳州刺史。卒于柳州。世称柳柳州、柳河东。

酬曹侍御过象县见寄[1]

破额山前碧玉流[2],骚人遥驻木兰舟[3]。春风无限潇湘意,欲采蘋花不自由[4]。

【注释】

[1]侍御,唐殿中侍御史或监察御史之简称。曹侍御,名不详。象县,唐属岭南道柳州,即今广西壮族自治区象州县。[2]破额山:未详,据诗意应在象县一带。[3]木兰舟:见李白《江上吟》注。[4]"春风"二句:柳恽《江南曲》:"汀洲采白蘋,日落江南春。洞庭有归客,潇湘逢故人。"子厚诗化用此意。采芳赠远之习屡见于《楚辞》,如《九歌·湘夫人》:"搴汀洲兮杜若,将以遗兮远者"《山鬼》:"折芳馨兮遗所思。"又《古诗·涉江采芙蓉》:"涉江采芙蓉,兰泽多芳草。采之欲遗谁,所思在远道。"此均为"采蘋"之所本。

李 贺(790—816)

李贺,字长吉。河南福昌(今河南宜阳县)人。居昌谷。唐宗室远裔。因避父晋肃讳放弃进士试,曾任太常寺奉礼郎。失意抑郁而卒。其诗呕心苦吟,独辟蹊径,于境界、语言戛戛独造。唯追求形式太过,有理不胜词之憾。

李凭箜篌引[1]

吴丝蜀桐张高秋[2]，空山凝云颓不流[3]。江娥啼竹素女愁[4]，李凭中国弹箜篌。昆山玉碎凤凰叫[5]，芙蓉泣露香兰笑[6]。十二门前融冷光[7]，二十三丝动紫皇[8]。女娲炼石补天处[9]，石破天惊逗秋雨。梦入神山教神妪[10]，老鱼跳波瘦蛟舞[11]。吴质不眠倚桂树，露脚斜飞湿寒兔[12]。

【注释】

[1]李凭，梨园弟子善箜篌者。唐杨巨源《听李凭弹箜篌》："听奏繁弦玉殿清，风传曲度禁林明。君王听乐梨园暖，翻到云门第几声。"顾况也有《听李供奉弹箜篌歌》。《旧唐书·音乐志》二："箜篌，汉武帝使乐人侯调所作，以祠太一。……旧说亦依琴制。今按其形，似瑟而小，七弦，用拨弹之，如琵琶。竖箜篌，胡乐也，汉灵帝好之。体曲而长，二十有二弦，竖抱于怀，用两手齐奏，俗谓之擘箜篌。"此诗中李凭所弹应为竖箜篌。《箜篌引》本为乐府《相和歌》旧题，乃以箜篌伴奏之歌曲。此诗不沿古意，纯写箜篌音声之美，李凭技艺之精。[2]吴丝蜀桐：指箜篌。《新唐书·地理志》五："苏州吴郡，土贡丝葛、丝绵、八蚕丝。"左思《蜀都赋》："其树则有……杞櫹椅桐。"王琦《李长吉歌诗汇解》（以下简称王注）："丝之精好者出自吴地，故曰吴丝；蜀中桐木宜为乐器，故曰蜀桐。"[3]"空山"句：《列子·汤问》："薛谭学讴于秦青，未穷青之技，自谓尽之，遂辞归。秦青弗止，饯于郊衢。抚节悲歌，声振林木，响遏行云。"[4]"江娥"句：江娥，即湘娥，指传说中舜之二妃娥皇、女英。《列女传·有虞二妃》："舜陟方死于苍梧，号曰重华。二妃死于江湘之间，俗谓之湘君。"《博物志》卷八："尧之二女，舜之二妃，曰湘夫人。舜崩，二妃啼，以涕挥竹，竹尽斑。"素女愁，《史记·封禅书》："或曰：太帝使素女鼓五十弦瑟，悲，帝禁不止，故破其瑟为二十五弦。"[5]昆山：产玉之地。李斯《谏逐客书》："致昆山之玉"。[6]"芙蓉"句：《刘子·言菀》："春葩含日似笑，秋叶泫露如泣。"[7]十二门：班固《西都赋》："立十二之通门。"《三辅黄图》引《三辅决录》："长安城，面三门，四面十二门。"[8]紫皇：《太平御览》卷六五九引《秘要经》："太清九宫，皆有僚属，其最高者称太皇、紫皇、玉皇。"[9]"女娲"句：《淮南子·览冥训》："往古之时，四极废，九州岛裂。天不兼覆，地不周载。……于是女娲炼五色石以补苍天。"又见《列子·汤问》。[10]神妪：《搜神记》卷四："永嘉中，有神见兖州，自称樊道基。有妪，号成夫人。夫人好音乐，能弹箜篌。闻人弦歌，辄便起舞。"王注："所谓神妪疑用此事。"[11]"老鱼"句：《列子·汤问》："瓠巴鼓琴而鸟舞鱼跃。"此处似暗用此事。[12]"吴质"二句：吴质，疑即吴刚。《酉阳杂俎》卷一："旧言月中有桂，有蟾蜍。故异书言月桂高五百丈，下有一人常斫之，树创随合。人姓吴名刚，西河人，学仙有过，谪令伐树。"寒兔，月中有兔的传说来源久远，《楚辞·天问》："厥利维何，而顾菟（同兔）在腹？"朱熹集注："此问……月有何利，而顾望之兔常居其腹乎？"

第六节　晚唐诗

杜　牧(803—852)

杜牧,字牧之,京兆万年(今陕西省西安市)人。杜佑之孙。既以进士擢第,又制举登科,授弘文馆校书郎。试左武卫兵曹参军。先后参沈传师江西观察使宣歙观察使及牛僧孺淮南节度使幕府。历监察御史,膳部、比部及司勋员外郎,出任黄州、池州、睦州、湖州刺史。官终中书舍人。牧工诗赋、古文,为诗情致豪迈,人号"小杜"以别杜甫。又与李商隐齐名,称小李杜。刘熙载云:"杜樊川诗雄姿英发,李樊南诗深情绵邈。"(《艺概·诗概》)

题宣州开元寺水阁,阁下宛溪,夹溪居人[1]

六朝文物草连空[2],天淡云闲今古同。鸟去鸟来山色里,人歌人哭水声中[3]。深秋帘幕千家雨,落日楼台一笛风。惆怅无因见范蠡[4],参差烟树五湖东[5]。

【注释】

[1]杜牧任宣州(治所在今安徽省宣州市)团练判官时,常游开元寺,樊川集中屡见题咏。其《题宣州开元寺》诗原注曰:"寺置于东晋时。"《唐会要》卷四:"天授元年十月二十九日,两京及天下诸州各置大云寺一所,开元二十六年六月一日,并改为开元寺。"[2]"六朝"句:六朝,宋王应麟《小学绀珠》:"六朝:吴、东晋、宋、齐、梁、陈。"文物,指礼乐制度。语出《左传·桓公二年》:"文物以纪之,声明以发之。"[3]人歌人哭:《礼记·檀弓下》:"晋献文子成室,晋大夫发焉。张老曰:'美哉轮焉! 美哉奂焉! 歌于斯,哭于斯,聚国族于斯。'"又《列子·仲尼》:"隶人之生,隶人之死,众人且歌,众人且哭。"张湛注:"隶犹群辈也。亦不知其所以生,亦不知其所以死,故哀乐失其中,或歌或哭也。"此亦可备一说。[4]范蠡:《史记·越王句践世家》:"范蠡事越王句践,既苦身戮力,与句践深谋二十余年,竟灭吴,报会稽之耻,……还反国,范蠡以为大名之下,难以久居,且句践为人可与同患,难与处安,……乃装其轻宝珠玉,自与其私徒属乘舟浮海以行,终不反。"《吴越春秋·勾践伐吴外传》:"(范蠡)乃乘扁舟,出三江,入五湖,人莫知其所适。"[5]五湖:《周礼·夏官·职方氏》:"东南曰扬州,……其川三江,其浸五湖。"五湖之具体所指有多家说法,一说为太湖别称(见《国语·越语下》韦昭注、《文选·郭璞〈江赋〉》注引张勃《吴录》、《后汉书·冯衍传》下注引虞翻语),一说指洞庭、青草、鄱阳、彭蠡与太湖(见明杨慎《丹铅总录》卷二)。

赤壁[1]

折戟沉沙铁未销,自将磨洗认前朝。东风不与周郎便,铜雀春深锁二乔[2]。

【注释】

[1]三国时赤壁之战所在地诸说歧异,常见者有三:一说在今湖北省蒲圻市西北长江南岸,见《元和郡县图志》卷二七;一说在今湖北省武昌县西(即江夏赤壁),见宋王象之《舆地纪胜》卷七十九;一说在今湖北省嘉鱼县东北之江南岸,见《清一统志·湖北武昌府》,诸说迄今无定论。又文人题咏每以黄州赤鼻矶为赤壁古战场,杜牧此诗疑即作于官黄州(唐属淮南道,治黄冈县,即今湖北省新洲县)刺史时,所咏者黄州赤壁。[2]"东风"二句:周郎,《三国志·吴志·周瑜传》:"瑜时年二十四,吴中皆呼为周郎。"东风,指赤壁火攻曹军事。建安十三年(208),曹操进攻东吴,周瑜用部将黄盖计,取轻便战船数十,实以薪草,灌以膏油,裹以帷幕,以诈降接近曹军战船,同时放火。恰遇是日东南风急,曹军大败。事见《周瑜传》及裴松之注引《江表传》。铜雀,台名,亦作"铜爵",曹操所建。清薛雪《一瓢诗话》称此二句"妙绝千古。言公瑾军功止藉东风之力,苟非乘风力之便以破曹兵,则二乔亦将被房,贮之铜雀台上。'春深'二字下得无赖,正是诗人调笑妙语。"

寄扬州韩绰判官[1]

青山隐隐水迢迢,秋尽江南草木凋。二十四桥明月夜[2],玉人何处教吹箫[3]?

【注释】

[1]韩绰,生平不详,樊川集另有《哭韩绰》诗。扬州时为淮南节度使治所,韩应为淮南节度使判官。大和七至九年(833—835),杜牧曾任淮南节度使推官、掌书记,与韩为同僚。此诗当为牧离扬州后作。[2]二十四桥:宋沈括《梦溪笔谈·补笔谈》卷三:"扬州在唐时最为富盛,……可纪者有二十四桥:(略)"宋祝穆《方舆胜览》:"扬州府二十四桥,隋置,并以城门坊市为名,后韩令坤省筑州城,分布阡陌,别立桥梁,所谓二十四桥,或在或废,不可得而考。"[3]玉人:《拾遗记》:"(蜀)先主甘后……玉质柔肌,态媚容冶。……河南献玉人,高三尺。乃取玉人置后侧,……后与玉人洁白齐润,观者殆相乱惑。"

李商隐(约811—859)

李商隐,字义山,号玉谿生,又号樊南生。怀州河内(今河南省沁阳县)人。商隐幼能文,令狐楚镇河阳,令与诸子游。楚镇天平、汴州,从为巡官。开成二年登进士第,授秘书省校书郎,补弘农尉。泾原节度使王茂元辟为掌书记,以女妻之。时牛(僧儒)李(德裕)两党争斗正剧,令狐为牛党,而茂元被目为李党,商隐既为茂元从事,遂为当途者所薄。依桂管观察使郑亚、东川剑南节度使柳仲郢等为幕僚十余年。困顿失意，坎坷终身。

无题二首[1]

　　昨夜星辰昨夜风，画楼西畔桂堂东。身无彩凤双飞翼，心有灵犀一点通[2]。隔座送钩春酒暖[3]，分曹射覆蜡灯红[4]。嗟余听鼓应官去，走马兰台类转蓬[5]。

【注释】

　　[1]无题诗为李商隐之独创。此类作品非成于一时一地，有托美人香草以写志者，有婉转哀艳以写情者，难以一概而论。本篇显然非比兴寓托之作，所写当为作者亲历之情事。今人刘学锴、余恕诚谓"二诗作于义山任职秘省期间，则开成四年春、会昌二年春、六年春似均有可能，颇难定编。冯（浩）系开成四年初入秘省时，张（采田）系会昌二年重官秘省时，均无确据。视首章末联以'走马兰台'为蓬转不定之生活，似带身世沉沦孤子之感，……或作于会昌六年春。然终乏确证，姑依张笺暂系会昌二年春"（《李商隐诗歌集解》，下同）。原作二首，选第一首。[2]"心有"句：清朱鹤龄《李义山诗集笺注》："《南州异物志》：'犀有灵异，表灵以角。'《汉书·西域传》：'通犀翠羽之珍。'如淳曰：'通犀，谓中央色白，通两头。'"[3]隔座送钩：清冯浩《玉谿生诗集笺注》（以下简称冯注）："周处《风土记》：'腊日饮祭之后，叟姬儿童为藏彄之戏，分为二曹，以校胜负：若人偶，即敌对；人奇，即令奇人为游附，或属上曹，或属下曹，名为飞鸟，以齐二曹。'按：古皆作'藏彄'，后多作'藏钩'，详《岁时记》诸书。隔座送钩者，送之使藏，今人酒令尚有遗意。"[4]分曹射覆：《汉书·东方朔传》："上尝使诸数家射覆，置守宫盂下，射之，皆不能中。"颜师古注："于覆器下而置诸物，令射之，故云射覆。"《楚辞·招魂》："菎蔽象棋，有六簙些。分曹并进，道相迫些。"刘学锴、余恕诚曰："射覆，为古代一种猜度预为隐藏事物之游戏。后世酒令以字句隐寓事物，令人猜度，亦称射覆。"[5]"走马"句：听鼓，《新唐书·百官志》四上："日暮，鼓八百声而门闭；……五更二点，鼓自内发，诸街鼓承振，坊市门皆启，鼓三千挝，辨色而止。"兰台，《旧唐书·职官志》二："秘书省：龙朔改为兰台，光宅改为麟台，神龙复为秘书省。"冯注："此云'走马兰台'，必为秘书郎时也。……白香山诗自注：'秘书府即兰台也。'"按：是唐人习称。"转蓬，曹操《却东西门行》："田中有转蓬，随风远飘扬。"曹植《杂诗》："转蓬离本根，飘飘随长风。"

贾　生[1]

　　宣室求贤访逐臣[2]，贾生才调更无伦。可怜夜半虚前席，不问苍生问鬼神！

【注释】

　　[1]《史记·屈原贾生列传》："贾生名谊，雒阳人也。年十八，以能诵诗属书闻于郡中。孝文帝

初立,……廷尉乃言贾生年少,颇通诸子百家之书。文帝召以为博士。是时贾生年二十余,最为少。……天子议以为贾生任公卿之位,绛、灌、东阳侯、冯敬之属尽害之,……于是天子后亦疏之,不用其议,乃以贾生为长沙王太傅。……后岁余,贾生征见。孝文帝方受釐,坐宣室。上因感鬼神事,而问鬼神之本。贾生因具道所以然之状。至夜半,文帝前席。既罢,曰:'吾久不见贾生,自以为过之,今不及也。'"本篇即咏此事。[2]宣室:《三辅黄图》:"宣室,未央前殿正室也。"

锦 瑟[1]

锦瑟无端五十弦[2],一弦一柱思华年。庄生晓梦迷蝴蝶[3],望帝春心托杜鹃[4]。沧海月明珠有泪[5],蓝田日暖玉生烟[6]。此情可待成追忆,只是当时已惘然[7]!

【注释】

[1]自宋以来,说此诗者纷纭莫定。大致有爱情、悼亡、咏物(状瑟之声调)、自伤身世、自序诗集诸说,诗题亦有女子名、乐器名、径取诗之首二字为题数解。今之论者多以为解作义山晚年追思生平之作较为合理。取发端二字为题,于义山集中屡见,亦不足为异。[2]"锦瑟"句:朱注引《周礼乐器图》:"雅瑟二十三弦,颂瑟二十五弦。饰以宝玉者曰宝瑟,绘文如锦者曰锦瑟。"《史记·封禅书》:"或曰:太帝使素女鼓五十弦瑟,悲,帝禁不止,故破其瑟为二十五弦。"无端,有无缘故、无心、无奈、不料诸义。[3]"庄生"句:《庄子·齐物论》:"昔者庄周梦为蝴蝶,栩栩然蝴蝶也,自喻适志与!不知周也。俄然觉,则蘧蘧然周也。不知周之梦为蝴蝶与,蝴蝶之梦为周与?"[4]"望帝"句:见李白《蜀道难》注。[5]"沧海"句:《博物志》卷二:"南海外有鲛人,水居如鱼,不废织绩,其眼能泣珠。"张采田认为此句伤悼李德裕,李贬死崖州,崖州又名珠崖郡(治所在今海南省琼山县东南),为产珠之地。[6]"蓝田"句:《元和郡县图志》卷一:"关内道京兆府蓝田县:本秦孝公置。按周礼,'玉之美者曰球,其次为蓝',县以县出美玉,故曰蓝田。"《文选·班固〈西都赋〉》:"陆海珍藏,蓝田美玉。"李善注引范子计然曰:"玉英出蓝田。"宋王应麟《困学纪闻》卷十八:"司空表圣云:戴容州谓诗家之景,如蓝田日暖,良玉生烟,可望而不可置于眉睫之前也。李义山玉生烟之句盖本于此。"[7]"此情"二句:高步瀛曰:"如上所述,皆失意之事,故不待今日追忆惘然自失,即在当时已如此也。"(《唐宋诗举要》卷五)

春 雨[1]

怅卧新春白袷衣[2],白门寥落意多违[3]。红楼隔雨相望冷,珠箔飘灯独自归。远路应悲春晼晚[4],残宵犹得梦依稀。玉珰缄札何由达[5],万里云罗一雁飞。

【注释】

[1]此因春雨感怀,写雨中怅惘寥落之情,纪昀评其"宛转有味"(《玉谿生诗说》)。作年不详。[2]白袷衣:白夹衣,闲居便服。《世说新语·雅量》"顾和始为扬州从事"刘孝标注引《语林》:"周侯饮酒已醉,着白袷凭两人,来诣丞相。"[3]白门:冯注:"此似取'白门杨柳'之意。""白门杨柳"出自南朝乐府民歌《杨叛儿》:"暂出白门前,杨柳可藏乌。欢作沈水香,侬作博山炉。"歌中"白门"为男女恋人欢会之处。[4]春晼晚:宋玉《九辩》:"白日晼晚其将入兮。"[5]"玉珰"句:《玉台新咏·古诗为焦仲卿妻作》:"耳着明月珰"吴兆宜注引《释名》:"穿耳施珠曰珰。"刘学锴、余恕诚曰:"古代常以玉珰为男女间定情信物,寄书时每以之作为礼物附寄,称佩缄。义山《夜思》云:'寄恨一尺素,含情双玉珰。'《燕台秋》:'双珰丁丁联尺素。'"

夜雨寄北[1]

君问归期未有期,巴山夜雨涨秋池。何当共剪西窗烛[2],却话巴山夜雨时。

【注释】

[1]此诗为诗人居梓州(今四川三台县)时寄赠友人之作。[2]何当:何时能够。

第二章　唐　文

　　唐文承前启后,有继承,又有新变,既扬六朝余波,作辞采精致的骈文;又革六朝弊习,倡散行流畅的古文。更善出入百家,变化今古,熔铸前人精华,别开自家生面,开辟了宋以后散体文的发展道路。

　　骈体文在唐代始终流行。上自诏敕,下至判辞、书牍、碑刻,公私文翰,无不习用。唐作家以激情、才思作骈文,使骈文得到生气蓬勃的发展。初唐四杰于骈文中运用抑扬调畅之气,和古文渐相接近。其创作华美而不失清新俊逸,抒情性强。中唐陆贽能不受骈俪拘束,自由发挥政论,情感恳切而气度平和,是唐骈文中能切实用的一家。李商隐是晚唐骈文的代表作家,前人对其章奏评价甚高。但那些代人起草的文书,内容既因时过境迁失去意义,文字技巧也就无足多称。而其哀诔文及部分书启,在情感的深挚绵邈、措辞的委婉得体上,均堪称佳作。唐代是骈文向散文靠拢的发展阶段,骈文运用散文的情调、气势,而其声韵、辞采的考究,也对散文有不可忽略的影响。就是在韩愈、柳宗元等古文大家的作品中,也可看到这种影响的存在。

　　唐文最主要成就在散文。初唐文章虽以骈文为主,但已有由骈入散的倾向,陈子昂是唐代第一个学西汉文辞的人,其政论都用散体,文学意味虽不足,但气势昂扬,富于激情。盛唐盛于诗,散文中也出现了前所未有的情调。李白文飞扬的神采,王维、苏源明文清丽的境界,为文章融入浓郁的诗意。以骈文见长的张说也有形神生动的散文碑志。盛唐后期至中唐前期,相继出现一批崇儒复古、谋求革新的作家,萧颖士、李华、元结、独孤及、梁肃、柳冕等,先后提倡散体,反对骈文。他们的复古主张为韩愈、柳宗元倡导古文运动奠定了理论基础,文学史上通常称他们为古文运动的先驱者。但他们的作品大多带有骈文余习且成就有限,表现了文体文风蜕变期的特点。

　　中唐后期,韩愈、柳宗元倡导古文运动,古文在理论和创作实践上达到全盛期,一直发展到唐末五代。韩、柳有自成体系的古文理论,包括明道、养气、学古、创新等各方面主张,旗帜鲜明,论辩有力。古文虽称为"古文",倡导学习先秦两汉的散文语言,实则师其意而不师其辞,并要求从唐代活的语言中提炼新的书面散文语言,生动流畅,较近口语,扩大了文言文的表达功能,对后代散文发展影响很大。韩、柳的古文作品数量多、成就高,宏中肆外,无体不备,浑浩流转,雄深雅健,给人们提供了古文的范本。韩愈气盛文雄,在论说、书启、赠序、碑志、哀诔等各类应用文字中灌注充沛的激情,赋予其鲜明文学色彩。其戛戛独造的成就不仅振起一代文风,亦足为后世师法。柳宗元茹古涵今,精严奇峭,山水游记写景出神入化,境界幽邃清冷,是中唐散文中文学意味最浓的部分;杂文、寓言设喻取譬,抒积郁,论人事,义旨含蕴而文字尖新精警,佳篇甚多。李翱、皇甫湜等相从韩愈为古文,扩大其影响。同时的白居易擅长写明白晓畅的文章,樊宗师好为奇奥生僻之作,刘禹锡也是古文好手,他们与韩、柳殊途同归,唐代古文便被推到全盛阶段。后起者有刘蜕、孙樵、杜牧诸人。唐末五代,又出现了皮日休、陆龟蒙、罗隐等作家,以短小犀利之笔讥刺现实,被鲁迅誉为"一塌糊涂的泥塘里的光彩和锋铓"(《小品文的危机》)。

唐代小说亦呈现出前所未有的面貌。至此,文人才有意识地创作小说,建立了相当完整的短篇小说的形式,由杂记式的丛残小语变为大篇的文章,由三言两语的记录,变为复杂的故事的描绘。在形式上注意到了结构,对人物注意到了心理性格的描写与形象的塑造,情节更复杂,内容则更偏重于写人情世态,生活气息浓厚。唐传奇的出现,标志着中国古代短篇小说趋于成熟。"传奇"一词得名于晚唐裴铏的小说集《传奇》,在唐代专指唐人文言短篇小说。

自唐初至玄宗、肃宗时,是唐传奇发展的初期阶段。此期作品现存很少,艺术也不完美,但描写已趋细致,情节已有较多变化。中唐是唐传奇的繁荣阶段,名家辈出,佳作如林,最优秀的单篇传奇,几乎都产生于这一时期。从题材上大致可分为神怪、爱情、历史、侠义诸类。沈既济《枕中记》、李公佐《南柯太守传》、李朝威《柳毅传》、元稹《莺莺传》等是这一时期杰出作品。写人间爱情的传奇中,成就最高者是白行简《李娃传》与蒋防《霍小玉传》,两传奇故事波澜起伏,人物形神丰满,文笔细腻生动。它们与《南柯太守传》、《柳毅传》等共同标志着唐传奇艺术的高峰。晚唐为唐传奇发展的后期。这一时期,单篇传奇数量减少,而传奇专集则大量出现,作品总数远远超过前两期。其中一些故事写得细致生动,尤其是侠义和讽刺题材取代爱情题材兴起,丰富了唐传奇的内涵。

参考书目:

高步瀛选注.唐宋文举要[M].上海:上海古籍出版社,1982

鲁迅编校.唐宋传奇集[M].北京:人民文学出版社,1953.

鲁迅.中国小说史略/第八、第九、第十篇[M].《鲁迅全集》第九册.北京:人民文学出版社,1991.

第一节　唐骈文

骆宾王(619—约687)

骆宾王,婺州义乌(今浙江省义乌市)人。高宗时与卢照邻、杨炯、王勃以文词齐名。仕至侍御史。高宗末左迁临海丞。失意弃官而去。睿宗文明元年(684)随李敬业于扬州起兵反武则天,兵败遁逃,不知所终。

代李敬业传檄天下文[1]

伪临朝武氏者,人非温顺,地实寒微[2]。昔充太宗下陈,尝以更衣入侍[3]。洎乎晚节,秽乱春宫[4]。密隐先帝之私,阴图后庭之嬖。入门见嫉,蛾眉不肯让人[5];掩袖工谗,狐媚偏能惑主[6]。践元后于翚翟[7],陷吾君于聚麀[8]。加以虺蜴为心,豺狼成性,近狎邪僻,残害忠良[9],杀姊屠兄[10],弑君鸩母[11]。神人之所共疾,天地之所不容。犹复包藏祸心,窥窃神器[12]。君之爱子,幽之于别宫[13];贼之宗盟[14],委之以重任。呜呼!霍子孟之不作[15],朱虚侯之已亡[16]。燕啄皇孙,知汉祚之将尽[17];龙漦帝后,识夏庭之遽衰[18]。

敬业皇唐旧臣,公侯冢子。奉先君之成业[19],荷本朝之厚恩。宋微子之兴悲,良有以也[20];桓君山之流涕,岂徒然哉[21]!是用气愤风云,志安社稷。因天下之失望,顺宇内之推心[22],爰举义旗,誓清妖孽。南连百越[23],北尽三河[24],铁骑成群,玉轴相接。海陵红粟,仓储之积靡穷[25];江浦黄旗,匡复之功何远[26]。班声动而北风起[27],剑气冲而南斗平[28]。喑呜则山岳崩颓,叱咤则风云变色。以此制敌,何敌不摧;以此攻城,何城不克[29]!

公等或家传汉爵[30],或地协周亲[31],或膺重寄于爪牙[32],或受顾命于宣室[33]。言犹在耳,忠岂忘心?一抔之土未干,六尺之孤安在[34]!倘能转祸为福[35],送往事居[36],共立勤王之勋[37],无废旧君之命,凡诸爵赏,同指山河[38]。若其眷恋穷城,徘徊歧路,坐昧先几之兆[39],必贻后至之诛[40]。请看今日之域中,竟是谁家之天下。移檄州郡,咸使知闻。

【注释】

[1]作于光宅元年(684)九月。李敬业,唐英国公李绩(本姓徐,因功赐姓李)孙。《旧唐书·李敬业传》:"高宗崩,则天太后临朝,既而废帝为庐陵王,立相王为皇帝,而政由天后,诸武皆当权任,人情愤怨。时给事中唐之奇贬授括苍令,长安主簿骆宾王贬授临海丞,詹事司直杜求仁黝县丞,敬业坐事在授柳州司马,其弟盩厔令敬猷亦坐累左迁,俱在扬州。敬业用前盩厔尉魏思温谋,据扬州。嗣圣元年七月,敬业遣其党监察御史薛璋先求使江都,又令雍州人韦超诣璋告变,云'扬州长史陈敬之与唐之奇谋逆',璋乃收敬之系狱。居数日,敬业矫制杀敬之,自称扬州司马,诈言'高州首领冯子猷叛逆,奉密诏募兵进讨'。是日开府库,令士曹参军李宗臣解系囚及丁役、工匠,得数百人,皆授之以甲。录事参军孙处行拒命,敬业斩之以徇。遂据扬州,鸠聚民众,以匡复庐陵为辞。乃开三府:一曰匡复府,二曰英公府,三曰扬州大都督府。敬业自称匡复府上将,领扬州大都督,以杜求仁、唐之奇、骆宾王为府属,余皆伪署职位。旬日之间,胜兵有十余万。仍移檄诸郡县,曰:(略)"《新唐书·骆宾王传》:"(宾王)为敬业传檄天下,斥武后罪。后读,但嘻笑,至'一抔之土未干,六尺之孤安在',矍然曰:'谁为之?'或以宾王对,后曰:'宰相安得失此人!'"檄,用以征召、晓喻、声讨的文书。
[2]"伪临朝"三句:《新唐书·后妃传·则天武皇后》:"(中宗)嗣圣元年(684),太后废帝为庐陵王,自临朝,以睿宗即帝位。……自是太后常御紫宸殿,施惨紫帐临朝。"地,地望。《新唐书·李义府传》:"贞观中……修《氏族志》。……时(指高宗时)许敬宗以不载武后本望,义府亦耻先世不见叙,更奏删正。"[3]"昔充"二句:言武则天曾为太宗才人。下陈,《文选·李斯〈上秦始皇书〉》:"所以饰后宫,充下陈。"李善注:"下陈,犹后列也。"以更衣入侍,《史记·外戚世家》:"卫皇后字子夫,……为平阳主讴者。……武帝被霸上还,因过平阳主。……既饮,讴者进,上望见,独说卫子夫。是日,武帝起更衣,子夫侍尚衣轩中,得幸。"[4]"泊乎"二句:《新唐书·后妃传》:"高宗则天顺圣皇后武氏,并州文水人。……太宗闻士彟女美,召为才人,方十四。……高宗为太子时入侍,悦之。"春宫,即东宫、太子宫。[5]"入门"二句:《楚辞·离骚》:"众女嫉余之蛾眉兮,谣诼谓余以善淫。"
[6]"掩袖"二句:《韩非子·内储说下》:"魏王遗荆王美人,荆王甚悦之。夫人郑袖……因为新人曰:'王甚悦爱子,然恶子之鼻。子见王常掩鼻,则王长幸子矣。'于是新人从之,每见王常掩鼻。王谓夫人曰:'新人见寡人常掩鼻,何也?'……对曰:'顷尝言恶闻王臭。'王怒曰:'劓之。'"[7]翚翟:翚为五彩山雉,翟为长尾山雉。《旧唐书·舆服志》:"皇后服有袆衣,……以深青织成为之,文为翚翟之形。……受册、助祭、朝会诸大事则服之。"[8]聚麀:《礼记·曲礼上》:"夫唯禽兽无礼,故父子聚麀。"郑玄注:"聚,犹共也。鹿牝曰麀。"[9]"近狎"二句:邪僻,指许敬宗、李义府等人。忠良,指长孙无忌、上官仪、褚遂良等人。事见两唐书各传。[10]杀姊屠兄:武则天为皇后,异母兄元庆、元爽被其贬死于边远州郡,侄惟良、怀运及姐韩国夫人女贺兰氏均为其所杀。事见《旧唐书·外戚传》。[11]弑君鸩母:史书无记载,疑出于传闻。[12]神器:《文选·左思〈魏都赋〉》:"刘宗委驭,巽其神器。"吕延济注:"神器,帝位。"[13]"君之爱子"二句:高宗死,中宗李显即位。武后废其为庐陵王,改立睿宗李旦为帝。《新唐书·后妃传》:"睿宗虽立,实囚之,而诸武擅命。"《资治通鉴·则天后光宅元年》:"政事决于太后,居睿宗于别殿,不得有所预。"[14]贼之宗盟:指"诸武"及朝臣中之亲信。[15]霍子孟:霍光字子孟,汉昭帝时以大司马大将军辅政。昭帝死,昌邑王刘贺即位,荒淫失

道,光废之,改立宣帝,安定国家。事见《汉书·霍光传》。[16]朱虚侯:汉高祖子齐悼惠王刘肥次子刘章封朱虚侯。高祖死,吕后专权,诸吕用事,欲为乱。刘章与丞相陈平、太尉周勃合谋,尽诛诸吕,迎立文帝。事见《汉书·高五王传》。[17]"燕琢"二句:《汉书·五行志》:"成帝时童谣曰:'燕燕尾涎涎,……燕飞来,啄皇孙,皇孙死,燕啄矢。'其后帝……过阳阿主作乐,见舞者赵飞燕而幸之,故曰'燕燕尾涎涎',美好貌也。……后遂立为皇后,弟昭仪贼害后宫皇子,卒皆伏辜,所谓'燕飞来,啄皇孙,皇孙死,燕啄矢。'者也。"自则天立为皇后,先后废太子忠、弘、贤,废太子皆被杀。皇族中被杀者更多。详见《新唐书·高宗纪》及《则天皇后纪》。[18]"龙漦"二句:相传夏末有二龙降临夏庭,自称褒之二君。夏帝问卜于神后,以木盒将龙漦(龙所吐沫)留存起来。至周厉王末期,开启木盒,龙漦流出,化为玄鼋,进入后宫。一未成年宫女感而有孕,生一女,即褒姒。幽王因宠爱褒姒,招致犬戎之祸,西周遂亡。事见《史记·周本纪》。《文选·李康〈运命论〉》:"幽王之惑褒女也,祅始于夏庭。"语意本此。[19]先君:指祖李绩、父李震。见《新唐书·李绩传》。[20]"宋微子"二句:微子名启,为殷纣王庶兄,封于宋,故称宋微子。殷亡,微子朝周,过殷都废墟,内心悲伤,作《麦秀歌》以寄意。见《尚书大传》。[21]"桓君山"二句:桓谭字君山,东汉光武帝时拜议郎给事中,因上疏言时政及反对图谶,贬六安郡丞。忽忽不乐,卒于路。事见《后汉书·桓谭传》。流涕事史无明文。作者《灵泉颂》亦云"暂雪桓潭之涕",未知所本。[22]推心:《后汉书·光武帝纪》上载光武帝刘秀破铜马军,降者不自安,"光武……乃自乘轻骑按行部陈,降者更相语曰:'萧王(即光武帝)推赤心置人腹中,安得不投死乎!'"[23]百越:亦作百粤,古南方越人之总称,分布于今浙、闽、粤、桂诸地。[24]三河:黄河中部平原地区。《史记·货殖列传》:"昔唐人都河东,殷人都河内,周人都河南。夫三河在天下之中,若鼎足,王者所更居也。"[25]"海陵"二句:《汉书·枚乘传》:"转粟西乡,陆行不绝,水行满河,不如海陵之仓。"颜师古注引臣瓚曰:"海陵,县名也,有吴太仓。"海陵,今江苏省泰县,唐属扬州。[26]"江浦"二句:《三国志·吴志·孙权传》裴松之注引《吴书》:"陈化……为郎中令,使魏。魏文帝因酒酣嘲问曰:'吴、魏峙立,谁将平一海内乎?'化对曰:'……旧说紫盖黄旗,运在东南。'"庾信《哀江南赋》:"连苑茂于海陵,跨横塘于江浦。"[27]班声:《左传·襄公十八年》:"有班马之声,齐师其遁。"[28]"剑气"句:见王勃《秋日登洪府滕王阁饯别序》注。[29]"喑呜"六句:《史记·淮阴侯列传》:"项王喑恶叱咤,千人皆废。"《宋书·沈攸之传》:"顾盼则前后风生,喑呜则左右电起,以此攻城,何城不克;以此赴敌,何阵能坚。"[30]家传汉爵:《史记·高祖功臣侯者年表》载汉初封爵之誓曰:"使河如带,泰山若厉。国以永宁,爰及苗裔。"《集解》引应劭曰:"封爵之誓,国家欲使功臣传祚无穷。带,衣带也;厉,砥石也。"[31]周亲:《书·泰誓》:"虽有周亲,不如仁人。"孔传:"周,至也。"[32]爪牙:《诗·小雅·祈父》:"祈父,予王之爪牙。"郑玄笺曰:"此勇力之士责司马之词也。"《汉书·李广传》:"将军者,国之爪牙也。"[33]"或受顾命"句:顾命,《书·顾命》:"成王将崩,命召公、毕公率诸侯相康王,作顾命。"孔传:"临终之命曰顾命。"宣室,见李商隐《贾生》注。[34]"一抔"二句:一抔之土,语出《史记·张释之冯唐列传》:"假令愚民取长陵一抔土,陛下何以加其法乎?"高宗于光宅元年八月葬乾陵,距骆宾王作此文仅月余,故云抔土未干。六尺之孤,《论语·泰伯》:"可以托六尺之孤。"何晏集解引孔安国曰:"六尺之孤,幼少之君。"[35]转祸为福:《史记·苏秦列传》苏秦曰:"臣闻古之善制事者,转祸为福,因败为功。"[36]送往事居:《左传·僖公九年》:

"公家之利,知无不为,忠也;送往事居,耦俱无猜,贞也。"杜预注:"往,死者;居,生者。"此处往指高宗,居指中宗。[37]勤王:《左传·僖公二十五年》:"求诸侯莫如勤王。诸侯信之,且大义也。"杜预注:"勤,纳王也。"[38]"凡诸爵赏"二句:见"家传汉爵"注。[39]先几之兆:《易·系辞下》:"几者动之微,吉之先见者也。"[40]后至之诛:《周礼·大司马》:"比军众,诛后至者。"

李商隐(传略见前隋唐诗部分)

上河东公启[1]

商隐启:两日前于张评事处伏睹手笔[2],兼评事传指意,于乐籍中赐一人[3],以备纫补[4]。某悼伤已来,光阴未几[5]。梧桐半死[6],才有述哀[7];灵光独存[8],且兼多病。眷言息胤,不暇提携。或小于叔夜之男[9],或幼于伯喈之女[10]。检庾信荀娘之启[11],常有酸辛;咏陶潜通子之诗[12],每嗟漂泊。

所赖因依德宇[13],驰骤府庭[14]。方思效命旌旄,不敢载怀乡土。锦茵象榻,石馆金台[15],入则陪奉光尘[16],出则揣摩铅钝[17]。兼之早岁,志在玄门[18],及到此都,更敦夙契。自安衰薄[19],微得端倪。至于南国妖姬[20],丛台妙妓[21],虽有涉于篇什,实不接于风流。

况张懿仙本自无双[22],曾来独立[23]。既从上将,又托英僚。汲县勒铭,方依崔瑗;汉庭曳履,犹忆郑崇[24]。宁复河里飞星[25],云间堕月[26],窥西家之宋玉[27],恨东舍之王昌[28]!诚出恩私,非所宜称。伏惟克从至愿,赐寝前言。使国人尽保展禽[29],酒肆不疑阮籍[30]。则恩优之理,何以加焉?干冒尊严,伏用惶灼。谨启。

【注释】

[1]河东公,柳仲郢。《旧唐书·柳仲郢传》:"仲郢字谕蒙,元和十三年(818)进士擢第,……大中年转梓州刺史、剑南东川节度使。"冯浩曰:"仲郢辟商隐为判官。……河东,柳氏郡望也。仲郢后至咸通初封河东男。"(见《樊南文集详注》,下同。)李商隐入梓州柳仲郢幕,约在大中五年(851)秋冬季。此文即作于梓幕。[2]张评事:名不详。李商隐有《为同州张评事潜谢辟并聘钱启二首》,未知张潜与此文张评事是否一人。[3]乐籍:妓女之隶教坊者。[4]纫补:《礼记·内则》:"衣裳绽裂,纫箴请补缀。"[5]"某悼伤以来"二句:冯浩曰:"义山于大中五年丧妻王氏。"[6]梧桐半死:枚乘《七发》:"龙门之桐,高百尺而无枝,……其根半死半生。"[7]述哀:冯浩曰:"《文选·江淹〈杂体诗〉》有潘黄门岳述哀,谓悼妇诗也。"[8]灵光独存:王延寿《鲁灵光殿赋序》:"自西京未央、建章之殿,皆见隳坏,而灵光岿然独存。"[9]叔夜之男:《晋书·嵇康传》:"嵇康字叔夜。"嵇康《与山巨源绝交书》:"男年八岁,未及成人。"[10]伯喈之女:《后汉书·蔡邕传》:"蔡邕字伯喈。"《艺文类聚·乐部》四引《蔡琰别传》:"琰字文姬,邕之女。年六岁,(邕)夜鼓琴弦断,琰曰:第二弦。邕故断一弦,琰曰:第四

弦。"[11]庾信荀娘之启：庾信有《谢赵王赉息荀娘丝布启》称"某息荀娘"。据《周书·庾信传》，信子名立。倪璠注曰："荀娘岂立小字耶？"[12]陶潜通子之诗：陶渊明《责子》："通子垂九龄，但觅梨与栗。"[13]因依德宇：《国语·晋语四》寺人勃鞮曰："今君之德宇何不宽裕也？"《晋书·陆玩传》："（玩）所辟（掾属）皆寒素有行之士，……由是搢绅之徒莫不荫其德宇。"[14]驰骤府庭：谢朓《拜中军记室辞隋王笺》："荣立府庭，恩加颜色。"[15]金台：即黄金台。[16]光尘：《三国志·吴志·陆逊传》陆逊与关羽书曰："延慕光尘，思禀良规。"[17]揣摩铅钝：《战国策·秦策一》："（苏秦）得太公阴符之谋，伏而诵之，简练以为揣摩。"班固《答宾戏》："搁朽摩钝，铅刀皆能一断。"[18]玄门：《老子》第一章："玄之又玄，众妙之门。"[19]衰薄：祢衡《鹦鹉赋》："嗟禄命之衰薄。"[20]南国妖姬：曹植《杂诗》："南国有佳人，容华若桃李。"[21]丛台妙妓：《文选·张衡〈东京赋〉》："楚筑章华于前，赵建丛台于后。"薛综注："《史记》曰：赵武灵王起丛台。"《水经注·浊漳水》："（牛首）水又东经丛台南，六国时赵王之台也。"《汉书·地理志》下："赵、中山……女子弹弦跕躧，游媚富贵，遍诸侯之后宫。"曹植《七启》："才人妙妓，遗世越俗。"[22]"张懿仙"句：张懿仙，所赐妓姓名。无双，《古诗为焦仲卿妻作》："精妙世无双。"[23]独立：《汉书·外戚传》李延年歌曰："北方有佳人，绝世而独立。"[24]"既从上将"六句：《后汉书·崔瑗传》："迁汲令，……为人开稻田数百顷。视事七年，百姓歌之。"《北堂书钞·政术部》十曰：瑗为汲令，"吏民立碑，颂德纪迹。"《汉书·郑崇传》："哀帝擢为尚书仆射，数求见谏争，上初纳用。每见曳革履，上笑曰：'我识郑尚书履声。'"冯浩曰："汲县顶英像，汉庭顶上将，皆以喻其所欢。"[25]河里飞星：《荆楚岁时记》："七月七日为牵牛织女聚会之夜。傅玄《拟天问》云：七月七日，牵牛织女会天河，此则其事也。"[26]云间堕月：谢灵运《东阳溪中赠答诗》："可怜谁家郎，绿流乘素舸。但问情若为，月就云中堕。"[27]窥西家之宋玉：《文选·宋玉〈登徒子好色赋〉》："臣东家之子，……嫣然一笑，惑阳城，迷下蔡。然此女登墙窥臣三年，至今未许也。"[28]恨东舍之王昌：李商隐《代应》诗："谁与王昌报消息？"冯浩注："梁武帝《河中之水歌》：人生富贵何所望？恨不早嫁东家王。……《襄阳耆旧传》：王昌字公伯，为东平相、散骑常侍，早卒。妇任城王曹子文女。钱希言桐薪意其人身为贵戚，出相东平，则姿仪俊美，为世所共赏可知。按：王昌唐人习用，崔颢云'十五嫁王昌'，上官仪云'东家复是忆王昌'，必有事实，今无可考耳。"（《玉谿生诗集笺注》卷三）[29]国人尽保展禽：展禽，春秋时鲁大夫，曾任士师（见《论语·微子》），因食邑柳下，谥惠，故称柳下惠。《诗·小雅·巷伯》毛传："鲁人有男子独处于室，邻之厘（嫠）妇又独处于室。夜暴风雨至而室坏，妇人趋而托之，男子闭户而不纳。妇人自牖与之言曰：……子何不若柳下惠然，姬（《礼记·乐记》郑玄注："体曰姬。"）不逮门之女，国人不称其乱。"[30]酒肆不疑阮籍：《世说新语·任诞》："阮公邻家妇有美色，当垆酤酒。阮与王安丰常从妇饮酒，阮醉，便眠其妇侧。夫始殊疑之，伺察，终无他意。"

第二节　唐散文

韩　愈（传略见前隋唐诗部分）

张中丞传后叙[1]

元和二年四月十三日夜,愈与吴郡张籍阅家中旧书[2],得李翰所为《张巡传》[3]。翰以文章自名,为此传颇详密。然尚恨有阙者:不为许远立传[4],又不载雷万春事首尾[5]。

远虽材若不及巡者,开门纳巡,位本在巡上,授之柄而处其下,无所疑忌,竟与巡俱守死,成功名[6]。城陷而虏,与巡死先后异耳[7]。两家子弟材智下,不能通知二父志[8],以为巡死而远就虏,疑畏死而辞服于贼。远诚畏死,何苦守尺寸之地,食其所爱之肉[9],以与贼抗而不降乎?当其围守时,外无蚍蜉蚁子之援,所欲忠者,国与主耳。而贼语以国亡主灭[10],远见救援不至,而贼来益众,必以其言为信。外无待而犹死守[11],人相食且尽,虽愚人亦能数日而知死处矣,远之不畏死亦明矣。乌有城坏其徒俱死,独蒙愧耻求活?虽至愚者不忍为,呜呼,而谓远之贤而为之邪[12]?

说者又谓远与巡分城而守,城之陷自远所分始,以此诟远。此又与儿童之见无异。人之将死,其藏腑必有先受其病者;引绳而绝之,其绝必有处。观者见其然,从而尤之[13],其亦不达于理矣。小人之好议论,不乐成人之美如是哉[14]!如巡、远之所成就,如此卓卓,犹不得免[15],其他则又何说!

当二公之初守也,宁能知人之卒不救,弃城而逆遁?苟此不能守,虽避之他处何益?及其无救而且穷也,将其创残饿羸之余,虽欲去,必不达[16]。二公之贤,其讲之精矣。守一城,捍天下[17],以千百就尽之卒,战百万日滋之师,蔽遮江淮,沮遏其势,天下之不亡,其谁之功也!当是时,弃城而图存者,不可一二数[18];擅强兵坐而观者,相环也。不追议此,而责二公以死守,亦见其自比于逆乱[19],设淫辞而助之攻也[20]。

愈尝从事于汴、徐二府[21],屡道于两府间,亲祭于其所谓双庙者[22]。其老人往往说巡、远时事云:"南霁云之乞救于贺兰也[23],贺兰嫉巡、远之声威功绩出己上,不肯出师救。爱霁云之勇且壮,不听其语,强留之,具食与乐,延霁云坐。霁云慷慨语曰:"云来时,睢阳之人不食月余日矣。云虽欲独食,义不忍;虽食,且不下咽!"因拔所佩刀断一指,血淋漓,以示贺兰。一座大惊,皆感激为云泣下。云知贺兰终无为云出师意,即驰去。将出城,抽矢射佛寺浮图[24],矢着其上砖半箭,曰:"吾归破贼,必灭贺兰,此矢所以志也。[25]"愈贞元中过泗州[26]，船上人犹指以相语。城陷，贼以刃胁降巡，巡不屈，即牵去，将斩之。又降霁云，云未应。巡呼云曰："南八，男儿死耳，不可为不义屈！"云笑曰："欲将以有为也，公有言，云敢不死！"即不屈。

张籍曰：有于嵩者，少依于巡，及巡起事，嵩常在围中。籍大历中于和州乌江县见嵩[27]，嵩时年六十余矣。以巡，初尝得临涣县尉[28]。好学，无所不读。籍时尚小，粗问巡、远事，不能细也。云：巡长七尺余，须髯若神。尝见嵩读《汉书》，谓嵩曰："何为久读此？"嵩曰："未熟也。"巡曰："吾于书，读不过三遍，终身不忘也。"因诵嵩所读书，尽卷不错一字。嵩惊，以为巡偶熟此卷，因乱抽他帙以试，无不尽然。嵩又取架上诸书，试以问巡，巡应口诵无疑。嵩从巡久，亦不见巡常读书也。为文章，操纸笔立书，未尝起草。初守睢阳时，士卒仅万人[29]，城中居人户，亦且数万，巡因一见问姓名，其后无不识者。巡怒，须髯辄张。及城陷，贼缚巡等数十人坐，且将戮，巡起旋[30]，其众见巡起，或起或泣。巡曰："汝勿怖，死，命也。"众泣不能仰视。巡就戮时，颜色不乱，阳阳如平常[31]。远宽厚长者，貌如其心。与巡同年生，月日后于巡，呼巡为兄。死时年四十九。嵩贞元初死于亳宋间。或传嵩有田在亳宋间[32]，武人夺有之，嵩将诣州讼理，为所杀。嵩无子，张籍云。

【注释】

[1]张中丞，即张巡。巡，邓州南阳（今河南省南阳市）人，开元末进士，由太子通事舍人出为清河令，调真源（唐属亳州，今河南省鹿邑县）令。安禄山反，谯郡（即亳州）太守杨万石降敌，巡遂率兵入雍丘（今河南省杞县），起而抗敌，以弱胜强，卓有战功。后至睢阳（今河南省商丘市），与太守许远等合兵守城。至德二载诏拜御史中丞。睢阳被围经年，粮尽援绝，遂陷，巡与部将三十六人同时殉难。事见两唐书《忠义传》。徐师曾《文体明辨》："按《尔雅》云：'序，绪也。'字亦作'叙'，言其善叙事理，次第有序，若丝之绪也。……其为体有二，一曰议论，二曰叙事。"本文即冶二者于一炉，方苞称本篇"神气流注，章法浑成"，"生气奋动处"与《史记》近；刘大櫆则以为"通篇议论，盘屈排奡，锋铓透露，皆韩公本色"（见马其昶《韩昌黎文集校注》，以下简称马注）。[2]吴郡张籍：《新唐书》本传称张籍为和州乌江人，此云吴郡，盖其郡望。[3]"得李翰"句：《旧唐书·文苑传》下："（李）华宗人翰，亦以进士知名。……为文精密，用思苦涩。……禄山之乱，从友人张巡客宋州。巡率州人守城，贼攻围经年，食尽矢穷方陷。当时薄巡者言其降贼，翰乃序巡守城事迹，撰张巡、姚訚等传两卷上之，肃宗方明巡之忠义，士友称之。"其文宋时犹存，《新唐书·艺文志》"史部杂传记类"著录李翰《张巡姚訚传》二卷，今佚。[4]许远：杭州盐官（今浙江省海宁县西南）人。安史之乱时拜睢阳太守。事见两唐书《忠义传》。[5]"又不载"句：《新唐书·忠义传》："雷万春者，不详所来，事巡为偏将。……万春将兵，方略不及霁云，而强毅用命。每战，巡任之与霁云钧。"李涂《文章精义》："雷万春俗本误耳，前半篇是说巡、远，后半篇是南霁云，即不及雷万春事。"马注引储欣曰："不载首尾者，如《唐书》云：'雷万春者不详所从来。'前人不载，后人自不详也。睢阳战阅，南雷略同，张公任雷与

南无二,又偕公同日死节,而首尾不载,所以恨其阙。《春秋》之法,传著传疑,阙者已矣。惟往来汴徐间,得南将军事而具书之,著以传著,史法固然。"[6]"远虽材若不及巡"七句:《新唐书·张巡传》:"(张)巡马裁三百,兵三千。至睢阳,与太守许远、城父令姚訚等合。……至德二载,禄山死,庆绪遣其下尹子琦将同罗、突厥、奚劲兵与(杨)朝宗合,凡十余万,攻睢阳。……远自以材不及巡,请禀军事而居其下,巡受不辞,远专治军粮战具。"[7]"城陷而虏"二句:《新唐书·张巡传》:城陷,"(巡)与远俱执。……(尹子琦)送远洛阳,至偃师,亦以不屈死。"[8]"两家子弟"二句:《新唐书·许远传》:"大历中,巡子去疾上书曰:'孽胡南侵,父巡与睢阳太守许远各守一面。城陷,贼所入自远分。尹子琦分郡部曲各一方,巡及将校三十余皆割心剖肌,惨毒备尽,而远与麾下无伤。……故远心向背,梁、宋人皆知之。……远与臣不共戴天,请追夺官爵,以刷冤耻。'诏下尚书省,使去疾与(远子)许岘及百官议。皆以去疾证状最明者,城陷而远独生也。且远本守睢阳,凡屠城以生致主将为功,则远后巡死不足惑。……当此时去疾尚幼,事未详知,且艰难以来,忠烈未有先二人者,事载简书,若日星不可妄轻重。议乃罢。然议者纷纭不齐。"[9]食其所爱之肉:《资治通鉴·唐肃宗至德二载》:"尹子奇久围睢阳,城中食尽,……罗雀掘鼠;鼠雀又尽,巡出爱妾,杀以食士,远亦杀其奴;然后括城中妇人食之,继以男子老弱。人知必死,莫有叛者。"[10]贼语以国亡主灭:史无明文,无考。[11]"外无待"句:《新唐书·张巡传》:"御史大夫贺兰进明代(李)巨节度(河南),屯临淮,许叔冀、尚衡次彭城,皆观望莫肯救。……贼知外援绝,围益急。"[12]"虽至愚者"三句:《孟子·万章上》:"自鬻以成其君,乡党自好者不为,而谓贤者为之乎?"[13]尤:《诗·墉风·载驰》:"许人尤之"毛传:"尤,过也。"[14]不乐成人之美:《论语·颜渊》:"子曰:君子成人之美,不成人之恶,小人反是。"[15]"如巡、远之所成就"三句:《新唐书·张巡传》:"时议者或谓巡始守睢阳,众六万,既粮尽,不持满,按队出再生之路,与夫食人,宁若全人?"[16]"及其无救"四句:《新唐书·张巡传》:"众议东奔,巡、远议,以睢阳江淮保障也,若弃之,贼乘胜鼓而南,江淮必亡,且帅饥众行,必不达。"[17]"守一城"二句:《左传·桓公十二年》杜注:"扞,卫也。"《成公十二年》杜注:"扞,蔽。"扞捍字同。李翰《进张中丞传表》:"巡进军睢阳,扼其咽领,前后拒守。自春徂冬,大战数十,小战数百,以少击众,以弱击强,出奇无穷,制胜如神,杀其凶丑凡九十余万。贼所以不敢越睢阳而取江淮,江淮所以保全者,巡之力也。"《资治通鉴·唐肃宗至德二载》司马光《考异》曰:"唐人皆以全江淮为巡、远功。按睢阳虽当江淮之路,城既被围,贼若欲取江淮,绕出其外,睢阳岂能障之哉!盖巡善用兵,贼畏巡为后患,不灭巡则不敢越过其南耳。"[18]"弃城而图存者"二句:谯郡太守杨万石、雍丘县令令狐潮先后降敌。山南东道节度使鲁炅弃南阳奔襄阳,灵昌太守许叔冀奔彭城。事见《新唐书·张巡传》、《资治通鉴·肃宗至德二载》。[19]比:《论语·为政》:"君子周而不比。"集解引孔安国曰:"阿党为比。"[20]淫辞:《孟子·公孙丑上》:"淫辞知其所陷。"[21]愈尝从事于汴、徐二府:宣武军节度使董晋镇汴州(今河南省开封市)、武宁军节度使张建封镇徐州(今江苏省徐州市)时,韩愈曾先后为推官。见《新唐书》本传。[22]双庙:《新唐书·张巡传》:巡、远殉难后,肃宗"下诏赠巡扬州大都督、远荆州大都督,……皆立庙睢阳,岁时致祭。……号'双庙'云。"[23]"南霁云"句:《新唐书·忠义传》:"南霁云者,魏州顿丘人,少微贱,为人操舟。禄山反,巨野尉张沼起兵讨贼,拔以为将。尚衡……以为先锋,遣至睢阳,与张巡计事。退谓人曰:'张公开心待人,真吾所事也。'……乃事巡,巡厚加礼。"贺兰，即贺兰进明。[24]浮图：《魏书·释老志》："凡宫塔制度，犹依天竺旧状而重构之，从一级至三五七九，世人相承，谓之浮图，或云佛图。"[25]志：《周礼·春官·保章氏》："掌天星以志星辰日月之变动。"郑玄注："志，古文识。识，记也。"[26]泗州：唐属河南道，治临淮（今江苏省盱眙县西北）。见《元和郡县图志》卷九。[27]和州乌江县：唐属淮南道。县治在今安徽省和县东北。[28]临涣：唐属河南道亳州（见《元和郡县图志》卷七），县治在今安徽省宿州市西北。[29]仅万人：《说文》段玉裁注："唐人文字，仅多训庶几之几。如杜诗：'山城仅百层。'韩文：'初守睢阳时，士卒仅万人。'"[30]起旋：《左传·定公三年》："夷姑射旋焉。"杜预注："旋，小便。"[31]阳阳：《诗·王风·君子阳阳》毛传："阳阳，无所用其心也。"[32]亳宋：亳州唐属河南道，州治在今安徽省亳县，宋州即睢阳。

蓝田县丞厅壁记[1]

丞之职所以贰令，于一邑无所不当问。其下主簿、尉，主簿、尉乃有分职[2]。丞位高而偪，例以嫌不可否事。文书行，吏抱成案诣丞，卷其前，钳以左手，右手摘纸尾，鴈鹜行以进，平立，睨丞曰："当署！"丞涉笔占位署，惟谨，目吏，问："可不可？"吏曰"得"，则退，不敢略省，漫不知何事。官虽尊，力势反出主簿、尉下。谚数慢[3]，必曰丞，至以相訾謷[4]。丞之设，岂端使然哉[5]！

博陵崔斯立，种学绩文[6]，以蓄其有，泓涵演迤，日大以肆。贞元初，挟其能，战艺于京师，再进再屈千人[7]。元和初，以前大理评事言得失黜官，再转而为丞兹邑。始至，喟曰："官无卑，顾材不足塞职。"既噤不得施用[8]，又喟曰："丞哉，丞哉！余不负丞，而丞负余。"则尽枿去牙角[9]，一蹑故迹，破崖岸而为之。

丞厅故有记，坏漏污不可读，斯立易桷与瓦[10]，墁治壁，悉书前任人名氏。庭有老槐四行，南墙巨竹千梃，儼立若相持，水瀜瀜循除鸣[11]。斯立痛扫溉，对树二松，日哦其间[12]。有问者，辄对曰："余方有公事，子姑去！"

考功郎中、知制诰韩愈记[13]。

【注释】

[1]封演《封氏闻见记》卷五："朝廷百司诸厅，皆有壁记，叙官秩创置及迁授始末。原其作意，盖欲著前政履历，而发将来健羡焉。故为记之体，贵其说事详雅，不为苟饰。……韦氏《两京记》云：'郎官盛写壁记，以纪当厅前后迁除出入，寖以成俗。'然则壁记之由，当是国朝（唐）以来，始自台省，遂流郡邑耳。"本文虽沿旧体，内容与写作手法却多有新创。故前人评其"纯用戏谑，而怜才共命之意，沉痛处自在言外。"（曾国藩《求阙斋读书录》卷八）蓝田县，唐属关内道京兆府，今为陕西省西安市辖县。崔斯立于元和十年（815）任蓝田县丞，韩愈时任考功郎中、知制诰，本文即作于此年。

[2]"丞之职"四句：唐制，京都旁各县为畿县（蓝田即为畿县），置令一人，正六品上；丞一人，正八品

上;主簿一人,正九品上;尉二人,正九品下。令为主官,丞为副职。县设录事、司功、司仓、司户、司兵、司法、司士七司,主簿领录事司,负诸司总责。尉分理诸司。详见《通典·职官典》十五。[3]慢:散慢官,冗员。韩愈诗《酬崔少府》:"但闻赤县尉,不比博士慢。"又《论变盐法事宜状》:"请停观察使见任,改散慢官。"与此文可互证。[4]訾謷:攻讦诋毁。[5]端:本。[6]种学绩文:《礼记·礼运》:"修礼以耕之,陈义以种之,讲学以耰之。"种学之义本此。《诗·豳风·七月》:"八月载绩,载玄载黄,我朱孔阳。"绩文之义本此。盖以耕织为比,言其勤学能文。[7]"贞元初"四句:崔斯立贞元四年进士及第,六年中博学宏词科。高步瀛曰:"屈千人者,如杜子美《醉歌行》所谓'笔阵横扫千人军'也,不必问试者数目。"(《唐宋文举要》甲编卷三)[8]嗫:《说文》:"嗫,口闭也。"[9]枿:同蘖。《诗·商颂·长发》:"苞有三蘖。"陆德明《经典释文》引韩诗曰:蘖,"绝也。"[10]楣:《尔雅·释宫》:"楣谓之梁。"郭璞注:"屋梠"。[11]瀺灂:水声。[12]哦:《玉篇》:"哦,……吟哦也。"[13]考功郎中、知制诰:《新唐书·百官志》二:"(中书舍人)以……一人知制诰,颛进画。……开元初,以它官掌诏敕策命,谓之'兼知制诰'。"韩愈即以考功郎中兼知制诰。

送董邵南序[1]

　　燕赵古称多感慨悲歌之士[2]。董生举进士[3],连不得志于有司[4],怀抱利器[5],郁郁适兹土,吾知其必有合也。董生勉乎哉!

　　夫以子之不遇时,苟慕义强仁者皆爱惜焉[6],矧燕赵之士出乎其性者哉!然吾尝闻风俗与化移易,吾恶知其今不异于古所云邪?聊以吾子之行卜之也。董生勉乎哉!

　　吾因子有所感矣,为我吊望诸君之墓[7],而观于其市,复有昔时屠狗者乎?为我谢曰:"明天子在上,可以出而仕矣!"

【注释】

　　[1]姚鼐《古文辞类纂·序目》:"赠序类者,老子曰:君子赠人以言。颜渊、子路之相违,则以言相赠处;梁王餐诸侯于范台,鲁君择言而进,所以致敬爱陈忠告之谊也。唐初赠人,始以序名,作者亦众。至于昌黎,乃得古人之意,其文冠绝前后作者。"董邵南,寿州安丰(今安徽省寿县西南)人,贫困而好学,举进士不得志,去游河北,韩愈作此序送之。清陈景云曰:"董生不得志于有司,事在贞元中,详见公诗。时仕路雍滞,两河诸侯竞引豪杰为谋主,由是藩镇益强,朝廷盱食。……董生北游,正幕府急才,王室多事之日。文中立言,尚欲招燕赵之士,则郁郁适兹土者,其亦可以息驾矣。送之所以留之,其辞绞而婉矣。"(《韩集点勘》卷三)[2]"燕赵"句:《史记·刺客列传》:"荆轲既至燕,爱燕之狗屠及善击筑者高渐离。荆轲嗜酒,日与狗屠及高渐离饮于燕市,酒酣以往,高渐离击筑,荆轲和而歌于市中,相乐也,已而相泣,旁若无人者。"《汉书·地理志》下:"赵、中山地薄人众,……丈夫相聚游戏,悲歌忼慨。"[3]举进士:被举荐参加进士科考试。《唐摭言》卷一:"始自武德辛巳岁[即武德四年(621)]四月一日,敕诸州学士及早有明经及秀才、俊士、进士、明于理体为乡里所称者,委

本县考试,州长重复,取其合格,每年十月,随物入贡。斯我唐贡士之始也。"[4]有司:主持考试的官员。唐进士试原由吏部主持,玄宗开元二十四年始归礼部(见《新唐书·选举志》)。[5]怀抱利器:《三国志·魏志·陈思王植传》:"植常自愤怨抱利器而无所施。"[6]慕义强仁:邹阳《狱中上书自明》:"夫王奢、樊于期……行合于志,而慕义无穷也。"《礼记·表记》:"子曰:仁有三,……仁者安仁,知者利仁,畏罪者强仁。"[7]望诸君之墓:乐毅墓。乐毅,战国时赵人。曾助燕昭王攻齐,下七十余城。昭王死,惠王立,被猜疑,归赵,赵封于观津,号望诸君。事见《史记·乐毅列传》。《元和郡县图志》卷十五:"磁州邯郸县:乐毅墓,在县西南十八里。"

柳宗元(传略见前隋唐诗部分)

愚溪诗序[1]

灌水之阳有溪焉[2],东流入于潇水[3]。或曰:冉氏尝居也,故姓是溪为冉溪。或曰:可以染也,名之以其能,故谓之染溪。余以愚触罪,谪潇水上,爱是溪,入二三里,得其尤绝者家焉。古有愚公谷[4],今予家是溪,而名莫定,土之居者犹龂龂然[5],不可以不更也,故更之为愚溪。

愚溪之上,买小丘为愚丘。自愚丘东北行六十步,得泉焉,又买居之为愚泉。愚泉凡六穴,皆出山下平地,盖上出也。合流屈曲而南,为愚沟。遂负土累石,塞其隘为愚池。愚池之东为愚堂,其南为愚亭,池之中为愚岛,嘉木异石错置,皆山水之奇者,以余故,咸以愚辱焉。

夫水,智者乐也[6]。今是溪独见辱于愚,何哉?盖其流甚下,不可以溉灌;又峻急,多坻石,大舟不可入也;幽邃浅狭,蛟龙不屑,不能兴云雨。无以利世,而适类于余,然则虽辱而愚之,可也。宁武子"邦无道则愚",智而为愚者也[7];颜子"终日不违如愚",睿而为愚者也[8],皆不得为真愚。今余遭有道,而违于理,悖于事,故凡为愚者莫我若也。夫然,则天下莫能争是溪,余得专而名焉。

溪虽莫利于世,而善鉴万类,清莹秀澈,锵鸣金石,能使愚者喜笑眷慕,乐而不能去也。余虽不合于俗,亦颇以文墨自慰,漱涤万物,牢笼百态,而无所避之。以愚辞歌愚溪,则茫然而不违,昏然而同归,超鸿蒙[9],混希夷[10],寂寥而莫我知也。于是作《八愚诗》,纪于溪石上。

【注释】

　　[1]《舆地纪胜》卷五六:"永州:愚溪在州西一里,水色蓝,谓之染水,或曰冉氏尝居于此,故名冉溪,又曰染溪,柳子厚更名曰愚溪。"本文乃为《八愚诗》所作之序(原诗已佚),何焯曰:"词意殊怨愤不逊,然不露一迹。"(《义门读书记》卷三十六)[2]灌水:孙汝听注引罗含《湘中记》:"有灌水有烝

水,皆注湘。"《元和郡县图志》卷二九:"江南道永州灌阳县:灌水,在县西南一百二里。"[3]潇水:《读史方舆纪要》卷八一"湖广永州府·零陵县":"潇水,源出宁远县九疑山,流至道州东北三江口,……又西北流至府城外,又北流至湘口,会于湘江。"[4]愚公谷:《说苑·政理篇》:"齐桓公出猎,逐鹿而走入山谷中,见一老翁,而问之曰:'是为何谷?'对曰:'为愚公之谷。'桓公问其故,对曰:'以臣名之。'"[5]断断:《史记·鲁周公世家》太史公曰:"余闻孔子称曰'甚矣鲁道之衰也!洙泗之间断断如也'。"《集解》引徐广曰:"盖幼者患苦长者,长者忿愧自守,故断断争辩,所以为道衰也。"[6]"夫水"二句:《论语·雍也》:"子曰:知者乐水,仁者乐山。"[7]"宁武子"二句:《论语·公冶长》:"子曰:宁武子,邦有道则知,邦无道则愚。其知可及也,其愚不可及也。"[8]颜子二句:《论语·为政》:"子曰:吾与回言终日,不违,如愚。退而省其私,亦足以发,回也不愚。"[9]鸿蒙:《庄子·在宥》:"云将东游,过扶摇之枝而适遭鸿蒙。"成玄英疏:"鸿蒙,元气也。"[10]希夷:《老子》十四章:"视之不见名曰夷,听之不闻名曰希。"

始得西山宴游记[1]

自余为僇人[2]。居是州,恒惴栗[3]。其隟也[4],则施施而行[5],漫漫而游。日与其徒上高山,入深林,穷回谿,幽泉怪石,无远不到。到则披草而坐,倾壶而醉。醉则更相枕以卧,卧而梦。意有所极,梦亦同趣[6]。觉而起,起而归。以为凡是州之山水有异态者,皆我有也,而未始知西山之怪特。

今年九月二十八日,因坐法华西亭[7],望西山,始指异之。遂命仆人过湘江[8],缘染溪[9],斫榛莽,焚茅茷,穷山之高而止,攀援而登,箕踞而遨[10],则凡数州之土壤,皆在衽席之下。其高下之势,岈然洼然,若垤若穴[11],尺寸千里,攒蹙累积,莫得遁隐。萦青缭白,外与天际,四望如一。然后知是山之特立,不与培塿为类[12],悠悠乎与颢气俱,而莫得其涯;洋洋乎与造物者游[13],而不知其所穷。引觞满酌,颓然就醉,不知日之入。苍然暮色,自远而至,至无所见,而犹不欲归。心凝形释,与万化冥合。然后知吾向之未始游,游于是乎始,故为之文以志。是岁,元和四年也。

【注释】

[1]《舆地纪胜》卷五六:"永州,西山在零陵县西五里,柳子厚爱其胜境,有《西山宴游记》。"《清一统志·湖南永州府》:"西山在零陵县西。……县志在县西隔河二里,自朝阳岩起,至黄茅岭北,长亘数里,皆西山也。"其地在今湖南省零陵县西湘江外二里。[2]僇人:僇同戮,谓遭贬谪。僇人即戮民,《庄子·大宗师》:"丘,天之戮民也。"[3]惴栗:《诗·秦风·黄鸟》:"惴惴其栗。"[4]隟:同隙。[5]施施:《诗·王风·丘中有麻》:"将其来施施。"郑笺:"施施,舒行。"[6]梦亦同趣:趣同趋,《汉书·王吉传》:"窃见当世趋务不合于道者"颜师古注:"趋读曰趣。趣,向也。"[7]法华西亭:柳宗元《永州法华寺新作西亭记》:"法华寺居永州,地最高。有僧曰觉照,照居寺西庑下。庑之外有大竹数

万,又其外山形下绝。然而薪蒸筱簜蒙杂拥蔽,吾意伐而除之,必将有见焉。……遂命仆人持刀斧,群而剪焉。丛莽下颓,万类皆出,旷焉茫焉,天为之益高,地为之加辟,……余时谪为州司马,官外乎常员,而心得无事。乃取官之禄秩,以为其亭。"[8]湘江:《元和郡县图志》卷二九:"永州零陵县:湘水经州西十余里。"[9]染溪:即愚溪,见《愚溪诗序》。[10]箕踞:《汉书·张耳传》:"高祖箕踞骂詈。"颜师古注:"箕踞者,谓申两脚其形如箕。"[11]"岈然"二句:《玉篇》:"岭岈,山深之状。"《说文》:"垤,蚁封也。"[12]培塿:本作部娄。《左传·襄公二十四年》:"部娄无松柏"杜预注:"部娄,小阜。"[13]"洋洋"句:《诗·陈风·衡门》:"泌之洋洋,可以乐饥。"《庄子·大宗师》:"彼方且与造物者为人(为偶意),而游乎天地之一气。"

皮日休(约834—约883)

皮日休,字袭美,襄阳人。出身寒微,咸通八年进士及第。与陆龟蒙结交酬唱。回京后任太常博士。乾符五年,黄巢义军攻克杭州、越州,皮日休参加义军。广明元年(880)义军入长安,黄巢称帝,以皮日休为翰林学士。日休之死有因作谶语为黄巢所杀、巢败后为唐军所诛、依吴越钱镠而终数说。

读司马法[1]

古之取天下也以民心,今之取天下也以民命。

唐、虞尚仁,天下之民从而帝之,不曰取天下以民心者乎? 汉、魏尚权,驱赤子于利刃之下,争寸土于百战之内。由士为诸侯,由诸侯为天子,非兵不能威,非战不能服,不曰取天下以民命者乎?

由是编之为术[2],术愈精而杀人愈多,法益切而害物益甚。呜呼! 其亦不仁矣!

蚩蚩之类[3],不敢惜死者,上惧乎刑,次贪乎赏。民之于君,由子也[4],何异乎父欲杀其子,先给以威,后唉以利哉!

孟子曰:"'我善为阵,我善为战',大罪也。[5]"使后之士于民有是者[6],虽不得土,吾以为犹土焉。

【注释】

[1]《史记·司马穰苴列传》:"齐威王使大夫追论古者司马兵法,而附穰苴于其中,因号曰《司马穰苴兵法》。"《汉书·艺文志》"礼"类著录《军礼司马法》百五十五篇。又"兵家"类曰:"兵家者,盖出古司马之职,王官之武备也。……下及汤武受命,以师克乱而济百姓,动之以仁义,行之以礼让,《司马法》是其遗事也。"据此则兵书均可称司马法。本篇所云《司马法》疑即泛指而非专称。[2]编之为术:指编为兵法一类著作。[3]蚩蚩:《诗·卫风·氓》:"氓之蚩蚩。"毛传:"氓,民也。蚩蚩者,敦厚之貌。"[4]由:通犹。[5]"我善为阵"三句:见《孟子·尽心下》。[6]士:通仕。

第三节　唐小说

蒋　防（？—约835）

蒋防，字子征，义兴（今江苏宜兴）人，元和中历任拾遗、补阙，长庆元年元稹、李绅荐为翰林学士。诗文有少量存于今，传世者为传奇《霍小玉传》。

霍小玉传

大历中，陇西李生名益，年二十，以进士擢第。其明年，拔萃，俟试于天官。夏六月，至长安，舍于新昌里。生门族清华，少有才思，丽词嘉句，时谓无双，先达丈人，翕然推伏。每自矜风调，思得佳偶，博求名妓，久而未谐。长安有媒鲍十一娘者，故薛驸马家青衣也，折券从良，十余年矣。性便僻，巧言语，豪家戚里，无不经过，追风挟策，推为渠帅。常受生诚托厚赂，意颇德之。

经数月，李方闲居舍之南亭，申未间，忽闻扣门甚急。云是鲍十一娘至。摄衣从之，迎问曰："鲍卿，今日何故忽然而来？"鲍笑曰："苏姑子作好梦也未？有一仙人，谪在下界，不邀财货，但慕风流。如此色目，共十郎相当矣。"生闻之惊跃，神飞体轻，引鲍手且拜且谢曰："一生作奴，死亦不惮。"因问其名居，鲍具说曰："故霍王小女字小玉，王甚爱之。母曰净持，净持即王之宠婢也。王之初薨，诸弟兄以其出自贱庶，不甚收录，因分与资财，遣居于外。易姓为郑氏，人亦不知其王女。资质秾艳，一生未见。高情逸态，事事过人，音乐诗书，无不通解。昨遣某求一好儿郎，格调相称者。某具说十郎，他亦知有李十郎名字，非常欢惬。住在胜业坊古寺曲，甫上车门宅是也。已与他作期约，明日午时，但至曲头觅桂子，即得矣。"

鲍既去，生便备行计。遂令家僮秋鸿，于从兄京兆参军尚公处，假青骊驹，黄金勒。其夕，生浣衣沐浴，修饰容仪、喜跃交并，通夕不寐。迟明，巾帻，引镜自照，惟惧不谐也。徘徊之间，至于亭午。遂命驾疾驱，直抵胜业。至约之所，果见青衣立候，迎问曰："莫是李十郎否？"即下马，令牵入屋底，急急锁门。见鲍果从内出来，遥笑曰："何等儿郎造次入此？"生调诮未毕，引入中门。庭间有四樱桃树，西北悬一鹦鹉笼，见生入来，即语曰："有人入来，急下帘者！"生本性雅淡，心犹疑惧，忽见鸟语，愕然不敢进。

逡巡，鲍引净持下阶相迎，延入对坐。年可四十余，绰约多姿，谈笑甚媚。因谓生曰："素闻十郎才调风流，今又见容仪雅秀，名下固无虚士。某有一女子，虽拙教训，颜色不至丑陋，得配君子，颇为相宜。频见鲍十一娘说意旨，今亦便令永奉箕帚。"生谢曰："鄙拙庸愚，不意顾盼，倘垂采录，生死为荣。"遂命酒馔，即令小玉自堂东阁子中而出，生即拜迎。但觉一室之中，若琼林玉树，互相照曜，转盼精彩射人。既而遂坐母侧。母谓曰："汝尝爱念'开帘风动竹，疑是故人来'，即此十郎诗也。尔终日吟想，何如一见？"玉乃低鬟微笑，细语曰："见面不如闻名，才子岂能无貌？"生遂连起拜曰："小娘子爱才，鄙夫重色，两好相映，才貌相兼。"母女相顾而笑，遂举酒数巡。生起，请玉唱歌，初不肯，母固强之。发声清亮，曲度精奇。酒阑，及暝，鲍引生就西院憩息。闲庭邃宇，帘幕甚华。鲍令侍儿桂子、浣沙与生脱靴解带。须臾，玉至，言叙温和，辞气宛媚。解罗衣之际，态有余妍，低帏昵枕，极其欢爱，生自以为巫山洛浦不过也。中宵之夜，玉忽流涕观生曰："妾本倡家，自知非匹，今以色爱，托其仁贤。但虑一旦色衰，恩移情替，使女萝无托，秋扇见捐。极欢之际，不觉悲至。"生闻之，不胜感叹，乃引臂替枕，徐谓玉曰："平生志愿，今日获从。粉骨碎身，誓不相舍。夫人何发此言？请以素缣，著之盟约。"玉因收泪，命侍儿樱桃，褰幄执烛，授生笔研。玉管弦之暇，雅好诗书，筐箱笔研，皆王家之旧物。遂取绣囊，出越姬乌丝栏素缣三尺以授生。生素多才思，援笔成章，引谕山河，指诚日月，句句恳切，闻之动人。染毕，命藏于宝箧之内。自尔婉娈相得，若翡翠之在云路也。如此二岁，日夜相从。

其后年春，生以书判拔萃登科，授郑县主簿。至四月，将之官，便拜庆于东洛。长安亲戚，多就筵饯。时春物尚余，夏景初丽，酒阑宾散，离恶萦怀。玉谓生曰："以君才地名声，人多景慕，愿结婚媾，固亦众矣。况堂有严亲，室无冢妇，君之此去，必就佳姻，盟约之言，徒虚语耳。然妾有短愿，欲辄指陈，永委君心，复能听否？"生惊怪曰："有何罪过，忽发此辞，试说所言，必当敬奉。"玉曰："妾年始十八，君才二十有二。迨君壮室之秋，犹有八岁。一生欢爱，愿毕此期，然后妙选高门，以谐秦晋，亦未为晚。妾便舍弃人事，剪发披缁，夙昔之愿，于此足矣。"生且愧且感，不觉涕流，因谓玉曰："皎日之誓，死生以之。与卿偕老，犹恐未惬素志，岂敢辄有二三？固请不疑，但端居相待。至八月，必当却到华州，寻使奉迎，相见非远。"

更数日，生遂诀别东去。到任旬日，求假往东都觐亲。未至家日，太夫人已与商量表妹卢氏，言约已定。太夫人素严毅，生逡巡不敢辞让，遂就礼谢，便有近期。卢亦甲族也，嫁女于他门，聘财必以百万为约，不满此数，义在不行。生家素贫，事须求贷，便托假故，远投亲知，涉历江淮，自秋及夏。生自以孤负盟约，大愆回期，寂不知闻，欲断其望。遥托亲故，不遗漏言。

玉自生逾期，数访音信。虚词诡说，日日不同。博求师巫，遍询卜筮。怀忧抱恨，周岁有余，羸卧空闺，遂成沉疾。虽生之书题竟绝，而玉之想望不移。赂遗亲知，使通消息，寻求既切，资用屡空。往往私令侍婢潜卖箧中服玩之物，多托于西市寄附铺侯景先家货卖。曾令侍婢浣沙将紫玉钗一只,诣景先家货之。路逢内作老玉工,见浣沙所执,前来认之曰:"此钗,吾所作也。昔岁霍王小女将欲上鬟,令我作此,酬我万钱,我尝不忘。汝是何人?从何而得?"浣沙曰:"我小娘子即霍王女也。家事破散,失身于人,夫婿昨向东都,更无消息。悒怏成疾,今欲二年。令我卖此,略遗于人,使求音信。"玉工凄然下泣曰:"贵人男女,失机落节,一至于此。我残年向尽,见此盛衰,不胜伤感。"遂引至延先公主宅,具言前事。公主亦为之悲叹良久,给钱十二万焉。

时生所定卢氏女在长安,生既毕于聘财,还归郑县。其年腊月,又请假入城就亲,潜卜静居,不令人知。有明经崔允明者,生之中表弟也,性甚长厚。昔岁常与生同欢于郑氏之室,杯盘笑语,曾不相间,每得生信,必诚告于玉。玉常以薪刍衣服资给于崔,崔颇感之。生既至,崔具以诚告玉。玉恨叹曰:"天下岂有是事乎?"遍请亲朋,多方召致,生自以愆期负约,又知玉疾候沉绵,惭耻忍割,终不肯往。晨出暮归,欲以回避。玉日夜涕泣,都忘寝食,期一相见,竟无因由。冤愤益深,委顿床枕。

自是长安中稍有知者,风流之士,共感玉之多情;豪侠之伦,皆怒生之薄行。时已三月,人多春游,生与同辈五六人诣崇敬寺玩牡丹花,步于西廊,递吟诗句。有京兆韦夏卿者,生之密友,时亦同行,谓生曰:"风光甚丽,草木荣华。伤哉郑卿,衔冤空室!足下终能弃置,实是忍人。丈夫之心,不宜如此。足下宜为思之!"

叹让之际,忽有一豪士,衣轻黄纻衫,挟朱弹,丰神隽美,衣服轻华,唯有一剪头胡雏从后,潜行而听之。俄而前揖生曰:"公非李十郎者乎?某族本山东,姻连外戚,虽乏文藻,心尝乐贤。仰公声华,常思觏止。今日幸会,得睹清扬。某之敝居,去此不远,亦有声乐,足以娱情。妖姬八九人,骏马十数匹,唯公所欲。但愿一过。"生之侪辈,共聆斯语,更相叹美。因与豪士策马同行,疾转数坊,遂至胜业。生以近郑之所止,意不欲过。便托事故,欲回马首。豪士曰:"敝居咫尺,忍相弃乎?"乃挽挟其马,牵引而行,迁延之间,已及郑曲。生神情恍惚,鞭马欲回。豪士遽命奴仆数人,抱持而进,疾走推入车门,便令锁却。报云:"李十郎至也!"一家惊喜,声闻于外。

先此一夕,玉梦黄衫丈夫抱生来,至席,使玉脱鞋。惊寤而告母,因自解曰:"鞋者谐也,夫妇再合。脱者解也,既合而解,亦当永诀。由此征之,必遂相见,相见之后,当死矣。"凌晨,请母妆梳。母以其久病,心意惑乱,不甚信之。黾勉之间,强为妆梳。妆梳才毕,而生果至。玉沉绵日久,转侧须人。忽闻生来,欻然自起,更衣而出,恍若有神。遂与生相见,含怒凝视,不复有言。羸质娇姿,如不胜致,时复掩袂,返顾李生。感物伤人,坐皆欷歔。顷之,有酒肴数十盘,自外而来,一座惊视。遽问其故,悉是豪士之所致也。因遂陈设,相就而坐。玉乃侧身转面,斜视生良久,遂举杯酒酬地曰:"我为女子,薄命如斯;君是丈夫,负心若此。韶颜稚齿,饮恨而终。慈母在堂,不能供养。

绮罗弦管,从此永休。征痛黄泉,皆君所致。李君李君,今当永诀!我死之后,必为厉鬼,使君妻妾,终日不安!"乃引左手握生臂,掷杯于地,长恸号哭数声而绝。母乃举尸置于生怀,令唤之,遂不复苏矣。生为之缟素,旦夕哭泣甚哀。将葬之夕,生忽见玉缥帷之中,容貌妍丽,宛若平生。着石榴裙,紫襦裆,红绿帔子,斜身倚帷,手引绣带,顾谓生曰:"愧君相送,尚有余情。幽冥之中,能不感叹?"言毕,遂不复见。明日,葬于长安御宿原,生至墓所,尽哀而返。

后月余,就礼于卢氏。伤情感物,郁郁不乐。夏五月,与卢氏偕行,归于郑县。至县旬日,生方与卢氏寝,忽帐外叱叱作声,生惊视之,则见一男子,年可二十余,姿状温美,藏身映幔,连招卢氏。生惶遽走起,绕幔数匝,倏然不见。生自此心怀疑恶,猜忌万端,夫妻之间,无聊生矣。或有亲情,曲相劝喻,生意稍解。

后旬日,生复自外归,卢氏方鼓琴于床,忽见自门抛一斑犀钿花合子,方圆一寸余,中有轻绢,作同心结,坠于卢氏怀中。生开而视之,见相思子二,叩头虫一,发杀觜一,驴驹媚少许。生当时愤怒叫吼,声如豺虎,引琴撞击其妻,诘令实告。卢氏亦终不自明。尔后往往暴加捶楚,备诸毒虐,竟讼于公庭而遣之。卢氏既出,生或侍婢媵妾之属,暂同枕席,便加妒忌,或有因而杀之者。生尝游广陵,得名姬曰营十一娘者,容态润媚,生甚悦之。每相对坐,尝谓营曰:"我尝于某处得某姬,犯某事,我以某法杀之。"日日陈说,欲令惧己,以肃清闺门。出则以浴斛覆营于床,周回封署,归必详视,然后乃开。又畜一短剑,甚利,顾谓侍婢曰:"此信州葛溪铁,唯断作罪过头。"大凡生所见妇人,辄加猜忌,至于三娶,率皆如初焉。

第三章 唐五代词

词是唐五代兴起的合乐而歌的新体诗。当时通常称为"曲"、"曲子"、"曲子词"。后来才称"词",别称"倚声"、"乐府"、"近体乐府"、"诗余"、"长短句"等。

古人多认为词源于汉魏六朝乐府与唐代近体诗。事实上二者有重要区别。后者大多先成诗,再以乐曲配合;前者则先有曲调,再按其曲拍调谱来填制歌词。词的长短有固定格律,与乐府中句式长短自由的杂言体截然不同。词与乐府诗的区别还在于词所配合的是新兴的音乐。隋唐时期,中国音乐发生了重大变化,少数民族音乐与外国音乐大量传入中原地区,形成集南北、胡汉、雅俗、宗教世俗等各种音乐之大成的新乐,它们不仅流行于民间,而且进入上层社会和宫廷。曲式繁复变化多端,自然需要有短长错落、抑扬婉转的歌词与之配合。唐代城市经济的发展,中外交流的频繁,酒筵歌席的需要,也是曲子词兴起的重要社会原因。唐肃宗时崔令钦撰《教坊记》著录玄宗时名曲、大曲三百二十四种,其中近八十种见于今存唐宋词调中。这类词调,多数不是从乐府或近体诗衍变来的。

唐代曲子词最早流行于民间。敦煌曲子词的发现,为词体起源于民间提供了直接的证据。在写作时代较早的敦煌民间词中,已经具有多样而且比较完备的形式,其技巧虽不成熟,但年代远在文人写作之前。中晚唐时文人填词之风日益盛行。中唐文人填词者甚多,张志和、刘禹锡、白居易为其中成绩显著者。但他们的主要成就还在诗,写词不过以余力为之。其词无论意境风格还是体段、句式,都与江南民歌和律绝相近。进入晚唐,填词的风气更为普遍,所用词调有所增益,词的艺术日渐成熟。标志着文人词成熟的作家是温庭筠。他才思敏捷,精通音律,生涯疏狂,出入酒楼妓馆,逐弦吹之音,为侧艳之词。他是第一个大力作词的文人,也是唐代留存词作最多的词人。他将晚唐诗色泽秾艳、情思婉约、感受细腻的特色移植到词中,创出了语言、意象、结构、意境迥别于诗的婉约词风,为五代西蜀花间词派所推崇,因而被称为"花间鼻祖"(王士禛《花草蒙拾》)。

五代十国时期，社会动乱，文化衰落。但由于君主和上层文人的喜好，适应女乐声伎的词作空前发展，成就远超过同时的诗文，为宋代词体文学的进一步繁荣奠定了基础。五代词坛的中心是西蜀与南唐。两地军事力量弱小，经济文化却发达。在北方兵燹连年之时，保持着相对稳定。而其统治者又多好文艺，因而成为词人荟萃的两大基地。

西蜀词人的词大多收集于后蜀赵崇祚所编的《花间集》中。《花间集》共收录晚唐至当时词人词十八家，除温庭筠、皇甫松、和凝、孙光宪外，余如韦庄、薛昭蕴、牛峤、张泌、毛文锡、牛希济、欧阳炯、顾夐、魏承班、鹿虔扆、阎选、尹鄂、毛熙震、李珣等，或为蜀人，或曾在蜀做官游处。这些作者的入选，显然是以气类相引，遂构成以柔靡婉丽为主要风格的花间派。韦庄是与温庭筠并称的花间词人代表。他的词内容除了与温词相似的艳情离愁外，还有故国之思、伤时之悲。风格清丽疏淡，善用白描手法。其余花间词人，大都蹈袭温、韦余风，但其中也有能别开生面者，如鹿虔扆的《临江仙》(金锁重门荒苑静)抒写兴亡之感；李珣、欧阳炯和孙光宪描写南国自然风光，间或涉及民情风俗，语言清丽活泼；孙光宪咏唱边塞生活的词作也颇具特色。

南唐词的成就比花间词更高。其代表作者为冯延巳、南唐中主李璟和后主李煜。冯延巳词，宋人辑得一百二十首，其中可靠者约一百首，为唐五代词人存词最多者。其词虽不外乎以深婉蕴藉风格写闲情离思与伤春悲秋之情，但主题已接触到文人士大夫内心世界的不少方面，对宋代晏殊、张先、欧阳修等人有很大影响。李璟词可确定者仅存四首，却哀婉庄重，在创造词境方面达到很高水平。李煜是全力以词抒写个人生活与情感体验的词人。初期词作多写宫廷享乐生活，但在艺术上已显示出清新浅淡特色。国破被囚后，他怆怀家国，一往情深，直抒胸臆，大幅度突破了在惨绿愁红的物象渲染中流露感情的传统写法，以落尽繁华的语言、不加烘托的白描抒沉痛真切的情感，开拓了抒情词前所未有的艺术境界，因而王国维说"词至李后主而眼界始大，感慨遂深，遂变伶工之词而为士大夫之词"(《人间词话》)。

参考书目：

龙榆生.唐宋名家词选[M].上海：上海古籍出版社，1980.

张璋，黄畬.全唐五代词[M].上海：上海古籍出版社，1986.

第一节 中晚唐词

李 白（传略见前隋唐诗部分）

菩萨蛮[1]

平林漠漠烟如织,寒山一带伤心碧。暝色入高楼,有人楼上愁。 玉梯空伫立,宿鸟归飞急。何处是归程? 长亭连短亭[2]。

【注释】

[1]《菩萨蛮》,原唐教坊曲名,后用为词调。唐苏鹗《杜阳杂编》下:"大中初,女蛮国贡双龙犀、……明霞锦。……其国人危髻金冠,璎珞被体,故谓之菩萨蛮队。当时倡优遂制《菩萨蛮》曲,文士亦往往声效其词。"宋释文莹《湘山野录》卷上:"此词不知何人写在鼎州沧水驿楼,复不知何人所撰。魏道辅(泰)见而爱之。后至长沙,得古集于子宣(曾布)内翰家,乃知李白所作。"此词是否李白所作尚难断定,南宋黄昇将其编入《唐宋诸贤绝妙词选》,但后人多有疑李白时尚未有词,此为"晚唐人词,嫁名太白"者。(见胡应麟《少室山房笔丛·续笔丛》)[2]"何处"二句:庾信《哀江南赋》:"十里五里,长亭短亭。"许昂霄《词综偶评》:"玩末二句乃远客思归口气,或注作'闺情',恐误。"

温庭筠（约812—866）

温庭筠,本名岐,字飞卿。太原祁县(今山西省祁县)人。数举进士不第。大中十三年(859)谪授随县尉,同年依襄阳刺史徐商为巡官。次年离襄阳,客江陵。咸通四年(863)过广陵为虞侯所辱,至长安雪冤,再贬方城尉。仕终国子助教。

菩萨蛮（选二首）[1]

小山重叠金明灭[2],鬓云欲度香腮。懒起画蛾眉[3],弄妆梳洗迟。 照花前后镜,花面交相映。新帖绣罗襦[4],双双金鹧鸪。

水精帘里颇黎枕[5],暖香惹梦鸳鸯锦。江上柳如烟,雁飞残月天。 藕丝秋色浅,人胜参差剪[6]。双鬓隔香红,玉钗头上风[7]。

【注释】

[1]沈雄《古今词话·词辨》卷上:"温庭筠善属词。唐宣宗好歌《菩萨蛮》,令狐(绹)相公假温

手修撰以进。有'小山重叠金明灭'句,为《重叠金》。"《花间集》录温庭筠《菩萨蛮》十四首,《全唐诗》录十五首(其中一首始见于《尊前集》)。此处所选为一、二两首。[2]"小山"句:许昂霄《词综偶评》:"小山,盖指屏山而言。"温庭筠《郭处士击瓯歌》:"晴碧烟滋重迭山,罗屏半掩桃花月。"《归国遥》:"晓屏山断续。"皆其证。[3]蛾眉:出《诗·卫风·硕人》:"螓首蛾眉。"[4]帖:镶嵌。[5]"水精"句:水精即水晶。李白《玉阶怨》:"却下水精帘,玲珑望秋月。"颇黎,《本草纲目·金石二》:"玻璃本作颇黎。颇黎,国名也。其莹如水,其坚如玉,故名水玉,与水精同名。"集解引陈藏器曰:"玻璃,西国之宝也,玉石之类,生土中。"[6]人胜:宗懔《荆楚岁时记》:"正月七日为人日。以七种菜为羹,剪彩为人或缕金箔为人,以贴屏风,亦戴之头鬓。又造花胜以相遗,登高赋诗。"[7]风:颤动。温庭筠《咏春幡》:"玉钗风不定,香步独徘徊。"韩偓《安贫》:"手风慵展一行书,眼暗休寻九局图。"皆其证。

第二节　花间词

韦　庄(约836—910)

韦庄,字端己,京兆杜陵(今陕西省西安市)人。为韦应物四世孙。五十九岁进士及第前,家境贫寒,屡试不第。逢黄巢起义,陷身兵火,大病,弟妹相失。后逃离长安,客洛阳,流寓江南。六十六岁入蜀。王建称帝后,官至宰相,终身仕蜀。

菩萨蛮(选二首)[1]

红楼别夜堪惆怅[2],香灯半卷流苏帐[3]。残月出门时,美人和泪辞。　　琵琶金翠羽[4],弦上黄莺语[5]。劝我早还家,绿窗人似花[6]。

人人尽说江南好,游人只合江南老。春水碧于天,画船听雨眠。　　垆边人似月[7],皓腕凝霜雪。未老莫还乡,还乡须断肠。

【注释】

[1]韦庄《菩萨蛮》共五首,此处所选为一、二两首。清张惠言以为作于蜀中(见《词选》卷一)。今寻绎词意,应为黄巢起义时流寓江南所作。[2]红楼:诗词中常以之指富家女子闺房,如白居易《秦中吟·议婚》:"红楼富家女,金缕绣罗襦。"[3]"香灯"句:庾信《灯赋》:"香添然蜜,气杂烧兰。烬长宵久,光青夜寒。"又曰:"翡翠珠被,流苏羽帐。"[4]"琵琶"句:金翠羽指美人之钗簪。王粲《神女赋》:"戴金羽之首饰,珥照夜之珠珰。"孟浩然《庭橘》:"骨刺红罗被,香黏翠羽簪。"皆其例。此句谓美人以金簪拨弄琵琶。[5]黄莺语:琵琶声。语本白居易《琵琶行》:"间关莺语花底滑。"[6]绿窗:代指美人闺房。李绅《莺莺歌》:"绿窗娇女字莺莺,金雀娅鬟年十七。"白居易《妻初授邑号告

身》："日高犹睡绿窗中。"[7]"垆边"句：化用文君当垆及阮籍从当垆邻妇饮酒事。

牛希济（约913年前后在世）

牛希济，仕蜀官至御史中丞。同光三年降于后唐，明宗拜为雍州节度副使。

生查子[1]

春山烟欲收，天澹稀星小。残月脸边明，别泪临清晓。　　语已多，情未了，回首犹重道。记得绿罗裙，处处怜芳草。

【注释】

[1]《生查子》，唐教坊曲名，双调，四十字，上下片各两仄韵。多抒怨抑之情。

欧阳炯（896—971）

欧阳炯，益州华阳（今四川省成都市）人。历仕前后蜀，累官至门下同平章事，入宋授左散骑常侍。善长笛，太祖曾召至偏殿吹奏。精音律，通绘画，尤工小词，其《花间集序》为有词以来首篇词论。

南乡子[1]

路入南中，桄榔叶暗蓼花红。两岸人家微雨后，收红豆，树底纤纤抬素手。

【注释】

[1]《南乡子》，唐教坊曲名，二十七字，两平韵，三仄韵。南唐改作平韵体。

第三节　南唐词

冯延巳（约903—960）

冯延巳，字正中，先世彭城人，唐末迁家寿春（今安徽省寿县）。南唐中主时，官至翰林学士承旨、中书侍郎、左仆射同平章事。工诗，尤喜为词。王国维云："冯正中词虽不失五代风格，而堂庑特大，开北宋一代风气。"（《人间词话》卷上）

鹊踏枝[1]

谁道闲情抛掷久,每到春来,惆怅还依旧。日日花前常病酒,敢辞镜里朱颜瘦[2]。
河畔青芜堤上柳[3],为问新愁,何事年年有?独立小桥风满袖,平林新月人归后。

【注释】

[1]《鹊踏枝》,唐玄宗时教坊曲名,后用为词调,即《蝶恋花》。冯擅此调,今传十四首(中有与欧阳修词相混者)。此处选第二首,陈廷焯称"可谓沉着痛快之极,然却是从沉郁顿挫来"(《白雨斋词话》卷六)。[2]敢:张相《诗词曲语词汇释》:"敢,犹肯也。"(卷一)"肯,犹岂也。"(卷二)[3]"河畔"句:乐府古辞《饮马长城窟行》:"青青河畔草,绵绵思远道。"又李商隐《隋宫》诗朱鹤龄注引《隋书》:"炀帝自板渚引河作御道,植以杨柳,名曰隋堤。"

李 璟(916—961)

李璟,初名景通,字伯玉。南唐中主,在位十九年。今存词四首。

浣溪沙[1]

菡萏香销翠叶残,西风愁起绿波间[2]。还与韶光共憔悴,不堪看[3]。　　细雨梦回鸡塞远[4],小楼吹彻玉笙寒。多少泪珠无限恨,倚阑干。

【注释】

[1]《浣溪沙》,原为唐教坊曲名,后用作词调。李璟所作为其别体,又称《摊破浣溪沙》。万树《词律》卷三:"此调本以《浣溪沙》原调结句,破七字为十字,故名《摊破浣溪沙》。后又另名《山花子》耳。"[2]"菡萏"二句:王国维谓"大有众芳芜秽、美人迟暮之感"(《人间词话》)。菡萏,荷花之别称。[3]"还与"二句:陈廷焯称其"沉之至,郁之至,凄然欲绝"(《白雨斋词话》卷一)。王锳《诗词曲语辞例释》:"还,已,已经,时间副词。……李璟《山花子》词:'菡萏香销……'上犹云'已憔悴',故下云'不堪看'。"[4]鸡塞:即鸡鹿塞。《汉书·匈奴传》下:"汉遣长乐卫尉高昌侯董忠、车骑都尉韩昌将骑万六千,又发边郡士马以千数,送单于出朔方鸡鹿塞。"颜师古注:"在朔方窳浑县西北。"其故址在今内蒙古自治区磴口县西北。

李 煜(937—978)

李煜,字重光。继其父璟为南唐主,世称李后主。在位十五年。国亡,为宋俘,封违命侯。卒年四十二。王国维曰:"词至李后主而眼界始大,感慨遂深,遂变伶工之词而为士大夫之词。"(《人间词话》)

乌夜啼[1]

无言独上西楼,月如钩。寂寞梧桐深院,锁清秋。　　剪不断,理还乱,是离愁。别是一般滋味,在心头。

【注释】

[1]乐府《清商曲辞·吴声歌曲》旧题。《旧唐书·音乐志》二:"《乌夜啼》,宋临川王义庆所作也。元嘉十七年,徙彭城王义康于豫章。义庆时为江州,至镇,相见而哭,为帝所怪,征还宅,大惧。妓妾夜闻乌啼声,扣斋阁云:'明日应有赦。'其年更为南兖州刺史,作此歌。"唐玄宗时教坊有此曲(见《教坊记》),后用为词调。一名《相见欢》。黄昇谓"此词最凄惋,所谓亡国之音哀以思"(《唐宋诸贤绝妙词选》卷一)。近人俞陛云曰:"后阕仅十八字,而肠回心倒,一片凄异之音,伤心人固别有怀抱。"(《南唐二主词辑述》)

清平乐[1]

别来春半,触目柔肠断。砌下落梅如雪乱,拂了一身还满。　　雁来音信无凭[2],路遥归梦难成,离恨恰如春草,更行更远还生[3]。

【注释】

[1]《清平乐》,唐教坊曲名。用于词调,首见于温庭筠词,至五代已为文人所习用。[2]"雁来"句:《汉书·苏武传》:"常惠教(汉)使者谓单于,言天子射上林中,得雁,足有系帛书,言武等在某泽中。"诗词中因常用雁足传书事。此处反用其意。[3]"离恨"二句:《楚辞·招隐士》:"王孙游兮不归,春草生兮萋萋。"乐府古辞《饮马长城窟行》:"青青河畔草,绵绵思远道。"语本此。

浪淘沙[1]

帘外雨潺潺,春意阑珊。罗衾不耐五更寒。梦里不知身是客,一饷贪欢。独自莫凭阑,无限江山。别时容易见时难[2]。流水落花春去也,天上人间。

【注释】

[1]《浪淘沙》,原为唐教坊曲名,后用作词调。唐人所作本为七言绝句体。刘禹锡、白居易作《浪淘沙》皆以调为题,如"濯锦江边两岸花,春风吹浪正淘沙"(刘禹锡)、"暮去朝来淘不住,遂令东海变桑田"(白居易)。至李煜另创新声为长短句,分上下片。《苕溪渔隐丛话·前集》卷五九引《西清诗话》:"南唐李后主归朝后,每怀江国,且念嫔妾散落,郁郁不自聊,尝作长短句云:'帘外雨潺潺,

……'含思凄惋,未几下世矣。"俞陛云称此词"尤极凄黯之音,如峡猿之三声肠断也"(《南唐二主词辑述》)。[2]"别时"句:曹丕《燕歌行》:"别日何易会日难,山川悠远路漫漫。"《颜氏家训·风操》:"别易会难,古人所重。江南饯送,下泣言离。"

主编 周裕锴 谢谦 刘黎明

中国古代文学【第2版】（下）

教育部教学改革重点项目

——"文化原典导读与本科人才培养"成果

重庆大学出版社

内容提要

　　本书立足于培养读者对博大精深、源远流长的中国古代文学的亲切感，引导其体悟中国古代文学的深厚底蕴，启迪性灵，润饰文心。全书以约四分之一的篇幅论述历代文学的文化背景、时代思潮，各体文学的基本样态及消长演变等，同时更多地着力于经典作品的解读，使读者既对中国古代文学有宏观的总体印象，又对具体作品有文本细节的真切感受。全书结构独特，选目精当，行文雅洁，重视启发，既可供高校文科各专业中国古代文学课课堂教学使用，又为爱好文学的读者提供一个中国古代文学精读本。

图书在版编目(CIP)数据

　　中国古代文学：全 2 册/周裕锴，谢谦，刘黎明主编.--2 版.--重庆：重庆大学出版社，2018.3（2019.8 重印）
　　高等院校汉语言文学专业系列教材
　　ISBN 978-7-5624-5436-6

　　Ⅰ.①中…　Ⅱ.①周…②谢…③刘…　Ⅲ.①中国文学—古典文学—高等学校—教材　Ⅳ.①I206.2

　　中国版本图书馆 CIP 数据核字（2018）第 048128 号

高等院校汉语言文学专业系列教材
中国古代文学（下）
（第2版）

主　编　周裕锴　谢　谦　刘黎明
策划编辑：邱　慧　林佳木
责任编辑：邱　慧　　版式设计：邱　慧
责任校对：邹　忌　　责任印制：张　策

*

重庆大学出版社出版发行
出版人：饶帮华
社址：重庆市沙坪坝区大学城西路 21 号
邮编：401331
电话：（023）88617190　88617185（中小学）
传真：（023）88617186　88617166
网址：http://www.cqup.com.cn
邮箱：fxk@cqup.com.cn（营销中心）
全国新华书店经销
重庆巍承印务有限公司印刷

*

开本：787mm×1092mm　1/16　印张：35.25　字数：880 千
2018 年 3 月第 2 版　　2019 年 8 月第 6 次印刷
印数：10 501—13 500
ISBN 978-7-5624-5436-6　定价：88.00 元（全 2 册）

目录
（下）

宋代文学

总　论

宋代三百多年中,正统的文人创作仍占文学的主流地位。太祖到真宗的六十余年间,封建经济和文化处于恢复重建阶段。太宗在完成全国统一大业之后,逐渐把心思放到"文治"上来。太宗、真宗朝组织文士编纂《太平御览》、《太平广记》、《文苑英华》、《册府元龟》等四大类书,就是文化建设的初步成果。

宋初文人多为割据政权的词臣或经历乱世的士人,文化格局相对狭窄,文化素养相对低下,所以唐末五代卑弱的文风、诗风继续流行。而到真宗朝,西昆体的骈文和律诗,虽仍内容空虚,但其"雄文博学"已显示出较深厚的文化底蕴。

仁宗和英宗时代出现的儒学复古运动,把文化与文学的复兴推向深入。士大夫的使命感和忧患意识空前高涨,表现出对意识形态和现实政治的强烈关注。学术界先后出现孙复、石介等人的政治伦理批判和周敦颐、张载等人的天道哲理探讨。史学界《新唐书》、《新五代史》的编撰贯穿着儒家史官褒贬善恶的道德批判色彩。而文学界由欧阳修为代表的诗文创作,则不仅批判改造西昆体的华靡作风,而且保持着对石介们险怪奇涩的太学体的警惕,坚持文与道并重的观点。这一时期的诗文,在极大地开拓题材领域和表现丰富的社会生活的同时,多少带有某种政治功利倾向和道德说教倾向。

宋王朝的文化高潮出现于熙宁到元祐时期,"百年无事"的承平给文化积累带来一个难得的机会。这是一个各领域都出现巨人的时代,哲学界的"二程",史学界的司马光、科技界的沈括、政治思想界的王安石、文学艺术界的苏轼,群星灿烂,光照古今。这个时代最鲜明的特点是文化整合,哲学、宗教、史学、文学、艺术相互交融。表现在文学创作上,就是文与道、诗与禅、诗与史、诗与书画的双向渗透,相互启发,以及文学内部文、赋、诗、词各文体的相互越界，破体出位。广博的学识和自由的创造精神，是这一代士大夫所普遍具有的素质。文学家的主体意识得到高度张扬，创作个性得到鲜明体现。古文则有曾巩的雅正醇厚，王安石的峭拔简健，苏轼的雄放畅达，苏辙的汪洋淡泊；诗歌则有王安石的精工，苏轼的新颖，黄庭坚的奇峭，陈师道的简朴。殊声而合响，异翮而同飞。

北宋的新旧党争给文学发展带来负面影响，尤其是"乌台诗案"这一中国历史上著名的文字狱，在士大夫的心中投下阴影，干预现实、批评时政的文学作品明显减少。而徽宗时的"崇宁党禁"，在禁锢元祐学术的同时，也扼杀了文学创作。在朝的大晟词人虽在词的音律上有所创制，但在词的境界上反有所萎缩。在野的江西诗派虽继承了元祐诗体，但更多地以模拟代替创造。

北宋王朝长期的对外妥协，最终导致金人入侵，中原沦陷，二帝北迁，宋室南渡。士大夫身上因徽宗朝承平的假像而暂时失落的忧患意识，在民族生死存亡的关头重新迸发，化为忠愤激越的爱国情怀。古文从文以载道的空洞说教中走出来，成为讨伐进犯者和抨击投降派的檄文；诗、词从艺术的象牙塔中走出来，成为呼唤民族精神、鼓舞爱国斗志的战歌。陈与义、李清照前后期创作风格的变化，是最有代表性的例子。

元祐传统作为北宋盛世文化的象征得到南宋士大夫的普遍尊崇。绍兴以后的文化"中兴"，都可以从元祐学术中找到源头。李焘、李心传的史学名著祖述司马光的《资治通鉴》，朱熹的道学体系承继着二程的道统。而在文学领域，欧阳修奠定的平易晓畅的古文风格仍支配着南宋文坛，苏轼以诗为词的倾向在辛派词人那里发展为以文为词，黄庭坚"以俗为雅、以故为新"的诗歌句法仍有大量的追随者。南宋中期文学创作的主流，仍多是有一定地位的官员或有广泛影响的学者，其强烈的参政意识和深厚的文化修养，推动着正统文人文学的继续发展。叶适、陈亮的政论文，朱熹、吕祖谦的记叙文，陆游的爱国诗，杨万里的诚斋体，范成大的田园诗，辛弃疾的英雄词，均各有创获，表现出南宋文学特有的平易通俗的语言风格和贴近生活的创作倾向。

南宋宁宗以后，文化与文学出现全面衰落的颓势。文化整合逐渐被文化分裂所代替，"道"与"艺"分道扬镳。士大夫一部分人成为空谈性命的腐儒，另一部分人成为干谒权门的清客。一方面是"理学兴而诗律坏"，道学家势力恶性膨胀，不仅文坛出现"全尚性理"的太学文体，而且诗坛也流行头巾气十足的"濂洛风雅"。另一方面则是江湖文士或沉缅于唐律的苦吟，如四灵和江湖诗派；或醉心于词律的创制，如姜夔一派词人。文学更精致化，然而格局也日渐狭小，成为达官贵人附庸风雅的摆设，或是平民作家求名邀宠的商品。

蒙古骑兵的铁蹄惊破临安西湖的黄粱之梦。士大夫的政治使命感和爱国精神，再次被激发出来。文天祥以其正气浩然的诗篇和壮烈殉国的行动，给宋人的道统文学观涂上一抹神圣的色彩。在南宋遗民的诗、文、词中，忧患意识转化为坚贞不屈的民族气节和矢志不忘的故国哀思。

宋代儒学复兴的意识形态与城市繁荣的经济基础，构成宋代文学雅俗并存、道艺冲突的复杂景观。文以载道，诗以言志，词以娱宾遣兴，是宋人根深蒂固的文体等级观念。因此，无论是群体创作还是个体创作，宋代文、诗、词都显示出不同的风格特征。

宋词在数量上远不能和宋诗相比，内容也不如宋诗广阔，但在艺术上却显示出更多的特色和创造性。诗在宋代，有"言志"的使命，是一种表达个体思想情志、相对严肃的抒情诗；而词在宋代，则往往是一种女性角色吟唱的流行歌曲。正统文人视"词为艳科"的观念，实际上成了宋词逃避伦理审查的保护伞。在诗中要显得正经严肃，而在词中则可以放肆随便，侧艳的情怀，哀婉的思绪，不妨自由真率地表现。同时，词这一新兴文体也为宋人施展自己的才情留下了广阔的天地。坚守词的音乐性的词人，如周邦彦、姜夔等，在词的形制、语言、意境、音律等方面刻意求精，使词的形式技巧发展到顶峰。而不顾诗词分疆的词人，如苏轼、辛弃疾等，则把诗的"言志"传统移植到词中，将流行歌曲改造为带有鲜明自我个性的新体抒情诗。

相对而言，宋诗更能反映宋代文人的思想性格，同时也更能体现宋代的文化积累和创造精神。宋人在诗中或卖弄广博的知识学问，或安排机智的句法字眼，或注入深刻的义理哲思，或营造含蓄的韵味心境，在"唐音"之外又创"宋调"，为文学创作如何处理好继承与创新的关系提供了一个极佳的范例。

宋代古文受儒家道统的束缚最大，宋初柳开、石介提倡古文，主要在其政治和伦理方面的功能。以欧阳修为代表的"唐宋八大家"中的六位北宋古文家，在"明道"的同时尽量维持散文的艺术特征，辞意并重，骈散相间，平易浅切而不失文采。这种风格使古文具有更广泛的适应性，在表情达意、说理叙事方面远较骈文更有优势。其影响不仅导致宋赋和四六文语言风格的变化，而且带来题跋之类的小品文、诗话之类的笔记文的诞生和兴盛。但是，宋代古文广泛的适应性以及温雅平和的风格，使得散文的情感力度和语言张力多少有所减退。

据文献记载，宋代通俗文学极为繁荣，说话、说唱、杂剧、院本、诸宫调、南戏等多种白话小说和戏剧形式已经成型。然而，由于宋代文人对这些形式比较轻视，因此一则缺乏具有高度文化修养的作家从事这方面创作，二则缺乏足够的文献将这些小说戏剧的文本记录下来。

参考书目：

程千帆,吴新雷.两宋文学史[M].上海:上海古籍出版社,1991.

王水照.宋代文学通论[M].开封:河南大学出版社,1997.

第一章 宋 诗

"宋人生唐后,开辟真难为"(蒋士铨《辨诗》)。宋诗是在唐诗高峰的影响下发展变化的。整个宋诗史,几乎可视为宗唐与变唐消长的历史。

宋初六十年,诗坛的风气主要是摹仿唐人,大抵可分为学白居易诗的"白体"、学贾岛诗的"晚唐体"以及学李商隐诗的"西昆体"三派。"白体"是宋初皇帝有意提倡应酬赠答之诗的产物。白居易流连杯酒光景、以小碎篇章相互唱和的"元和体",正合君臣的胃口,为时流所仿效。白氏闲适诗对太宗朝太平无事的达官也有吸引力,"朝谒之暇,颇得自适,而篇章和答,仅无虚日"(《二李唱和集序》)。王禹偁在仿效"元和体"的同时,部分继承了白居易讽谕诗的精神。

"晚唐体"主要流行于真宗朝,成员多为在野的隐士和僧人。他们隐居山林,不求闻达,诗学贾岛,"惟搜眼前景而深刻思之",爱写山水、风云、竹石、花草、雪霜、星月、禽鸟之类景物,题材较为狭窄。与晚唐五代乱世文人的作品相比,魏野、林逋等人的诗多了点盛世的气象,即由清苦寒瘦而变为冲淡闲逸,苦吟中加进了闲吟,孤峭中有几分幽雅。

白体和晚唐体都崇尚白描,少用典故,这与宋初社会文化素质不高有关。真宗朝,杨亿、刘筠诸人在馆阁编纂类书,闲时相互唱酬,编为《西昆酬唱集》,以"用事精巧"取代白体的"得之容易";以"丰富藻丽"取代晚唐体的"枯瘠语"。其华丽典雅的诗风反映出北宋文化全面繁荣的气象。"自《西昆集》出,时人争效之,诗体一变"(《六一诗话》)。但其诗堆砌典故而语僻难晓,修饰辞章而近于浮艳,咏物诗尤似类书的诗化,模仿李商隐的痕迹太重,创新不够。

典雅的西昆体受到不少朝廷大臣的青睐。直到仁宗庆历年间,石介从道德角度对之猛烈抨击,欧阳修、梅尧臣、苏舜钦在写作上创立新诗风,其影响才逐渐消失。欧、梅、苏诗是复古旗帜下的创新,使诗由尚辞而变为尚意,由模仿而变为独创,以古淡平易取代雕饰浓艳,以风雅美刺取代吟风弄月。他们受韩愈影响,将古文议论的作风移植到诗中,形成以文为诗的风貌;同时继承了韩诗"资谈笑,助谐谑,叙人情,状物态"的特色并加以发扬,扩大诗歌的题材范围。但他们学韩并非亦步亦趋,而是随才情的自由表现而形成不同的创作个性,如苏诗超迈横绝,梅诗深远闲淡,欧诗则多平易舒畅。

欧阳修等人好议论的诗风,在庆历以后流行开来。由王安石的《明妃曲》引发的诸多士大夫的同题唱和诗,显示出宋人"以议论为诗"的强大阵容。这与古文作风对诗的渗入有关。王安石前期诗歌"以意气自许",政治见解、历史反思、艺术评价发于诗中,辩驳翻案,纵横捭阖。退居钟山之后,他开始向唐诗的传统回归,由一个政治家变为纯粹的诗人。他晚期作品在感悟中仍带有强烈的理性色彩,对偶、用典和炼字极为精巧严格,体现出对唐诗的有意竞技和自觉超越。

苏轼是北宋中叶后文化全面高涨造就的天才诗人。他的诗将前辈诗人作品中已出现的宋调特征推向成熟。其"以议论为诗",长于譬喻,说理透彻,雄辩无碍,以丰富的生活内容、清新畅达的语言表现和深厚的文艺修养,避免了浅率无味或生硬晦涩。其"以文字为诗",下字精审,造语新奇,对仗巧妙,以"随物赋形"的流畅准确避免了板滞雕琢。其"以才学为诗",用事广博,左抽右取,无不如意,以妙趣横生的联想、浑然天成的组接一定程度避免了典故堆砌。诗的表现力在苏轼诗中得到空前的扩展。

哲宗元祐前后,苏轼及其门人黄庭坚、陈师道等人相互唱和,形成所谓"元祐体"诗歌。黄、陈在"以文字为诗"和"以才学为诗"方面更变本加厉。因受苏轼"乌台诗案"的影响,黄、陈诗由指陈时弊、干预现实转向吟咏情性、涵养道德,转向对诗歌形式的追求。他们将韩愈"务去陈言"的精神转化为"以俗为雅,以故为新"的原则,在语词使用上"点铁成金",在诗意原型上"夺胎换骨",熔铸用事、曲喻、拟人、隐语、俗谚等多种修辞手段和语言材料于一炉,下拗字,押险韵,造硬语。他们在艺术上竖起学杜的大旗,黄诗七律的瘦劲、陈诗五律的沈挚,都有杜诗"句法"的神韵。

北宋晚期诗坛在黄庭坚的影响下形成"江西宗派"。这一比附禅宗宗派而得名的诗派在南北宋之交势力很大,除吕本中《江西宗派图》中所列二十五人之外,还有一大帮诗人与黄庭坚诗风有染。该派诗人大多标举气格,鄙弃流俗,以日常生活、文化用品、师友亲情等为题材,句法上保持着"破弃声律"的态势以及"资书以为诗"的倾向。韩驹、吕本中、曾几等人受禅宗思维的影响,作诗倡"悟入"、"活法",诗风转向流动自然,轻快活泼。

靖康之变,宋室南渡,士大夫经历了国破家亡的巨变,诗风变得沈郁悲凉。江西派诗人重新认识到杜诗的意义,杜诗的"句法"凝结为深沉的忧国情怀,渗入其作品中。陈与义"避地湖峤,行路万里,诗益奇壮"(《后村诗话·前集》),是这个时代的突出代表。

隆兴和议之后，宋金对峙，社会相对稳定，诗坛出现尤袤、杨万里、范成大、陆游等"中兴四大诗人"。陆游诗不仅数量为历代诗人之冠，而且质量为南宋诗人之冠。他在艺术上与江西诗派有渊源关系，但其创作观念和实践已突破该派藩篱。其诗涉及内容极为广泛，最突出的两方面，一是抗金报国、收复中原的梦想和呼号，悲壮激烈；一是日常生活、眼前景物的玩赏和咀嚼，闲适细腻。杨万里的"诚斋体"艺术上颇有创造性，不是在书本文字上翻新出奇，而是与千姿百态的自然景物直接对话，生动活泼，幽默诙谐，所谓"不笑不足以为诚斋之诗"（《宋诗钞·诚斋诗钞小序》）。范成大的诗平易朴素，善写农村题材，《四时田园杂兴》反映了广阔的农村生活场景，为偏于隐逸的传统田园诗注入新的内容。

南宋理学家的势力也渗透入诗歌创作。朱熹对"选体"的推崇和对"唐律"的贬低，造成"理学兴而诗律坏"的状况。但他本人文学修养深厚，也能写出说理而不腐的优秀作品，哲理寓于形象，有理趣而无理语。宁宗朝永嘉"四灵"的创作则不仅抛开理学家的说教，而且极力恢复被江西诗派破弃已久的"唐律"。其诗以贾岛、姚合为仿效对象，"敛情约性，因狭出奇"，尚五言，重白描，模写物态，研炼声律，又重新回到宋初晚唐体的道路。"四灵"的"捐书以为诗"矫正了江西诗派"资书以为诗"的恶习，但因缺乏深厚艺术修养的支持，其诗难免有寒俭刻削之态。

南宋后期诗坛出现了一大批官职卑小或科举落第的诗人，他们的诗被书商陈起收入《江湖前、后、续集》中，因而号称江湖诗派。其中不少人靠献诗卖艺来维持生活，或干谒达官以求赏识，或高谈阔论以博时名，其诗仍多习唐律，不乏无聊庸俗之作。当然，其中也有一些忧国忧民的诗篇，尤其是戴复古和刘克庄，题材的广泛性和艺术风格的多样性都超越同时代诗人。宋元易代之际，诗坛响起壮怀激烈的战歌和沉痛哀婉的悲歌。民族之忧，身世之悲，唤醒了被西湖暖风熏醉的诗人。以诗为史、以诗明志的杜甫再次受到士大夫的高度推崇。文天祥以其舍生取义、杀身成仁的举动名垂青史，其诗则真实表现出深挚的爱国情怀和崇高的人格力量。在他的精神感召下，一批南宋遗民坚持民族气节，或以诗表明不屈的斗志，或以诗寄托亡国的哀思，成为宋诗最动人的绝唱。

参考书目：

北京大学古籍所.全宋诗［M］.北京：北京大学出版社，1995.

元方回，李庆甲.瀛奎律髓汇评［M］.上海：上海古籍出版社，1986.

陈衍.宋诗精华录［M］.北京：商务印书馆，1937.

钱钟书.宋诗选注［M］.北京：人民文学出版社，1979.

厉鹗.宋诗纪事[M].上海:上海古籍出版社,1983.

梁昆.宋诗派别论[M].北京:商务印书馆,1938.

许总.宋诗史[M].重庆:重庆出版社,1992.

周裕锴.宋代诗学通论[M].上海:上海古籍出版社,2007.

吕肖奂.宋诗体派论[M].成都:四川民族出版社,2003.

第一节　北宋初期诗派

李　昉(925—996)

李昉,字明远,深州饶阳(今河北饶阳)人。宋太祖开宝五年(972)拜翰林学士。太宗太平兴国中拜相。《宋史》有传。吴处厚《青箱杂记》卷一称其诗"务浅切,效白乐天体"。

禁林春直[1]

疏帘摇曳日辉辉,直阁深严半掩扉。一院有花春昼永,八方无事诏书稀。树头百啭莺莺语,梁上新巢燕燕飞。岂合此身居此地?妨贤尸禄自知非[2]。

【注释】

[1]此诗为李昉任翰林学士时所作。禁林,学士院之别称。直,当值,值班。方回《瀛奎律髓》卷五《升平类》:"李昉此诗,合是宋朝善言太平第一人。"[2]尸禄:尸位素餐,受禄而不尽职。

王禹偁(954—1001)

王禹偁,字元之,济州巨野(今山东巨野县)人。太平兴国八年进士。为翰林学士。以议孝章皇后事谪知滁州。真宗即位,复知制诰,贬知黄州,尝作《三黜赋》以见志。《宋史》有传。其为文古雅简淡,议论精到。许顗《彦周诗话》称其诗则"大抵语迫切而意雍容","大类乐天也"。

村　行[1]

马穿山径菊初黄,信马悠悠野兴长。万壑有声含晚籁[2],数峰无语立斜阳。棠梨叶落胭脂色[3],荞麦花开白雪香。何事吟余忽惆怅,村桥原树似吾乡。

【注释】

[1]此诗为王禹偁贬谪商州团练副使时所作。商州，今陕西商洛市。[2]晚籁：傍晚风吹空穴之声。[3]棠梨：即杜梨，一名甘棠，俗称野梨。

魏　野（960—1019）

魏野，字仲先。陕州陕（今河南三门峡市）人。世为农，嗜吟咏，不求闻达。为诗精苦，有唐人风格，多警策句。有《草堂集》十卷。《宋史·隐逸传》有传。

题崇胜院河亭[1]

陕郡衙中寺，亭临翠霭间。几声离岸橹，数点别州山。野客犹思住，江鸥亦忘还。隔墙歌舞地，喧静不相关。

【注释】

[1]司马光《温公续诗话》："魏野处士少时未知名。尝题河上寺柱云：'数声离岸橹，几点别州山。'时有幕僚，本江南文士也，见之大惊，邀与相见，赠诗曰：'怪得名称野，元来性不群。借冠来谒我，倒屣起迎君。'仍为延誉，由是人始重之。"

林　逋（967—1028）

林逋，字君复，杭州钱塘人。性恬淡好古，不趋名利。结庐杭州西湖孤山，二十年足不及城市。平生不娶，无子，所居多植梅畜鹤，号梅妻鹤子。喜为诗，澄淡峭特，多奇句。《宋史》入《隐逸传》。

山园小梅[1]

众芳摇落独暄妍[2]，占尽风情向小园[3]。疏影横斜水清浅，暗香浮动月黄昏[4]。霜禽欲下先偷眼，粉蝶如知合断魂[5]。幸有微吟可相狎，不须檀板共金尊[6]。

【注释】

[1]原诗共二首，此选其一。司马光《温公续诗话》："人称其《梅花》诗云'疏影横斜水清浅，暗香浮动月黄昏'，曲尽梅之体态。"周紫芝《竹坡诗话》称"疏影"、"暗香"二句，"脍炙天下殆二百年"。[2]暄妍：鲜媚。《瀛奎律髓汇评》卷二〇引冯舒曰："'暄妍'二字不稳。"冯班曰："首句非梅。"意谓"暄妍"不宜描写梅花。[3]"占尽句"：纪昀曰："次句'占尽风情'四字亦不似梅。"[4]"疏影"二句：费衮《梁溪漫志》卷七："陈辅之云：'林和靖疏影横斜水清浅，暗香浮动月黄昏，殆似野蔷薇。'是未为知诗者。予尝踏月水边，见梅影在地，疏瘦清绝。熟味此诗，真能与梅传神也。野蔷薇丛生，初无

疏影,花阴散漫,乌得横斜也哉!"[5]"霜禽"二句:以白鹤、粉蝶衬托梅花之洁白。霜禽,白鸟,此指白鹤。[6]檀板:檀木拍板,歌时用以击拍。

杨 亿(974—1020)

杨亿,字大年,建州浦城(今福建浦城县)人。判史馆,修《册府元龟》。两为翰林学士,官终工部侍郎。亿性耿介,尚名节,天性颖悟,才思敏捷,文格雄健,尤长典制。喜奖掖后进。有《武夷新集》传世。尝与钱惟演、刘筠等相唱和,编为《西昆酬唱集》。集中之诗多学李商隐,文辞华丽,好用典故,号西昆体。

汉 武[1]

蓬莱银阙浪漫漫,弱水回风欲到难[2]。光照竹宫劳夜拜[3],露溥金掌费朝餐[4]。力通青海求龙种[5],死讳文成食马肝[6]。待诏先生齿编贝,那教索米向长安[7]?

【注释】

　　[1]此诗为咏史诗。《瀛奎律髓》卷三《怀古类》评:"此诗有说讥武帝求仙,徒费心力,用兵不胜其骄,而于人才不加意也。"[2]"蓬莱"二句:谓蓬莱仙山渺茫难至。《史记·封禅书》:"自威、宣、燕昭使人入海求蓬莱、方丈、瀛洲。此三神山者,其傅在渤海中,去人不远;患且至,则船风引而去。盖尝有至者,诸仙人及不死之药皆在焉。其物禽兽尽白,而黄金银为宫阙。未至,望之如云;及到,三神山反居水下。临之,风辄引去,终莫能至云。"又云:"入海求蓬莱者,言蓬莱不远,而不能至者,殆不见其气。上(汉武帝)乃遣望气佐候其气云。"弱水:传说围绕仙岛之水。《十洲记》:"凤麟洲在西海之中央,洲四面有弱水绕之,鹅毛不浮,不可越也。"[3]"光照"句:讽刺汉武帝信奉鬼神。《汉书·礼乐志》:"至武帝定郊祀之礼,以正月上辛用事甘泉圜丘。夜常有神光如流星止集于祠坛,天子自竹宫而望拜。"[4]"露溥"句:讽刺汉武帝饮露以求仙。《史记·封禅书》:"其后又作柏梁、铜柱、承露仙人掌之属矣。"《汉武故事》:"帝作金茎擎玉杯,以承云表之露,拟和玉屑饮之以求仙。"[5]"力通"句:讽刺汉武帝穷兵黩武征伐西域求骏马之事。《史记·乐书》谓武帝"又尝得神马渥洼水中,复次以为《太一之歌》。后伐大宛得千里马,马名蒲梢,次作以为歌"。《北史·吐谷浑传》:"青海周回千余里,内有小山。每冬冰合后,以良牝马置此,来春收之,所生得驹,号为龙种。"此借青海龙种之典言汉武得骏马之事。[6]"死讳"句:讽刺汉武帝为方士所骗而执迷不悟。《史记·封禅书》:"齐人少翁以鬼神方见上,于是乃拜少翁为文成将军。居岁余,其方益衰,神不至。乃为帛书以饭牛,详不知,言曰此牛腹中有奇。杀视得书,书言甚怪。天子识其手书,问其人,果是伪书,于是诛文成将军,隐之。天子既诛文成,后悔其蚤死,惜其方不尽,及见栾大,大说。大言曰:'臣常往来海中,见安期、羡门之属。臣之师曰:黄金可成,而河决可塞,不死之药可得,仙人可致也。然臣恐效文成,则方士皆奄口,恶敢言方哉!'上曰:'文成食马肝死耳。子诚能修其方,我何爱乎!'"《索隐》:"案:《论衡》云:'气热而毒盛,故食走马肝杀人。'《儒林传》云'食肉无食马肝'是也。"[7]"待诏先生"二句:

讽刺汉武帝未重用如东方朔之类真正人才。《汉书·东方朔传》："东方朔字曼倩，平原厌次人也。武帝初即位，征天下举方正贤良文学材力之士，待以不次之位。朔初来，上书曰：'臣朔年二十二，长九尺三寸，目若悬珠，齿若编贝，勇若孟贲，捷若庆忌，廉若鲍叔，信若尾生。若此，可以为天子大臣矣。'朔文辞不逊，高自称誉，上伟之，令待诏公交车，奉禄薄，未得省见。久之，朔绐驺朱儒曰：'上以若曹无益于县官，无益于国用，徒索衣食，今欲尽杀若曹。'朱儒大恐，啼泣。居有顷，闻上过，朱儒皆号泣顿首。上问何为，对曰：'东方朔言上欲尽诛臣等。'上知朔多端，召问朔：'何恐朱儒为?'对曰：'臣朔生亦言，死亦言。朱儒长三尺余，奉一囊粟，钱二百四十。臣朔长九尺余，亦奉一囊粟，钱二百四十。朱儒饱欲死，臣朔饥欲死。臣言可用，幸异其礼；不可用，罢之，无令但索长安米。'上大笑，因使待诏金马门，稍得亲近。"沈括《梦溪笔谈》卷一《故事》记载："旧翰林学士，地势清切，皆不兼他务。文馆职任，自校理以上，皆有职钱，唯内外制不给。杨大年久为学士，家贫，请外，表辞千余言，其间两联曰：'虚忝甘泉之从臣，终作莫敖之饿鬼。''从者之病莫兴，方朔之饥欲死。'"据此，则这两句乃以东方朔自比，有暗讽宋真宗意。

刘 筠(970—1030)

刘筠，字子仪，大名（今河北大名县）人。为秘阁校理，预修《图经》及《册府元龟》，推为精敏。累进翰林学士，知庐州。筠善对偶，尤工诗，与杨亿齐名。凡三入禁林，又三典贡举，以策论升降天下士，自筠始。《宋史》有传。

柳 絮[1]

半减依依学转蓬[2]，斑骓无奈恣西东[3]。平沙千里经春雪[4]，广陌三条尽日风。北斗城高连蠓蠓[5]，甘泉树密蔽青葱[6]。汉家旧苑眠应足[7]，岂觉黄金万缕空[8]。

【注释】

[1]此诗为咏物诗。用比喻、拟人等手法刻画柳絮之各种形态。李商隐尝作十余首咏柳诗，西昆体诗人多效之，杨亿、钱惟演亦各有同题诗一首。[2]依依：轻柔貌。《诗经·小雅·采薇》："昔我往矣，杨柳依依。"转蓬：秋日蓬草随风飘转。[3]"斑骓"句：谓柳絮如斑骓马任意驰骋，无拘无束，亦暗寓无奈之离别。李商隐《对雪》诗："肠断斑骓送陆郎。"斑骓：有黑白斑点之骏马。[4]"平沙"句：谓柳絮铺地如春雪千里。李商隐《赠柳》诗："忍放花如雪。"[5]"北斗"句：谓高城上柳絮乱飞如蠓蠓遮天。《三辅黄图》："惠帝更筑长安城，城南为南斗形，北为北斗形。至今人呼汉京城为斗城。"蠓蠓，小飞虫。《尔雅·释虫》："蠓，蠛蠓。"郭璞注："小虫似蚋，喜乱飞。"[6]"甘泉"句：谓柳絮遮蔽皇宫中树木青葱之色。甘泉，汉宫名。杨雄《甘泉赋》："翠玉树之青葱兮。"[7]"汉家"句：《三辅故事》："汉苑中柳状如人形，曰人柳，一日三眠三起。"[8]"岂觉"句：谓柳树黄金般嫩叶已随柳絮飘坠而消失。李商隐《谑柳》："已带黄金缕，仍飞白玉花。"

钱惟演(962—1034)

钱惟演,字希圣,吴越王钱俶之子。从俶归宋,真宗朝累官至翰林学士。仁宗即位,拜枢密使。罢为保大军节度使、知河阳,判河南府。文辞清丽,与杨亿、刘筠齐名。《宋史》有传。

无 题[1]

误语成疑意已伤,春山低敛翠眉长[2]。鄂君绣被朝犹掩[3],荀令熏炉冷自香[4]。有恨岂因燕凤去[5],无言宁为息侯亡[6]。合欢不验丁香结[7],只得凄凉对烛房。

【注释】

[1]诗以《无题》为题,始自李商隐,大多以爱情相思为题材,深情绵邈而隐约晦涩。《西昆酬唱集》中共有《无题》诗十五首。此诗为《无题三首》之一,由杨亿原唱,刘筠亦有和作。《瀛奎律髓汇评》卷七引冯班语,称钱惟演《无题》诸诗"俱在义山廊庑间",并称"钱胜杨"。[2]春山:春日山色黛青,以喻妇人姣好之画眉。李商隐《代赠》诗:"总把春山扫眉黛,不知供得几多愁?"[3]"鄂君"句:此指男女欢会。汉刘向《说苑·善说》记鄂君子晳泛舟于新波之中,操舟越人以歌声示爱慕,鄂君于是"举绣被而覆之",得以交欢尽意。[4]"荀令"句:晋习凿齿《襄阳记》载刘季和语:"荀令君至人家,坐处三日香。"荀令指东汉尚书令荀彧。李商隐《牡丹》诗:"荀令香炉可待熏。"又《酬崔八早梅有赠兼示之作》诗:"荀令熏炉更换香。"此点化其意。[5]"有恨"句:谓有情含怨并非因旧日情人离去。《飞燕外传》记汉成帝后赵飞燕私通宫奴燕赤凤。此以燕凤代指情人。[6]"无言"句:谓无言沉默岂因怀念故国夫君。《左传·庄公十四年》:"楚子如息,以食入享,遂灭息,以息妫归。生堵敖及成王焉。未言,楚子问之,对曰:'吾一妇人,而事二夫,纵弗能死,其又奚言。'"[7]合欢:晋崔豹《古今注》卷下《草木》:"合欢,树似梧桐,枝叶繁,互相交结。每一风来,辄自相离,了不相牵缀。树之阶庭,使人不忿。"丁香结:紫丁香花蕾,古人以象征愁思固结不解。李商隐《代赠》诗:"芭蕉不展丁香结,同向春风各自愁。"

第二节　北宋初期诗坛

欧阳修（1007—1072）

欧阳修,字永叔,自号醉翁,晚号六一居士,庐陵(今江西吉安市)人。仁宗天圣八年(1030)举进士。庆历初召知谏院,改右正言、知制诰。时范仲淹、富弼等相继罢去,修上疏极谏,出知滁州。还为翰林学士,拜参知政事,与韩琦同心辅政。神宗熙宁初,与王安石不合,以太子少师致仕。《宋史》有传。修为文宗尚韩愈,以文章负一代盛名,天下翕然师尊之。曾巩、王安石、苏洵父子皆受其奖拔赏识。有《欧阳文忠公集》、《六一词》传世。

戏答元珍[1]

春风疑不到天涯,二月山城未见花[2]。残雪压枝犹有橘,冻雷惊笋欲抽芽。夜闻归雁生乡思,病入新年感物华。曾是洛阳花下客,野芳虽晚不须嗟[3]。

【注释】

[1]此诗作于宋仁宗景祐四年(1037),时欧阳修为峡州夷陵县(今湖北宜昌市)令。丁宝臣字元珍,时为峡州军事判官。《宋诗精华录》卷一谓此诗:"结韵用高一层意自慰。又《黄溪夜泊》结韵云:'行见江山且吟咏,不因迁谪岂能来?'亦是。"[2]"春风"二句:欧阳修《笔说·峡州诗说》曰:"若无下句,则上句何堪? 既见下句,则上句颇工。"《瀛奎律髓汇评》卷四《风土类》引许印芳评:"起句妙在倒装,若从未见花说起,便是凡笔。"山城,指夷陵,其地在三峡口,多山。[3]"曾是"二句:仁宗天圣八年(1030)至景祐元年(1034),欧阳修曾在西京留守钱惟演幕下任推官。西京即洛阳,以牡丹花著称。其《洛阳牡丹记·风俗记》:"洛阳之俗,大抵好花。春时,城中无贵贱皆插花,虽负担者亦然。花开时,士庶竞为游遨。"

明妃曲和王介甫作[1]（选一）

胡人以鞍马为家,射猎为俗,泉甘草美无常处,鸟惊兽骇争驰逐[2]。谁将汉女嫁胡儿,风沙无情貌如玉。身行不遇中国人[3],马上自作思归曲[4]。推手为琵却手琶[5],胡人共听亦咨嗟。玉颜流落死天涯,琵琶却传来汉家。汉家争按新声谱,遗恨已深声更苦。纤纤女手生洞房[6],学得琵琶不下堂。不识黄云出塞路,岂知此声能断肠?

【注释】

[1]明妃,即王昭君,晋人避文帝司马昭讳,改为明君,或称明妃。《后汉书·南匈奴传》:"昭君字嫱,南郡人也。初,元帝时,以良家子选入掖庭。时呼韩邪来朝,帝以宫女五人赐之。昭君入宫数岁,不得见御,积悲怨,乃请掖庭令求行。呼韩邪临辞大会,帝召五女以示之。昭君丰容靓饰,光明汉宫,顾景裴回,竦动左右。帝见大惊,意欲留之,而难于失信,遂与匈奴。生二子。"王介甫,即王安石。嘉祐四年(1059),安石作《明妃曲》二首,欧阳修、梅尧臣、司马光、刘敞、曾巩等均有和作。欧阳修和作二首,自认为平生最得意之作。叶梦得《石林诗话》卷中载:"(欧阳修)一日被酒,语(其子)棐曰:'吾《庐山高》,今人莫能为,惟李太白能之;《明妃曲》后篇,太白不能为,惟杜子美能之;至于前篇,则杜子美亦不能为,惟我能之也。'"此选其前篇。[2]"泉甘"二句:《汉书·鼂错传》:"胡人食肉饮酪,衣皮毛,非有城郭田宅之归居,如飞鸟走兽于广野,美草甘水则止,草尽水竭则移。"此用其意。[3]中国人:指汉人。古华夏族建国于黄河流域,自谓居天下之中,故称"中国",而以周边其他民族为"四夷"。[4]思归曲:相传昭君尝作琵琶怨曲。晋石崇《王明君词序》曰:"昔公主嫁乌孙,令琵琶马上作乐,以慰其道路之思。其送明君亦必尔也。其造新曲,多哀怨之声。"[5]"推手"句:刘熙《释名·释乐器》:"琵琶,本胡中马上所鼓,推手前曰琵,引手却曰琶,因以为名。"[6]纤纤女手:《古诗十九首》之二:"娥娥红粉妆,纤纤出素手。"之十:"纤纤擢素手,札札弄机杼。"洞房:深邃之内室。

梅尧臣（1002—1061）

梅尧臣,字圣俞,宣州宣城(今安徽宣城市)人。翰林侍读学士梅询从子,以询荫补为河南主簿,历知建德、襄城县,沉沦下僚。因大臣荐,召试,赐进士出身,为国子监直讲,累迁尚书都官员外郎。预修《新唐书》,成,未奏而卒。工为诗,深远古淡,间出奇巧。与欧阳修为诗友,尝曰:"凡诗,意新语工,得前人所未道者,斯为善矣。必能状难写之景如在目前,含不尽之意见于言外,然后为至也。"世以为知言。有《宛陵集》。《宋史》入《文苑传》。

鲁山山行[1]

适与野情惬,千山高复低。好峰随处改,幽径独行迷。霜落熊升树,林空鹿饮溪。人家在何许? 云外一声鸡。

【注释】

[1]此诗作于仁宗康定元年(1040),时梅尧臣知襄城县。鲁山,一名露山,在河南鲁山县东北,毗邻襄城县。《瀛奎律髓汇评》卷四《风土类》引查慎行语,谓此诗"句句如画,引人入胜,尾句尤有远致"。

小　村[1]

淮阔州多忽有村，棘篱疏败谩为门[2]。寒鸡得食自呼伴，老叟无衣犹抱孙。野艇鸟翘唯断缆[3]，枯桑水啮祗危根[4]。嗟哉生计一如此，谬入王民版籍论[5]。

【注释】

[1]此诗为庆历八年（1048）梅尧臣自扬州赴陈州时途中所作。《宋诗精华录》卷一："写穷苦小村，有画所不到者。末句婉而多风。"[2]谩：通"漫"，随意。[3]鸟翘：鸟翘脚而立，悠闲貌。[4]水啮：为水所侵蚀。[5]王民：帝王之臣民。版籍：户籍，户口册。

苏舜钦（1008—1048）

苏舜钦，字子美，梓州铜山人。参知政事易简之孙。少慷慨有大志，当天圣中，学者为文，多病偶对，独舜钦与河南穆修好为古文歌诗。范仲淹荐其才，召试集贤校理，监进奏院。坐用鬻故纸公钱召妓乐会宾客除名，流寓苏州。买水石作沧浪亭，自号沧浪翁。发愤于歌诗，其体豪放。后得湖州长史。《宋史》入《文苑传》。

中秋夜吴江亭上对月怀前宰张子野及寄君谟蔡大[1]

独坐对月心悠悠，故人不见使我愁。古今共传惜今夕，况在松江亭上头。可怜节物会人意[2]，十日阴雨此夜收。不惟人间重此月，天亦有意于中秋。长空无瑕露表里，拂拂渐上寒光流[3]。江平万顷正碧色，上下清澈双璧浮[4]。自视直欲见筋脉，无所逃遁鱼龙忧。不疑身世在地上，祗恐槎去触斗牛[5]。景清境胜反不足，叹息此际无交游。心魂冷烈晓不寝，勉为此笔传中州[6]。

【注释】

[1]此诗约作于庆历七年（1047），时苏舜钦放废居苏州。吴江亭，即诗中所言"松江亭"。《清一统志》卷七八苏州府古迹："松江亭在吴江县东吴淞江口。"张子野，即张先，著名词人，曾官吴江县令。龚明之《中吴纪闻》卷三："苏州吴江之滨，有亭曰如归，临坏不可居。康定元年冬十月，知县事、秘书丞张先治而大之。"张先知吴江县在康定元年（1040）前后，此时已离任，故称前宰。蔡襄，字君谟，兴化军仙游（今属福建）人。天圣八年进士，诗文清妙，尤工小楷、草书，时称天下第一。《宋诗精华录》卷一评此诗曰："望月怀人，数见不鲜矣，此作颇能避熟就生。写月光澈骨，种种异乎寻常，如自责得陇望蜀，尤其透过一层处。"[2]可怜：可喜。节物：应时节之景物。[3]拂拂：闪烁貌。[4]双璧：喻指天上月和水中月。[5]"祗恐"句：晋张华《博物志》曰："旧说天河与海通。近世有居海者，年年八月，有人浮槎来，甚大，往返不失期。此人乃多赍粮，乘槎去。忽忽不觉昼夜，奄至一处，有城

郭居舍,望室中,多见织妇;见一丈夫牵牛渚次,饮之。惊问此人,何由至此。此人即问为何处?答曰:'君可诣蜀严君平。'此人还,问君平。君平曰:'某年某月,有客星犯斗牛。'即此人到天河也。"[6]中州:古豫州地处九州之中,遂称中州。此指北宋都城汴京。当时张先、蔡襄皆在京城。

王安石(1021—1086)

王安石,字介甫,号半山老人,抚州临川(今江西抚州市)人。少好读书,工为文。庆历二年进士。嘉祐中历度支判官。议论高奇,果于自用,慨然有矫世变俗之志。尝上万言书,以变法为言。神宗即位,召为翰林学士侍讲。熙宁二年,拜参知政事,次年拜同中书门下平章事。谋改革政治,兴青苗、水利诸新法,物议腾沸,安石均不顾。七年罢相,知江宁府。八年复拜相,岁余罢,判江宁府。元丰二年,复拜左仆射、观文殿大学士,封荆国公。《宋史》有传。其文拗折峭深,笔力雄健,人以大家目之。其诗长于说理,精于修辞,亦有情韵深婉之作。有《临川集》传世。

明妃曲二首[1]

明妃初出汉宫时,泪湿春风鬓脚垂[2]。低徊顾影无颜色,尚得君王不自持[3]。归来却怪丹青手,入眼平生未曾有。意态由来画不成,当时枉杀毛延寿[4]。一去心知更不归,可怜着尽汉宫衣。寄声欲问塞南事,只有年年鸿雁飞[5]。家人万里传消息:"好在毡城莫相忆[6]。君不见咫尺长门闭阿娇[7],人生失意无南北!"

明妃初嫁与胡儿,毡车百辆皆胡姬[8]。含情欲说独无处,传与琵琶心自知。黄金捍拨春风手[9],弹看飞鸿劝胡酒[10]。汉宫侍女暗垂泪,沙上行人却回首。汉恩自浅胡自深,人生乐在相知心[11]。可怜青冢已芜没[12],尚有哀弦留至今。

【注释】

[1]此二首诗为嘉祐四年(1059)王安石提点江东刑狱时作。明妃即王昭君,见前欧阳修《明妃曲和王介甫》题注。《苕溪渔隐丛话·后集》卷二三曰:"余观介甫《明妃曲》二首,辞格超逸,诚不下永叔。"《宋诗精华录》卷二谓此二诗"荆公自己写照之最显者"。[2]泪湿春风:犹言泪流满面。杜甫《咏怀古迹五首》其三咏王昭君有"画图省识春风面"之句。[3]"低徊"二句:参见欧阳修《明妃曲和王介甫作》"题解"引《后汉书·南匈奴传》。[4]"意态"二句:为画工翻案,谓神情意态向来难以逼肖其真。晋葛洪《西京杂记》卷二:"元帝后宫既多,不得常见,乃使画工图形,案图召幸之。诸宫人皆贿赂画工,多者十万,少者亦不减五万。独王嫱不肯,遂不得见。匈奴入朝,求美人为阏氏,于是上案图以昭君行。及去,召见。貌为后宫第一,善应对,举止闲雅。帝悔之,而名籍已定,帝重信于外国,故不复更人。乃穷案其事,画工皆弃市。籍其家资,皆巨万。"又曰:"画工有杜陵毛延寿,为人形,丑好老少必得其真。安陵陈敞、新丰刘白、龚宽并工为牛马飞鸟,亦肖人形好丑,不逮毛延寿。

下杜阳望亦善画,尤善布色,樊育亦善布色,同日弃市。京师画工于是殆稀。"[5]"寄声"二句:石崇《明君词》:"愿假飞鸿翼,乘之以遐征。"卢照邻《王昭君》诗:"愿逐三秋雁,年年一度归。"[6]毡城:毡帐聚集之处,指匈奴王庭。[7]"君不见"句:汉武帝陈皇后小名阿娇,失宠后被幽禁在长门宫。《汉书·外戚传上》:"孝武陈皇后,长公主嫖女也。立为皇后,擅宠骄贵十余年而无子。后又挟妇人媚道,颇觉。罢退居长门宫。"[8]毡车:游牧民族以毡毯为蓬之车。[9]黄金捍拨:弹奏琵琶之具。宋叶廷珪《海录碎事》卷一六《音乐部》:"金捍拨,在琵琶面上当弦,或以金涂为饰,所以捍护其拨。"[10]弹看飞鸿:晋嵇康《赠秀才入军五首》其四:"目送归鸿,手挥五弦。"此借以写昭君。[11]"人生"句:《楚辞·九歌·少司命》:"悲莫悲兮生别离,乐莫乐兮新相知。"[12]青冢:昭君墓,在今内蒙古呼和浩特市。相传塞外草色皆白,独昭君墓上草色常青。

题西太一宫壁二首[1]

柳叶鸣蜩绿暗[2],荷花落日红酣。三十六陂春水[3],白头想见江南[4]。

三十年前此地,父兄持我东西[5]。今日重来白首,欲寻旧迹都迷。

【注释】

[1]此诗约作于熙宁元年(1068),时神宗召王安石入京,准备变法。诗为六言绝句,苏轼、黄庭坚均有次韵之作。西太一宫,神庙名,祭祀太一尊神。其地在汴京西南八角镇。诗以今昔对照表现人世沧桑的感慨。《宋诗精华录》卷二评曰:"绝代销魂,荆公诗当以此二首压卷。"[2]鸣蜩:《诗经·小雅·小弁》:"菀彼柳斯,鸣蜩嘒嘒。"[3]三十六陂:汴京附近蓄水塘。《宋史·河渠志四》:"(元丰)二年,入内供奉宋用臣奏请,引古索河为源,注房家、黄家、孟家三陂及三十六陂,高杨处潴水为塘,以备洛水不足。"[4]江南:安石故乡临川属江南西路,故称。[5]"三十年前"二句:仁宗景祐三年(1036),安石十六岁,曾随父王益、兄安仁至汴京。下距作此诗时隔三十二年。

书湖阴先生壁[1](选一)

茅檐长扫静无苔,花木成畦手自栽。一水护田将绿绕[2],两山排闼送青来[3]。

【注释】

[1]此诗作于元丰年间退居钟山后。湖阴先生,即杨骥,字德逢,号湖阴先生。与王安石为邻。此诗以拟人化手法写山水,用古典而不露痕迹。《石林诗话》卷中:"荆公诗用法甚严,尤精于对偶。尝云:'用汉人语,正可以汉人语对;若参以异代语,便不相类。'如'一水护田将绿绕,两山排闼送青来'之类,皆汉人语也。此法惟公用之不觉拘窘卑凡。"[2]护田:《汉书·西域传》:"轮台、渠黎皆有田卒数百人,置使者校尉领护。"颜师古注:"统领保护营田之事也。"[3]排闼:《汉书·樊哙传》:"哙

乃排闼而入,大臣随之。"按:"护田"、"排闼"均出自《汉书》,故曰"用汉人语正可以汉人语对"。

王　令（1032—1059）

王令,字逢原,广陵（今江苏扬州市）人。王安石道经淮南,令赋诗往见之。安石大喜,期其材可与共功业于天下。诗学韩、孟,而识度高远。有《广陵集》。

暑旱苦热[1]

清风无力屠得热,落日着翅飞上山。人固已惧江海竭,天岂不惜河汉干[2]？昆仑之高有积雪[3],蓬莱之远有遗寒[4]。不能手提天下往,何忍身去游其间！

【注释】

[1]此诗想象奇特,抱负远大。宋刘克庄《后村诗话·前集》卷二称此诗:"其骨气老苍,识度高远如此,岂得不为荆公所推！"《宋诗精华录》卷一评曰:"力求生硬,觉长吉犹未免侧艳。"[2]河汉:指天河、银河。[3]昆仑:在今新疆、西藏交界处,势极高峻,终年积雪,《穆天子传》载其为西王母宴周穆王之仙山。[4]蓬莱:《史记·封禅书》载蓬莱为渤海中三仙山之一。按:昆仑、蓬莱为清凉之所。

第三节　苏轼与元祐诗坛

苏　轼（1037—1101）

苏轼,字子瞻,号东坡居士,眉山（今四川眉山市）人。仁宗嘉祐二年（1030）进士。神宗熙宁四年（1071）,以反对王安石新法,出通判杭州,历知密州、徐州、湖州。御史劾以作诗讪谤朝廷,下御史台狱,贬黄州团练副使。元祐间迁中书舍人,拜翰林学士兼侍读。出知杭州、颍州、扬州、定州。绍圣初,远谪岭南惠州,累贬昌化军安置。赦还。《宋史》有传。轼师父洵为文,其体涵浑光芒,雄视百代,与欧阳修并称欧、苏。其诗开有宋一代新风,诗源如长江大河,与黄庭坚并称苏黄。其词一洗绮罗香泽之态,抒写逸怀浩气,开南宋辛弃疾一派。有《苏东坡集》、《东坡乐府》等传世。

和子由渑池怀旧[1]

人生到处知何似？应似飞鸿踏雪泥。泥上偶然留指爪,鸿飞那复计东西[2]。老僧已死成新塔,坏壁无由见旧题[3]。往日崎岖还记否?路长人困蹇驴嘶[4]。

【注释】

[1]此诗作于嘉祐六年(1061)。时苏轼离京赴凤翔任,与弟苏辙别于郑州之西门,过渑池,和辙《怀渑池寄子瞻兄》诗。辙诗见《栾城集》卷一:"相携话别郑原上,共道长途怕雪泥。归骑还寻大梁陌,行人已度古崤西。曾为县吏民知否,旧宿僧房壁共题。遥想独游佳味少,无言骓马但鸣嘶。"渑池,县名,在今河南。刘埙《隐居通议》卷一○:"此诗若绳以唐人律体,大概疏直欠工。然鸿泥之喻,真是造理,前人所未到也。且悠然感慨,令人动情。"[2]人生四句:魏庆之《诗人玉屑》卷一七引《陵阳室中语》以此四句为苏轼"长于譬喻"之例。[3]"老僧"二句:苏辙诗自注曰:"昔与子瞻应举,过宿县中寺舍,题老僧奉闲之壁。"新塔:指新建之佛塔。僧人死后,建塔以葬其骨灰。[4]"往日"二句:末句下自注云:"往岁马死于二陵,骑驴至渑池。"往岁指嘉祐元年。

游金山寺[1]

我家江水初发源[2],宦游直送江入海[3]。闻道潮头一丈高,天寒尚有沙痕在。中泠南畔石盘陀[4],古来出没随涛波。试登绝顶望乡国,江南江北青山多[5]。羁愁畏晚寻归楫[6],山僧苦留看落日。微风万顷靴纹细[7],断霞半空鱼尾赤[8]。是时江月初生魄[9],二更月落天深黑。江心似有炬火明,飞焰照山栖鸟惊。怅然归卧心莫识,非鬼非人竟何物[10]。江山如此不归山,江神见怪警我顽[11]。我谢江神岂得已,有田不归如江水[12]!

【注释】

[1]熙宁四年(1071),苏轼由汴京赴杭州任通判,路经镇江,作此诗。清王文诰《苏诗总案》卷七:"十一月三日,公游金山访宝觉、圆通二老,夜宿金山寺,望江中炬火作诗。"金山寺,在今江苏镇江市金山上。金山本屹立长江中,后因泥沙淤积,与南岸相连。《宋诗精华录》卷二评此诗:"一起高屋建瓴,为蜀人独足夸口处。通篇遂全就望乡归山落想,可作《庄子·秋水篇》读。"[2]"我家"句:古人认为长江源出四川岷山。《尚书·禹贡》:"岷山导江。"岷江发源于今四川松潘县北岷山,南流经眉山,至宜宾入长江。清施补华《岘佣说诗》:"盖东坡家眉州近岷江,故曰'江初发源'。"[3]"宦游"句:苏轼因做官而远离家乡,路经长江入海口附近之镇江,故云。汪师韩《苏诗选评笺释》卷一:"起二句将万里程、半生事一笔道尽,恰好由岷山导江至此处海门归宿为入题之语。"[4]中泠:泉名。原在长江中,盘涡深险,至冬季枯水期,可汲竿取水。盘陀:石堆垛不平貌。[5]"试登"二句:《苏诗选评笺释》卷一:"中间'望乡国'句,故作羁望语以环应首尾。"[6]归楫:指返回镇江之船,因金山在江心。[7]靴纹细:以靴纹喻微风吹皱之粼粼江波。[8]鱼尾赤:以鱼尾喻红色鳞状晚霞。[9]月初生魄:此指月初出时之微光。《尚书·康诰》:"惟三月哉生魄。"《礼记·乡饮酒义》:"象月之三日而

成魄也。"游金山寺为十一月初三,故云。[10]"江心"四句:苏轼自注:"是夜所见如此。"《唐宋诗举要》卷三引吴汝纶语:"机轴与《后赤壁赋》同,而意境胜彼。"炬火明:当是磷火。施元之注引《岭表异物志》曰:"海中遇阴晦,波如然火满海,以物击之,迸散如星火,有月即不复见。木玄虚《海赋》云:'阴火潜然。'岂谓此乎?"[11]见怪:呈现怪异,指炬火明之奇异现象。见,同"现"。[12]"我谢"二句:向江神致歉,表归隐之决心。宋黄彻《䂮溪诗话》卷八谓此:"盖与江神指水为盟耳。句中不言盟誓者,乃用子犯事,指水则事在其中,不必诅神血口,然后谓之盟也。"《左传·僖公二十四年》载晋公子重耳(晋文公)谓其舅狐偃(子犯)曰:"所不与舅氏同心者,有如白水。"

书王定国所藏烟江叠嶂图[1]

江上愁心千叠山,浮空积翠如云烟。山耶云耶远莫识,烟空云散山依然[2]。但见两崖苍苍暗绝谷,中有百道飞来泉。萦林络石隐复见,下赴谷口为奔川。川平山开林麓断,小桥野店依山前。行人稍度乔木外,渔舟一叶江吞天。使君何从得此本[3]?点缀毫末分清妍。不知人间何处有此境?径欲往买二顷田[4]。君不见武昌樊口幽绝处[5],东坡先生留五年[6]。春风摇江天漠漠,暮云卷雨山娟娟,丹枫翻鸦伴水宿,长松落雪惊醉眠[7]。桃花流水在人世,武陵岂必皆神仙[8]。江山清空我尘土,虽有去路寻无缘。还君此画三叹息,山中故人应有招我归来篇[9]。

【注释】

[1]此诗作于哲宗元祐三年(1088),时苏轼在汴京任翰林学士。题下自注:"王晋卿画。"王诜,字晋卿,尚英宗女蜀国公主,为利州防御使。其所画山水学李成皴法,以金绿为之,有《烟江叠嶂图》传世。王定国,名巩,大名莘县(今属山东)人,宰相王旦之孙,从苏轼学为文。《宋史》附《王素传》。此诗为苏轼题画诗代表作之一。《苏诗选评笺释》卷四:"竟是为画作记。然摹写之神妙,恐作记反不能如韵语之曲尽而有情也。'君不见'以下,烟云卷舒,与前相称,无非以自然为祖,以元气为根。"[2]"江上"四句:唐张说《江上愁心赋》:"江上之峻山兮,郁崎巇而不极。云为峰兮烟为色,欻变态兮心不识。"此处形容云山空蒙之画境。[3]"使君"句:谓王诜从何处得到此画之样本。王诜曾任利州防御使,故曰使君。《苏诗集成》卷三〇载王诜和诗,有"四时为我供画本"句,即答此。[4]"径欲"句:《史记·苏秦列传》载苏秦语:"且使我有雒阳负郭田二顷,吾岂能佩六国相印乎!"此反其意而用之。[5]武昌:今湖北鄂城市。樊口:在今鄂城市西北,长江南岸,与黄州隔岸相望。[6]留五年:苏轼于元丰三年(1080)到黄州,元丰七年(1084)量移汝州,前后五年。[7]"春风"四句:《唐宋诗举要》卷三引吴汝纶语:"四句四时之景。"[8]"桃花"二句:李白《山中问答》:"桃花流水窅然去,别有天地非人间。"此反其意而用之,谓武昌樊口幽绝处即桃源仙境。陶渊明《桃花源记》记武陵渔人发现世外桃源。此以武陵代指桃源。[9]"山中"句:反用《楚辞·招隐士》"王孙兮归来,山中兮不可以久留"之语,又暗用陶渊明《归去来辞》之意。

六月二十日夜渡海[1]

参横斗转欲三更[2]，苦雨终风也解晴[3]。云散月明谁点缀[4]？天容海色本澄清。空余鲁叟乘桴意[5]，粗识轩辕奏乐声[6]。九死南荒吾不恨，兹游奇绝冠平生[7]。

【注释】

[1]元符三年(1100)，徽宗即位，五月大赦，苏轼受命自昌化军(今海南儋州市)移廉州(今广西合浦县)安置。此诗作于渡琼州海峡时。诗以澄明之夜海景色，抒发"虽九死其犹未悔"之高洁情怀。查慎行《初白庵诗评》："前半四句俱用四字作叠，而不觉其板滞，由于气充力厚，足以陶铸熔冶故也。"[2]"参横"句：参星横斜，北斗转向，谓夜已深。参：二十八宿之一。[3]"苦雨"句：以风雨转晴喻政治局势由黑暗转清明。《左传·昭公四年》："秋无苦雨。"杜预注："霖雨为人所患苦。"《诗经·邶风·终风》："终风且暴。"[4]"云散"句：《世说新语·言语》："司马太傅斋中夜坐，于时天月明净，都无纤翳，太傅叹以为佳。谢景重在坐，答曰：'意谓乃不如微云点缀。'太傅因戏谢曰：'卿居心不净，乃复强欲滓秽太清邪？'"[5]"空余"句：谓此次渡海再不必如孔子感叹世道。《论语·公冶长》："子曰：'道不行，乘桴浮于海。'"[6]"粗识"句：谓从黄帝奏乐般海涛声中粗略体会忘怀得失荣辱之哲理。《汉书·律历志》："黄帝始垂衣裳，有轩冕之服，故天下号曰轩辕氏。"《庄子·天运》："黄帝张咸池之乐于洞庭之野。"[7]"兹游"句：《瀛奎律髓》卷四三《迁谪类》评曰："或谓尾句太过，无省愆之意，殊不然也。章子厚、蔡卞欲杀之，而处之怡然。当此老境，无怨无怒，以为兹游奇绝，真了生死、轻得丧天人也。"

黄庭坚(1045—1105)

黄庭坚，字鲁直，自号山谷道人，又号涪翁，洪州分宁(今江西修水县)人。英宗治平四年进士。历知太和县，哲宗元祐初召为校书郎、秘书丞兼国史编修官。绍圣二年，以修《神宗实录》不实，谪黔州。徽宗初，知太平州，复除名羁管宜州。《宋史》入《文苑传》。庭坚与张耒、晁补之、秦观俱游苏轼门，号四学士。而尤长于诗，世称苏黄。刘克庄《江西诗派》谓其诗"会萃百家句律之长，穷究历代体制之变，搜猎奇书，穿穴异闻，作为古律，自成一家"，学其诗者号江西宗派。其词与秦观齐名。有《山谷集》、《山谷词》。

登快阁[1]

痴儿了却公家事[2]，快阁东西倚晚晴。落木千山天远大，澄江一道月分明。朱弦已为佳人绝[3]，青眼聊因美酒横[4]。万里归船弄长笛，此心吾与白鸥盟[5]。

【注释】

[1]此诗作于元丰五年(1082),时黄庭坚知吉州太和县。《清一统志》卷三二八吉安府二:"快阁在太和县治东澄江之上,以江山广远、景物清华得名。"方东树《昭昧詹言》卷二〇:"起四句且叙且写,一往浩然。五六句对意流行。收尤豪放,此所谓寓单行之气于排偶之中者。姚先生云:'能移太白歌行于律诗。'"[2]"痴儿"句:《晋书·傅咸传》载夏侯济与傅咸书:"生子痴,了官事,官事未易了也。了事正作痴,复为快耳!"此处作者以痴儿自指,以了公家事为快,引出"快阁"之"快"。[3]"朱弦"句:《吕氏春秋·本味》:"锺子期死,伯牙破琴绝弦,终身不复鼓琴,以为世无足复为鼓琴者。"纪昀《瀛奎律髓刊误》卷一《登览类》曰:"此佳人乃指知音之人,非妇人也。"[4]"青眼"句:谓聊且从美酒中寻求乐趣。《晋书·阮籍传》:"籍又能为青白眼。嵇喜来吊,籍作白眼,喜不怿而退。喜弟康闻之,乃赍酒挟琴造焉,籍大悦,乃见青眼。"[5]"此心"句:《列子·黄帝》:"海上之人有好鸥鸟者,每旦之海上,从鸥鸟游,鸥鸟之至者百数而不止。"

寄黄几复[1]

我居北海君南海[2],寄雁传书谢不能[3]。桃李春风一杯酒,江湖夜雨十年灯[4]。持家但有四立壁[5],治病不蕲三折肱[6]。想见读书头已白,隔溪猿哭瘴溪藤[7]。

【注释】

[1]题下原注:"乙丑年德平镇作。"乙丑即元丰八年(1085),时黄庭坚监德州德平镇(今山东商河县境)。黄几复,名介,南昌人。与庭坚少年交游。时知四会县(今属广东)。《昭昧詹言》卷二〇称此诗"一起浩然,一气涌出","山谷兀傲纵横,一气涌现"。[2]"我居"句:北海:即渤海。黄庭坚所在德平镇地近渤海。南海:黄几复所在四会县地近南海。《左传·僖公四年》载楚王派使者答齐国诸侯联军之语:"君处北海,寡人处南海,惟是风马牛不相及也。"此化用其语。[3]"寄雁"句:谓彼此通信困难。《汉书·苏武传》:"(常惠)教使者谓单于,言天子射上林中,得雁,足有系帛书,言武等在某泽中。"相传湖南衡阳有回雁峰,雁至此不再南飞。四会在衡阳之南,故设想雁辞谢不能传书。《宋诗精华录》卷二谓此句"语妙,化臭腐为神奇"。[4]"桃李"二句:谓往日一同登进士及第,春风得意,今日各自宦海沉浮,夜雨萧瑟。[5]"持家"句:谓黄几复因清廉而家贫无所有。《史记·司马相如列传》:"文君夜奔相如,相如归成都,家徒四壁立。"[6]"治病"句:《左传·定公十三年》有"三折肱知为良医"之说,意谓多次挫折,可增长历练。此反其意而用之。任渊注:"言其谙练世故,不待困而后知也。"蕲,通"祈"。[7]瘴溪:旧云广东一带多瘴气,任渊注:"四会在广东,故曰瘴溪。"

和答钱穆父咏猩猩毛笔[1]

爱酒醉魂在,能言机事疏[2]。平生几两屐?身后五车书[3]。物色看王会[4],勋劳在石渠[5]。拔毛能济世,端为谢杨朱[6]。

【注释】

[1]此诗作于元祐元年(1086),时黄庭坚在京师任秘书省校书郎。钱穆父,名勰,吴越王钱氏之后。《宋史·钱勰传》:"勰字穆父,奉使吊高丽还,拜中书舍人。元祐初,迁给事中,以龙图阁待制知开封府。"任渊注引《鸡林志》曰:"高丽笔芦管黄毫,健而易乏。旧云猩猩毛,或言是物四足长尾,善缘木,盖狄毛,或鼠须之类耳。"此诗咏物而不粘着于物,比兴深婉,用典精微,议论得当,为江西诗派代表作。《瀛奎律髓刊误》称其"点化甚妙,笔有化工,可为咏物用事之法"。[2]"爱酒"二句:谓猩猩喜饮酒,一喝辄醉;又能言,易泄漏机密。暗示猩猩因醉而为人获,其毛所制之笔善立说。任渊注:"《唐文粹》载裴炎《猩猩说》,其略云:阮研使封溪,见邑人云:猩猩在山谷间,数百为群。人以酒设于路侧。又爱着屐。里人织草为履,更相连结。猩猩见酒及屐,知里人设张,则知张者祖先姓字,乃呼名骂云:奴欲张我!舍之而去。复自再三相谓曰:试共尝酒。及饮其味,遂乎醉,因取屐而着之,乃为人所擒获。刺其血,染氍毹,随鞭箠输之,至于一斗。"能言,语本《礼记·曲礼上》:"猩猩能言,不离禽兽。"[3]"平生"二句:谓猩猩一生未穿几双鞋,而死后其毛所制之笔却写出许多书。杨万里《诚斋诗话》:"诗家用古人语,而不用其意,最为妙法。如山谷《猩猩毛笔》是也。猩猩喜着屐,故用阮孚事。其毛作笔,用之钞书,故用惠施事。二事皆借人事以咏物,初非猩猩毛笔事也。'平生'二字出《论语》,'身后'二字,晋张翰云:'使我有身后名。''几两屐',阮孚语。'五车书',庄子言惠施。此两句乃四处合来。"[4]"物色"句:谓猩猩毛笔来自四夷朝贡。物色,指猩猩毛笔。王会:《逸周书》篇名。周公以王城既成,大会诸侯。遂创莫朝仪、贡礼,史因作《王会篇》以纪之。任渊注曰:"《汲冢周书》有《王会篇》。郑玄曰:'王城既成,大会诸侯及四夷也。'以《松扇诗》考之,猩毛笔盖穆父使高丽所得。"[5]石渠:阁名,汉代皇宫中藏书处。班固《西都赋》:"天禄石渠,典籍之府。"[6]"拔毛"二句:戏言猩猩为利天下而拔毛制笔,端然谢绝杨朱自私思想。《孟子·尽心上》:"杨子(杨朱)取为我,拔一毛而利天下,不为也。"

题竹石牧牛[1]

子瞻画丛竹怪石[2],伯时增前坡牧儿骑牛[3],甚有意态。戏咏。

野次小峥嵘[4],幽篁相倚绿。阿童三尺箠[5],御此老觳觫[6]。石吾甚爱之,勿遣牛砺角。牛砺角尚可,牛斗残我竹[7]。

【注释】

[1]此诗作于元祐三年(1088),时黄庭坚任秘书省著作佐郎。《竹石牧牛图》为苏轼与李公麟所合作。此诗通过描述牧童、水牛、怪石、丛竹之"意态",以戏谑口吻赞美画家高超技巧,为题画诗名篇。[2]子瞻:即苏轼,善画墨竹、枯木、怪石。[3]伯时,即李公麟,字伯时,号龙眠居士,舒州(今

安徽舒城县）人，官至朝奉郎。以画马与人物负盛名，兼擅山水。[4]野次：犹言野外。次，处所。峥嵘：石高峻貌，代指怪石。形容词借为名词，下文"觳觫"同。[5]阿童：指牧童。箠：竹鞭。[6]觳觫：牛恐惧颤抖貌。《孟子·梁惠王上》："王坐于堂上，有牵牛而过堂下者。王见之曰：'牛何之？'对曰：'将以衅锺。'王曰：'舍之。吾不忍其觳觫，若无罪而就死地。'"[7]"石吾"四句：《诗人玉屑》卷八引《陵阳先生室中语》："一日，因坐客论鲁直诗体致新巧、自作格辙次，客举鲁直题子瞻、伯时画竹石牛图诗云：'石吾甚爱之，勿遣牛砺角；牛砺角尚可，牛斗残我竹。'如此体制甚新。公（韩驹）徐曰：'独漉水中泥，水浊不见月；不见月尚可，水深行人没。'盖是李白《独漉篇》也。"意谓黄诗化用其句法结构。

陈师道（1053—1102）

陈师道，字履常，自号后山居士，彭城（今江苏徐州市）人。少刻苦问学，熙宁中，王安石经学盛行，师道心非其说，遂绝意进取。元祐初，苏轼等人荐其文行，起为徐州教授。为太学博士，改教授颍州，罢归。召为秘书省正字。师道高介有节，安贫乐道，为文师曾巩，诗宗杜甫，推服黄庭坚，世称黄、陈。杨一清《后山诗注跋》称其诗"雄健清劲，幽邃雅淡，有一尘不染之气"。有《后山集》、《后山诗话》传世。《宋史》入《文苑传》。

示三子[1]

去远即相忘，归近不可忍。儿女已在眼，眉目略不省[2]。喜极不得语，泪尽方一哂[3]。了知不是梦，忽忽心未稳[4]。

【注释】

[1]元丰七年（1084）五月，陈师道因家贫而将妻子儿女送交任成都提点刑狱之岳父郭概抚养。元祐二年（1087），师道得任徐州教授，方从岳父家接回妻儿。其《谢徐州教授启》曰："追还妻孥，收合魂魄；扶老携幼，稍比于人。"此诗作于与妻儿重逢时。《隐居通议》卷八评曰："凡此皆语短而意长，若他人必费尽多少言语摹写，此独简洁峻峭，而悠然深味，不见其际。"[2]"儿女"二句：任渊注曰："言别久不复记忆也。"[3]"喜极"二句：写久别重逢时悲喜交集之情。苏轼《朱寿昌郎中少不知母所在刺血写经求之五十年去岁得之蜀中以诗贺》："喜极无言泪如雨。"此化用其语意。[4]"了知"二句：写出重逢后疑信参半之复杂心态。《华严经·梵行品》曰："了知境界如梦如幻。"此反其意而用之。

春怀示邻里[1]

断墙着雨蜗成字[2]，老屋无僧燕作家。剩欲出门追语笑[3]，却嫌归鬓着尘沙[4]。

风翻蛛网开三面^[5]，雷动蜂窠趁两衙^[6]。屡失南邻春事约，只今容有未开花。

【注释】

  [1]此诗作于元符三年(1100)春，时作者在徐州。诗前半写春意之萧条，为尘沙而担忧，不愿与邻出游；后半写春光之浓艳，为节候所感召，相约与邻赏花。《瀛奎律髓》卷一〇《春日类》评曰："淡中藏美丽，虚处着工夫，力能排天斡地，此后山诗也。"《瀛奎律髓刊误》曰："起二句言居处之荒凉，五、六句言节候之暄妍，故两联写景而不为复。"[2]蜗成字：蜗牛爬行时所留痕迹，弯曲如篆字，亦称蜗篆。任渊注引《酉阳杂俎》曰："睿宗为冀王时，寝室壁间，蜗迹成'天'字。"[3]剩欲：犹言颇欲，真想。[4]"却嫌"句：任渊注谓此句"颇用元规尘污人之意"。《世说新语·轻诋》："庾公(庾亮字元规)权重，足倾王公(王导)。庾在石头，王在冶城，坐大风扬尘，王以扇拂尘，曰：'元规尘污人。'"[5]"风翻"句：谓春风吹破蜘蛛网。《史记·殷本纪》："汤出，见野张网四面，祝曰：'自天下四方皆入吾网。'汤曰：'嘻，尽之矣！'乃去其三面。"此用其语不用其意。[6]"雷动"句：谓蜂群早晚两次聚集，其声如雷。众蜂簇拥蜂王，如朝拜屏卫，称蜂衙。陆佃《埤雅·释虫》："蜂有两衙应朝，其主之所在，众蜂为之旋绕如卫。"

第四节　江西诗派与南渡诗人

韩　驹（？—1035）

  韩驹，字子苍，仙井监(今四川仁寿县)人。少有文称。徽宗政和初，以献颂赐进士出身，除秘书省正字。寻坐为苏氏学，谪官外任。召为著作郎，除秘书少监，迁中书舍人兼修国史。韩驹尝从苏辙学，辙评其诗似储光羲。有《陵阳先生诗》。《宋史》入《文苑传》。

夜泊宁陵^[1]

  汴水日驰三百里^[2]，扁舟东下更开帆^[3]。旦辞杞国风微北^[4]，夜泊宁陵月正南。老树挟霜鸣窣窣^[5]，寒花垂露落毵毵^[6]。茫然不悟身何处，水色天光共蔚蓝^[7]。

【注释】

  [1]此诗为江西诗派代表作之一。《诗人玉屑》卷六引《小园解后录》："人问诗法于吕公居仁，居仁令参此诗以为法。"《瀛奎律髓汇评》卷一五《暮夜类》引许印芳评："子苍此诗大似东坡。起法尤峭健，非斩尽枝叶者不能如此落笔。"宁陵，县名，今属河南省。[2]汴水：汴河，古运河。宋人将自

出黄河至入淮通济渠东段全流统称为汴河。[3]"扁舟"句:《瀛奎律髓》卷一五方回云:"'扁舟东下更开帆',此是诗家合当下的句,只一句中有进步,犹云'同是行人更分首'也。"意谓此句为递进句法。[4]杞国:古国名,故地在北宋雍丘县,即今河南杞县。[5]窣窣:象声词,指摩擦声。[6]毶毶:枝叶细长貌。[7]"茫然"二句:曾季狸《艇斋诗话》谓"汴水黄浊,安得蔚蓝也"。按,此或写月下汴水,因映碧空而蔚蓝。

惠 洪(1071—1128)

惠洪,字觉范,筠州新昌(今江西宜丰县)人。政和元年,决配海南朱崖军。遇赦还,晚年自赣入湘,潜心著述。有《石门文字禅》、《冷斋夜话》等。惠洪诗学苏黄,吴之振等《宋诗钞·石门诗钞》,称其诗"雄健振踔,为宋僧之冠"。

题李愬画像[1]

淮阴北面师广武,其气岂止吞项羽[2]。君得李祐不肯诛,便知元济在掌股[3]。羊公德行化悍夫,卧鼓不战良骄吴[4]。公方沉鸷诸将底,又笑元济无头颅[5]。雪中行师等儿戏,夜取蔡州藏袖里[6]。远人信宿犹未知,大类西平击朱泚[7]。锦袍玉带仍父风,拄颐长剑大梁公[8]。君看鞬橐见丞相,此意与天相始终[9]。

【注释】

[1]此诗题画兼咏史,以韩信、羊祐、李晟等名将模拟李愬,称赞其智勇双全,忠心为国。章法舒张开阖,气韵雄健沉着。《宋诗精华录》卷四称此诗"抵段文昌一段碑文,不啻过之"。李愬,字元直,中唐名将李晟之子。元和十一年率兵讨伐吴元济叛乱,次年冬雪夜攻克蔡州,生擒元济。以功封凉国公。新、旧《唐书》有传。[2]"淮阴"二句:《史记·淮阴侯列传》载,赵王、陈余不用广武君李左车之策,故为韩信所破。信"乃令军中毋杀广武君,有能生得者购千金。于是有缚广武君而致戏下者,信乃解其缚,东乡坐,西乡对,师事之"。广武君遂献攻燕齐之策,韩信从其策灭燕齐,孤立项羽。淮阴,淮阴侯韩信。北面,执弟子礼。[3]"君得"二句:《新唐书·李愬传赞》:"愬得李祐不杀,付以兵不疑,知可以破贼也。祐受任不辞,决策入死,以愬能用其谋也。"李祐,吴元济部下骁将,有勇略,为李愬设计所擒,不杀,厚待之,祐感泣,遂献奇计破蔡州。元济,淮西节度使吴少阳子。元和九年,据蔡州而叛。在掌股,喻易于把握操纵。[4]"羊公"二句:羊祐,字叔子,西晋名将。据《晋书·羊祐传》,晋代魏立,祐都督荆州诸军事以伐吴,采取怀柔政策,开诚示信,收服人心,使吴人悦服,而以掩盖灭吴企图。卧鼓:息鼓,以示无战事。[5]"公方"二句:《新唐书·李愬传》:"愬沉鸷,务推诚待士,故能张其卑弱而用之。"指李愬外示懦庸,而暗中备战,以为骄敌之计。沉鸷,深沉勇猛。无头颅,指性命不保。《旧唐书·吴元济传》:"元济被囚至京师,斩之于独柳。其夜,即失其首。"[6]"雪中"二句:指李愬雪夜平蔡州之事。《新唐书·李愬传》:"于时元和十一年十月己卯,师夜起。会大雨雪,天晦,凛风偃旗裂肤,马皆缩慄,士抱戈冻死于道十一二。"等儿戏,极言如儿童游戏般轻松。

藏袖里，犹言探囊取物般容易。[7]"远人"二句：谓李愬平蔡州如其父李晟平定朱泚之乱。据《新唐书·李愬传》，李愬军于十日夜出发，十一日冒大雪行军，十一日夜至蔡州，黎明入吴元济外宅。"贼恃吴房、朗山之固，晏然无一人知者"。信宿，指连宿两夜。西平，李晟讨伐藩镇叛将屡立战功，封西平郡王。朱泚，唐卢龙节度使。建中四年，泾原兵在京师哗变，拥朱泚为帝。李晟回师讨平之，收复长安。《新唐书·李晟传》载，晟于建中六年五月二十五日夜趋京师，二十八日夜大败贼军，"坊人之远者，宿昔乃知王师之入也"。[8]"锦袍"二句：赞李愬画像风采，点题。拄颐长剑，谓佩剑修长，柄柱脸颊。《战国策·齐策六》："大冠若箕，修剑拄颐。"大梁公，指李愬。杜牧《题永崇西平王宅太尉愬院六韵》诗曰："家呼小太尉，国号梁国公。"[9]"君看"二句：称赞李愬分上下之礼、忠于朝廷之意始终不渝。《新唐书·李愬传》载愬收复蔡州后，"乃屯兵鞠场以俟裴度，至，愬以櫜鞬见，度将避之，愬曰：'此方废上下分久矣，请因示之。'度以宰相礼受愬谒，蔡人耸观"。櫜鞬，盛弓盛箭之器。丞相，指裴度。平蔡之事，裴度力排众议，请身督战，任一军之主帅。

吕本中（1084—1145）

吕本中，字居仁，以曾祖公著恩，授承务郎。绍兴六年，特赐进士出身。八年二月，迁中书舍人，六月兼权直学士院。以草赵鼎制词忤秦桧，罢职，提举太平观。学者称东莱先生。《宋史》有传。诗得黄庭坚、陈师道句法。尝作《江西宗派图》，提倡"活法"。

柳州开元寺夏雨[1]

风雨翛翛似晚秋，鸦归门掩伴僧幽。云深不见千岩秀，水涨初闻万壑流[2]。钟唤梦回空怅望，人传书至竟沉浮[3]。面如田字非吾相，莫羡班超封列侯[4]。

【注释】

[1]南宋初年诗人避乱柳州所作。[2]"云深"二句：出自《世说新语·言语》顾长康云会稽山川"千岩竞秀，万壑争流"。[3]"人传"句：出自《世说新语·任诞》殷洪乔为都下人带书函，途中悉掷入水，"因祝曰：'沉者自沉，浮者自浮，殷洪乔不能作致书邮'"。[4]"面如"二句：《南齐书·李安民传》载，宋明帝目安民曰："卿面方如田，封侯相也。"后安民在齐高帝时被封为康乐侯。又《后汉书·班超传》："相者指曰：'燕颔虎颈，飞而食肉，此万里侯相也。'"后班超被封为定远侯。方回评曰："末句乃是避地岭外，闻将相骤贵者，亦老杜秦蜀湖湘之意也。"

曾 几（1084—1166）

曾几，字吉甫，其先赣州人，徙河南府。试吏部，赐上舍出身，除校书郎。靖康初，提举淮东茶盐。高宗即位，又改提举浙西。侨居上饶七年。桧死，起为浙西提刑、知台州。孝宗受禅，几又上疏数千言。为文纯正雅健，诗又工。

苏秀道中自七月二十五日夜 大雨三日秋苗以苏喜而有作[1]

　　一夕骄阳转作霖,梦回凉冷润衣襟。不愁屋漏床床湿,且喜溪流岸岸深[2]。千里稻花应秀色,五更桐叶最佳音[3]。无田似我犹欣舞,何况田间望岁心!

【注释】

　　[1]苏秀,苏州和秀州(今浙江嘉兴市)。[2]"不愁"二句:化用杜甫《茅屋为秋风所破歌》中的"床头屋漏无干处"和《春日江村》之一"春流岸岸深"之语。[3]"千里"二句:千里句即唐殷尧藩《喜雨》中原句。方回《瀛奎律髓》评云:"下得'应'字、'最'字有精神。"

陈与义(1090—1138)

　　陈与义,字去非,号简斋。自曾祖希亮始迁洛,故为洛人。登政和三年上舍甲科。尝赋《墨梅》,徽宗嘉赏之。累迁太学博士,擢符宝郎。寻谪监陈留酒税。高宗南迁,遂避乱襄汉,转湖湘,逾岭峤。绍兴元年夏,迁中书舍人兼掌内制。累官吏部侍郎、参知政事。尤长于诗词。方回称其与黄庭坚、陈师道为江西诗派"三宗"。

伤　春[1]

　　庙堂无策可平戎,坐使甘泉照夕烽[2]。初怪上都闻战马,岂知穷海看飞龙[3]!孤臣霜发三千丈,每岁烟花一万重[4]。稍喜长沙向延阁,疲兵敢犯犬羊锋[5]。

【注释】

　　[1]此诗作于建炎四年春,时作者流寓湖南。标题取杜甫《伤春》。[2]甘泉,汉行宫名,此处代指宋行宫。[3]"初怪"二句:上都,当指北宋首都汴京。闻战马,当指靖康年间(1126—1127)金人进攻汴京事。穷海:或指温州,即永嘉郡。谢灵运任永嘉太守时作《登池上楼》诗有"徇禄反穷海"之语。飞龙:指皇帝,语出《周易·乾》:"飞龙在天。"据《宋史·高宗本纪》载,建炎三年十二月金帅兀术犯临安府,高宗逃往明州入海,次年正月退至温州,始免金人追击。[4]"孤臣"二句:借用李白《秋浦歌》"白发三千丈,缘愁似个长"和杜甫《伤春》"关塞三千里,烟花一万重"之语。[5]"稍喜"二句:据李心传《建炎以来系年要录》卷三十一建炎四年金人攻潭州,向子諲初闻警报,率军民固守。长沙为潭州治所。向延阁即向子諲,字伯恭,时以龙图阁直学士知潭州。

第五节 中兴诗人与乾淳诗坛

陆 游(1125—1210)

陆游,字务观,越州山阴人。年十二能诗文,荫补登仕郎。绍兴二十三年(1153)试礼部,忤秦桧,被黜免。孝宗时,赐进士出身。出通判建康府、隆兴府。言者论游交结台谏,鼓唱是非,力说张浚用兵,免归。久之,通判夔州。王炎宣抚川、陕,辟为干办公事。范成大帅蜀,游为参议官,以文字交,不拘礼法,人讥其颓放,因自号放翁。绍熙元年,迁礼部郎中兼实录院检讨官。嘉泰二年,升宝章阁待制,致仕。游才气超逸,尤长于诗。

游山西村[1]

莫笑农家腊酒浑[2],丰年留客足鸡豚。山重水复疑无路,柳暗花明又一村[3]。箫鼓追随春社近[4],衣冠简朴古风存。从今若许闲乘月,拄杖无时夜叩门。

【注释】

[1]宋孝宗乾道二年(1166),陆游罢归故乡山阴镜湖之三山村。此诗约写于次年春。山西村当在山阴。[2]腊酒:头年腊月所酿的酒。[3]"山重"二句:强彦文诗有"远山初见疑无路,曲径徐行渐有村。"李商隐《夕阳楼》诗云:"花明柳暗绕天愁。"[4]"箫鼓"句:古以立春后第五个戊日为春社日,村民以箫鼓奏乐祭社公以祈丰年。

关山月[1]

和戎诏下十五年[2],将军不战空临边。朱门沉沉按歌舞[3],厩马肥死弓断弦。戍楼刁斗催落月[4],三十从军今白发。笛里谁知壮士心[5],沙头空照征人骨。中原干戈古亦闻,岂有逆胡传子孙[6]!遗民忍死望恢复,几处今宵垂泪痕。

【注释】

[1]此诗作于宋孝宗淳熙四年(1177),时陆游在成都范成大幕下任参议官。《关山月》为汉乐府鼓角横吹曲十五曲之一。[2]"和戎"句:隆兴元年(1163),宋孝宗以王之望与金议和,次年订立和约。至此为十五年。[3]朱门:此指将军甲第。沉沉:《史记·陈涉世家》:"入官,见殿屋帷帐,客曰:'夥颐!涉之为王沉沉者!'"[4]戍楼:守望边警的岗楼。刁斗:《史记·李将军列传》:"不击刁

斗以自卫。"[5]"笛里"句:《关山月》用笛吹奏。唐王昌龄《从军行》有"更吹羌笛《关山月》"。[6]逆胡传子孙:金自太宗南下俘宋徽、钦二帝,灭北宋,占有中原,至陆游写此诗时,已传三世,故云。

临安春雨初霁[1]

世味年来薄似纱,谁令骑马客京华?小楼一夜听春雨,深巷明朝卖杏花[2]。矮纸斜行闲作草,晴窗细乳戏分茶[3]。素衣莫起风尘叹[4],犹及清明可到家。

【注释】

[1]此诗作于淳熙十三年(1186)春,时陆游奉诏知严州,入京辞谢。[2]"小楼"二句:陈与义《怀天经智老因访之》诗有"杏花消息雨声中。"[3]闲作草:宋人认为草书是悠闲时的消遣,事忙不宜作草书。细乳:分茶时水面浮起的白色泡沫。苏轼《浣溪沙》词云:"雪沫乳花浮午琖。"分茶是宋代流行的一种茶道。[4]"素衣"句:晋陆机《为顾彦先赠妇》诗云:"京洛多风尘,素衣化为缁。"

杨万里(1127—1206)

杨万里,字廷秀,吉州吉水人。绍兴二十四年(1154)进士及第。光宗即位,召为秘书监。绍熙元年(1190),借焕章阁学士为接伴金国贺正旦使。出为江东转运副使。乞祠,自是不复出矣。宁宗嗣位,进宝文阁待制,致仕。万里精于诗,创"诚斋体"。诗歌依年代分编为《江湖集》、《荆溪集》、《西归集》、《南海集》、《朝天集》、《江西道院集》、《朝天续集》、《江东集》、《退休集》。

插秧歌[1]

田夫抛秧田妇接,小儿拔秧大儿插。笠是兜鍪蓑是甲,雨从头上湿到胛。唤渠朝餐歇半霎,低头折腰只不答。秧根未牢莳未匝,照管鹅儿与雏鸭。

【注释】

[1]此诗见《西归集》,作于宋孝宗淳熙六年(1179)四月初,时杨万里去官家居。

檄风伯[1]

峭壁呀呀虎擘口[2],恶滩汹汹雷出吼。沂流更着打头风[3],如撑铁船上牛斗。风伯劝尔一杯酒,何须恶剧惊诗叟[4]?端能为我霁威否[5]?岸柳掉头荻摇手。

【注释】

[1]此诗见于《南海集》。[2]呀呀：唐独孤及《和李尚书画射虎图歌》有"饥虎呀呀立当路"。[3]"泝流"句：白居易《小舫》有"白蘋香起打头风。"俗语有"屋漏偏遭连夜雨，行船更遇打头风"之句。[4]恶剧：犹言恶作剧。苏轼《白水山佛迹岩》诗云："山灵莫恶剧，微命安足赌。"[5]霁威：出自《汉书·魏相传》："（丙吉）与相书曰：'愿少慎事自重，臧器于身。'相心善其言，为霁威严。"

范成大（1126—1193）

范成大，字致能，自号石湖，吴郡人。绍兴二十四年擢进士第。隆兴再讲和，假资政殿大学士充金祈请国信使，竟得全节而归。除中书舍人。拜参知政事。成大素有文名，尤工于诗。有《石湖集》、《揽辔录》、《桂海虞衡志》行于世。《四库全书总目》卷一百六十《石湖诗集》提要云："成大在南宋中叶，与尤袤、杨万里、陆游齐名。今以杨、陆二集相较，其才调之健不及万里，而亦无万里之粗豪；气象之阔不及游，而亦无游之窠臼。"

四时田园杂兴（选七）

淳熙丙午，沉疴少纾，复至石湖旧隐。野外即事，辄书一绝，终岁得六十篇，号《四时田园杂兴》。

土膏欲动雨频催[1]，万草千花一饷开。舍后荒畦犹绿秀，邻家鞭笋过墙来[2]。

蝴蝶双双入菜花，日长无客到田家。鸡飞过篱犬吠窦，知有行商来买茶。

昼出耘田夜绩麻[3]，村庄儿女各当家。童孙未解供耕织，也傍桑阴学种瓜。

采菱辛苦废犁锄，血指流丹鬼质枯[4]。无力买田聊种水[5]，近来湖面亦收租！

垂成穑事苦艰难[6]，忌雨嫌风更怯寒。箋诉天公休掠剩，半偿私债半输官[7]。

新筑场泥镜面平，家家打稻趁霜晴。笑歌声里轻雷动，一夜连枷响到明[8]。

黄纸蠲租白纸催[9]，皂衣旁午下乡来[10]："长官头脑冬烘甚，乞汝青钱买酒回。"[11]

【注释】

[1]土膏欲动：《国语·周语一》："阳气俱蒸，土膏其动。"[2]鞭笋：由竹鞭（即竹根）延伸而生长出的嫩条。[3]绩麻：析麻搓成线，用之编织。[4]鬼质枯：枯瘦如鬼，不成人形。范成大《采菱》诗亦云："刺手朱殷鬼质青。"[5]种水：犹言把湖水当做土地，以水面收捞为谋生手段。[6]穑事：收获庄稼之事。《诗经·魏风·伐檀》："不稼不穑，胡取禾三百廛兮？"毛传："种之曰稼，敛之曰穑。"[7]"半偿"二句：自然灾害所余之收获，一半偿还私债，一半交租给官府。范成大《劳畲耕》有细述。[8]连枷：收获时脱粒的农具。[9]"黄纸"句：皇帝敕书用黄纸书写，地方官文告则用白纸。[10]皂衣：即皂隶，官府差役，因穿皂衣，故称。旁午：交错，此指皂隶频繁出动貌。[11]"长官"二句：此乃

摹写皂隶敲诈农民酒钱之语。参看范成大《催租行》。

朱　熹（1130—1200）

朱熹,字元晦,徽州婺源人。绍兴十八年进士及第。孝宗即位,上封事言"帝王之学,必先格物致知"。屡召不起。淳熙元年,主管台州崇道观,五年,知南康军。上疏极言时弊,忤孝宗。光宗即位,改知漳州。宁宗即位,除焕章阁待制、侍讲。庆元五年致仕。著书有《诗集传》、《大学中庸章句》、《论语孟子集注》等。

鹅湖寺和陆子寿[1]

德义风流夙所钦[2],别离三载更关心。偶扶藜杖出寒谷,又枉篮舆度远岑。旧学商量加邃密,新知培养转深沉。却愁说到无言处,不信人间有古今[3]。

【注释】

[1]此诗作于宋孝宗淳熙六年(1179)二月。鹅湖寺在今江西铅山县北。陆子寿,名九龄,抚州人,学者称复斋先生,与其弟陆九渊同为南宋哲学家。淳熙二年(1175),吕祖谦约朱熹与陆九渊兄弟同会于鹅湖,论辩学术。时陆九龄作诗。鹅湖之会三年后,陆九龄自抚州再访,朱熹作此诗和答前韵。[2]德义:《管子·形势解》曰:"德义者,行之美者也。德义美,故民乐之。"[3]"却愁"二句:委婉批评二陆所主心学缺乏历史主义的态度。

第六节　永嘉四灵与江湖诗派

徐　照（？—1211）

徐照,字道晖,永嘉人,自号山民。倡学晚唐诗。有《芳兰轩集》。与同郡徐玑字文渊、翁卷字灵舒、赵师秀字紫芝合称"永嘉四灵"。

题翁卷山居

空山无一人[1],君此寄闲身。水上花来远[2],风前树动频。虫行黏壁字[3],茶煮落巢薪。若有高人至,何妨不裹巾。

【注释】

[1]"空山"句:苏轼《十八罗汉赞》曰:"空山无人,水流花开。"[2]"水上"句:唐刘昚虚《阙题》

诗曰:"时有落花至,远随流水香。"[3]"虫行"句:陈师道《春怀示邻里》有"断墙着雨蜗成字"。

徐　玑(1162—1214)

徐玑,字文渊。曾任建安簿。《宋诗精华录》卷四云:"玑自谓能复唐诗,复贾岛、姚合之诗耳。诗多酸寒,寒不厌,酸则可厌。"

泊舟呈灵晖[1]

泊舟风又起,系缆野桐林。月在楚天碧,春来湘水深。官贫思近阙,地远动愁心。所喜同舟者,清羸亦好吟。

【注释】

[1]此诗当作于湖南。据叶适《徐文渊墓志铭》,徐玑曾任永州司理。永州即今湖南零陵县。灵晖,即徐照。

翁　卷(生卒年不详)

翁卷,字续古,一字灵舒,乐清人,着有《西巌集》,一名《苇碧轩集》。

乡村四月

绿遍山原白满川,子规声里雨如烟。乡村四月闲人少,纔了蚕桑又插田。

赵师秀(1170—1220)

赵师秀,字紫芝,永嘉人。登绍兴第。有《清苑斋集》。四灵专尚五言律,赵师秀云:"一篇幸止有四十字,更增一字,吾未如之何矣。"其才力之薄弱可想。然师秀于四灵中最灵秀。

薛氏瓜庐[1]

不作封侯念,悠然远世纷[2]。惟应种瓜事,犹被读书分。野水多于地,春山半是云[3]。吾生嫌已老,学圃未如君[4]。

【注释】

[1]此诗为题薛师石宅舍"瓜庐"而作。薛师石,字景石,永嘉人,有《瓜庐诗》。[2]"不作"二句:《史记·萧相国世家》:"召平者,故秦东陵侯。秦破,为布衣,贫,种瓜于长安城东,瓜美,故世俗

谓之'东陵瓜',从召平以为名也。"[3]"野水"二句:陈衍《宋诗精华录》卷四谓此二句"何减石屏之'渡旁渡'、'山外山'邪!上句似乎过之。"[4]学圃:《论语·子路》:樊迟"请学为圃,(子)曰:'吾不如老圃。'"

戴复古(1167—1248?)

戴复古,字式之,号石屏,从林景思、徐似道游,又登陆游之门,讲明诗法。后走东湖,过河汉淮粤。盖二十年然后归,而诗乃大进。真德秀称其句法不减孟浩然,由是遂名天下。有《石屏集》行世。陈衍《宋诗精华录》卷四:"石屏诗心思力量,皆非晚宋人所有,以其寿长入晚宋,屈为晚宋之冠。"

庚子荐饥[1]

饿走抛家舍,纵横死路歧。有天不雨粟,无地可埋尸[2]。劫数惨如此,吾曹忍见之?官司行赈恤,不过是文移[3]。

【注释】

[1]庚子,即宋理宗嘉熙四年(1240)。荐饥,连年灾荒。诗人用六首五言律诗纪录了这场大劫难,此选其第三首。[2]"有天"二句:写出呼天无路、哭地无门的惨景。雨粟出自《淮南子·本经》:"昔者,苍颉作书,而天雨粟,鬼夜哭。"[3]"官司"二句:见《宋史·理宗本纪二》,理宗下诏赈灾,但下级"官司"并未付诸行动。

梦中亦役役

半夜群动息[1],五更百梦残。天鸡啼一声[2],万枕不遑安[3]。一日一百刻[4],能得几刻闲?当其闲睡时,作梦更多端。穷者梦富贵,达者梦神仙。梦中亦役役,人生良鲜欢。

【注释】

[1]群动:诸种活动。陶渊明《饮酒》之七:"日入群动息,归鸟趋林鸣。"[2]天鸡:《初学记》卷三十晋郭璞《玄中记》云:"桃都山有大树,曰桃都,枝相去三千里,上有天鸡。日出照木,天鸡即鸣,天下鸡皆鸣。"[3]万枕不遑安:黄庭坚《戏答俞清老道人寒夜三首》之一云:"马嘶车铎鸣,群动不遑安。"[4]一日一百刻:古以铜壶刻漏计时,一昼夜分为一百刻。

刘克庄(1187—1269)

刘克庄,字潜夫,号后村居士,福建莆田人。理宗朝赐同进士出身。除秘书少监,兼权国史院编修。景定元年,贾似道为相,克庄与似道有旧,除秘书监。累进除权工部尚书兼侍读。为江湖诗人领袖。

军中乐[1]

行营面面设刁斗,帐门深深万人守[2]。将军贵重不据鞍,夜夜发兵防隘口。自言房畏不敢犯,射麋捕鹿来行酒。更阑酒醒山月落,彩缣百段支女乐[3]。谁知营中血战人,无钱得合金疮药[4]!

【注释】

[1]此诗是刘克庄以抗战为主题的十首新乐府诗之一。[2]行营:军队出征时使用的营幕。[3]彩缣:双丝织的黄色细绢,用作赏赠酬谢之物。[4]金疮:指刀剑创伤。

北来人二首

试说东都事,添人白发多[1]。寝园残石马[2],废殿泣铜驼[3]。胡运占难久,边情听易讹。凄凉旧京女,妆髻尚宣和[4]。

十口同离仳[5],今成独雁飞。饥锄荒寺菜,贫着陷蕃衣[6]。甲第歌钟沸,沙场探骑稀[7]。老身闽地死,不见翠銮归。

【注释】

[1]东都:指汴京。[2]"寝园"句:谓北宋帝后陵园残破。寝园:帝王陵园中有寝殿,为祭祀之所。石马,指列于陵墓前的石刻之马。[3]"废殿"句:谓宫殿荒凉,铜驼哭泣于荆棘之中,《晋书·索靖传》:"(靖)知天下将乱,指洛阳宫门铜驼叹曰:'会见汝在荆棘中耳!'"[4]"妆髻"句:旧都妇女的妆扮和发髻还保留着宋徽宗宣和年间(1119—1125)的式样。[5]"十口"句:意谓从北方逃到南方来原有十口人。离仳:离别。[6]陷蕃衣:意谓人虽逃回南宋,但因贫穷还穿着沦陷于金国时穿的衣服。[7]"甲第"二句:谓南宋的达官贵人只顾歌舞宴乐,全无收复失地之心,不派人探听金国军情。

第七节　遗民诗人

文天祥(1236—1282)

文天祥,字宋瑞,吉州吉水人。年二十,举进士第一。后稍迁刑部郎官、尚书左司郎官。累为台臣论罢。三十七岁致仕。咸淳九年,起为湖南提刑。德祐初,江上报急,聚众万人赴召入卫,尽以家赀为军费。未几,宋降。寻除右丞相兼枢密使,与元丞相伯颜抗论皋亭山,元丞相怒拘之。夜亡入真州。收残兵,屡战屡败,为张弘范兵所执,护送至燕京。至元十九年,从容临刑。《四库全书总目》卷一百六十四《文山集》提要云:"天祥平生大节,照耀古今。而著作亦极雄赡,如长江大河,浩瀚无际。"

金陵驿[1]

草合离宫转夕晖[2],孤云漂泊复何依!山河风景元无异[3],城郭人民半已非[4]。满地芦花和我老[5],旧家燕子傍谁飞[6]?从今别却江南路,化作啼鹃带血归[7]。

【注释】

[1]此诗为文天祥兵败被俘后押赴燕京途中过金陵驿时所作。金陵驿,即今江苏南京市。[2]"草合"句:言金陵离宫(又称行宫)一片荒凉。建炎元年五月,高宗即府治建行宫。[3]"山河"句:出《世说新语·言语》:过江诸人于新亭饮宴,"周侯中坐而叹曰:'风景不殊,正自有山河之异。'"[4]"城郭"句:《搜神后记》载汉辽东人丁令威学道成仙后化鹤归来,落城门华表柱上,飞鸣作人言:"有鸟有鸟丁令威,去家千年今始归,城郭犹是人民非。"[5]"满地"句:暗用刘禹锡《西塞山怀古》有"金陵王气黯然收"和"故垒萧萧芦狄秋"之句。[6]"旧家"句:用刘禹锡《乌衣巷》:"旧时王谢堂前燕,飞入寻常百姓家。"[7]江南路:南宋时金陵属江南东路。啼鹃:据说蜀王杜宇死时化作杜鹃。

林景熙(1242—1310)

林景熙,字德旸,温州平阳人。咸淳七年太学释褐,授泉州教官。宋亡后,不复仕,乃栖隐故山,以诗书自娱。往来吴越间,殆二十余年。少工举业,有场屋声,时文既废,倡为古文,发为骚章,往往尤臻其奥。有《白石樵唱》行于世。

山窗新糊有故朝封事稿阅之有感[1]

偶伴孤云宿岭东,四山欲雪地炉红[2]。何人一纸防秋疏[3],却与山窗障北风[4]。

【注释】

[1]此诗作于宋亡以后。封事,官吏上书奏机密事,为防泄露,用皂囊封缄呈进,故称封事。[2]地炉:取暖的火坑。司空图《修史亭》有"地炉生火自温存"句。[3]防秋疏:防御敌人入侵而进呈朝廷的奏章。《旧唐书·陆贽传》:"西北边常以重兵守备,谓之防秋。"[4]北风:双关自北方而来的蒙古族人。宋遗民常用北风比喻元朝军队。

汪元量（1241—1330?）

汪元量，字大有。尝以善琴受知度宗。宋亡，从三宫北去，留燕甚久。自号水云子，有《水云集》。

湖州歌（选二）[1]

一舸吴山在眼中，楼台叠叠间青红[2]。锦帆后夜烟江上，手抱琵琶忆故宫。

北望燕云不尽头[3]，大江东去水悠悠。夕阳一片寒鸦外，目断东西四百州[4]。

【注释】

[1]宋恭帝德祐二年（1276）正月，元伯颜进军至临安东北之皋亭山，宋朝太皇太后上传国玺请降。二月，元军进屯湖州（今浙江湖州），令人索取太皇太后谕天下州郡降附的手诏，三月，伯颜以宋三宫北行。湖州之降附手诏，是宋亡的标志，故诗以《湖州歌》为题。原作九十八首，此选其二首。[2]"一舸"二句：谓吴山上南宋御苑的楼台，均在一掬泪眼之中。吴山又名胥山，在今杭州市西湖东南，上有皇帝御苑。汪元量《越州歌》有"昨梦吴山阆苑开，风吹仙乐下瑶台。"[3]燕云：即燕云十六州，其地在今河北、山西北部。五代石敬瑭以燕云十六州赂契丹，其地先后为女真、蒙古族占领。此泛指元大都燕京一带，即北行目的地。[4]东西：一作"东南"。四百州，《元丰九域志》王存上表曰："总二十三路，京府四，次府十，州二百四十二，军三十七，监四。"南宋不及此数。

第二章　宋　文

　　宋代是传统古文与骈文极为重要的发展时期。所谓"古文",指秦汉时流行的文体,多单行散句,抒写自由,"言之短长与声之高下皆宜"。所谓"骈文",指起于南朝齐梁的"四六偶俪之文",即"四六文",全篇以偶句为主,讲究声律,多以四字六字相间为句,号称"骈四俪六"。

　　中唐韩愈、柳宗元领导的古文运动虽取得很大实绩,但历经晚唐五代,古文创作又趋衰落。宋初文坛沿袭五代,骈风甚盛,文体卑弱浮艳,内容空洞不实。柳开首先反对五代余风,他以韩柳继承者自命,倡导古文,力主古文与儒道统一,将文章视为明道的工具。其创作重道轻文,以牺牲文采为代价,有"辞涩言苦"之弊。王禹偁强调古文要"传道明心",但他理解的"道"不像柳开那样偏向伦理纲常,而倾向于从政惠民的政治措施和修身垂教的个人操守。他推崇韩文平易晓畅的风格,其文骈散兼行,颇有抒情味和音乐性,避免了"语艰意奥"的缺点。

　　真宗朝,西昆体时文统治文坛。此后二十多年,鼓吹复兴古道、以救斯文的范仲淹、穆修、孙复、尹洙、石介、苏舜钦等人,大倡古文写作。其中石介著《怪说》猛烈抨击西昆体,尹洙古文"简而有法",苏舜钦"文章雄健负奇气",为欧阳修领导的古文运动在理论和创作上铺平了道路。

　　仁宗天圣到嘉祐年间,古文运动声势日隆,而欧阳修以其杰出的创作和领导才能,成为这个运动的真正领袖。苏轼《六一居士集序》称其为"今之韩愈",自欧阳修出,天下士大夫"争自濯磨,以通经学古为高,以救时行道为贤,以犯颜纳说为忠",改变了"斯文终有愧于古"的局面。欧文包罗广泛,论辩、记叙、序跋、书信、祭文、墓志等均有名篇。其文风纡余委备,条达疏畅,抑扬顿挫,一唱三叹,富有感染力。他嘉祐二年(1057)知贡举,痛抑太学体险怪文风,使中唐以来古文的奇僻苦涩得以根除,从此宋文沿着文从字顺的道路发展。

　　欧阳修识拔奖掖一批后进学人,其中曾巩、王安石、苏洵、苏轼、苏辙相继活跃在北宋中后期文坛，使古文创作达到前所未有的辉煌鼎盛。曾巩最早受知于欧阳修，得其作文之法，纡徐而不烦，简奥而不晦，卓然自成一家。王安石之文如老吏断狱，不枝不蔓，简劲峭拔。苏洵政论史论博辩宏伟，纵横驰骤，赠序书信简切温厚。苏辙文汪洋澹泊，有一唱三叹之音。苏轼成就最高，其文各体兼擅，如行云流水，文理自然，议政论史之文雄辩滔滔，其它杂文涉笔成趣，姿态横生，达到了从心所欲不逾矩的自由创作境地。

苏门后学如黄庭坚、秦观、张耒、晁补之、陈师道、李廌、李格非等人，其古文创作虽不及苏轼，但各有特色，为北宋后期文坛增色不少。徽宗朝禁锢"元祐学术"，古文创作一度低落。

金人南侵，国难当头，抗金救亡、痛斥卖国误国行径成为南宋初期古文最重要主题，岳飞、宗泽、李光、赵鼎、胡铨等人的作品，无暇修饰雕琢，慷慨直陈，鼓动人心。据徐梦莘《三朝北盟会编·自序》称："搢绅草茅，伤时感事，忠愤所激，据所闻见，笔而为记录者，无虑数百家。"这些文字记录了北宋覆亡时人们的惨痛经历，李清照《金石录后序》一文尤为著名。

南宋中期，浙东学派继承了南渡的古文传统，陈亮抗论恢复大计，叶适、陈傅良指陈时弊，志意慷慨，健论纵横。道学家除穷心尽性的学术性论文外，还有一些寄理寓道的随笔，为人称道。其代表人物朱熹的文章明净晓畅，文从字顺，有从容自适之致，无道学家迂腐拖沓习气。吕祖谦试图融合"宗苏者"文苑传统和"祖程者"道学传统，其古文能做到衔华佩实，有儒者风范。除学者之文外，同时期诗人词人如陆游的《入蜀记》、范成大的《吴船录》等山水纪行日记，杨万里的《千虑策》、辛弃疾的《美芹十论》等论政议事之文也极负盛名。

南宋后期，文风日卑，奇诡浮艳之外，语录体盛行，迂腐空疏。朱子后学真德秀、魏了翁尚能醇正有法，声称于当时。宋元易代之际，文天祥以身殉国，其文悲愤慷慨；谢翱、林景熙、郑思肖之文充满故国之思，抑郁苍凉，表达了遗民心声。

骈体四六文在宋代也甚为发达，宋人别集几乎都有四六文，甚至有用"四六"名其文集的。宋初之文，沿袭五代旧习，多骈俪之词。真宗朝，杨亿、刘筠主持文坛，学李商隐四六，喜用古语，精敏工切，号为"时文"，天下靡然风向。由于西昆体时文有助于取科第，擅名声，所以能吸引后学，盛行文坛三十年。

欧阳修早期骈文也受西昆体影响，但其后他倡导古文，效法韩柳，将散文化句式移入偶对之中，不求切对之工；少用故事陈言，而叙事明白切当；不以浮靡之辞充塞篇章，只用平淡文字倾吐衷曲。他的四六文矫正了西昆时文繁缛典丽的文风，形成一种带有宋人古文特征的新体四六。

王安石师承欧阳修新体四六,其文以谨严峭拔为特点,用笔典正凝炼,如其《答吕吉甫书》,严正而又宛转,显示其坚毅性格与宽厚德量。苏轼更将新体四六创作推向高峰,其文如行云流水,句式灵活多变,《谢量移汝州表》、《王安石赠太傅制》等,宛转附物,怊怅切情,议论既精,叙事亦妙。其"委曲精尽,不减古文"(《欧阳修《试笔》》)。宋四六风格不同于唐体,成为文坛的新典范。

南渡前后及南宋中期,新体四六达到鼎盛,名家辈出。汪藻、周必大的制诰笺表,法度谨严,近王安石,如汪藻《皇太后告天下手书》,立言得体,气势激扬,读之令人感动。孙觌、杨万里的启疏杂著,文笔宏肆,近苏轼,如孙觌《西徐上梁文》,惊奇兀傲,写景抒情,造语工致,用事贴切。此外如洪适、洪迈、綦崇礼、程组、楼钥诸人也以四六擅场。

南宋后期四六有冗滥之弊,其中真德秀、魏了翁、刘克庄等人较为特出。《四六丛话》卷三三评真德秀文"华而有骨,质而弥工,不染词科之习"。

宋代的赋也在古文运动影响下发生很大变化。赋兼具诗和文的性质,富有文采音节之美。由汉魏六朝而至唐,经过辞赋、骈赋、律赋几个不同阶段的发展,宋初之赋仍以骈赋、律赋为主。律赋的特点是对仗工整,音节谐协,韵脚固定,由于多为应试之作,因而有为文造情之弊。北宋中叶,欧阳修等古文家试用单笔散体来写赋,体制上突破了骈赋、律赋的限制,风格更接近古文散体,由此形成一种新的"文赋"。欧阳修《秋声赋》、苏轼前后《赤壁赋》为文赋树立了杰出的典范。从此,自宋元历明清,文赋成为赋体中最富于艺术情趣的样式。

参考书目:

曾枣庄,刘琳.全宋文[M].上海:上海辞书出版社,2006.

四川大学中文系古典文学教研室.宋文选[M].北京:人民文学出版社,1980.

吕祖谦.宋文鉴[M].北京:中华书局,1992.

高步瀛.唐宋文举要[M].上海:上海古籍出版社,1982.

曾枣庄.宋文通论[M].上海:上海人民出版社,2008.

第一节　北宋初期古文

柳　开(947—1000)

柳开,字仲涂,字绍先,大名人。好讨论经义,慕韩柳及文中子。开宝六年举进士,任宋州司寇参军。擢赞善大夫，历知常州、润州、贝州，授殿中侍御史。尝贬滁州团练使。《宋史》入《文苑传》。

代王昭君谢汉帝疏[1]

臣妾奉诏出妻单于[2]，众谓臣妾有怨愤之心，是不知臣妾之意也。臣妾今因行，敢谢陛下以言，用明臣妾之心无怨愤也。

夫自古妇人，虽有贤异之材、奇峻之能，皆受制于男子之下，妇人抑挫至死，亦罔敢雪于心；况幽闭殿廷，备职禁苑[3]，悲伤自负，生平不意者哉！臣妾少奉明选[4]，得列嫔御[5]，虽年华代谢，芳时易失，未尝敢尤怨于天人。纵绝幸于明主，虚老于深宫，臣妾知命之如是也。不期国家以戎虏未庭，干戈尚炽，胡马南牧[6]，圣君北忧，虑烦师征，用竭民力，征前帝之事[7]，兴和亲之策，出臣妾于掖垣[8]，妻匈奴于沙漠，斯乃国家深思远谋、简劳省费之大计也。臣妾安敢不行矣！况臣妾一妇人，不能违陛下之命也。

今所以谢陛下者，以安国家，定社稷，息兵戈，静边戍，是大臣之事也。食陛下之重禄，居陛下之崇位者，曰相，宜为陛下谋之；曰将，宜为陛下伐之。今用臣妾以和于戎，朝廷息轸顾之忧[9]，疆场无侵渔之患[10]，尽系于臣妾也。是大臣之事，一旦之功，移于臣妾之身矣。臣妾始以幽闭为心，宠幸是望，今反有安国家、定社稷、息兵戎、静边戍之名，垂于万代，是臣妾何有于怨愤也？顾陛下宫闱中复有如妾者，臣妾身死之后，用妻于单于，则国安危之事，复何足虑于陛下之心乎？陛下以此安危系于臣妾一妇人[11]，臣妾敢无辞以谢陛下也。

【注释】

[1]此疏代古人立言，以古切今，婉转讽刺，颇有意味。《文心雕龙·奏启》："陈政事，献典仪，上急变，劾愆谬，总谓之奏。……自汉以来，奏事或称上疏。"[2]臣妾奉诏出妻单于：《汉书·元帝纪》："竟宁元年春正月，匈奴呼韩邪单于来朝。诏曰：'匈奴郅支单于背叛礼义，既伏其辜。呼韩邪单于不忘恩德，向慕礼义，复修朝贺之礼，愿保塞传之无穷，边垂长无兵革之事。其改元为竟宁，赐单于待诏掖庭王嫱为阏氏。'"阏氏音焉支，单于之妻，匈奴王后。[3]"幽闭殿廷"二句：即待诏掖庭。颜师古注引应劭曰："郡国献女未御见，须命令于掖庭，古曰待诏。"[4]明选：指宫廷拣选宫女。[5]嫔御：《左传·哀公元年》："今闻夫差，次有台榭陂池焉，宿有妃嫱嫔御焉。"杜预注："妃嫱，贵者；嫔御，贱者，皆内官。"[6]"戎虏未庭"三句：汉代屡受匈奴侵扰，然据《汉书·匈奴列传》，至宣帝之世，"承武帝奋击之威，直匈奴百年之运，因其坏乱几亡之厄，权时施宜，覆以威德，然后单于稽首臣服，遣子入侍，三世称藩，宾于汉庭。是时边城晏闭，牛马布野，三世无犬吠之警，黎庶亡干戈之役。后六十余载之间，遭王莽篡位，始开边隙"。元帝在位时，匈奴正处于"坏乱几亡之厄"，无"胡马南牧"事。呼韩邪单于求亲，并非与汉起干戈，而是出于报恩。此言因"戎虏未庭"而和亲，乃沿袭小说家

言。[7]前帝之事:《汉书·匈奴列传》:"是时匈奴以汉将数率众往降,故冒顿常往来侵盗代地,于是高祖患之,乃使刘敬奉宗室女翁主为单于阏氏,岁奉匈奴絮缯酒食物各有数,约为兄弟以和亲,冒顿乃少止。""昔和亲之论,发于刘敬,是时天下初定,新遭平城之难,故从其言,约结和亲,赂遗单于,冀以救安边境。孝惠、高后时遵而不违。"[8]掖垣:宫殿围墙,代指宫廷。[9]轸顾:深切顾虑。[10]疆场:国界。[11]"陛下"句:唐戎昱《咏史》:"社稷依明主,安危托妇人。"此用其意以讽。

王禹偁(传略见前宋诗部分)

待漏院记[1]

天道不言,而品物亨、岁功成者[2],何谓也?四时之吏[3],五行之佐[4],宣其气矣。圣人不言[5],而百姓亲、万邦宁者,何谓也?三公论道[6],六卿分职[7],张其教矣。是知君逸于上,臣劳于下[8],法乎天也。古之善相天下者,自咎、夔至房、魏[9],可数也。是不独有其德,亦皆务于勤尔。况夙兴夜寐,以事一人,卿大夫犹然[10],况宰相乎!

朝廷自国初因旧制,设宰臣待漏院于丹凤门之右[11],示勤政也。至若北阙向曙,东方未明,相君启行,煌煌火城[12];相君至止,哕哕銮声[13]。金门未辟[14],玉漏犹滴[15],彻盖下车,于焉以息。待漏之际,相君其有思乎?

其或兆民未安,思所泰之;四夷未附,思所来之[16];兵革未息,何以弭之;田畴多芜,何以辟之;贤人在野,我将进之;佞臣立朝,我将斥之;六气不和[17],灾眚荐至[18],愿避位以禳之[19];五刑未措[20],欺诈日生,请修德以厘之[21]。忧心忡忡,待旦而入。九门既启,四聪甚迩[22]。相君言焉,时君纳焉。皇风于是乎清夷[23],苍生以之而富庶。若然,总百官,食万钱,非幸也,宜也。

其或私仇未复,思所逐之;旧恩未报,思所荣之;子女玉帛,何以致之;车马器玩,何以取之;奸人附势,我将陟之;直士抗言,我将黜之;三时告灾[24],上有忧色,构巧词以悦之;群吏弄法,君闻怨言,进谄容以媚之。私心慆慆[25],假寐而坐。九门既开,重瞳屡回[26]。相君言焉,时君惑焉。政柄于是乎隳哉[27],帝位以之而危矣!若然,则下死狱,投远方,非不幸也,亦宜也。

是知一国之政,万人之命,悬于宰相,可不慎欤?复有无毁无誉,旅进旅退[28],窃位而苟禄,备员而全身者,亦无所取焉。

棘寺小吏王禹偁为文[29],请志院壁,用规于执政者。

【注释】

[1]此文作于雍熙四年(987)冬王禹偁任大理评事时。待漏院为百官晨集以待朝见皇帝时休憩之所。据朱彧《萍洲可谈》卷一,北宋待漏院"在皇城外仗舍",即本文所言"于丹凤门之右"。作者

借为待漏院作记以规箴宰相。吴楚材等《古文观止》卷九谓此文"虽名为记，极似箴体"。浦起龙《古文眉诠》评其"非骈非散，似箴似铭。文格犹沿五代，而紧切'待'字落想。词无鲠避，正色毅然"。[2]"天道不言"二句：《论语·阳货》："子曰：'天何言哉！四时行焉，百物生焉，天何言哉！'"[3]四时之吏：即司四时之神，春神句芒，夏神祝融，秋神蓐收，冬神玄冥。因其助天为治，故曰吏。[4]五行之佐：掌管金、木、水、火、土五行之神，即木正句芒，火正祝融，金正蓐收，水正玄冥，土正后土。[5]圣人：指皇帝。[6]三公论道：《尚书·周书·周官》："立太师、太傅、太保，兹惟三公，论道经邦，燮理阴阳。"[7]六卿分职：《尚书·周书·天官》："冢宰掌邦治，统百官，均四海。司徒掌邦教，敷五典，扰兆民。宗伯掌邦礼，治神人，和上下。司马掌邦政，统六师，平邦国。司寇掌邦禁，诘奸慝，刑暴乱。司空掌邦土，居四民，时地利。六卿分职，各率其属，以倡九牧，阜成兆民。"[8]"君逸于上"二句：扬雄《法言·孝至》："君逸臣劳，何天之劳？"[9]咎、夔：即咎繇与后夔，帝舜之贤臣。房、魏：即房玄龄、魏征，唐太宗之贤相。[10]卿大夫：指宰相以下朝廷高级官吏。[11]"朝廷自国初"二句：待漏院始设于唐朝。李肇《唐国史补》卷中："旧百官早朝，必立马于望仙、福建门外，宰相于光宅车坊，以避风雨。元和初，始制待漏院。"丹凤门：汴京皇城之南门。[12]火城：《唐国史补》卷下："每元日、冬至立仗，大官皆备珂伞，列烛有至五六百炬者，谓之火城。宰相火城将至，则众少皆扑灭以避之。"[13]哕哕銮声：《诗经·鲁颂·泮水》："鸾声哕哕。"哕哕，象声词，有节奏之车铃声。銮即鸾铃，系于马衔两边。[14]金门：汉有金马门，代指官门。[15]玉漏犹滴：漏壶中水未滴尽，指天尚未亮。[16]来之：抚其至曰来。《论语·季氏》："故远人不服，则修文德以来之。"[17]六气：《左传·昭公元年》："六气曰阴、阳、风、雨、晦、明也。"[18]灾眚：灾难。荐至：重叠而来。[19]避位以禳之：辞职以消灾。[20]五刑：指墨、劓、剕、宫、大辟五种刑罚。措：弃置，废弃。[21]厘：治理。[22]"九门"二句：谓天子之官门既开，可通四方耳目。九门，泛指宫门。《尚书·虞书·舜典》："明四目，达四聪。"孔颖达疏："明四方之目，使为己远视四方也。达四方之聪，使为己远听闻四方也。"[23]皇风：朝廷政治风气。[24]三时：春、夏、秋三个农时。[25]慅慅：纷乱不息貌。[26]重瞳：目中有二眸子，指皇帝之眼。《史记·项羽本纪赞》："舜目盖重瞳子。"[27]隳：毁坏，堕落。[28]旅进旅退：指随朝班进退，而无所建树。旅，俱。[29]棘寺：即大理寺。《周礼·秋官司寇》载朝臣之位，树棘以为识。郑玄注："树棘以为位者，取其赤心而外刺。"称大理寺为棘寺，本此。小吏，王禹偁时任大理评事，故称。

第二节　北宋中期古文

欧阳修（传略见前宋诗部分）

朋党论[1]

臣闻朋党之说，自古有之[2]，惟幸人君辨其君子小人而已。大凡君子与君子以同道为朋,小人与小人以同利为朋,此自然之理也。

然臣谓小人无朋,惟君子则有之,其故何哉?小人所好者,禄利也;所贪者,财货也。当其同利之时,暂相党引以为朋者[3],伪也。及其见利而争先,或利尽而交疏,则反相贼害,虽其兄弟亲戚不能相保。故臣谓小人无朋,其暂为朋者,伪也。君子则不然,所守者道义,所行者忠信,所惜者名节。以之修身,则同道而相益;以之事国,则同心而共济,终始如一,此君子之朋也。

故为人君者,但当退小人之伪朋,用君子之真朋,则天下治矣。尧之时,小人共工、驩兜等四人为一朋[4],君子八元、八恺十六人为一朋[5]。舜佐尧退四凶小人之朋,而进元、恺君子之朋[6],尧之天下大治。及舜自为天子,而皋、夔、稷、契等二十二人并列于朝[7],更相称美,更相推让,凡二十二人为一朋,而舜皆用之,天下亦大治。《书》曰:"纣有臣亿万,惟亿万心;周有臣三千,惟一心。"[8]纣之时亿万人,各异心,可谓不为朋矣,然纣以亡国。周武王之臣,三千人为一大朋,而周用以兴。后汉献帝时,尽取天下名士囚禁之,目为党人[9]。及黄巾贼起[10],汉室大乱,后方悔悟,尽解党人而释之[11],然已无救矣。唐之晚年,渐起朋党之论[12]。及昭宗时,尽杀朝之名士,或投之黄河,曰:"此辈清流,可投浊流。"[13]而唐遂亡矣[14]。

夫前世之主,能使人人异心不为朋,莫如纣;能禁绝善人为朋,莫如汉献帝;能诛戮清流之朋,莫如唐昭宗之世,然皆乱亡其国。更相称美推让而不自疑,莫如舜之二十二臣,舜亦不疑而皆用之。然而后世不诮舜二十二人朋党所欺,而称舜为聪明之圣者,以辨君子与小人也。周武之世,举其国之臣三千人共为一朋,自古为朋之多且大莫如周,然周用此以兴者,善人虽多而不厌也。

夫兴亡治乱之迹,为人君者可以鉴矣。

【注释】

[1]仁宗庆历三年(1043),杜衍、范仲淹等人酝酿推行新政,欧阳修时为谏官,拥护杜、范,夏竦及其同党造为党论,目衍、仲淹及修为党人。欧阳修乃作《朋党论》奏上。沈德潜《唐宋八家文读本》卷一〇称此文"反反复复,说小人无朋,君子有朋,末归到人君能辨君子小人。"[2]朋党之说自古有之:《韩非子·孤愤》:"朋党比周以弊主。"王禹偁《朋党论》:"夫朋党之来远矣,自尧、舜时有之。"朋党指气味相投之人集团。[3]党引:结为私党,互相援引。[4]共工、驩兜等四人:另二人为三苗、鲧,为尧时四凶。《尚书·虞书·舜典》载舜"流共工于幽州,放驩兜于崇山,窜三苗于三危,殛鲧于羽山"。[5]八元、八恺:《左传·文公十八年》:"昔高阳氏有才子八人:苍舒、隤敱、梼戭、大临、龙降、庭坚、仲容、叔达,齐圣广渊,明允笃诚,天下之民,谓之八恺。高辛氏有才子八人:伯奋、仲堪、叔献、季仲、伯虎、仲熊、叔豹、季狸,忠肃共懿,宣慈惠和,天下之民,谓之八元。"[6]"舜佐尧"二句:《左传·文公十八年》称,"舜臣尧,举八恺,使主后土","举八元,使布五教于四方","流四凶族"。[7]皋、

夔、稷、契等二十二人:《尚书·虞书·舜典》载皋陶作士,夔典乐,稷主后稷,契作司徒。《史记·五帝本纪》引舜曰:"嗟! 女二十有二人。"裴骃《史记集解》引马融曰:"禹及垂已下,皆初命,凡六人。与上十二牧、四岳,凡二十二人。"[8]"《书》曰"五句:《尚书·周书·泰誓上》:"受(纣王)有臣亿万,惟亿万心;予有臣三千,惟一心。"[9]"后汉献帝"三句:党锢之祸实为后汉桓帝、灵帝时事。据《后汉书·党锢列传》载,李膺、范滂等二百余名士被目为党人,在桓帝时被捕入狱,灵帝时大多死于狱中,其它各州郡士人"死、徙、废、禁者六七百人。"[10]黄巾贼起:指后汉灵帝中平元年张角为首之太平道黄巾起义。[11]"后方悔悟"二句:见《后汉书·党锢列传》灵帝大赦党人一节。[12]"唐之晚年"二句:指唐穆宗至宣宗年间,以牛僧孺、李德裕为首之官僚集团相互斗争,史称牛、李党争。[13]"及昭宗时"六句:据《旧五代史·梁书·李振传》载,天祐三年,宰相柳璨迎合梁太祖朱全忠之意,谮杀大臣裴枢、陆扆等七人。李振谓太祖曰:"此辈自谓清流,宜投于黄河,永为浊流。"太祖笑而从之。[14]唐遂亡矣:天祐四年,昭宣帝让位于朱全忠,唐亡。此言昭宗,当为昭宣帝之误。

苏舜钦(传略见前宋诗部分)

沧浪亭记[1]

予以罪废[2],无所归。扁舟南游,旅于吴中[3],始僦舍以处。时盛夏蒸燠,土居皆褊狭[4],不能出气,思得高爽虚辟之地,以舒所怀,不可得也。

一日过郡学[5],东顾草树郁然,崇阜广水,不类乎城中。并水得微径于杂花修竹之间[6],东趋数百步,有弃地,纵广函五六十寻[7],三向皆水也。杠之南[8],其地益阔,旁无民居,左右皆林木相亏蔽。访诸旧老,云:"钱氏有国[9],近戚孙承右之池馆也[10]。"坳隆胜势,遗意尚存。予爱而徘徊,遂以钱四万得之。构亭北碕[11],号沧浪焉。前竹后水,水之阳[12],又竹无穷极。澄川翠干,光影会合于轩户之间,尤与风月为相宜。

予时榜小舟,幅巾以往[13],至则洒然忘其归。觞而浩歌,踞而仰啸,野老不至,鱼鸟共乐。形骸既适则神不烦,观听无邪则道以明,返思向之汩汩荣辱之场,日与锱铢利害相磨戛,隔此真趣,不亦鄙哉!

噫! 人固动物耳,情横于内而性伏[14],必外寓于物而后遣。寓久则溺,以为当然,非胜是而易之,则悲而不开。惟仕宦溺人为至深,古之才哲君子,有一失而至于死者,多矣! 是未知所以自胜之道[15]。予既废,而获斯境,安于冲旷,不与众驱,因之复能乎内外失得之原,沃然有得。笑闵万古,尚未能忘其所寓目,用是以为胜焉。

【注释】

[1]庆历四年(1044)秋,苏舜钦因进奏院事件而免官,离开汴京,旅居苏州,置园林,构亭而作此

记。记文叙述其人生转折之过程及思考。"沧浪"二字,取义于《楚辞·渔父》:"沧浪之水清兮,可以濯吾缨;沧浪之水浊兮,可以濯吾足。"[2]予以罪废:《宋史·苏舜钦传》:"舜钦娶宰相杜衍女。衍时与仲淹、富弼在政府,多引用一时闻人,欲更张庶事。御史中丞王拱辰等不便其所为。会进奏院祠神,舜钦与右班殿值刘巽辄用鬻故纸公钱,召妓乐,间多会宾客。拱辰廉得之,讽其属鱼周询等劾奏,因欲摇动衍。事下开封府劾治。于是舜钦与巽俱坐自盗除名。同时会者皆知名士,因缘得罪出四方者十余人。"[3]吴中:此指苏州,苏州周时属吴国,故称。[4]土居:当地房舍。[5]郡学:苏州官立学校。北宋州县皆立学,州即郡。[6]并水:傍水。[7]寻:八尺为一寻。[8]杠:小桥。[9]钱氏有国:五代时钱镠建立之吴越国。[10]近戚孙承右:孙承右之女兄为吴越国王钱俶妃。[11]碕:曲岸。[12]水之阳:水之北为阳。[13]幅巾:以绢幅束头,不着冠。[14]情横于内而性伏:《礼记·乐记》:"人生而静,天之性也;感于物而动,性之欲也。""性之欲"即情,性与情相对。横,充斥。伏,隐伏。[15]自胜:《史记·商君列传》:"赵良曰:反听之谓聪,内视之谓明,自胜之谓强。"《索隐》:"自伏非是为自胜。"

曾　巩（1019—1083）

曾巩,字子固,建昌南丰(今江西南丰县)人。年十二,试作《六论》,辞甚伟。欧阳修见其文,奇之。中嘉祐二年进士第。通判越州,知齐州、襄州、洪州、福州,均有政绩。官至中书舍人。巩深于儒术,文章温醇典重,雍容平易。有《元丰类稿》。《宋史》本传称其"为文章,上下驰骋,愈出而愈工。本原六经,斟酌于司马迁、韩愈,一时工作文词者,鲜能过之"。

墨池记[1]

临川之城东[2],有地隐然而高,以临于溪,曰新城。新城之上,有池洼然而方以长,曰王羲之之墨池者[3],荀伯子《临川记》云也[4]。羲之尝慕张芝,临池学书,池水尽黑[5],此为其故迹,岂信然邪?方羲之之不可强以仕,而尝极东方,出沧海,以娱其意于山水之间[6],岂有徜徉肆恣,而又尝自休于此邪?

羲之之书,晚乃善[7],则其所能,盖亦以精力自致者,非天成也。然后世未有能及者,岂其学不如彼邪?则学固岂可以少哉!况欲深造道德者邪?

墨池之上,今为州学舍[8]。教授王君盛恐其不章也,书"晋王右军墨池"之六字,于楹间以揭之。又告于巩曰:"愿有记。"惟王君之心,岂爱人之善,虽一能不以废而因以及乎其迹邪?其亦欲推其事以勉其学者邪?夫人之有一能,而使后人尚之如此,况仁人庄士之遗风余思,被于来世者何如哉!

庆历八年九月十二日曾巩记。

【注释】

[1]曾巩此记作于中进士前之庆历八年(1048),深受欧阳修文风影响,多用设问句、反问句、感叹句,有一唱三叹之致。《舆地纪胜》卷二九:"右军墨池,在临川学官。荆公《送刘和甫奉使江南诗》'为我聊寻逸少池。'"[2]临川:今江西省抚州市。[3]王羲之:字逸少,晋琅邪临沂人。官至右军将军,会稽内史,世称王右军。《晋书·王羲之传》:"尤善隶书,为古今之冠,论者称其笔势,以为飘若浮云,矫若游龙。"[4]荀伯子:南朝宋颍川颍阳人。为尚书左丞,出补临川内史,著《临川记》六卷。《宋书》有传。乐史《太平寰宇记》卷一一〇载:"荀伯子《临川记》云:王羲之尝为临川内史,置宅于郡城东高坡,名曰新城。旁临回溪,特据层阜,其地爽垲,山川如画。今旧井及墨池犹存。"[5]"羲之尝慕"三句:张芝,字伯英,东汉弘农人,善草书,号为"草圣"。《晋书·王羲之传》载羲之与人书云:"张芝临池学书,池水尽黑,使人耽之若是,未必后之也。"[6]"方羲之"四句:《晋书·王羲之传》,羲之少有美誉,屡次受召而不就高职。作会稽内史时,因耻为扬州刺史王述下属,称病去职,誓不再入仕途。隐居会稽山阴,以弋钓自娱,遍游附近诸郡,且泛沧海。[7]"羲之之书"二句:《晋书·王羲之传》,羲之早年书法不及时人庾翼、郗愔,晚年乃精妙绝伦,庾翼称其章草"焕若神明,顿还旧观"。[8]州学舍:指抚州州学学舍。《宋史·职官志七》:"仁宗庆历四年(1044)诏诸路、州、军、监,各令立学。自是州郡无不有学。始置教授,以经术行义训导诸生,掌其课试之事,而纠正不如规者。"

王安石(传略见前宋诗部分)

答司马谏议书[1]

某启:昨日蒙教,窃以为与君实游处相好之日久[2],而议事每不合,所操之术多异故也。虽欲强聒,终必不蒙见察,故略上报,不复一一自辨。重念蒙君实视遇厚,于反复不宜卤莽,故今具道所以,冀君实或见恕也。

盖儒者所争,尤在于名实[3],名实已明,而天下之理得矣。今君实所以见教者,以为侵官、生事、征利、拒谏,以致天下怨谤也[4]。某则以谓受命于人主,议法度而修之于朝廷,以授之于有司,不为侵官;举先王之政,以兴利除弊,不为生事;为天下理财,不为征利;辟邪说,难壬人[5],不为拒谏。至于怨诽之多,则固前知其如此也。人习于苟且非一日,士大夫多以不恤国事、同俗自媚于众为善,上乃欲变此,而某不量敌之众寡,欲出力助上以抗之,则众何为而不汹汹然[6]?盘庚之迁,胥怨者民也[7],非特朝廷士大夫而已。盘庚不为怨者故改其度[8],度义而后动,是而不见可悔故也。

如君实责我以在位久,未能助上大有为,以膏泽斯民,则某知罪矣。如曰今日当一切不事事,守前所为而已,则非某之所敢知。无由会晤,不任区区向往之至。

【注释】

[1]熙宁三年(1070)二月二十七日,右谏议大夫司马光致书王安石,严厉批评其变法之举。原书长达三千余字,安石作此以答之。此书概括司马光之意为五点,简明扼要逐层驳斥,辞无枝蔓。末一节又能以退为进,婉转而凌厉。[2]"与君实"句:司马光《与王介甫书》:"自接侍以来十有余年,屡尝同僚。"邵伯温《邵氏闻见录》卷一〇载司马光与王安石曾同为群牧司判官。《宋史·王安石传》:"安石与光素厚,光援朋友责善之义,三诒书反复劝之,安石不乐。"[3]"盖儒者"二句:《论语·子路》:"子曰:'必也正名乎。'"《孟子·告子下》:"先名实者,为人也。"赵岐注:"名者,有道德之名;实者,治国惠民之功实也。"[4]"以为侵官"句:司马光《与王介甫书》批评安石"财利不以委三司而自治之,更立制置三司条例司""又置提举常平广惠仓使者",皆侵夺原有机构职权,此为侵官。书又曰:"今介甫为政,尽变更祖宗旧法,先者后之,上者下之,右者左之,成者毁之,弃者取之,矻矻焉穷日力,继之以夜而不得息。使上自朝廷,下及田野,内起京师,外周四海,士吏兵农,工商僧道,无一人得袭故而守常者,纷纷扰扰,莫安其居。此岂老氏之志乎?"此为生事。书又曰:"今介甫为政,首建制置条例司,大讲财利之事,又命薛向行均输法于江、淮,欲尽夺商贾之利,又分遣使者散青苗钱于天下而收其息。"此为征利。书又曰:"或所见小异,微言新令之不便者,介甫辄艴然加怒,或诟骂以辱之,或言于上而逐之,不待其辞之毕也。明主宽容如此,而介甫拒谏乃尔,无乃不足于恕乎!"此为拒谏。书又曰:"今介甫从政始期年,而士大夫在朝廷及四方来者,莫不非议介甫,如出一口。下至闾阎细民,小吏走卒,亦窃窃怨叹,人人归咎于介甫。不知介甫亦尝闻其言而知其故乎?"此为以致天下怨谤。[5]难壬人:《尚书·虞书·舜典》:"惇德允元,而难任人。"孔传:"任,佞;难,拒也。"壬、任通。[6]汹汹:《荀子·天论》:"君子不为小人之匈匈也辍行。"杨倞注:"匈匈,喧哗之声。"汹汹同匈匈。[7]"盘庚之迁"二句:《尚书·商书·盘庚上》:"盘庚五迁,将治亳殷,民咨胥怨。作《盘庚》三篇。"孔颖达疏:"自汤至盘庚,凡五迁都。今盘庚将欲迁居,而治于亳之殷治。民皆恋其故居,不欲移徙,咨嗟忧愁,相与怨上。盘庚以言辞诰之。史叙其事,作《盘庚》三篇。"[8]不为怨者故改其度:《左传·昭公四年》:"且吾闻为善者不改其度,故能有济也。民不可逞,度不可改。"

第三节　苏氏古文

苏　洵(1009—1066)

苏洵,字明允,眉州眉山人。年二十七始发愤为学,举进士、茂才异等,皆不中。悉焚常所为文,闭户益读书,遂通六经、百家之说。嘉祐初,与二子轼、辙至京师,欧阳修上其所著书二十二篇,既出,士大夫争传之,一时学者竞效苏氏为文章。宰相韩琦奏于朝,召试舍人院,除秘书省校书郎。为霸州文安县主簿,修《太常因革礼》一百卷,书成而卒。《宋史》有传。曾巩《苏明允哀辞》称其文"指事析理,引物托喻,侈能尽之约,远能见之近，大能使之微，小能使之著，烦能不乱，肆能不流"。有《嘉祐集》传世。

送石昌言使北引[1]

　　昌言举进士时，吾始数岁[2]，未学也。忆与群儿戏先府君侧[3]，昌言从旁取枣栗啖我。家居相近，又以亲戚故[4]，甚狎。昌言举进士，日有名。吾后渐长，亦稍知读书，学句读、属对、声律，未成而废。昌言闻吾废学，虽不言，察其意甚恨。后十余年，昌言及第第四人，守官四方[5]，不相闻。吾以壮大，乃能感悔，摧折复学[6]。又数年，游京师，见昌言长安[7]，相与劳苦如平生欢[8]。出文十数首，昌言甚喜，称善。吾晚学无师，虽曰为文，中甚自惭，及闻昌言说，乃颇自喜。

　　今十余年，又来京师[9]，而昌言官两制[10]，乃为天子出使万里外强悍不屈之虏，建大旆，从骑数百，送车千乘，出都门，意气忼然。自思为儿时，见昌言先府君旁，安知其至此？富贵不足怪，吾于昌言独自有感也！大丈夫生不为将，得为使，折冲口舌之间[11]，足矣。

　　往年彭任从富公使还[12]，为我言："既出境，宿驿亭，闻介马数万骑驰过，剑槊相摩，终夜有声，从者怛然失色。及明，视道上马迹，尚心掉不自禁。"凡虏所以夸耀中国者，多此类也。中国之人不测也，故或至于震惧而失辞，以为夷狄笑。呜呼，何其不思之甚也！昔者奉春君使冒顿，壮士大马皆匿不见，是以有平城之役[13]。今之匈奴[14]，吾知其无能为也。孟子曰："说大人，则藐之。[15]"况于夷狄？请以为赠。

【注释】

　　[1]嘉祐元年（1056）石扬休出使辽国，苏洵以此序相赠。文中追忆既往，称颂石扬休，并鼓励其不畏契丹，完成使命。石扬休（995—1057），字昌言，其先江都人，后徙眉山。少孤力学，年十八州举进士，四十三岁乃进士及第。累官至刑部员外郎、知制诰。出使契丹，感疾，嘉祐二年卒，年六十三。《续资治通鉴长编》卷一八三载，嘉祐元年八月以刑部员外郎、知制诰石扬休为契丹国母生辰使。本文为苏洵名作之一，《唐宋文举要》甲编卷八引楼迂斋曰："议论好，笔力顿挫而雄伟，曲尽事情物状。"又引刘大櫆曰："波澜跌宕，极为老成，句调声响，中窾合节。"[2]"昌言举进士时"二句：石扬休举进士时，苏洵四岁。[3]先府君：即苏洵父苏序。[4]又以亲戚故：苏轼《苏廷评行状》谓苏序"女二人，长适杜垂佑，幼适石扬言。"石扬休与石扬言为兄弟行，"亲戚"或指此。[5]守官四方：《宋史·石扬休传》："扬休少孤力学，进士高第，为同州观察判官，迁著作佐郎，知中牟县。……改秘书丞，为秘阁校理、开封府推官。累迁尚书祠部员外郎，历三司度支、盐铁判官。……出知宿州。"[6]"吾以壮大"三句：司马光《程夫人墓志铭》："府君年二十七犹不学，一日，慨然谓夫人曰：'吾自视今犹可学。然家待我而生，学且废生，奈何！'夫人曰：'我欲言之久矣，恶使子为因我而学者。子若有志，以生累我可也。'即罄出服玩鬻之以治生，不数年遂为富家。府君由是得专志于学，卒成大儒。"摧

折,犹言虚心屈己。[7]"又数年"三句:庆历五年(1045),苏洵因举制科入京,途经长安。[8]相与劳苦如平生欢:语出《史记·张耳陈余列传》:"上使泄公持节,问之箯舆前,仰视曰:'泄公邪?'泄公劳苦如生平欢。"劳苦,相劳问其勤苦。[9]"今十余年"二句:嘉祐元年,苏洵送二子进京应试,距庆历五年已十二年。[10]两制:宋代以翰林学士掌内制,即不经外朝之制诰,如后妃、亲王、宰相、节度除拜之制诰,以知制诰掌外制,即制旨之宣布于外朝者,如百官之除拜,并称"两制"。嘉祐元年石昌言知制诰,故曰"官两制"。[11]折冲:本指使敌人战车后撤,克敌制胜,此指交涉、谈判。[12]彭任:字有道,蜀人,曾随从富弼出使契丹。富公:即富弼(1008—1083),字彦国,洛阳人。庆历二年(1042)曾出使契丹。[13]"昔者奉春君"三句:《史记·高祖本纪》载刘邦"使人使匈奴,匈奴匿其壮士肥牛马,但见老弱及羸畜。使者十辈来,皆言匈奴可击。上使刘敬复往使匈奴,还报曰:'两国相击,此宜夸矜见所长。今臣往,徒见羸瘠老弱,此必欲见短,伏奇兵以争利。愚以为匈奴不可击也。'"然刘邦不听刘敬劝告,遂往平城,匈奴果出奇兵,围困刘邦汉军七日。奉春君,汉娄敬赐姓刘,号奉春君。冒顿:汉初匈奴单于名,姓挛鞮。[14]今之匈奴:即契丹。[15]"说大人"二句:语出《孟子·尽心下》:"说大人,则藐之。"

苏 轼(传略见前宋诗部分)

文与可画筼筜谷偃竹记[1]

竹之始生,一寸之萌耳,而节叶具焉。自蜩腹蛇蚹以至于剑拔十寻者[2],生而有之也。今画者乃节节而为之,叶叶而累之,岂复有竹乎?故画竹必先得成竹于胸中,执笔熟视,乃见其所欲画者,急起从之,振笔直遂,以追其所见,如兔起鹘落,少纵则逝矣。与可之教予如此,予不能然也,而心识其所以然。夫既心识其所以然,而不能然者,内外不一,心手不相应,不学之过也。故凡有见于中,而操之不熟者,平居自视了然,而临事忽焉丧之,岂独竹乎?

子由为《墨竹赋》以遗与可曰[3]:"庖丁,解牛者也,而养生者取之[4];轮扁,斫轮者也,而读书者与之[5]。今夫子之托于斯竹也,而予以为有道者,则非耶?"子由未尝画也,故得其意而已。若予者,岂独得其意,并得其法[6]。

与可画竹,初不自贵重,四方之人持缣素以请者[7],足相蹑于其门。与可厌之,投诸地而骂曰:"吾将以为袜。"士大夫传以为口实。及与可自洋川还,而余为徐州[8],与可以书遗余曰:"近语士大夫,吾墨竹一派近在彭城[9],可往求之。袜材当萃于子矣。"书尾复写一诗,其略曰:"拟将一段鹅溪绢[10],扫取寒梢万尺长。"予谓与可:"竹长万尺,当用绢二百五十匹。知公倦于笔砚,愿得此绢而已。"与可无以答,则曰:"吾言妄矣,世岂有万尺竹也哉!"余因而实之,答其诗曰:"世间亦有千寻竹,月落庭空影许长。"与可笑曰:"苏子辩矣。然二百五十匹绢,吾将买田而归老焉。"因以所画筼筜谷偃竹遗予曰:"此竹数尺耳,而有万尺之势。"篔筜谷在洋州,与可尝令予作《洋州三十咏》[11],篔筜谷其一也。予诗云:"汉川修竹贱如蓬[12],斤斧何曾赦箨龙[13]。料得清贫馋太守,渭滨千亩在胸中[14]。"与可是日与其妻游谷中,烧笋晚食,发函得诗,失笑喷饭满案。

元丰二年正月二十日,与可没于陈州[15]。是岁七月七日,予在湖州曝书画,见此竹,废卷而哭失声。昔曹孟德《祭桥公文》,有"车过腹痛"之语[16],而予亦载与可畴昔戏笑之言者,以见与可于予亲厚无间如此也。

【注释】

[1]文与可,名同,梓州永太(今四川盐亭县)人,苏轼从表兄。善诗、文、书法,尤精画竹。因尝知湖州,其墨竹画称湖州派。有《丹渊集》传世。《宋史》有传。《篔筜谷偃竹》是文同画赠苏轼之墨竹图。元丰二年(1079)正月,文同卒。同年七月,苏轼在湖州睹物思人而作此记。篔筜谷,在洋州(今陕西洋县)西北五里,因产篔筜竹而得名。偃竹,偃卧而生之竹。[2]蜩蝮蛇蚹:蝉和蛇腹部横鳞,形容初生竹笋。语本《庄子·齐物论》"吾待蛇蚹蜩翼邪"句。[3]子由为《墨竹赋》:苏辙《栾城集》卷一七有《墨竹赋》。[4]"庖丁"三句:事见《庄子·养生主》,庖丁解牛技术高明,游刃有余,文惠君观其事且听其言,领悟"养生"之理。[5]"轮扁"三句:事见《庄子·天道》,轮扁斫轮,得心应手,以为此乃经验所致,批评齐桓公所读书皆"古人之糟粕",桓公初不以为然,而终服其理。[6]并得其法:苏轼画墨竹之法出于文同,属湖州派。苏轼《憩寂图》诗:"东坡虽是湖州派,竹石风流各一时。"[7]缣素:黄绢为缣,白绢为素,皆可作画。[8]"与可自洋州还"二句:文同于熙宁八年(1075)出守洋州,十年冬回京师,苏轼熙宁九年冬至元丰元年知徐州。[9]彭城:即徐州。[10]鹅溪绢:文同家乡西北之鹅溪所产绢,细匀,宜作画,唐时为贡品。[11]洋州三十咏:苏轼有《和文与可洋州园池三十首》,熙宁九年(1076)三月作于密州任上。《丹渊集》卷一五《守居园池杂题三十首》,中有"篔筜谷"一题。[12]汉川:指洋州,因洋州为汉水流经之地,故称。[13]箨龙:竹笋。[14]渭滨千亩:《史记·货殖列传》:"渭川千亩竹,……此其人皆与千户侯等。"渭滨即渭川之滨。[15]与可没于陈州:文同元丰元年除知湖州(今属浙江),由汴京赴任,元丰二年途经陈州(今河南淮阳县)宛丘驿病逝,年六十一。文同卒后,苏轼继知湖州,元丰二年四月到任所。[16]曹孟德《祭桥公文》:曹操《祀故太尉桥玄文》云:"又承从容约誓之言:'殂逝之后,路有经由,不以斗酒支鸡过相沃酹,车过三步,腹痛勿怪。'虽临时戏笑之言,非至亲之笃好,胡肯为此辞乎?"曹操少时独受桥玄赏识奖助,情谊甚笃,故亲撰此祭文。

苏 辙(1039—1112)

苏辙,字子由,号颍滨遗老,眉山人。轼弟。与轼同登嘉祐二年进士,又同策制举。王安石以执政领三司条例,命辙为之属;安石行青苗法,辙力陈其不可,出为河南推官。坐兄轼以诗得罪,谪监筠州盐酒税。哲宗元祐元年,召为右司谏,累迁中书舍人、御史中丞,拜尚书右丞,进门下侍郎。绍圣初累谪雷州安置。徽宗立,以大中大夫致仕。《宋史》有传。辙为文汪洋澹泊,似其为人。有《栾城集》传世。

黄州快哉亭记[1]

江出西陵[2],始得平地,其流奔放肆大,南合沅、湘[3],北合汉、沔[4],其势益张。至于赤壁之下,波流浸灌,与海相若。清河张君梦得谪居齐安[5],即其庐之西南为亭,以览观江流之胜,而余兄子瞻名之曰“快哉”。

盖亭之所见,南北百里,东西一舍[6],涛澜汹涌,风云开阖。昼则舟楫出没于其前,夜则鱼龙悲啸于其下,变化倏忽,动心骇目,不可久视。今乃得玩之几席之上,举目而足。西望武昌诸山[7],冈陵起伏,草木行列,烟消日出,渔夫樵父之舍皆可指数:此其所以为快哉者也。至于长州之滨[8],故城之墟[9],曹孟德、孙仲谋之所睥睨[10],周瑜、陆逊之所骋骛[11],其流风遗迹,亦足以称快世俗。

昔楚襄王从宋玉、景差于兰台之宫,有风飒然至者,王披襟当之,曰:“快哉此风!寡人所与庶人共者耶?”宋玉曰:“此独大王之雄风耳,庶人安得共之?[12]”玉之言盖有讽焉。夫风无雌雄之异,而人有遇不遇之变。楚王之所以为乐,与庶人之所以为忧,此则人之变也,而风何与焉?士生于世,使其中不自得,将何往而非病?使其中坦然,不以物伤性,将何而非快?今张君不以谪为患,窃会计之余功[13],而自放山水之间,此其中宜有以过人者,将蓬户瓮牖无所不快[14]。而况乎濯长江之清流,揖西山之白云[15],穷耳目之胜以自适也哉?不然,连山绝壑,长林古木,振之以清风,照之以明月,此皆骚人思士之所以悲伤憔悴而不能胜者,乌睹其为快也哉!

元丰六年十一月朔日,赵郡苏辙记[16]。

【注释】

[1]神宗元丰六年(1083),苏辙时在监筠州(今江西省高安县)盐酒税任上,应苏轼之请而为黄州快哉亭作记。此记申说“其中坦然,不以物伤性,将何适而非快”之意。《古文观止》卷一一称其“文势汪洋,笔力雄壮,读之令人心胸旷达,宠辱都忘。”黄州,治所在今湖北黄冈县。快哉亭,在城南。[2]西陵:西陵峡,长江三峡之一,在今湖北宜昌市西北。[3]沅湘:沅江、湘江,湖南两条主要河流,北流入洞庭,合于长江。[4]汉沔:汉水上源称沔水,至汉中,合襄水称汉水,至鄂州(今武汉市)入长江。《舆地纪胜》卷六六鄂州:“江汉二水在州西合。”[5]清河张君梦得:清河为张氏郡望。张梦得,字怀民,一字偓佺。齐安:即黄州。《舆地纪胜》卷四九:“黄州,齐安郡军事。《九域志》:‘又《唐志》云:本永安郡,天宝元年更名齐安郡。’”[6]一舍:三十里。《左传·僖公二十三年》:“晋、楚治兵,遇于中原,其辟君三舍。”贾逵注:“三舍,九十里也。”[7]武昌诸山:在今湖北鄂州市。《舆地纪胜》卷八一武昌县:“武昌山,在本县南百九十里,高百丈,周八十里。旧云孙权都鄂,易名武昌。”

苏轼《答秦太虚书》："所居对岸武昌,山水佳绝。"[8]长洲:指《东坡志林·记樊山》中所言之卢洲,孙权曾欲泊此。[9]故城:孙权之故宫。苏轼《次韵乐著作野步》诗自注:"黄州对岸武昌有孙权故宫。"[10]"曹孟德"句:曹操、孙权之所窥视。《舆地纪胜》卷四九:"黄州:……魏为重镇,后吴克邾城(黄州旧名),使陆逊以三万人守之。"[11]"周瑜"句:周瑜、陆逊之所奔走追逐。周瑜曾破曹操于赤壁。陆逊,曾击破刘备大军于猇亭,并两次驻节黄州。[12]"昔楚襄王"九句:宋玉《风赋》:"楚襄王游于兰台之宫,宋玉、景差侍。有风飒然而至。王乃披襟而当之,曰:'快哉此风!寡人所与庶人共者耶?'宋玉对曰:'此独大王之风耳,庶人安得而共之!'"兰台,在今湖北钟祥县。[13]会计:管理赋税钱谷等事物。[14]蓬户瓮牖:穷人住所。语出《礼记·儒行》,孔颖达疏:"蓬户,谓编蓬为户;又以蓬塞门谓之蓬户。瓮牖者,谓牖窗圆如瓮口也;又云以败瓮瓮口为牖。"[15]西山:《舆地纪胜》卷八一:"西山,在武昌西三里,一名樊山,旧名袁山。……《襄宇记》云:'孙吴游宴之地。'"在今鄂州市西三里。苏辙《武昌九曲亭记》云:"(黄冈)无名山,而江之南武昌诸山,陂陀蔓延,涧谷深密,中有浮图精舍,西曰西山,东曰寒溪。"[16]赵郡苏辙:苏辙先祖为赵郡栾城人,故云。

第四节　北宋文赋和四六文

欧阳修（传略见前宋诗部分）

秋声赋[1]

欧阳子方夜读书,闻有声自西南来者,悚然而听之,曰:"异哉!"初淅沥以萧飒,忽奔腾而砰湃,如波涛夜惊,风雨骤至。其触于物也,铮铮铮铮[2],金铁皆鸣;又如赴敌之兵,衔枚疾走[3],不闻号令,但闻人马之行声。余谓童子:"此何声也?汝出视之。"童子曰:"星月皎洁,明河在天。四无人声,声在树间。"

余曰:"噫嘻悲哉!此秋声也,胡为而来哉?盖夫秋之为状也,其色惨淡,烟霏云敛;其容清明,天高日晶;其气栗冽,砭人肌骨;其意萧条,山川寂寥。故其为声也,凄凄切切,呼号愤发。丰草绿缛而争茂,佳木葱笼而可悦。草拂之而色变,木遭之而叶脱。其所以摧败零落者,乃一气之余烈。夫秋,刑官也[4],于时为阴[5];又兵象也[6],于行用金[7]。是谓天地之义气,常以肃杀而为心[8]。天之于物,春生秋实。故其在乐也,商声主西方之音[9],夷则为七月之律[10]。商,伤也,物既老而悲伤;夷,戮也,物过盛而当杀。

"嗟乎!草木无情,有时飘零;人为动物,惟物之灵[11]。百忧感其心,万事劳其形,有动于中,必摇其精[12],而况思其力之所不及,忧其智之所不能。宜其渥然丹者为槁木[13]，黟然黑者为星星[14]。奈何以非金石之质，欲与草木而争荣？念谁为之戕贼[15]，亦何恨乎秋声！"

童子莫对，垂头而睡。但闻四壁虫声唧唧，如助余之叹息。

【注释】

[1]此赋作于仁宗嘉祐四年(1059)，时年作者五十二岁。此赋保留赋之韵文特点，而骈散夹杂，句式多变，为宋代文赋典范之作。《古文观止》卷一〇曰："秋声，无形者也，却写得形色宛然，变态百出。末归人之忧劳自少至老，犹物之受变自春而秋，凛乎悲秋之意溢于言表。"[2]铡铡铮铮：金属相击声。[3]衔枚：古时行军令士卒口中衔枚，防止喧哗。枚，形如筷子。[4]"夫秋"二句：古以天地四时命六卿，秋官为司寇，掌管刑法、狱讼。审决死罪人犯亦在秋天。[5]于时为阴：《汉书·律历志上》："春为阳中，万物以生；秋为阴中，万物以成。"时，时令。[6]兵象：用兵之象征。古时征伐多在秋天。《汉书·刑法志》："秋治兵以狝。"颜师古注："狝：应杀气也。"[7]于行用金：秋在五行中属金。《礼记·月令》："某日立秋，盛德在金。"《汉书·五行志上》："金，西方，万物既成，杀气之始也。"[8]"是谓天地"二句：《礼记·乡饮酒义》："天地严凝之气，始于西南，而盛于西北，此天地之尊严气也，此天地之义气也。"[9]商声：古以宫、商、角、徵、羽五音配四季，秋为商声。《礼记·月令》载孟秋、仲秋、季秋之月，"其音商"。[10]夷则：《礼记·月令》以黄锺、大吕、太簇、夹锺、姑洗、中吕、蕤宾、林锺、夷则、南吕、无射、应锺十二律配十二月，其中夷则配七月。《史记·律书》："七月也，律中夷则。夷则，言阴气之贼万物也。"张守节《正义》引《白虎通》："夷，伤也；则，法也。言万物始伤被刑法也。"[11]"人为动物"二句：《尚书·周书·泰誓上》："惟人万物之灵。"[12]"有动于中"二句：《庄子·在宥》："必静必清，无劳女形，无摇女精，乃可以长生。"此用其意而反言之。[13]渥然丹者：指容颜红润。《诗经·秦风·终南》："颜如渥丹。"[14]黟然黑者：指头发乌黑。星星：指头发斑白。[15]戕贼：摧残。

王安石（传略见前宋诗部分）

答吕吉甫书[1]

某启：与公同心，以至异意，皆缘国事，岂有它哉？同朝纷纷，公独助我，则我何憾于公？人或言公[2]，吾无与焉，则公何尤于我？趣时便事[3]，吾不知其说焉；考实论情，公宜昭其如此。开喻重悉，览之怅然。昔之在我者，诚无细故之可疑；则今之在公者，尚何旧恶之足念？然公以壮烈，方进为于圣世；而某茶然衰疚[4]，特待尽于山林。趣舍异路，则相呴以湿，不如相忘之愈也[5]。想趣召在朝夕，惟良食[6]，为时自爱。

【注释】

[1]吕吉甫，名惠卿(1032—1111)，泉州晋江(今福建晋江市)人。嘉祐二年进士。神宗朝，支持

王安石变法，拜参知政事。熙宁七年，安石罢相，惠卿继续推行新法。安石再相，两人交恶。出知陈州、延州、太原府。《宋史》有传。熙宁八年安石再相时，惠卿为谋相位而发其私书，欲置安石于死地。元丰三年（1080），惠卿致书安石致歉自辨，安石以此书答之。此为欧阳修以来新体四六文，少用典排比，无华辞绮语，深厚尔雅。[2]言：责难之言。《易·需》："小有言。"孔颖达疏："虽小有责让之言，而终得其吉也。"[3]趣时：同趋时，谓迎合时尚潮流。便事：便于行事。此谓人言吕惠卿迎合王安石以便于行己之私。[4]苶然：疲惫貌。衰痠：衰弱抱病。[5]"相呴以湿"二句：《庄子·大宗师》："泉涸，鱼相与处于陆，相呴以湿，相濡以沫，不如相忘于江湖。"[6]良食：健饭、加餐。《国语·楚语上》："（声子）曰：'子尚良食。'"韦昭注："良，善也。"

苏　轼（传略见前宋诗部分）

赤壁赋[1]

壬戌之秋[2]，七月既望[3]，苏子与客泛舟游于赤壁之下。清风徐来，水波不兴。举酒属客[4]，诵明月之诗，歌窈窕之章[5]。少焉，月出于东山之上，徘徊于斗牛之间[6]。白露横江，水光接天。纵一苇之所如[7]，凌万顷之茫然。浩浩乎如冯虚御风[8]，而不知其所止；飘飘乎如遗世独立，羽化而登仙[9]。

于是饮酒乐甚，扣舷而歌之。歌曰："桂棹兮兰桨，击空明兮泝流光。渺渺兮予怀，望美人兮天一方[10]。"客有吹洞箫者[11]，倚歌而和之。其声呜呜然，如怨如慕，如泣如诉。余音袅袅，不绝如缕[12]。舞幽壑之潜蛟[13]，泣孤舟之嫠妇[14]。

苏子愀然，正襟危坐，而问客曰："何为其然也？"客曰："'月明星稀，乌鹊南飞'，此非曹孟德之诗乎？西望夏口[15]，东望武昌[16]，山川相缪，郁乎苍苍，此非孟德之困于周郎者乎[17]？方其破荆州，下江陵[18]，顺流而东也，舳舻千里[19]，旌旗蔽空，酾酒临江[20]，横槊赋诗[21]，固一世之雄也，而今安在哉？况吾与子渔樵于江渚之上，侣鱼虾而友麋鹿，驾一叶之扁舟，举匏樽以相属。寄蜉蝣于天地[22]，渺沧海之一粟。哀吾生之须臾，羡长江之无穷。挟飞仙以遨游，抱明月而长终。知不可乎骤得，托遗响于悲风。"

苏子曰："客亦知夫水与月乎？逝者如斯[23]，而未尝往也；盈虚者如彼[24]，而卒莫消长也。盖将自其变者而观之，则天地曾不能以一瞬；自其不变者而观之，则物与我皆无尽也。而又何羡乎？且夫天地之间，物各有主，苟非吾之所有，虽一毫而莫取。惟江上之清风，与山间之明月，耳得之而为声，目遇之而成色；取之无禁，用之不竭，是造物者之无尽藏也[25]，而吾与子之所共适。"

客喜而笑，洗盏更酌。肴核既尽，杯盘狼籍。相与枕藉乎舟中[26]，不知东方之既白。

【注释】

[1]此赋作于神宗元丰五年(1082),时苏轼贬谪黄州已三年。赋通过主客问答形式,融景物、史事和哲理为一炉,抒写宇宙人生之感悟,超然旷达。句式疏宕错落,抑扬变化,音调和谐优美,为宋代文赋又一杰作。《唐子西文录》称其"一洗万古"。《舆地纪胜》卷四九:"赤壁矶,在州治之北。东坡作《赤壁赋》,谓为周瑜破曹操处。"[2]壬戌:元丰五年,岁次壬戌。[3]既望:农历望后一日,即十六日。农历通常以每月十五为望。[4]属客:酌酒敬客。[5]"诵明月之诗"二句:指《诗经·陈风·月出》,诗曰:"月出皎兮,佼人僚兮,舒窈纠兮,劳心悄兮。"窈纠,与窈窕音义相近。[6]斗牛:星辰名,二十八宿中之斗宿、牛宿。[7]纵一苇之所如:听凭小舟所向。《诗经·卫风·河广》:"谁谓河广?一苇杭之。"[8]冯虚御风:在空中乘风遨游。冯,同"凭"。[9]羽化:道家称飞升成仙为羽化。[10]美人:指内心所思慕之人。《楚辞·九章》有《思美人》篇,王逸《章句》:"言己思念其君。"[11]客有吹洞箫者:据清赵翼《陔余丛考》卷二四所考,此客指绵竹道士杨世昌。[12]"余音袅袅"二句:《列子·汤问》谓韩娥歌声,"既去而余音绕梁,三日不绝"。袅袅,形容声音婉转悠扬。[13]舞幽壑句:谓深渊中蛟龙闻之起舞。李贺《李凭箜篌引》:"老鱼跳波瘦蛟舞。"[14]泣孤舟句:谓独守空船之商妇闻之饮泣。此化用白居易《琵琶行》中写商人妇"独守空船""梦啼妆泪"之事。[15]夏口:今湖北武汉市武昌。《舆地纪胜》卷六六鄂州:"州城本夏口城,城据黄鹤矶,本孙权所筑。……三国争衡,为吴之要害。历代常为重镇。"[16]武昌:今湖北鄂州市。[17]孟德之困于周郎:指汉献帝建安十三年,曹操率军征吴,在赤壁为周瑜击败事。[18]方其句:建安十三年,赤壁之战前,曹操不战而占领荆州与江陵。荆州,今湖北襄樊市一带。江陵:今湖北荆州市。[19]舳舻千里:语出《汉书·武帝纪》。颜师古注引李斐曰:"舳,船后持柁处也。舻,船前刺櫂处也。言其船多,前后相衔,千里不绝也。"[20]酾酒:斟酒。[21]横槊赋诗:元稹《唐故工部员外郎杜子美墓系铭并序》:"曹氏父子鞍马间为文,往往横槊赋诗。"槊:长矛。[22]蜉蝣:朝生暮死之小虫,极言其生命之短暂。[23]逝者如斯:《论语·子罕》:"子在川上,曰:'逝者如斯夫!不舍昼夜。'"[24]盈虚者如彼:圆缺者如月亮。[25]无尽藏:佛教语,指无穷无尽之宝藏。[26]枕藉:纵横相枕而卧。

后赤壁赋[1]

　　是岁[2]十月之望,步自雪堂[3],将归于临皋[4],二客从予过黄泥之坂[5]。霜露既降,木叶尽脱,人影在地,仰见明月,顾而乐之,行歌相答。已而叹曰:"有客无酒,有酒无肴,月白风清,如此良夜何?"客曰:"今者薄暮,举网得鱼,巨口细鳞,状似松江之鲈[6]。顾安所得酒乎?"归而谋诸妇,妇笑曰:"我有斗酒,藏之久矣,以待子不时之须。"

　　于是携酒与鱼,复游于赤壁之下。江流有声,断岸千尺,山高月小,水落石出。曾日月之几何,而江山不可复识矣。

予乃摄衣而上,履巉岩,披蒙茸[7],踞虎豹[8],登虬龙[9]。攀栖鹘之危巢[10],俯冯夷[11]之幽宫。盖二客不能从焉。划然长啸[12],草木震动,山鸣谷应,风起水涌。予亦悄然而悲,肃然而恐,凛乎其不可留也。反而登舟,放乎中流,听其所止而休焉。时夜将半,四顾寂寥,适有孤鹤,横江东来。翅如车轮,玄裳缟衣,戛然长鸣,掠予舟而西也。

须臾客去,予亦就睡。梦一道士,羽衣翩仙[13],过临皋之下,揖予而言曰:"赤壁之游乐乎?"问其姓名,俛而不答。呜呼噫嘻!我知之矣。畴昔之夜[14],飞鸣而过我者,非子也耶!道士顾笑,予亦惊悟。开户视之,不见其处。

【注释】

[1]此赋作于元丰五年十月十六日,距前游赤壁整三个月。此赋重在写江岸之活动,景色凄清幽峭,恐怖神秘,梦境惝恍迷离,虚无缥缈。储欣《唐宋八大家类选》卷一四曰:"前赋设为问答,此赋不过写景叙事,而寄托之意,悠然言外者,与前赋初不殊也。"[2]是岁:元丰五年。[3]雪堂:苏轼于黄州所建住所。据其《雪堂记》,堂于大雪中筑成,四壁绘雪景,故名。《舆地纪胜》卷四九黄州:"东坡,在州治之东百余步。元丰三年,苏轼谪居寓临皋亭,后得此地,立雪堂而徙居焉。"[4]临皋:即临皋亭,在黄冈南长江边。[5]黄泥之阪:雪堂与临皋间往来必经之山坡。苏轼有《黄泥阪词》。[6]松江之鲈:松江县(今属上海市)产四鳃鲈,无鳞,以味美著称。[7]蒙茸:犹蓬松,此指丛生野草。[8]虎豹:状如虎豹之奇石。[9]虬龙:枝干盘曲纠结之古木,状如虬龙。[10]栖鹘之危巢:《东坡志林·赤壁洞穴》:"断崖壁立,江水深碧,二鹘巢其上。"[11]冯夷:水神名,即河伯。《文选》张衡《思玄赋》引旧注:"河伯,华阴潼乡人也。姓冯氏,名夷,浴于河中而溺死,是为河伯。"[12]划然,象声词。长啸,撮口发出清越而悠长的声音。[13]羽衣:颜师古注:"羽衣,以鸟羽为衣,取其神仙飞翔之意也。"[14]畴昔之夜,昨夜。

谢量移汝州表[1]

臣轼言:伏奉正月二十五日诰命,特授臣汝州团练副使,本州安置,不得签书公事者[2]。稍从内迁[3],示不终弃。罪已甘于万死,恩实出于再生。祗服训词[4],惟知感涕。中谢。

伏念臣向者名过其实,食浮于人[5],兄弟并窃于贤科[6],衣冠或以为盛事。旋从册府,出领郡符[7],既无片善可纪于私毫,而以重罪当膏于斧钺[8]。虽蒙恩贷[9],有愧平生。只影自怜,命寄江湖之上[10];惊魂未定,梦游缧绁之中[11]。憔悴非人,章狂失志[12]。妻孥之所窃笑,亲友至于绝交。疾病连年,人皆相传为已死[13];饥寒并日,臣亦自厌其余生。

岂谓草芥之贱微,尚烦朝廷之记录。开其悔[14],许以甄收[15]。此盖伏遇皇帝陛下汤德日新[16]，尧仁天覆[17]。建原庙以安祖考[18]，正六官而修典刑[19]。百废具兴，多士爱集[20]。弹冠结绶[21]，共欣千载之逢；掩面向隅，不忍一夫之泣[22]。故推涓滴，以及焦枯。顾惟效死之无门[23]，杀身何益；更欲呼天而自列[24]，尚口乃穷[25]。徒有此心，期于异日。

【注释】

[1]元丰七年(1084)，苏轼由黄州量移汝州，仕途稍有转机，上表谢恩。此表追忆前半生，尤其是乌台诗案及黄州生活，感慨万端，沈痛至极。其文如欧阳修《试笔》所言："以四六述叙，委曲精尽，不减古文。"[2]"伏奉"四句：元丰七年正月二十五日神宗御札有"苏轼黜居思咎，阅岁滋深，人材实难，不忍终弃，可移汝州团练副使、本州安置"等语。汝州，治今河南汝州市。团练副使，宋十等散官之第四等，从八品，无职掌。[3]稍从内迁：指由黄州团练副使量移为汝州团练副使，汝州离汴京稍近。[4]祗服：敬谨奉行。训词：帝王诰敕文词。[5]食浮于人：谓俸禄优厚，超过个人才能所应得。《礼记·坊记》："故君子与其使食浮于人也，宁使人浮于食。"[6]"兄弟"句：苏轼、苏辙兄弟嘉祐二年同及进士第，嘉祐六年(1061)又同中贤良方正直言极谏制科，故云。[7]"旋从册府"二句：苏轼治平二年(1065)召试秘阁，除直史馆，熙宁、元丰年间知密州、徐州、湖州。册府，帝王藏书处，此指秘阁、史馆。郡符，郡守之符玺。[8]而以重罪句：谓本因重罪，当获死刑。[9]恩贷：施恩宽宥。[10]"只影自怜"二句：指元丰三年至七年(1080—1084)谪居黄州事。[11]"惊魂未定"二句：指元丰二年(1079)八月十八日至十一月二十八日系御史台狱，苏轼《狱中寄子由》诗曰："梦绕云山心似鹿，魂飞汤火命如鸡。"缧绁，牢狱。[12]章狂：仓皇、慌张。[13]"人皆"句：何薳《春渚纪闻》卷六：曰："公(苏轼)在黄州，都下忽盛传公病殁。裕陵(神宗)以问蒲宗孟，宗孟奏曰：'日来外间似有此语，然亦未知的实。'裕陵将进食，因叹息再三曰：'才难。'遂辍饭而起，意甚不怿。"[14]恫悔：痛悔。[15]甄收：审核录用。[16]汤德日新：喻神宗之恩德日进。《礼记·大学》："汤之盘铭曰：'苟日新，日日新，又日新。'"[17]尧仁天覆：喻神宗之仁德广被万物。《礼记·大学》："尧舜率天下以仁，而民从之。"[18]"建原庙"句：神宗于熙宁二年(1069)奉安英宗御容于景灵宫英德殿。元丰中，英德殿改名为治隆殿。原庙：正庙外另立之宗庙。[19]"正六官"句：元丰三年(1080)，神宗杂用《唐六典》，一新官制。原吏、户、礼、兵、刑、工六部尚书、侍郎为寄禄官，至此正名为职事官，而以旧时所置散官为寄禄官。[20]多士：众多贤士。《诗·大雅·文王》："济济多士，文王以宁。"[21]弹冠结绶：指朋友之间互相援引出仕。《汉书·萧育传》谓育少与陈咸、朱博为友，著闻当世。往者有王阳、贡公，故长安语曰："萧朱结绶，王贡弹冠。"言其相荐达也。《汉书·王吉传》："吉与贡禹为友，世称'王阳在位，贡公弹冠'。"[22]"掩面向隅"二句：刘向《说苑》："圣人之于天下，犹一堂之上也，今有满堂饮酒者，一人向隅独泣，则一堂之人皆不乐矣。"[23]效死：舍命报效。[24]呼天：《史记·屈原贾生列传》："人穷则反本，故劳苦倦极，未尝不呼天也。"自列：自陈、自白。司马迁《报任少卿书》："拳拳之忠，终不能自列。"[25]尚口乃穷：《易·困》："有言不信，尚口乃穷也。"孔颖达疏："处困求通，在于修德，非用言以免困。徒尚口说，更致困穷。"

第五节　南渡古文与骈文

岳　飞（1103—1141）

岳飞，字鹏举，相州汤阴人。生有神力，学射于周同。宣和四年（1122），应募敢战士。康王至相，飞因刘浩见。后从刘浩解东京围。康王即位，上书数千言，以越职夺官归。归建康，屡与金人战。江淮平，张俊奏飞功第一。绍兴五年，授湖北路、荆襄潭州制置使，进封武昌郡开国侯。飞在诸将中年最少，以列校拔起，累立显功。绍兴十一年，秦桧、万俟卨诬陷并傅成其狱，飞死于狱中，年三十九。

五岳祠盟记[1]

自中原板荡，夷狄交侵，余发愤河朔，起自相台，总发从军，历二百余战。虽未能远入夷荒，洗荡巢穴，亦且快国雠之万一。今又提一旅孤军，振起宜兴，建康之城，一鼓败虏，恨未能使匹马不回耳！

故且养兵休卒，蓄锐待敌。嗣当激励士卒，功期再战，北踰沙漠，蹀血虏廷，尽屠夷种。迎二圣归京阙，取故地上版图，朝廷无虞，主上奠枕，余之愿也。河朔岳飞题。

【注释】

[1]建炎四年（1130），金兵再攻常州，岳飞率兵应战，四战皆捷。金兵向建康逃跑，岳飞在牛头山下设埋伏，大破之，并乘胜收复建康。五岳祠是祭五岳神的庙，此处当指建康五岳祠。此文作于收复建康后不久。

李清照（1084—1155?）

李清照，号易安居士，济南（今山东济南）人，李格非之女。自少年便有诗名，才力华赡，不让须眉。南渡不久，丈夫病故，金兵南下，她在颠沛流离中饱尝艰辛，诗风也由前期的清丽浅秀而转变为沉郁深挚，多凄苦之语。李清照工诗能文，所作词为宋朝一大家；她工于造语，善于创意出奇，用白描手法塑造鲜明生动的形象；词作曲尽人意，轻巧尖新，姿态百出，后世称之为"易安体"。有《漱玉词》（后人辑本）

金石录后序（节选）[1]

右《金石录》三十卷者何？赵侯德父所著书也。取上自三代，下迄五季，钟鼎甗鬲盘匜尊敦之款识、丰碑大碣显人晦士之事迹，凡见于金石刻者二千卷。皆是正讹谬，去取褒贬，上足以合圣人之道、下足以订史氏之失者，皆载之。可谓多矣。

呜呼！自王播、元载之祸，书画与胡椒无异；长舆、元凯之病，钱癖与传癖何殊[2]？名虽不同，其惑一也。

余建中辛巳，始归赵氏。时先君作礼部员外郎，丞相时作吏部侍郎[3]，侯年二十一，在太学作学生。赵、李族寒，素贫俭，每朔望谒告出，质衣取半千钱，步入相国寺，市碑文果实归，相对展玩咀嚼，自谓葛天氏之民也。后二年，出仕宦，便有饭蔬衣练、穷遐方绝域、尽天下古文奇字之志[4]。日就月将[5]，渐益堆积。丞相居政府，亲旧或在馆阁[6]，多有亡诗逸史、鲁壁汲冢所未见之书[7]，遂尽力传写，浸觉有味，不能自己。后或见古今名人书画，一代奇器，亦复脱衣市易。尝记崇宁间，有人持徐熙牡丹图[8]，求钱二十万。当时虽贵家子弟，求二十万钱，岂易得耶？留信宿，计无所出而还之，夫妇相向惋怅者数日。

后屏居乡里十年[9]，仰取俯拾，衣食有余。连守两郡[10]，竭其俸入以事铅椠。每获一书，即同共勘校，整集签题；得书画彝鼎，亦摩玩舒卷，指摘疵病，夜尽一烛为率。故能纸札精致，字画完整，冠诸收书家。余性偶强记，每饭罢，坐归来堂，烹茶，指堆积书史，言某事在某书某卷第几叶第几行，以中否角胜负，为饮茶先后。中即举杯大笑，至茶倾覆怀中，反不得饮而起。甘心老是乡矣！故虽处忧患困穷而志不屈。收书既成，归来堂起书库大橱，簿甲乙，置书册，如要讲读，即请钥上簿，关出卷帙。或少损污，必惩责揩完涂改，不复向时之坦夷也。是欲求适意而反取憀慄。余性不耐，始谋食去重肉，衣去重采[11]，首无明珠翡翠之饰，室无涂金刺绣之具。遇书史百家字不刓阙、本不讹谬者，辄市之，储作副本。自来家传《周易》、《左氏传》，故两家者流，文字最备。于是几案罗列，枕席枕藉，意会心谋，目往神授，乐在声色狗马之上。

至靖康丙午岁，侯守淄川，闻金人犯京师，四顾茫然，盈箱溢箧，且恋恋，且怅怅，知其必不为己物矣！建炎丁未春三月，奔太夫人丧南来，既长物不能尽载，乃先去书之重大印本者、又去画之多幅者、又去古器之无款识者；后又去书之监本者、画之平常者、器之重大者。凡屡减去，尚载书十五车。至东海，连舻渡淮，又渡江，至建康。青州故第，尚锁书册什物，用屋十余间，期明年春再具舟载之。十二月，金人陷青州，凡所谓十余屋者，已皆为煨烬矣。

【注释】

[1]《金石录》三十卷，李清照丈夫赵明诚撰，著录三代至五代金石拓本二千种，并跋尾五百零二篇，卷首有赵明诚自序，记其撰写此书目的、经过。靖康之难后，李清照再阅此书，赵明诚已去世六

年,她感慨万端而作此后序。此处节选前半段。[2]王播:清何焯认为"播"当作"涯"。王涯,字广津,《新唐书》载其"家书多与秘府侔",唐文宗甘露之变被抄家时,书画被弃于道。元载:字公辅,《新唐书》载家产被抄没时,"胡椒至八百石,它物称是。"长舆:和峤字,《晋书·和峤传》云,杜预认为峤有钱癖。元凯:杜预字,著有《春秋左氏经传集解》。《晋书·杜预传》载其自称有《左传》癖。[3]先君:指李清照父李格非。礼部员外郎为尚书省礼部的办事官员,位在郎中下。丞相:指赵明诚父赵挺之,他于宋徽宗崇宁四、五年,任尚书右仆射兼中书侍郎(充丞相之职)。吏部侍郎为尚书省吏部副长官,位在郎中、员外郎之上。[4]古文奇字:泛指古文字。古文:小篆以前的古汉字。奇字:古文经字之外的先秦古文字。《说文解字叙》:"一曰古文,孔子壁中书也;二曰奇字,即古文而异者也。"[5]日就月将:《诗经·周颂·敬之》:"日就月将,学有缉熙于光明。"[6]馆阁:掌管图书、编修国史的官署。宋有昭文馆、史馆、集贤院三馆及秘阁、龙图阁、天章阁等,号称馆阁。[7]亡诗:《诗经》以外的逸诗。逸史:正史之外的史籍。鲁壁:《汉书·艺文志》载"武帝末,鲁共王坏孔子宅,欲以广其宫,而得古文《尚书》及《礼记》、《论语》、《孝经》凡数十篇,皆古字也。"汲冢:《晋书·武帝纪》载咸宁五年(279)"汲郡人不准掘魏襄王冢,得竹简小篆古书十余万言。藏于秘府。"[8]徐熙:五代时南唐名画家,以画花鸟著称。[9]屏居乡里十年:徐自明《宋宰辅编年录》卷十一载宋徽宗大观元年(1107)赵挺之罢相,不久卒于汴京,被追夺赠官。此后赵明诚夫妇退居青州。[10]连守两郡:赵明诚宣和三年(1121)知莱州、宣和七年(1125)知淄州。[11]"重肉"二句:《史记·越王勾践世家》:"(勾践)身自耕作,夫人自织,食不加肉,衣不重采。"

汪 藻(1079—1154)

汪藻,字彦章,饶州德兴人。进士及第。钦宗即位,迁起居舍人。高宗践祚,召试中书舍人,后拜翰林学士。属时多事,诏令类出其手。绍兴元年,除龙图阁直学士、知湖州。藻通显三十年,博极群书,工俪语,多著述。

皇太后告天下手书[1]

比以敌国兴师,都城失守。祲缠宫阙,既二帝之蒙尘;诬及宗祊,谓三灵之改卜[1]。众恐中原之无统,姑令旧弼以临朝[3]。虽义形于色而以死为辞,然事迫于危而非权莫济[4]。内以拯黔首将亡之命,外以舒邻国见逼之威。遂成九庙之安[5],坐免一城之酷。

乃以衰癃之质,起于闲废之中。迎置宫闱,进加位号[6]。举钦圣已行之典[7],成靖康欲复之心。永言运数之屯[8],坐视邦家之覆。抚躬独在,流涕何从?

缅惟艺祖之开基,实自高穹之眷命。历年二百,人不知兵;传序九君,世无失德[9]。虽举族有北辕之衅,而敷天同左袒之心[10]。乃眷贤王,越居近服[11]。已徇群情之请,俾膺神器之归。由康邸之旧藩,嗣我朝之大统。汉家之厄十世,宜光武之中兴[12];献公之子九人,惟重耳之尚在[13]。兹为天意,夫岂人谋[14]?尚期中外之协心,共定安危之至计。庶臻小愒[15]，同厎丕平。用敷告于多方，其深明于吾意。

【注释】

[1]建炎元年(1127)三月，金人攻陷汴京后，册立张邦昌为皇帝，国号大楚。四月，金人撤离汴京后，张邦昌请哲宗之孟皇后(钦宗与高宗之皇太后)入居延福宫，吕好问荐请时任太常少卿的汪藻代皇太后草诏，以传位康王赵构(高宗)事而昭告天下。[2]宗祊：即宗庙。三灵之改卜：指天神、地祇、人鬼另行选择宗庙。[3]旧弼以临朝：谓张邦昌(1081—1127)被金人逼迫而代宋立大楚事。详见《宋史·张邦昌传》。[4]"虽义形于色"句：聚珍板《浮溪集》案云："李心传《建炎要录》及选宋四六者，并删改'义形于色'二句，盖因其回护张邦昌也。惟《永乐大典》全载，今仍之。"由《宋史·张邦昌传》所载张"始欲引决"语视之，汪并非"回护"。"事迫于危"句出自《春秋公羊传·桓公十一年》，宋人胁迫郑国祭仲"出忽立突"，祭仲权且答应，"古人之有权者，祭仲之权是也。权者何？权者反于经然后有善者也。"[5]九庙：《宋史·徽宗本纪》："崇宁三年冬十月己巳，立九庙。复翼祖、宣祖。"[6]乃以衰癃之质四句：孟皇后生于熙宁六年，中间被废，至垂帘听政(1127)时已五十余岁，故云。详参《宋史·张邦昌传》。[7]举钦圣已行之典：指《宋史·后妃传》中所说"钦宗与近臣议再复后"。[8]运数：荀悦《申鉴·俗嫌》："终始，运也；短长，数也。运数，非人力之为也。"[9]"历年二百"四句：北宋自太祖(艺祖)至钦宗凡九君，自建隆元年(960)至靖康二年(1127)，凡一百六十八年，言二百，举成数。[10]北辕之衅：指徽钦二帝及宗室后宫被掳北去事。左袒：指拥护赵氏即位。《汉书·高后本纪》："太尉勃行令军中曰：'为吕氏右袒，为刘氏左袒'。军皆左袒。"[11]贤王：指高宗赵构，字德基，徽宗第九子，封广平郡王，进封康王。详参《宋史·高宗本纪》。近服：靠近王畿之地，此指南京应天府(今河南商丘)。[12]"汉家之厄十世"二句：语出扬雄《反骚》，汉高祖传十代至成帝，王莽篡汉，后光武帝刘秀中兴，建东汉。此处以高宗比光武帝。[13]"献公之子九人"二句：《左传·僖公二十四年》："介之推曰：'献公之子九人，唯君在矣。'"君即晋公子重耳，后为晋文公。此比高宗。[14]"兹为天意"二句：《南史·梁武帝纪论》："岂曰人谋？亦惟天命。"[15]小愒：《诗经·大雅·民劳》："民亦劳止，汔可小愒。"毛传："愒，息。"

第六节　南宋中期古文与骈文

朱　熹(传略见前宋诗部分)

记孙觌事[1]

靖康之难，钦宗幸虏营，虏人欲得某文[1]，钦宗不得已，为诏从臣孙觌为之，阴冀觌不奉诏，得以为解。而觌不复辞，一挥立就，过为贬损以媚虏人；而词甚精丽，如宿成者。虏人大喜，至以大宗城卤获妇饷之[4]，觌亦不辞。

其后每语人曰："人不胜天久矣，古今祸乱莫非天之所为，而一时之士欲以人力胜之，是以多败事而少成功，而身以不免焉。孟子所谓'顺天者存，逆天者亡'者[5]，盖谓此也。"或戏之曰："然则子之在虏营也，顺天为已甚矣，其寿而康也[6]，宜哉！"觌惭无以应，闻者快之。

乙巳八月二十三日，与刘晦伯语[7]，录记此事，因书以识云。

【注释】

[1]孙觌（1081—1169），字仲益，晋陵（今江苏武进县）人。钦宗时官翰林学士，擅四六，有《鸿庆居士集》。[2]虏营：指金将斡离不、粘罕的军营，时徽、钦二帝被掳至此。某文：指降表，朱熹为本朝讳而隐言之。[3]过为贬损以媚虏人：孙觌代写降文中有"背恩致讨，远烦汗马之劳；请命求哀，敢废牵羊之礼"，详参《大金吊伐录》。[4]大宗城：《诗经·大雅·板》："大邦维屏，大宗维翰。怀德维宁，宗子维城。"朱熹《诗集传》："大宗，强族也。……宗子，同姓也。""大宗城"当指金朝同姓或他姓大族。[5]"孟子所谓"二句：见《孟子·离娄上》。[6]寿而康：孙觌寿至八十八岁，并在高宗时居要位。[7]乙巳：淳熙十二年（1185）。刘晦伯：名爚，朱熹学生。

吕祖谦（1137—1181）

吕祖谦，字伯恭，其祖居婺州。初以荫补入官，后举进士，复中博学宏词科。召试馆职，重修《徽宗实录》。应孝宗诏编著《皇朝文鉴》。除著作郎兼国史院编修官。吴子良《箐窗集续集序》："自元祐后，谈理者祖程，论文者宗苏，而理与文分为二。吕公病其然，思融会之，故吕公之文，早葩而晚实。"

白鹿洞书院记[1]

淳熙六年，南康军秋雨不时，高印之田告病。郡守新安朱侯熹，行视陂塘，并庐山而东，得白鹿洞书院废址，慨然顾其僚曰："是盖唐李渤之隐居[2]，而太宗皇帝驿送九经，俾生徒肄业之地也[3]。书院创于南唐，其事至鲜浅[4]。太宗于汛扫区宇、日不暇给之际，奖劝封殖，如恐弗及，规摹远矣。中兴五十年，释老之宫圮于寇戎者，斧斤之声相闻，各复其初。独此地委于榛莽，过者太息，庸非吾徒之耻哉！郡虽贫薄，顾不能筑屋数楹，上以宣布本朝崇建人文之大指，下以续先贤之风声于方来乎？"乃属军学教授扬君大瀍、星子县令王君仲杰董其事，又以书命某记其成。

某窃尝闻之诸公长者：国初，斯民新脱五季锋镝之阨，学者尚寡。海内向平，文风日起，儒先往往依山林、即间旷以讲授，大师多至数十百人，嵩阳、岳麓、睢阳及是洞为尤著，天下所谓四书院者也[5]。祖宗尊右儒术，分之官书，命之禄秩，锡之扁榜，所以宠绥之者甚备。当是时,士皆上质实,下新奇,敦行义而不偷,守训故而不凿,虽学问之渊源统纪或未深究,然甘受和、白受采,既有进德之地矣。庆历、嘉祐之间,豪杰并出,讲治益精,至于河南程氏、横渠张氏相与倡明正学[6],然后三代孔孟之教始终条理,于是乎可考。熙宁初,明道先生在朝[7],建白学制教养,考察宾兴之法[8],纲条甚悉。不幸王氏之学方兴[9],其议遂格,有志之士未尝不叹息于斯也。建炎再造,典刑文宪,浸还旧观;关洛绪言,稍出于毁弃剪灭之余,晚进小生骤闻其语,不知亲师取友以讲求用力之实,躐等陵节,忽近慕远,未能窥程、张之门庭,而先有王氏高自贤圣之病。如是洞之所传习,道之者或鲜矣。然则书院之复,岂苟云哉!此邦之士,盍相与挹先儒淳固愿实之余风,服大学离经辨志之始教[10],由博而约,自下而高,以答扬熙陵开迪乐育之大德[11],则于贤侯之劝学,斯无负矣。

至于考方志、纪人物,亦有土者所当谨,若李渤之之遗迹,固不得而略也。侯于是役,重民之劳,赋功已狭。率损其旧十七八,力不足而意则有余矣。兴废始末,具于当涂郭祥正所记者[12],皆不书。

【注释】

[1]淳熙六年(1179),朱熹知南康军(治所在今江西星子县)事,重建庐山白鹿洞书院,吕祖谦为其作记。[2]李渤之隐居:据《新唐书》卷一一八《李渤传》,李渤字澹之,与仲兄涉偕隐庐山。曾养一白鹿自随,人称白鹿先生。敬宗宝历中,渤任江州刺史,在庐山读书故地筑台榭,名白鹿洞。[3]太宗皇帝驿送《九经》:宋太宗太平兴国二年,白鹿洞生徒众多,朝廷应江州知州周述之请,驿送印本九经给白鹿洞士子肄习,时称白鹿国学。参《续资治通鉴长编》卷十八。[4]书院创于南唐:南唐升元中,就白鹿洞建学置田,以国子监九经教授,李善道为洞主,教授生徒,时称庐山国学。[5]嵩阳:书院故址在今河南登封太室山麓,程颐、程颢曾于此讲学;岳麓书院故址在今湖南长沙西岳麓山抱黄洞下,太宗开宝九年,潭州太守朱洞建。睢阳,即应天府书院,故址在今河南商丘市西北隅,真宗大中祥符二年,应天府民曹诚扩建名儒戚同文(睢阳先生)旧居而成,真宗赐额应天府书院。[6]河南程氏:指程颢(1032—1085)、程颐(1033—1107)兄弟,洛阳人,洛学创始人。横渠张氏:指张载(1020—1078),凤翔府郿县横渠镇人,世称横渠先生,关学创始人。[7]明道先生:即程颢,颢在熙宁初,为太子中允、监察御史里行。[8]宾兴之法:周代举贤之法。见《周礼·地官·大司徒》。[9]王氏之学:即王安石经学,又称新说、新学。王安石在熙宁执政时,与其子雱及吕惠卿等重新注释《周官》、《尚书》、《诗经》,不用先儒传注,时称《三经新义》,颁之学官。苏轼《送程建用》:"十年困新说,儿女争捕影。"[10]离经辨志:《礼记·学记》云:"一年视离经辨志,三年视敬业乐群。"孔颖达疏:"离经,谓离析经理,使章句断绝也;辨志,谓辨其志意趋向习学何经矣。"[11]熙陵:太宗赵炅之陵墓称"永熙陵",因以熙陵指太宗。[12]当涂郭祥正:郭祥正,字功父,太平州当涂人。有《白鹿洞堂记》。

楼　钥（1137—1213）

楼钥，字大防，明州鄞县人。隆兴元年及第。宁宗受禅，以显谟阁学士提举太平兴国宫，寻知婺州。韩侂胄诛，诏起钥为翰林学士，迁吏部尚书兼翰林侍讲，时钥年过七十，精敏绝人。签书枢密院事，进参知政事。钥文辞精博，有集一百二十卷。

戒饬贪吏诏[1]

朕临御以来，仰遵累朝恭俭之规。菲食卑宫，靡敢怠遑[2]。庶几躬行，以移风俗。而志勤道远，观感未孚[3]。

况以奸佞弄权[4]，故相同恶，上下交利，贿赂公行，赃吏债帅[5]，益无忌惮。监司为吾澄按之官，郡守受吾民社之寄[6]，至相仿效，贪婪无厌，反恃苟且，狼籍已甚。席卷帑藏[7]，或盈巨万；郡县经费，耗蠹几尽；军民衣食，椎剥无余。积敝有年，虽悔何及。大臣簠簋不饬[8]，殆弗容迁就，而为之讳也。

朕方厉精庶政，与民更始，申加训饬，以警有位。继自今各务精白，一心以承至意。其有并缘公家，以济其私，尚为故态，必罚无赦；至如互送无艺[9]，屡形切责，迄方循习，曾不少悛，并当禁戢。或彻听闻，考验有迹，皆以赃坐。

呜呼！咎莫追于既往，法欲励于将来。宜存素丝之风[10]，毋蹈覆车之辙。使人知自爱，罔或敢干。冀民力之少苏，期士风之益媺。朕意厚矣，尚其戒哉！

【注释】

[1]嘉定元年（1208）三月十四日，楼钥代宁宗撰此诏书。[2]临御：宁宗于绍熙六年（1195）登基，至此已十三年。[2]菲食卑宫：语出《论语·泰伯》："禹！吾无间然矣！菲饮食，而致孝乎鬼神；恶衣服，而致美乎黻冕；卑宫室，而尽力乎沟洫。"靡敢怠遑：出自《诗经·商颂·殷武》："不僭不滥，不敢怠遑。"[3]观感：《易·咸》："观其所感，而天地万物之情可见矣。"未孚：《左传·庄公十年》："小信未孚，神弗福也。"[4]奸佞弄权：当指韩侂胄（1152—1207）事。韩侂胄为相州安阳人，以策立宁宗有功，执政十三年，开禧北伐失败后，被史弥远与杨皇后密谋杀死，并函首送金廷乞和。[5]债帅：借债以行重贿而取得帅位，得位后搜刮民财以偿还借款者，称债帅。[6]监司：路监司的简称。宋代路一级地方机构如安抚司、转运司、提刑司、提举常平司等总称路监司，有按察官吏之责。郡守：为州、府、军、监长官通称。郡守为地方官，所以称"民社之寄"。[7]帑藏：本指国库，此用以指钱币、财产。[8]簠簋不饬：《汉书·贾谊传》云"古者大臣有坐不廉而废者，不谓不廉，曰'簠簋不饬'"。簠簋，两种盛黍稷稻粱的礼器。[9]无艺：没有限度。《国语·晋语八》："桓子骄泰奢侈，贪欲无艺。"韦昭注："艺，极也。"[10]素丝之风：《诗经·召南·羔羊》："羔羊之皮，素丝五紽。"朱熹集传："南国化文王之政，在位皆节俭正直，故诗人美其衣服有常，而从容自得如此也。"

第七节　南宋末年古文

文天祥（传略见前宋诗部分）

指南录后序^[1]（节选）

德祐二年正月十九日，予除右丞相兼枢密使，都督诸路军马^[2]。时北兵已迫修门外，战、守、迁皆不及施，缙绅大夫士萃于左丞相府，莫知计所出。会使辙交驰，北邀当国者相见，众谓予一行为可以纾祸，国事至此，予不得爱身，意北亦尚可以口舌动也。初，奉使往来，无留北者，予更欲一觇北，归而求救国之策。于是辞相印不拜，翌日以资政殿学士行^[3]。

初至北营，抗辞慷慨，上下颇惊动，北亦未敢遽轻吾国。不幸吕师孟构恶于前，贾余庆献谄于后，予羁縻不得还，国事遂不可收拾。予自度不得脱，则直前诟虏帅失信，数吕师孟叔侄为逆，但欲求死，不复顾利害。北虽貌敬，实则愤怒。二贵酋名曰馆伴，夜则以兵围所寓舍，而予不得归矣。

未几，贾余庆等以祈请使诣北，北驱予并往，而不在使者之目，予分当引决，然而隐忍以行。昔人云将以有为也。至京口，得间，奔真州，即具以北虚实告东西二阃，约以连兵大举，中兴机会庶几在此。留二日，维扬帅下逐客之令，不得已，变姓名，诡踪迹，草行露宿，日与北骑相出没于长淮间。穷饿无聊，追购又急，天高地迥，号呼靡及。已而得舟避渚洲，出北海，然后渡杨子江，入苏州洋，展转四明、天台以至于永嘉。

……

予在患难中，间以诗记所遭，今存其本，不忍废。道中手自抄录，使北营、留北关外为一卷；发北关外、历吴门、毗陵，渡瓜洲，复还京口为一卷；脱京口、趋真州、扬州、高邮、泰州、通州为一卷；自海道至永嘉、来三山为一卷。将藏之于家，使来者读之，悲予志焉。

呜呼！予之生也幸，而幸生也何所为？求乎为臣，主辱，臣死有余僇^[5]；所求乎为子，以父母之遗体行殆，而死有余责^[6]。将请罪于君，君不许；请罪于母，母不许；请罪于先人之墓，生无以救国难，死犹为厉鬼以击贼，义也。赖天之灵，宗庙之福，修我戈矛，从王于师^[7]，以为前驱，雪九庙之耻，复高祖之业，所谓誓不与贼俱生，所谓鞠躬尽力，死而后已^[8]，亦义也。嗟夫！若予者，将无往而不得死所矣。向也使予委骨于草莽，予虽浩然无所愧怍，然微以自文于君亲，君亲其谓予何？诚不自意，返吾衣冠，重见日月，使旦夕得正丘首[9]，复何憾哉！复何憾哉！

是年夏五，改元景炎[10]，庐陵文天祥自序其诗，名曰《指南录》。

【注释】

[1]《指南录》四卷，是文天祥自编诗文集，记述了文天祥德祐二年（1276）几个月之间九死一生的遭遇和情感变化。诗集卷首有两篇自序，此为后一篇。[2]右丞相：乾道八年后以左、右丞相为宰相，右丞相之位略次于左。时吴坚任左丞相。枢密使为枢密院长官，佐皇帝，执兵政，凡有边防军旅之常务，与三省分班禀奏。[3]翌日以资政殿学士行：据《宋史·瀛国公纪》以及《续资治通鉴》卷一八二载，同出使者尚有吴坚、谢堂、贾余庆等人。资政殿学士：此官示优待执政官之离任者，并有侍从、备顾问之名义。[4]初至北营：以下经历并参《指南录》卷一、卷二、卷三。[5]求乎为臣：语见《礼记·中庸》："君子之道四，丘未能一焉。所求乎子以事父，未能也；所求乎臣以事君，未能也；所求乎弟以事兄，未能也；所求乎朋友，先施之，未能也。"[6]以父母之遗体行殆：语出《礼记·祭义》："不敢以先父母之遗体行殆"。行殆：做危险事。[7]修我戈矛：语出《诗经·秦风·无衣》："王于兴师，修我戈矛，与子同仇。"[8]"所谓誓不与贼俱生"三句：语出诸葛亮《后出师表》："先帝虑汉贼不两立，王业不偏安，故托臣以讨贼也。……臣鞠躬尽瘁，死而后已。"[9]正丘首：《礼记·檀弓上》："狐死正丘首。"郑玄注："正丘首，正首丘也。"[10]是年夏五：《宋史·瀛国公纪》载，德祐二年五月："（陈）宜中等乃立昰于福州，以为宋主，改元景炎。"

林景熙（传略见前宋诗部分）

蜃 说[1]

尝读汉《天文志》，载"海旁蜃气象楼台"，初未之信。

庚寅季春[2]，予避寇海滨[3]。一日饭午，家僮走报怪事，曰："海中忽涌数山，皆昔未尝有，父老观以为甚异。"予骇而出，会颍川主人走使邀予[4]。既至，相携登聚远楼东望。第见沧溟浩渺中，蠢如奇峰，联如叠巘，列如崒岫，隐见不常。移时，城郭台榭，骤变歘起，如众大之区，数十万家，鱼鳞相比。中有浮图老子之宫，三门嵯峨，钟鼓楼翼其左右，檐牙历历，极公输巧不能过[5]。又移时，或立如人，或散如兽，或列若旌旗之饰，瓮盎之器，诡异万千。日近晡[6]，冉冉漫灭。向之有者安在？而海自若也。《笔谈》记登州海市事[7]，往往类此，予因是始信。

噫嘻！秦之阿房，楚之章华，魏之铜雀，陈之临春、结绮[8]，突兀凌云者何限。运去代迁，荡为焦土，化为浮埃，是亦一蜃也。何暇蜃之异哉！

【注释】

[1]"尝读汉天文志"二句：班固《汉书》卷二十六《天文志》有"海旁蜃气象楼台"之语。[2]庚寅：元世祖至元二十七年(1290)。[3]避寇海滨：《霁山集》卷一《避寇海滨》诗，元人章祖程注："庚寅岁，山寇为妖，先生避地仙口(今浙江平阳县东)作也。"《元史·世祖本纪》载：至元二十六年(1289)江南起义军四百余起。浙江有台州民杨镇龙起义，至次年三月，仍在浙东一带活动，"寇"盖指此。[4]颍川主人：姓陈的主人。陈姓以颍川为郡望。[5]公输：名班(或作般、盘)，春秋时著名的鲁国巧匠。[6]晡：申时，即午后三点至五点。[7]《笔谈》：沈括《梦溪笔谈》卷二十一"异事"条："登州海市，时有云气，如宫室台观、城堞人物、车马冠盖，历历可见，谓之'海市'。"[8]阿房：秦时营建的宫殿，规模宏大，后被项羽焚毁。章华：春秋时楚灵王建造的离宫和台名，故址有二说：一说在今湖北省监利县西北，一说在今安徽省亳州市东南。铜雀：亦作铜爵，东汉末年曹操筑，故址在今河北临漳县西南。临春、结绮：南朝陈后主建造的楼阁，极其繁华，见《陈书》、《南史》张贵妃传描述。

第三章 宋 词

　　唐代从民间产生的歌词,在文人手中演化为描写男欢女爱、别恨离愁的专门文体。经五代西蜀、南唐"花间""尊前"的吟唱,"词为艳科"的创作局面在北宋已形成。这一方面使得宋词的题材趋于狭隘,使得很多重大的主题与之绝缘;但另一方面,由于词被宋代士大夫视为"小道",不必承载严肃的题材,因而有关男女恋情或其它个人私密感情却不妨在词中较自由地流露出来。同时,与晚唐五代词相比,宋代文人在词的体制、语言、音律、意境等方面都大有推进,艺术技巧大有提高,"言情"更为深化。较之宋诗和宋文,宋词的音乐性和情感性更为后代读者所喜爱,因此尽管宋词在作品数量以及内容深广度方面远不如宋诗、宋文,但却被视为宋代最具代表性的文学体裁。

　　北宋初期到中叶,词坛主要继承了西蜀花间词和南唐二主、冯延巳词的作风,恪守言情婉约、音调可歌的传统。其中晏殊父子、欧阳修、范仲淹、张先等人,风格典雅从容,语言清丽含蓄,情景交融,委婉而富有韵味。尤其是晏、欧词,抒写闲愁离恨,珠圆玉润,为达官雅词的典型。他们爱使用小令填词,如《蝶恋花》、《浣溪沙》、《玉楼春》、《渔家傲》等,多由七言诗演变而来,篇幅相对简短,这也是词风含蓄蕴藉的重要因素。

　　同时代的柳永词更具有开创性。在体制上,柳永发展了长调慢词,或利用民间原有词调,或旧曲新翻,或将小令扩展为慢词,或自创新调,扩大了词的容量。与此相应,柳词善于用铺叙的手法,组织较为复杂的内容,表现了较为广阔的宋代市民生活和情感。在语言上,柳词大量使用民间的俚俗语言,刻画心理颇为生动传神。这种俗词在北宋颇有影响,以至于"凡有井水饮处,即能歌柳词"(叶梦得《避暑录话》)。黄庭坚年轻时多写俚俗的艳词,可见一时风气。

　　"诗庄词媚"的界限随着苏轼登上词坛而被打破。他以诗文革新运动的精神来填词,将歌者之词变为诗人之词,将流行歌曲变为个体的抒情诗。苏词题材与主题丰富多彩,不仅有咏物、赠别、抒怀、念远、悼亡等言情之作,而且以词怀古、咏史、纪游、记梦、谈禅、说理,写山水、田园。个性张扬,时空阔大,词的境界提升,而音律得到解放,所谓"横放杰出,自是曲子中缚不住者"。

苏门文人如晁补之、黄庭坚的词都受其影响,有豪迈清空之作。而秦观、贺铸则长于写缠绵宛转的柔情,以婉约为主调。秦观晚年词写人生的痛苦和感伤,使词境更加深沉;而贺铸以健笔写柔情,部分作品吸收了苏词的元素。以周邦彦为代表的大晟词人,则在词的音律性和艺术结构方面作出杰出贡献。特别是周词,语言富艳精工,善于铺叙,下字用韵皆有法度,在后世词人影响深远。

南渡词坛以沉痛深切的故国之思和慷慨悲凉的英雄词为基调,陈与义、张元干、张孝祥的作品尤为感人。杰出的女词人李清照独树一帜,在她闺阁词的离愁别恨中,可明显看出靖康之变、国破家亡所留下的浓重投影。其词善于提炼日常口语,采用白描手法,表现真挚感情,其语言风格被称为"易安体"。

宋词发展至辛弃疾而达到思想和艺术的高峰。作为豪放词的代表,辛弃疾在偎红倚翠、花间樽前的低吟浅唱中,注入气吞万里如虎的金戈铁马之声。他有意利用词的长短句形式,将"诗言志"的内容乃至散文化的句法都无拘无束地写进词中,苏轼的"以诗为词"至此进而变成"以文为词",大大丰富了词的内容和形式技巧,使词脱离"艳科""小道"而与诗文并驾齐驱,达到"无事不可言,无意不可入"的高度。但这种豪放之风往往也减弱了词自身固有的精致细腻的审美特色,辛派词人如陈亮、刘过等人的有些词不免粗糙生硬,了无余味。

而在另一方面,周邦彦奠定的情词婉约、格律精严的词风在南宋继续得到众多作家的继承发展。姜夔词讲究音律,善炼字琢句,喜咏物用典,以江西诗派清峭瘦劲的语言来表达缠绵宛转的情思,词风"清空"。姜派词人主要分两组,一是宁宗或理宗时的史达祖、吴文英等人,二是宋末元初的遗民词人,如蒋捷、王沂孙、周密、张炎等。姜派词人都注重语言和音律的锤炼,能自制新曲,尤善于谱写长调慢词,好点化前人诗句。吴文英词辞藻华丽,意象堆栈,联想丰富,时空错综复杂,如七宝楼台,眩人眼目,其"质实"的词风,几乎与姜夔分庭抗礼。遗民词人因经历了国破家亡的苦难,其词多旨意幽微,迷离惝恍,多以比兴寄托之法,抒伤时感世之情。

总之,宋词自苏轼之后,大体上沿着"婉约"的主旋律与"豪放"的变奏曲这两个基调演进,其主旋律维持着词的传统领域而使之越加精美细腻,其变奏曲则不断突破词的传统领域而使之愈加恣肆汪洋。

参考书目:

唐圭璋.全宋词[M].北京:中华书局,1986.

胡云翼.宋词选[M].上海:上海古籍出版社,1978.

吴梅.词学通论[M].上海:上海古籍出版社,2006.

叶嘉莹.迦陵论词丛稿[M].上海:上海古籍出版社,1980.

缪钺、叶嘉莹.灵溪词说[M].上海:上海古籍出版社,1987.

吴熊和.唐宋词通论[M].北京:商务印书馆,2003.

刘扬忠.唐宋词流派史[M].北京:中国社会科学出版社,2007.

第一节　北宋中期雅词

范仲淹(989—1052)

范仲淹,字希文,吴县(今江苏苏州市)人。真宗大中祥符八年进士。仁宗朝以龙图阁直学士经略陕西,守边数年,号令严明,爱抚士卒。夏人相戒不敢犯其境。拜枢密副使,进参知政事,力主政治改革。为侥幸者所不悦,出为河东陕西宣抚使,徙知青州。每感激论天下事,奋不顾身,一时士大夫矫厉尚气节,自仲淹倡之。有《范文正公集》传世,《宋史》有传。

苏幕遮[1]

碧云天,黄叶地,秋色连波,波上寒烟翠。山映斜阳天接水,芳草无情,更在斜阳外[2]。　　黯乡魂[3],追旅思[4],夜夜除非,好梦留人睡。明月楼高休独倚,酒入愁肠,化作相思泪。

【注释】

　[1]《苏幕遮》,唐玄宗时教坊曲名,来自西域,后用为词调。敦煌曲子词中有《苏莫遮》,双调六十二字,宋人即沿用此体。邹祗谟《远志斋词衷》谓此词"前段多入丽语,后段纯写离情,遂为绝唱"。[2]"芳草"二句:古人多以草喻离情。杜牧《池州送前进士蒯希逸》:"芳草复芳草,断肠还断肠。自然堪下泪,何必更斜阳。"此化用其意。[3]黯乡魂:思家乡而黯然销魂。[4]追旅思:羁旅之愁思追随纠缠。

晏　殊(991—1055)

晏殊,字同叔,临川(今江西抚州市)人。真宗景德初以神童召试,赐同进士出身。仁宗朝屡拜枢密使,同中书门下平章事,充集贤殿大学士。殊平居好贤,范仲淹、欧阳修、富弼及词人张先等皆出其门。文章赡丽,工诗词,闲雅有情思。诗属西昆体,词风承袭五代南唐。刘攽《中山诗话》谓："晏元献尤喜江南冯延巳歌词，其所自作，亦不减延巳。"有《珠玉集》。

蝶恋花[1]

槛菊愁烟兰泣露[2]，罗幕轻寒，燕子双飞去。明月不谙离恨苦[3]，斜光到晓穿朱户[4]。　　昨夜西风凋碧树，独上高楼，望尽天涯路。欲寄彩笺兼尺素[5]，山长水阔知何处！

【注释】

[1]《蝶恋花》原名《鹊踏枝》，《词谱》卷一二谓"宋晏殊词改今名"。毛先舒《填词名解》卷二谓"采梁简文帝乐府'翻阶蛱蝶恋花情'为名"。此词为深秋怀念远人之作。王国维《人间词话》卷上谓"昨夜西风凋碧树"三句，与《诗经·蒹葭》一篇"意颇近之，但一洒落，一悲壮耳"。[2]"槛菊"句：谓栏杆外菊花笼烟雾似含愁，兰草沾露水如饮泣。槛，栏杆。刘禹锡《忆江南》："丛兰裛露似沾巾。"此化用其意。[3]不谙：不知晓。[4]朱户：朱红色琐窗。[5]彩笺：彩色精美笺纸。尺素：一尺素绢。彩笺、尺素均代指书信。《古诗》："客从远方来，遗我双鲤鱼。呼儿烹鲤鱼，中有尺素书。"

欧阳修（传略见前宋诗部分）

玉楼春[1]

尊前拟把归期说，未语春容先惨咽。人生自是有情痴，此恨不关风与月。　　离歌且莫翻新阕[2]，一曲能教肠寸结。直须看尽洛城花[3]，始共春风容易别。

【注释】

[1]《玉楼春》亦名《木兰花》。《木兰花》本为唐玄宗时教坊曲名，后用为词调。五代文人用此调有两种：一为《花间集》所载韦庄诸人之作，皆三七言长短句仄韵体；一为《尊前集》所载欧阳炯诸人之作，皆七言八句仄韵体，与《玉楼春》格律形式无别。至宋则《木兰花》已为《玉楼春》之别称。此词乃景祐元年（1034）三月离西京（洛阳）留守推官任时于离筵上为歌女而作。王国维《人间词话》："永叔'人间自是有情痴，此恨不关风与月'、'直须看尽洛城花，始共春风容易别'，于豪放之中，有沉着之致，所以尤高。"[2]翻新阕：按旧曲谱制作新词。阕，乐曲一首为一阕。[3]洛城花：特指洛阳牡丹。欧阳修《洛阳牡丹记》曰："洛阳亦有黄芍药、绯桃、瑞莲、千叶李、红叶李之类……洛阳人不甚惜，谓之果子花，曰某花某花；至牡丹则不名，直曰花。"

张 先(990—1078)

张先,字子野,乌程(今浙江湖州市)人。天圣八年进士。以秘书丞知吴江县。官至尚书都官郎中。晚年往来于杭州、湖州间,优游自得。其词善写朦胧意境,韵味隽永。陈师道《后山诗话》称张先"善着词,有云'云破月来花弄影'、'帘幕卷花影'、'堕轻絮无影',世称诵之,号张三影"。胡仔《苕溪渔隐丛话》前集卷三六引《高斋诗话》谓:"子野尝有诗云:'浮萍断处见山影。'又长短句云:'云破月来花弄影。'又云:'隔墙送过秋千影。'并脍炙人口,世谓张三影。"有《安陆词》,又名《张子野词》。

天仙子[1]

时为嘉禾倅[2],以病眠,不赴府会。

《水调》数声持酒听[3],午醉醒来愁未醒。送春春去几时回? 临晚镜,伤流景,往事后期空记省[4]。　　沙上并禽池上暝[5],云破月来花弄影[6]。重重帘幕密遮灯,风不定,人初静,明日落红应满径。

【注释】

[1]《天仙子》,唐玄宗时教坊曲名,后用为词调。子,小令之别称。此词为庆历元年张先任秀州通判时所作,于刻意伤春之中兼寓伤别之意。[2]嘉禾,即秀州,治嘉兴县,在今浙江嘉兴市。倅,宋州府长官之副职,即通判。[3]《水调》:唐代流行之歌曲,亦名《水调歌》。今所传曲辞均为绝句。杜牧《扬州三首》:"谁家唱《水调》?"原注:"炀(隋炀帝)凿汴河,自造《水调》。"[4]后期:后会之期,今后之约。[5]并禽:成双成对之鸟,如鸳鸯之类。暝:晦,昏暗。[6]云破句:王国维《人间词话》:"'云破月来花弄影',着一'弄'字而境界全出矣。"

晏几道(约1030—约1106)

晏几道,字叔原,号小山,晏殊幼子。尝任颍昌府许田镇监,仕途不得意。其词与乃父齐名,号称二晏。词风近《花间》。陈廷焯《白雨斋词话》卷一曰:"北宋晏小山工于言情,出元献(晏殊)、文忠(欧阳修)之右,然不免思涉于邪,有失风人之旨。而措词婉妙,则一时独步。"有《小山词》。

鹧鸪天[1]

彩袖殷勤捧玉钟[2],当年拚却醉颜红[3]。舞低杨柳楼心月,歌尽桃花扇底风。从别后,忆相逢,几回魂梦与君同。今宵剩把银釭照,犹恐相逢是梦中[4]。

【注释】

[1]《鹧鸪天》词调,唐五代词中无,首见于北宋宋祁之作,晏几道填此调独多。《词谱》卷一一:"宋人填此调者,字、句、韵悉同。"此词上片追忆欢乐往事,下片写久别重逢悲喜交集之情。《苕溪渔隐丛话·后集》卷三三谓"舞低杨柳楼心月"二句"词情婉丽",引《雪浪斋日记》称其"不愧六朝宫掖体"。[2]彩袖:歌舞女。玉钟:酒杯之美称。[3]拼却:拼将,不顾惜。[4]"今宵"二句:杜甫《羌村三首》:"夜阑更秉烛,相对如梦寐。"此用其意。剩把,尽管把。钉,灯。

第二节　北宋中期俗词

柳　永（约980—约1053）

柳永,字耆卿,初名三变,崇安(今福建武夷山市)人。为举子时,多游狭斜,善为歌词,教坊乐工每得新腔,必求永为词。屡举不第,仁宗景祐元年始中进士,官至屯田员外郎。世称柳屯田。叶梦得《避暑录话》卷下谓:"尝见一西夏归朝官云:'凡有井水饮处,即能歌柳词。'"言其流传之广。永精通音律,创制慢词,善于铺叙,好用俚语,尤工于羁旅行役。有《乐章集》。

雨霖铃[1]

寒蝉凄切,对长亭晚[2],骤雨初歇。都门帐饮无绪[3],留恋处,兰舟催发[4]。执手相看泪眼,竟无语凝噎[5]。念去去千里烟波,暮霭沉沉楚天阔。

多情自古伤离别,更那堪、冷落清秋节!今宵酒醒何处,杨柳岸晓风残月。此去经年[6],应是良辰好景虚设。便纵有千种风情,更与何人说!

【注释】

[1]《雨霖铃》,唐玄宗时教坊大曲名,后用为词调。据王灼《碧鸡漫志》卷五引《明皇杂录》:"帝(玄宗)幸蜀,初入斜谷,霖雨弥旬。栈道中闻铃声,帝方悼念贵妃,采其声为《雨淋铃》曲以寄恨。"《词谱》卷三一:"宋词盖借旧曲名,另倚新声也。调见柳永《乐章集》,属双调。"此词为柳永代表作之一。通篇用白描手法层层铺叙,抒写情人离别之痛苦及仕途失意之感慨。[2]长亭:古驿路上十里一长亭,五里一短亭,为行人休歇及送别之处。[3]都门:京城,指汴京,今河南开封市。帐饮:郊外设帐幕宴饮饯别。[4]兰舟:船之美称。[5]凝噎:喉咙哽塞。[6]经年:年复一年。

鹤冲天[1]

黄金榜上[2]，偶失龙头望[3]。明代暂遗贤[4]，如何向？未遂风云便[5]，争不恣狂荡[6]！何须论得丧，才子词人，自是白衣卿相[7]。　　烟花巷陌[8]，依约丹青屏障。幸有意中人，堪寻访。且恁偎红翠[9]，风流事，平生畅。青春都一饷[10]，忍把浮名，换了浅斟低唱。

【注释】

[1]《鹤冲天》词调首见于柳永《乐章集》。吴曾《能改斋漫录》卷一六："仁宗留意儒雅，务本理道，深斥浮艳虚薄之文。初，进士柳三变，好为淫冶讴歌之曲，传播四方。尝有《鹤冲天》词云：'忍把浮名，换了浅斟低唱。'及临轩发榜，特落之，曰：'且去浅斟低唱，何要浮名！'"此词以风流浪子自诩，鄙视功名，狂傲放荡，对宋元时期下层"书会词人"颇有影响。[2]黄金榜：指黄纸书写之进士题名榜。[3]龙头：榜首，状元之别称，与"鳌头"同义。[4]明代：政治清明时代，古人对己所处时代之谀词。[5]风云便：《易·干》文言："云从龙，风从虎，圣人作而万物睹。"喻人生际遇。此指中进士。[6]争不：怎不。[7]白衣，平民衣着，指无功名之人。[8]烟花巷陌：指青楼妓馆之地。[9]恁：这样。红翠：穿红着绿之歌妓。[10]一饷：片刻，短暂之时。

黄庭坚（传略见前宋诗部分）

沁园春[1]

把我身心，为伊烦恼，算天便知。恨一回相见，百方作计，未能偎倚，早觅东西。镜里拈花，水中捉月[2]，觑着无由得近伊[3]。添憔悴，镇花销翠减[4]，玉瘦香肌。　　奴儿[5]，又有行期，你去既无妨，我共谁？向眼前常见，心犹未足，怎生禁得，真个分离。地角天涯，我随君去，掘井为盟无改移[6]。君须是，做些儿相度[7]，莫待临时。

【注释】

[1]《沁园春》词调，吴曾《能改斋漫录》卷一六谓因东汉窦宪所夺沁水公主园而得名，并举世所传吕洞宾《沁园春》词，谓唐之中世已有此音。然吕词当系后人伪作，今存此调实首见于苏轼词。此词为黄庭坚俗词代表作，以口语抒写爱情，大胆泼辣，《四库全书总目》卷一九八《山谷词》提要称其"亵诨不可名状"，不免偏见。[2]镜里拈花二句：喻可见而不可得。唐释玄觉《永嘉证道歌》："镜里看形见不难，水中捉月争拈得？"[3]觑：看。[4]镇：常。[5]奴儿：犹奴家，妇女自称。[6]掘井为盟：以掘井到流表示不欺骗。贾岛《不欺》诗："掘井须到流，结交须到头。此语诚不谬，敌君三万秋。"[7]相度：观察估量，计划。

第三节　苏轼词

苏　轼（传略见前宋诗部分）

永遇乐[1]

彭城夜宿燕子楼,梦盼盼[2],因作此词。

明月如霜,好风如水,清景无限。曲港跳鱼,圆荷泻露,寂寞无人见。紞如三鼓[3],铿然一叶[4],黯黯梦云惊断[5]。夜茫茫,重寻无处,觉来小园行遍。

天涯倦客,山中归路,望断故园心眼。燕子楼空,佳人何在?空锁楼中燕[6]。古今如梦,何曾梦觉,但有旧欢新怨。异时对黄楼夜景,为余浩叹[7]。

【注释】

[1]《永遇乐》词调,《词谱》卷三二谓"此调有平韵、仄韵两体,仄韵者始自北宋。……平韵者始自南宋"。此词为仄韵体,作于元丰元年(1078)十月,苏轼时知徐州。[2]"彭城"二句:白居易《燕子楼诗序》:"徐州故张尚书有爱妓曰盼盼,善歌舞,雅多风态。……尚书既没,归葬东洛,而彭城有张氏旧第,第中有小楼名燕子。盼盼念旧爱而不嫁,居是楼十余年。"彭城,徐州古称。[3]紞如三鼓:三更鼓响。紞如,击鼓声。《晋书·邓攸传》引吴人歌:"紞如打五鼓,鸡鸣天欲曙。"[4]铿然一叶:静夜中一叶落地清脆之声可闻。铿然,象声词,金石琴瑟声。[5]梦云:宋玉《高唐赋》载楚襄王梦一神女自称"朝为行云,暮为行雨",梦云为此典缩写。[6]"燕子楼空"三句:黄升《花庵词选》引晁无咎(补之)语云:"三句说尽张建封(当作张愔)一段事,奇哉!"[7]"异时对"二句:设想后世人凭吊自己时,亦会如自己凭吊盼盼一般感叹。黄楼,此年苏轼在徐州率军民抗退特大洪水,于州城东门上建黄楼纪功。

卜算子[1]

黄州定惠院寓居作

缺月挂疏桐,漏断人初静[2]。谁见幽人独往来?缥缈孤鸿影。　　惊起却回头,有恨无人省[3]。拣尽寒枝不肯栖[4],寂寞沙洲冷。

【注释】

[1]万树《词律》卷三:"毛氏云:'骆义乌(骆宾王)诗用数名,人谓为卜算子,故牌名取之。'按山

谷词'似扶着卖卜算',盖取义以今卖卜算命之人也。"此词为神宗元丰三年(1080)初贬黄州寓居定惠院时所作。词以孤鸿为喻,抒发高洁自赏之个性以及孤独寂寞之心境。《苕溪渔隐丛话·前集》卷三九引黄庭坚语云:"东坡道人在黄州,作《卜算子》云:……语意高妙,似非吃人间烟火食人语。非胸中有万卷书,笔下无一点尘俗气,孰能至此!"[2]漏断:漏为计时滴水之漏壶,夜深水尽则漏断。[3]省:领悟,了解。[4]拣尽句:陈鹄《耆旧续闻》卷二:"盖'拣尽寒枝不肯栖',取兴鸟择木之意,所以谓之高妙。《苕溪渔隐诗话》乃云:'鸿雁未尝栖宿树枝,惟在田野苇丛间。'此亦语病,当为东坡称屈可也。"

定风波[1]

三月七日,沙湖道中遇雨[2],雨具先去,同行皆狼狈,余不觉。已而遂晴,故作此。

莫听穿林打叶声,何妨吟啸且徐行。竹杖芒鞋轻胜马[3],谁怕?一蓑烟雨任平生。　　料峭春风吹酒醒[4],微冷,山头夕照却相迎。回首向来萧瑟处[5],归去,也无风雨也无晴。

【注释】

[1]《定风波》,唐玄宗时教坊曲名,后用为词调。《词谱》卷一四谓李珣词名《定风流》,张先词名《定风波令》。按敦煌曲子词《定风波》中有"问儒士,谁人敢去定风波"语,可知此调本取义为平定叛乱之意。此词作于元丰五年(1082)三月,于写实中寄寓人生感悟,潇洒旷达。郑文焯《手批东坡乐府》云:"此足征是翁坦荡之怀,任天而动。琢句亦瘦逸,能道眼前景,以曲笔直写胸臆,倚声能事尽之矣。"[2]沙湖:在黄冈东南三十里,时苏轼欲相田产至此。[3]芒鞋:草鞋。[4]料峭:风寒着肌战栗貌,多形容春寒。[5]萧瑟:指风雨穿林打叶之声。

八声甘州[1]

寄参寥子[2]

有情风万里卷潮来,无情送潮归。问钱塘江上,西兴浦口[3],几度斜晖?不用思量今古,俯仰昔人非[4]。谁似东坡老,白首忘机[5]?　　记取西湖西畔,正春山好处,空翠烟霏。算诗人相得,如我与君稀。约他年东还海道,愿谢公雅志莫相违。西州路,不应回首,为我沾衣[6]。

【注释】

[1]《八声甘州》,本为唐玄宗时教坊大曲《甘州》,来自西域,后用为词调。《词谱》卷二五云:"按此调前后段八韵,故名八声,乃慢词也。与《甘州遍》之曲破、《甘州子》之令词不同。"苏轼此词

作于哲宗元祐六年(1091)自杭州还朝时。词以杭州风物钱塘江、西湖为背景,抒发与友人的深厚情谊,达观爽朗,清空豪迈。[2]参寥子:即杭州僧道潜,字参寥子,能文章,尤喜为诗,为苏轼、秦观密友。[3]西兴:古渡口,在钱塘江南,今属杭州市萧山区。[4]俯仰昔人非:王羲之《兰亭集序》:"向之所欣,俯仰之间,已为陈迹。"[5]忘机:消除机巧之心,自甘淡泊,与世无争。[6]"约他年"五句:《晋书·谢安传》:"安虽受朝寄,然东山之志始末不渝,每形于言色。及镇新城,尽室而行,造泛海之装,欲须经略粗定,自江道还东,雅志未就,遂遇疾笃。……(羊昙)为安所爱重。安薨后,辍乐弥年,行不由西州路。尝因石头大醉,扶路唱乐,不觉至州门。左右白曰:'此西州门。'昙悲感不已,……恸哭而去。"此反用谢、羊之事,谓日后退隐西湖、与老友欢聚之志可遂,不至于如谢安雅志未就。

第四节　北宋后期词人

秦　观(1049—1100)

秦观,字少游,一字太虚,号淮海居士,扬州高邮(今江苏高邮县)人。元丰八年(1085)进士。哲宗元祐初,苏轼荐于朝,除太学博士,累迁国史院编修官。坐党籍削秩,历贬郴州、雷州。徽宗即位,卒于藤州。《宋史》入《文苑传》。观以文学受知于苏轼,为苏门四学士之一。长于议论,文丽而思深。词为北宋一大家,多写柔情,亦有感伤身世之作。有《淮海集》。朱彝尊《词综》卷六引蔡伯世语:"子瞻辞胜乎情,耆卿情胜乎辞,辞情相称者,惟少游而已。"

满庭芳[1]

山抹微云,天黏衰草,画角声断谯门[2]。暂停征棹,聊共引离尊。多少蓬莱旧事[3],空回首烟霭纷纷。斜阳外,寒鸦数点,流水绕孤村[4]。　　销魂,当此际,香囊暗解,罗带轻分[5]。谩赢得青楼薄幸名存[6]。此去何时见也?襟袖上空惹啼痕。伤情处,高城望断,灯火已黄昏。

【注释】

[1]《满庭芳》词调又名《满庭霜》、《锁阳台》。此词为秦观代表作,善于将男女离别之感伤情怀与晚秋日暮之凄迷景色融为一体,所谓"寄慨身世","酒边花下,一往而深"者。[2]谯门:有望楼之城门。谯,通"瞧",瞭望。[3]蓬莱旧事:寻欢作乐如仙境般之往事。[4]"斜阳外"三句:《能改斋漫录》卷一六:"近世以来作者,皆不及秦少游,如'斜阳外,寒鸦数点,流水绕孤村',虽不识字人亦知是天生好言语。"《苕溪渔隐丛话·后集》卷三三引《艺苑雌黄》:"予在临安,见平江梅知录云:隋炀帝

诗云：'寒鸦千万点,流水绕孤村。'少游用此语也。"[5]"香囊暗解"二句:古男女互赠香囊、衣带以示定情或惜别。香囊,随身佩带之饰囊,内装香料。[6]谩赢得句:杜牧《遣怀》:"十年一觉扬州梦,赢得青楼薄幸名。"

鹊桥仙[1]

七夕[2]

纤云弄巧[3],飞星传恨,银汉迢迢暗度[4]。金风玉露一相逢[5],便胜却人间无数。柔情似水,佳期如梦,忍顾鹊桥归路[6]。两情若是久长时,又岂在朝朝暮暮[7]。

【注释】

[1]《词谱》卷一二谓《鹊桥仙》词调有两体:五十六字者始自欧阳修,因词中有"鹊迎桥路接天津"句,取为调名。八十八字者始自柳永。韩鄂《岁华纪丽·七夕》:"鹊桥已成。"注引《风俗通》曰:"织女七夕当渡河,使鹊为桥。"汉魏以来,题咏牛女之事作品甚多,秦观此词独能不落俗套。《草堂诗余》卷一曰:"七夕歌以双星会少别多为恨,独少游此词谓两情若是久长,不在朝朝暮暮,所谓化腐朽为神奇,宁不醒人心目。"[2]七夕:宗懔《荆楚岁时记》:"七月七日,为牵牛织女聚会之夜。"[3]纤云弄巧:缕缕云彩摆弄许多花巧,喻织女织造云锦手艺精巧。旧俗七夕亦为乞巧节,女子向织女乞求智巧。[4]银汉:天河。[5]金风玉露:秋风白露。李商隐《辛未七夕》:"由来碧落银河畔,可要金风玉露时。"[6]忍顾:不忍回顾。[7]朝朝暮暮:语本宋玉《高唐赋》,谓巫山神女"朝朝暮暮,阳台之下"以候楚王。

贺　铸(1052—1125)

贺铸,字方回,卫州(今河南汲县)人。孝惠皇后族孙,娶宗女。豪侠尚气,喜谈当世事。元祐中任通直郎,通判泗州、太平州,以任酒使气,不得美官。晚退居苏州,自号庆湖遗老。工语言,尤长于度曲。有《东山乐府》、《庆湖遗老集》传世。《宋史》入《文苑传》。张耒《贺方回乐府序》称其词"其盛丽如游金张之堂,而妖冶如揽嫱施之祛,幽洁如屈宋,悲壮如苏李"。

青玉案[1]

凌波不过横塘路,更目送、芳尘去[2]。锦瑟华年谁与度[3]? 月桥花院,琐窗朱户,只有春知处。　碧云冉冉蘅皋暮[4],彩笔新题断肠句。试问闲愁都几许? 一川烟草,满城风絮,梅子黄时雨[5]。

【注释】

[1]《青玉案》为宋人常用词调,调名取自汉张衡《四愁诗》"何以报之青玉案"。此词以望美人不来发端,抒写孤寂生活及幽恨清愁。黄庭坚《寄贺方回》诗:"解作江南断肠句,只今唯有贺方回。"周紫芝《竹坡诗话》:"贺方回尝作《青玉案》词,有'梅子黄时雨'之句,人皆服其工,士大夫谓之贺梅子。"[2]"凌波"二句:谓望美人而不可得。曹植《洛神赋》:"凌波微步,罗袜生尘。"后人以凌波形容美人步履轻盈。横塘:在今江苏苏州市。龚明之《中吴纪闻》卷三谓贺铸"有小筑在盘门之南十余里,地名横塘,方回往来其间"。[3]锦瑟华年:美好年华。李商隐《锦瑟》诗:"锦瑟无端五十弦,一弦一柱思华年。"[4]"碧云"句:化用江淹《休上人怨别》"日暮碧云合,佳人殊未来"之意。蘅皋,长满香草杜蘅之水边高地。《洛神赋》:"尔乃税驾乎蘅皋。"[5]"一川烟草"三句:罗大经《鹤林玉露》卷七论诗人以物象喻愁之优劣,称此三句"盖以三者比愁之多也,尤为新奇,兼兴中有比,意味更长"。江南春末夏初时节多雨,正值梅子成熟,俗称梅雨。

周邦彦(1056—1121)

周邦彦,字美成,号清真居士,钱塘(今浙江杭州市)人。元丰初,献《汴都赋》,擢为太学正。哲宗时除秘书省正字。徽宗时提举大晟府。《宋史》入《文苑传》。邦彦精通音乐,自制乐府长短句,格律法度极为精审,有《片玉集》,又名《清真集》。陈廷焯《白雨斋词话》卷一:"词至美成,乃有大宗。前收苏、秦之终,后开姜、史之始,自有词人以来,不得不推为巨擘,后之为词者,亦难出其范围。"《人间词话》:"美成深远之致,不及欧、秦,唯言情体物,穷极工巧,故不失为第一流之作者。但恨创调之才多,创意之才少耳。"

六　丑[1]

蔷薇谢后作[2]

正单衣试酒,怅客里光阴虚掷。愿春暂留,春归如过翼[3],一去无迹。为问家何在?夜来风雨,葬楚宫倾国[4]。钗钿堕处遗香泽[5],乱点桃蹊,轻翻柳陌。多情更谁追惜?但蜂媒蝶使[6],时叩窗隔。　　东园岑寂,渐蒙笼暗碧[7]。静绕珍丛底,成叹息。长条故惹行客,似牵衣待话,别情无极[8]。残英小,强簪巾帻[9]。终不似一朵钗头颤袅,向人欹侧。漂流处,莫趁潮汐。恐断红尚有相思字,何由见得[10]?

【注释】

[1]《六丑》,周邦彦自创词调。周密《浩然斋雅谈》卷下载徽宗"问《六丑》之义,莫能对,急召邦彦问之。对曰:'此犯六调,皆声之美者,然绝难歌。昔高阳氏有子六人,才而丑,故以比之。'"此词为咏物词名作,通篇以拟人手法写蔷薇落花,层层转折,前后照应,一气贯注。黄蓼园《蓼园词选》:

"自叹年老远宫，意境落寞，借花起兴。以下是花，是自己，已比兴无端，指与物化，奇情四溢，不可方物，人巧极而天工生矣！结处意致尤缠绵无已，耐人寻绎。"周济《宋四家词选》："不说人惜花，却说花恋人；不从无花惜春，却从有花惜春；不惜已簪之残英，偏惜欲去之断红。"[2]蔷薇谢后作：一题为"落花"。[3]过翼：飞鸟。[4]"夜来"二句：韩偓《哭花》诗："夜来风雨葬西施。"此用其意。楚宫倾国，即楚宫美人，此喻蔷薇花。[5]钗钿句：白居易《长恨歌》："花钿委地无人收，翠翘金雀玉搔头。"此化用其意，以美人遗落之钗钿喻飘零之落花。[6]蜂媒蝶使：蜂蝶往来花丛中，如花之媒人、使者。[7]蒙笼暗碧：谓春末夏初红花凋落，绿叶茂密，故景色朦胧幽暗。[8]"长条"三句：蔷薇枝条有刺，会钩住人衣，故云。惹，挑逗。[9]"残英小"二句：古人有头巾上簪花之习俗，因落花太小，故簪之甚为勉强。巾帻，头巾。[10]"恐断红"二句：由落红思及红叶题诗事。范摅《云溪友议》卷下："卢渥舍人应举之岁，偶临御沟，见一红叶，命仆搴来。叶上乃有一绝句。……诗云：'水流何太急，深宫尽日闲。殷勤谢红叶，好去到人间。'"庞元英《谈薮》谓御沟红叶之故事，"本朝词人罕用此事，惟周清真乐府两用之。脱胎换骨之妙极矣"。

第五节　李清照与南渡前后词人

李清照（传略见前宋文部分）

念奴娇[1]

萧条庭院，又斜风细雨，重门须闭。宠柳娇花寒食近，种种恼人天气。险韵诗成[2]，扶头酒醒[3]，别是闲滋味。征鸿过尽，万千心事难寄。　　楼上几日春寒，帘垂四面，玉栏杆慵倚。被冷香消新梦觉，不许愁人不起。清露晨流，新桐初引[4]，多少游春意。日高烟敛，更看今日晴未？

【注释】

[1]《念奴娇》词调，据王灼《碧鸡漫志》卷五谓"唐中叶渐有今体慢曲子"，因天宝间著名歌女念奴得名，后用为词调名。[2]险韵：指韵字很少的韵部。[3]扶头酒：酒劲较大、饮后易醉的酒。[4]"清露"二句：《世说新语·赏誉》："（王）恭尝行散，至京口射堂，于时清露晨流，新桐初引。"

永遇乐

落日镕金，暮云合璧[1]，人在何处？染柳烟浓，吹梅笛怨[2]，春意知几许？元宵佳节,融和天气,次第岂无风雨?来相招,香车宝马,谢他酒朋诗侣。　　中州盛日,闺门多暇,记得偏重三五。铺翠冠儿,捻金雪柳,簇带争济楚[3]。如今憔悴,风鬟雾鬓[4],怕见夜间出去。不如向帘儿底下,听人笑语。

【注释】

[1]镕金:廖世美《好事近》有"落日水镕金。"[2]吹梅笛怨:《乐府诗集》卷二四横吹曲辞云:"《梅花落》,本笛中曲也。"此处亦兼指新春梅花凋残。[3]铺翠冠儿:镶翡翠珠子之冠。捻金雪柳:指用金捻制成的头饰。簇带,谓插戴满头。济楚:《宣和遗事·亨集》:"京师民有似云浪,尽头上戴着玉梅、雪柳、闹蛾儿,直到鳌山下看灯。"[4]风鬟雾鬓:风尘劳碌,头发散乱不修饰貌。李朝威《柳毅传》:"见大王爱女牧羊于野,风鬟雨鬓,所不忍睹。"

陈与义(传略见前宋诗部分)

临江仙

夜登小阁忆洛中旧游[1]

忆昔午桥桥上饮[2],坐中多是豪英。长沟流月去无声,杏花疏影里,吹笛到天明。二十余年如一梦,此身虽在堪惊。闲登小阁看新晴,古今多少事,渔唱起三更。

【注释】

[1]作者晚年寓居浙江桐乡时,追忆洛阳往事之作。[2]午桥:在洛阳南,唐名相裴度晚年退休居此,作绿野堂,与白居易、刘禹锡等唱酬。

张元干(1091—1161)

张元干,字仲宗,福建长乐人,自号芦川居士。曾为李纲行营属官。绍兴中,坐以词送胡铨,得罪除名。《四库全书总目》之《芦川词》提要云:"慷慨悲凉,数百年后,尚想其抑塞磊落之气。"

贺新郎

送胡邦衡赴新州[1]

梦绕神州路。怅秋风、连营画角,故宫离黍[2]。底事昆仑倾砥柱,九地黄流乱注,聚万落千村狐兔?天意从来高难问,况人情老易悲难诉[3],更南浦,送君去[4]!凉生岸柳催残暑,耿斜河,疏星淡月,断云微度。万里江山知何处?回首对床夜语,雁不到,书成谁与[5]?目尽青天怀今古,肯儿曹恩怨相尔汝[6]!举大白,听《金缕》[7]。

【注释】

[1]《贺新郎》,毛先舒《填词名解》卷三谓此调为苏轼所创。宋高宗绍兴八年(1138),胡铨(字邦衡)上书请斩秦桧,遭贬,绍兴十二年诏除名,编管新州(今属广东)。张元干以此词送行。[2]故宫句:《诗经·王风·黍离》写西周既亡,东周大夫看到镐京故宫长满禾黍,作诗,首句"彼黍离离"。[3]"天意"二句:杜甫《暮春江陵送马大卿公恩命追赴阙下》云:"天意高难问,人情老易悲。"[4]"更南浦"二句:江淹《别赋》:"送君南浦,伤如之何!"[5]"雁不到"二句:相传北雁南飞止于衡阳。而新州在衡阳之南。[6]肯儿曹句:韩愈《听颖师弹琴》"昵昵儿女语,恩怨相尔汝。"[7]大白:左思《吴都赋》有"飞觞举白",刘良注云:"大白,杯名。"《金缕》为《贺新郎》别名。沈雄《古今词话·词评》卷上:"绍兴戊午,元干以送胡铨及寄李纲词坐罪贬谪,皆《金缕曲》也。"

第六节　辛弃疾与豪放词人

陆　游(传略见前宋诗部分)

诉衷情[1]

当年万里觅封侯[2],匹马戍梁州[3]。关河梦断何处[4]? 尘暗旧貂裘[5]。　　胡未灭,鬓先秋,泪空流。此生谁料,心在天山,身老沧州[6]!

【注释】

[1]《诉衷情》,唐玄宗时教坊曲名,后用为词调。[2]觅封侯:《汉书·班超传》载班超语曰:"大丈夫无他志略,犹当效傅介子、张骞立功异域以取封侯,安能久事笔研间乎!"[2]匹马句:梁州治所在今陕西汉中,陆游四十八岁时在川陕宣抚使署任职。[3]关河:关塞河防,指边境前线。[4]尘暗句:《战国策·秦策》载苏秦说秦王不成"黑貂之裘弊,黄金百斤尽,资用乏绝,去秦而归。"[5]沧州:指水乡。陆游晚年退居家乡浙江山阴,乃江南水乡。

辛弃疾(1140—1207)

辛弃疾,字幼安,号稼轩,齐之历城(今山东济南)人。绍兴三十二年(1162),归宋。乾道四年(1168),通判建康府。六年,孝宗召对延和殿。作《九议》并《应问》三篇、《美芹十论》献于朝,以和议方定,议不行。绍熙二年(1175),起提点福建刑狱。台臣王蔺劾其"用钱如泥沙,杀人如草芥,日夕望端坐阁王殿"。遂丐祠归。进枢密都承旨,未受命而卒。弃疾雅善长短句,悲壮激烈。有《稼轩集》行世。

水龙吟

登建康赏心亭[1]

楚天千里清秋,水随天去秋无际。遥岑远目,献愁供恨,玉簪螺髻[2]。落日楼头,断鸿声里,江南游子,把吴钩看了[3],栏杆拍遍,无人会,登临意! 休说鲈鱼堪脍,尽西风,季鹰归未[4]? 求田问舍,怕应羞见,刘郎才气[5]。可惜流年,忧愁风雨,树犹如此[6]! 倩何人、唤取红巾翠袖,揾英雄泪!

【注释】

[1]《水龙吟》首见于柳永咏梅之作。此词为乾道五年(1169)通判建康府或淳熙元年(1174)任江东安抚司参议官时所作。《景定建康志》云:"赏心亭在下水门之城上,下临秦淮,尽观览之胜。丁晋公谓建。"[2]玉簪螺髻:韩愈《送桂州严大夫》:"江作青罗带,山如碧玉簪。"皮日休《缥渺峰》:"似将青螺髻,撒在明月中。"[3]吴钩:吴地产的弯刀。李贺《南园》诗:"男儿何不带吴钩,收取关山五十州。"[4]"休说鲈鱼堪脍"三句:出自《晋书·张翰传》:"翰因见秋风起,乃思吴中菰菜、莼羹、鲈鱼脍,曰:'人生贵得适志,何能羁宦数千里以要名爵乎!'遂命驾而归。"[5]"求田问舍"三句:出自《三国志·魏志·陈登传》,许汜与刘备谈论陈元龙,许汜不满陈之冷遇,"备曰:'君有国士之名,今天下大乱,帝主失所,望君忧国忘家,有救世之意,而君求田问舍,言无可采,是元龙所讳也,何缘当与君语? 如小人,欲卧百尺楼上,卧君于地,何但上下床之间耶!'"[6]"可惜流年"三句:刘义庆《世说新语·言语》云:"桓公北伐,经金城,见前为琅邪时所种柳皆已十围,慨然曰:'木犹如此,人何以堪!'攀枝折条,泫然流泪。"

沁园春

灵山齐庵赋。时筑偃湖未成。[1]

迭嶂西驰,万马回旋,众山欲东。正惊湍直下,跳珠倒溅;小桥横截,缺月初弓。老合投闲,天教多事,检校长身十万松。吾庐小,在龙蛇影外,风雨声中[2]。 争先见面重重,看爽气朝来三数峰[3]。似谢家子弟,衣冠磊落[4];相如庭户,车骑雍容[5]。我觉其间,雄深雅健[6],如对文章太史公。新堤路,问偃湖何日,烟水蒙蒙?

【注释】

[1]此词作于作者晚年退居江西上饶时。灵山,在江西上饶县城北七十里。齐庵为灵山中地名,作者《归朝歌》题序:"灵山齐庵、菖蒲港,皆长松茂林。"[2]"龙蛇影"二句:龙蛇指古松盘曲如龙蛇状。苏轼《游灵隐高峰塔》诗:"古松攀龙蛇。"[3]爽气朝来:《世说新语·简傲》载王子猷对桓冲

曰:"西山朝来致有爽气。"[4]"似谢家子弟"二句:《晋书·谢玄传》:"(谢)安尝戒约子侄,因曰:'子弟亦何预人事,而正欲使其佳?'诸人莫有言者。玄答曰:'譬如芝兰玉树,欲使其生于庭阶耳。'安悦。"[5]"相如庭户"二句:《史记·司马相如列传》:"相如之临邛,从车骑,雍容闲雅甚都。"[6]"雄深雅健"二句:刘禹锡《唐故尚书礼部员外郎柳君集纪》引韩愈曰:"吾尝评其(柳宗元)文,雄深雅健似司马子长,崔、蔡不足多也。"

南乡子

登京口北固亭有怀[1]

何处望神州?满眼风光北固楼。千古兴亡多少事,悠悠,不尽长江滚滚流[2]。

年少万兜鍪,坐断东南战未休[3]。天下英雄谁敌手?曹刘[4]!生子当如孙仲谋[5]!

【注释】

[1]《南乡子》,唐教坊曲名,后用为词调,有单、双调二体,此为双调。此词为作者开禧元年(1205)知镇江府任上作。京口即镇江府,今江苏镇江。北固亭在镇江东北的北固山上,下临长江。[2]"不尽"句:杜甫《登高》有"不尽长江滚滚来"句。[3]"年少"句:孙权十九岁继其兄策为主帅,率军征战。[4]"天下英雄"二句:《三国志·先主传》载曹操谓刘备曰:"今天下英雄,唯使君与操耳。"此处谓此后天下三分,英雄固不止曹刘,尚有孙权为之敌手。[5]"生子"句:《三国志·孙权传》注引《吴历》,曹操见孙权军容严整强大,叹曰:"生子当如孙仲谋!刘景升儿子(刘表子刘琮)若豚犬耳。"

刘克庄(传略见前宋诗部分)

满江红

夜雨凉甚,忽动从戎之兴[1]。

金甲雕戈,记当日辕门初立。磨盾鼻、一挥千纸,龙蛇犹湿[2]。铁马晓嘶营壁冷,楼船夜渡风涛急[3]。有谁怜猿臂故将军,无功级[4]?　　平戎策,从军什,零落尽,慵收拾。把《茶经》、《香传》,时时温习[5]。生怕客谈榆塞事[6],且教儿诵《花间集》[7]。叹臣之壮也不如人,今何及[8]!

【注释】

[1]《满江红》为宋人常用词调,一般为仄韵。[2]"金甲"句:作者二十三岁曾从军,负责军中文书工作。磨盾鼻指在盾鼻上磨墨。[3]"铁马"句:陆游《书愤》有"铁马秋风大散关"句。[4]"猿臂

故将军"二句:《史记·李将军列传》载李广"猿臂,其善射亦天性也。"然广与匈奴大小七十余战,不得封侯。[5]《茶经》:唐陆羽撰研究茶道之专著。《香传》:研究香料的专著,如宋人丁谓《天香传》、沈立《香谱》等。[6]榆塞:边塞。《汉书·韩安国传》:"累石为城,树榆为塞。"又今山海关古称榆关。[7]《花间集》:五代赵崇祚所编唐五代词集,风格绮丽柔靡。[8]臣之壮也不如人:《左传·僖公三十年》载烛之武谓郑文公:"臣之壮也犹不如人,今老矣,无能为也已。"谦辞中实含埋怨郑文公未及时重用自己之意。

第七节　姜夔与姜派词人

姜　夔(1155?—1230)

姜夔,字尧章,号白石道人,鄱阳人。少从父宦游,流落古沔。气貌若不胜衣。工书法,诗律高秀,词亦清虚骚雅,尤娴音律。一时张镃、杨万里辈皆折节与交,楼钥、范成大更相与友善。宁宗庆元三年(1197)诣京师,特予免解,时有疾其能者,以议不合而罢。往来西湖。后以疾卒。

点绛唇

丁未冬过吴松作[1]

燕雁无心,太湖西畔随云去。数峰清苦,商略黄昏雨。　　第四桥边[2],拟共天随住[3]。今何许?凭栏怀古,残柳参差舞。

【注释】

[1]《点绛唇》首见于五代冯延巳词。取自江淹《咏美人春游》"明珠点绛唇"。丁未,即淳熙十四年(1187),姜夔往苏州见范成大,路经吴松。[2]第四桥:《苏州府志》卷三四:"甘泉桥,一名第四桥,以泉品居第四也。"[3]天随:晚唐诗人陆龟蒙号天随子,隐居吴江,浪迹太湖。

暗　香

辛亥之冬,余载雪诣石湖,止既月,授简索句,且征新声,作此两曲。石湖把玩不已,使二妓隶习之,音节谐婉,乃名之曰《暗香》、《疏影》。[1]

旧时月色,算几番照我,梅边吹笛?唤起玉人,不管清寒与攀摘[2]。何逊而今渐老,都忘却春风词笔[3]。但怪得、竹外疏花[4],香冷入瑶席。　　江国,正寂寂。叹寄与路遥[5],夜雪初积。翠尊易泣,红萼无言耿相忆[6]。长记曾携手处,千树压西湖寒碧。又片片吹尽也,几时见得?

【注释】

[1]《暗香》及《疏影》,皆姜夔自创,调名取自林逋《山园小梅》"疏影横斜水清浅,暗香浮动月黄昏"。辛亥即光宗绍熙二年(1191),姜夔再访范成大于苏州。[2]"玉人"二句:贺铸《浣溪沙》:"玉人和月摘梅花。"[3]"何逊"二句:何逊,南朝梁诗人,字仲言,极爱梅花,在扬州有《咏早梅》诗知名。此处以何逊渐老自比。[4]竹外疏花:用苏轼《和秦太虚梅花》"竹外一枝斜更好"句,亦暗用林逋"疏影横斜"句意。[5]寄与路遥:暗用陆凯《赠范晔诗》句意。[6]"翠尊易泣"二句:谓绿酒红梅均不能忘怀于离别之玉人。翠尊、碧玉杯,此处指酒;红萼即梅花。

吴文英(1200?—1260?)

吴文英,字君特,号梦窗,晚号觉翁,四明(今浙江宁波)人。景定时,尝客荣王邸,从吴潜等游。有梦窗甲乙丙丁稿四卷。

八声甘州

灵岩陪庾幕诸公游[1]

渺空烟四远,是何年、青天坠长星?幻苍岩云树,名娃金屋,残霸宫城[2]。箭径酸风射眼,腻水染花腥[3]。时靸双鸳响[4],廊叶秋声。　　宫里吴王沉醉,倩五湖倦客,独钓醒醒[5]。问苍天无语,华发奈山青!水涵空[6],栏杆高处,送乱鸦斜日落渔汀。连呼酒,上琴台去,秋与云平。

【注释】

[1]灵岩山在苏州城南,山上有春秋时吴王夫差为西施所建之馆娃宫、琴台、响屧廊及采香径等遗迹。庾幕为官仓衙署别称,吴文英时为苏州常平仓吏员。此词为作者陪同僚们游览灵岩山怀古之作。[2]名娃金屋:指西施所居之馆娃宫。残霸指吴王夫差,夫差先破越败齐,与晋争霸中原,而终为越所灭,霸业无成,故称残霸。[3]箭径:《吴郡志》卷八《古迹》:"采香径……今自灵岩望之,一水直如矢,故俗又名箭径。酸风:冷风。李贺《金铜仙人辞汉歌》:"东关酸风射眸子。"腻水:谓脂粉弃于溪水,花草皆染其香腻。杜牧《阿房宫赋》:"渭流涨腻,弃脂水也。"[4]时靸双鸳响:与响屧廊有关。《吴郡志》:"响屧廊在灵岩山寺,相传吴王令西施辈步屧,廊虚而响。"双鸳:指女鞋。[5]"宫里"三句:上句谓吴王溺于酒色,下句云范蠡清醒,弃官隐居江湖而全身。五湖倦客即指范蠡。《吴越春秋》谓范蠡佐勾践灭吴后,"乘扁舟,出三江入五湖,莫知所终。"[6]水涵空:苏轼《更漏子》:"水涵空,山照寺。"

风入松

春晚感怀[1]

听风听雨过清明,愁草《瘗花铭》[2]。楼前绿暗分携路,一丝柳、一寸柔情。料峭春寒中酒,交加晓梦啼莺。　　西园日日扫林亭[3],依旧赏新晴。黄蜂频扑秋千索,有当时纤手香凝[4]。惆怅双鸳不到,幽阶一夜苔生[5]。

【注释】

[1]《词谱》卷一七《风入松》:"古琴曲有《风入松》,唐僧皎然有《风入松歌》,见《乐府诗集》,调名本此。"此词为晚春怀念别离的恋人而作。[2]《瘗花铭》:葬落花而铭之。庾信有《瘗花铭》。[3]西园:此或指苏州阊门之西园。[4]"黄蜂"二句:陈洵《海绡说词》:"见秋千而思纤手,因蜂扑而念香凝,纯是痴神理。"[5]"惆怅"二句:《海绡说词》:"双鸳不到,犹望其到;一夜苔生,踪迹全无。则惟日日惆怅而已。"李白《长干行》:"门前迟行迹,一一生绿苔。"

第八节　宋季四家

蒋　捷(生卒年不详)

蒋捷,字胜欲,自号竹山,阳羡(今江苏宜兴)人。咸淳十年(1274)进士。遁迹不仕。有《竹山词》。

一剪梅

舟过吴江[1]

一片春愁待酒浇,江上舟摇,楼上帘招。秋娘渡与泰娘桥[2],风又飘飘,雨又潇潇。　　何日归家洗客袍,银字笙调[3],心字香烧[4]。流光容易把人抛,红了樱桃,绿了芭蕉。

【注释】

[1]《一剪梅》词调首见于北宋周邦彦词,以其首句"一剪梅花万样娇"得名。[2]秋娘:杜秋娘,唐金陵女子,善歌《金缕衣曲》。初为镇海节度使李锜妾,锜灭入宫,为宪宗所宠。穆宗命为皇子傅姆。杜牧有《杜秋娘诗》记其诗。泰娘:刘禹锡《泰娘歌序》谓泰娘本韦尚书家主讴者,颇见称于贵游间。尚书薨,泰娘为蕲州刺史张逊所得,逊谪卒,泰娘无所归,地远无有知其容与艺者,日抱乐器而

哭。秋娘、泰娘,此代指歌妓。[3]银字笙:一种古笙,笙管上标有表示音调高低之银字。五代和凝《山花子》词:"银字笙寒调正长,水纹簟冷画屏凉。"[4]心字香:明彭大翼《山堂肆考》卷一六一:"番禺人作心字香,用素馨茉莉花半开者,插净器中,以沉香薄劈,层层相间,密封之。日一易,不待花蔫,花过香成。所谓心字者,以香末萦篆作心字也。词家多用之。"

虞美人[1]

听雨

少年听雨歌楼上,红烛昏罗帐。壮年听雨客舟中,江阔云低、断雁叫西风。　　而今听雨僧庐下,鬓已星星也。悲欢离合总无情,一任阶前、点滴到天明。

【注释】

[1]《虞美人》原为唐教坊曲名,起于项羽爱姬之名,后用为词调。

周　密(1232—1298)

周密,字公谨,号草窗。济南人,流寓吴兴。曾为浙江义乌令。入元不仕。有《草窗词》、《苹洲渔笛谱》。

一萼红

登蓬莱阁有感[1]

步深幽,正云黄天淡,雪意未全休。鉴曲寒沙[1],茂林烟草[2],俯仰千古悠悠。岁华晚,飘零渐远,谁念我、同载五湖舟[3]?磴古松斜,崖阴苔老,一片清愁。　　回首天涯归梦,几魂飞西浦,泪洒东州[4]!故国山川,故园心眼,还似王粲登楼[5]。最负他、秦鬟妆镜[6],好江山何事此时游?为唤狂吟老监[7],共赋消忧。

【注释】

[1]《一萼红》得名于北宋无名氏词"未教一萼,红开鲜蕊"。本为仄韵体,平韵始于姜夔。此词为平韵。蓬莱阁旧址在今浙江绍兴郊外。[2]鉴曲:鉴湖曲岸。鉴湖即镜湖,绍兴南郊名胜。[3]茂林烟草:王羲之《兰亭集序》云:"此地(会稽兰亭)有崇山峻岭,茂林修竹。"[4]同载五湖舟:《国语·越语》载范蠡佐越灭吴后,乘舟飘游五湖,莫知所终。[5]西浦、东州:作者自注云:"阁在绍兴,西浦、东州皆其地。"[7]王粲:东汉末建安七子之一,尝避乱荆州,作《登楼赋》以寄乡思。[6]秦鬟:喻山形之美如秦女之鬟髻。妆镜:喻鉴湖水清如镜。[7]狂吟老监:指贺知章,绍兴人,曾为官秘书监,晚年辞官归乡,自号四明狂客。

王沂孙（生卒年不详）

王沂孙，字圣与，号碧山。会稽（今浙江绍兴）人。至元中，曾为庆元路学正。有《碧山乐府》，又名《花外集》。

眉 妩

新月[1]

渐新痕悬柳，淡彩穿花，依约破初暝，便有团圆意深深拜[2]，相逢谁在香径？画眉未稳，料素娥犹带离恨[3]。最堪爱、一曲银钩小，宝帘挂秋冷[4]。　　千古盈亏休问。叹慢磨玉斧，难补金镜[5]。太液池犹在，凄凉处、何人重赋清景[6]？故山夜永，试待他窥户端正[7]。看云外河山，还老桂花旧影。

【注释】

[1]《眉妩》首见于姜夔词。毛先舒《填词名解》卷三《眉妩》云："汉张敞为妇画眉，人传'张京兆眉妩'。词以取名。"[2]深深拜：古代有拜新月习俗。李端《拜新月》："开帘见新月，即便下阶拜。"[3]"画眉"二句：陈叔宝《有所思》："新月似愁眉。"[4]"最堪爱"二句：刘瑗《新月》诗："仙宫云箔卷，露出玉帘钩。"[5]"叹慢磨玉斧"二句：《酉阳杂俎》载有仙人谓"月势如丸，其影日烁，其凹处也，常有八万二千户修之，予即示一数。"并出示其修月之斧。金镜即月亮。[6]"太液池"三句：太液池为宫中池苑。北宋太宗时，宰相卢多逊赋《新月》诗，有"太液池头月上时，晚风吹动万年枝"之句。南宋淳熙九年孝宗赏月，侍臣曾觌赋《壶中天慢》词，有"何劳玉斧，金瓯千古无缺"之句。[7]端正：谓月圆。韩愈《和崔舍人咏月二十韵》："三秋端正月，今夜出东溟。"

张 炎（1248—1320？）

张炎，字叔夏，号玉田，临安人。宋亡，落魄纵游。孔行素《至正直记》卷四云："钱唐张炎，……尝赋孤雁词，有云：'写不成书，只寄得相思一点。'人皆称之曰'张孤雁'。"有《山中白云词》、《词源》。

高阳台

西湖春感[1]

接叶巢莺[2]，平波卷絮，断桥斜日归船[3]。能几番游？看花又是明年。东风且伴蔷薇住，到蔷薇春已堪怜。更凄然，万绿西泠[4]，一抹荒烟。　　当年燕子知何处[5]？但苔深韦曲，草暗斜川[6]。见说新愁，如今也到鸥边[7]。无心再续笙歌梦，掩重门、浅醉闲眠。莫开帘，怕见飞花，怕听啼鹃。

【注释】

[1]《高阳台》首见僧皎如词,南宋末年词人多用此调。毛先舒《填词名解》卷三谓调名"取宋玉赋神女事"。此词为宋亡前后作者重游西湖之作。[2]"接叶"句:杜甫《陪郑广文游何将军山林》诗:"卑枝低结子,接叶暗巢莺。"[3]断桥:在西湖孤山之侧。[4]西泠:指西湖孤山下西泠桥。[5]当年燕子知何处:暗用刘禹锡《金陵五题》之一"旧时王谢堂前燕,飞入寻常百姓家"句意。[6]"但苔深"二句:言当年南宋豪门风流及隐逸逍遥之地今已同归于冷落荒芜。韦曲:长安城南地名,唐代以来豪门韦氏聚居之地。斜川:在江西星子县,陶渊明有《游斜川》诗纪其地。[7]"见说"二句:辛弃疾《菩萨蛮》有"拍手笑沙鸥,一身都是愁"句。

金元文学

总　论

    与宋王朝先后对峙的辽（1916—1125）、西夏（1938—1227）、金（1115—1234），分别是由契丹、党项、女真三个民族建立的政权，除保留本民族文化外，更深受汉文化影响，基本属于汉文化圈，也常以汉字创作文学作品。由蒙古族建立的元（1206—1368），先后灭金、灭南宋，因而也先后吸收了北方、南方的汉文化，形成了既有少数民族文化渗入更有汉文化特色的元代文化及文学。

    辽与西夏由于地处东北和西北以及其它种种原因，保存下来的文学作品较少，而金则在中原地区建立起稳固的统治之后，以中华文化的正统自居，一方面继承北宋文学创作的传统，并留意南宋文学创作动态，另一方面更因地制宜，携带着北方文化与少数民族的伉爽之气，发展出具有"中州"特色的一代文学。

    女真人入主中原初期，北方文化尚不发达，文学处于"借才异代"阶段，辽宋的遗民与被强行留用的南宋使节是这一阶段的文学创作主体，他们抒发着遗民无奈的感伤情怀或是去国怀乡的悲哀，沿着北宋末年的文学轨道前行，尚未形成金源自身的创作特色。到了金世宗、金章宗统治时期，政局稳定，出现大批文学侍从之臣，他们崇尚闲适隐逸，尤其推崇苏轼诗词文的情调，在模仿中形成有一定北方特色的"中州文派"。贞祐南渡到金元易代之际，正所谓"国家不幸诗家幸，赋到沧桑句便工"，战乱之苦、亡国之痛成为这一时代文人创作的主题，而元好问的出现，更是将"中州文派"的特色完整鲜明地展现，金代文学也因此而塑造出其个性特征。可以说金代末年才是金代文学的高潮。值得一提的是，金代通俗文学发展迅速，金院本在北宋杂剧的基础上有所变化，成为元杂剧的滥觞；金代民间诸宫调则因为有了文人的参与，而出现了文学色彩浓郁的底本，其中董解元的《西厢记诸宫调》尤为出色，是元杂剧《西厢记》的蓝本。

元代文学以大德（1297—1307）为界，分为前后两期。前期政治文化重心在北方，文学具有鲜明的"中州"或北方特色，诗词文主要是元好问、刘因等北方遗民的风格及其延续，金代就流行于民间的"北曲"由于文人的参与而大盛，成为一代文学之胜。后期随着文化重心转移到南方，元代文学濡染了更多南方文化的气息，南方的社会风气、审美观念占据整个社会文化的主导地位。不仅代表元代诗词文成就的"元诗四大家"、萨都剌、"儒林四杰"向清丽秀雅方向发展，而且前期元曲的"本色派"也让位于"清丽派"，南戏的发展也有超过杂剧的势头。可以说整个元代文学经过了一个北方文学南方化的过程，而在这个过程中形成了元代文学自己的特色。

元朝统治者把国民划分为蒙古人、色目人、汉人、南人四个等级，南方人在政治生活中受到有意识地歧视与压制，但是南方文化经过了南宋一百多年的发展，其繁荣程度一直超过北方，政治上的打压并不能彻底摧毁已经成熟完善的文化，因此在一统之后，南方文化很快就对以北方文化为主体的元前期文化产生影响。

蒙古人灭金之后，废除自隋唐至宋金发展完善的科举制度，从而使得大批读书人丧失了政治上的前途和社会上的优越地位。元仁宗延祐二年（1315），虽然恢复科举，但科举入仕的名额以及士人的官场前途非常有限，因此大多数的读书人被迫沦落为市井文人，这一点给元代文学的面貌和架构带来深刻的影响：传统的、典雅的诗词文衰落，新兴的、通俗的戏曲小说繁荣。

当然，雅文学的衰落与俗文学的兴盛这一文学格局的形成，还有其他的更深层的社会文化因素。譬如元蒙统治者一反历代传统的重农抑商、崇义贬利的治国方针，商人在当时是享受政治优待的阶级，终元之世，中外贸易繁盛，商业和手工业活跃而兴旺。从《马可波罗行纪》对大都及元代南北许多繁华大城市的充满赞美的描绘中，可以看出当时商业经济的繁荣。由此带来的市民群体的壮大和市民文化需求的激增，为戏剧、小说等通俗文艺根深叶茂的兴盛提供了肥沃的土壤。同时，元朝后期虽然将程朱理学确立为官方正统之学，但蒙古统治者对程朱理学并无深刻认识，他们往往把儒学与佛、道等宗教一视同仁；加之元代又是一个思想专制相对松弛的时代，读书人的个人意识增强，异端的市民情趣乃至蔑视皇权与秩序的思想有所发展，整个元代文学因此受到不可忽视的影响。

的确，元代诗词文的成就无法与唐宋诗词文相提并论，但诗词文依旧是元代观念比较保守的传统的官僚士大夫尊崇的习惯创作的文体，元代诗词文的作家和作品数量都十分可观。金与南宋的遗民们如元好问、刘因、段克己、段成己、文天祥、林景熙、张炎、赵孟頫、邓牧等人，丰富了元代前期诗词文坛；一统时期，虞集、范梈、揭傒斯、杨载四大诗人学习"唐音"创作出"元音"，虞集和揭傒斯还与柳贯、黄溍四人，继承宋代古文传统,创作出元代的"盛世之文";元末的杨维桢,其怪怪奇奇的"铁崖体"诗风,颇有独抒性灵、不拘格套,突破传统观念束缚而表现强烈的个人意识、个人存在的特点。元代诗词文清晰地反映了百余年间纷繁复杂的社会状况以及士大夫文人阶层的心态与精神面貌,其中不乏见识敏锐、文笔老到、具有个性风格的作家和作品。元代诗词文不及唐宋的原因,除了士大夫文人地位、心态、精神状态变化之外,关键还是因为诗词文等文体经过唐宋两大高峰之后,盛极难继。

与诗词文相比较,元曲成就确实空前绝后,格外辉煌,因此被视为代表元代文学成就的文体。元曲包括散曲与杂剧(剧曲),首先在金源民间长期流行,到金末元初才受到文人的青睐,到元代而蔚为大观。

散曲与剧曲都起源于北方,所使用的曲调都是"北曲",因此常被视为一体。但实际上,二者同中有异。散曲在叙事性、通俗性与市民性方面接近剧曲,比较本色的一些套如杜仁杰的【般涉调·耍孩儿】(庄家不识勾栏)、睢景臣的【般涉调·哨遍】(高祖还乡)等作品,叙事性或故事性强,类似杂剧的一折;有些小令也颇似杂剧的一个情节片段,如白朴【中吕·阳春曲】(题情)、徐再思的【双调·沈醉东风】(春情)。这些叙事因素,使散曲不同于传统诗词。散曲的通俗性与市民性,使其更具有元代文学的时代精神,散曲作家以市井文人与下层仕宦文人为主体,他们的视野更多地触及到丰富多彩的市民生活圈,因此散曲中的市民、妓女、乡下人等等下层人物形象及其生活情趣,远比传统诗词文中的多且鲜明,散曲所表达的主题也较少传统官僚文人积极用世、奋励进取的精神,而更多的是对功业功名虚无空幻的感悟、厌弃以及讽刺嘲笑的态度。散曲的叙事描写与抒情议论,也和剧曲一样具有北方文学的"蒜酪风味"或"蛤蜊风味",而一改传统士大夫文学那种含蓄蕴藉、典雅深厚的套路,敢于率直浅露、恣肆不拘地将人的情感、欲望乃至本能追求,都赤裸裸地表达出来,而别具泼辣生动、尖新明快的风格。

但与剧曲不同的是,散曲是一种独立的新型诗体,因此有近似传统诗词的抒情特性,这一点吸引了一些仕宦文人参与创作,有些达官显宦如杨果、刘秉忠、卢挚、张养浩,有些沉吟下僚如马致远、徐再思等。而不同阶层的文人参与创作,反映出不同阶层文人的心态与精神,丰富了散曲的主题和风貌。

散曲所使用的套数,为杂剧使用的曲调奠定了基础。然而杂剧是融会诗词文等文学以及音乐、舞蹈、杂技、说唱、表演、美术等各种艺术与技艺的综合艺术。杂剧的发展,需要更多的文学艺术基础,而北宋杂剧、金院本、诸宫调等各种歌舞说唱综合技艺与戏曲形式在宋、金民间已经十分流行发达,为元杂剧的兴盛奠定了基础。元代的社会环境、文人处境则成为其兴盛的重要契机。大批"名公才人"仕途无望甚至沦落下流,加入了"书会"等市井伎艺团体,从而为杂剧注入了具有较高的文化艺术修养的创作和表演力量,例如在元代前期活跃于大都的"玉京书会"中,关汉卿就是一个重要的成员,他不仅撰写剧本,并且亲自"面敷粉墨,躬践排场"。王实甫、白朴、马致远等也都可以说是专业的剧作家。正是以他们为代表的一系列优秀杂剧作家,把经历了漫长的历史演进过程而始终处于民间状态的中国戏剧,终于哺育成熟了。元杂剧在中国古代文学的各种体裁形式中,最生动、最直接也最大胆地反映出广大社会下层人民的喜怒哀乐,表达出对不合理社会现实的批判。其作者与演员、剧本与演出、内容与现实生活相结合的紧密程度,其活生生地展现出那个时代的各色人等的真实程度,是明清传奇也难以企及的。

杂剧的兴盛与后期文化重心南移,促进了南戏的成熟完善。以"南曲"演唱的"南戏"或称"戏文",从北宋末年直到元前期,其艺术水平和流行程度都远不如杂剧。南宋灭亡以后,杂剧的影响伸展到南方,南戏开始从成熟的杂剧中吸取到丰富的营养,一些南方文人也加入到剧作者的行列中来。随着南方经济文化的发展越来越超过北方,到元代末期,以高明所作的《琵琶记》为代表,标志着南戏的成熟完善,逐渐取代杂剧而成为明清戏曲的主流并得到进一步的发展。

白话小说在元代也得到具有里程碑意义的发展。在唐宋以来"说话"伎艺的基础上,元代白话小说通过具有较高文化修养的文人参与整理、创作并进一步通过书面出版的形式扩大影响,现存最早的一些古代白话小说刻本,均出于元代。到元末明初,出现了由下层文人罗贯中和施耐庵整理创作的、在中国文学史上划时代的两部巨著《三国志通俗演义》和《水浒传》,这两部巨著在明代经过进一步加工,对此后中国小说的发展产生了极为深远的影响。

值得一提的是,元朝作为版图空前辽阔的王朝,带来了各民族文化交流融合的局面,从而给汉文化注入了许多新鲜活力和成分,并促进元代文化文学形成自身的特色。在以汉文化为主体的各民族文化融合过程中,许多蒙古人、色目人熟练掌握了汉文化,甚至用汉语创作诗、词、文、曲,萨都剌、马祖常、贯云石、薛昂夫等三十多位作家是在汉文学史具有一定地位的少数民族文学家。在文学领域中表现出来的各民族文化融入汉民族主体文化,并使之更为丰富的现象,无疑又是元代文学值得赞赏的一项特殊成就。

作为通俗文学的散曲、杂剧、南戏、白话小说在元代一时达到彬彬大盛,其光辉遮蔽了诗词文的成就,元代因而被视为中国古代文学发展史的重要转折时期。

参考书目:

吴梅(顾颉成代笔).辽金元文学史[M].北京:商务印书馆,1934.

詹杭伦.金代文学思想史[M].成都:成都科学出版社,1990.

邓绍基.元代文学史[M].北京:人民文学出版社,1991.

第一章　金元诗词文

　　金代诗词文总体成就虽然不及南宋,但历经一百余年的文人创作,最后仍然发展出具有不同于南宋的"中州文派"个性特色。元代诗词文成就既不及元曲,也不能与唐宋诗词文相提并论,但由于元代社会文化以及文人处境的特殊性、文人审美追求的变化,使得元代的诗词文创新性虽然不强,却颇有一些特色,尤其是诗歌形成的"元音"以及"铁崖体",代表了元代传统文体的成就。元末杨维桢在《玩斋诗序》中自豪地说"我朝古文殊未迈韩柳欧曾苏王,而诗则过之"。

　　金初三十余年,属于借才异代时期,当时金国的首都及文化中心尚在上京(今黑龙江阿城南),宇文虚中、吴激、蔡松年等人由宋而金,开金代诗词文风气之先,尤其是吴激、蔡松年开创的"吴蔡体",代表金初文学主要是词的成就。金朝中期,文化中心随首都南移到燕京,政局稳定,经济繁荣,尤其是世宗和章宗统治的时代,出现了大批文学侍从之士,文学创作兴盛,古文骈文方面主要有"以文章政事显"的王寂,"以高文大册主盟一时"的党怀英;诗歌方面,王寂、王庭筠等人的创作被视作大定明昌时期代表;词亦尚雅,多抒文人旨趣及隐逸之趣;这些作家被后人视为国朝诗人、中州文派。贞祐南渡,金国文化中心再次南移到汴京,直到金亡之后,金元文学尤其是诗歌达到鼎盛时期。赵秉文与李纯甫的平易奇崛之争在南渡前就已经开始,南渡后赵秉文及其支持者王若虚的美学主张占主导地位,这一时期诗词创作都更趋平淡醇雅。金元易代之际,元好问更将金元文学成就推向顶峰,他的诗歌叙写时事、记录历史、抒发情怀,尤其是七律,继承杜甫七律实大声弘一面,功力深厚,沉郁悲凉,动人心魄。元好问词力尊苏辛,又兼取婉约之长,自铸伟词,况周颐《蕙风词话》卷三称其"亦浑雅、亦博大、有骨干,有气象",将金词"优爽清疏、自成格调"的特色充分展现;其古文也落落大方,有金元间大家风范。

　　元灭金后的诗词文,直接上承金代特别是元好问诗词文的影响,主要作家有刘因、郝经、许衡、吴澄、耶律楚材、姚燧、卢挚等,他们或为理学家或为官僚,其作品大多再现了一代读书人在国家覆亡之时心灵上的巨大震动,风格大体质朴放旷,艺术则较为粗糙。南宋灭亡后,以赵孟頫、邓牧、仇远、方回、戴表元、袁桷等为首的南方作家,逐渐成为士大夫文坛的主体,他们秉承南宋文化传统,以丰厚的典籍学识为根基,风格偏于清秀典雅,艺术上精工考究,情调低沉,思想较为深刻。其中邓牧的政治批判散文独具一格,他的《君道》、《吏道》等文章对君主专制制度和文化道德传统的某些本质问题,作出了超越前人的深刻思考和强有力的批判。而文化修养深厚的宋王孙赵孟頫归附元朝,意味着当时分裂已久的南北诗坛的交流和统一,自辽金承袭而来的北方粗犷质朴的元代诗词文风为之一变,在艺术上有了显著的提高;一些诗人开始力求脱出金诗与宋诗藩篱,追步"唐风",实际上是在复古的口号下力求塑造元诗独特风貌。

到元代中期,诗坛已经普遍形成尊奉唐诗的风气,出现了虞集、杨载、范梈、揭傒斯等"元诗四大家"。他们的作品上承晚唐温庭筠、李商隐一派的典雅精致,时有李白轻扬飘逸之致,不失为元诗巨擘。摹仿"唐音"的雅正"元音",由此形成。明李东阳《怀麓堂诗话》云:"宋诗深,去唐却远;元诗浅,去唐却近。极元之选,惟刘静修(因)、虞伯生(集)二人,皆能名家,莫可轩轾。"在以唐诗为评判标准的诗评家那里,变化创新较少的"元音"成就甚至超过了"宋调"。文坛上则有虞集、柳贯、揭傒斯、黄溍等"儒林四杰"之说,其文被称作"盛世之文"。与元诗四大家年岁相仿的回族(一说蒙古族)文人萨都剌,以其深厚的汉文化修养,在诗和词的创作上,都有大量的传世之作,其词代表了元词的成就。

顾嗣立《元诗选》称元代晚期诗坛"奇才益出",尤其是杨维桢,其诗学李贺,豪荡怪奇,色彩斑斓,别具一格,被称作"铁崖体";此外如王冕、顾瑛、黄镇成等诗人,在反映社会现实、歌吟山水、咏物题画等方面,都有相当成就,形成末世诗坛繁华局面。

参考书目:

张景星,等.元诗别裁集[M].上海:上海古籍出版社,1979.

唐圭璋.全金元词[M].北京:中华书局,1979.

张晶.辽金元诗歌史论[M].长春:吉林教育出版社,1995.

黄兆汉.金元词史[M].台湾:台湾学生书局,1992.

第一节　金代诗词

吴　激(生卒年不详)

吴激,字彦高,建州(今福建省建瓯县)人。宋宰相栻之子,米芾之婿。使金被留,累官翰林侍制。有《东山集》。

人月圆

宴北人张侍御家有感[1]

南朝千古伤心事,犹唱后庭花[2]。旧时王谢、堂前燕子,飞向谁家[3]？　　恍然一梦,仙肌胜雪,宫髻堆鸦。江州司马、青衫泪湿,同是天涯[4]。

【注释】

[1]《人月圆》又名《青衫湿》,《中原音韵》入"黄钟宫"。洪迈《容斋题跋》云:"先公(洪皓)在燕山,赴北人张总侍御家集,出侍儿佐酒。中有一人,意态摧折可怜。叩其故,乃宣和殿小宫姬也。坐客翰林直学士吴激作词纪之,闻者挥泪"。[2]"南朝"二句:《南史》:"陈后主以宫人袁大舍等为文学士,因狎客共赋新诗,采其尤艳者,有《玉树后庭花》、《临春乐》等曲。"杜牧《泊秦淮》:"商女不知亡国恨,隔江犹唱《后庭花》。"[3]"旧时"三句:刘禹锡《乌衣巷》:"旧时王谢堂前燕,飞入寻常百姓家。"[4]"江州"二句:借用白居易《琵琶行》"同是天涯沦落人,相逢何必曾相识""座中谁下泪最多,江州司马青衫湿。"

蔡松年(1107—1159)

蔡松年,字伯坚,真定(今河北省正定县)人。仕金由行台尚书省令史,至右丞相,封卫国公。所居镇阳别墅有萧闲堂,自号萧闲老人。有《明秀集》。

念奴娇

还都后,诸公见迫和赤壁词,用韵者凡六人,亦复重赋[1]。

离骚痛饮[2],笑人生佳处、能消何物。夷甫当年成底事,空想岩岩玉壁[3]。五亩苍烟,一丘寒碧,岁晚忧风雪。西州扶病,至今悲感前杰。　　我梦卜筑萧闲[4],觉来岩桂,十里幽香发。鬼蜮胸中冰与炭,一酌春风都灭。胜日神交,悠然自得,遗恨无毫发。古今同致,永和徒记年月[5]。

【注释】

[1]次苏轼《念奴娇》赤壁怀古韵。[2]"离骚痛饮"句:《世说新语·任诞》载:"王孝伯尝言:名士不必须奇才,但使常得无事,痛饮酒,熟读离骚,便可称名士。"[3]"夷甫"二句:夷甫:王衍字。《世说新语·赏誉下》载:"王公目太尉岩岩秀峙,壁立千仞。"蔡松年曾谓"王夷甫神情高秀,宅心物外,为天下称首。……而当衰世颓俗,力不可为之时,不能远引高蹈,颠危之祸卒与晋俱,为千古名士之恨"。"成底事"即此意。[4]萧闲:指作者镇阳别墅之萧闲堂。[5]"永和"句:指永和九年兰亭

之集，王羲之为《兰亭集序》以记之。

元好问（1190—1257）

元好问，字裕之，号遗山，并州秀容（今山西忻州）人。七岁能诗。年十四，从陵川郝经学，六年而业成。兴定五年及第释褐。天兴初，擢尚书省掾。转行尚书省左司员外郎。金亡不仕。晚年尤以著作自任，编著《中州集》及《壬辰杂编》。文备众体。诗尤奇崛慷慨，挟幽并之气。词亦自成一家。

迈陂塘

乙丑岁赴试并州，道逢捕雁者云："今旦获一雁，杀之矣。其脱网者悲鸣不能去，竟自投于地而死。"予因买得之，葬之汾水之上，累石为识，号曰雁丘。时同行者多为赋诗，予亦有《雁丘辞》。旧所作无宫商，今改定之。[1]

恨人间、情是何物，直教生死相许。天南地北双飞客，老翅几回寒暑。欢乐趣，离别苦，是中更有痴儿女。君应有语。渺万里层云，千山暮景，只影为谁去。　　横汾路。寂寞当年箫鼓。荒烟依旧平楚[2]。招魂楚些何嗟及，山鬼自啼风雨[3]。天也妒。未信与、莺儿燕子俱黄土。千秋万古。为留待骚人，狂歌痛饮，来访雁丘处。

【注释】

[1]《迈陂塘》即《摸鱼儿》，唐教坊曲，晁补之最早用此词调。乙丑岁，金泰和五年（1205）。此词为元好问改诗为词之名作，金元词人多有赓和者。[2]平楚：丛木为楚，平楚指平林、远树。[3]"招魂"二句：楚些，《楚辞·招魂》多以些收尾，故言之。山鬼，出屈原《九歌》之《山鬼》，此句化用屈作"杳冥冥兮羌昼晦，东风飘兮神灵雨"句意。

赤壁图[1]

马蹄一蹴荆门空，鼓声怒与江流东[2]。曹瞒老去不解事，误认孙郎作阿琮。孙郎矫矫人中龙，顾盼叱咤生云风。疾雷破山出大火，旗帜北卷天为红。至今图画见赤壁，仿佛烧虏留余踪[3]。令人长忆眉山公，载酒夜俯冯夷宫[4]。事殊兴极忧思集，天淡云闲今古同[5]。得意江山在眼中，凡今谁是出群雄[6]？可怜当日周公瑾，憔悴黄州一秃翁[7]。

【注释】

[1]《中州集》有李致美《题武元直赤壁图》诗，此诗当为同时所作。[2]"马蹄"二句：写曹操建

安十三年征刘表、降刘琮、攻刘备事。事见《三国志·魏书·武帝纪》。荆门：即荆门山。与虎牙山相对，为楚之西塞，水势急峻。[3]"曹瞒"以下八句：写接下来的赤壁之战。[4]"令人"句：谓见《赤壁图》而怀念眉山苏轼。苏轼《赤壁赋》曰："壬戌之秋，七月既望，苏子与客泛舟于赤壁之下。"《后赤壁赋》曰："携酒与鱼，复游于赤壁之下。攀栖鹘之危巢，俯冯夷之幽宫。"方东树《昭昧詹言》卷十二曰："抗坠不测，两事合并处，接得神气凑泊，音响明彻。"[5]"事殊"句：用杜甫《渼陂行》诗中的成句。"天澹"句用杜牧《题宣州开元寺水阁》诗中的成句。[6]"凡今"句：用杜甫《戏为六绝句》之四诗中的成句。[7]"可怜"二句：诗意本苏轼《念奴娇·赤壁怀古》下阕。高步瀛《唐宋诗举要》卷三引吴汝纶曰："后两句言少年以天下自任，不谓衰老如此也。"

第二节　元代前期诗词

刘　因（1249—1293）

刘因，字梦吉，保定容城人。世为儒家。至元十九年（1282），应征擢承德郎、右赞善大夫。元初著名理学家。

白　沟[1]

宝符藏山自可攻，儿孙谁是出群雄[2]？幽燕不照中天月，丰沛空歌海内风[3]。赵普元无四方志[4]，澶渊堪笑百年功[5]。白沟移向江淮去，止罪宣和恐未公[6]！

【注释】

　　[1]白沟，在河北北部，宋辽以此为界河。[2]"宝符藏山"二句：语出《史记·赵世家》，赵简子欲更立太子，谓诸子曰"藏宝符于常山"，唯毋恤领悟其意，简子乃废太子伯鲁而立毋恤。谓宋太祖无毋恤一样的儿孙。[3]"丰沛"句：《史记·高祖本纪》载，刘邦称帝后归丰沛故乡，唱《大风歌》曰："大风起兮云飞扬，威加海内兮归故乡，安得猛士兮守四方。"[4]赵普：北宋开国宰相，历太祖、太宗二朝。[5]澶渊：在今河南濮阳一带。宋真宗景德元年(1004)，宋军小胜辽后即匆匆议和，许岁输辽银十万两、绢二十万匹，史称"澶渊之盟"。此后百余年宋辽间无大战事，故宋君臣皆屡称此为百年和平之功。[6]"白沟"句：此指金灭北宋后，国界由白沟移至江淮流域。宣和：北宋末年宋徽宗年号。

赵孟頫（1254—1322）

赵孟頫，字子昂，宋太祖子秦王德芳之后。湖州人。宋亡，家居。至元二十三年

(1286)，以程巨夫荐入仕。二十七年，迁集贤直学士。仁宗即位（1314），拜翰林学士承旨、荣禄大夫。帝以孟頫比唐李白、宋苏子瞻。孟頫诗文清邃奇逸，书画冠绝古今。

岳鄂王墓[1]

鄂王坟上草离离，秋日荒凉石兽危。南渡君臣轻社稷，中原父老望旌旗[2]。英雄已死嗟何及，天下中分遂不支[3]。莫向西湖歌此曲，水光山色不胜悲。

【注释】

[1]岳鄂王即岳飞，其墓在杭州西湖畔。[2]"中原父老"句：南宋范成大出使金国之《州桥》诗："州桥南北是天街，父老年年等驾回。忍泪失声问使者：几时真有六军来？"[3]"天下中分"句：黄庭坚《弈棋二首呈任公渐》："湘东一目诚甘死，天下中分尚可持"。

管道升（1260—1319）

管道升，字仲姬，浙江吴兴人，赵孟頫妻。延祐四年（1317）加封魏国夫人。工于诗词书画。

渔父词[1]

南望吴兴路四千，几时回去雪溪边。名与利，付之天，笑把渔竿上画船。

身在燕山近帝居，归心日夜忆东吴。斟美酒，脍新鱼，消却清闲总不如。

人生贵极是王侯，浮利浮名不自由。争得似，一扁舟，弄风吟月归去休。

【注释】

[1]《渔父词》即《渔歌子》，唐张志和创制，或称为诗。管道升所填四首，此选三首。赵孟頫对这组词极为推重，曾和作二首。

第三节　元诗四大家及中期诗词

虞　集（1272—1348）

虞集，字伯生，宋丞相允文五世孙。宋亡，侨居临川崇仁（今江西崇仁）。大德初，始至京师，以大臣荐，授大都路儒学教授。拜翰林直学士，俄兼国子祭酒。

挽文山丞相[1]

徒把金戈挽落晖[2]，南冠无奈北风吹[3]。子房本为韩仇出[4]，诸葛宁知汉祚移[5]！云暗鼎湖龙去远[6]，月明华表鹤归迟[7]。不须更上新亭望，大不如前洒泪时[8]。

【注释】

[1]文山丞相即文天祥，至元十九年（1282）就义，虞集时年十岁。此诗当为成年后作。[2]"徒把金戈"句:《淮南子·览冥训》:"鲁阳公与韩构难，战酣，日暮，援戈而挥之，日为之返三舍。"[3]南冠:谓俘囚。《左传·成公九年》载楚人钟仪为晋人所俘，尤戴南冠以示不屈。北风:喻北方民族。[4]子房:张良，字子房，其家五世相韩，秦灭韩，张良为韩复仇，求刺客击秦始皇，不中。见《史记·留侯世家》。[5]"诸葛"句:诸葛亮佐蜀汉以伐魏，其《出师表》曰"鞠躬尽瘁，死而后已，至于成败利钝，非臣所能逆料"。杜甫《咏怀古迹》:"运移汉祚终难复，志决身歼军务劳。"[6]"云暗"句:《史记·封禅书》载黄帝于鼎湖乘龙升天，后世因以"鼎湖龙去"称皇帝死。[7]"月明"句:《搜神后记》载辽东有丁令威者学道成仙，千年后化鹤而归，栖于城内华表。此处谓不见文天祥魂魄之归。[8]新亭:《世说新语》载东晋士大夫避乱江南，每饮宴新亭，辄北向流涕曰:"风景不殊，正自有山河之异。"

杨　载（1271—1323）

杨载，字仲弘，杭人。少孤。年四十，不仕。后以布衣召为翰林国史院编修官。博涉群书，为文跌宕，赵孟頫颇推重其文。其诗尤有法。尝言"诗当取材于汉魏，而音节则以唐为宗"，开元诗抑宋扬唐之风。

宗阳宫望月分韵得声字[1]

老君堂上凉如水，坐看冰轮转二更。大地山河微有影，九天风露寂无声。蛟龙并起承金榜，鸾凤双飞载玉笙。不信弱流三万里[2]，此身今夕到蓬瀛。

【注释】

[1]宗阳宫，南宋咸淳四年诏筑之道观，在杭州三圣庙桥东（《咸淳临安志》卷十三）。[2]弱流，即弱水。《海内十洲记·凤麟洲》:"凤麟洲在西海之中央，……洲四面有弱水绕之，鸿毛不浮，不可越也。"苏轼《金山妙高台》诗:"蓬莱不可到，弱水三万里。"

范　梈（1272—1330）

范梈，字亨父，清江（今江西清江）人。以朝臣荐，为翰林院编修官。所著诗文多传于世。

上元日[1]

蓬莱宫阙峙青天,后内看灯记往年[2]。谁念东篱山下路,再逢春月向人圆[3]。

【注释】

[1]此诗作于作者"移疾归故里"后二年。作者身在故乡,忆及往年上元节在皇宫观灯情形,有些怅然。[2]蓬莱宫阙:谓宫廷内外张灯结彩,火树银花,恍如蓬莱仙境。后内:皇宫后院。[3]东篱:用陶渊明《饮酒》"采菊东篱下"句意,喻故乡田园。清江离陶渊明隐居处不远。向人圆:用苏轼《水调歌头》"不应有恨,何事长向别时圆"句意。

揭傒斯（1274—1344）

揭傒斯,字曼硕,龙兴富州(今江西丰城)人。延祐初,程巨夫、卢挚列荐于朝,特授翰林国史院编修官。改翰林直学士,再升侍讲学士。应诏主修辽、金、宋三史。未成而卒。文章叙事严整,语简而当;诗尤清婉丽密;善楷书行草。

春日杂言[1]

祝融九千丈[2],潇湘地底流。汹涌洞庭野,崩腾江汉秋。上有飞仙人,身披紫云裘。昔日常相遇,渺若乘丹丘。同歌黄鹤渚,共醉岳阳楼[3]。思之忽不见,独立怅悠悠。

【注释】

[1]原作七首,此为第五首,因怀念两湖间一修道友人而作。[2]祝融:指祝融峰,南岳衡山最高峰。[3]黄鹤渚:湖北武昌有黄鹤楼。岳阳楼:在湖南岳阳洞庭湖畔。

萨都剌（1272—1355?）

萨都剌,字天锡。本答失蛮氏,以世勋镇云代,居于雁门,故世称雁门萨都剌,实蒙古人(一说回族)。后徙河间(今河北)。泰定四年(1327)进士。历官淮西、闽海、河北廉访司。诗词兼擅,有《雁门集》。

念奴娇

登石头城次东坡韵[1]

石头城上,望天低吴楚,眼空无物。指点六朝形胜地[2],惟有青山如壁。蔽日旌旗,连云樯橹,白骨纷如雪。一江南北,消磨多少豪杰。　　寂寞避暑离宫[3],东风辇路,芳草年年发。落日无人松径冷,鬼火高低明灭。歌舞樽前,繁华镜里,暗换青青发。伤心千古,秦淮一片明月[4]。

【注释】

[1]此词次韵苏轼《念奴娇》赤壁怀古。词语也多从苏轼赤壁词赋中来,掺入"白骨""鬼火"意象,则有些李贺诗、吴文英词的味道。石头城,南京古称。[2]六朝:指三国孙吴、东晋、南朝宋、齐、梁、陈六个建都金陵的王朝。[3]寂寞避暑离宫:文天祥《过金陵驿》:草合离宫转夕晖。[4]秦淮一片明月:刘禹锡《石头城》:"淮水东边旧时月,夜深还过女墙来。"

第四节　铁崖体

杨维桢(1296—1370)

杨维桢,字廉夫,会稽(今浙江绍兴)人。泰定丁卯(1327)进士。尝提举江西儒学。会兵乱,避地富春山,徙钱塘。明洪武二年(1369),召修礼乐书。所创"铁崖体",以古乐府见长,酣畅狂放怪丽,在元末明初颇有影响。

城西美人歌[1]

长城嬉春春半强,杏花满城散余香。城西美人恋春阳,引客五马青丝缰。美人有似真珠浆,和气解消冰炭肠。前朝丞相灵山堂,双双石郎立道傍[2]。当时门前走犬马,今日丘垄登牛羊。美人兮美人,舞燕燕,歌莺莺,蜻蜓蛱蝶争飞扬。城东老人为我开锦障,金盘荐我生槟榔。美人兮美人,吹玉笛,弹红桑,为我再进黄金觞。旧时美人已黄土,莫惜秉烛添红妆[3]。

【注释】

[1]城西:泛指。此诗发泄人生苦短、及时行乐的情绪,表现出"铁崖体"特点。[2]"前朝丞相"二句:谓城西有前朝丞相墓地。石郎:即翁仲,墓道前石人。[3]秉烛添红妆:苏轼《海棠》诗:"只恐夜深花睡去,故烧高烛照红妆。"

第二章 金元散曲

曲分为剧曲和散曲,均在金末发生而在元代大盛。剧曲和散曲,从合乐可歌的角度来看,两者并无太大区别,尤其是两者所用的"曲",其渊源与性质没有根本区别。

一般认为,曲是从词演变来的,曲乐与词乐具有一脉相承的密切关系,据王国维统计,元曲曲牌名出于唐宋词牌的达七十五种之多。但是实际上,曲乐在发生发展过程中,更多吸取了北方汉族民间和女真、蒙古及西域少数民族乐曲的影响和成分,北方的这些乐曲被称为"北曲",应是元曲的主要来源。"北曲"显然与词乐有相当的差异。宋金词乐衰微之后,曲乐即"北曲"代替了词乐,成为元代的流行音乐。

散曲曲词是一种新型的诗体,它首先在北方地区替代了词的功能,而成为金元时期的流行歌曲和流行文体。文人曲词创作受传统诗词影响,但更多受到民间文艺的影响,因此与诗词相比,曲的口语化、生活化、民间化程度要高得多。

散曲与词一样有宫调、有调名(词称词牌,曲称曲牌),北曲现存十二宫调三百三十四曲牌,不同曲牌对字数、句式、平仄、押韵都有规定。曲与词形式上最重要的区别是:曲可以在曲谱规定的句型中加进"衬字",同时又不违背曲律原有的节奏。衬字使得曲词的语言更加生动活泼而富于变化,表现力更强,作者在创作中也有更多的自由发挥余地。曲与词更深层的区别,任讷《散曲概论》有极简要的概括:"词静而曲动,词敛而曲放,词纵而曲横,词深而曲广,词内旋而曲外旋,词阴柔而曲阳刚。词以婉约为主,别体为豪放;曲以豪放为主,别体则为婉约;词尚意内言外,曲竟为言外而意亦外。"

散曲包括小令与套数两种。小令是独立的只曲,如马致远的【越调·天净沙】(秋思)、乔吉的【双调·水仙子】(寻梅)等。与词比较,曲的小令没有双调或多迭的形式,它的用韵比词更密,几乎句句入韵,而且平仄可以通押。套数是由两只以上属于同一宫调的曲子联合而成的组曲,如马致远的【双调·夜行船】(秋思)、睢景臣的【般涉调·哨遍】(高祖还乡)就是比较大型的套数。有一种小型的套数,被称作"带过曲",它由同一宫调里习惯连唱的两只或三只曲调组成,如中吕宫的【十二月】带【尧民歌】,南吕宫的【骂玉郎】带【感皇恩】【采茶歌】等。隋树森《全元散曲》收录二百二十余家的三千八百余首小令,四百七十余首套数。这些作品的主题内容,首先集中于叹怨现实,其中包括怨世、愤世、刺世、讪世、玩世等对现实各种不满不平态度;其次是怀古咏史,在对历史人物事件的咏叹评判中,嘲讽英雄豪杰忠臣义士而赞美遁世隐士,其中嘲讽屈原尤为引人注目。唐诗宋词中常见的恋情闺怨,在元曲中凸现的是写作的大胆性、市井性、调笑性、诙谐性,给人截然不同的感受。描写自然山水的散曲,也与传统诗词有所不同,无论是简淡闲放、清新明丽,还是萧瑟凄凉、雄浑瑰丽,都表达得痛快淋漓,一目了然。

后人常将散曲分为本色派与文采派,或者豪放派与清丽派。本色派或豪放派是指曲辞浅显明白、豪放率真、泼辣爽朗的作家们,以关汉卿为代表,其中还包括杜仁杰、睢景臣式的滑稽诙谐、嘲讽幽默、俏皮活泼。文采派或清丽派是指曲辞文采华美、词藻绮丽、轻俊典雅的作家们,以白朴、马致远、乔吉、张可久等为代表,大多数文人曲辞属于此派。

金元散曲发展大体上分为两个阶段,前期多为大都、山西等北方人,元好问现存散曲十三首,有明显变词为曲的痕迹,代表了金遗民的散曲特点。杜仁杰的【般涉调·耍孩儿】(庄家不识勾栏)、王和卿的【仙吕·醉中天】(咏大蝴蝶)、关汉卿的【南吕·一枝花】(不伏老)等作品,将民间俗谣俚曲变为文人创作,或滑稽诙谐或豪辣狂放,被视为散曲本色派;而白朴、马致远、卢挚、姚燧等人的创作,或清丽秀雅,或明丽清爽,其中尤以马致远创作数量最多且脍炙人口,奠定了后期清丽派兴盛的基础。

后期散曲作家虽仍以北方人为主,但不局限于大都、山西,南方人如徐再思、张可久也加入散曲创作行列,散曲变成全国性的文体,而且明显南方化。乔吉、张可久被视为后期清丽派代表,他们的散曲从语言到内容,都进一步向清丽典雅、格律谨严、含蓄凝练发展。维吾尔族文人贯云石、薛昂夫的创作代表了“色目人”散曲创作成就。在清丽曲风大盛时期,张养浩、睢景臣、刘时中、张鸣善等人还能保持曲体的直白通俗,将本色曲风发扬光大。

散曲的蓬勃发展,尤其是套数的形成,促进了杂剧的定型。但作为新兴诗体,散曲有更多不同于剧曲的特征,这在散曲创作中得到充分展现。元代散曲的成就,明清两朝都难以为继。

参考书目:

隋树森.全元散曲[M].北京:中华书局,1995.

王季思,等.元散曲选注[M].北京:北京出版社,1981.

刘永济.元人散曲选[M].上海:上海古籍出版社,1981.

李昌集.中国古代散曲史[M].上海:华东师大出版社,1991.

第一节　元前期散曲

关汉卿(1225？—1300？)

关汉卿,字一(一作已)斋,大都人(一说燕人),太医院尹(一作户),号已斋叟。金之遗民,不屑仕进,混迹勾栏,面敷粉墨而躬践排场,博学能文,滑稽多智,蕴藉风流,为一时之冠。

【南吕·一枝花】不伏老(节选)[1]

【尾】我是个蒸不烂、煮不熟、捶不扁、炒不爆、响当当一粒铜碗豆[2]！恁子弟每,谁教你钻入他锄不断、斫不下、解不开、顿不脱、慢腾腾千层锦套头！我玩的是梁园月,饮的是东京酒,赏的是洛阳花,攀的是章台柳[3]。我也会围棋,会蹴鞠,会打围,会插科,会歌舞,会吹缠,会咽作,会吟诗,会双陆[4]。你便是落了我牙,歪了我嘴,瘸了我腿,折了我手,天赐与我这几般儿歹症候,尚兀自不肯休！则除是阎王亲自唤,神鬼自来勾,三魂归地府,七魄丧冥幽——天哪,那其间才不向烟花儿路上走！

【注释】

[1]"一枝花"是【南吕宫】常用套数。唐传奇《李娃传》中名妓李娃艺名一枝花,这套曲子大概就是由说唱一枝花故事而流传演变而来。全套共有【一枝花】【梁州第七】【尾】三支曲子,此处节选的是【尾】。曲题"不伏老",即不服老。[2]铜碗豆:原是青楼勾栏中妓女对老狎客包括下层书会才人的昵称,意谓手段圆熟、八面玲珑。[3]梁园:西汉梁孝王的园苑,其地约在今河南开封一带,司马相如、枚乘等文人都曾客于梁园。宋元时常以梁园代指汴京或青楼妓院。东京:即开封。洛阳花:洛阳以牡丹闻名,宋欧阳修有《洛阳牡丹记》专志其花。章台柳:章台本为汉长安多聚妓女之街名。唐韩翃恋妓女柳氏,尝思念而赋"章台柳"之诗。见许尧佐所作唐传奇《柳氏传》,载《太平广记》。[4]蹴鞠:古代一种踢球的游戏。打围:打猎。插科:插科打诨,即杂剧表演中插入滑稽动作或说白等。咽作:指歌唱及口技表演等。双陆:即"双六",一种赌博游戏。

【仙吕·一半儿】题情[1]

碧纱窗外静无人,跪在床前忙要亲。骂了个负心回转身——虽是我话儿嗔,一半儿推辞一半儿肯。

【注释】

[1]"一半儿"是仙吕宫曲牌名,结句格式是"一半儿……一半儿……"。关汉卿此曲共四首,此处选的是第二首。

白　朴(1226—1310?)

白朴,字仁甫,号兰谷,其先为金世臣,白华之子,真定人,徙家金陵。从诸遗老放情山水间,玩世滑稽。赠太常礼仪院卿。孟称舜《古今名剧合选·酹江集》赞其杂剧云:"《梧桐雨》摹写明皇玉环得意失意之状,悲艳动人;《墙头马上》说佳人求偶处,亦自奕奕神动;真大家手笔也!"亦擅词与散曲。

【越调·天净沙】秋[1]

孤村落日残霞,轻烟老树寒鸦,一点飞鸿影下,青山绿水,白草红叶黄花。

【注释】

[1]此组小令原为分咏春、夏、秋、冬四首,此处选"秋"。

【中吕·阳春曲】题情[1]

笑将红袖掩银烛,不放才郎夜看书,相偎相抱求欢娱。"只不过叠应举,及第待如何!"

【注释】

[1]原作一组六首,此选其一。

马致远(1250?—1321?)

马致远,号东篱老,大都人。曾任江浙省务提举。晚年遁世。散曲与杂剧兼擅,时人称作"曲状元"。

【双调·夜行船】秋思[1]

【夜行船】百岁光阴一梦蝶[2]，重回首往事堪嗟。今日春来，明朝花谢，急罚盏夜阑灯灭。

【乔木查】想秦宫汉阙，都做了衰草牛羊野，不恁么渔樵没话说。纵荒坟横断碑，不辨龙蛇[3]。

【庆宣和】投至狐踪与兔穴，多少豪杰！鼎足虽坚半腰里折，魏耶？晋耶？

【落梅风】天教你富，莫太奢，没多时好天良夜。富家儿更做到你心似铁，争辜负了锦堂风月[4]。

【风入松】眼前红日又西斜，疾似下坡车。不争镜里添白雪，上床与鞋履相别。休笑巢鸠计拙，胡芦提一向装呆[5]。

【拨不断】利名竭，是非绝，红尘不向门前惹，绿树偏宜屋角遮，青山正补墙头缺，更那堪竹篱茅舍。

【离亭宴煞】蛩吟罢一觉才宁贴，鸡鸣时万事无休歇，争名利何年是彻？看密匝匝蚁排兵，乱纷纷蜂酿蜜，急攘攘蝇争血！裴公绿野堂，陶令白莲社[6]，爱秋来时那些：和露摘黄花，带霜烹紫蟹，煮酒烧红叶。想人生有限杯，浑几个重阳节？嘱咐你个顽童记者：便北海探吾来，道东篱醉了也[7]！

【注释】

[1]王世贞《曲藻》云："马致远'百岁光阴'，放逸宏丽，而不离本色，押韵尤妙。……元人称为第一，真不虚也。"[2]百岁光阴一梦蝶：庄子梦化为蝶事见《庄子·齐物论》。[3]龙蛇：指字迹。李商隐《题贺知章草书歌》："落笔龙蛇满坏墙。"[4]"富家儿"二句：谓你等富人们更是心如铁石，除了搜刮钱财之外别无感情，甚至也不懂得享受"锦堂风月"的美好生活。[5]"休笑"二句：不要嘲笑别人不会钻营挣钱以经营安乐窝，像笨人那样胡胡涂涂地过日子倒是好的。《诗经·召南·鹊巢》："维鹊有巢，维鸠居之。"朱熹注："鸠性拙不能为巢，或有居鹊之成巢者。"[6]裴公绿野堂：唐代名相裴度，晚年退休闲居洛阳郊外绿野堂。陶令白莲社：陶渊明曾为彭泽县令，后参加慧远法师等组织的白莲社，吟诗谈玄。[7]"便北海"二句：意谓不论谁来访问我，都说我醉了不能接待。北海：东汉末北海太守孔融，豪爽好客，尝称"座上客常满，樽中酒不空，吾无忧矣。"

第二节　元后期散曲

张养浩（1269—1329）

张养浩,字希孟,济南人。不忽木辟为礼部令史,荐入御史台。拜监察御史。延祐初(1315),设进士科,遂以礼部侍郎知贡举。天历二年(1329),关中大旱,饥民相食,特拜陕西行台中丞。到官四月,夜则祷于天,昼则出赈饥民,遂得疾不起。著有《云庄休居自适小乐府》,以小令为主。

【中吕·朝天曲】无题

柳堤,竹溪,日影筛金翠。杖藜徐步近钓矶,看鸥鹭闲游戏。农父渔翁,贪营活计,不知他在图画里。对着这般景致,坐的,便无酒也令人醉。

贯云石（1286—1324）

贯云石,本名小云石海涯,维吾尔族人。北从姚燧学,燧赏其古文峭厉有法及歌行古乐府慷慨激烈。拜翰林侍读学士、知制诰同修国史。称疾辞还江南,卖药于钱塘市中。晚年为文日邃,诗亦冲淡,散曲则豪放爽利。

【中吕·红绣鞋】无题（四首选一）

挨着靠着,云窗同坐;偎着抱着,月枕双歌;听着数着,愁着怕着,早四更过。四更过情未足,情未足夜如梭。天那,更闰一更儿妨甚么!

【双调·殿前欢】吊屈原[1]

楚怀王,忠臣跳入汨罗江。《离骚》读罢空惆怅,日月同光[2]。伤心来笑一场,笑你个三闾强[3],为甚不身心放?沧浪污你?你污沧浪[4]!

【注释】

[1]此曲为元人嘲讽屈原代表作。[2]日月同光:《史记·屈原贾生列传》称《离骚》"虽与日月争光可也。"[3]三闾:屈原曾为三闾大夫。[4]"沧浪污你"二句:《楚辞·渔父》中屈原云:"众人皆浊,而我独清。"渔父歌曰:"沧浪之水清兮,可以濯吾缨;沧浪之水浊兮,可以濯吾足。"

徐再思(1280？—1330？)

徐再思，字德可，嘉兴人。曾任嘉兴路吏。与张可久、贯云石同时。云石号酸斋，与再思并擅乐府，世有"酸甜乐府"之称。

【双调·沈醉东风】春情

一自多才间阔，几时盼得成合？今日个猛见他门前过，待唤着怕人瞧科。我这里高唱当时水调歌，要识得声音是我！

【双调·折桂令】春情

平生不会相思，才会相思，便害相思。身似浮云，心如飞絮，气若游丝。空一缕余香在此，盼千金游子何之？症候来时，正是何时？灯半昏时，月半明时。

乔　吉(1280—1345)

乔吉(一作吉甫)，字梦符。太原人。能辞章。曾撰杂剧十余种，今存《两世姻缘》等三种。散曲存二百余首小令，十一首套数。与张可久齐名。王骥德《曲律》云："李中麓开先序刻元乔梦符、张小山二家小令，以方唐之李、杜。夫李则实甫、杜则东篱始当。乔、张，盖长吉、义山之流。"

【正宫·六么遍】自述

不占龙头选[1]，不入名贤传。时时酒圣，处处诗禅[2]，烟霞状元，江湖醉仙，笑谈便是编修院[3]。留连，批风抹月四十年。

【注释】

[1]龙头选：状元之选。梁颢《及第诗》："也知年少登科好，争奈龙头属老成。"[2]诗禅：以诗谈禅，这是唐宋以来士大夫文人的惯习。吴可《学诗诗》："学诗浑是学参禅，竹榻蒲团不计年。"[3]编修院：即为朝廷和皇室编修国史及各种图书典籍的处所。

【双调·水仙子】寻梅

冬前冬后几村庄，溪北溪南两履霜，树头树底孤山上[1]。冷风吹来何处香？忽相逢、缟袂绡裳[2]。酒醒寒惊梦，笛凄春断肠[3]，淡月昏黄[4]。

【注释】

[1]孤山:孤山探梅为杭州西湖十景之一。[2]缟袂绡裳:用赵师雄在罗浮山遇梅花仙女事,见曾慥《类说》引《异人录》。[3]笛凄:指《梅花落》笛曲。李清照《永遇乐》有"吹梅笛怨"。[4]淡月昏黄:林逋《山园小梅》:"暗香浮动月黄昏。"

张可久(1280?—1350?)

张可久,字小山,庆元(今浙江宁波)人。曾以路吏转升首领官。暮年久居西湖。元代中后期著名散曲作家,留存小令八百余只,套数九篇,为元人之冠。朱权《太和正音谱》云:"其词清而且丽,华而不艳,有不吃烟火食气,真可谓不羁之才;若被太华之仙风,招蓬莱之海月,诚词林之宗匠也。"与乔吉并为散曲清丽一派领袖。

【越调·天净沙】江上

嗈嗈雁落平沙,依依孤鹜残霞[1],隔水疏林几家。小舟如画,渔歌唱入芦花[2]。

【注释】

[1]孤鹜残霞:王勃《滕王阁序》有"落霞与孤鹜齐飞"。[2]渔歌句:王勃《滕王阁序》有"渔舟唱晚,响穷彭蠡之滨"。

【越调·寨儿令】题昭君出塞图

辞凤阁,盼滦河[1],别离此情将奈何!羽盖峨峨,虎皮驼驼,雁远暮云阔。建旌旗五百沙陀[2],送琵琶三两宫娥。翠车前白骆驼,雕笼内锦鹦哥。他,强似马嵬坡。

【注释】

[1]滦河,在今河北东北部,此处指汉与匈奴边界。[2]沙陀:唐五代时西北少数民族之一。此指随车护卫的匈奴士兵。

睢景臣(生卒年不详)

睢景臣,字景贤(或作睢舜臣,字嘉贤),扬州人。大德七年,于杭州识钟嗣成。钟嗣成《录鬼簿》称其"心性聪明,酷嗜音律。维扬诸公,俱作《高祖还乡》套数,惟公【哨遍】制作新奇。皆出其下。"

【般涉调·哨遍】高祖还乡[1]

【哨遍】社长排门告示[2],但有的差使无推故。这差使不寻俗,一壁厢纳草也根[3]，一边又要差夫，须应付。又言是车驾——都说是"銮舆"——今日还乡故[4]。王乡老执定瓦台盘，赵忙郎抱着酒胡芦[5]。新刷来的头巾，恰糨来的绸衫，畅好是妆么大户[6]。

【要孩儿】瞎王留引定伙乔男女[7]，胡踢蹬吹笛擂鼓。见一彪人马到庄门，劈头里几面旗舒。一面旗白胡阑套住个迎霜兔[8]，一面旗红曲连打着个毕月乌[9]，一面旗鸡学舞，一面旗狗生双翅，一面旗蛇缠胡芦[10]。

【五煞】红漆了叉，银铮了斧，甜瓜苦瓜黄金镀[11]。明晃晃马镫枪尖上挑[12]，白雪雪鹅毛扇上铺。这几个乔人物，拿着些不曾见的器仗，穿着些大作怪衣服。

【四】辕条上都是马，套顶上不见驴，黄罗伞柄天生曲。车前八个天曹判，车后若干递送夫。更几个多娇女[13]，一般穿着，一样妆梳。

【三】那大汉下的车，众人施礼数。那大汉觑得人如无物。众乡老展脚舒腰拜，那大汉挪身着手扶。猛可里抬头觑，觑多时认得，险些气破我胸脯！

【二】你须身姓刘，你妻须姓吕。把你两家儿根脚从头数：你本身做亭长耽几壶酒[14]，你丈人教村学读几卷书。曾在俺庄东住，也曾与我喂牛切草，拽具扶锄[15]。

【一】春采了桑，冬借了俺麦，零支了米麦无重数。换田契强称了麻三秤[16]，还酒债偷量了豆几斛。有甚胡涂处？明标着册历，见放着文书。

【尾】少我的钱，差发内旋拨还；欠我的粟，税粮中私准除[17]。只道刘三，谁肯把你揪摔住？白甚么改了姓更了名唤做汉高祖[18]！

【注释】

[1]据《史记·高祖本纪》中汉高祖刘邦称帝后还乡事想象而作。[2]社长：即村长、保长之类。[3]一壁厢：一边。也根：衬字，无义。[4]銮舆：特指皇帝的车驾。此处表现乡民对"銮舆"这个新名词的好奇。[5]乡老：乡村中较有地位的人物。忙郎：农民的通称。[6]畅好是：正好是。妆么大户：装扮出来的有钱人家。[7]王留：戏曲中对乡下人的通称。火：伙。乔：装模作样，怪里怪气。[8]白胡阑套住个迎霜兔：指月旗，图形为白色圆环中一只玉兔，为帝王仪仗用旗之一，下同。胡阑：即"环"字音的反切。[9]红曲连打着个毕月乌：指日旗，图形为红色圆环中一只乌鸦。传说太阳中有三足乌，古代星相家以鸟兽之名分别配属二十八宿，如"昴日鸡""毕月乌"等。曲连：即"圈"字音的反切。[10]鸡学舞：指凤旗。狗生双翅：指飞虎旗。蛇缠胡芦，指二龙戏珠旗。[11]甜瓜苦瓜：指帝王仪仗中各种形状不一的金瓜锤。[12]马镫：指朝天镫，帝王仪仗器械。[13]天曹判：天宫判官，此指帝王身边侍从。多娇女：指宫女。[14]亭长：刘邦早年曾为泗上亭长，略相当于后世乡村保长之类。[15]拽具：掌犁耕地。古时乡间以两牛并耕为一具。[16]"换田契"句：谓刘邦利用亭长的职权在换田契之类时机敲诈乡民。秤：乡间以三十斤为一秤。[17]"少我的钱"四句：谓刘邦当年假公济私，在向乡民们摊派差役、征收税粮时私下将自己欠乡民的债务扣除。差发：征发百姓应官差。

不愿应差者可出钱雇人替代。[18]刘三:《史记·高祖本纪》载,刘邦有兄名仲,据此或可推定刘邦排行第三。汉高祖为刘邦死后的庙号,生前并无此称。此处借乡民之口,谓刘邦改汉高祖,是为了躲早年的几斛豆麦之债,特富讽刺及喜剧色彩。

张鸣善(生卒年不详)

张鸣善,号顽老子,扬州人(一说北方人),曾任宣慰司令史。有《英华集》。

【双调·水仙子】讥时

铺眉苫眼早三公,裸袖揎拳享万钟,胡言乱语成时用。大纲来都是哄,说英雄谁是英雄?五眼鸡岐山鸣凤,两头蛇南阳卧龙,三脚猫渭水飞熊[1]!

【注释】

[1]五眼鸡、两头蛇、三脚猫,本属怪胎,而被世人神化为帝王将相的吉兆。岐山鸣凤:相传周文王时有凤凰鸣于岐山,预示周兴。南阳卧龙:出自《三国志·蜀志·诸葛亮传》徐庶曰:"诸葛孔明,卧龙也。"渭水飞熊:出自《史记·齐世家》载,文王将出猎,占卜,其卜辞曰:"所获……非熊非罴,所获霸王之辅。"文王果然在渭水得姜太公吕尚。民间误以"非熊"为"飞熊"。

第三章 金元戏曲

　　戏曲是融会诗歌、音乐、舞蹈、杂技、说唱、表演、美术等各种艺术与技艺的综合艺术。中国戏曲的发生发展,与西方戏剧很早就完善兴盛不同,而是经历了漫长的孕育过程。研究认为,先秦的祭祀歌舞活动有戏曲的萌芽,汉魏的百戏、民间歌舞、宫廷的俳优表演,增加了戏剧成分,到隋唐的戏弄尤其是唐代的"参军戏",可视作戏剧的雏形。北宋的声乐、扮演、说唱诸色技艺逐渐进一步融合,促成了北宋"杂剧"的产生,而金代"院本"、宋金时期"诸宫调"等原生态戏曲艺术,长时期在民间流行,至元代,终于因为文人的参与,而诞生出中国历史上第一种依据文学剧本进行舞台表演的、严格意义上的戏剧形式——元杂剧。

　　元杂剧产生于金末元初的中国北方,其音乐组织与散曲长篇套数相似,都使用北曲联套,也即一折只能用一个宫调,由十至二十只曲子按规矩相连;"折"是音乐组织的单元,同时也是故事情节发展的段落单元。元杂剧剧本组织一般为一楔子(或在前或在各折之间)四折组成,关汉卿的《窦娥冤》、《救风尘》,白朴的《墙头马上》都是如此;但也有例外,如《赵氏孤儿》一本六折、《西厢记》五本二十一折。联套的曲子必须是韵文,用第一人称叙事。各个曲子之间穿插有宾白科范。宾白即对话对白,语言要求通俗易懂,基本是北方方言口语,也会引诗词增加道白效果。曲词与宾白讲求韵散结合,曲白相生,共同组成杂剧的整体风格。科范(科泛)即动作、表情等,一般比较简单,只是提示演员应该如何表演。剧前或剧后有题目与正名,以介绍剧情或宣传广告。

　　元杂剧的表演形式与角色行当,由宋杂剧、金院本发展而来。元杂剧演出场所是城市的勾栏瓦肆,农村的寺庙或乡间路口。表演时已讲究角色的服饰、扮相、砌末(道具)、乐器等。当时已经形成以旦、末为主的角色体系。末行可细分为正末、外末、冲末、二末、小末等;旦行有正旦、老旦、大旦、小旦、旦俫、色旦、搽旦、外旦、贴旦等区别。旦、末之外,有外、净、杂等行。若按年龄分,有孛老、卜儿、俫儿等角色;按地位职业分,有孤、细酸、伴哥、禾旦、曳剌、邦老等角色。一般一本杂剧仅由一个正末或正旦独唱,由此形成所谓的"末本"或"旦本"戏,其它净、外、杂行脚色如副末、贴旦、孤、卜儿、孛老等,则只有宾白。

　　元代杂剧作家现在仍有姓名可考的达八十多人,现存杂剧剧本达一百六十多种。元杂剧的历史,大致可划分为前后两期。前期最为兴盛,即从十三世纪中叶元灭金前后开始,到十四世纪初。这一时期创作与演出的活跃地区,是大都和具有悠久戏曲文化传统的平阳,以及东平、太原、真定等地,作家也主要是北方人,杰出戏剧家与优秀剧目基本都产生于这一时期。关汉卿的《窦娥冤》被视作悲剧典范之作,他的《救风尘》、《望江亭》反映元代女性命运,塑造出赵盼儿、谭记儿这样机智聪慧、泼辣能干的女性形象;白朴的《梧桐雨》与马致远的《汉宫秋》堪称历史剧双璧,曲辞优雅华美,抒情性浓郁;白朴的《墙头马上》在众多爱情故事剧中也颇见特色;王实甫的《西厢记》在董解元《西厢记诸宫调》的基础上,情节曲折,针线细密,曲辞华美中有本色,崔莺莺、张珙、红娘、崔母等人物形象无不栩栩如生,为才子佳人剧典范之作,对后世影响深远;李文蔚《燕青博鱼》与康进之的《李逵负荆》是水浒戏的代表作,其中塑造的燕青、李逵、宋江形象,为后来《水浒传》中人物形象奠定基调;纪君祥《赵氏孤儿》影响深广。王国维《宋元戏曲考》云:"明以后传奇无非喜剧,而元则有悲剧在其中。其最有悲剧之性质者,则如关汉卿之《窦娥冤》,纪君祥之《赵氏孤儿》。剧中虽有恶人交构其间,而其蹈汤赴火者,仍出于其主人翁之意志。即列之于世界大悲剧中,亦无愧色也。"这些优秀的杂剧作品,反映了当时的种种社会矛盾和现实生活的多方面场景,有着浓郁的生活气息、深刻的思想内容、曲折而吸引观众的故事情节和高度的艺术审美价值。

　　大约从十四世纪早期开始直到元末六七十年间,元杂剧进入了后期阶段。南宋经济文化基础比北方丰厚,到一统时代更加显示出其实力以及地理环境的优越性,杂剧作家纷纷南移,文化活动中心也因此而逐渐从大都转移到原来南宋的都城杭州。元杂剧失去了其赖以生存的北方语言音乐土壤以及演出的观众群体,因而逐渐趋向衰微。后期杂剧作家、作品的数量和质量,都明显不如前期。杂剧经过前期迅猛发展,形成一些套路;南方纤柔细腻的社会文化风气与审美取向,导致后期杂剧日益追求曲词的华美典丽和情节的离奇曲折;元代后期杂剧宣扬陈腐道德的剧作明显增多,而前期兴盛的才子佳人剧到此时也则陈陈相因,无多创意;元蒙统治者认识到儒家思想体系的政治价值,有意识地利用杂剧宣传伦理道德,如鲍天祐的《史鱼尸谏》一剧,兰雪主人《元宫词》云,朝廷曾下诏"各路都教唱此词"。这些都阻碍了元杂剧的进一步发展。

　　元杂剧后期成就较大的作家,基本是流寓江浙的北方人。郑光祖《倩女离魂》一剧堪称后期最优秀的作品,可以与《西厢记》媲美。秦简夫《赵礼让肥》是伦理道德剧中比较出色的作品,其《东堂老》则塑造了商人的正面形象。乔吉的《两世姻缘》以故事情节曲折、曲辞细腻著称。宫天挺《范张鸡黍》锋颖犀利，感叹苍凉，因其在后期清丽派兴盛的曲坛上而能保持本色风格而受人称道。

王国维《宋元戏曲考》云："元代曲家，自明以来称'关马郑白'。然以其年代及造诣论之，宁称'关白马郑'为妥也。关汉卿一空依傍，自铸伟词，而其言曲尽人情，字字本色，故当为元人第一。白仁甫、马东篱，高华雄浑，情深文明。郑德辉清丽芊绵，自成馨逸，均不失为第一流。其余曲家，均在四家范围内。唯宫大用瘦硬通神，独树一帜。"

元杂剧作家与重心转移到南方，无疑对南戏的发展有着促进作用。就在杂剧逐渐衰落、日益文人化和案头化时，从南宋初年就开始流行于南方各地的南戏，则从杂剧中吸取营养，且逐渐兼并杂剧而发展起来，最后受到南方文人关注，在元末遂发展成熟。

南戏与元杂剧同出于宋杂剧。南戏于北宋宣和之际就首先流传于人口稠密、商品经济繁荣的浙江温州一带，时称温州杂剧或永嘉杂剧。不久东南沿海与四川一带南戏也逐渐流行。但其流行范围主要在民间，文人不屑于参与创作。南宋就有《赵贞女》、《王魁》、《张协状元》等戏目流传，但除了《张协状元》保存在《永乐大典》中，其他剧本都没有留存。南宋灭亡以后，在元杂剧影响下，南戏的艺术得到很大提高，出现了《荆钗记》、《刘知远白兔记》、《拜月亭》（根据关汉卿同名杂剧改编）、《杀狗记》等（合称荆刘拜杀）四大南戏，或称"四大传奇"。到元末，南戏终于吸引了文化素质较高的南方文人参与，高明根据《赵贞女》改编创作的南戏《琵琶记》，标志着南戏在艺术水平上已超越同时期的杂剧，从而使南戏终于在此后取代杂剧而占领了中国古典戏剧的主要舞台。

南戏是用南方方言和"南曲"亦即轻柔婉转的南方曲调演出的，杂剧南移之后，南曲也吸收了北曲一些曲调，形成南北联套。青木正儿《中国近世戏曲史》云："元中叶以后，南曲与北曲，其流行之地域亦渐相同，且南北合腔之曲，尚有制作行世，显呈相互接近之状。"南戏的形式至元末而基本定型。南戏称一场为一出，不像杂剧那样限用同一宫调，而有较丰富的音乐变换；不再限于"四折一楔子"的结构，而可以根据剧情需要安排场次，且一般都比杂剧更长；不再限由一个正旦、正末主唱，而是各个角色都可以唱，且有对唱、合唱等，这些的确意味着南戏在艺术上是比杂剧更复杂更高级的戏曲艺术，这是南戏在明清兴盛而杂剧在明清衰落的主要原因。

参考书目：

王季思.全元戏曲[M].北京：人民文学出版社，1990.

王国维.宋元戏曲史[M].上海：华东师范大学出版社，1996.

[日]青木正儿.中国近世戏曲史[M].王古鲁,译.上海:商务印书馆,1936.

[日]青木正儿.元人杂剧概说[M].隋树森,译.上海:中国戏剧出版社,1957.

李修生.元杂剧史[M].南京:江苏古籍出版社,1996.

第一节　关汉卿

关汉卿(传略见前金元散曲部分)

感天动地窦娥冤(第三折)

[外扮监斩官上[1],云]下官监斩官是也。今日处决犯人,着做公的把住巷口,休放往来人闲走。[净扮公人,鼓三通、锣三下科。刽子磨旗,提刀押正旦带枷上[2]。刽子云]行动些,行动些,监斩官去法场上多时了。[正旦唱]

【正宫端正好】没来由犯王法,不提防遭刑宪,叫声屈动地惊天!顷刻间游魂先赴森罗殿,怎不将天地也生埋怨!

【滚绣球】有日月朝暮悬,有鬼神掌着生死权。天地也,只合把清浊分辨,可怎生胡涂了盗跖颜渊[3]!为善的受贫穷更命短,造恶的享富贵又寿延。天地也,做得个怕硬欺软,却元来也这般顺水推船。地也,你不分好歹何为地?天也,你错勘贤愚枉作天!哎,只落得两泪涟涟。

[刽子云]快行动些,误了时辰也。[正旦唱]

【倘秀才】则被这枷扭的我左侧右偏,人拥的我前合后偃。我窦娥向哥哥行有句言[4]。[刽子云]你有甚么话说?[正旦唱]前街里去心怀恨,后街里去死无冤,休推辞路远。

[刽子云]你如今到法场上面,有甚么亲眷要见的,可教他过来,见你一面也好。[正旦唱]

【叨叨令】可怜我孤身只影无亲眷,则落的吞声忍气空嗟怨。[刽子云]难道你爷娘家也没的?[正旦云]止有个爹爹,十三年前上朝取应去了,至今杳无音信。[唱]蚤已是十多年不睹爹爹面。[刽子云]你适才要我往后街里去,是甚么主意?[正旦唱]怕则怕前街里被我婆婆见。[刽子云]你的性命也顾不得,怕他见怎的?[正旦云]俺婆婆若见我披枷带锁赴法场餐刀去呵,[唱]枉将他气杀也么哥,枉将他气杀也么哥[5]。告哥哥,临危好与人行方便。

［卜儿哭上科,云］天那,兀的不是我媳妇儿![刽子云]婆子靠后。[正旦云]既是俺婆婆来了,叫他来,待我嘱付他几句话咱。[刽子云]那婆子,近前来,你媳妇要嘱付你话哩。[卜儿云]孩儿,痛杀我也![正旦云]婆婆,那张驴儿把毒药放在羊肚儿汤里,实指望药死了你,要霸占我为妻。不想婆婆让与他老子吃,倒把他老子药死了。我怕连累婆婆,屈招了药死公公,今日赴法场典刑。婆婆,此后遇着冬时年节,月一十五,有瀽不了的浆水饭,瀽半碗儿与我吃;烧不了的纸钱,与窦娥烧一陌儿[6]:则是看你死的孩儿面上。[唱]

【快活三】念窦娥葫芦提当罪愆[7],念窦娥身首不完全,念窦娥从前已往干家缘;婆婆也,你只看窦娥少爷无娘面。

【鲍老儿】念窦娥伏侍婆婆这几年,遇时节将碗凉浆奠;你去那受刑法尸骸上烈些纸钱,只当把你亡化的孩儿荐。[卜儿哭科,云]孩儿放心,这个老身都记得。天那,兀的不痛杀我也![正旦唱]婆婆也,再也不要啼啼哭哭,烦烦恼恼,怨气冲天。这都是我做窦娥的没时没运,不明不暗,负屈衔冤!

[刽子作喝科,云]兀那婆子靠后,时辰到了也![正旦跪科。刽子开枷科。正旦云]窦娥告监斩大人,有一件事肯依窦娥,便死而无怨。[监斩官云]你有甚么事,你说。[正旦云]要一领净席,等我窦娥站立;又要丈二白练,挂在旗枪上:若是我窦娥委实冤枉,刀过处头落,一腔热血休半点儿沾在地下,都飞在白练上者。[监斩官云]这个就依你,打甚么不紧。[刽子作取席站科。又取白练挂旗上科。正旦唱]

【耍孩儿】不是我窦娥罚下这等无头愿,委实的冤情不浅;若没些儿灵圣与世人传,也不见得湛湛青天。我不要半星热血红尘洒,都只在八尺旗枪素练悬。等他四下里皆瞧见,这就是咱苌弘化碧,望帝啼鹃[8]。

[刽子云]你还有甚的说话,此时不对监斩大人说,几时说那?[正旦再跪科,云]大人,如今是三伏天道,若窦娥委实冤枉,身死之后,天降三尺瑞雪,遮掩了窦娥尸首。[监斩官云]这等三伏天道,你便有冲天的怨气,也召不得一片雪来,可不胡说![正旦唱]

【二煞】你道是暑气暄,不是那下雪天;岂不闻飞霜六月因邹衍[9]?若有一腔怨气愤如火,定要感的六出冰花滚似绵,免着我尸骸现。要什么素车白马,断送出古陌荒阡!

[正旦再跪科,云]大人,我窦娥死的委实冤枉,从今以后,着这楚州亢旱三年![监斩官云]打嘴,那有这等说话![正旦唱]

【一煞】你道是天公不可期,人心不可怜,不知皇天也肯从人愿。做甚么三年不见甘霖降,也只为东海曾经孝妇冤[10];如今轮到你山阳县!这都是官吏每无心正法,使百姓有口难言！

　　[刽子作磨旗科，云]怎么这一会儿天色阴了也？[内作风科。刽子云]好冷风也！
[正旦唱]

　　【煞尾】浮云为我阴，悲风为我旋，三桩儿誓愿明题遍。[作哭科，云]婆婆也，直等
待雪飞六月，亢旱三年呵！[唱]那其间才把你屈死的冤魂这窦娥显！

　　[刽子作开刀，正旦倒科。监斩官惊云]呀，真个下雪了，有这等异事！[刽子云]
我也道平日杀人，满地都是鲜血，这个窦娥的血都飞在那丈二白练上，并无半点落地，
委实奇怪。[监斩官云]这死罪必有冤枉，早两桩儿应验了，不知亢旱三年的说话，准
也不准？且看后来如何。左右，也不必等待雪晴，便与我抬他尸首，还了那蔡婆婆去
吧。[众应科，抬尸下。]

【注释】

　　[1]外："外末"、"外旦"、"外净"等的省称。此处指外末，即次要男角。[2]净：杂剧男角色名，
即所谓花脸。磨旗：摇旗，挥旗。正旦：杂剧女主角名，此剧中即窦娥。[3]盗跖：古代传说中的大
盗。见《庄子·盗跖》。颜渊：孔子高足，德行列孔门之首。[4]哥哥行："行"用于人称代词之后，起
指示方位作用，相当于"那边"。[5]也么哥：元代口语中为加强语气的常用语助词，无义。按照"叨
叨令"曲调的格式，此处用"也么哥"的句子必须反复两次。[6]㳇：倾、泼。陌：通"百"。旧时上坟
烧纸钱，多以一百张为单位。[7]胡芦提：胡胡涂涂，不明不白。[8]苌弘：周代忠臣，无辜受害，其血
化为碧玉，不见其尸，事见《拾遗记》。望帝啼鹃：古蜀王杜宇号望帝，为其相鳖灵所逼，让位隐居山
中，其魂化杜鹃，啼声凄厉。[9]邹衍：战国时燕之忠臣，相传他被诬下狱，仰天痛哭，感动上天，时值
盛夏，竟然降霜。[10]东海孝妇：相传汉代东海郡有孝妇周青，守寡侍奉婆婆矢志不嫁，婆婆不忍拖
累她，遂自缢而死。小姑告官诬嫂杀人，问官不察，竟判处孝妇死罪。临刑前孝妇指竹竿曰：倘我无
罪，血当沿竿往上流。其言果验。而东海地方大旱三年，后任官员查问冤情，有于公者代为申雪，天
方降雨。事见《汉书·于定国传》、《搜神记》卷一一等。

赵盼儿风月救风尘（第四折）

　　[外旦上[1]，云]这些时周舍敢待来也。[周舍上，见科。外旦云]周舍，你要吃甚
么茶饭？[周舍做怒科，云]好也，将纸笔来，写与你一纸休书，你快走。[外旦接休书
不走科，云]我有甚么不是，你休了我？[周舍云]你还在这里？你快走！[外旦云]你
真个休了我？你当初要我时怎么样说来？你这负心汉，害天灾的！你要去，我偏不去。
[周舍推出门科。外旦云]我出的这门来，周舍，你好痴也！赵盼儿姐姐，你好强也！
我将着这休书，直至店中寻姐姐去来。[下。周舍云]这贱人去了，我到店中娶那妇人

去。〔做到店科，叫云〕店小二，恰才来的那妇人在那里？〔小二云〕你刚出门，他也上马去了。〔周舍云〕倒着他道儿了。将马来，我赶将他去。〔小二云〕马揣驹了。〔周舍云〕备骡子。〔小二云〕骡子漏蹄。〔周舍云〕这等，我步行赶他将去。〔小二云〕我也赶他去。〔同下。旦同外旦上。外旦云〕若不是姐姐，我怎能勾出的这门也！〔正旦云〕走、走、走！〔唱〕

【双调新水令】笑吟吟案板似的写着休书，则俺这脱空的故人何处[2]？卖弄他能爱女、有权术，怎禁那得胜葫芦说到有九千句[3]。

〔云〕引章，你将那休书来与我看咱。〔外旦付休书。正旦换科，云〕引章，你再要嫁人时，全凭这一张纸是个照证，你收好者！〔外旦接科。〕

〔周舍赶上，喝云〕贱人，那里去？宋引章，你是我老婆，如何逃走！〔外旦云〕周舍，你与了我休书，赶我出来了。〔周舍云〕休书上手模印五个指头，那里四个指头的是休书？〔外旦展看，周夺咬碎科。外旦云〕姐姐，周舍咬碎我的休书也。〔旦上救科。周舍云〕你也是我的老婆。〔正旦云〕我怎么是你的老婆？〔周舍云〕你吃了我的酒来！〔正旦云〕我车上有十瓶好酒，怎么是你的？〔周舍云〕你可受我的羊来。〔正旦云〕我自有一只熟羊，怎么是你的？〔周舍云〕你受我的红定来。〔正旦云〕我自有大红罗，怎么是你的？〔唱〕

【乔牌儿】酒和羊，车上物；大红罗，自将去。你一心淫滥无是处，要将人白赖取。

〔周舍云〕你曾说过誓嫁我来。〔正旦唱〕

【庆东原】俺须是卖空虚，凭着那说来的言咒誓为活路。〔带云〕怕你不信呵，〔唱〕遍花街请到娼家女，那一个不对着明香宝烛，那一个不指着皇天后土，那一个不赌着鬼戳神诛？若信这咒盟言，早死的绝门户！

〔云〕引章妹子，你跟将他去。〔外旦怕科。云〕姐姐，跟了他去就是死。〔正旦唱〕

【落梅风】则为你无思虑、忒模糊。〔周舍云〕休书已毁了，你不跟我去待怎么？〔外旦怕科。正旦云〕妹子，休慌莫怕！咬碎的是假休书。〔唱〕我特故抄与你个休书题目[4]，我跟前现放着这亲模。〔周舍夺科。正旦唱〕便有九头牛也拽不出去。

〔周扯二旦科，云〕明有王法，我和你告官去来。〔同下〕

〔外扮孤引张千上[5]，诗云〕声名德化九重闻，良夜家家不闭门。雨后有人耕绿野，月明无犬吠花村。小官郑州守李公弼是也[6]。今日升起早衙，断理些公事。张千，喝撺厢[7]。〔张千云〕理会的。〔周舍同二旦、卜儿上。周叫云〕冤屈也！〔孤云〕告甚么事？〔周舍云〕大人可怜见，混赖我媳妇。〔孤云〕谁混赖你媳妇？〔周舍云〕是赵盼儿设计混赖我媳妇宋引章。〔孤云〕那妇人怎么说？〔正旦云〕宋引章是有丈夫

的,被周舍强占为妻,昨日又与了休书,怎么是小妇人混赖他的?〔唱〕

【雁儿落】这厮心狠毒,这厮家豪富,整一味虚肚肠,不踏着实途路。

【得胜令】宋引章有亲夫,他强占作家属。淫乱心情歹,凶顽胆气粗。无徒!到处里胡为做。现放着休书,望恩官明鉴取。

〔安秀实上,云〕适才赵盼儿使人来说:"宋引章已有休书了,你快告官去,便好娶他。"这里是衙门首,不免高叫道:冤屈也!〔孤云〕衙门外谁闹?拿过来。〔张千拿入科,云〕告人当面。〔孤云〕你告谁来?〔安秀实云〕我安秀实,聘下宋引章,被郑州周舍强夺为妻,乞大人做主咱。〔孤云〕谁是保亲?〔安秀实云〕是赵盼儿。〔孤云〕赵盼儿,你说宋引章原有丈夫,是谁?〔正旦云〕正是这安秀才。〔唱〕

【沽美酒】他幼年间便习儒,腹隐着九经书。他是俺共里同村一处居,接受了钗环财物,明是个良人妇。〔孤云〕赵盼儿,我问你,这保亲的委的是你么?〔正旦云〕是小妇人。〔唱〕

【太平令】现放着保亲的堪为凭据,怎当他抢亲的百计亏图[8]?那里是明婚正娶,公然的伤风败俗!今日个诉与太府做主,可怜见断他夫妻完聚。

〔孤云〕周舍。那宋引章明明是有丈夫的,你怎生还赖是你的妻子?若不看你父亲面上,送你有司问罪[9]。你一行人听我下断:周舍杖六十,与民一体当差;宋引章仍归安秀才为妻;赵盼儿等宁家住坐[10]。〔词云〕只为老虔婆受贿贪钱[11],赵盼儿细说根源,呆周舍不安本业,安秀才夫妇团圆。〔众叩谢科。正旦唱〕

【收尾】对恩官一一说缘故,分剖开贪夫怨女;面糊盆再休说死生交[12],风月所重谐燕莺侣。

题目　安秀才花柳成花烛
正名　赵盼儿风月救风尘[13]

【注释】

[1]外旦:杂剧中次要女角色,此处指宋引章。[2]脱空的故人:说谎弄假的故人。此指周舍。[3]得胜葫芦:巧嘴。赵盼儿指她自己巧嘴。[4]休书题目:写有休书标题的假休书。[5]孤:杂剧中扮演官员的角色。张千:张千、李万之类,是杂剧中官府衙役走卒常用的名字。[6]李公弼:北宋中期著名的士大夫,曾为郑州知州。此剧故事背景为北宋,故有李公弼出现。[7]喝撺厢:旧时官僚升堂办案时,大厅两厢衙役齐声叱喝,形成所谓威严气氛。[8]亏图:诡计阴谋。[9]若不看你父亲面上:据此剧第一折的介绍,周舍之父为同知,即相当于知县或知州一级的官。[10]宁家住坐:宋元时官府判案用语,意为回家安分守己过日子。[11]老虔婆受贿贪钱:谓宋引章之母贪财而将女儿嫁给周舍。虔婆:宋元时对老妇人的恶称。[12]面糊盆:胡涂人。[13]"题目"二句:杂剧末尾用两句或四句韵文概括全剧内容,前面的谓之"题目",后面的谓之"正名"。一般即以"正名"作为该剧之名。

第二节　元前期其他作家杂剧

马致远（传略见前金元散曲部分）

破幽梦孤雁汉宫秋（第三折）

[番使拥旦上，奏胡乐科。旦云]妾身王昭君，自从选入宫中，被毛延寿将美人图点破，送入冷宫。甫能得蒙恩幸，又被他献与番王形像。今拥兵来索，待不去，又怕江山有失，没奈何将妾身出塞和番。这一去，胡地风霜，怎生消受也！自古道："红颜胜人多薄命，莫怨春风当自嗟。"[1][驾引文武内官上[2]，云]今日灞桥饯送明妃，却早来到也。[唱]

【双调新水令】锦貂裘生改尽汉宫妆，我则索看昭君画图模样。旧恩金勒短，新恨玉鞭长[3]。本是对金殿鸳鸯，分飞翼，怎承望！

[云]你文武百官计议，怎生退了番兵，免明妃和番者。[唱]

【驻马听】宰相每商量，大国使还朝多赐赏。早是俺夫妻悒怏，小家儿出外也摇装[4]。尚兀自渭城衰柳助凄凉，共那灞桥流水添惆怅。偏你不断肠，想娘娘那一天愁都撮在琵琶上。

[做下马科，与旦打悲科。驾云]左右慢慢唱者，我与明妃饯一杯酒。[唱]

【步步娇】您将那一曲阳关休轻放，俺咫尺如天样，慢慢的捧玉觞。朕本意待尊前捱些时光，且休问劣了宫商[5]，您则与我半句儿俄延着唱。

[番使云]请娘娘早行，天色晚了也。[驾唱]

【落梅风】可怜俺别离重，你好是归去的忙。寡人心先到他李陵台上[6]，回头儿却才魂梦里想，便休题贵人多忘。

[旦云]妾这一去，再何时得见陛下？把我汉家衣服都留下者。[诗云]正是：今日汉宫人，明朝胡地妾；忍着主衣裳，为人作春色[7]！[留衣服科。驾唱]

【殿前欢】则甚么留下舞衣裳，被西风吹散旧时香。我委实怕宫车再过青苔巷，猛到椒房，那一会想菱花镜里妆，风流相，兜的又横心上。看今日昭君出塞，几时似苏武还乡？

[番使云]请娘娘行罢，臣等来多时了也。[驾云]罢，罢，罢。明妃你这一去，休怨朕躬也。[作别科。驾云]我那里是大汉皇帝！[唱]

【雁儿落】我做了别虞姬楚霸王，全不见守玉关征西将。那里取保亲的李左车，送女客的萧丞相[8]？

[尚书云]陛下不必挂念。[驾唱]

【得胜令】他去也不沙架海紫金梁[9]，枉养着那边庭上铁衣郎。你也要左右人扶持，俺可甚糟糠妻下堂[10]？你但提起刀枪，却早小鹿儿心头撞。今日央及煞娘娘，怎做的男儿当自强！

[尚书云]陛下，咱回朝去罢。[驾唱]

【川拨棹】怕不待放丝缰，咱可甚鞭敲金镫响。你管燮理阴阳，掌握朝纲，治国安邦，展土开疆；假若俺高皇，差你个梅香[11]，背井离乡，卧雪眠霜，若是他不恋恁春风画堂，我便官封你一字王[12]。

[尚书云]陛下不必苦死留他，着他去了罢。[驾唱]

【七弟兄】说甚么大王不当恋王嫱，兀良[13]，怎禁他临去也回头望！那堪这散风雪旌节影悠扬，动关山鼓角声悲壮！

【梅花酒】呀！俺向着这迥野悲凉。草已添黄，兔早迎霜。犬褪得毛苍，人搠起缨枪，马负着行装，车运着糇粮，打猎起围场[14]。他他他，伤心辞汉主；我我我，携手上河梁[15]。他部从入穷荒，我銮舆返咸阳。返咸阳，过宫墙；过宫墙，绕回廊；绕回廊，近椒房；近椒房，月昏黄；月昏黄，夜生凉；夜生凉，泣寒蛩；泣寒蛩，绿纱窗；绿纱窗，不思量！

【收江南】呀！不思量，除是铁心肠；铁心肠，也愁泪滴千行。美人图今夜挂昭阳，我那里供养，便是我高烧银烛照红妆[16]。

[尚书云]陛下回銮罢，娘娘去远了也。[驾唱]

【鸳鸯煞】我煞大臣行说一个推辞谎，又则怕笔尖儿那火编修讲[17]。不见他花朵儿精神，怎趁那草地风光[18]？唱道伫立多时，徘徊半晌，猛听的塞雁南翔，呀呀的声嘹亮，却原来满目牛羊，是兀那载离恨的毡车半坡里响。[下]

[番王引部落拥昭君上，云]今日汉朝不弃旧盟，将王昭君与俺番家和亲。我将昭君封为宁胡阏氏，坐我正宫。两国息兵，多少是好。众将士，传下号令，大众起行，望北而去。[做行科。旦问云]这里甚地面了？[番使云]这里是黑龙江，番汉交界去处；南边属汉家，北边属我番国。[旦云]大王，借一杯酒，望南浇奠，辞了汉家，长行去罢。[做奠酒科，云]汉朝皇帝，妾身今生已矣，尚待来生也。[做跳江科。番王惊救不及，叹科，云]嗨！可惜，可惜！昭君不肯入番，投江而死。罢，罢，罢，就葬在此江边，号为青冢者。我想来，人也死了，枉与汉朝结下这般仇隙，都是毛延寿那厮搬弄出来的。把都儿[19]，将毛延寿拿下，解送汉朝处治。我依旧与汉朝结和，永为甥舅，却不是好！[诗云]则为他丹青画误了昭君，背汉王暗地私奔；将美人图又来哄我，要索取出塞和

亲。岂知道投江而死，空落的一见消魂。似这等奸邪逆贼，留着他终是祸根；不如送他去汉朝哈喇[20]，依还的甥舅礼两国长存。［下］

【注释】

[1]"红颜胜人"二句：出于欧阳修《明妃曲》诗。[2]驾：杂剧中扮演皇帝的角色名。[3]"旧恩金勒短"二句：化用元人元淮《昭君出塞》诗"草白云黄金勒短，旧愁新恨玉鞭长"二句。以下【驻马听】【殿前欢】等曲子中亦化用该诗"一天怨在琵琶上"、"西风吹散旧时香"等句。[4]摇装：亦作"遥装"。南北朝相沿下来的风俗，远行者离家前选吉日出门，亲友行相送之礼，出行者旋即返家，另日再正式出行。[5]劣了官商：走了腔调。[6]李陵台：李陵为汉武帝时名将，因兵败降匈奴。今内蒙古波罗城有李陵台。[7]"今日汉官人"四句：前二句出自李白《王昭君》，后二句出自陈师道《妾薄命》。[8]"那里取保亲"二句：李左车，楚汉相争时谋士，献计助韩信平定齐地；萧丞相，汉初名相萧何，助刘邦定天下。此二句乃讽刺满朝文武无力安邦定国，只能保亲送嫁。[9]不沙：不是那。架海紫金梁：喻国家所倚重的将相大臣。[10]糟糠妻下堂：糟糠妻谓贫贱时共患难之妻，下堂即离婚。《汉书·宋弘传》："贫贱之交不可忘，糟糠之妻不下堂。"此处汉元帝仅指自己妻室。[11]梅香：话本戏曲中侍妾、婢女常用的名字。[12]一字王：只用一个字封号的王爵为最高的爵位，如魏王、赵王等等，封号用字越多则其位越低，如兰陵王、西平郡王等。[13]兀良：衬字，无义，有加强语气作用。[14]起围场：撤除围场。[15]携手上河梁：《文选》载李陵与苏武诗有"携手上河梁，游子暮何之"之句，表示惜别。[16]高烧银烛照红妆：化用苏轼《海棠》诗"只恐夜深花睡去，故烧银烛照红妆。"[17]"我煞大臣行"二句：我要向大臣们说个推辞的谎，又怕那班捏笔杆儿的编修官啰嗦。因皇帝言行，都有史官（编修）记录。火：通"伙"。[18]怎趂那草地风光：趂，相称。意谓荒凉的草原怎与昭君之美相配，昭君怎能习惯。[19]把都儿：蒙古语"勇士"、"武士"。又译作"巴图鲁"、"巴托儿"等。[20]哈喇：蒙古语"杀"。

纪君祥（生卒年不详）

纪君祥，大都人，与李寿卿、郑廷玉同时。

赵氏孤儿大报仇（第三折）[1]

［屠岸贾领卒子上，云］兀的不走了赵氏孤儿也！某已曾张挂榜文，限三日之内，不将孤儿出首，即将普国内小儿，但是半岁以下、一月以上，都拘刷到我帅府中，尽行诛戮。令人，门首觑者，若有首告之人，报复某家知道。［程婴上，云］自家程婴是也。昨日将我的孩儿送与公孙杵臼去了，我今日到屠岸贾跟前首告去来。令人，报复去，道有了赵氏孤儿也。［卒子云］你则在这里，等我报复去。［报科，云］报的元帅得知，有人来报赵氏孤儿有了也。［屠岸贾云］在那里？［卒子云］现在门首哩。［屠岸贾云］着他过来。［卒子云］着过来。［做见科。屠岸贾云］兀那厮，你是何人？［程婴云］小人

是个草泽医生程婴。[屠岸贾云]赵氏孤儿今在何处?[程婴云]在吕吕太平庄上,公孙杵臼家藏着哩。[屠岸贾云]你怎生知道来?[程婴云]小人与公孙杵臼曾有一面之交,我去探望他,谁想卧房中锦绷绣褓上,躺着一个小孩儿。我想公孙杵臼年纪七十,从来没男没女,这个是那里来的?我说道:这小的莫非是赵氏孤儿么?只见他登时变色,不能答应。以此知孤儿在公孙杵臼家里。[屠岸贾云]咄!你这匹夫,你怎瞒的过我。你和公孙杵臼往日无仇,近日无冤,你因何告他藏着赵氏赵儿?你敢是知情么?说的是,万事全休;说的不是,令人,磨的剑快,先杀了这个匹夫者![程婴云]告元帅暂息雷霆之怒,略罢虎狼之威,听小人诉说一遍咱。我小人与公孙杵臼原无仇隙,只因元帅传下榜文,要将普国内小儿拘刷到帅府,尽行杀坏。我一来为救普国内小儿之命,二来小人四旬有五,近生一子,尚未满月。元帅军令,不敢不献出来,可不小人也绝后了?我想有了赵氏孤儿,便不损坏一国生灵,连小人的孩儿也得无事,所以出首。[诗云]告大人暂停嗔怒,这便是首告缘故。虽然救普国生灵,其实怕程家绝户。[屠岸贾笑科,云]哦,是了。公孙杵臼原与赵盾一殿之臣,可知有这事来。令人,则今日点就本部下人马,同程婴到太平庄上,拿公孙杵臼走一遭去。[同下。正末公孙杵臼上,云]老夫公孙杵臼是也。想昨日与程婴商议救赵氏孤儿一事,今日他到屠岸贾府中首告去了,这早晚屠岸贾这厮必然来了也呵![唱]

【双调新水令】我则见荡征尘飞过小溪桥,多管是损忠良贼徒来到。齐臻臻摆着士卒,明晃晃列着枪刀。眼见的我死在今朝,更避甚痛答掓!

[屠岸贾同程婴领卒子上,云]来到这吕吕太平庄上也。令人,与我围了太平庄者。程婴,那里是公孙杵臼宅院?[程婴云]则这个便是。[屠岸贾云]拿过那老匹夫来。公孙杵臼,你知罪么?[正末云]我不知罪。[屠岸贾云]我知你个老匹夫和赵盾是一殿之臣。你怎敢掩藏着赵氏孤儿?[正末云]老元帅,我有熊心豹胆?怎敢掩藏着赵氏孤儿?[屠岸贾云]不打不招。令人,与我拣大棒子着实打者![卒子做打科。正末唱]

【驻马听】想着我罢职辞朝,曾与赵盾名为刎颈交。[云]这事是谁见来?[屠岸贾云]现有程婴首告着你哩![正末唱]是那个埋情出告[2],原来这程婴舌是斩身刀。[云]你杀了赵盾满门良贱三百余口,则剩下这孩儿,你又要伤他性命。[唱]你正是狂风偏纵扑天雕,严霜故打枯根草,不争把孤儿又杀坏了。可着他三百口冤仇甚人来报?

[屠岸贾云]老匹夫,你把孤儿藏在那里,快招出来,免受刑法。[正末云]我有甚么孤儿藏在那里?谁见来?[屠岸贾云]你不招,令人,与我采下去[3],着实打者。[做打科。屠岸贾云]这老匹夫赖肉顽皮不肯招承,可恼,可恼。程婴,这原是你出首的,就着你替我行杖者。[程婴云]元帅,小人是个草泽医士,撮药尚然腕弱,怎生行的杖?

［屠岸贾云］程婴，你不行杖，敢怕指攀出你么？［程婴云］元帅，小人行杖便了。［做拿杖子科。屠岸贾云］程婴，我见你把棍子拣了又拣，只拣着那细棍子，敢怕打的他疼了，要指攀下你来？［程婴云］我就拿大棍子打者。［屠岸贾云］住者。你头里只拣那细棍子打，如今你却拿起大棍子来，三两下打死了呵，你就做的个死无招对。［程婴云］着我拿细棍子又不是，拿大棍子又不是，好着我两下做人难也。［屠岸贾云］程婴，你只拿着那中等棍子打。公孙杵臼老匹夫，你可知道行杖的就是程婴么？［程婴行杖科，云］快招了者！［三科了[4]。正末云］哎哟！打了这一日，不似这几棍子打的我疼。是谁打我来？［屠岸贾云］是程婴打你来。［正末云］程婴，你划的打我那！［程婴云］元帅，打的这老头儿兀的不胡说哩。［正末唱］

【雁儿落】是那一个实丕丕将着粗棍敲？打的来痛杀杀精皮掉！我和你狠程婴有甚的仇？却教我老公孙受这般虐！

［程婴云］快招了者。［正末云］我招，我招。［唱］

【得胜令】打的我无缝可能逃，有口屈成招。莫不是那孤儿他知道，故意的把咱家指定了？［程婴做慌科。正末唱］我委实的难熬，尚兀自强着牙根儿闹；暗地里偷瞧，只见他早唬的腿肚儿摇。

［程婴云］你快招吧，省得打杀你。［正末云］有，有，有。［唱］

【水仙子】俺二人商议要救这小儿曹。［屠岸贾云］可知道指攀下来也。你说二人，一个是你了，那一个是谁？你实说将出来，我饶你的性命。［正末云］你要我说那一个，我说，我说。［唱］哎！一句话来到我舌尖上却咽了。［屠岸贾云］程婴，这桩事敢有你么？［程婴云］兀那老头儿，你休妄指平人。［正末云］程婴，你慌怎么？［唱］我怎生把你程婴道，似这般有上梢无下梢[5]。［屠岸贾云］你头里说两个，你怎生这一会儿可说无了？［正末唱］只被你打的来不知一个颠倒。［屠岸贾云］你还不说，我就打死你个老匹夫！［正末唱］遮莫打的我皮都绽，肉尽销，休想我有半个字儿攀着。

［卒子抱徕儿上科，云］元帅爷贺喜，土洞中搜出个赵氏孤儿来了也。［屠岸贾笑科，云］将那小的拿近前来，我亲自下手，剁做三段。兀那老匹夫，你道无有赵氏孤儿，这个是谁？［正末唱］

【川拨棹】你当日演神獒，把忠臣来扑咬。逼的他走死荒郊，刎死钢刀，缢死裙腰，将三百口全家老小尽行诛剿，并没那半个儿剩落，还不厌你心苗[6]！

［屠岸贾云］我见了这孤儿，就不由我不恼也。［正末唱］

【七兄弟】我只见他左瞧右瞧怒咆哮，火不腾改变了狰狞貌[7]，按狮蛮拽扎起锦征袍[8]，把龙泉扯离出沙鱼鞘。

［屠岸贾怒云］我拔出这剑来，一剑，两剑，三剑。［程婴做惊疼科。屠岸贾云］把

这一个小孽种剁了三剑,兀的不称了我平生所愿也![正末唱]

【梅花酒】呀!见孩儿卧血泊,那一个哭哭号号,这一个怨怨焦焦,连我也战战摇摇。直恁般歹做作,只除是没天道。呀!想孩儿离褥草[9],到今日恰十朝,刀下处怎耽饶,空生长枉劬劳[10],还说甚要防老。

【收江南】呀!兀的不是家富小儿娇。[程婴掩泪科。正末唱]见程婴心似热油浇,泪珠儿不敢对人抛,背地搵了。没来由割舍的亲生骨肉吃三刀!

[云]屠岸贾那贼,你试觑者。上有天哩,怎肯饶过的你!我死打甚么不紧。[唱]

【鸳鸯煞】我七旬死后偏何老,这孩儿一岁死后偏何小[11]!俺两个一处身亡,落的个万代名标。我嘱付你个后死的程婴,休别了横亡的赵朔[12]!畅道是光阴过去的疾,冤仇报复的早,将那厮万剐千刀,切莫要轻轻的素放了!

[正末撞科,云]我撞阶基,觅个死处。[下。卒子报科,云]公孙杵臼撞阶基身死了也。[屠岸贾笑科,云]那老匹夫既然撞死,可也罢了。[做笑科,云]程婴,这一桩里多亏了你。若不是你呵,如何杀的赵氏孤儿?[程婴云]元帅,小人原与赵氏无仇,一来救普国内众生,二来小人跟前也有个孩儿,未曾满月。若不搜的那赵氏孤儿出来,我这孩儿也无活的人也。[屠岸贾云]程婴,你是我心腹之人,不如只在我家中做个门客,抬举你那孩儿成人长大,在你跟前习文,送在我跟前演武。我也年近五旬,尚无子嗣,就将你的孩儿与我做个义儿。我偌大年纪了,后来我的官位,也等你的孩儿讨个应袭。你意下如何?[程婴云]多谢元帅抬举。[屠岸贾诗云]则为朝纲中独显赵盾,不由我心中生忿。如今削除了这点萌芽,方才是永无后衅。[同下]

【注释】

[1]此剧取材于《左传》、《史记》等记载的春秋时期晋国大夫赵盾与屠岸贾斗争之事。此剧早在十八世纪,西方传教士就将它介绍到欧洲,翻译成英、法、德、俄等国文字并演出。法国启蒙思想家、文学家伏尔泰曾据此改编为《中国孤儿》。[2]埋情:当即卖情,出卖友情。[3]采下去:即叉下去,抓下去。[4]三科了:指舞台动作重复了三次。[5]有上梢无下梢:即有始无终,违背承诺。[6]你当日演神獒一段:此剧开始的情节是屠岸贾为陷害赵盾,做了一个草人穿上赵盾的袍服,训练一只猛犬见此草人即扑上去撕咬。然后向晋灵公献上此犬,称此神獒能辨忠奸,见奸臣即能扑咬之。结果此犬果然狂咬赵盾,迫使赵盾逃亡。屠岸贾即屠戮赵氏全家,赵朔自刎,公主自缢。厌:满足。[7]火不腾:火辣辣,满面怒气貌。[8]狮蛮:指腰带。古代武将的腰带绣有狮子蛮王图像,称狮蛮带。[9]褥草:产妇生育时的垫褥草。[10]劬劳:《诗经·小雅·蓼莪》:"哀哀父母,生我劬劳。"[11]"我七旬死后偏何老"二句:此二句之"后"字为语气词,与"呵"字相近。[12]休别了:休撇(下)了。

第三节　元后期杂剧

王实甫（1260？—1336？）

王德信，字实甫，大都人。主要活动于元贞、大德年间。混迹青楼勾栏，所作杂剧十四种，今存三种。《录鬼簿》附贾仲明《凌波仙》云其："作词章，风韵美，士林中等辈伏低。新杂剧，旧传奇，《西厢记》天下夺魁。"

崔莺莺待月西厢记（第四本第三折）[1]

[夫人、长老上，开[2]]今日送张生赴京，就十里长亭，安排下筵席。我和长老先行，不见张生小姐来到。[旦、末、红同上。旦云]今日送张生上朝取应去，早是离人伤感，况值那暮秋天气，好烦恼人也呵！"悲欢聚散一杯酒，南北东西万里程。"[旦唱]

【正宫端正好】碧云天，黄花地，西风紧，北雁南飞。晓来谁染霜林醉，总是离人泪。

【滚绣球】恨相见得迟，怨归去得疾。柳丝长玉骢难系，恨不得倩疏林挂住斜晖。马儿迍迍行，车儿快快随，却告了相思回避，破题儿又早别离[3]。听得道一声"去也"，松了金钏；遥望见十里长亭，减了玉肌。此恨谁知！

[红云]姐姐今日不打扮？[旦云]红娘呵，你那里知道我的心哩！[旦唱]

【叨叨令】见安排着车儿、马儿，不由人熬熬煎煎的气；有甚么心情花儿、靥儿，打扮得娇娇滴滴的媚；准备着枕儿、被儿，则索昏昏沉沉的睡；从今后衫儿、袖儿，揾湿做重重迭迭的泪。兀的不闷杀人也么哥，兀的不闷杀人也么哥！久已后书儿、信儿，索与我栖栖惶惶的寄[4]。

[做到了科，见夫人了。夫人云]张生和长老坐，小姐这壁坐，红娘将酒来。张生，你向前来，是自家亲眷，不要回避。俺今日将莺莺与你，到京师休辱没了俺孩儿，挣揣一个状元回来者。[末云]小生托夫人余荫，凭着胸中之才，觑官如拾芥耳。[洁云[5]]夫人主张不差，张生不是落后的人。[把酒了，坐。]

[旦长吁科。旦唱]

【脱布衫】下西风黄叶纷飞，染寒烟衰草萋迷。酒席上斜签着坐地[6]，蹙愁眉死临侵地。

【小梁州】我见他阁泪汪汪不敢垂，恐怕人知。猛然见了把头低，长吁气，推整素罗衣。

【么】虽然久后成佳配,奈时间怎不悲啼? 意似痴,心如醉,昨宵今日,清减了小腰围。

[夫人云]小姐把盏者。[红递酒了,旦把盏了。旦唱]

【上小楼】合欢未已,离愁相继。想着俺前暮私情,昨夜成亲,今日别离。我谂知,这几日相思滋味,却元来比别离情更增十倍!

【么】年少呵轻远别,情薄呵易弃掷。全不念腿儿相压,脸儿相偎,手儿相携。你与俺崔相国做女婿,妻荣夫贵,但得一个并蒂莲,强似状元及第。

[红云]姐姐不曾吃早饭,饮一口儿汤水。[旦云]红娘呵,甚么汤水咽得下。[唱]

【满庭芳】供食太急,须臾对面,顷刻别离。若不是酒席间子母每当回避,有心待与他举案齐眉[7]。

【么】虽然是厮守得一时半刻,也合着俺夫妻共桌而食。眼底空流意,寻思起就里,险化做望夫石。

[夫人云]红娘把盏者。[红把酒科了。旦唱]

【快活三】将来的酒共食,尝着似土和泥;假若便是土和泥,也有些土气息、泥滋味。

【朝天子】暖溶溶玉醅,白泠泠似水,多半是相思泪。眼面前茶饭怕不待要吃[8],恨塞满愁肠胃。蜗角虚名,蝇头微利[9],拆鸳鸯在两下里。一个这壁,一个那壁,一递一声长吁气。

[夫人云]辆起车儿[10],俺先回去,小姐随后和红娘来。下。末辞洁科。洁云]此一行别无话说,贫僧准备买《登科录》看,做亲的茶饭,少不了贫僧的。先生在意,鞍马上保重者。"从今经忏无心礼,专听春雷第一声[11]。"[下。旦唱]

【四边静】霎时间杯盘狼藉,车儿投东,马儿向西。两意徘徊,落日山横翠,知他今宵宿在那里? 有梦也难寻觅。

[旦云]张生,此一行,得官不得官,疾早便回来。[末云]小姐心儿里艰难。小生这一去,白夺一个状元,真是"青霄有路终须到,金榜无名誓不归。"[旦云]君行别无所赠,口占一绝,为君送行:"弃掷今何在,当时且自亲。还将旧来意,怜取眼前人。"[末云]小姐之意差矣,张珙更敢怜谁? 谨赓一绝,以剖寸心:"人生长远别,孰与最关亲? 不遇知音者,谁怜长叹人。"[旦唱]

【要孩儿】淋漓襟袖啼红泪,比司马青衫更湿[12]。伯劳东去燕西飞[13],未登程先问归期。虽然眼底人千里,且尽生前酒一杯。未饮心先醉,眼中流泪,心内成灰。

【五煞】到京师服水土,趁路程,节饮食,顺时自保揣身体。荒村雨露宜眠早,野店风霜要起迟。鞍马秋风里，最难调护，最要扶持。

【四煞】这忧愁诉与谁？相思只自知。老天不管人憔悴。泪添九曲黄河溢，恨压三峰华岳低[14]。到晚来闷把西楼倚，见了些夕阳古道，衰草长堤。

【三煞】笑吟吟一处来，哭啼啼独自归。归家若到罗帏里，昨日个绣衾香暖和留春住，今夜个翠被生寒有梦知。留恋你别无意，见据鞍上马，阁不住泪眼愁眉。

［末云］有甚言语吩咐小生咱？［旦唱］

【二煞】你休忧文齐福不齐，我则怕你停妻再娶妻[15]。你休要"一春鱼雁无消息"，我这里"青鸾有信频须寄"[16]，你却休"金榜无名誓不归"。此一节君须记：若见了那异乡花草，再休似此处栖迟！

［末云］再谁似小姐，小生又生此念[17]？仆童赶早行一程儿，早寻个宿处。［末念］泪随流水急，愁逐野云飞。［下。旦唱］

【一煞】青山隔送行，疏林不做美，淡烟暮霭相遮蔽。夕阳古道无人语，禾黍秋风听马嘶。我为甚么懒上车儿内？来时甚急，去后何迟！

［红云］夫人去好一会，姐姐，咱家去。［旦唱］

【收尾】四围山色中，一鞭残照里。遍人间烦恼填胸臆，量这些大小车儿如何载得起！［旦、红下］

【注释】

［1］故事源于唐元稹传奇《莺莺传》，而直接脱胎于金董解元《西厢记诸宫调》。［2］开：杂剧术语，即开场，开始说话、表演。［3］"却告了"二句：谓刚刚得到母亲许可与张生成婚，不必再两处相思，然而马上就要别离了。破题：即开始。旧时称诗赋文章的头两三句为"破题"。［4］靥：原指脸上的酒涡，此处指妇女装饰面部的一种首饰。《酉阳杂俎》："近代妆尚靥，如射月曰'黄星靥'。"索：须。恓恓惶惶：慌忙，赶紧。［5］洁：杂剧角色名，即扮演和尚者。此剧中指普救寺长老本法。［6］酒席上斜签着坐地：指侧身而坐的张生。签：插。［7］"若不是"句：谓老夫人在场，礼节上要有所回避，自己不能与张生亲近。［8］怕不待要：难道不要。［9］"蜗角虚名"二句：谓微不足道的虚名，此处指科举功名。苏轼《满庭芳》词："蜗角虚名，蝇头微利。"《庄子·则阳》："有国于蜗之左角者，曰蛮氏；国于蜗之右角者，曰触氏。争地而战，伏尸百万。"［10］辆起车儿："辆"在此处作动词，即套上、驾起。［11］春雷第一声：指高中状元。旧时科举进士录取张榜揭晓在春季，故以此喻之。［12］比司马青衫更湿：白居易《琵琶行》："座中泣下谁最多？江州司马青衫湿。"［13］伯劳：鸟名。古乐府《东飞伯劳歌》："东飞伯劳西飞燕，黄姑织女时相见。"后人遂以"劳燕分飞"喻别离。［14］"泪添九曲"二句：谓相思之深重。相传黄河转折有九曲之多，三峰指华山莲花峰、毛女峰、松桧峰。［15］停妻再娶妻：指重婚，即古时法律所谓"停妻再娶"条例（纳妾不在此例）。［16］"你休要"二句：鱼雁、青鸾皆指书信。"一春鱼雁无消息"、"青鸟殷勤为探看"分别出自秦观词、李商隐诗。［17］小生又生此念：原本

此语以下至"愁逐野云飞"四句在全剧之末,即张生于剧终最后下场。明凌蒙初曰:"徐文长评本,张生此语之后,即上马而去。莺莺徘徊目送,不忍遽归,乃有'青山隔送行'等语,情景较合。"此处照改。

郑光祖(1265?—1329?)

郑光祖,字德辉,平阳人(今山西临汾)。以儒补杭州路吏。所作杂剧十七种,今存七种。何良俊《四友斋丛说》卷三七云:"元人乐府称马东篱、郑德辉、关汉卿、白仁甫为四大家。马之词老健而乏姿媚,关之词激厉而少蕴藉,白颇简淡,所欠者俊语,当以郑为第一。"

迷青琐倩女离魂(第二折)

[夫人慌上,云]欢喜未尽,烦恼又来。自从倩女孩儿在折柳亭与王秀才送路,辞别回家,得其疾病,一卧不起。请的医人看治,不得痊可,十分沉重,如之奈何? 则怕孩儿思想汤水吃,老身亲自去绣房中探望一遭去来。[下。正末上,云]小生王文举,自与小姐在折柳亭相别,使小生切切于怀,放心不下。今泊舟江岸,小生横琴于膝,操一曲以适闷咱。[做抚琴科。正旦别扮离魂上,云]妾身倩女,自与王生相别,思想的无奈,不如跟他同去,背着母亲,一径的赶来。王生也,你只管去了,争知我如何过遣也呵![唱]

【越调斗鹌鹑】人去阳台,云归楚峡[1]。不争他江渚停舟,几时得门庭过马? 悄悄冥冥,潇潇洒洒,我这里踏岸沙,步月华。我觑这万水千山,都只在一时半霎。

【紫花儿序】想倩女心间离恨,赶王生柳外兰舟,似盼张骞天上浮槎[2]。汗溶溶琼珠莹脸,乱松松云髻堆鸦,走的我筋力疲乏。你莫不夜泊秦淮卖酒家? 向断桥西下,疏刺刺秋水菰蒲,冷清清明月芦花。

[云]走了半日,来到江边,听的人语喧闹,我试觑咱。[唱]

【小桃红】我蓦听得马嘶人语喧哗,掩映在垂杨下,唬的我心头丕丕那惊怕,原来是响当当鸣榔板捕鱼虾[3]。我这里顺西风悄悄听沈罢,趁着这厌厌露华,对着这澄澄月下,惊的那呀呀呀寒雁起平沙。

【调笑令】向沙堤款踏[4],莎草带霜滑;掠湿湘裙翡翠纱,抵多少苍苔露冷凌波袜[5]。看江上晚来堪画,玩冰壶潋滟天上下,似一片碧玉无瑕。

【秃厮儿】你觑远浦孤鹜落霞,枯藤老树昏鸦,听长笛一声何处发,歌欸乃,橹咿哑[6]。

[云]兀那船头上琴声响,敢是王生? 我试听咱。[唱]

【圣药王】近蓼洼,缆钓槎,有折蒲衰柳老兼葭;傍水凹,折藕芽,见烟笼寒水月笼沙,茅舍两三家。

[正末云]这等夜深,只听得岸上女人音声,好似我倩女小姐,我试问一声波。[做问科,云]那壁不是倩女小姐么?这早晚来此怎的?[魂旦相见科,云]王生也,我背着母亲,一径的赶将你来,咱同上京去罢。[正末云]小姐,你怎生直赶到这里来?[魂旦唱]

【麻郎儿】你好似舒心的伯牙[7],我做了没路的浑家。你道我为甚么私离绣榻,待和伊同走天涯。

[正末云]小姐是车儿来,是马儿来?[魂旦唱]

【么】险把咱家走乏。比及你远赴京华,薄命妾为伊牵挂,思量心几时撇下!

【络丝娘】你抛闪咱,比及见咱,我不瘦杀,多应害杀[8]。[正末云]若老夫人知道怎了也?[魂旦唱]他若是赶上咱,待怎么?常言道:做着不怕!

[正末做怒科,云]古人云:聘则为妻,奔则为妾。老夫人许了亲事,待小生得官回来,谐两姓之好,却不名正言顺?你今私自赶来,有玷风化,是何道理?[魂旦云]王生,[唱]

【雪里梅】你振色怒增加,我凝睇不归家。我本真情非为相吓,已主定心猿意马[9]。

[正末云]小姐,你快回去罢。[魂旦唱]

【紫花儿序】只道你急煎煎趱登程路,元来是闷沉沉困倚琴书,怎不教我痛煞煞泪湿琵琶!有甚心着雾鬓轻笼蝉翅,双眉淡扫宫鸦。以落絮飞花,谁待问出外争如只在家。更无多话,愿秋风驾百尺高帆,尽春光付一树铅华[10]。

[云]王秀才,赶你不为别,我只防你一件。[正末云]小姐防我那一件来?[魂旦唱]

【东原乐】你若是赴御宴琼林罢,媒人每拦住马,高挑起染渲佳人丹青画,卖弄他生长在王侯宰相家。你恋着那奢华,你敢新婚燕尔在他门下。

[正末云]小生此行,一举及第,怎敢忘了小姐?[魂旦云]你若得登第呵,[唱]

【棉搭絮】你做了贵门娇客,一样矜夸;那相府荣华,锦绣堆压,你还想飞入寻常百姓家?那时节似鱼跃龙门播海涯,饮御酒插宫花,那其间占鳌头占鳌头登上甲!

[正末云]小生倘不中呵,却是怎生?[魂旦云]你若不中呵,妾身荆钗布裙,愿同甘苦。[唱]

【拙鲁速】你若是似贾谊困在长沙,我敢似孟光般显贤达[11]。休想我半星儿意差,一分儿抹搭[12]。我情愿举案齐眉傍书榻,任粗粝淡薄生涯,遮莫戴荆钗,穿布麻。

[正末云]小姐既如此真诚志意,就与小生同上京去如何?[魂旦云]秀才肯带妾

身去呵,[唱]

【么篇】把梢公快唤咱,恐家中厮捉拿。只见远树寒鸦,岸草汀沙,满目黄花,几缕残霞。快先把云帆高挂,月明直下;便东风刮,莫消停,疾进发。

[正末云]小姐,则今日同我上京应举去来。我若得了官,你便是夫人县君。[魂旦唱]

【收尾】各刺刺向长安道上把车儿驾,但愿得文苑客当时奋发[13]。则我这临邛市沽酒卓文君,甘伏侍你濯锦江题桥汉司马[14]。[同下]

【注释】

[1]"人去阳台"二句:用宋玉《高唐赋》中楚王与神女在巫山阳台之下欢会的典故。此喻爱人离别。[2]张骞:西汉人,出使过西域。相传汉武帝派他乘筏(浮槎)探黄河之源,直上天河。[3]鸣榔:旧时捕鱼,用木棒叩击船板,可以惊鱼入网。[4]款踏:慢慢地走。[5]"掠湿湘裙翡翠纱"二句:意谓野外赶路,露水湿裙比站在家中台阶痴望时更多。[6]欸乃:摇橹声,亦指船夫的棹歌。唐元结有《欸乃曲》。[7]舒心的伯牙:谓王生此时弹琴如伯牙之悠闲。伯牙:春秋时著名琴师。[8]害杀:害相思病而死。[9]心猿意马:佛家用语,谓人的心志不定如好动的猿和马。[10]"愿秋风驾"二句:意谓愿王生一帆风顺,前程无量,而自己则任由青春消逝。铅华:脂粉,此承上文指落絮飞花,以喻青春不再。[11]贾谊:西汉文帝时文学家、政论家,年轻即富才华,而为朝廷重臣所忌,被排斥出京,任长沙王太傅,郁郁不得志。我敢似孟光般:用东汉时梁鸿、孟光夫妇举案齐眉、相敬如宾的典故,见《后汉书·梁鸿传》。[12]抹搭:即磨蹭、迟疑。[13]文苑客当时奋发:当时,谓正当其时,走运。[14]濯锦江:即成都锦江。相传西汉时司马相如初赴长安,离成都时题字于北门外桥(即今驷马桥)柱上,称不为显贵乘驷马高车,誓不归乡。

第四节　元南戏

高　明(1305?—1359?)

高明,字则诚,永嘉(今浙江温州)人。至正五年(1345)进士,曾任庆元路推官。避乱于鄞之栎社,以词曲自娱。尝感于刘克庄"死后是非谁管得? 满村听唱蔡中郎"之语,而编《琵琶记》,以雪蔡伯喈之耻。明洪武中征辟,辞以心疾不就。既卒,有以其记进,太祖览毕曰:"五经四书如五谷,家家不可缺;高明《琵琶记》如珍羞百味,富贵家岂可缺耶!"

琵琶记(糟糠自厌)[1]

[旦上唱]【山坡羊】乱荒荒不丰稔的年岁,远迢迢不回来的夫婿,急煎煎不耐烦的二亲,软怯怯不济事的孤身己。衣尽典,寸丝不挂体。几番要卖了奴身己,争奈没主公婆教谁管取?[合[2]]思之,虚飘飘命怎期?难捱,实丕丕灾共危。

【前调】滴溜溜难穷尽的珠泪,乱纷纷难宽解的愁绪,骨崖崖难扶持的病体,战钦钦难捱过的时和岁。这糠呵,我待不吃你,教奴怎忍饥?我待吃呵,怎吃得![介]苦,思量起来不如奴先死,图得不知他亲死时。[合前]

[白]奴家早上安排些饭与公婆,非不欲买些鲑菜,争奈无钱可买。不想婆婆抵死埋冤,只道奴家背地吃了甚么。不知奴家吃的却是细米皮糠,吃时不敢教他知道,只得回避。便冤杀了,也不敢分说。苦!真实这糠怎的吃得?[吃介。唱]

【孝顺歌】呕得我肝肠痛,珠泪垂,喉咙尚兀自牢嗄住[3]。糠,遭砻被舂杵,筛你簸扬你,吃尽控持[4],恰似奴家身狼狈,千辛万苦皆经历。苦人吃着苦味,两苦相逢,可知道欲吞不去。[吃吐介。唱]

【前腔】糠和米,本是两相依,谁人簸扬你作两处飞?一贱与一贵,好似奴家共夫婿,终无见期。丈夫,你便是米么?米在他方没寻处。奴便是糠么?怎的把糠救得人饥馁!好似儿夫出去,怎的教奴供得公婆甘旨?[不吃放碗介。唱]

【前腔】思量我生无益,死又值甚的!不如忍饥为怨鬼。公婆老年纪,靠着奴家相依倚,只得苟活片时。片时苟活虽容易,到底日久也难相聚。谩把糠来相比,这糠尚兀自有人吃,奴家骨头,知他埋在何处?

[外净上探,白]媳妇,你在这里说甚么?[旦遮糠介,净搜出,打旦介,白]公公,你看么,真个背后自逼逻东西吃,这贱人好打![外白]你把他吃了,看是甚么物事?[净荒吃介,吐介。外白]媳妇,你逼逻的是甚么东西[5]?[旦介。唱]

【前腔】这是谷中膜,米上皮,将来逼逻堪疗饥。[外净白]这是糠,你却怎的吃得?[旦唱]尝闻古贤书,狗彘食人食[6],公公,婆婆,须强如草根树皮。[外净白]这的不嗄杀了你?[旦唱]嚼雪吞毡,苏卿尤健[7],餐松食柏,到做得神仙侣[8],纵然吃些何虑?[白]公公,婆婆,别人吃不得,奴家须是吃得。[外净白]胡说,偏你如何吃得?[旦唱]爹妈休疑,奴须是你孩儿的糟糠妻室!

[外净哭介,白]原来错埋冤了人,兀的不痛杀了我![倒介。旦叫介。唱]

【雁过沙】他沉沉向迷途,空教我耳边呼。公公,婆婆,我不能尽心相奉事,番教你为我归黄土。公公,婆婆,人道你死缘何故?公公,婆婆,你怎生割舍抛弃了奴?

[白]公公,婆婆。[外醒介,唱]

【前腔】媳妇,你耽饥事公姑,媳妇,你耽饥怎生度?错埋冤你也不肯辞,我如今始信有糟糠妇。媳妇,我料应不久归阴府,媳妇,你休便为我死的把生的受苦![旦叫婆婆介。唱]

【前腔】婆婆,你还死,教奴家怎支吾[9]?你若死,教我怎生度?我千辛万苦回护丈夫[10],如今到此难回护。我只愁母死难留父,况衣衫尽解,囊箧又无。[外叫净介。唱]

【前腔】婆婆,我当初不寻思,教孩儿往皇都,把媳妇闪得苦又孤,把婆婆送入黄泉路,只怨是我相耽误。我骨头未知埋在何处所?

[旦白]婆婆都不省人事了,且扶入里面去。正是:青龙共白虎同行[11],吉凶事全然未保。[并下。末上白]福无双至犹难信,祸不单行却是真。自家为甚说这两句?为邻家蔡伯喈妻房,名唤做赵氏五娘子,嫁得伯喈秀才,方才两月,丈夫便出去赴选。自去之后,连年饥荒,家里只有公婆两口,年纪八十之上。甘旨之奉,亏杀这赵五娘子,把些衣服首饰之类尽皆典卖,籴些粮米做饭与公婆吃,他却背地里把些细米皮糠逼逻充饥。唧唧!这般荒年饥岁,少甚么有三五个孩儿的人家,供膳不得爹娘。这个小娘子,真个今人少有,古人中难得。那公婆不知道,颠倒把他埋冤;今来听得他公婆知道,却又痛心都害了病。俺如今去他家里探取消息则个。[看介]这个来的却是蔡小娘子,怎生恁地走得荒?[旦荒走上介,白]天有不测风云,人有旦夕祸福。[见末介]公公,我的婆婆死了![末介]我却要来。[旦白]公公,我衣衫首饰尽行典卖,今日婆婆又死,教我如何区处?公公可怜见,相济则个。[末白]不妨,婆婆衣衾棺椁之费,皆出于我。你但尽心承值公公便了。[旦哭介,唱]

【玉包肚】千般生受,教奴家如何措手?终不然把他骸骨没棺椁送在荒丘?[合]相看到此,不由人不珠泪流,正是不是冤家不聚头[12]。[末唱]

【前腔】不须多忧,送婆婆是我身上有。你但小心承值公公,莫教又成不救。[合前][旦白]如此,谢得公公!只为无钱送老娘。[末白]娘子放心,须知此事有商量。[合]正是:归家不敢高声哭,只恐人闻也断肠。[并下]

【注释】

[1]《琵琶记》取材流行于宋元的南戏《赵贞女》,但主题大变。被誉为"南戏之祖"。此选其中一出。[2]合:南戏中的过曲,常连用两只以上,最后几句相同的,称为"合头",多半是合唱,也有独唱的。在上曲的这几句合头上只注一"合"字,下曲重复此数句时,不再重出曲文,仅注"合前"二字,即"合头同前"。有时没有合头,"合"则专指合唱,如本出最末二句。[3]牢嘎:紧卡住。[4]控持:折磨。[5]逼逻:打点张罗。[6]狗彘食人食:语出《孟子·梁惠王上》。原意谓富贵人家之狗与猪竟吃人之食物,以指责统治者之奢侈浪费。此反其意用之,即"狗彘食,人食。"谓狗彘之食而为人所

食。[7]嚼雪吞毡二句:《汉书·苏武传》载苏武出使匈奴,被囚十九年,冬无饮食,以雪和毡毛吞之。[8]餐松食柏二句:《抱朴子·仙药篇》载秦末有宫人避乱入山,有老人教她吃松叶松子,遂无饥渴而长生。《列仙传》载赤松子好食柏实,齿落更生而成仙。[9]支吾:应付。[10]回护丈夫:为维护丈夫而尽力侍候公婆。[11]青龙白虎:星宿名。星相家谓前者为吉,后者为凶。两者同行谓吉凶未定。[12]不是冤家不聚头:今生相遇的不论是同患难共富贵者还是互为冤仇不能相容者,皆是前世注定的"冤家"。

明 代 文 学

总 论

明代开国以后,一面在政治、经济、文化上固守传统观念,另一面城市商业经济发展、资本主义萌芽产生,整个社会状况和文化环境发生或隐或显的巨变与动荡。大体以嘉靖万历年间为界,明代文化与文学呈现出停滞与进化、保守与开拓、传统与反传统并存、对峙的局面。

明立朝后,针对元代政治统治松弛造成的社会结构混乱,不断强化集权专制。洪武十三年废除中书省和丞相制,设六部,洪武十五年设内阁,行政、军事、监察三权分立,名义上互相牵制,实质上军政大权集于皇帝一身。与制度建立相联系,明初统治者将程朱理学作为立国之本,强调儒教权威性。此种述朱尊朱、恩威并重的文化攻势,使明代文人不断陷入政治灾难漩涡和文祸阴影中。如高启以苏州府上梁文忤旨被腰斩,方孝孺不肯为燕王朱棣草诏而被灭十族,于谦在土木之变中因"谋逆"遭戮,何心隐在权力倾轧中被害,康海、王九思被削职为民;李开先、冯惟敏因故罢官免职,杨慎、汤显祖、唐寅遭贬谪徙远,李贽撰《焚书》、《续焚书》,因异端倾向被诬论罪、自刎狱中,等等。明代文学起步伊始,就伴随着这种文化钳制的氛围,以宫廷文学为代表,整体上显得趋于保守、沉寂。在诗文领域里,虽然宋濂、刘基、高启诗文创作内容充实、思想较为深刻,风格也鲜明而有力度,但盛行于永乐、成化年间的台阁体,却以应制、颂圣的盛世声音,奠定明初以来宫廷垄断文学的局面。继起的茶陵派宗唐师杜,虽对此风有所反拨,但创作上却生气不够。前后七子的复古运动声势浩大,逐步酝酿出明代诗文创作前后期变化的契机。明前期长篇小说创作主要处于由元末民间平话向《三国演义》、《水浒传》、《西游记》等世代累积型长篇小说发展、过渡、沉淀期,文言小说接续唐宋传奇传统,出现以瞿佑《剪灯新话》为代表的"剪灯小说创作系列",展现出明代文言小说创作由志怪而传奇、由雅而俗、由文言而向白话展开的新面貌。明初以来的戏曲创作,以时文为南曲盛行,不仅以《琵琶记》、《香囊记》、《五伦全备记》为代表的戏曲创作应和于官方的政治教化,以朱权、朱有燉为中心的宫廷戏曲作家群,亦注意于音律谐美、点缀升平的宫廷剧创作,使杂剧创作形成贵族化、案头化倾向。但昆山、弋阳、海盐、余姚四大声腔兴起,梁辰鱼《浣纱记》、李开先《宝剑记》、王世贞《鸣凤记》、沈璟《义侠记》的出现,为明传奇的繁荣,作了有力铺垫和准备。

嘉靖、万历以后,一方面,以富有地方特色的经济产品为标志的商业城市迅速发展,如苏杭、松江纺织业、安徽芜湖浆染业、中原麻纺业、景德镇陶瓷业等,"机户出资、机工出力"、以雇佣劳动为主相互展开竞争的大型手工业作坊(明·沈德符的《万历野获编》、张翰《松窗梦语》等多有记载),出现了资本主义萌芽。它所代表的思想新异性,对传统政教文化形成强烈冲击和逆动,其所代表的手工业者和市民阶层利益的近代人文主义价值观,促成通俗市民文艺的空前发展。商业繁荣在某种程度上使文艺活动商品化,民间刻书业、出版业勃兴,使文学创作进入一个新纪元。另一方面,阳明心学强调"心外无理、心外无物"、"人人皆可为尧舜"、"愚夫愚妇皆可致良知",将偶像崇拜的圣贤学说转化为普通人具体、客观、反求于心的个体道德实践,提出圣凡平等、无论贵贱的德性民主论,经由泰州学派发挥,冲决理学禁缚,成为近代人文主义思潮的催化剂。徐渭言"凡利人者,皆圣人也。巫医、酱师、治尺棰、洒寸铁而初中者,皆圣人也。"冯梦龙《醒世恒言序》说:"自昔浊乱之世,谓之天醉,天不自醉人醉之,则天不自醒人醒之,以醒天权与人,而以醒人权与言,言恒而人恒,人恒而天亦得其恒。"汤显祖倡"天地之性人为贵,大人之学,起于知生,知生而知自贵,又知天下皆得贵重也"。李贽主张率性而行,顺从天性、童心不泯,否定天理对人心的主宰作用,指斥圣贤书对人心之侵害。由此而来,明代文学创作领域产生一股追求个性解放、具有浪漫主义特征的写情、主情文艺思潮。

由前后七子复古运动酝酿的传统诗文在明中后期流派纷呈,公安派、唐宋派、竟陵派,前后相续,在总结继承传统基础上,推动明代诗文不断拓进。一批江南才子与文坛宗派主流异动,大张个性才情,追求放诞纵逸的生活,呼唤个性解放。徐渭云"人生堕地,便为情使",自称"半儒半释还半侠"。唐寅诗道:"不炼金丹不炼禅,半随时俗半随缘。生涯画笔兼诗笔,踪迹花船与酒船。镜里形骸共春生,灯前夫妇月同圆。东家欢乐西家醉,天下闲星地上仙。"公安派书写性灵的呼声从正统文学中旁逸斜出,促发了晚明文人人格独立和小品文创作的生动局面。晚明的复社和几社,则与末世救亡的政治格局相关联,张溥、陈子龙的诗文创作重提复古、重实用的主张。在戏曲创作中,以沈自征《渔阳三弄》、徐渭《四声猿》为代表的抒怀写愤剧，以徐渭《歌代啸》、吕天成《齐东绝倒》、徐复祚《一文钱》、王衡《郁轮袍》为代表的讽刺剧，以冯惟敏《僧尼共犯》、孟称舜《桃花人面》、卓人月《花舫缘》为代表的爱情剧，营造了明杂剧创作的又一波澜景致；而汤显祖《临川四梦》、孟称舜《娇红记》、冯梦龙《墨憨斋定本传奇》、吴炳《绿牡丹》、阮大铖《燕子笺》、周朝俊《红梅记》等作品的出现，则标志着明传奇跃上一个颠峰。汤显祖云"情有者理必无，理有者情必死"，并为至情的化身杜丽娘立传，肯定情惊天地泣鬼神的巨大力量。《金瓶梅》的成书，将明代长篇小说创作由集体书写的世代累积型阶段发展到个体书写的文人独创型阶段。《金瓶梅》作为第一部以描写日常家庭生活细节为主的世情小说，影响所及，不仅促成了明末清初才子佳人小说的繁荣，也开辟出清代世情小说进一步发展的道路；而明代白话短篇小说在宋元话本的基础上，形成以"三言"、"二拍"为代表的文人整理、加工、创作拟话本的高潮。冯梦龙的"三言"大量反映市井细民生活，并别立一情教："天地若无情，不生一切物，一切物无情，不能环相生。生生而不灭，由情不灭故。四大皆幻设，惟情不虚假。有情疏者亲，无情亲者疏，无情与有情，相去不可量。我欲立情教，教诲诸众生……"凌蒙初的"二拍"不仅进一步表现了市井社会的百态人生与驳杂世相，更为底层妇女张情鸣不平："男人死了，女人要求改嫁，便会被说成是玷污名教，遭受疵议。男人丧了妻子，却可随心所欲续弦再娶，置妾买婢，无人说他薄幸负心，反而视为理所当然。女人稍有外情，则被视为奇耻大辱，必将绳之以家法国法。男人撇了妻子，贪淫好色，宿娼养妓，无所不为，却被视为无伤大雅。"这股写情、主情文艺思潮绵延于明清两朝，在传统的流逝中保持了一种古典的人性美，在末世的感伤与颓废中辉映出一道理想的彩虹。

参考书目：

徐朔方,孙秋克.明代文学史[M].杭州:浙江大学出版社,2006.

第一章 明 诗

　　明初诗歌以袁凯、刘基、高启、"三杨"为代表,大体上以由元入明诗人和宫廷诗人为主,呈现出易代之际往复思忆和盛世文学之雍容想象两种不同图景。刘基诗古朴雄放,境界深阔,古体诗成就较高。高启认为"诗之要,有曰格、曰意、曰趣而已。格以辨其体,意以达其情,趣以臻其妙"(《独庵集序》),而"时至心融,浑然自成"。高启诗歌兼师汉魏以来各家诗人之长,饱含元明之际特定时代的现实内容,与杨基、张羽、徐贲并称"吴中四杰"。其诗才华卓荦,爽朗清逸,反映出江南文人由元入明过程中政治上遭受打击、事功之念夭折后的一种才子自傲和对精神自由的追求。自永乐以来,台阁重臣杨士奇、杨荣、杨溥领导文坛,"三杨"形成"台阁体"诗歌,内容上歌功颂德、粉饰太平,多雍容华贵、应制唱和之作,是明初宫廷文学欲求盛世之音的表征;其追随者以江西作家为主,开始显现地域文化的倾向和色彩。与"台阁体"风靡一时相对照,民族英雄于谦的诗歌,反映人民疾苦,歌颂反抗侵略的英雄,表达忧国忧民的深挚感情,语言朴素明畅,风格独具。

　　明代中叶,对诗歌理论进行总结和探讨的热情压倒对诗歌创作的具体实践。文人结社活动频繁,流派纷迭,观点林立,围绕拟古与反拟古展开一系列论争。"茶陵派"代表作家、湖南茶陵人李东阳,作为三杨后、七子前的文坛领袖,宗唐师杜,主张以杜诗匡正"台阁体"的纤弱,注重诗歌语言艺术,更多从音调轻重缓急、用字虚实、结构起承转合等法度上着眼,虽未脱台阁习气,拟古诗尚典雅清丽,为前七子开辟了道路。"前七子"指弘治、正德年间李梦阳、何景明、徐祯卿、边贡、康海、王九思、王廷相组成的文学群体,又称"弘正七子";以李梦阳、何景明为代表,主张"诗必盛唐",为文道分离、有利于文学自身发展开启门径。李梦阳反对宋代理学,大力推崇具有鲜活生命力的民间歌谣,为性灵先声。"后七子"指嘉靖、隆庆年间李攀龙、王世贞、谢榛、宗臣、梁有誉、徐中行、吴国伦等七人,又称"嘉靖七子",以李攀龙、王世贞为代表。他们继承前七子关于重视文学自身价值的观点。王世贞是前后七子中成就最高、影响最大的诗人,其诗才力雄健,学识富赡,艺术上主张追求自然境界。后七子进一步探讨古典诗歌的审美特征,更注重法度,其思情与法度、循法与创新之间的矛盾也更加突出,因而虽冲破台阁之风统治地位,创作成就却不高。作为弘治、正德间发轫,绵延近百年,波及开封、信阳、关中、南京等地的全国性文学复古运动,前后七子标榜才情,重视文采格调,推崇汉魏古诗与盛唐近体,复古求变,试图恢复诗歌创作的经典魅力和审美理想。其中有成就的作家形成以李梦阳为首、慷慨悲歌有侠气的开封作家群,以何景明为首、沉稳隐秀的信阳作家群,以康王为首、疏放健朗的关中作家群,以顾璘为首"金陵三俊"的优雅风调,他们的理论探求和创作实践,冲击了宫廷垄断学术和文学的局面,打击了道学诗、八股恶习,声势浩大、影响深远,开创了旗帜性的文坛盟主与地域性的创作分畛结交合的生动局面。但这一派盲目尊古,对理学之弊缺乏剖析批判,对情的合理性未作深入缜密的思考,一味寻求情理的直接调和,创作上未能提供新形式和新表现手法,造成创作贫弱、模拟因袭甚至剽窃古人的不良风气。

当复古运动风靡一世之时,能卓然自立的诗人,尚有博取六朝晚唐、渊博亮丽的杨慎,温婉雅致、有王孟诗风的薛蕙等,尤其是祝允明、唐寅、文征明和徐祯卿等人以江南才子的姿态对复古思潮进行反驳和响应,其诗风平易清新,表现出鲜明时代特色和更多市民色彩,以唐寅、祝允明的诗歌及生活方式为代表,呈现出对政治事功的淡漠、反叛和对世俗享乐的大胆追求,不事雕琢,自由挥洒,生趣盎然、才情烂漫,在对经典、复古的反动中张扬真诗的时代感和新异性。反对"前后七子"拟古主义宗派作风的主要力量为"公安派",代表人物即湖北公安人袁宗道、袁宏道、袁中道三兄弟,世称"公安三袁",其中以袁宏道成就最高。在反对道统对文学的控制,强调文学自身价值方面,其与前后七子基本一致;所不同处乃公安派直接用"独抒性灵"来反击理学对个人灵魂的束缚,针对复古派抱残守缺、崇古贱今的倾向,强调"独抒性灵、不拘格套",变古创新,意达词畅,做诗要表达人之真性情和艺术独创性,以文学代变的发展观,追求以独创精神表现个人真性情的创作境界。"公安派"的文学主张表现出反传统的斗争精神,呈现出明后期复古主义与浪漫主义对峙交锋中文艺新思潮不断跃动、充满迷思与索求的动态历程。继起的"竟陵派"以湖北竟陵人钟惺、谭元春为代表,在反拟古、倡性灵方面,与公安派主张不缪,但对性灵的理解却有异。竟陵派为纠正公安派粗率空疏之弊,更多乞灵古人,以传达幽僻孤峭的思想情绪。

值得一提的是,在诗学盛唐理论旗帜引导下,明代出现较多诗歌选本。高棅《唐诗品汇》辑录唐诗六千七百余首;受杨士弘《唐音》启发,高棅把唐诗分为初、盛、中、晚四期,对后世影响极大。李攀龙《古今诗删》选录明前诗而删宋元诗,体现推崇汉魏古诗、盛唐近体的诗歌主张。唐汝询《唐诗解》是一部内容丰富的唐诗注解本和摹学本。

钟惺、谭元春编选《古诗归》、《唐诗归》，体现竟陵派不以名家为限、广采博收以达"性灵"的宗旨。胡震亨《唐音统签》按时间先后辑录唐五代诗及词曲、谚语、酒令等，为后世研究唐诗者所重。这些诗歌选本，以唐诗经典为重，为明代诗歌的普及与创作提供范本。但明人明确标举诗学盛唐的理论旗帜，却与创作际遇严重脱节，性灵诗歌的创作实践又难以臻达理想境界。当过往的历史问题再度成为提问者面临的尴尬时，崇奉诗学经典的明代文人通过诠释历史以回应当下的文化承载的创造性行为，亦不免囿于传统、步趋艰难。无论是重法度的李东阳，还是通过范古臻于自然、求达法悟合一的王世贞，还是简淡率真的"三袁"，都不仅是明人追摹宋诗宗杜求法而涵养不至的二度回应，亦是对严羽宗唐在悟而不在法的一种误读，更复现出时移世易性灵格套蚌珠扦合的历史镜像。明人的诗学盛唐与独抒性灵，从不同层面预示出历史的某种迭合与循环。

明末民族矛盾和阶级矛盾加剧，社会更加动荡，以陈子龙和夏完淳为代表的一批诗人，不仅对七子的复古传统有所突破，且主张诗歌创作要与现实斗争相结合，思想和艺术形式不可偏废。他们的诗歌具有强烈的生活现实感和鲜明政治性，表现至死不屈的民族气节和感愤哀烈的悲剧情怀，风格高迈雄浑，悲壮激越。此外，明代诗坛中后期，涌现出许多富有个性和才华的女诗人，以东南经济发达地区尤多。其中以孟淑卿、徐媛、沈宜修、方维仪、商景兰、柳如是、李香君、王微、徐灿等名门淑媛、青楼名妓为最有生色，为明后期诗坛添抹不少亮色。而嵌入其他文体的诗歌创作，如四大奇书中的诗歌，白话短篇小说中的诗歌、甚至文人笔记、评点文字、尺牍日记中的诗歌创作，亦应纳入文类互动、雅俗交融的明代文学史格局作一整体观。

参考书目：

沈德潜.明诗别裁集[M].上海：上海古籍出版社，1979.

钱谦益.列朝诗集小传[M].上海：上海古籍出版社，1983.

陈田.明诗纪事[M].上海：上海古籍出版社，1993.

第一节　明初诗

袁　凯（生卒年未详）

袁凯，字景文，号海叟，华亭（今上海市松江县）人，元末为府吏。以在杨维桢座上赋《白燕诗》得名，人呼为"袁白燕"。洪武三年（1370）荐授御史，后为太祖恶，辞官不得,佯狂归,永乐初始卒。有《海叟集》四卷《外集》一卷。论者推为明初诗人之冠(何良俊《四友斋从说》)。

白　燕[1]

故国飘零事已非,旧时王谢见应稀[2]。月明汉水初无影,雪满梁园尚未归[3]。柳絮池塘香入梦,梨花庭院冷侵衣[4]。赵家姊妹多相忌,莫向昭阳殿里飞[5]。

【注释】

[1]此诗或为其成名作,善于借典起兴,咏物写人、驰骋想象,意境流转,雅丽孤绝。[2]旧时王谢:指雄居金陵之东晋望族王道和谢安。典出刘禹锡《乌衣巷》。[3]"月明"句:以唐谢观问寇豹《白赋》佳句"晓入梁园之苑,雪满群山,夜登庚亮之楼,月明千里"事,及与南朝宋谢惠连《雪赋》有关之"梁园雪"典故,喻文人酬唱雅集之所。[4]"柳絮"句:或用晏殊《寓意》"梨花院落溶溶月,柳絮池塘淡淡风"诗意。[5]"赵家姊妹"句:汉成帝时宠姬赵飞燕姊妹骄妒,至许皇后及班婕妤被废。

高　启(1336—1374)

高启,字季迪,号槎轩、青丘,长洲(今苏州)人。洪武初被举荐参修《元史》,后授编修、户部侍郎。后因为苏州知府撰上梁文,触犯帝忌,被腰斩。启与杨基、张羽、徐贲均为吴中(今江苏苏州)人,以诗文名,四人均由元入明,多怀旧、题咏之作,抒发故国之思和生民之痛,并称"吴中四杰"。高启善古、天才高逸,博采众长,《四库全书总目提要》以高启"实据明代一代诗人之上"。有《高青丘集》。

登金陵雨花台望大江[1]

大江来从万山中,山势尽与江流东。钟山如龙独西上,欲破巨浪乘长风。江山相雄不相让,形胜争夸天下壮。秦皇空此瘗黄金[2],佳气葱葱至今王。我怀郁塞何由开,酒酣走上城南台。坐觉苍茫万古意,远自荒烟落日之中来。石头城下涛声怒,武骑千群谁敢渡[3]?黄旗入洛竟何祥[4],铁锁横江未为固[5]。前三国,后六朝,草生宫阙何萧萧!英雄乘时务割据,几度战血流寒潮。我生幸逢圣人起南国,祸乱初平事休息。从今四海永为家,不用长江限南北。

【注释】

[1]洪武二年(1369),高启奉旨至南京修《元史》,登雨花台作此诗。此诗写江山壮采与雄姿,气势飞动;论金陵帝都相争之历史,一气呵成。全篇写景、怀古、抒情有机结合,激情充沛,笔墨淋漓,格调豪放,意境开阔而深远。[2]"秦皇"句:据《太平御览》卷七〇《金陵图》:楚威王埋金陵,秦

并天下，以江东有天子气，改金陵为秣陵。[3]武骑千群：据《资治通鉴·魏纪一》：魏文帝伐吴，因广陵水盛，叹"虽有武骑千群，无所用之"。[4]黄旗入洛：三国吴主孙皓迷信"黄旗紫盖，见于东南，终有天下者"之谣言，出师攻晋，欲迁京洛阳，后中途遇雪，苦不堪言，只得班师，后吴为晋灭。见《三国志·吴志·三嗣主传》注引《江表传》。[5]铁锁横江：晋太康元年王濬率水军攻吴，吴于长江上以铁锁铁锥封锁，晋军以木筏坏铁椎，以火断铁锁，破阵亡吴。事见《晋书·王濬传》。

杨士奇（1365—1444）

杨士奇，名寓，号东里，以字行，泰和（今江西省泰和县）人。以史才荐入翰林，充编纂官。永乐年间，官至左中允、左谕德。仁宗即位，升礼部侍郎，兼华盖殿大学士，进少傅，与杨荣、杨溥同朝辅政，并称"三杨"。其诗文雍容典雅、充满馆阁颂圣、为太平盛世而歌之意味，有《东里文集》。钱谦益《列朝诗集小传》云："国初业相称三杨，公为之首。其诗文号台阁体。今所传《东里诗集》，大都词气安闲，首尾停稳，不尚藻辞，不矜丽句，太平宰相之风度，可以想见。"

杨白花[1]

杨白花[2]，逐风起。含霜弄雪太轻盈，荡日摇春无定止。楼中佳人双翠翚，坐见纷纷渡江水。天长水阔花缈茫，一曲悲歌思千里。

【注释】

[1]此诗借咏杨花记杨白花事，借乐府隐喻双关，含蕴悲艳。[2]杨白花，乐府杂曲歌辞名。杨白花为北魏名将杨大眼之子，容貌瑰伟，胡太后逼通之。会父大眼卒，白花惧祸，更名，拥部曲降梁。太后追思不已，作《杨白花歌辞》，使宫人昼夜连臂蹋足歌之，声甚凄婉。见《梁书·杨华传》、《南史·王神念传》。此处以柳絮咏物赋人。

李东阳（1447—1516）

李东阳，字宾之，号西涯，祖籍茶陵（今属湖南），以戍籍居京师。十八岁就进士第，次年殿试选翰林院庶吉士，入馆阁近五十年。李东阳论诗声、色并重，认为诗歌之高境界应是"诗必有具眼，亦必有具耳"，推崇唐调，认为"惟杜子美顿挫起伏，变化不测，可骇可愕，盖其音调与格律正相称，回视诸作，皆在下风。然学者不先得唐调，未可遽学杜也"。有《怀麓堂集》。

寄彭民望[1]

斫地哀歌兴未阑[2]，归来长铗尚须弹[3]。秋风布褐衣犹短，夜雨江湖梦亦寒。木叶下时惊岁晚,人情阅尽见交难。长安旅食淹留地,惭愧先生苜蓿盘[4]。

【注释】

[1]彭民望:彭泽,字民望,湖南攸县人,景泰举人,官应天通判,诗得唐人家法,尤擅七律,有《老葵集》。彭民望落落不遇,失志而归,避居湖南老家,李东阳以诗相寄,表达同情与不平。诗歌发端气魄宏大、意畅辞泻,情思真挚。《麓堂诗话》云:民望与作者初交时,对其诗未深许,及失志归,读此诗,悲歌数十遍不休,可见此诗感人之深。[2]"斫地"句:化用杜甫《短歌行赠王郎司直》"王郎酒酣拔剑斫地歌莫哀"句。阑,残,尽。[3]"归来"句:据《战国策·齐策四》:冯谖为孟尝君食客,左右贱之,他倚柱弹剑,歌曰:"长铗归来乎,食无鱼。"铗,长剑。[4]苜蓿盘:形容清苦冷落之生活。典出《唐摭言·闽中进士》唐薛令之为东宫侍读、作诗自嘲生活清苦事。

第二节　江南文人诗

杨　慎(1488—1559)

杨慎,字用修,号升庵,新都(今属四川)人。武宗正德年间状元,授翰林修撰,预修《武宗实录》。世宗时,充经筵讲官,以固执议大礼,直谏忤旨得罪,谪云南达三十年,终于戍地。杨慎博学多才,广涉经史、诗文、书画、训诂、文学、音韵等,《明史·杨慎列传》云:"明世记诵之博,著作之富,推慎为第一"。其诗气势雄畅、秾丽含蓄,词与散曲亦清新绮丽,有《升庵全集》。

三岔驿[1]

三岔驿,十字路,北去南来几朝暮? 朝见扬扬拥盖来[2],暮看寂寂回车去。今古销沉名利中,短亭流水长亭树。

【注释】

[1]三岔驿:镇名,为云贵交通要处。作者谪滇,往还川南,几经此地。[2]扬扬拥盖:典出《史记·管晏列传》"拥大盖、策驷马、意气扬扬"。此指迁升自得,与下句"寂寂回车"羁囚远行之贬谪对应。

唐　寅(1470—1523)

唐寅,字伯虎,一字子畏,晚年奉佛,号六如居士,吴县(今属江苏)人,出生小商人家庭,弘治十一年(1498)时举乡试第一,人称"唐解元",翌年入京会试,意外牵进科场舞弊案,羁囚诏狱一年,谪浙江小吏,耻不就,后益放浪,筑室桃花坞,日与客饮其中,以卖文弄墨为生。作为南方才子文人,唐寅为人不拘礼法,蔑视名教,佯狂放诞,诗文书画兼擅,与祝允明、文征明、徐祯卿往来唱和,号称"吴中四才子",画与沈周、文征明、仇英齐名,合为绘画"明四家"。其诗抒发自我意识、注重生活逸乐,具有语浅意隽、洒脱自然之个性色彩。有《六如居士集》。

桃花庵歌[1]

桃花坞[2]里桃花庵,桃花庵里桃花仙;桃花仙人种桃树,又摘桃花换酒钱。酒醒只在花前坐,酒醉还来花下眠。半醉半醒日复日,花落花开年复年。但愿老死花酒间,不愿鞠躬车马前。车尘马足富者趣,酒盏花枝贫者缘。若将富贵比贫者,一在平地一在天;若将贫贱比车马,他得驱驰我得闲。别人笑我忒风颠,我笑他人看不穿。不见五陵豪杰墓[3],无花无酒锄作田。

【注释】

[1]唐寅从南昌返,与家人失和,筑室桃花坞,名桃花庵,自号"桃花庵主",曾手书《桃花庵歌》八首,此为其一,诗中表现作者安于贫贱,彻悟富贵之人生态度,诗句流转洒落。[2]桃花坞:位于苏州城北金阊门外,宋时曾是枢密章粢之别墅,后废为蔬圃,唐寅于正德二年(1507)于此建成桃花庵别业,风景宜人,如作者《姑苏八咏》所咏"花开烂漫满村坞,风烟酷似桃源古,千林映日莺乱啼,万树围春双燕舞"。[3]五陵:指汉长陵、安陵、阳陵、茂陵、平陵,分葬高帝、惠帝、景帝、武帝、昭帝,皇陵周边尽是富家豪族和外戚陵墓。

怅怅词[1]

怅怅莫怪少年时,百丈游丝易惹牵。何处逢春不惆怅,何处逢情不可怜? 杜曲梨花杯上雪,灞陵芳草萝中烟[2]。前程雨袖黄金泪,公案三生白骨禅[3]。老后思量应不悔,衲衣持钵院门前[4]。

【注释】

[1]作者回首年少轻狂,感慨世事变幻,姿态睨傲,才情天放,出语深警。[2]杜曲:古地名,在今陕西长安县少陵原上,唐时为杜姓大族居处。灞陵:亦古地名,在今陕西西安东郊灞桥以东原上。[3]三生:佛家所谓前生、今生、来生。[4]衲衣:僧衣。院:妓院。

文征明（1470—1559）

文征明,初名璧,更字征仲,学者称"衡山先生",苏州府长洲人。四才子各擅绝艺,祝氏工书法,唐寅善绘画,徐氏精诗文,文氏则兼有其长,被誉为"诗、书、画三绝"。文历弘治八年(1495)后二十七年间九次科考失利,五十四岁始以贡生入吏部,任翰林待诏,三年辞归,永不出仕。《盛明百家诗·文待诏集》云:"其诗似晚唐,参以元调",超旷为神,妍秀为泽。《弇州山人四部稿》称其"尤胜者,不以文事,受役平原。能使吴雅,能使吴敦,能使吴重。谁言不用? 不用之用,斯其为重"。

感　怀[1]

五十年来麋鹿踪,若为老去入樊笼? 五湖春梦扁舟雨,万里秋风雨鬓蓬。远志出山成小草[2],神鱼失水困沙虫。白头漫赴公交车召,不满东方一笑中[3]。

【注释】

[1]作者连年科场失意,54岁始以诸生岁贡入京,授翰林院待诏,以此诗自嘲。[2]远志:草名。典出《世说新语·排调》"处则为远志,出则为小草"。[3]东方:东方朔。据《汉书·东方朔传》,东方朔因武帝以弄臣待之、自请试用不得,而设客难己。

徐　渭（1521—1593）

徐渭,字文长,号天池,又号青藤,浙江山阴(今绍兴县)人。其少负才名,却八次举试未果,个性孤傲倔强,一生经历坎坷;然多才多艺,独树一帜,书画、诗文、戏曲之造诣,对后世产生深远影响。徐渭为文坛奇才,却一生为人作幕,郁郁失志,一肚皮磊落不平之气借杂剧发出,化为凄厉之猿啼。其《女状元》、《狂鼓吏》、《玉禅师》、《雌木兰》四剧合集《四声猿》之奇特之处,在于抒情激烈亢爽,行文纵横捭阖,为时人所拜服,后世盛演于舞台。《明史·徐渭传》云:"渭天才超轶,诗文,绝出伦辈。善草书,工写花草竹石。尝自言:'吾书第一,诗次之,文次之,画又次之。'"其诗善博古创变,风格险怪幽绝,气势奔放,宣泄抑郁不平之气,表现对社会压抑之反抗,透发狂放不羁、愤世嫉俗的叛逆精神。

恭谒孝陵[1]

二百年来一老生,白头落魄到西京。疲驴狭路愁官长,破帽青衫拜孝陵。亭长一抔终马上[2],桥山万岁始龙迎[3]。当时事业难身遇,凭仗中官说与听[4]。

【注释】

[1]作者拜谒明太祖陵,喟一生凋零、怀才不遇。[2]亭长:汉高祖刘邦曾任驷水亭长。[3]桥山:《史记·五帝本纪》云:"黄帝崩,葬桥山。"龙迎:据《史记·封禅书》,黄帝采铜铸鼎荆山下,鼎成,有龙垂髯迎帝。[4]中官:宦官。

第三节　前后七子诗

李梦阳(1473—1530)

李梦阳,字天赐,又字献吉,号空同子,庆阳(今属甘肃)人。出身寒微,曾官至郎中,又因恃才傲物被罢官。《明史·文苑传》云其"倡导复古,文自西京、诗自中唐而下,一切吐弃。操觚谈艺之士,翕然宗之";为前七子领袖,其论诗强调格调、法式,或趋偏激,晚悟始言"真诗乃在民间"。其诗以乐府和古诗为多,才富力健,雄视一代,章法有功力,尚有现实气息,七律宗杜、气象阔大,成就在其文章之上。有《空同集》。

秋　望[1]

黄河水绕汉边墙[2],河上秋风雁几行。客子过濠追野马,将军夜箭射天狼[3]。黄尘古渡迷飞挽[4],白月横空冷战场。闻道朔方多勇略,只今谁是郭汾阳[5]。

【注释】

[1]西北瓦剌和北方鞑靼常袭扰明境,塞上边患不断。弘治十三年(1500),诗人以户部主事之职奉命往军事重镇榆林犒军。此诗作于出塞犒军时,是其边塞诗代表作。[2]汉边墙:别本或作"汉官墙",指明代为防鞑靼入侵修筑之九边长城。[3]天狼:星名。古人以此星现,必有外侵。古诗常用"射天狼"指出兵讨伐、抵抗入侵。[4]飞挽:飞刍挽粟、用车船急运粮草。迷,指看不清。[5]郭汾阳:唐将郭子仪。安史乱时,任朔方节度使,大败叛军,收复长安、洛阳,封汾阳郡王,世称郭汾阳。

何景明(1483—1552)

何景明,字仲默,号白坡,又号大复山人,信阳(今属河南)人。曾官至中书舍人、吏部员外郎、提学副使,为人伉直,不结交权贵,敢于摧折豪强。景明为明代复古派领袖之一,与李梦阳齐名,《明史·何景明传》云:"天下语诗文,必并称何、李"。景明主张领会古文神韵,重才情,诗取法汉唐,颇有现实内容,与李不尽相同。有《大复集》。

雨夜似清溪二首(其一)^[1]

院静闻疏雨,林高纳远风。秋声连蟋蟀,寒色上梧桐。短榻孤灯里,清筇万井中^[2]。天涯未归客,此夜忆江东。

【注释】

[1]诗人通过意象迭印描绘,渲染秋风夜雨之凄清氛围,表达天涯漂泊之乡愁之苦。[2]筇:一种乐器。万井:古制八家为井,后以井指乡里、家宅,此处指许多村庄。

徐祯卿(1479—1511)

徐祯卿,字昌谷,常熟梅李镇人,后迁居吴县(今江苏苏州)。徐氏为吴中四才子之一,亦参与文学复古运动,为前七子之一。其诗格调高雅,熔炼精警,纵横驰骋,有吴中风味,长于七言近体,绝句尤精,清词逸格,情韵隽永,《明诗综》曰:"李气雄,何才逸,徐情深"。有《迪功集》、《迪功外集》、《谈艺录》。

偶　见^[1]

深山曲路见桃花,马上匆匆日欲斜。可奈玉鞭留不住,又衔春恨到天涯。

【注释】

[1]此诗见景生情,自然流转,含意隽永,情韵深长。

李攀龙(1514—1570)

李攀龙,字于鳞,号沧溟,历城(今山东济南)人。曾官至刑部主事,历员外郎、郎中。与谢榛、王世贞等以"七子之名播天下",推崇汉魏古诗、盛唐近体,以七律和七绝较优,声调清亮,词采俊爽,七绝亦有自然变化之作。有《沧溟集》。

岁杪放歌^[1]

终年著书一字无,中岁学道仍狂夫。劝君高枕且自爱,劝君浊醪且自洁。何人不说宦游乐,如君弃官亦不恶。何处不说有炎凉,如君杜门复不妨。终然疏拙非时调,便是悠悠亦所长。

【注释】

[1]此诗为作者辞官归田所作,拟古痕迹较显,传达与不同道者傲然不接之姿态,钱钟书《谈艺

录》云其与唐张渭《赠乔琳》诗章法风调极似。

王世贞(1526 — 1590)

王世贞,字元美,号凤洲、弇州山人,太仓(今属江苏)人。少有才华,嘉靖二十六年(1547)中进士,初授刑部主事,历员外郎、郎中。王世贞为人正直,不附权贵,因同情弹劾权臣而下狱之杨继盛,而招致严嵩嫉恨,曾外放山东。后官至南京刑部尚书。他与李攀龙、谢榛、宗臣、梁有誉、吴国伦、徐中行等相倡和,《明史·王世贞传》云:"一时士大夫及山人、词客、衲子、羽流,莫不奔走门下"。世贞善诗,以秀美飘逸、清新澹荡见长;好古文,多摹拟之作,才学富瞻,文名满天下,在前后七子中最博学多才,以诗为"心之精神发而声者也",晚年创作风格渐趋平淡自然。有《弇州山人四部稿》、《弇山堂别集》等。

登太白楼[1]

昔闻李供奉[2],长啸独登楼。此地一垂顾,高名百代留。白云海色曙,明月天门秋[3]。欲觅重来者,潺湲济水流[4]。

【注释】

　　[1]太白楼:今山东济宁市有太白楼遗址,远望泰山天门,近临济水。此诗登楼远眺,写景壮伟,追想李白,传神写照,洒落出高瞻远瞩之眼界和雄放劲健之笔力。《明诗别裁集》云:"天空海阔,有此眼界笔力,才许作《登太白楼》诗"。[2]李供奉:指李白于天宝初年在宫廷供奉翰林。[3]天门:指泰山之中天门、南天门。[4]济水:源出河南济源王屋山,东流至山东,与黄河并流入海,后济水下游为黄河所夺。

谢　榛(1495—1575)

谢榛,字茂秦,号四溟山人,又号脱屣山人,临清(今属山东)人。与李攀龙、王世贞结诗社,为明五子、后七子之首,为诗倡导摹拟盛唐,取径较宽,强调超悟与兴趣,主张"选李杜十四家之最者,熟读之以夺神气,歌咏之以求声调,玩味之以裒精华",体现出文随世变的观念和对文学自身价值的重视。后与李攀龙论诗不合,遗书绝交。终身不仕。其作抚时感事,富于比兴,常抒发飘游中之凄苦情怀;以律绝见长,稳凝浏亮,见其深厚功力。今存《四溟山人全集》。

远别曲[1]

郎君几载客三秦,好忆侬家汉水滨。门外两株乌柏树,叮咛说向寄书人。

【注释】

[1]此诗写离别,发语生色,细密婉致。正如《四溟诗话》所云:"惟神会以定取舍,自趋乎大道。"

第四节　公安、竟陵诗及性灵诗人

袁宏道(1568—1610)

袁宏道,字中郎,号石公,湖北公安人,与兄宗道、弟中道并有才名,时称"三袁"。为官清正,厌恶官场"恶趣",性爱自然山水,曾解官归去,游历江南,客居扬州。后又多次入仕、辞官。宏道在三袁中成就最大,其诗文主妙悟,以风雅自命,清隽流畅,浅易率真,在明代散文中自成一格。其书信随意而发,思想新颖,语言活泼明快。袁宏道受李贽思想影响很深,公安派的诗歌理论在当时带动诗歌创作的革新,影响颇大。有《袁中郎全集》。袁氏著述甚丰,有《敝箧集》、《锦帆集》、《解脱集》、《广陵集》、《瓶花斋集》、《潇碧堂集》、《破砚斋集》、《华嵩游草》等,均入《袁中郎全集》。

横塘渡[1]

横塘渡,临水步。郎西来,妾东去。妾非倡家人,红楼大姓妇。吹花误唾郎,感郎千金顾。妾家住虹桥,朱门十字路。认取辛夷花,莫过杨柳树。

【注释】

[1]横塘,古堤名,在苏州吴县,后世诗中多用以指女子居所。水边春日,横塘一渡,流自性灵,清隽焕然。

感　事[1]

湘山晴色远微微,尽日江头独醉归。不见两关传露布[2],尚闻三殿未垂衣[3]。边筹自古无中下,朝论于今有是非。日暮平沙秋草乱,一双白鸟避人飞。

【注释】

[1]袁宏道进士及第后告假还乡,此诗即作于家居时。此诗有感于明代内忧外患、危机四伏之

社会现实,包含作者对国家命运之关切和忧虑。[2]露布:古代亦称"露版",如后世公诸于众的文告,此指军中报捷的文书。[3]垂衣:指天下太平无事,可无为而治。

钟 惺（1574—1625）

钟惺,字伯敬,号退谷,又称止公居士,一曰晚知居士。万历三十八年（1610）进士,曾任南京礼部郎、迁福建提学金事。其诗为矫公安浅率之病,追求幽峭、壮险与淡逸的格调,《明诗纪事》云其"五古游览之篇,犹有佳作,近体力矫王、李之弊,舍崇旷而入莽榛,薄亮音而矜细响,所谓以小智破大道者也"。有《隐秀轩集》等。

三月三日雨中登雨花台[1]

去年当上巳,小集寇家亭。今昔分阴霁,悲欢异醉醒。可怜三月草,未了六朝青。花作残春雨,春归不肯停。

【注释】

[1]去年上巳,友朋在璀璨光影里欢饮,今又佳节,酕红不再,阴雨绵绵,感伤如缕让人难耐这份幽寂和孤独。

袁中道（1570—1632）

袁中道,字小修,晚号凫隐居士,公安（今属湖北）人。万历四十四年（1616）进士,授徽州府教授,迁国子博士,升南京礼部主事,历郎中。后求退,寓南京,钻研佛典,建石头庵,有《珂雪斋集》。

春 游[1]

桃花扇底步逍遥,野外留意态转娇。日暮游人齐注目,一枝春色过河桥。

【注释】

[1]此诗游赏春色,心闲意逸,注相生趣,别开手眼,灵虚一宕,人境转绝。

谭元春（1586—1637）

谭元春,字友夏,号鹄湾,别号蓑翁。十九岁与钟惺合著《诗归》,论诗已别具竟陵手眼。屡试失利,功名顿挫,直至四十二岁中举,为第一,人称谭解元。有《谭元春集》。

落　花[1]

红白无声下径迟,因风荡入柳边池。园中小鸟怜春色,几欲衔来再上枝。

【注释】

[1]此诗以迷惘、朦胧、神秘氛围表现人生失意、洁身自好之幽情孤诣。

夏完淳(1631—1647)

夏完淳,原名复,字存古,别号小隐、存古,松江华亭(今上海松江县)人。其父夏允彝、其师陈子龙皆抗清志士。明亡后从父、师起兵抗清。清顺治四年(1647)被捕,不降,被害,年仅十七岁。其诗前期拟汉、魏六朝古诗,后期诗风激昂悲壮,慷慨淋漓,饱含爱国激情,充满战斗精神和民族正气。有《夏完淳集》。

即　事[1]

复楚情何极,亡秦气未平。雄风清角劲,落日大旗明。缟素酬家国[2],戈船决死生[3]！胡笳千古恨[4],一片月临城。

【注释】

[1]《即事》共三首,乃作于顺治三年(1646)作者参加抗清义军后。时南明都城南京已为清军所破,鲁王逃亡下海,作者父亲兵败殉国,情境之悲,雄豪壮烈,家国之恨,悲愤激切。[2]缟素:孝服。作此诗时,诗人之父夏允彝抗清失败殉国。[3]戈船:指抗清义军之水师。[4]胡笳:古代流行于塞北和西域之一种管乐器。

第二章 明 文

　　一般看来,明代散文的基本走向与明代诗歌大体相同。但从具体展开过程上看,明代散文前期道盛于文的局面,在"文"与"道"、"情"与"理"的相互对峙和交锋中不断滋长出内力和新质,中后期渐与明代诗歌异路而行,不同程度受到小说、寓言、笑话、八股的影响,文体创作视阈打开,以唐宋派为前奏,以公安派、竟陵派为宏响,堂庑渐大,趣致清发,最终开辟出以文胜道、以情抗理的一片新气象。

　　明初散文代表作家是宋濂、刘基等人,他们都是由元入明的作家,其文感兴衰之变,叹人生变故,叙高人奇事,求天下治平,不仅反映社会生活,亦真切表达一己之心声,文风苍劲悲凉、闳深雄丽。宋濂为开国文臣之首,专长散文,尊奉王道,主张宗经征圣、文以明道的文学观念,提倡创作要"发乎情、止乎礼",也强调"辞达",注意"通变",其创作实绩以序记、传记最出色,善于抓住富于特征性的细节,凸现人物的精神风貌,寓褒贬于自然叙述之中,生动传神。《王冕传》、《记李歌》、《杜环小传》、《桃花涧修禊诗序》、《送东阳马生序》、《见山楼记》等为明初散文风范。刘基散文长于用寓言说理讽世,清奇峻拔、豪迈尖锐、积极用世,较少道学气息。其《郁离子》寓言切中时弊,精悍警厉;游记清越幽秀、传世久远,有名篇如《苦斋记》、《愁鬼言》、《松风阁记》等,《明史》云其"所为文章,气昌而奇,与宋濂并为一代之宗"。宋濂门生方孝孺,文风纵横跌宕,如《蚊对》、《指喻》、《越巫》都写得顿挫浏亮,畅达剀切。永乐至成化年间,文坛风行"台阁体"创作。三杨的应制颂圣文与酬答题赠之作,形式工丽,内容散冗;而杨士奇的一些言情写景之作,尚淡宕纡余、点染如画。成化至弘治年间,李东阳引领茶陵派,强调诗文的审美精神,其文平淡清永,亦有情致,一定程度上对台阁之风有所矫正。明代中叶后的文坛,前后七子倡导"文必秦汉"、文质相称,"文取诸左马",反对台阁体空洞冗沓的文风,推崇雄刚壮美的散文风调,试图恢复古典诗歌的审美理想,李梦阳《萍会图序》、《送马步云序》,何景明《说琴》等,李攀龙《太华山记》、王世贞《求志园记》、《复清容轩记》等,在散文创作上有一定变化和生色,颇有声势。但因过于强调法式古人,唯古是尊,创作上缺乏陶冶熔铸之功,而走入贵古贱今、拟古泥古、"以艰深文其浅易"的偏向。马中锡、王守仁、杨慎等是一些不为此际文派所囿、又能反对台阁体、成就较显著的散文作家,他们的散文或横逸奇崛,或疏畅俊达,或渊博婉丽,显示出独特的创作个性。

嘉靖年间,与后七子差不多继起,文坛上出现以王慎中、唐顺之、茅坤、归有光为代表的唐宋派。他们反对秦汉派的唯古是尚,指斥七子模拟因袭文风,主张取法近世,其代表人物茅坤编选《唐宋八大家文钞》,推重唐宋散文,提倡"洗涤心源"、"直据胸臆,信手写出",文从字顺,为文要有"真精神与千古不灭之见"。此派创作上最有成就者为归有光。他主张文根于六经,文道合一,重视文学的抒情性。其文以日常为"道源",善于即事抒情,描绘家庭琐事,真挚动人,不事雕饰而自有风味。如《先妣事略》、《寒花葬志》、《项脊轩志》,通俗畅达,平易简练,富人情意味。这一派由秦汉转为唐宋,在尊奉摹本的时代后移表像之下,实对秦汉唐宋古文作一等量观;虽倡文道合一,亦重本色风神;尤其是注重文学抒情性和对文学本质的新理解,使其以复古为创新的创作实践取得显著成就。作为明代重要的散文流派,唐宋派在创作实践中发挥独立自觉的主体精神,遏制盲目摹古给散文创作带来的危机以及固步自封的理论标榜界阈,开启文胜于道、情胜于理的艺术探索之门。

嘉靖以还,王阳明心学产生。作为一种基于文化复兴背景而从程朱理学内部裂变出来的哲学思想,心学引发了要求个性自觉、人性解放的近代人文主义思潮,带来了主情文艺思潮的高涨和浪漫主义文学创作潮流的鼎盛。李贽是这一时期文坛的重要人物。在文学思想上,他提出"童心说",认为"天下之至文,未有不出于童心焉者也","诗何必古选,文何必先秦",文学只有真假问题,不得以时势先后论优劣,肯定了小说戏曲等俗文学的价值。童心即真心,也即人之真实思想感情。李贽的文学作品直抒胸臆,流畅自然,具有强烈的个性色彩;其文艺思想扫荡拟古派的因袭风气,对公安派、汤显祖、金圣叹的文学思想产生深远影响。

公安派是万历中期以后文坛的重要派别,以公安三袁为代表,其首要人物袁宏道明确提出"独抒性灵、不拘格套"的文学主张,在晚明诗歌和散文创作中都得到贯彻,而表现在散文创作上的成就更高。他们站在文学反映"童心"、"性灵"的理论自觉基础上,注重有感而发,追求"幅短而神遥,墨希而旨永",变古创新,意达词畅,反对前后七子拟古主义的宗派作风和抱残守缺、崇古贱今的不良倾向。其散文以描写士大夫闲适生活和自然景物为主,叙情、言理、谈艺、治生,力求摆脱传统古文之法度规范,信笔直书,清新洒脱,真率天成,富有自然趣味。此一派的创作成就以袁宏道最为突出,其游记文在柳宗元之后跃上一个新高峰,以《徐文长传》等为代表的传记散文表达他对个性舒张的向往和追求，语言不事雕琢，流利洁净。此后钟惺、谭元春为代表的竟陵派，追求幽深奇僻的审美情趣，虽在一定程度上矫治公安派末流粗疏浅率之病，但却流露出晚明文学思潮中激进活跃精神的衰落迹象。

晚明小品文染著鲜明的时代特色。小品一词本为佛教用语，明代后期开始用来指一般文章。明人提出这一概念，主要是为区别于以往那些关乎国家政典、理学精义的"高文大册"，而提倡一种新体散文。它并不特指某种专门文体，凡尺牍、游记、杂记、书信、日记等均可包括在内。小品文的代表人物，除公安派、竟陵派的一些重要作家外，还有张岱、王思任、陈继儒等人，以袁宏道和张岱的小品散文成就最高。袁宏道的小品文，寄真情于琐事，纳史识于山水，适世以生，性灵自现，别裁伪体，斜道归正，确立了小品文的大宗地位。张岱能兼采公安、竟陵两派之长，又不为两派所囿，以深厚救浅薄，以严谨救率易，以明快救僻涩，矫正小品文发展过程中的流弊，将小品文创作引向日臻完美的境界。他的文章题材广泛，凡山水人物、世情风俗、戏曲技艺、工艺书画，乃至茶楼酒肆、古董玩具均入其文，既明丽清净，又刻琢精工，将公安三袁清新洒脱的笔法和竟陵钟谭幽深冷峭的意绪熔为一炉，堪称小品散文之集大成者。以《西湖寻梦》、《陶庵梦忆》为代表。此外，"与公安、竟陵不同衣饭，而各自饱暖"之王思任，其文则"出言灵巧，与人谐谑"，充分表现"谑庵先生"新奇与清趣合一的神采。晚明小品文内容上趋于生活化、个人化，重新诠解历史，谐谑处世省人，强调心灵世界的开拓，致力新形式的创造，反映那个时代文人的心性体认、日常生活情状与文学趣味，使古老的散文焕发新生机和新气象，在中国散文观念和创作实践史上都是一次重大突破和飞跃。

明末文坛上影响较大的文学团体，是娄东二张发起、带有政治团体性质的复社和松江人陈子龙等创建的几社。明末动荡的社会现实，激发古文家们匡时济世的抱负和亡国易代的悲痛，奋发挥毫，感时而作，一时之间，文坛上名手四起，雄文如林。当时的散文风格，多正气凛然之作。张博是"复社"创始人和领袖，为文主张"兴复古学"、"务为实用"，其文多抨击时政之作，风格亢爽、文笔跌宕、朴实豪健，富有时代精神，充满政治激情。张溥《五人墓碑记》表现苏州市民与阉党的斗争，写来质朴亢爽。夏完淳在就义前用血泪凝成的《狱中上母书》、《遗夫人书》、《土室余论》，感情充沛，悲壮动人。他们在具有经世理念和启蒙意识的晚明实学思潮推助下，试图从文化上复兴传统精神，挽救明朝危亡，创作上取得较高成就。

八股文是明清科举制度规定的一种文体，又称制义、时文、八比文。创于明初，成化弘治年间逐步定型（一说仿唐代举试帖经而来，一说起于宋代经义取士制），其制由破题、承题、起讲、入手、起股、中股、后股、束股八部分组成。八股文的命题取自四书五经，起股至束股为正论，由八股排比对偶文组成，故称八股文。八股文作为明清两代官私学校之必修课,对以应试举业为重的文人影响很大,因应试而学习、摹仿、创作八股文成为文人写作和生活内容的组成部分。这种文体在明代势盛,对吊渡钩挽、起承转合、声调优美、结构完整的文章技巧的探索是散文创作上需要关注的一面。

参考书目:

程敏政.明文衡[M].四部丛刊本.

黄宗羲.明文海[M].上海:上海古籍出版社,1994年影印本.

薛熙.明文在[M].清刻本.

第一节　明前期文

宋　濂(1310—1381)

宋濂,字景濂,号潜溪,浦江(今属浙江)人。元至正间召为翰林院编修,洪武二年(1369)召修《元史》。官至学士承旨,知制诰兼善大夫。濂学问渊博,时朝廷祭祀、朝会、诏谕、封赐等文,多出自其手。其文雍容醇厚,在明初文名最高,被推为开国文臣之首。有《宋文宪公全集》。

桃花涧修禊诗序[1]

浦江县北行二十六里,有峰耸然而葱蒨者,玄麓山也[2]。山之西,桃花涧水出焉。乃至正丙申三月上巳,郑君彦真将修禊事于涧滨,且穷泉石之胜。

前一夕,宿诸贤士大夫。厥明日,既出,相帅向北行,以壶觞随。约二里所,始得涧流,遂沿涧而入。水蚀道几尽,肩不得比,先后累累如鱼贯。又三里所,夹岸皆桃花,山寒,花开迟,及是始繁。傍多髯松,入天如青云。忽见鲜葩点湿翠间,焰焰欲然,可玩。又三十步,诡石人立,高可十尺余,面正平,可坐而箫,曰凤箫台。下有小泓,泓上石坛广寻丈,可钓。闻大雪下时,四围皆璚树瑶林[3],益清绝,曰钓雪矶。西垂苍壁,俯瞰台矶间,女萝与陵苕幪[4],赤纷绿骇,曰翠霞屏。又六七步,奇石怒出,下临小洼,泉冽甚,宜饮鹤,曰饮鹤川。自川导水,为蛇行势,前出石坛下,锵锵作环佩鸣。客有善琴者,不乐泉声之独清,鼓琴与之争。琴声与泉声相和,绝可听。又五六步,水左右屈盘,始南逝,曰五折泉。又四十步,从山趾斗折入涧底,水汇为潭。潭左列石为坐,如半月。其上危岩墙峙,飞泉中泻,遇石角激之,泉怒,跃起一二尺,细沫散潭中,点点成晕,真若飞雨之骤至,仰见青天镜净,始悟为泉,曰飞雨洞。洞傍皆山,峭石冠其巅,辽夐幽邃，宜仙人居，曰蕊珠岩。遥望见之，病登陟之劳，无往者。

还至石潭上，各敷茵席，夹水而坐。呼童拾断樵，取壶中酒温之，实鬃觞中[5]。觞有舟，随波沉浮，雁行下。稍前，有中断者，有属联者，方次第取饮。其时轻飙东来，觞盘旋不进，甚至逆流而上，若相献酬状。酒三行，年最高者命列觚翰[6]，人皆赋诗二首，即有不成，罚酒三巨觥。众欣然如约，或闭目潜思；或挂颊上视霄汉；或与连席者耳语不休；或运笔如风雨，且书且歌；或按纸伏岩石下，欲写复止；或句有未当，搔首蹙额向人；或口吻作秋虫吟；或群聚兰坡，夺觚争先；或持卷授邻坐者观，曲肱看云而卧：皆一一可画。已而诗尽成，杯行无算。迨罢归，日已在青松下。

又明日，郑君以兹游良欢，集所赋诗而属濂以序。濂按《韩诗内传》[7]：三月上巳，桃花水下之时[8]，郑之旧俗，于溱洧两水之上，招魂续魄，执兰草以祓除不祥。今去之二千载，虽时异地殊，而桃花流水则今犹昔也。其远裔能合贤士大夫以修禊事，岂或遗风尚有未泯者哉？虽然，无以是为也。为吾党者，当追浴沂之风徽，法舞雩之咏叹[9]，庶几情与境适，乐与道俱，而无愧于孔氏之徒；无愧于孔氏之徒，然后无愧于七尺之躯矣，可不勖哉！濂既为序其游历之胜，而复申以规箴如此。他若晋人兰亭之集[10]，多尚清虚，亦无取焉。

郑君名铉，彦真，字也。

【注释】

[1]此文乃宋濂应浦江友人郑彦真之请，作于元顺帝至正十六年（1356）。桃花涧为浙江浦江县城东一涧，因夹岸多桃树，故名桃花涧。修禊，古人于农历三月上巳在水边祓除不祥之一种祭祀，后定为三月三日，后于水边嬉戏也即为修禊。此文层次井然，写出桃花涧泉石之胜及文士饮酒赋诗之种种情态。[2]玄麓山：浙江浦江县景区，有桃花涧等八景。[3]璚树瑶林：洁白如玉之树林。璚，同"琼"。琼、瑶都是美玉。[4]女萝：松萝，地衣类植物。陵苕：即凌霄，又名紫葳，攀援生植物。缪轕：纵横缠绕。[5]鬃觞：漆制酒杯。[6]觚翰：指纸笔。觚，古人用以书写之木简。翰，毛笔。[7]《韩诗内传》：西汉韩婴所著，解释《诗经》之书，已佚失，后有清人辑本。[8]桃花水：即桃花汛。阴历二三月桃花开时，融冰，降雨，河水猛涨，因称桃花水。[9]"当追"二句：语本《论语·先进》："（曾皙）曰：'暮春者，春服既成，冠者五六人，童子六七人，浴乎沂，风乎舞雩，咏而归。'夫子喟然叹曰：'吾与点也。'"沂，沂水，在今山西。舞雩：祈雨坛。古代求雨之祭叫"雩祭"，因有巫在坛上歌舞，故称"舞雩"。风徽：风范。[10]兰亭之集：晋穆帝永和九年，王羲之与友人兰亭聚会，饮酒赋诗，事见王羲之《兰亭集序》。

刘 基（1311—1375）

刘基，字伯温，青田（今属浙江）人。受朱元璋聘，任太史令。洪武元年（1368）拜御史中丞兼太史令,三年授弘文馆学士。刘基散文古朴浑厚、锋利遒劲,以寓言体散文最为著名。游记则描写细致,清新生动,有《诚意伯文集》。

松风阁记[1]

松风阁在金鸡峰下,活水源上。予今春始至,留再宿,皆值雨,但闻波涛声彻昼夜,未尽阅其妙也。至是,往来止阁上凡十余日,因得备悉其变态。

盖阁后之峰,独高于群峰,而松又在峰顶。仰视,如幢葆临头上[2]。当日正中时,有风拂其枝,如龙凤翔舞,离褷蜿蜒[3],**轇辖**徘徊;影落檐瓦间,金碧相组绣。观之者,目为之明。有声,如吹埙篪[4],如过雨,又如水激崖石,或如铁马驰骤,剑槊相磨戛[5];忽又作草虫鸣切切,乍大乍小,若远若近,莫可名状。听之者,耳为之聪。

予以问上人。上人曰:"不知也。我佛以清净六尘为明心之本[6]。凡耳目之人,皆虚妄耳。"予曰:"然则上人以是而名其阁,何也?"上人笑曰,"偶然耳。"

留阁上又三日,乃归。至正十五年七月二十三日记。

【注释】

[1]此文由上下两篇组成,重点各自不同,此为次篇。首篇以议论为主,从风松谈起,谈松声特点,归结金鸡峰上三棵松,用四种比喻表现风吹松之音。次篇为续补,着重描写作者耳闻目睹之风吹松情状,继用五种比喻形象表现风吹松之不同声音,笔默简炼,形象真切。[2]幢:旗帜。葆:伞。[3]离褷:形容松枝像羽毛初生之样子。[4]埙:古乐器,用陶土烧制而成。篪:亦古乐器,用竹管制成。[5]槊:长矛,古代兵器。磨戛——撞击。[6]六尘:佛经上把色、声、香、味、触、法叫作六尘。尘是脏污之意思。佛经以六尘能染污六根(眼、耳、鼻、舌、身、意)

方孝孺(1357—1402)

方孝孺,字希直,别号逊志,浙江宁海人。曾翰林侍讲、文学博士,为《太祖实录》、《类要》诸书总裁。燕王朱棣发动"靖难之役",多次为建文帝谋克燕对策。后朱棣引兵攻入京师,授笔起草登极诏书,不从遂被杀,凡灭十族。其为文主张"道明而辞达",醇深雄迈,每一篇出,时人争诵。有《逊志斋集》。

蚊 对[1]

天台生困暑,夜卧绨帷中[2],童子持翣扬于前[3],适甚,就睡。久之,童子亦睡,投翣倚床,其音如雷。生惊寤,以为风雨且至也,抱膝而坐。

俄而耳旁闻有飞鸣声,如歌如诉,如怨如慕,拂肱刺肉,扑股嘬面,毛发尽竖,肌肉欲颤。两手交拍,掌湿如汗,引而嗅之,赤血腥然也。大愕,不知所为。蹴童子,呼曰:

"吾为物所苦,亟起索烛照!"烛至,绤帷尽张,蚊数千皆集帷旁,见烛乱散,如蚁如蝇,利嘴饫腹,充赤圆红。生骂童子曰:"此非嚼吾血者耶?皆尔不谨,褰帷而放之入!且彼异类也,防之苟至,乌能为人害?"童子拔蒿束之,置火于端,其烟勃郁,左麾右旋,绕床数匝,逐蚊出门。复于生曰:"可以寝矣,蚊已去矣!"

生乃拂席将寝,呼天而叹曰:"天胡产此微物而毒人乎?"童子闻之,哑尔笑曰:"子何待己之太厚,而尤天之太固也!夫覆载之间,二气絪缊[4],赋形受质,人物是分。大之为犀象,怪之为蛟龙,暴之为虎豹,驯之为麋鹿与庸㹭[5],羽毛而为禽为兽,裸身而为人为虫,莫不皆有所养。虽巨细修短之不同,然寓形于其中,则一也。自我而观之,则人贵而物贱;自天地而观之,果孰贵而孰贱耶?今人乃自贵其贵,号为长雄;水陆之物,有生之类,莫不高罗而卑网,山贡而海供,蛙龟莫逃其命,鸿雁莫匿其踪。其食乎物者,可谓泰矣,而物独不可食于人耶?兹夕蚊一举喙,即号天而诉之;使物为人所食者,亦皆呼号告于天,则天之罚人,又当何如耶?且物之食于人,人之食于物,异类也,犹可言也。而蚊且犹畏谨恐惧,白昼不敢露其形,瞰人之不见,乘人之困怠,而后有求焉。今有同类者,啜粟而饮汤,同也;畜妻而育子,同也;衣冠仪貌,无不同者。白昼俨然乘其同类之间而陵之,吮其膏而盬其脑[6],使其饿踣于草野,离流于道路,呼天之声相接也,而且无恤之者。今子一为蚊所嚼,而寝辄不安;闻同类之相嚼,而若无闻。岂君子先人后身之道耶?"

天台生于是投枕于地,叩心太息,披衣出户,坐以终夕。

【注释】

　[1]此文以作者被群蚊叮咬,责骂童子,引出童子答话,指斥剥削者比蚊子尤厉尤酷。绘声绘色,颇为生动。[2]绤:细葛布蚊帐。[3]翣:扇子。[4]二气:指阴阳二气。絪缊:同"氤氲"。[5]庸㹭:大牛和金丝猴。[6]盬:吸饮。

王守仁(1472—1528)

　王守仁,字伯安,余姚(今属浙江)人。曾在阳明书院讲学,世称阳明先生。官至南京兵部尚书。作为心学之创始人,阳明为文主张直抒胸臆,不依傍古人,平易畅达,自成一格。《四库全书总目》称其"为文博大昌达,诗亦透逸有致"。有《王文成公全书》。

瘗旅文[1]

　维正德四年秋月三日,有吏目云自京来者[2],不知其名氏,携一子一仆,将之任,过龙场[3]，投宿土苗家。予从篱落间望见之，阴雨昏黑，欲就问讯北来事，不果。明早，遣人觇之，已行矣。

薄午，有人自蜈蚣坡来，云："一老人死坡下，傍两人哭之哀。"予曰："此必吏目死矣。伤哉！"薄暮，复有人来，云："坡下死者二人，傍一人坐叹。"询其状，则其子又死矣。明日，复有人来，云："见坡下积尸三焉。"则其仆又死矣。呜呼伤哉！

念其暴骨无主，将二童子持畚、锸往瘗之，二童子有难色。然予曰："嘻！吾与尔犹彼也！"二童闵然涕下，请往。就其傍山麓为三坎，埋之。又以只鸡、饭三盂，嗟吁涕洟而告之，曰：

呜呼伤哉！繄何人？繄何人？吾龙场驿丞余姚王守仁也。吾与尔皆中土之产，吾不知尔郡邑，尔乌为乎来为兹山之鬼乎？古者重去其乡，游宦不逾千里。吾以窜逐而来此，宜也。尔亦何辜乎？闻尔官吏目耳，俸不能五斗，尔率妻子躬耕可有也。乌为乎以五斗而易尔七尺之躯？又不足，而益以尔子与仆乎？呜呼伤哉！

尔诚恋兹五斗而来，则宜欣然就道，乌为乎吾昨望见尔容，蹙然，盖不任其忧者？夫冲冒雾露，扳援崖壁，行万峰之顶，饥渴劳顿，筋骨疲惫，而又瘴疠侵其外，忧郁攻其中，其能以无死乎？吾固知尔之必死，然不谓若是其速，又不谓尔子尔仆亦遽然奄忽也！皆尔自取，谓之何哉！吾念尔三骨之无依而来瘗尔，乃使吾有无穷之怆也。呜呼伤哉！

纵不尔瘗，幽崖之狐成群，阴壑之虺如车轮[4]，亦必能葬尔于腹，不致久暴露尔。尔既已无知，然吾何能为心乎？自吾去父母乡国而来此，三年矣，历瘴毒而苟能自全，以吾未尝一日之戚戚也。今悲伤若此，是吾为尔者重，而自为者轻也。吾不宜复为尔悲矣。

吾为尔歌，尔听之。歌曰：连峰际天兮，飞鸟不通。游子怀乡兮，莫知西东。莫知西东兮，维天则同。异域殊方兮，环海之中。达观随寓兮，奚必予宫。魂兮魂兮，无悲以恫。

又歌以慰之曰：与尔皆乡土之离兮，蛮之人言语不相知兮。性命不可期，吾苟死于兹兮，率尔子仆，来从予兮。吾与尔遨以嬉兮，骖紫彪而乘文螭兮[5]，登望故乡而嘘唏兮。吾苟获生归兮，尔子尔仆，尚尔随兮，无以无侣为悲兮！道旁之冢累累兮，多中土之流离兮，相与呼啸而徘徊兮。餐风饮露，无尔饥兮。朝友麋鹿，暮猿与栖兮。尔安尔居兮，无为厉于兹墟兮！

【注释】

[1]此文作于正德四年(1509)作者被贬龙场驿第三年。瘗即埋葬。叙作者埋葬三位素昧平生、

为薄俸奔走、客死异乡之人，悲客死而发被贬之苦伤。[2]吏目：明代散州或直隶州均设有吏目一人，掌助理刑狱之事，并管官署内部事务。[3]龙场：龙场驿，在今贵州修文县。[4]虺：毒蛇，俗称土虺蛇，大者长八九尺。[5]骖：古代一车驾三马叫骖。此指驾驭。彪：小虎。文螭：带有条纹之无角龙。

第二节 前后七子、唐宋派及明中后期文

李梦阳（传略，见前明诗部分）

禹庙碑[1]

李子游于禹庙之台，鉴长河之防，孤城故宫，平沙四漫；暇盼故流，北尽碣石[2]，九派湮淤，云草浩浩。于是怆然而悲曰："嗟乎！予于是知王霸之功也：霸之功骤，久之凝；王之功忘，久之思。"

昔者禹之治水也，导川为陆，易（虺）为宁，地以之平，天以之成。去巢就庐，而粒而耕，生生至今者，固其功也，所谓万世永赖者也。然问之耕者弗知，粒者弗知，庐者弗知，宁者弗知，陆者弗知，故曰："王之功忘。"譬之天生物而物忘之，泳者忘其川，栖者忘其枝，民者忘其圣人。非忘之也，不知之也，不知自也。及其灾也，号呼而祈恤，于是智者则指之所从来，而庙者兴矣。河盟津东也[3]，蹙旷肆悍，势犹建瓴，堤堰一决，数郡鱼鳖。于是昏垫之民[4]，匍匐诣庙，稽首号曰："王在，吾奚役溺？"而防丁堰夫，桩户草门，输筑困苦，则又各诣庙，稽首号曰："王在，吾奚斯役？"所谓思也。故不忘不大，不思不深，深莫如地，大莫如天，王之道也。霸者非不功也，然不能使之不忘，而不能使之不疑，何也？不忘者小，小则近，近则浅，浅则疑，如秦穆赐食善马肉者酒是也[5]。夫天下未闻有庙桓、文者也。故曰："予观禹庙而知王霸之功也。"或问："汤、文不庙？"李子曰："圣人各有其至，尧仁舜孝，禹功汤义，文王之忠，周公之才，孔子之学是也。夫功者，切夫灾者也，大梁以灾故，是故独庙禹。"

是时，监察御史澶州王子会按河南，登台四顾，乃亦饱然而悲，曰："嗟乎！予于是而知功之言征也。吾少也览，尝蹑州城，眺沧渤，南目大梁之墟[6]。乃今历三河，揽淮泗，极洪流而尽滔滔，使非有神者主之，桑而海者久矣，尚能粒邪？耕邪？庐邪？能（虺）者宁邪？川者陆邪？嗟乎！予于是而知功之言征也。所谓'微禹吾其鱼'者邪？所谓'美载勤而不德'者邪？"于是饬所司葺其庙，而属李子碑焉。王子，名溱，以嘉靖元年春按河南，明年秋，代去。乃李子则为迎送神辞三章，俾祭者歌之侑神焉。其

辞曰：

天门兮显辟，赫赫兮云吐。窈黄屋兮陆离，灵**缦缦**兮上下，羌若来今倏不见，不见兮奈何？望美人兮徒怨苦，横四海兮怒波。

絚弦兮镗鼓，神不来兮谁怒？执河伯兮显戮，饬阳侯兮清路[7]。灵奄霭兮来至，风泠泠兮堂戸，舞我兮我醑[8]，尸既饱兮颜酡。惠我人兮乃土乃粒，日云暮兮尸奈何？

风九河兮涛暮云，曀曀兮昏雨[9]。王驾凤兮骖文鱼，龙翼翼兮两旗。怅佳期兮难屡，心有爱兮易离。爱君兮思君，肴芳兮酒芬，君归来兮庇吾民。

【注释】

[1]禹庙：在今河南开封市东南三里，相传为春秋时师旷吹律遗址，有台，名吹台，汉梁孝王增筑之。明纪念夏禹治水之功，于台上建禹庙。《禹庙碑》乃李梦阳受河南巡抚王子会之嘱，为新茸大禹庙所写碑文。此文立意高远、论议深刻、独出机杼，感染力强。[2]碣石：山名，在今河北昌黎西北。古代黄河由碣石流入渤海。[3]盟津：即孟津，在今河南孟县。《尚书·禹贡》："导河积石，至于龙门，南至于华阴，东至于底柱，又东至于孟津。"[4]昏垫：淹没。《尚书·益稷》："洪水滔天，浩浩怀山襄陵，下民昏垫"。[5]秦穆：秦穆公。典出《史记·秦本纪》缪公失马，为岐下野人所食，为吏欲法之，缪公赐酒以解，后三百野人于秦击晋时从而报食马之恩。[6]大梁：古城名，战国魏都，今开封西北。秦始皇二十二年，王贲攻魏，决河灌城，城毁。后亦称汴梁（今开封）渭大梁。[7]阳侯：传说中之波神。[8]醑：滤酒去滓为美酒。典出《诗经·小雅·伐木》。[9]曀曀：阴沉昏暗貌。《诗经·邶风·终风》："曀曀其阴，虺虺其雷。"

王世贞（传略，见前明诗部分）

复清容轩记[1]

吴兴水至多，割地几十之五，其城西南隅为胜。西南隅枕水而宫者至多，慈感寺为胜。慈感寺之景至多，清容轩为最胜。

轩故旁寮然，其地据寺左而独南向，前枕通塘，有莲、茭、木芙蓉之属，桡吹容与，答箸散布[2]。轩之中碧浪诸山凌睥睨而上，其外，碧浪诸水穿睥睨而下，以故其景最胜[3]。考志所以名，则故元学士袁先生桷号清容者微时客吴兴，读书其中，因取其号轩之。赵文敏公孟頫为题字[4]，而文敏亦时往来流憩若舍馆，以故其名称益著。

轩业以属寺，然寺僧不得而有之，而以供邦君大夫、乡荐绅豪贤之游目者二百余年于今矣。少时，不戒于火，予来吴兴过慈感寺问轩于范太史而得其故意[5]，微欲复之以属守黄君、丞蓝君、司理孙君[6]，则有郡士严姓者慨然出而应募，发其帑，而竹木墁瓦至不逾月而轩复。虽其宏壮侈丽不逮前，而山林之观争出于睥睨之上下者如故也。

始予未为吴兴,则读吴兴诸书,称文敏公第环三面而水胜甲一郡,及余至而访求故址,所谓水晶宫者,盖陆沉于阛阓厘祝之间[7],想象于暮烟春波而不可得,为之忾叹。而其旁一轩独以伯长之所偶游,文敏之所偶题,二百余年而不隳,一隳而辄复之若新,抑何说也!

物吾自有之,则吾为主。吾有尽而代吾而主者,亦有尽。物吾不自有之,不得已而付之天地,天地无尽,而为天地之人者亦无尽。故骊山之阳、翠微玉华,更而为禅室佛庐,而后能有永者,恒也。人见夫王珣、周颙之徒舍其宅而寺之[8],诮以为媚佛。及余游虎丘,望而知其为千年之宫,且因以知有珣也。则夫世之君子,阴利其有而阳文之曰庐,其居其不一,转而泯其主,而转而泯其迹者,几希也。

作《复清容轩记》。

【注释】

[1]这是一篇游记散文。清容轩:在吴兴(今浙江湖州),元代文学家袁桷(1266—1327)之书屋,因袁桷号清容居士,故以名。后毁于战火,明时得以重建。[2]笭箸:打鱼用之竹编盛器。[3]睥睨:城墙上之小墙。[4]赵文敏公孟頫:即赵孟頫,元代著名书画家,字子昂,累官至翰林学士承旨,封魏国公,谥文敏。工书法,尤精正、行书和小楷,为楷书四大家之一。[5]范太史:即范应期,字伯祯,嘉靖进士,官至南京监察御史、国子祭酒。[6]守、丞、司理:皆官名。守:太守,明代专以称知府;丞,县丞,为县令辅佐;司理,司理参军之简称,掌狱讼。[7]阛阓:市区。厘祝:祭祀鬼神之人。[8]王珣:字符琳,东晋名士,宰相王导之孙。周颙:字彦伦,南北朝时宋文学家。

归有光(1507—1571)

归有光,字熙甫,昆山(今属江苏)人,人称震川先生。嘉靖进士,官南京太仆寺丞。论文推崇唐宋作家,与王慎中、唐顺之、茅坤等被称为"唐宋派",认为"文章至于宋元诸名家,其力足以追数千载之上而与之颉颃",指斥"文必秦汉"之复古派为"妄庸钜子"。其散文朴素简洁,善于叙事,颇受时人推重。有《震川先生集》。

沧浪亭记[1]

浮图文瑛居大云庵,环水,即苏子美沧浪亭之地也。亟求余作《沧浪亭记》,曰:"昔子美之记,记亭之胜也。请子记吾所以为亭者。"

余曰:昔吴越有国时,广陵王镇吴中[2],治南园于子城之西南;其外戚孙承佑[3],亦治园于其偏。迨淮海纳土[4],此园不废。苏子美始建沧浪亭,最后禅者居之:此沧浪亭为大云庵也。有庵以来二百年,文瑛寻古遗事,复子美之构于荒残灭没之余:此大云庵为沧浪亭也。

夫古今之变,朝市改易。尝登姑苏之台[5],望五湖之渺茫,群山之苍翠,太伯、虞仲之所建[6],阖闾、夫差之所争,子胥、种、蠡之所经营[7],今皆无有矣。庵与亭何为者哉?虽然,钱镠因乱攘窃,保有吴越,国富兵强,垂及四世。诸子姻戚,乘时奢僭,宫馆苑囿,极一时之盛。而子美之亭,乃为释子所钦重如此。可以见士之欲垂名于千载之后,不与其澌然而俱尽者[8],则有在矣。

文瑛读书喜诗,与吾徒游,呼之为沧浪僧云。

【注释】

[1]沧浪亭,苏州四大古名园之一,原是五代广陵王钱元璙池馆,又说五代末中吴军节度使孙承佑之别墅,为北宋诗人苏舜钦购得,临水筑亭,题为"沧浪亭",园因亭得名,后屡易其主。南宋初抗金名将韩世忠曾居,又名韩园,由元至明为佛寺。此文乃作者应僧人文瑛之请而作,记述沧浪亭之历代沿革、兴废,感慨遗迹无存,悟及读书人垂名之因。[2]广陵王:钱元璙,字德辉,钱镠子,曾为苏州刺史,进检校太师中书令,后封广陵郡王。[3]孙承佑:钱塘人,吴越主钱俶纳其姊为妃,因擢处要职,曾为中吴军节度使,后随钱俶归宋。[4]淮海纳土:指吴越国主钱俶献其地于宋。[5]姑苏之台:姑苏台,在今苏州城西南。据传是春秋末年由吴王阖闾、夫差两代君主所建,工程浩大。越灭吴,被焚毁。[6]太伯:周先祖太王长子,相传太王欲传位给季历,他和弟弟仲雍避居江南,开发吴地,为吴国之始祖。太伯卒,无子,弟仲雍立。虞仲:即仲雍。[7]子胥:伍员,字子胥。吴国大臣。种:文种,越国大夫。蠡:范蠡,越国大夫,他们都是春秋末吴越争霸之主要人物。[8]澌然:灭尽之样子。

唐顺之(1507—1560)

唐顺之,字应德,武进(江苏常州市)人。倭寇犯,以职方郎中视师浙江,亲身泛海,累破倭寇,擢右佥都御史,巡抚凤阳。与王慎中、茅坤、归有光同为"唐宋派",其古文"在有明中叶,屹然为一大宗"。有《荆州先生文集》。

书秦风蒹葭三章后[1]

嘉靖戊申,秋七月二十五日夜,雷雨大作,万艘震荡。平明开霁,则河水增高四五尺矣。余与褚生泛小舸,如陈渡[2],临流歌啸,渺然有千里江湖之思。因咏《秦风·蒹葭》三章,则宛如目前风景,而所谓伊人者,犹庶几见之。

且秦时风俗,不雄心于戈矛战斗,则痒技于猃歇射猎[3]。至其声利所驱,虽豪杰亦且侧足于寺人、媚子之间[4],方以为荣而不知愧。其义士亦且沈酣豢养,与君为殉而为可赎。盖靡然矜侠趋势之甚矣。

而乃有遗世独立,澹乎埃壒之外若斯人者[5],岂所谓一国之人皆若狂,而此其独醒者欤?抑亦以秦之不足与,而优游肥遁[6],若后来凿坯、羊裘之徒者[7],在当时固已有人欤？

余独惜其风可闻而姓名不著，不得与凿坏、羊裘之徒并列隐逸传。然凿坏、羊裘之徒以其身而逃之，《蒹葭》伊人者乃并其姓名而逃之，此又其所以为至也。

噫嘻！士固有不慕乎当世之荣，而亦何心于后世之名也哉？因慨然为之一笑，遂书以示褚生。

【注释】

[1]此文解《诗经·秦风·蒹葭》之"伊人"为独醒之隐士，并赞其不慕当世荣、无心后世名之高行，透露对世风之不满。[2]褚生：名滔，唐顺之弟子。舠：刀形之小船。陈渡：江苏武进（今常州）西南十余里之小镇。[3]雄心于戈矛战斗：指《秦风·无衣》"王于兴师，修我戈矛，与子同仇"句。猃歇射猎：指《秦风·驷铁》"载猃歇骄"句。猃：长嘴猎犬，歇：短嘴猎犬。[4]寺人：太监。《秦风·车邻》有"未见君子，寺人之令"句。媚子：指亲近之宠臣。《秦风·驷铁》有"公之媚子，从公于狩"句。[5]壒：灰尘。[6]肥遁：隐居避世。[7]凿坏：扬雄《解嘲》："故士或自盛以橐，或凿坏以遁。"《汉书》颜师古注引应劭说："凿坏，谓颜阖也。鲁君闻颜阖贤，欲以为相，使者往聘，因凿后垣而亡。坏，壁也。"羊裘：指后汉严光。严光曾与汉光武帝刘秀同游学，及刘秀称帝，乃变姓名，隐居不见。齐国上言，有一男子披羊裘钓大泽中，刘秀疑为严光，使三人聘，果为严光，然终不仕。

李　贽（1527—1602）

李贽，字卓吾，号宏甫，福建泉州晋江人。嘉靖三十一年（1552）举人，官至云南姚安知府。明代著名思想家、文学家，以"异端"自居，大胆抨击假道学和封建传统教条，被逮狱至死。李贽反对复古主义的剽窃摹拟，倡导"童心说"，主张"诗何必古选，文何必先秦"，文学必须发抒己见，重视小说、戏曲在文学上的地位，曾评点《水浒传》、《西厢记》等，对当时文艺思想和文学创作影响很大。有《焚书》、《续焚书》、《藏书》、《续藏书》等。

童心说[1]

龙洞山人叙《西厢》[2]，末语云："知者勿谓我尚有童心可也。"夫童心者，真心也。若以童心为不可，是以真心为不可也。夫童心者，绝假纯真，最初一念之本心也。若失却童心，便失却真心；失却真心，便失却真人。人而非真，全不复有初矣。童子者，人之初也；童心者，心之初也。夫心之初，曷可失也？然童心胡然而遽失也。盖方其始也，有闻见从耳目而入，而以为主于其内而童心失。其长也，有道理从闻见而入，而以为主于其内而童心失。其久也，道理闻见日以益多，则所知所觉日以益广，于是焉又知美名之可好也，而务欲以扬之而童心失。知不美之名之可丑也，而务欲以掩之而童心失。

夫道理闻见,皆自多读书识义理而来也。古之圣人,曷尝不读书哉。然纵不读书,童心固自在也;纵多读书,亦以护此童心而使之勿失焉耳,非若学者反以多读书识义理而反障之也。夫学者既以多读书识义理障其童心矣,圣人又何用多著书立言以障学人为耶? 童心既障,于是发而为言语,则言语不由衷;见而为政事,则政事无根柢;著而为文辞,则文辞不能达。非内含于章美也,非笃实生辉光也,欲求一句有德之言,卒不可得,所以者何? 以童心既障,而以从外入者闻见道理为之心也。

夫既以闻见道理为心矣,则所言者皆闻见道理之言,非童心自出之言也,言虽工,于我何与? 岂非以假人言假言,而事假事、文假文乎! 盖其人既假,则无所不假矣。由是而以假言与假人言,则假人喜;以假事与假人道,则假人喜;以假文与假人谈,则假人喜。无所不假,则无所不喜。满场是假,矮人何辩也[3]。然则虽有天下之至文,其湮灭于假人而不尽见于后世者,又岂少哉! 何也? 天下之至文,未有不出于童心焉者也。苟童心常存,则道理不行,闻见不立,无时不文,无人不文,无一样创制体格文字而非文者。诗何必古《选》[4],文何必先秦,降而为六朝,变而为近体,又变而为传奇,变而为院本,为杂剧,为《西厢曲》,为《水浒传》,为今之举子业,皆古今至文,不可得而时势先后论也。故吾因是而有感于童心者之自文也,更说什么六经[5],更说什么《语》、《孟》乎!

夫六经、《语》、《孟》,非其史官过为褒崇之词,则其臣子极为赞美之语,又不然,则其迂阔门徒、懵懂弟子,记忆师说,有头无尾,得后遗前,随其所见,笔之于书。后学不察,便谓出自圣人之口也,决定目之为经矣,孰知其大半非圣人之言乎? 纵出自圣人,要亦有为而发,不过因病发药,随时处方,以救此一等懵懂弟子,迂阔门徒云耳。医药假病,方难定执,是岂可遽以为万世之至论乎? 然则六经、《语》、《孟》,乃道学之口实,假人之渊薮也,断断乎其不可以语于童心之言明矣。呜呼! 吾又安得真正大圣人童心未曾失者而与之一言文哉!

【注释】

[1]此篇标举绝假纯真之童心为新之文学标准,批判道学家所宣扬之义理对人心之入侵,反对当时风靡文坛之拟古文风,全文纵论古今,气势恢宏。[2]龙洞山农:或为李贽别号,或指颜钧,字山农。《西厢》指王实甫《西厢记》。[3]矮人何辩:这里以演戏为喻,矮人根本看不到,就无法分辨。[4]《选》:指萧统《文选》,又称《昭明文选》。[5]六经:指儒家经典《诗》、《书》、《礼》、《乐》、《易》、《春秋》。

张 溥(1602—1641)

张溥,字天如,号西铭,太仓(今江苏太仓)人。崇祯四年(1631)进士,授庶吉士。

后乞假归家养亲，不再出仕。其与同郡张采组织复社，结交四方人士，与阉党余孽进行斗争，成为"东林"党后著名的抗清政治社团，曾辑《汉魏六朝百三名家集》，有《七录斋集》等。

五人墓碑记[1]

五人者，盖当蓼洲周公之被逮[2]，激于义而死焉者也。至于今，郡之贤士大夫请于当道，即除魏阉废祠之址以葬之[3]。且立石于其墓之门，以旌其所为。呜呼，亦盛矣哉！

夫五人之死，去今之墓而葬焉，其为时止十有一月耳。夫十有一月之中，凡富贵之子，慷慨得志之徒，其疾病而死，死而湮没不足道者，亦已众矣，况草野之无闻者欤！独五人之皦皦，何也？

予犹记周公之被逮，在丁卯三月之望。吾社之行为士先者，为之声义，敛赀财以送其行，哭声震动天地。缇骑按剑而前[4]，问："谁为哀者？"众不能堪，抶而仆之。是时以大中丞抚吴者为魏之私人[5]，周公之逮所由使也；吴之民方痛心焉。于是乘其厉声以呵，则噪而相逐，中丞匿于溷藩以免[6]。既而以吴民之乱请于朝，按诛五人，曰颜佩韦、杨念如、马杰、沈扬、周文元，即今之傫然在墓者也。

然五人之当刑也，意气扬扬呼中丞之名而詈之，谈笑而死。断头置城上，颜色不少变。有贤士大夫发五十金买五人之脰而函之，卒与尸合。故今之墓中全乎为五人也。

嗟夫！大阉之乱，缙绅而能不易其志者，四海之大，有几人欤？而五人生于编伍之间，素不闻诗书之训，激昂大义，蹈死不顾，亦曷故哉？且矫诏纷出，钩党之捕遍于天下[7]，卒以吾郡之发愤一击，不敢复有株治；大阉亦逡巡畏义，非常之谋难于猝发，待圣人之出而投缳道路，不可谓非五人之力也。

由是观之，则今之高爵显位，一旦抵罪，或脱身以逃，不能容于远近，而又有剪发杜门，佯狂不知所之者，其辱人贱行，视五人之死，轻重固何如哉？是以蓼洲周公，忠义暴于朝廷，赠谥美显[8]于身后；而五人亦得以加其土封，列其姓名于大堤之上，凡四方之士，无有不过而拜且泣者，斯固百世之遇也。不然，令五人者保其首领以老于户牖之下，则尽其天年，人皆得以隶使之，安能屈豪杰之流，扼腕墓道，发其志士之悲哉！故予与同社诸君子，哀斯墓之徒有其石也，而为之记，亦以明死生之大，匹夫之有重于社稷也。

贤士大夫者：冏卿因之吴公[9]，太史文起文公[10]，孟长姚公也[11]。

【注释】

[1]天启六年(1626)东林党人周顺昌退居苏州,大阉魏忠贤派缇骑来捕,激起苏州市民数万人之义愤,打死缇骑一人。其后江苏巡抚毛一鹭捕杀颜佩韦等五人。次年崇祯即位,诛杀魏忠贤一党,苏州人重修五人坟墓,张溥即做此碑文,叙说五人义死之悲壮,追述苏州市民反阉党暴行之英勇,呈"死生之大,匹夫之有重于社稷"之道理,言辞激昂,议论深刻,发人深省。[2]蓼洲周公:周顺昌,字景文,号蓼洲。吴县人、东林党成员,后被害。[3]魏阉废祠:魏忠贤当权时,一些地方官曾为他立生祠。魏败后,各生祠俱废。[4]缇骑:汉代执金吾手下之骑士。后世用以称呼逮捕犯人之官役。[5]以大中丞抚吴者:以大中丞职衔做江苏巡抚之人。即毛一鹭。[6]溷藩:厕所。[7]钩党之捕:认为某些人是一党之,就加以逮捕,[8]赠谥美显:指周顺昌被皇帝赠给"忠介"之谥号。[9]同卿:指太仆卿,掌管皇帝车马之官。吴公:即吴默,字因之,吴江人,万历时官太仆少卿。[10]太史:古官名,为皇帝文学侍从之臣。明代借指翰林。文起文公:即文震孟,字文起,曾为翰林院修撰。[11]孟长姚公:即姚希孟,字孟长,文震孟外甥。按:以上三人即前面所说之"发五十金,买五人之胆而函之"贤士大夫。

第三节　公安派文及小品文

袁宏道(传略,见前明诗部分)

拙效传[1]

石公曰[2]:"天下之狡于趋避者,兔也,而猎者得之。乌贼鱼吐墨以自蔽,乃为杀身之梯,巧何用哉?夫藏身之计,雀不如燕;谋生之术。鹳不如鸠,古记之矣。作《拙效传》。"

家有四钝仆:一名冬,一名东,一名戚,一名奎。冬即余仆也。掀鼻削面,蓝眼虬须,色若绣铁[3]。尝从余武昌,偶令过邻生处,归失道,往返数十回,见他仆过者,亦不问。时年已四十余。余偶出,见其凄凉四顾,如欲哭者,呼之,大喜过望。性嗜酒,一日家方煮醪,冬乞得一盏,适有他役,即忘之案上,为一婢子窃饮尽。煮酒者怜之,与酒如前。冬伛偻突间[4],为薪焰所著,一烘而过,须眉几火。家人大笑,仍与他酒一瓶。冬甚喜,挈瓶沸汤中,俟暖即饮,偶为汤所溅,失手堕瓶,竟不得一口,瞠目而出。尝令开门,门枢稍紧,极力一推,身随门辟,头颅触地,足过顶上,举家大笑。今年随至燕邸,与诸门隶嬉游半载,问其姓名,一无所知。

东貌亦古,然稍有诙气。少役于伯修。伯修聘继室时,令至城市饼。家去城百里,吉期已迫，约以三日归。日晡不至，家严同伯修门外望[5]。至夕，见一荷担从柳堤来者，东也。家严大喜，急引至舍，释担视之，仅得蜜一瓮。问饼何在，东曰："昨至城，偶见蜜价贱，遂市之；饼价贵，未可市也。"时约以明纳礼，竟不得行。

戚、奎皆三弟仆。戚尝刈薪，跪而缚之，力过绳断，拳及其胸，闷绝仆地，半日始苏。奎貌若野獐，年三十，尚未冠，发后攒作一纽，如大绳状。弟与钱市帽，奎忘其纽，及归，束发如帽，眼鼻俱入帽中，骇叹竟日。一日至比舍，犬逐之，即张空拳相角，如与人交艺者，竟啮其指。其痴绝皆此类。

然余家狡狯之仆，往往得过，独四拙颇能守法。其狡狯者，相继逐去，资身无策[6]，多不过一二年，不免冻馁。而四拙以无过，坐而衣食，主者谅其无他，计口而受之粟，唯恐其失所也。噫，亦足以见拙者之效矣。

【注释】

[1]此文作于万历二十七(1599)至二十八年作者在京时，以漫画笔法，描写家中四位仆人同中有异、拙笨可笑之各种神态。作者感慨为人处世之道，首尾点明"巧之用与拙之效相对而言"之理，文笔诙谐有趣、耐人寻味。[2]石公：作者自号。[3]绣：疑当作"锈"字。[4]伛偻：腰背弯曲。突：烟囱。这里指灶火。[5]伯修：宏道兄宗道，字伯修。[6]资身：养活自己。

袁中道（传略，见前明诗部分）

楮亭记[1]

金粟园后，有莲池二十余亩，临水有园，楮树丛生焉[2]。予欲置一亭纳凉，或劝予："此不材木也，宜伐之，而种松柏。"予曰："松柏成阴最迟，予安能待。"或曰："种桃李。"予曰："桃李成荫，亦须四五年，道人之迹如游云。安可积之一处？予期目前可作庇阴者耳。楮虽不材，不同商丘之木，嗅之狂醒三日不已者[3]，盖亦界于材与不材之间者也。以为材，则不中梁栋枅栌之用[4]；以为不材，则皮可为纸，子可为药，可以染绘，可以颒面，其用亦甚伙。昔子瞻作《宥老楮诗》[5]，盖亦有取于此。"

今年夏，酷暑，前堂如炙，至此地则水风泠泠袭人，而楮叶皆如掌大，其阴甚浓，遮樾一台[6]。植竹为亭，盖以箬，即曦色不至，并可避雨。日西，骄阳隐蔽层林，啼鸟咈叶中，沉郁有若深山。数日以来，此树遂如饮食衣服，不可暂废，深有当于予心。自念设有他树，犹当改植此，而况已森森如是，岂惟宥之哉？且将九锡之矣[7]，遂取之以名吾亭。

【注释】

[1]此文叙楮树用处及楮亭由来,借题发挥,由楮树"界于材与不材之间"阐发《庄子·山木篇》所谓成材为患、不成材亦为患、当处材与不材间保全性命之观点。[2]楮树:落叶乔木。叶似桑,皮可制纸。[3]"商丘之木"两句:典出《庄子·人间世》:"南伯子綦游乎商之丘,见大木焉,有异……嗅之,则使人狂酲三日而不已"。酲:醉酒。[4]枅:柱上之方木。栌:大柱柱头承托栋梁之方木。[5]子瞻:苏轼,其《宥老楮诗》说楮树用处"略数得五六"。[6]樾:树荫。[7]九锡:传说古代帝王尊礼大臣所给之九种器物。

王思任 (1574—1646)

王思任,字季重,号谑庵,浙江山阴(今绍兴)人,万历二十三年(1959)进士,清兵破南京后,鲁王监国,以思任为礼部右侍郎,进尚书。顺治三年(1646),绍兴为清兵所破,闭门大书"不降",绝食而死。王思任散文谑浪不羁,游记散文颇好。著有《王季重十种》。

剡 溪[1]

浮曹娥江上[2],铁面横波,终不快意。将至三界址,江色狎人,渔火村灯,与白月相下上,沙明山静,犬吠声若豹,不自知身在板桐也。昧爽,过清风岭,是溪、江交代处,不及一唔贞魂。山高岸束,斐绿迸丹,摇舟听鸟,杳小清绝,每奏一音,则千峦啾答。秋冬之际,想更难为怀[3],不识吾家子猷何故兴尽[4]?雪溪无妨子猷,然大不堪戴。文人薄行,往往借他人爽厉心脾,岂其可?过画图山,是一兰若盆景。自此,万壑相招赴海,如群诸侯敲玉鸣裾[5]。逼折久之,始得豁眼一放地步。山城崖立,晚市人稀,水口有壮台作砥柱,力脱帻往登,凉风大饱。城南百丈桥,翼然虹饮,溪逗其下,电流雷语。移舟桥尾,向月碛枕漱取酣[6],而舟子以为何不傍彼岸,方喃喃怪事我也。

【注释】

[1]此文为作者浙东纪游第三篇,描述从曹娥江入剡溪沿途所见之山水景观,穿插以曹娥、王子猷等传说和典故,笔调淡雅,即兴发挥,语言简洁。剡溪:在浙江嵊县,为曹娥江上游。[2]曹娥江:在浙江省,为剡溪下流,至嵊县各支流汇合,曲折北流经曹娥庙前,故名曹娥江。曹娥为东汉会稽郡上虞县人,传其父五月五日迎神,溺死江中。曹娥年仅十四,沿江哭号十七昼夜,投江死。《后汉书》有孝女曹娥传。[3]秋冬之际,想更难为怀:典出《世说新语.言语》:王子敬云"从山阴道上行,山川自相映发,使人应接不暇。若秋冬之际,尤难为怀"。[4]吾家子猷:指东晋王徽之,字子猷,作者与他同姓,故称吾家子猷。王徽之居会稽时,雪夜泛舟剡溪,访戴逵(字安道),至其门而返,人问其故,他说:"本乘兴而来,兴尽而返,何必见安道耶!"[5]敲玉鸣裾:形容穿着礼服,佩戴玉器,走动时发出响声。[6]向月碛:沙滩名。枕漱:即枕石漱流。典出《世说新语》。

徐　渭(传略,见前明诗部分)

叶子肃诗序[1]

人有学为鸟言者,其音则鸟也,而性则人也;鸟有学为人言者,其音则人也,而性则鸟也。此可以定人与鸟之衡哉[2]?今之为诗者,何以异于是?不出于己之所自得,而徒窃于人之所尝言,曰某篇是某体,某篇则否;某句似某人,某句则否。此虽极工逼肖,而已不免于鸟之为人言矣。

若吾友子肃之诗则不然[3]。其情坦以直,故语无晦;其情散以博,故语无拘;其情多喜而少忧,故语虽苦而能遣;其情好高而耻下,故语虽俭而实丰。盖所谓出于己之所自得,而不窃于人之所尝言者也。就其所自得,以论其所自鸣,规其微疵,而约于至纯,此则渭之所献于子肃者也。若曰某篇不似某体,某句不似某人,是乌知子肃者哉!

【注释】

[1]此文乃作者为其友人叶子肃诗作序。序中对当时拟古派诗风予以尖锐讽刺与挖苦,赞叶子肃诗出于己之所得,体现徐渭自得创变之文学主张。[2]衡:秤。[3]子肃:叶子肃,作者友人,曾为戚继光幕僚,死于京都。

张　岱(1597—1679)

张岱,字宗子、石公,号陶庵,浙江山阴(今绍兴)人,出身于仕宦家庭,早年生活优裕、兴趣广泛,清兵南下,入山隐居著书。他是小品文集大成者,其文题材广泛,文笔舒放,语言清新,描摹传神,时杂诙谐,情趣盎然,不仅抒发对故国风土人情之追恋及明亡后之怀旧感伤情绪,尤以“忆悟体”创作引领散文发展新方向。祁豸佳赞之:“笔具化工,其所记游,有郦道元之博奥,有刘同人之生辣,有袁中郎之倩丽,有王季重之诙谐。”有《石匮书后集》、《琅嬛文集》、《陶庵梦忆》、《西湖梦寻》等存世。

西湖梦寻序[1]

余生不辰,阔别西湖二十八载,然西湖无日不入吾梦中,而梦中之西湖,实未尝一日别余也。

前甲午、丁酉[2],两至西湖,如涌金门、商氏之楼外楼、祁氏之偶居、钱氏、余氏之别墅,及余家之寄园,一带湖庄,仅存瓦砾。则是余梦中所有者,反为西湖所无。及至断桥一望,凡昔日之歌楼舞榭,弱柳夭桃,如洪水淹没,百不存一矣。余及急急走避,谓余为西湖而来,今所见若此,反不若保吾梦中之西湖为得计也。

因想余梦与李供奉异,供奉之梦天姥也,如神女名姝,梦所未见,其梦也幻。余之梦西湖也,如家园眷属,梦所故有,其梦也真。今余偶居他氏,已二十二载,梦中犹在故居。旧役小溪,今已白头,梦中仍是总角。夙习未除,故态难脱,而今而后,余但向蝶庵岑寂,蘧榻纡徐,惟吾梦是保,一派西湖景色,犹端然未动也。儿曹诘问,偶为言之,总是梦中说梦,非魇即呓也。

余犹山人,归自海上,盛称海错之美[3],乡人竞来共舐其眼。嗟嗟!金齑瑶柱[4],过舌即空,则舐眼亦何救其馋哉?第作"梦寻"七十二则,留之后世,以作西湖之影。

【注释】

[1]据其自序,本文作于康熙十年(1671)七月十六日。张岱多年侨居杭州,明亡后"避迹山居",西湖美景日日萦绕梦中,及至二返西湖,却失落感叹不已,叙《西湖梦寻》之缘由,感故国家园之思恋,往事成空之苍凉情感溢于言表。[2]甲午:此指清顺治十一年(1654)、南明永历八年。丁酉:此指清顺治十四年(1657)、南明永历十一年。[3]海错:海产种类繁多,通称为海错。[4]金齑瑶柱:食品名。

自为墓志铭[1]

蜀人张岱,陶庵其号也。少为纨绔子弟,极爱繁华,好精舍,好美婢,好娈童,好鲜衣,好美食,好骏马,好华灯,好烟火,好梨园,好鼓吹,好古董,好花鸟,兼以茶淫橘虐,书蠹诗魔,劳碌半生,皆成梦幻。年至五十,国破家亡,避迹山居,所存者破床碎几,折鼎病琴,与残书数帙,缺砚一方而已。布衣蔬食,常至断炊。回首二十年前,真如隔世。

常自评之,有七不可解:向以韦布而上拟公侯,今以世家而下同乞丐,如此则贵贱紊矣,不可解一;产不及中人,而欲齐驱金谷[2],世颇多快捷方式,而独株守于陵[3],如此则贫富舛矣,不可解二;以书生而践戎马之场,以将军而翻文章之府,如此则文武错矣,不可解三;上陪玉帝而不谄,下陪悲田院乞儿而不骄[4],如此则尊卑溷矣,不可解四;弱则唾面而肯自干,强则单骑而能赴敌,如此则宽猛背矣,不可解五;争利夺名,甘居人后,观场游戏,肯让人先,如此则缓急谬矣,不可解六;博弈摴蒱[5],则不知胜负,啜茶尝水,则能辨渑淄[6],如此则智愚杂矣,不可解七。有此七不可解,自且不解,安望人解?故称之以富贵人可,称之以贫贱人亦可;称之以智慧人可,称之以愚蠢人亦可;称之以强项人可,称之以柔弱人亦可;称之以卞急人可,称之以懒散人亦可。学书不成,学剑不成,学节义不成,学文章不成,学仙学佛,学农学圃俱不成,任世人呼之为败家子,为废物,为顽民,为钝秀才,为瞌睡汉,为死老魅也已矣。

初字宗子,人称石公,即字石公。好著书,其所成者有《石匮书》、《张氏家谱》、《义烈传》、《琅环文集》、《明易》、《大易用》、《史阙》、《四书遇》、《梦忆》、《说铃》、《昌谷解》、《快园道古》、《傒囊十集》、《西湖梦寻》、《一卷冰雪文》行世。

　　生于万历丁酉八月二十五日卯时，鲁国相大涤翁之树子也[7]，母曰陶宜人。幼多痰疾，养于外大母马太夫人者十年。外太祖云谷公宦两广[8]，藏生牛黄丸盈数簏，自余囡地以至十有六岁，食尽之而厥疾始瘳。六岁时，大父雨若翁携余之武林[9]，遇眉公先生跨一角鹿[10]，为钱塘游客，对大父曰："闻文孙善属对，吾面试之。"指屏上李白骑鲸图曰："太白骑鲸，采石江边捞夜月[11]。"余应曰："眉公跨鹿，钱塘县里打秋风。"眉公大笑起跃曰："那得灵隽若此，吾小友也。"欲进余以千秋之业，岂料余之一事无成也哉？

　　甲申[12]以后，悠悠忽忽，既不能觅死，又不能聊生，白发婆娑，犹视息人世。恐一旦溘先朝露，与草木同腐，因思古人如王无功、陶靖节、徐文长[13]皆自作墓铭，余亦效颦为之。甫构思，觉人与文俱不佳，辍笔者再。虽然，第言吾之癖错，则亦可传也已。曾营生圹[14]于项王里之鸡头山，友人李研斋题其圹曰："呜呼，有明著述鸿儒陶庵张长公之圹。"伯鸾高士，冢近要离[15]，余故有取于项里也。明年，年跻七十，死与葬，其日月尚不知也，故不书。铭曰：

　　穷石崇，斗金谷。盲卞和，献荆玉[16]。老廉颇，战涿鹿。赝龙门，开史局。馋东坡，饿孤竹。五羖大夫，焉能自鬻[17]。空学陶潜，枉希梅福[18]。必也寻三外野人[19]，方晓我之衷曲。

【注释】

　　[1]明代文人张扬自我意识，文人自撰墓志铭形成风气，自题墓志铭之功能亦发生变化，往往反映撰者独立无羁之个性人格、人生情趣，与社会主流文化观念之矛盾冲突，语无顾忌。张岱此篇墓志铭在放诞、反讽之自我剖析与人生哀挽中，回荡黍离铜驼之声。[2]金谷：地名，在今河南省洛阳市西北。晋巨富石崇于此建别墅，世称金谷园，与王恺、羊琇等人斗富。[3]于陵：战国时齐城邑，在今山东邹平县东南。齐陈仲子曾隐居此地。[4]悲田院：也作卑田院。佛教以施贫为悲田，所以称救济贫民机构为悲田院，后以指乞丐聚居地。[5]博弈摴蒱：博，六博，一种古代戏具。弈，围棋。博弈，泛指下棋。摴蒱，博戏名，以掷骰决胜负，后泛称赌博为摴蒱。[6]渑淄：两河名，均在山东省，传说其水味不同，合则难辨，惟春秋时齐国易牙能辨。典见《列子·说符》。[7]鲁国相：鲁，明藩王所封国名。国相，汉代藩国，有国相职官负责该国行政事务。张岱父亲曾任鲁献王右长史，其职相当汉国相，故云。大涤翁：张岱父亲，名张耀芳，字尔弢，号大涤。树子：妻生儿子，区别于妾生子。[8]外太祖：张岱之外曾祖父陶某之字或别号为云谷。[9]雨若：张岱祖父汝霖字。武林：古杭州别称。[10]眉公：陈继儒（1558—1639），字仲醇，号眉公，华亭（今上海松江）人，明代文学家、书画家。[11]采石：即采石矶，在今安徽省马鞍山市长江东岸。相传李白于此醉酒，爱江中月影，捞月溺亡。[12]甲申：即明思宗崇祯十七年（1644），李自成义军攻进北京，明覆灭；后清兵入关，夺取政权。

[13]王无功:王绩,字无功,有《自作墓志文》。陶靖节:陶渊明,有《自祭文》。徐文长:徐渭,字文长,有《自为墓志铭》。[14]生圹:生前预造之墓穴。项王里:即项王山,在绍兴西南三十里,传说项王曾避仇于此,下有项羽祠。[15]伯鸾:东汉之梁鸿,字伯鸾,博学有气节,隐居不仕,所以称他为高士。他很崇敬春秋时之刺客要离,所以要在死后埋葬在要离之坟墓附近。[16]盲卞和"二句:春秋时楚人卞和两次献玉于厉王、武王,被刖两足,文王即位,卞和抱璞而泣血,文王剖璞得玉。[17]赝龙门三句:龙门,地名,在今山西省河津县,司马迁出生地。孤竹,指孤竹君两子伯夷、叔齐,不食周粟,饿死首阳山。五羖大夫:百里奚,春秋时虞人,被楚虏,秦穆公以五张羖羊皮赎回,相秦七年,使秦为诸侯霸主。[18]梅福:字子真,西汉末寿春(今安徽寿县)人。王莽专权,他弃家出走,传说他后来成仙。[19]三外野人:南宋诗人郑思肖宋亡后隐居吴下,自称三外野人。

刘 侗(约1593—约1636)

刘侗,字同人,号格庵,麻城(今湖北省麻城)人。任吴县(今江苏省苏州市)知县。"竟陵派"重要作家。著有《龙井崖诗》、《雉草》;另与于奕正合撰《帝京景物略》八卷,主要记载北京城郊的名胜古迹、景物风土、人物故事。

水尽头[1]

观音石阁而西,皆溪,溪皆泉之委;皆石,石皆壁之余。其南岸,皆竹,竹皆溪周而石倚之。燕故通俗读物生,至此,林林亩为大。竹,丈始枝;笋,丈犹箨;竹粉生于节,笋梢出于林,根鞭出于篱,孙大于母。

过隆救寺而又西,闻泉声。泉流长而声短焉,下流平也。花者,渠[2]泉而役科花;竹者,渠泉而役乎竹;不暇声也。花竹未役,泉犹石泉矣。石鳞乱流,众声渐渐,人踏石过,水珠渐衣。小鱼折折石缝间,闻跫音[3]则伏,于苴[4]于沙。杂花水藻,山僧园叟不能名之。草至不可族,客乃斗以花,休休百步耳,互出,半不同者。然春之花尚不敌其秋之柿叶,叶紫紫,实丹丹。风日流美,晓树满星,夕里皆火,香山曰杏,仰山曰梨,寿安山曰柿也。

西山圆通寺,望太和庵前,山中人指曰:水尽头儿,泉所源也。至则磊磊中两石角如坎,泉盖从中出。鸟树声壮,泉喈喈不可骤闻。坐久,始别,曰:"彼鸟声,彼树声,此泉声也。"又西上广泉废寺,北半里五华寺,然而游者瞻卧佛辄返,曰:"卧佛无泉。"

【注释】

[1]水尽头,又名樱桃沟,在北京西郊寿安山西。[2]渠:人工开凿之水道,这里作动词用,是说花生长在泉水两边,形成水道。[3]跫音:脚步声。《庄子·徐无鬼》:"夫逃虚空者……闻人足音跫然而喜矣。"[4]苴:水中之浮草。

第三章 明小说

  明清时期的小说，实际上是承继由汉魏古小说、唐传奇而来的文言笔记体和由变文、民间讲唱文学、宋元话本而来的通俗说话体两个流脉在不断向前发展。明代小说无疑以通俗说话体小说为主流，长篇及短篇白话小说在明代文坛绽放出耀眼光芒，显示自民间而起的通俗文学的生机和活力。

  宋元话本，即民间讲唱文学中说话艺人的底本。从源流上看，通俗说话体与文言笔记体的传向路径不同，它起于民间，从宗教说唱"讲经文"发展为"俗讲"、变文、再发展为民间说话。"说话"分为说公案（即说铁骑儿）、说经（即说参请）、讲史、小说四类。从唐传奇到宋话本，小说形态从文言笔记体转向通俗说话体，小说创作主体从文人士大夫转向民间演艺人，小说创作风格由雅转向俗，这些转化作为明清小说的准备，无疑对长篇章回小说的成熟定型具有重要作用。

  章回小说，是我国长篇小说的主要形式，一般认为是在宋元讲史、小说话本的基础上演化而成。所谓章回，是以回的形式划分章节段落，分回标目，回目最初为单句，后演化为对仗工稳的偶句，段落整齐，首尾完具，故事在紧要处断开，回末有套语"欲知后事如何，且听下回分解"。它融合小说与讲史的内容与体例，形成完整有序的情节单元序列，创造性格传记与故事要素有机结合、既有短篇联缀又有长篇框架、人物众多、矛盾错综复杂、具有更大包容量和民族特点的长篇小说体制。其发展阶段大体上分为民间平话、世代累积型小说和个人独创型小说三个阶段，明代长篇小说的创作，即处于章回小说孕育成型与源流变化最活跃的时期。

  元末以来在民间平话流传的过程中，一些篇幅较长、具有完整独立的故事段落的小说，通过讲说历史而加以评论，在场上说话的基础上，形成面向大众的小说读本，如元刊平话《新编五代史平话》、《全相平话武王伐纣书》、《新刊大宋宣和遗事》等。平话以两种方式向章回小说累积发展，一是依托大体完整的故事框架不断滚雪球式地积聚，如《全相三国志平话》基本在《三国志》基础上，《西游记》是在《大唐三藏取经诗话》基础上,融合各种历史故事、民间传说而不断丰富完善;一是将一些较为独立的故事段落串联缀合积聚,如《水浒传》是将《大宋宣和遗事》、《宋江三十六人赞》、《石头孙立》、《青面兽》等梁山好汉的传记性故事连缀一体。这两种方式最终形成世代累积型的长篇章回小说《三国演义》、《水浒传》、《西游记》。至明末清初,章回体得以最后完善,如著名的毛氏批本《三国演义》、金圣叹批本《水浒传》等,均以整齐、对偶的七言或八言双句回目来突出主要情节;而《金瓶梅》的出现则标志长篇章回小说创作由世代累积型发展到个人独创型,开启此后以《红楼梦》、《儒林外史》为代表的个体书写长篇章回小说的历史。

明代章回小说以《三国演义》、《水浒传》、《西游记》、《金瓶梅》为代表,形成历史演义、英雄传奇、神魔小说和世情小说的创作潮流。"四大奇书"以点带面,促动小说史在民间化、通俗化与文人化、经典化之间的序列性展开。或者说,奇书文体是一种经过文人有意识整理、加工,不仅在形式上更为整饬,而且在叙事上更为精巧、意蕴上体现出更为深沉的主体寄托意识、具有反思与反讽美学风貌的章回小说。四大奇书作为经典化文本的示范作用,打开小说创作的新局面,并引领小说创作主潮的变迁。

《三国演义》是历史演义的发轫之作。历史演义与英雄传奇都是历史小说,前者由讲史话本发展而来,以描写历史事件的演变为重点,即清代刘廷玑《在园杂志》卷二所言:"因文生事,不乖正史",据史传敷衍添设,进行艺术加工;后者以历史英雄人物的传奇事迹为描写重点,即鲁迅所说:"叙一时故事而特置重于一人或数人者",不拘于一朝一代的历史事件演变过程的描述,而多采取民间传说和野史杂著,虚构增饰。两者相较,前者一般实多虚少,后者一般虚多实少;前者追求深刻的历史意识,后者专注于人物的传奇经历和故事趣味;前者更注重历史事件的有序性、真实性,人物形象有贵族化倾向;后者更注重创作主体的个性发挥和文学性,人物形象有市井化倾向。明代历史演义的代表作除《三国演义》外,还有余邵鱼《列国志传》、冯梦龙《新列国志》、甄伟《西汉演义》等。明代英雄传奇的代表作除《水浒传》外,还有《北宋志传》、《隋史遗文》、《英烈传》等。

神魔小说亦称神话小说、神怪小说,由宋元话本中的灵怪一类发展而来,主要通过幻想中的神魔鬼怪来反映社会现实,具有宗教色彩和荒诞性。明代神魔小说的代表作除《西游记》外,还有罗贯中《三遂平妖传》、许仲琳《封神演义》、董说《西游补》、罗懋登《三宝太监西洋记通俗演义》等。

世情小说,亦称人情小说。鲁迅《中国小说史略》有人情小说与神魔小说相对,并说:"当神魔小说盛行时,记人事者亦突起,其取材犹宋人小说之'银字儿',大率为悲欢离合及发迹变泰之事,间杂因果报应,而不甚言灵怪,又缘描摹世态,见其炎凉,故或亦谓之'世情书'也,诸世情书中,《金瓶梅》最有名。"就名称看,日本学者盐谷温之《中国文学概论》设诨词小说一章,称此类为"佳话小说"、"言情小说",我国台湾华仲麟《中国文学史论》称为艳情类。按照这样的理解,世情小说、或者人情小说还包括《秀榻野史》、《痴婆子传》、《醒世姻缘传》、《林兰香》等这样一个系列。世情小说的远源,实自魏晋志人小说和唐人传奇;而近源则导于宋元话本。世情小说以通俗浅显的语言、写实的手法,描写现实社会的普通人物、日常生活与世态人情。从这一层面看,由史传文学发展而来的历史演义与英雄传奇、由神话传说与志怪传奇发展而来的神魔小说、由宋元话本和民间说唱发展而来的世情小说的先后变化,标志明代小说创作主潮的更替。世情小说的出现,标志中国小说观念在直面现实人生、化丑为美、不加粉饰、细致入微的描写艺术上一大转折。世情小说在反映封建末世上层贵族侈糜放纵生活态度的同时,更为真实深刻地展露资本主义萌芽期重商竞利价值观和市民阶层新的审美趣味。与历史演义、英雄传奇、神魔小说相比较,世情小说呈现出截然不同的艺术特征:从思想内容上说,历史演义与英雄传奇反映的是为时势所造就的半人半神式英雄的力与勇、德与才,表现出鲜明的政治倾向和英雄史观,充满磅礴激情、具有阳刚之美的史诗气魄与歌颂理想的精神;神魔小说通过比附于某一神话体系中的英雄与个性神混合形象的肯定与崇拜,在超世俯察中辩驳善恶,充满反照人间、揶揄不平、幽默诙谐的喜剧意味和哲理体悟;世情小说则取材于活生生、善恶杂糅的世俗生活,反映芸芸众生的日常生活和家庭、婚姻、社会、人生的实际问题与风俗民情,在清醒的现实主义描写中不再一味礼赞和褒扬,而是充满悲剧性的感伤情绪和冷峻的剖析、无情的揭露与批判倾向。从人物群象塑造上看,历史演义以贵族化的帝王将相为主体,英雄传奇以具有传奇色彩的民间英雄为主体,神魔小说以神佛妖魔鬼怪为主体,世情小说则以世俗生活中的三教九流、凡夫俗子一类普通人为主体。从表现形式上看,历史演义依史而演义,英雄传奇传人物事迹,神魔小说借神佛隐寓现实,均兼有注重真实和夸张、想象的两重特点,单线发展的讲述型结构倚重故事性;世情小说则直接汲取日常现实生活题材,集中展示市井民情,表现方式更为客观、平实、细密,更接近生活原貌,多线交错的呈现型结构凸现人的性格、命运史和社会时代的风俗画卷。

宋元话本中之小说一类,又称银字儿,分烟粉、灵怪、传奇、公案、朴刀赶棒、发迹变泰,篇幅短、题材广,哀艳动人,最受百姓欢迎。话本在题材内容、语言运用和形式风格上与唐传奇迥然不同,其小说一类也讲历史故事,但不像"讲史"那样是长篇,而是"一朝一代故事顷刻间提破",即短篇故事。"小说"更多以现实生活为题材,能够迅速、敏捷地反映现实社会,所以受到普通市民的欢迎。鲁迅《中国小说之历史之变迁》即认为话本小说"实在是小说史上之一大变迁",它确立白话小说这样一种崭新的文体,形成小说创作中喜闻乐见的大众文体和通俗形式,为明清白话短篇小说发展打下良好基础。入明以后,由于群众喜爱和社会需要,印刷出版业迅速发展,书商大量刊行,文化与文学教育的普及,带来文学代变观念的产生、通俗文学的高潮迭起,迅速灵活反映市民生活、表现市民情趣的话本小说逐渐渐引起文人注意,遂对宋元旧话本进行编辑、加工,进而模拟话本进行创作,于是产生"拟话本"。所谓"拟话本",就是明代文人模拟宋元话本体制而创作、专供人们案头阅读的话本小说,它实际上已脱离讲唱文学的形式,成为真正的书面文学,有别于宋元话本,称之为"拟话本"。话本在宋元至明初,均以单篇形式流传,明中叶以后陆续出现合刊的集子,其中有话本,也有拟话本。嘉靖间钱塘人洪楩辑印的《清平山堂话本》,是现在认为最早的话本集,原本是其辑印《六十家小说》的残留部分,后人以其书斋"清平山堂"命名。此后,万历年间熊龙峰刊印《小说四种》,天启年间冯梦龙编著"三言",崇祯年间凌濛初编著"二拍",至明末清初涌现出陆人龙《型世言》、周楫《西湖二集》、天然痴叟《石点头》、东鲁古狂生《醉醒石》、艾衲居士《豆棚闲话》、酌元亭主人《照世杯》等,势若雨后春笋,繁盛一时。其中尤以冯梦龙"三言"、凌濛初"二拍"为代表,成为明代拟话本走向繁荣昌盛的标志。话本与拟话本小说是印刷业发达后市民文艺商业化的产物,反映了资本主义萌芽期社会风俗和价值观念,其形式上的入话、插入韵文套语、讲述式叙事方式均有说话技艺的痕迹,与民间文学关系密切。

明代文言笔记体小说虽然在小说史上一般认为处于低潮期,但其发展形态却异常复杂活跃。明代文言小说所展示的人欲与天理交织的世界,青年男女情欲生活的内容,日常生活场景的设置和诗文羼入,以及对世俗生活和世俗情感的关注和细致描写、叙事体制的灵活变化,使文言小说具有话本化、白话化的倾向。其发展异变显示文言与白话、文人小说与民间说唱话本创作观念的交汇。明代文言小说不仅延续传奇小说的文统,出现"剪灯三话"、《钟丽情集》,还有《刘方三义传》、《心坚金石传》、《丽史》等一系列富有特色的作品,且从文言小说中旁逸斜出,其在语体风格、形式篇幅、审美趣味等方面的尝试,都为才子佳人小说的出现,奠定重要基础。才子佳人小说一般有广义和狭义两种。广义的才子佳人小说是一种历时、发展的概念,它包括与明清才子佳人小说有直接继承关系的前代才子佳人小说即唐传奇和明代中篇传奇,同期长篇以外的短篇、中篇及文言、白话小说中的同题材小说。狭义之才子佳人小说则指明清时期以中篇为主、以诗为媒,情节叙事曲折奇巧、人物形象才貌双全、花娇月媚、雅丽风清、文人色彩较浓的才子佳人小说。一般认为,才子佳人小说沿着《金瓶梅》开辟的创作道路发展,由文人独创,以恋爱婚姻、家庭生活为题材,强调女子的才情,女性形象在书中占有重要地位,并形成私定终身后花园、落难公子中状元、奉旨成亲大团圆的故事模式,在明代形成第一个创作高潮。才子佳人小说高潮的出现,除了世情小说的导引外,还应看到传统诗文创作的渗透作用、甚至八股制艺的影响。明代才子佳人小说的代表作有荑荻散人编次的《玉娇梨》、天花藏主人的《平山冷燕》、金木散人的《鼓掌绝尘》以及《山水情传》、《金云翘传》、《定情人》等,其中部分作品或考出于清初。《玉娇梨》又名《双美奇缘》,二十回,荑荻散人编次,成书于明末,一说作者为浙江秀水人张匀。其书以明正统、景泰年间政治斗争为背景,写金陵太常卿白太玄之女红玉貌美有诗才,考诗择婿,才子苏友白赋诗应考,恶少张轨如窃其诗稿以自荐,幸被红玉丫环和嫣素识破。红玉与友白约为婚姻,友白赴京应试,遇见女扮男装之才女卢梦梨,两相倾慕,暗订婚约。苏友白进士第后,抚台逼婚,苏友白辞官而去,几经曲折,苏友白终与红玉、梦梨团圆。才子佳人小说形成的一见钟情、吟咏唱和,姻缘阻隔、矢志不移,金榜题名、终得团圆的故事套路,曾遭到评论家"千人一面、千部一腔"的指责,但作为世情小说由明至清的一种过渡,对《红楼梦》等经典作品的出现,还是具有不可忽略的累积意义。如果没有这样一个累积,小说史的发展将是断层的、不完整的。

参考书目：

石昌渝.中国小说源流论[M].上海:三联书店,1994.

罗贯中.三国演义[M].北京:人民文学出版社1998.

施耐庵.水浒传[M].北京:人民文学出版社,1998.

吴承恩.西游记[M].北京:人民文学出版社,2004.

兰陵笑笑生.金瓶梅[M].北京:人民文学出版社,1991.

冯梦龙.喻世明言,警世通言,醒世恒言[M].北京:人民文学出版社,1991.

凌濛初.初刻拍案惊奇,二刻拍案惊奇[M].北京:人民文学出版社,1991.

第一节　长篇章回小说

罗贯中（生卒年不详）

罗贯中,名本,字贯中,号湖海散人,山西太原人,一说钱塘(今浙江杭州)人,或庐陵(今江西吉安)人。据贾仲名《录鬼续编》:"罗贯中,太原人,号湖海散人。与人寡合。乐府隐语,极为清新,与余为忘年交,遭时多故,各天一方。至正甲辰复会,别来又六十余年。竟不知所终。"王圻《稗史汇编》言其"有志图王"。罗贯中《三国志通俗演义》现存最早刊本是嘉靖壬午(1522)刻本。题"晋平阳侯陈寿史传,后学罗贯中编次,"全书二十四卷,分二百四十节。作为第一部章回小说、历史演义的开山之作,《三国演义》在中国小说史上的奠基之功是全方位的,以其深沉的历史意识、鲜明的主题倾向、史诗般宏伟的艺术结构和出色的战争描写,对后世小说、历史乃至民族文化心理产生重大而深远的影响。今存署名罗贯中的作品,除《三国志通俗演义》外,还有剧本《赵太祖龙虎风云会》、《忠正孝子连环谏》、《三平章死哭蜚虎子》;小说《隋唐志传》、《残唐五代史演义传》和《三遂平妖传》。

《三国演义》(存目)

施耐庵(生卒年不详)

施耐庵,名子安,一说名耳。兴化(今江苏兴化县)人,原籍苏州,36岁与刘伯温同榜进士,任钱塘县尹,后弃官归里,闭门著述,博古通今,才气过人,事亲至孝,为人仗义。高儒《百川书志》载:"《忠义水浒传》一百卷。钱塘施耐庵之本。罗贯中编次。"郎瑛在《七修类稿》中说:此书为"钱塘施耐庵之本"。胡应麟《少室山房笔丛》指出:"武林施某所编水浒传,特为盛行。"过去有关施耐庵生平事迹材料极少,一些记载亦颇多矛盾,二十世纪二十年代以后,江苏兴化陆续发现《施氏族谱》、《施氏长门谱》和《兴化县续志》卷十三补遗的《施耐庵传》、卷十四补遗的王道生撰《施耐庵墓志》等有关施耐庵的材料,大致提供其读书应举、弃官归里、有志著书的行迹,或以为此论还有可议之处。《水浒传》分繁本与简本系统,现存最早版本为万历十七年(1589)天都外臣序《忠义水浒传》一百回本,其书以水浒英雄群象抒乱世忠义之颂歌与悲歌,开创短篇连缀人物传记与故事叙述完整框架相结合的英雄传奇小说体例,对后世影响深远。

《水浒传》(存目)

吴承恩(1501—1582)

吴承恩,字汝忠,号射阳山人,淮安府山阳县(今江苏省淮安市楚州区)人。出身"两世为学官,皆不显"的书香门第,然仕途蹭蹬,嘉靖二十九年(1550)始补岁贡生,入京待选失意,嘉靖四十五年(1566)为浙江长兴县丞,寄趣诗酒,刚直不阿,受人诬告,愤然告归,晚年以卖文为生。《天启淮安府志》言其"性敏而多慧,博极群书,为诗文下笔立成,清雅流丽,有秦少游之风。复善谐谑,所著杂记几种,名震一时"。《西游记》作者除吴承恩一说外,尚有丘处机一说。吴承恩除《西游记》外,有志怪小说《禹鼎记》已佚,后人辑其《射阳先生存稿》四卷。《西游记》于神魔故事之中,诙谐笔墨之外,蕴涵丰富的人生哲理,开创神魔小说的新体类,孙悟空形象的塑造,表达了对人性自由的向往和自我价值的肯定。

《西游记》(存目)

兰陵笑笑生(生卒年不详)

《金瓶梅》的作者,初刻本署名兰陵笑笑生。明代人记载作者是"嘉靖间大名士"、"绍兴老儒"、"金吾戚里"的门客等。一直以来争议纷纷的作者有:王世贞、李开先、屠隆、贾三近等,还有人猜测是十分熟悉民间说唱艺术的文人或民间艺人。《金瓶梅》现存最早刊本,为万历四十五年(1617)欣欣子和东吴弄珠客序《新刻金瓶梅词话》本,后又有崇祯《新刻绣像批评金瓶梅》本、《张竹坡批评金瓶梅第一奇书》本。作为第一部文人独创的白话长篇小说,《金瓶梅》以一个商人家庭的日常生活和买卖活动描写,展现明朝后期的风俗史、众生相、世情图,开创世情小说的新天地。张潮《幽梦影》说:"水浒传是一部怒书,西游记是一部悟书,金瓶梅则是一部哀书。"

《金瓶梅》(存目)

第二节　文言小说与才子佳人小说

瞿　佑(1341—1427)

瞿佑,字宗吉,号存斋,钱塘人。瞿佑深得前辈名流推许,却官阶微末,终生蹭蹬。永乐初年任周王府右长史,永乐六年(1408)因诗得祸,被拘入狱,永乐十三年(1415)流放关外十年,后移居金陵。其创作诗文、小说、研究等二十余种,大多散佚,《剪灯新话》外,今存有《香台集》、《归田诗话》等。

《剪灯新话》(存目)

蒹葭山人(生卒年不详)

蒹葭山人一作荻岸散人,为《玉娇梨》编次者号,其人姓字不详,一说《玉娇梨》作者为浙江秀水人张匀。

《玉娇梨》(存目)

第三节　白话短篇小说

冯梦龙(1574—1646)

冯梦龙,字犹龙,长洲(今江苏吴县)人,少有才名,与兄梦桂、弟梦熊称"吴下三冯",然科场失意,五十七岁选贡生,次年破例授丹徒训导,崇祯七年(1634)升任福建寿宁知县,清兵南下,一说曾抗清,清初忧愤而死。冯梦龙毕生致力于搜集、整理和编辑戏曲、民歌和小说等通俗文学。改编长篇小说《三遂平妖传》、《新列国志》,刊行民间歌曲集《挂枝儿》、《山歌》,编印《笑府》、《古今谈概》、《情史类略》,辑有散曲集《太霞新奏》,刻印《墨憨斋传奇定本》十种。其最重要成就是编著"三言",即《喻世明言》、《警世通言》、《醒世恒言》,各集四十篇,共一百二十篇。在文学上,冯梦龙重视作为"民间性情之响"、"天地间自然之文"的通俗文学涵蕴的真情与感化作用,主张"借男女的真情,发名教之伪药",表现出冲破礼教束缚、追求个性解放的时代精神。主要表现市民阶层的经济活动和市井恋爱婚姻生活的"三言"的出现,反映资本主义萌芽时期的社会风貌,标志古代白话短篇小说整理和创作高潮的到来。

《卖油郎独占花魁》(存目)

凌濛初(1580—1644)

凌濛初,字玄房,乌程(今浙江湖州)人,十八岁补廪膳生,累困场屋,抑郁不得志,崇祯七年(1634)拔副贡授上海县丞,六十三岁升徐州通判。李自成义军围困徐州,率众抵抗,呕血而死。其著作颇富,除小说《初刻拍案惊奇》、《二刻拍案惊奇》,合称"二拍"七十八篇外,还有剧作《虬髯翁》、《颠倒姻缘》、《北红拂》等。作为创作拟话本小说最多的作家,其在"二拍"中揭露社会黑暗,反映市井婚恋生活,主张男女平等,肯定重商竞商的意识,如写商人泛海经商故事的《转运汉遇巧洞庭红》、写徽州商人程宰囤积经营故事的《迭居奇程客得助》,表现了具有时代新质商人经营准则和价值观念。

《转运汉巧遇洞庭红》(存目)

第四章　明戏曲

　　明初以来统治者为巩固政权,倡导伦理纲常,加强集权专制,制定并颁布禁令,对包括戏曲小说在内的俗文学、俗文化加以限制,利用八股取士与儒教经典控制知识分子。这种以道治文、崇雅黜俗的文化政策对戏曲创作演出产生抑制和影响,使得文坛出现一段时间的沉寂,弘治、正德以后方走向初兴并有了长足发展和全面更兴。

　　就杂剧创作与演出而言,明初以宗室作家朱有燉《诚斋乐府》31 种为代表,包括刘东生、贾仲明、杨讷、谷子敬等一批宫廷文学侍从的创作,形成提倡节义、宣扬道化、音律谐美、点缀升平的贵族化、教化化创作倾向。此后,因为社会经济的不断发展和新思想的猛烈冲击,杂剧创作吸收新思想血液,形式上也另辟蹊径。从嘉靖后期到明末,产生杨慎、徐渭、冯惟敏、王衡、汪道昆、卓人月、陈与郊、许潮等主要从事杂剧创作的一批作家。此外,梁辰鱼、王骥德、吕天成、梅鼎祚、徐复祚、叶宪祖、沈自征、凌濛初、孟称舜等传奇作者,也参与杂剧创作,以王九思《杜甫游春》、康海《中山狼》为起点,徐渭《四声猿》、沈自征《渔阳三弄》、王衡《郁轮袍》等,开创愤世嫉俗、抗逆不平、具有强烈主观感情色彩的文人抒怀写愤剧的新局面。吕天成《齐东绝倒》、徐渭《歌代啸》、徐复祚《一文钱》、沈璟《博笑记》等,则将杂剧题材拓展到抨击黑暗、讥刺时弊、嬉笑怒骂,具有鲜明时事指征的社会讽刺剧。冯惟敏《僧尼共犯》、徐翙《春波影》、孟称舜《桃花人面》、卓人月《花舫缘》等,更营造出青年男女冲决礼教樊篱、大胆追求个人幸福、或旖旎烂漫、或矢志情深、或才情风流的爱情剧新篇章。徐渭是明代杂剧创作有重要影响的作家,其《四声猿》不仅敢于摆脱传统思想的束缚,颂扬女性才干,而且表现对礼教与权贵的蔑视与叛逆。总体看来,这一时期杂剧创作不仅充满生命活力与创造性,且在体制上与元杂剧相比发生不小的变化。元杂剧基本遵循一本四折加一楔子的体制。明代以降,杂剧的形制由可长可短的不稳定状态逐步向短剧化、案头化、南北调合腔化发展。因为传奇风靡一时,杂剧已较少演出于舞台,或一折如《渔阳弄》,或两折如《翠乡梦》、《雌木兰》,或五折如《女状元》,无拘无束,挥洒自如。而汪道昆、陈与郊、沈自征、孟称舜、徐复祚和王衡等人,相继写了一些长短不同的短剧。相应地,在角色安排、唱词分配、南北曲融合等方面都向灵活多变发展,至南曲杂剧亦成一时风尚,汪道昆《大雅堂杂剧》中的《高唐梦》、《远山戏》、《洛水悲》,及王骥德的《离魂》、《救友》、《双鬟》,均全用南曲。所以无论从艺术形制上,还是从内容风貌看,这一时期的杂剧创作已完全超脱元杂剧的框范,虽一定程度上远离舞台,但却形成与传奇争胜的创作局面,而激情的想象、充沛的情感与犀利的思想锋芒则无疑成为明杂剧崭新的时代特征。

传奇,是明清以来以演唱南曲为主的一种长篇戏曲形式,由南戏发展而成,体制庞大,文采骈俪。明代传奇在初兴后,逐步走向繁荣。在洪武至嘉靖前(1368—1521)的初兴阶段,一方面,元末四大南戏《荆钗记》、《白兔记》、《拜月亭记》和《杀狗记》,已通过改编在民间广泛流传。另一方面,传奇创作受到官方政治教化和文化管制的影响,以《琵琶记》、《香囊记》、《五伦全备记》为代表,出现道德剧充斥、以时文为南曲的时期。朱元璋极口赞赏《琵琶记》,命教坊经常搬演,名臣作《伍伦全备记》以伦常忠孝故事进行道德教化,都影响并制约这一阶段传奇创作的思想内容。此外,较为著名的传奇作品还有李日华《南西厢记》、王济《连环记》、苏复之《金印记》、沈采《千金记》、沈受先《三元记》等。这些传奇的作者或为朝廷大吏,或为老学名流,主要着力于改编历史故事或金元杂剧、宋元南戏的旧作,虽亦有刺豪绅、说炎凉、写爱情的内容,但总体上未脱出宣扬忠孝节义、功名利禄、因果报应的旧格,形制上也还留着南戏的某些痕迹。嘉靖万历以后,因为城市商业经济的勃兴,催发意识形态领域专制与反专制社会思潮的斗争,政治上的腐败、阶级矛盾的激化和统治阶级内部的分裂,促使进步思想家对封建正统思想提出批评。主张“百姓日用即道”的王学左派出现,给戏剧创作注入新内容。李贽将“童心”作为文学创作和评价的最高准则,高度肯定小说戏曲的价值地位,强调文学的自然表现,反对宁古宁雅、刻意求工,这些思想成为撬动明中叶后文学革新、俗文学大盛的重要杠杆。以此为契机,传奇创作逐步向切近社会拓进,以梁辰鱼《浣纱记》、李开先《宝剑记》和无名氏《鸣凤记》等传奇为代表,出现一批抨击时政、歌颂青年男女突破封建礼教藩篱,追求个性解放的历史与写实剧创作。

传奇在明代繁荣,还有一个非常重要的原因,即声腔交汇的助动作用。以昆山、弋阳、海盐、余姚四大声腔为代表的地域性声腔不断兴起,正如陆容《菽园杂记》所述:“嘉兴之海盐、绍兴之余姚、宁波之慈溪、台州之黄岩、温州之永嘉,皆有习为倡优者,名曰‘戏文子弟’,虽良家子不耻为之。”尽管一些文人对此现象感到不解,如祝允明《猥谈》曰:“数十年来,所谓‘南戏’盛行,更为无端,于是声乐大乱!……盖已略无音律、腔调,愚人蠢工,徇意更变,妄名余姚腔、海盐腔、弋阳腔、昆山腔之类,变易喉舌,趁逐抑扬,杜撰百端,真胡说耳”,但以四大声腔为代表的地域性戏曲传唱流播活动却越来越频繁、热闹。徐渭《南词叙录》云："今唱家称'弋阳腔'，则出于江西，两京、湖南、闽、广用之；称'余姚腔'者，出于会稽，常、润、池、太、扬、徐用之；称'海盐腔'者，嘉、湖、温、台用之。惟'昆山腔'止行于吴中。"在四大声腔争胜的局面中，不仅弋阳腔在传播中发挥善于与各地方言土调结合的特点，演变发展出青阳、徽州、乐平等新腔，且"止行于吴中"的昆山腔，经魏良辅等戏曲音乐家精心改造，因流丽悠远、委婉动听，脱颖而出，以苏州、太仓为中心向四方传播开来。诸腔竞胜和各阶层对演剧活动的强烈兴趣与积极参与，激发剧作者的创作热情，传奇创作蔚为风气。首先，各种声腔都有数量可观的剧目，如海盐腔有《刘智远红袍记》、《玉环记》、《双忠记》、《还带记》、《四节记》，弋阳腔不仅有"封神"、"三国"、"西游"、"征西"等传统历史戏及《长城记》、《珍珠记》、《织锦记》，还凭借对各腔"改调歌之"特点吸纳更加丰富的剧目。第一部由梁辰鱼改造的昆腔演唱剧本《浣纱记》大获成功，掀起文人传奇创作盛极一时的热潮，如沈宠绥《度曲须知》所谓"名人才子，踵《琵琶》、《拜月》之武，竞以传奇鸣；曲海词山，于今为烈"。其次，潜心致力于传奇创作的作家人数众多、人才辈出，如梁辰鱼、张凤翼、汤显祖、沈璟、屠隆、陈与郊、梅鼎祚、汪廷讷、高濂、周朝俊、徐复祚、叶宪祖、凌蒙初、冯梦龙、沈自晋、阮大铖、吴炳、孟称舜等，可考姓名者有二百余人。再次，以汤显祖"临川四梦"、孟称舜《娇红记》、吴炳《绿牡丹》、阮大铖《燕子笺》、周朝俊《红梅记》、冯梦龙《墨憨斋定本传奇》十种为代表，明代传奇创作，或取材历史，或撷取时事，或描摹世相，或敷写爱情，不但伸张民族正气，暴露社会黑暗，鞭挞权贵与宦官，讴歌广大市民群众反抗斗争和正义行为，而且从个性解放的要求出发，赞扬背叛传统的反抗精神，对封建礼教与专制主义进行激烈抨击，尤其是"十部传奇九相思"的爱情传奇，更透过描写青年男女对自由爱情的向往与追求，向禁锢人心的封建礼教发起挑战，《玉簪记》、《红梅记》、《焚香记》、《织锦记》都是其中的优秀剧目。汤显祖云："天下女子有情，宁有如杜丽娘者乎？梦其人即病，病即弥连，至手画形容传其世而后死。死三年矣，复能溟漠中求得其所梦者而生。如丽娘者，乃可谓之有情人耳。情不知所起，一往而深，生者可以死，死可以生。生而不可与死，死而不可复生者，皆非情之至也。"《牡丹亭》因情成梦，因梦成戏，通过杜丽娘一往情深、生死无妨的至情追求，宣示至情的力量和人性的觉醒。明末清初，王朝更替，民族矛盾与阶级斗争的激化，时代社会政治的变局，不断反映到戏曲创作中，以《磨忠记》、《喜逢春》、《鸳鸯绦》、《回春记》等为代表，传奇创作从不同角度接触社会现实斗争，为阉党画像、为官场现行、为末世写心，呈现新异的形象和鲜明的时代色彩。

在戏曲创作视域之外，明代戏曲理论研究也迈上一个新台阶。王骥德《曲律》、吕天成《曲品》、祁彪佳《远山堂明曲品剧品》等曲论著作诞生，臧懋循《元曲选》、毛晋

《六十种曲》、沈泰《盛明杂剧》等戏曲选本出现,中国戏剧史上第一次戏剧流派论争——以汤显祖为代表的临川派和以沈璟为代表的吴江派关于文采、本色、格律等问题的论争,共同促成明代戏剧创作和戏剧批评的互动与发展。

　　明代散曲作家作品很多,数量远超元、清两代。弘治、正德年间,散曲创作逐渐兴起,出现康海、王九思、王磐、朱载堉、陈铎等名家。陈铎散曲创作多为南曲,以男女风情和闺怨之作为多,文辞较为流丽。而揭露封建社会末期腐败黑暗现实的作家,以王磐和朱载堉之作最为出色。明代中后期,散曲创作进一步繁荣,杨慎、金銮、冯惟敏、梁辰鱼、施绍莘等均有显著影响。在描写农民生活苦难,戍边军旅的悲辛与塞上风光的优美方面,以冯惟敏和薛论道为突出。冯惟敏散曲题材广阔,内容丰富,语言活泼自然,风格爽朗豪迈,当推北曲第一。薛论道散曲气魄雄健,以描写边塞军旅生活见长。在描写城市各类市井人物、反映明中叶后期时代风貌及市井生活方面,以陈铎作品最为典型。明代散曲作家大多善诗能文,诗文追摹汉魏盛唐,力求高华典雅,散曲则去元人愈远,更多抒写怡然自得的闲适情绪,表现声色自娱的生活情趣。从地域分布和风尚流变来看,明代散曲大致可做北曲之回响、南曲之清音、晚明之曲籍几个层次观。北曲之回响一派,言志遣怀、哀思民生,以康海志节君子的风范、王九思愤世嫉俗的痛感、李开先风云澹荡的襟怀、冯惟敏的洞达真气与民生之思,合奏出刚直豪宕、质重沉雄并向元散曲复归的铮铮音响。而南曲之清音一流,才情写意、风情艳笔,陈铎的市井声息,施绍莘的花草情恋、沈仕的香奁雅艳,透析清雅婉媚、细腻绰约的格调,为清新自然、浅俗活泼的时调小曲成为曲坛新潮流创造了机缘。

参考书目:

沈泰.盛明杂剧[M].北京:中国戏剧出版社,1958.

毛晋.六十种曲[M].北京:中华书局,1982.

谢伯阳.全明散曲[M].济南:齐鲁书社,1994.

第一节　明杂剧

徐　渭(传略,见前明诗部分)

《四声猿》(存目)

吕天成(1580—1618)

吕天成,原名文,字勤之,浙江余姚人。作传奇初尚绮丽,后师沈璟而作风一变,字句平仄守法甚严。王骥德《曲律》叹惋其"风貌玉立,才名籍甚,青云在襟袖间,而如此人曾不得四十,一夕溘逝,风流顿尽"。所著《曲品》与王氏《曲律》称明人论曲"双璧",为研究明代戏曲和中国戏曲史的重要参考数据。小说有《绣榻野史》、《闲情别寄》两种,戏曲有《烟鬟阁传奇》十五种,杂剧二三十种,今仅存题名竹痴居士《齐东绝倒》一种。《齐东绝倒》一剧计南北曲四折,其本事杂取《尚书》、《史记·五帝本纪》、《孟子·万章》等书,写成一幕舜因父瞽瞍杀人获罪、负父而逃的故事。作者自比齐东野人之语,以虞舜枉法、皋陶宽宥的游戏笔墨,敷衍帝王家事,调侃前贤先圣,看似荒诞不经,但却塑造一个视孝亲比权位更重要的帝王形象。作者对儒家圣贤理想,以及与之相联系的儒教信条和伦理规范,予以尖刻讥刺和批判。

《齐东绝倒》(存目)

卓人月(1606—1636)

卓人月,字珂月,别号蕊渊,别属江南月中人,浙江仁和(今杭州)人。卓氏与孟称舜、袁于令相善,诗文曲词莫不精工,家事流离,文场摧羽,不遇于时,崇祯八年(1635)为贡生,次年去世,其短暂一生尝尽悲苦辛酸,遂有"生与欢,天之所以鸩人也"的悲剧性人生体验。其挚友徐翙曾有《哭卓珂月》七绝诗句"愿将天才文人力,齐赴天门夺子回",惋悼其早逝。著有《蟾台集》、《蕊渊集》、《寤歌词》、《古今词统》(与徐翙合著)等,杂剧仅一种传世。《花舫缘》本事,即广为流传的唐伯虎点秋香故事,最早见于《泾林杂记》,后经冯梦龙话本小说《唐解元一笑因缘》敷衍,遂流传开来。作者据明代另一杂剧作家孟称舜《花前一笑》的主要内容,吸收叶宪祖《碧莲绣符》一些情节,改编成此剧。

《花舫缘》(存目)

第二节　明传奇

汤显祖(1550—1616)

汤显祖,字义仍,号海若,又号若士,别称清远道人,临川(今属江西)人。万历十一年(1583)进士,曾任南京太常博士、礼部主事等职。万历十九年(1591),因抗疏抨击朝政,被贬广东徐闻典史,后调浙江遂昌知县。万历二十六年(1598)弃官归家,遂不仕。汤显祖以戏剧名世,著有"临川四梦",包括《紫钗记》、《还魂记》(即《牡丹亭》)、《南柯记》、《邯郸记》,以《牡丹亭》最有生色。汤显祖亦工诗文,其文长于议论,尺牍尤佳。著有《汤显祖集》。

《牡丹亭》(第十出)游园[1](节选)

【绕池游】(旦上)梦回莺啭,乱煞年光遍。人立小庭深院。(贴)炷尽沉烟[2],抛残绣线,怎今春关情似去年?

[乌夜啼](旦)晓来望断梅关[3],宿妆残。(贴)你侧着宜春髻子[4],恰凭栏。(旦)剪不断,理还乱,闷无端。(贴)已分付催花莺燕借春看。(旦)春香,可曾叫人扫除花径?(贴)吩咐了。(旦)取镜台衣服来。(贴取镜台衣服上)云髻罢梳还对镜,罗衣欲换更添香。镜台衣服在此。

【步步娇】(旦)袅晴丝吹来闲庭院[5],摇漾春如线。停半晌,整花钿,没揣菱花,偷人半面,迤逗之彩云偏[6]。(行介)步香闺怎便把全身现!

(贴)今日穿插之好。

【醉扶归】(旦)你道翠生生出落之裙衫儿茜,艳晶晶花簪八宝填,可知我常一生儿爱好是天然。恰三春好处无人见。不提防沉鱼落雁鸟惊喧[7],则怕的羞花闭月花愁颤。

(贴)早茶时了,请行。(行介)你看:画廊金粉半零星,池馆苍苔一片青。踏草怕泥新绣袜,惜花疼煞小金铃[8]。(旦)不到园林,怎知春色如许!

【皂罗袍】原来姹紫嫣红开遍,似这般都付与断井颓垣。良辰美景奈何天,赏心乐事谁家院[9]!恁般景致,我老爷和奶奶再不提起。(合)朝飞暮卷,云霞翠轩;雨丝风片,烟波画船[10]。锦屏人忒看之这韶光贱!

（贴）是花都放了,那牡丹还早。

【好姐姐】（旦）遍青山啼红了杜鹃,荼蘼外烟丝醉软。春香啊,牡丹虽好,他春归怎占之先!（贴）成对儿莺燕啊。（合）闲凝眄,生生燕语明如剪,呖呖莺歌溜之圆。

（旦）去罢。（贴）这园子委是观之不足也。（旦）提他怎之。（行介）

【隔尾】观之不足由他缱,便赏遍了十二亭台是枉然。倒不如兴尽回家闲过遣。

（作到介）（贴）开我西阁门,展我东阁床。瓶插映山紫,炉添沉水香。小姐,你歇息片时,俺瞧老夫人去也。（下）

【注释】

[1]此剧通过杜丽娘和柳梦梅"情不知所起,一往而深。生者可以死,死可以生"之爱情故事,讴歌爱自然、爱自由、爱生命之天然个性和一往情深、生死无妨之至情追求以及反抗封建礼教、要求个性解放、婚姻自主之叛逆精神,从哲学之高度思考主体之真实、呼唤人之觉醒,超越同时代一般婚恋题材作品。[2]炷,焚烧。沉烟,熏用之香料,即下文提到之沉水香,也叫沉香。[3]梅关,江西大庾岭,自宋代始设梅关。[4]相传立春日妇女剪彩绸作燕子状戴鬓上,上贴"宜春"两字。典见《荆楚岁时记》。[5]晴空中之游丝在随风飘曳。袅,摇曳飘忽。[6]逗逗,挑逗,引惹。彩云,妇女发鬓美称。[7]沉鱼落雁:形容女子惊人之美。典出《庄子·齐物论》:"毛嫱、丽姬,人之所美也,鱼见之深入,鸟见之高飞。"后人化用其意。[8]形容极珍惜花草。典出《开元天宝遗事》:"天宝初,宁王……于后园中纫红丝为绳,密缀金铃,系于花梢之上。每有鸟雀翔集,则令园吏掣铃索以惊之。盖惜花之故也。[9]语出谢灵运《拟魏太子邺中集诗序》:"天下良辰美景,赏心乐事,四者难并。"[10]朝飞暮卷,借用王勃《滕王阁诗》"画栋朝飞南浦云,朱帘暮卷西山雨"诗意,形容楼台亭阁之壮丽。翠轩,华丽之楼台亭阁。雨丝风片,微风细雨。

阮大铖（约1587—约1646）

阮大铖,字集之,祖籍桐城,安徽怀宁人。因仕宦不顺,附魏忠贤,崇祯元年任光禄卿,旋罢去,定逆案,废十七年,避乱居南京时,为复社名士所恶。南明时任兵部侍郎,进兵部尚书,后降死。其诗文有《咏怀堂全集》,剧作有《石巢四种》,包括《燕子笺》、《春灯谜》、《牟尼合》、《双金榜》,极尽辞藻和雕琢之能事,内容柔靡奇巧,自养家班,老于戏场,其所作极宜舞台搬演,盛演不衰。

《燕子笺》（存目）

第三节　明散曲

康　海（1475—1540）

康海,字德涵,陕西武功人。弘治十五年(1502)高中状元,历任翰林院修撰、经筵讲官。康海性情刚正,不阿权贵,与王九思同为"前七子"领袖人物,却因曾仗义救李梦阳,被归为刘瑾余党而罢官,隐迹声酒。有杂剧《中山狼》、诗文集《对山集》等,其《沂东乐府》存散曲二百六十多篇。

［越调·寨儿令］[1]

虽是穷煞英雄,长啸一声天地空。禄享千钟,位至三公,半霎过檐风。马儿上才会峥嵘,局儿里早被牢笼。青山排户闼,绿树绕垣墉。风,潇洒月明中。

【注释】

[1]此曲用越调陶写冷笑,表达蔑视功名利禄、摆脱尘俗羁绊之乐隐生活。

冯惟敏（1511—1580）

冯惟敏,字汝行,山东临朐人。六十二岁时辞官归乡,解甲后寄情山水,与兄惟健、弟惟讷闻于齐鲁。冯惟敏诗文雅丽,尤善乐府,有《海浮山堂词稿》四卷,杂剧《梁状元不伏老》、《僧尼共犯》两种行世。现存散曲四百余首,多贯注耿介怀抱,生活气息浓郁,颇得王骥德首肯,羊春秋称其"明代第一散曲大家"。

［北双调·折桂令］刘谷有感[1]

近来时百费俱捐,官也无钱,民也无钱,远乡中一向颠连。村也无烟,市也无烟,贫又逃富又逃前催后攒,田也弃房也弃东走西迁。幸赖明贤,招抚言旋。毒收头先要合封,狠催甲又讨加添。

【注释】

[1]此曲用北双调写农村衰敝,将清新绵邈之风调置换为关切民生之激愤忧思。

陈　铎（生卒年不详）

陈铎,字大声,下邳(今江苏睢宁)人,家居南京。陈铎袭祖爵生活优游,喜隐居,性情高逸,屏纵绔耽于吟咏,与艺人折节相交,精音律称为"乐王",善曲会唱、能画工诗。其传世散曲集有《秋碧乐府》、《梨云寄傲》、《滑稽余韵》等,多归隐丽情之吟、市井行当之作。

[北中吕·朝天子]搭材[1]

蔑篘儿紧扎,木植儿巧搭,利脚手分高下。一关一掭旋生发,就里功夫大。自己寻常,旁人惊怕,半空里难作耍。舍卫城建塔[2],蓬莱宫上瓦,不是我谁承架?

【注释】

[1]中吕调高下闪赚之音乐风格适合表现架子工人之建筑活动。此曲赞写建筑工人之技术娴熟及职业自豪。[2]舍卫城:古印度城名,相传释迦牟尼曾居此。

施绍莘(1588—1640)

施绍莘,字子野,南直隶华亭(今上海松江)人。少有才俊,存志高远,而科场不遂,万历四十四年(1616)营别业于西畲;后三年,复移家园于泖滨,寄情园林丝竹,浪游山水。子野多情,而甚爱花,清朗俊逸,慕宋代张三影,自命《花影集》五卷存世,其中四卷是散曲。

[南商调·黄莺儿]春日花下忆石城董夜来[1]

风雨替花愁,记如花在翠楼,怕而今可比花枝瘦,曾见他蹴花茵之绣钩,拂花梢之凤头。曾与他话别在中秋后,算重游,今年八月,真个是三秋。花也为吾愁,乱花飞直上楼。萧娘无信萧郎瘦。端之有证盟言之月钩,诉同心之话头。敢他们下得无前后,忆同游,三秋一别,日日是三秋。

【注释】

[1]商调凄怆怨慕之情调,恰合施氏邂逅金陵歌姬董夜来之思忆眷恋之情。

清代文学

总　论

　　满族建立的清王朝是中国历史上最后一个君主专制王朝。满族原是散居在东北的文化相对落后的少数民族,在明后期逐渐崛起,入关后,基本上沿袭了明朝的政治文化制度,尊崇程朱理学,科举以八股文取士。所不同的是,满族统治者对满汉民族问题非常敏感,康熙、雍正、乾隆三朝,屡兴文字狱,以镇压具有反清意识的汉族文人知识分子。同时,又采取各种笼络手段,如开"博学鸿词科"以网罗天下名士,组织编纂《古今图书集成》、《全唐诗》、《康熙字典》、《四库全书》等大型图书。一般认为,满清王朝恩威并重的统治术,使汉族文人知识分子逐渐丧失了经世致用的儒家传统与独立思考的批判精神,竞相钻进故纸堆,于是形成考据学盛极一时的局面。而清代文人知识分子讲究博学的风气,使一代文学也因此而染上了浓厚的书卷气。

　　历史并非如此简单。明代中后期以降,陆王心学的流行,虽然对程朱理学的正统地位有很大冲击,不少文人竞相以王守仁"致良知"的学说为口实,师心自放,以致有"满街都是圣人"的说法,其流弊是空疏。明亡后,顾炎武等遗民学者痛定思痛,反思亡国的教训,对明代束书不观、空谈心性的学风加以系统清算,提倡经世致用的"实学",反映到学术研究中,就是回归经典,注重证据,反对空想臆说。清代考据学实发轫于此。清代学者汪中即云:"古学之兴也,顾氏始开其端也。"(《国朝六儒颂》)近代学者梁启超亦称,清代朴学之风,"实炎武启之"。(《清代学术概论》)考据学是对明代空疏学风的反动,也是对程朱理学与陆王心学的反动。明清学风的转变,影响到文学上,就是注重学问修养,博雅成为主流文坛的时尚。我们现代推崇的"性灵"文学,如金圣叹、李渔、沈复、将坦辈之文,在当时主流文人眼中,难免"浅陋"之讥;而现代读者望而生畏的骈文，讲究用典，无一字无来处，在当时大多文人眼中，却是字字珠玑。以诗坛主流而论，清诗有宗唐与宗宋两大派，而在乾隆以后，宗宋便渐占上风，形成声势浩大的宋诗运动，一直延续至清末。即使并非宋诗派中人，也深受其影响。清人之所以更钟情于宋诗，与清代注重博学的风气不无关系。而且，古今关于诗的观念并不完全相同。在古人那里，诗不仅是言志抒情的工具，更是一种表现自我与相互交际的方式。清诗的作者与读者大都是学养深厚的博雅之士，宋诗所代表的风格自然最符合他们的性情与趣味。清诗的独特魅力也许就在于其博雅与书卷气。不仅清诗如此，清文也如此。即使讲究文从字顺的桐城古文派，也要主张义理、词章、考据三者不可偏废。甚至影响到词，也以博雅为时髦。

清代的正统文学仍然是诗文，但词体也受到格外青睐，词人辈出，蔚为壮观，号称"清词中兴"。词本是在隋唐燕乐基础上产生的歌曲，文人倚声填词，与诗道有别。但在宋代，即有"以诗为词"一路，要将词体"雅化"。清词主要就是走的这条路径。清诗尚有宗唐与宗宋之分，清词则只有宗宋一派，而主要是宗南宋雅词。影响最大的浙西词派与常州词派，率皆如此。清人推尊词体，尤其在常州词派那里，将词与诗相体并论，反对词乃诗余的传统观念，主张词须有比兴寄托，实际上就是将词"诗化"与"雅化"。清代词人掉书袋的现象非常普遍，我们在清词中很难读到唐五代那样清新明快的词作，纳兰性德那样本色的词人真如凤毛麟角。清词不复能歌，与倚声填词之道已大异其趣。清代词人虽非常讲究词律，然不过是严守唐宋词的平仄格律，实则为"长短不葺之新体格律诗"。

清代的白话小说创作也空前繁荣。虽然白话通俗小说不入文学之林，但却拥有越来越广泛的读者，这无疑刺激了边缘文人与民间文人的创作欲望。小说题材和表现领域不断拓展，艺术手法也推陈出新，在清代中期，产生了《红楼梦》、《儒林外史》这样伟大的作品。而戏剧文学则呈现衰势，杂剧徒成形式，以昆腔表演的传奇，曲文雅化，严重影响了舞台表演效果，文则美矣，不过"稍有系统之词"（王国维语），最后只能成为文人的案头读物，到清代中期，逐渐被新兴的京剧所取代。

道光二十年即一八四〇年，第一次鸦片战争爆发，通常所说的"近代"开始。在欧风美雨冲击之下，中国传统文化包括文学，开始逐渐转型。欧美文学被大量译介成中文，"纯文学"、"美学"、"悲剧"等新的观念随之输入。中国历史上曾出现两次翻译高潮，第一次是南北朝隋唐时代的佛经翻译，其对中国文化与文学的影响是深刻而又深远的。第二次翻译高潮发生在近代，翻译的范围非常广泛，主要对象则是西方的宗教、哲学、文学、政治学、经济学、科学等，其结果是促成了中国文化向现代转型，如西方诗歌、散文、小说、戏剧的翻译，不仅使中国文学的观念发生深刻变化，更使中国文学的类型与形式逐渐脱胎换骨。翻译文学理应属外国文学,但近代的翻译则有所不同,那就是许多翻译采用中国古典文学的形式,如诗用四言、五言或七言古体,甚至骚体或词曲体,而小说或用章回体。大多翻译名家如严复、林纾、苏曼殊等,都采用典雅的文言,而且尽可能以固有的词汇来对译。这类中国化的翻译文学,大多不忠实原著,却构成中国近代文学的一大奇观。

欧美文学的译介,无疑使中国读者大开眼界,也影响了近代文学的发展,于是有"诗界革命"与"小说界革命"的尝试。但是,传统文学的基本格局并未改变,文言依旧是正统的文学语言。被梁启超誉为"诗界革命"旗帜的黄遵宪,还是用"古人之风格"来表现"新意境"。直至"五四"新文化运动,提倡白话文学,文学的语言与形式彻底革新,古典文学的历史才宣告结束。

参考书目:

钱基博.现代中国文学史[M].长沙:岳麓书社,1986.

章培恒,骆玉明.中国文学史:下[M].上海:复旦大学出版社,1996.

第一章 清 诗

清诗虽然不能比美唐宋诗，但从整体上，却超越了明诗。明末清初，曾经风靡天下的公安与竟陵诗风，已逐渐沉寂。朝廷党争的激烈，江山易主的巨变，无一不给诗人以强烈的刺激。明清易代与元明易代，在传统士大夫心中，不可同日而语。元末汉族诗人，大多是怀着由衷的喜悦进入新朝的，而明末汉族诗人的情形，却恰好相反。顾炎武、吴嘉纪、屈大均等，或遁迹山林，或浪迹江湖，诗中充满亡国之痛与故国之思。但这些遗民诗人在清初的影响并不很大，一是他们年辈较晚，再则是他们远离政治文化中心。影响最大而处境也最尴尬的是在明末已经成名的诗人，如被时人誉为"江左三大家"的钱谦益、吴伟业、龚鼎孳。他们由于种种原因出仕新朝，自知于"名节"有亏，诗中或隐或显地流露出身世之感，甚至以曲笔表达江山故国之思。钱谦益最具代表性。钱氏学养深厚，才情富赡，思深笔婉，为明末清初的诗坛领袖，同时也饱尝身仕两朝的无奈与痛苦。吴伟业也是在明末崛起诗坛的巨擘，其诗笔摇曳多姿，但以七言歌行最负盛名。这类作品多咏叹明末清初的人物命运，清深韵长，类似"元白体"而又自成一家，号称"梅村体"，甚至被誉为"一代诗史"。同时而年辈稍晚的施闰章和宋琬，在诗坛上也享有盛名，有"南施北宋"之称。

继钱谦益之后，主盟诗坛的是王士禛。王士禛以标举"神韵说"著称，所谓"神韵"，是一个比较玄妙的概念，大抵指境界的冲淡闲远与语言的隽永含蓄。王士禛曾编《唐贤三昧集》以明其旨趣，序引南宋严羽论诗云："盛唐诸人唯在兴趣，羚羊挂角，无迹可求，透彻玲珑，不可凑泊，如空中之音，相中之色，水中之月，镜中之象，言有尽而意无穷。"又引唐司空图论诗云："味在酸咸之外。"推崇的是王、孟、韦、柳一派的田园山水小诗所表现的风神与情韵。这种审美情趣，显然只适合于语句凝练的五七言短章，王士禛本人的具有"神韵"的作品便是七言绝句。与王士禛同时驰名诗坛、开创风气的是浙江诗人朱彝尊，时称"南朱北王"。朱彝尊是博学多才的学者，胸中书卷既多，下笔自然以博雅争胜，故其诗早年宗唐，而后来则由唐入宋。但公开标举宋诗而又形成影响的诗人是查慎行,以及清代中期的厉鹗,厉鹗编有《宋诗纪事》,扩大了宋诗派的影响。

乾隆时代的著名选家沈德潜宗唐黜宋,以标举"格调说"著称。"格调"指诗的"体格声调",沈氏所谓"格调说",强调的是诗格要高古,归于雅正,而声调要和谐浏亮;诗风要"温柔敦厚",中正平和,委婉含蓄,勿过甚其辞,勿过直露。沈氏按照这种标准选编的《古诗源》、《唐诗别裁集》、《明诗别裁集》、《国朝诗别裁集》,风行一时,但他本人的诗作却平庸无奇。在乾隆诗坛最有影响的诗人当推提倡"性灵说"的袁枚。袁枚少年得志,但三十多岁即辞官,卜居南京小仓山,过着风流潇洒、悠闲自在的文人生活。袁枚反对摹唐拟宋,主张表现个人的"性情",与晚明公安派"独抒性灵,不拘格套"的诗论息息相通。袁枚的诗名在当时很大,诗作流传甚广,但其中好诗不多,绝大部分是凭借"灵犀一点是吾师"的聪明挥洒出的率意之作,不乏机智与灵巧,却不耐读。与袁枚并称"乾隆三大家"的赵翼、蒋士铨,持论与袁枚相近,但创作风格却各自成家。年辈稍晚的诗人黄景仁、张问陶等,或都受到"性灵说"的影响,或与"性灵派"的主张不谋而合,同声相应。

嘉庆以降,文网渐开,士气复振,首开近代诗风的人是龚自珍。龚氏为人孤傲狂诞,思想敏锐而深刻,敢发"非常异议可怪之论",诗亦有奇气,既非汉魏风骨,亦非唐韵,更非宋调,奇特瑰丽,大有前无古人、睥睨一世之气慨。其诗中虽多"香草美人",令人想到楚辞;然亦多"剑气箫心",令人想到江湖侠胆。年辈稍晚而与其同声相应的魏源,是近代最早放开眼界看世界的中国知识分子之一,诗风也独具一格。

宋诗派在清代后期逐渐成为影响最大的流派。所谓"唐诗"与"宋诗",按照钱锺书的说法,实际上代表两种风格:"唐诗"多以丰神情韵见长,"宋诗"多以筋骨思理见胜。乾嘉以后,博学成为时尚,学人的审美趣味更与"宋诗"相近,故宗宋成为一时风气。宋诗派的领袖,如程恩泽、祁寯藻、曾国藩等,多身居高位,门生故吏遍天下,影响之大,其他诗派不可同日而语。这一派诗人,前有郑珍、莫友芝、何绍基、金和等;而在戊戌变法前后,更有所谓"同光体"诗人,如沈曾植、陈三立、陈衍、郑孝胥等。作为宋诗派中的一个流派,用陈衍在《沈乙庵诗序》中的话说,所谓"同光体"是指"同(治)、光(绪)以来诗人不墨守盛唐者"。这只是一种反面的提法,换言之,即以宗宋为主而溯源杜甫、韩愈者。近代宋诗派的形成与演变,除与时尚有关,也与时局有关。近代中国面临的种种变局,令作为局中人的诗人难以去追求"妙悟"或"神韵",他们力求寻找不同凡响的形式或风格,去表现心中的沈郁与思索。

近代诗派众多,除宋诗派之外,还有以王闿运为代表的汉魏六朝诗派、以樊增祥、易顺鼎为代表的中晚唐诗派与以黄遵宪、梁启超为代表的"诗界革命"派等。"诗界革命"虽然是梁启超在二十世纪初才提出的口号，但在戊戌变法前，夏曾佑、蒋智由、谭嗣同以及梁氏本人等，就尝试写作"新诗"，表现前所未有的新事物与新观念，但也有"喜捃撦新名词以自表异"的弊病。梁氏提出新诗必须具有三长：一为"新意境"，二为"新语句"，三为"以古人之风格人之"。据此，他最推崇黄遵宪，认为"近世诗人能镕铸新理想以入旧风格者，当推黄公度"。黄氏曾出使英法意日诸国，所见所闻所感所思，自有前人所未道之事物与意境，开阔了诗的境界，在当时有令人耳目一新之感。但形式上依然是古体或近体，所谓"旧瓶新酒"，还不是现代意义上的新文学。

参考书目：

沈德潜.清诗别裁集[M].上海：上海古籍出版社，1984.

陈衍.近代诗钞[M].上海：上海商务印书馆，1935.

钱仲联.清诗精华录[M].济南：齐鲁书社，1978.

第一节　清前期诗

钱谦益（1582—1664）

钱谦益，字受之，江苏常熟人。明万历进士，授翰林院编修。天启中，因名隶东林党被削职。崇祯元年起官，不数月至礼部侍郎。后因会推阁臣，与温体仁、周延儒交恶，革职归里。南明弘光元年，任礼部尚书。清豫亲王多铎定江南，谦益迎降，命以礼部侍郎管秘书院事，充修明史馆副总裁。著有《初学集》、《有学集》等。近人徐世昌《晚晴簃诗汇》评云："牧斋才大学博，主持东南坛坫，为明清两代诗派一大关键。誉之者曰别裁伪体，转益多师；毁之者曰记丑言博，党同伐异。要其驱使百家，雕镂众象，非一邱一壑者比。"据陈寅恪《柳如是别传》，钱谦益入清后，表面降清，实则参与地下抗清活动。

和东坡《西台》诗韵[1]

朔气阴森夏亦凄[2]，穹庐四盖破天低[3]。青春望断催归鸟[4]，黑狱声沈报晓鸡。恸哭临江无壮子[5]，徒行赴难有贤妻[6]。重围不禁还乡梦，却过淮东又浙西[7]。

【注释】

[1]顺治四年，作者在常熟被人告发与反清人士交通，因而被逮至南京下狱。此诗即在狱中吟

成。原序称:"丁亥三月晦日,晨兴礼佛,忽被急征。银铛拖曳,命在漏刻。河东夫人(即柳如是)沈屙卧蓐,蹶然而起,冒死从行,誓上书代死,否则从死。慷慨首途,无刺刺可怜之语。余亦赖以自壮焉。狱急时,次东坡御史台寄妻诗,以当诀别。狱中遏纸笔,临风暗诵,饮泣而已。生还以后,寻绎遗忘,尚存六章。"[2]朔气:北方之气。此处隐喻满洲。[3]穹庐:《史记·匈奴列传》:"匈奴父子乃同穹庐而卧。"《汉书音义》:"穹庐,旃帐。"此诗用"穹庐"一词,以指满洲为胡虏。[4]催归鸟:《太平广记》引《顾渚山记》:"顾渚山中有鸟如鹍鸪而色苍,每至正月作声曰:'春起也!'三四月曰:'春去也!'采茶人呼为唤春鸟。"[5]壮子:《礼记·曲礼》:"三十日壮。"作者被逮下狱时,其子孙爱年十九。[6]贤妻:指如夫人柳如是。[7]淮东:暗指明凤阳祖陵。浙西:暗指此时尚为明守之浙江沿海岛屿,如舟山群岛等。陈寅恪《柳如是别传》云:"此等岛屿,固在浙江之东,若就残明为主之观点言,则浙江省乃在其西。……牧斋诡辞以寓意,表面和苏韵,使人不觉其微旨所在。总之此两句谓不独思家而已,更怀念故国也。"

后观棋六绝句(选一)[1]

寂寞枯枰响沈潦[2],秦淮秋老咽寒潮。白头灯影凉宵里,一局残棋见六朝。

【注释】

[1]因作者曾作《观棋六绝句》,故名。此诗名为观棋,实则咏史。作者借"枯枰"、"寒潮"、"白头"、"凉宵"、"残棋"等一系列意象,表达出故国旧臣了无意绪的寂寞心情和无可奈何的凄凉心境。[2]枯枰:棋局。古人称围棋为"三百枯棋"。沈潦:清朗空旷貌。

留题秦淮丁家水阁[1]

舞榭歌台罗绮丛,都无人迹有春风。踏青无限伤心事,并入南朝落照中。苑外杨花待暮潮[2],隔溪桃叶限红桥。夕阳凝望春如水,丁字帘前是六朝[3]。

【注释】

[1]这组绝句共三十首,原题为《丙申春就医秦淮,寓丁家水阁,浃两月,临行作绝句三十首留别》。据陈寅恪《柳如是别传》,这些诗"大抵为当日南明作政治活动者,相往还酬唱之篇什"。诗中所用意象,常常别有寄托。[2]杨花:柳絮。与下文"桃叶"、"红桥",均含隐喻。[3]丁字帘:地名,在南京利涉桥畔,明末为妓女聚居地。

吴伟业(1609—1671)

吴伟业,字骏公,号梅村,江苏太仓人。明崇祯四年进士,授翰林院编修,充东宫讲读官,再迁左庶子。清顺治九年,授秘书院侍讲,充修《太祖太宗圣训》纂修官。十三年迁国子祭酒。伟业学问博赡,诗文工丽,蔚为一时之冠。性至孝,生际鼎革,有亲在,不能不依违顾恋。俯仰身世,每自伤也。著有《春秋地理志》、《氏族志》、《绥寇纪略》、《梅村集》。赵翼《瓯北诗话》云:"梅村诗有不可及者二:一则神韵悉唐人,不落宋以后腔调,而指事类情,又宛转如意,非如学唐者之徒袭其貌也;一则庀材多用正史,不取小说家故实,而选声作色,又华艳动人,非如食古者之物而不化也。"

圆圆曲[1]

鼎湖当日弃人间[2],破敌收京下玉关[3]。恸哭六军皆缟素,冲冠一怒为红颜。红颜流落非吾恋,逆贼天亡自荒燕。电扫黄巾定黑山,哭罢君亲再相见[4]。相见初经田窦家[5],侯门鼓舞出如花。许将戚里箜篌伎[6],等取将军油壁车。家本姑苏浣花里[7],圆圆小字娇罗绮。梦向夫差苑里游,宫娥拥入君王起。前身合是采莲人[8],门前一片横塘水[9]。横塘双桨去如飞,何处豪家强载归?此际岂知非薄命,此时只有泪沾衣。熏天意气连宫掖,明眸皓齿无人惜。夺归永巷闭良家,教就新声倾坐客。坐客飞觞红日暮,一曲哀弦向谁诉?白皙通侯最少年[10],拣取花枝屡回顾。早携娇鸟出樊笼,待得银河几时渡?恨杀军书抵死催,苦留后约将人误。相约恩深相见难,一朝蚁贼满长安。可怜思妇楼头柳,认作天边粉絮看。遍索绿珠围内第[11],强呼绛树出雕栏。若非壮士全师胜,争得蛾眉匹马还?蛾眉马上传呼进,云鬟不整惊魂定。蜡炬迎来在战场,啼妆满面残红印。专征箫鼓向秦川[12],金牛道上车千乘。斜谷云深起画楼,散关月落开妆镜。传来消息满江乡,乌柏红经十度霜。教曲妓师怜尚在,浣纱女伴忆同行。旧巢共是衔泥燕,飞上枝头变凤凰。长向尊前悲老大,有人夫婿擅侯王。当时只受声名累,贵戚名豪竞延致。一斛珠连万斛愁[13],关山漂泊腰肢细。错怨狂风扬落花,无边春色来天地。尝闻倾国与倾城,翻使周郎受重名[14]。妻子岂应关大计,英雄无奈是多情。全家白骨成灰土,一代红妆照汗青。君不见馆娃初起鸳鸯宿[15],越女如花看不足。香径尘生乌自啼,屧廊人去苔空绿。换羽移宫万里愁,珠歌翠舞古梁州[16]。为君别唱吴宫曲,汉水东南日夜流。

【注释】

[1]这是作者最著名的一首七言歌行,叙述降清明将吴三桂与名妓陈圆圆的悲欢离合,却充满了对吴三桂的讽刺与调侃。陆次云《圆圆传》谓:"梅村效《琵琶》、《长恨》体作《圆圆曲》,以刺吴三桂,曰'冲冠一怒为红颜',盖实录也。三桂费重币求去此诗,吴勿许。当其盛时,祭酒(梅村)能显斥其非,却其赂遗而不顾,于甲寅之乱似早有见其微者。呜呼,梅村非诗史之董狐也哉!"[2]鼎湖:《史记·封禅书》:"黄帝采首山铜,铸鼎于荆山下。鼎既成,有龙垂胡髯下迎黄帝。黄帝上骑,群臣后宫从上者七十余人,龙乃上去。……故后世因名其处曰鼎湖。"后因以"鼎湖"指皇帝宾天。[3]玉关:

玉门关,在甘肃省敦煌西。此处借指山海关。[4]"红颜流落"四句:以吴三桂口气自我辩解。黄巾,东汉末张角领导的农民军,以头裹黄巾而得名。这里借指李自成的军队。[5]田窦:田蚡和窦婴,均为西汉外戚。这里借指崇祯帝的外戚。据陆次云《圆圆传》,此外戚是田贵妃的父亲田宏遇。[6]戚里:外戚聚居之地。此处指田宏遇家。[7]浣花里:唐代蜀中名妓薛涛居浣花里。此处系借用。以下叙述陈圆圆的身世遭遇。[8]采莲人:西施。[9]横塘:古堤名。[10]通侯:彻侯,秦汉爵位名,后泛指侯伯高官。吴三桂明末曾以军功被朝廷封为平西伯。[11]绿珠:西晋石崇宠妾。下句"绛树"是三国时著名舞妓。此处均为代指。[12]秦川:古地名,泛指陕西、甘肃秦岭以北的平原地区。下文"金牛"、"斜谷"、"散关",皆由陕入川的地名。[13]一斛珠:事出传奇《梅妃传》:唐玄宗思念梅妃,适逢外国进贡珍珠,玄宗随命"封珍珠一斛密赐妃",妃作诗,玄宗命乐工度曲,称《一斛珠》。[14]周郎:三国时吴国名将周瑜。此处代指吴三桂。[15]馆娃:即馆娃宫。香径:即采香径。屧廊:即响屧廊。传说均系吴王夫差为西施所建。[16]古梁州:三国蜀汉置梁州,治所在沔阳,西晋移治南郑。时吴三桂开藩在陕西南郑,故称。

顾炎武(1613—1682)

顾炎武,字宁人,原名绛,江苏昆山人,明诸生。见明季多故,讲求经世之学。昆山令杨永言起义师,炎武从之,鲁王授为兵部司务。事不可,幸而得脱。母遂不食卒,诫炎武不事二姓。垦田于山东长白山下,畜牧于山西雁门之北,五台之东,累致千金。遍历关塞,四谒孝陵,六曰思陵,始卜居陕之华阴。生平精力绝人,自少至老,无一刻离书。炎武之学,大抵主于敛华就实,凡国家典制、郡邑掌故、天文仪象、河漕兵农之属,莫不穷原究委,改正得失。清初称学有根柢者,以炎武为最,学者称为"亭林先生"。撰有《天下郡国利病书》、《日知录》、《亭林诗文集》等。

塞下曲[1]

赵信城边雪化尘[2],纥乾山下雀呼春[3]。即今三月莺花满[4],长作江南梦里人[5]。

【注释】

[1]作者用古乐府旧题,写江南思妇怀念久戍不归的丈夫,可能寓有"黍离麦秀"之悲。[2]赵信城:《史记·匈奴列传》裴骃《集解》:汉翕侯赵信出兵不利,降匈奴,匈奴筑城使居之。故城在今蒙古杭爱山一带。[3]纥乾山:在山西大同东。《新五代史·寇彦卿传》记当地谣谚:"纥乾山头冻死雀,何不飞去生处乐?"[4]三月莺花:丘迟《与陈伯之书》:"暮春三月,江南草长,杂花生树,群莺乱飞。"[5]梦里人:本陈陶《陇西行》:"可怜无定河边骨,犹是深闺梦里人。"

又酬傅处士次韵[1]

清切频吹越石笳[2]，穷愁犹驾阮生车[3]。时当汉腊遗臣祭[4]，义激韩雠旧相家[5]。陵阙生哀回夕照，河山垂泪发春花。相将便是天涯侣，不用虚乘犯斗槎[6]。

【注释】

[1]康熙二年春，作者与友人傅山在太原相遇，傅山赠诗一首，作者亦赋诗相答。傅处士，名山，字青主，太原人，明亡后隐居不仕。[2]越石笳：刘琨字越石。《晋书·刘琨传》："琨在晋阳，尝为胡骑所围数重，城中窘迫无计。琨乃乘月，登楼清啸。贼闻之，皆凄然长叹。中夜奏胡笳，贼又流涕嘘唏，有怀土之切。向晓复吹之，贼并弃围而走。"[3]阮生车：阮生即阮籍。《晋书·阮籍传》："时率意独驾，不由径路，车迹所穷，辄痛哭而返。"[4]汉腊：腊，岁终祭神。《后汉书·陈宠传》："宠曾祖父咸，成哀间，以律令为尚书。……及莽篡位，召咸以为掌寇大夫，谢病不肯应，时三子参、丰、钦皆在位，乃悉令解官，父子相与归乡里，闭门不出入，犹用汉家祖腊。人问其故，咸曰：'我先人岂知王氏腊乎？'"[5]韩雠：《史记·留侯世家》："秦灭韩，良年少，未宦事韩。韩破，良家僮三百人，弟死不葬，悉以家财求客刺秦王，为韩报仇，以大父、父五世相韩故。"[6]犯斗槎：用张华《博物志》所载浮槎泛天河故事。

吴嘉纪（1618—1684）

吴嘉纪，字宾贤，江苏泰州人。布衣，常乏食。独喜吟诗，晨夕啸咏自适，不交当世。王士禛尤赏其五言清冷古淡。由是四方知名士争与之倡和。工为危苦严冷之词，尝撰今乐府，凄急幽奥，能变通陈迹，自为一家。其诗风骨颇遒，运思亦复剞刻。由所遭不偶，每多怨咽之音，而笃行潜修，特为一时推重。

一钱行赠林茂之[1]

先生春秋八十五，芒鞋重踏扬州土。故交但有丘茔存，白杨摧尽留枯根。昔游倏过五十载，江山宛然人代改。满地干戈杜老贫，囊底徒馀一钱在。桃花李花三月天，同君扶杖上渔船。杯深颜热城市远，却展空囊碧水前。酒人一见皆泪垂，乃是先朝万历钱。

【注释】

[1]林茂之名古度，福建侯官人，明亡后居金陵，康熙初卒。王应奎《柳南续笔》："侯官林茂之有一万历钱，系臂五十馀载，以己为万历时所生也。泰州吴野人为赋《一钱行》以赠之。"沈德潜《清诗别裁集》："'桃花李花'二语，偏写得兴高，游冶相似，而结意悲伤，传出麦秀渐渐之感，一篇主意全

在此也。"

施闰章（1618—1683）

施闰章，字尚白，安徽宣城人。康熙十八年，召试鸿博，授翰林院侍讲，纂修《明史》，典试河南。二十二年转侍读。闰章为文朴而气静，诗与宋琬齐名。著有《学余堂集》、《矩斋杂记》、《蠖斋诗话》等。

燕子矶[1]

绝壁寒云外，孤亭落照间。六朝流水急，终古白鸥闲。树暗江城雨，天青吴楚山。矶头谁把钓，向夕未知还。

【注释】

[1]此诗描绘燕子矶空阔寂寥的江景。燕子矶，金陵四十八景之一，在南京市北郊观音门外。山石直立江上，三面陵空，形似燕子展翅欲飞，故名。

钱塘观潮[1]

海色雨中开，涛飞江上台。声驱千骑疾，气卷万山来。绝岸愁倾覆，轻舟故溯洄。鸱夷有遗恨[2]，终古使人哀。

【注释】

[1]杭州湾钱塘江口呈喇叭形，海潮倒灌，形成涌潮，即著名的"钱塘潮"。此诗描绘这一自然奇观，沈德潜《国朝诗别裁》谓："'气卷万山来'，五字千古。"[2]鸱夷：用春秋伍子胥事。《史记·伍子胥列传》：太宰伯嚭谗子胥于吴王，吴王乃使使赐子胥属镂之剑，曰："子以此死。"子胥自刭死，吴王取其尸，盛以鸱夷，浮之江中。后世传说子胥死而为潮神，以发泄其郁怒不平之气。

宋　琬（1614—1673）

宋琬，字玉叔，山东莱阳人。顺治四年进士，授户部主事。累迁吏部郎中。其诗格合声谐，明靓温润。既遇难，时作凄清激宕之调，而亦不戾于和。王士祯点定其集为三十卷，尝举闰章相况，目为"南施北宋"。

九日登慧光阁[1]

塞鸿犹未到芜城，载酒登楼雨乍晴。山色浅深随夕照，江流日夜变秋声。上方钟磬疏林满，十里笙歌画舫明。空负黄花羞短发，寒衣三浣客心惊。

【注释】

[1]原题《九日同姜如农、王西樵、程穆倩诸君同登慧光阁饮于竹圃分韵》。作者于重阳日偕朋友登高望远,触景生情。颔联为传诵一时的名句。

初秋即事

瘦骨秋来强自支,愁中喜读晚唐诗。孤灯寂寂阶虫寝,秋雨秋风总不知。

春日田家

野田黄雀自为群,山叟相过话旧闻。夜半饭牛呼妇起,明朝种树是春分。

朱彝尊(1629—1709)

朱彝尊,字锡鬯,浙江秀水人,明大学士朱国祚曾孙。家贫,客游南逾岭,北出云朔,东泛沧海,登之罘,经瓯越,所至丛祠荒冢、破炉残碣之文,莫不搜剔考证,与史传参校同异。康熙十八年试鸿博,授翰林院检讨。清圣祖南巡,迎驾无锡,御书"研经博物"额赐之。当时,王士禛工诗,汪琬工文,毛奇龄工考据,独彝尊兼有众长,著《经义考》、《日下旧闻》、《曝书亭集》。

玉带生歌[1]

玉带生,吾语汝:如产自端州,汝来自横浦。幸免事降表签名谢道清[2],亦不识大都承旨赵孟頫[3]。能令信公喜[4],辟汝置幕府。当年文墨宾,代汝一一数:参军谁?谢皋羽[5];寮佐谁?邓中甫;弟子谁?王炎武。独汝形躯短小,风貌朴古,步不能趋,口不能语。既无鹦之鸰之活眼睛[6],兼少犀纹彪纹好眉妩。赖有忠信存,波涛孰敢侮?是时丞相气尚豪,可怜一舟之外无尺土,共汝草檄飞书意良苦。四十四字铭厥背,爱汝心坚刚不吐。自从转战屡丧师,天之所坏不可支。惊心柴市日,慷慨且诵临终诗。疾风蓬勃扬沙时,传有十义士,表以石塔藏公诗。生也亡命何所之?或云西台上,晞发一叟涕涟洏[7],手击竹如意,生时亦相随。冬青成荫陵骨朽,百年踪迹人莫知。会稽张思廉[8],逢生赋长句;抱遗老人阁笔看[9],七客寮中敢嗔怒?吾今遇汝沧浪亭,漆匣初开紫衣露。海桑陵谷又经三百秋,以手摩挲尚如故。洗汝池上之寒泉,漂汝林端之霏雾。俾汝留传天地间,忠魂墨气常凝聚。

【注释】

[1]"玉带生"是文天祥的一方遗砚。朱彝尊《书拓本玉带生铭后》曰:"玉带生,宋文丞相砚名也。石产自端州,未为绝品。其修扶寸,广半之,厚又微杀焉。带腰玉而身衣紫,丞相宝惜,旁刻以铭,书用小篆,凡四十四字。"康熙四十四年,朱彝尊在朋友宋荦处见到这方砚台,感慨万端,情不能已,写下这首长诗。朱庭珍《筱园诗话》论此诗曰:"兴酣落笔,纵横跌荡,雄奇盖世,信为长篇绝调。"
[2]谢道清:宋理宗皇后。度宗立,尊为皇太后。恭宗即位,尊为太皇太后,垂帘听政。元军兵临城下,她遣使上降表和传国玉玺,后被迁至燕,降封寿春郡夫人。[3]赵孟頫:字子昂,宋太祖十一世孙,工书善画。宋亡后仕元,官至翰林学士承旨。[4]信公:文天祥,宋端宗时,曾封为信国公。[5]谢皋羽:谢翱字皋羽,号晞发子。曾在文天祥幕中任咨议参军。宋亡后,流寓浙东。元僧杨琏真伽发掘宋陵,翱与友人唐珏等密收诸陵遗骨,葬于兰亭附近,并种冬青树为记。[6]鸲鹆:俗称八哥。鹆眼指砚上的圆形斑点,以活而清朗者为最上。[7]晞发一叟:指谢翱。宋亡后,谢翱曾登浙江桐庐境内的严子陵钓台,祭奠文天祥,作《登西台恸哭记》。沈德潜《国朝诗别裁集》:"小小一砚,传出信国之忠,皋羽之义。其实相随皋羽,乃想象语也。"[8]张思廉:张宪,号玉笥生,元末会稽人,杨维桢弟子,曾作《玉带生歌》。[9]抱遗老人:杨维桢,会稽人,元代著名诗人。泰定四年进士,官至江西儒学提举。杨维桢喜收藏,曾将文天祥遗砚、贾似道古琴等六件古物以一室贮之,谓加上自己可称"七客之寮"。

王士禛(1634—1711)

王士禛,字贻上,号阮亭,山东新城人。顺治十二年成进士,授扬州推官。康熙三年擢礼部主事,累迁户部郎中,改翰林院侍讲,迁侍读,入值南书房。寻迁国子祭酒,历少詹事、兵部督捕侍郎、左都御史、刑部尚书等。姿禀既高,学问极博,独以神韵为宗,取司空图"味在酸咸外"、严羽"羚羊挂角,无迹可寻"标示指趣,自号渔洋山人,主持风雅数十年。赵翼《瓯北诗话》评云:"阮亭专以神韵为主,如《秦淮杂诗》,蕴藉含蓄,真是千古绝调。然专以神韵胜,但可作绝句;而元微之所谓"铺陈终始,排比声韵,豪迈律切"者,往往见绌,终不足八面受敌为大家也。"

秋　柳[1]

秋来何处最销魂,西风残照白下门[2]。他日差池春燕影,祗今憔悴晚烟痕。愁生陌上黄骢曲[3],梦远江南乌夜村[4]。莫听临风三弄笛,玉关哀怨总难论[5]。

【注释】

[1]原诗共四首,是作者的成名作。作者在《菜根堂诗集序》中说:"顺治丁酉,予客济南,诸名士云集明湖,一日会饮水面亭。亭下杨柳千余株,摇落之态,予怅然有感,赋诗四章。"陈衍《石遗室诗话》认为此诗乃凭吊明济南王而作。[2]白下:南京的别称。李白《金陵白下亭留别诗》:"驿亭三杨树,正当白下门。"[3]黄骢曲:《唐书·礼乐志》:太宗破窦建德,乘马名黄骢骠,及征高丽,死于道。

颇哀惜之,命乐工作《黄聪迭曲》。[4]乌夜村:东晋何准隐居之地,其女儿即诞生于此,后成为晋穆帝的皇后。[5]玉关哀怨:暗用王之焕《凉州词》:"羌笛何须怨杨柳,春风不度玉门关。"

高邮雨泊[1]

寒雨秦邮夜泊船,南湖新涨水连天。风流不见秦淮海[2],寂寞人间五百年。

【注释】

[1]高邮一名秦邮,据祝穆《方舆胜览》:"秦因高邮置邮传,为高邮亭。"[2]秦淮海:北宋词人秦观。

江上望青山忆旧

扬子秋残暮雨时,笛声雁影共迷离。重来三月青山道,一片风帆万柳丝。

秦淮杂诗[1]

年来肠断秣陵舟,梦绕秦淮水上楼。十日雨丝风片里,浓春烟景似残秋。
新歌细字写冰纨[2],小部君王带笑看[3]。千载秦淮呜咽水,不应仍恨孔都官[4]。

【注释】

[1]这是诗人旅居金陵时所作组诗,皆咏秦淮之事,共二十首。[2]冰纨:自注:"弘光时,阮司马以吴绫作朱丝阑书《燕子笺》诸剧进宫中。[3]小部:《太真外传》:"上命小部音声。小部者,梨园法部所置,凡三十人,皆十五以下,于长生殿奏新曲。[4]孔都官:孔范,陈后主即位,为都官尚书,与江总等并为狎客。

真州绝句[1]

晓上江楼最上层,去帆婀娜意难胜。白沙亭下潮千尺,直送离心到秣陵。
江干多是钓人居,柳陌菱塘一带疏。好是日斜风定后,半江红树卖鲈鱼。
江乡春事最堪怜,寒食清明欲禁烟。残月晓风仙掌路,何人为吊柳屯田?

【注释】

[1]真州即今江苏仪征。

蝛矶灵泽夫人祠[1]

霸气江东久寂寥，永安宫殿莽萧萧[2]。都将家国无穷恨，分付浔阳上下潮。

【注释】

[1]咏三国孙夫人。朱国桢《涌幢小品》："芜湖江心有矶，矶上有祠，祠孙夫人，曰蝛矶。甚有神灵。孙夫人至此矶，闻先主崩，摧哭自沈。又曰：孙刘有隙，夫人归吴，舟舣矶下，不忍见仲谋，遂刎于此。"[2]永安宫：蜀汉行宫，在重庆市奉节县白帝城，刘备征吴失败，殁于此。

谒文忠烈公祠[1]

精神如破贝州时[2]，晚节犹能动四夷[3]。天遣不同韩富没[4]，姓名留冠党人碑[5]。

【注释】

[1]文忠烈公即北宋名臣文彦博，其祠在山西介休县东五里。此诗通篇议论，然大气滂礴，令人想见文彦博当年风采。[2]破贝州：《宋史·文彦博传》："贝州王则反，明镐讨之，久不克，彦博请行，命为宣抚使。旬日贼溃，槛贼送京师，拜同中书门下平章事。"[3]动四夷：《宋史·文彦博传》："彦博逮事四朝，任将相五十年，名闻四夷。元祐间，契丹使耶律永昌、刘霄来聘，望见博彦于殿门外，却立改容曰：'此潞公也邪？'问其年，曰：'何壮也！'苏轼曰：'使者见其容，未闻其语。其综理庶务，虽精练少年有不如；其贯穿古今，虽专门名家有不逮。'使者拱手曰：'天下异人也。'"[4]韩富：韩琦与富弼，与文彦博同时之北宋名臣。[5]"冠"：沈德潜《国朝诗别裁集》改作"重"。党人碑：即元祐党人碑。宋徽宗用蔡京为相，将文彦博、司马光、苏轼等三百零九人列为"奸党"，御书刻石，立于端礼门及各地官厅。

第二节　清中期诗

袁　枚（1716—1797）

袁枚，字子才，号简斋，又号随园老人，浙江钱塘人。乾隆四年成进士，选庶吉士，改知县江南。历数县，皆有政声。枚不以能吏自喜，卜筑江宁小仓山，号随园，崇饰池馆，自是优游其中者五十年。时出游佳山水，终不复仕，尽其才以为文辞诗歌。名流造请无虚日，诙谐佚荡，人人意满。后生少年一言之美，称之不容口。天才颖异，论诗主抒写性灵，他人意所欲出不达者，悉为达之。士多效其体。著《随园集》凡三十余种。上自公卿，下至市井负贩，皆知其名。海外琉球有来求其书者。然枚喜声色，其所作亦颇以滑易获世讥云。

书　怀[1]

我不乐此生，忽然生在世。我方乐此生，忽然死又至。已死与未生，此味原无二。终嫌天地间，多此一番事。

【注释】

[1]《书怀》是古诗中常见的题目，但此诗所书之怀，如按照"言志"的传统标准，则有失庄重。此种信口调侃的风格，颇类似晚明的袁宏道。

桃源行[1]

天台山高万八千，中有窟宅藏神仙。相传汉朝刘与阮，两人采药山之巅。一重桃花一重水，花光入水红霞起。四顾无人忽一声，一双玉女来烟里。吹气如兰前致词，道郎未到妾先知。金盘共进胡麻饭，琼叶分裁合卺诗。谁作姨夫谁作嫂，鸳牒开看都了了。但觉山中日渐长，不知世上人能老！仙乡住久忆人间，想把红尘换白云。奈他一点凡心动，便把人天两界分。再四留郎郎不肯，送郎直到青山顶。嘶断风中斑马声，回头还见娉婷影。还乡重叩旧柴扉，岂料沧桑事事非！半年夫婿分明记，七世儿孙认识稀。两人相对情于邑，懊悔当初轻作别。一段仙缘世莫知，且邀邻里从容说。寻仙从此走天涯，万古茫茫白日斜。不知终竟团圞否，桃树无言但作花。

【注释】

[1]刘晨、阮肇入天台山采药，在桃花源遇仙的故事，出自南朝宋刘义庆《幽明录》，是古代文人津津乐道的仙话。此诗铺叙其事，悠然神往，而古今千载，仙凡远隔，令人生无限遐想。

蒋士铨（1725—1785）

蒋士铨，字心馀，江西铅山人。授翰林院编修，文名藉甚。士铨赋性悱恻，以古贤者自厉，急人之难如不及。诗词雄杰，至叙述节烈，能使读者感泣。著《忠雅堂集》。

南池杜少陵祠堂[1]

先生不仅是诗人,薄宦沈沦稷契身[2]。独向乱离忧社稷,直将歌哭老风尘。诸侯宾客犹相忌,信史文章自有真。一饭何曾忘君父[3],可怜儒士作忠臣。

【注释】

[1]清《一统志·济宁州》:"南池,在州南,其上有少陵祠。"济宁州即今山东济宁县。[2]稷契:周与商的始祖,均为舜时贤臣。杜甫《自京赴奉先县咏怀五百字》:"许身一何愚,窃比稷与契。"[3]"一饭"句:每饭不忘君。

乌江项王庙[1]

喑呜独灭虎狼秦[2],绝世英雄自有真。俎上肯贻天下笑[3],座中惟觉沛公亲[4]。等闲割地分强敌[5],慷慨将头赠故人[6]。如此杀身犹洒落,怜他功狗与功臣[7]。

【注释】

[1]咏楚霸王项羽。王文濡《历代诗评注读本》评曰:"豪气千丈,足副项王身分。"[2]喑呜:《史记·淮阴侯列传》:"项王喑呜叱咤,千人皆废。"[3]"俎上"句:指项羽欲烹太公事。[4]座中句:指鸿门宴项羽不杀刘邦事。[5]割地:《史记·项羽本纪》:"项王乃与汉约,中分天下,割鸿沟以西者为汉,鸿沟而东者为楚。"[6]故人:指吕马童。《史记·项羽本纪》:"项王身亦被十余创,顾见汉骑司马吕马童,曰:'若非吾故人乎?'马童面之,指王翳曰:'此项王也。'项王乃曰:'吾闻汉购我头千金,邑万户,吾为若德。'乃自刎而死。"[7]功狗功臣:《史记·萧相国世家》:天下既定,论功行封,高祖以萧何功最盛,群臣不服。高祖曰:"夫猎,追杀兽兔者狗也,而发踪指示兽处者人也。今诸君徒能得走兽耳,功狗也。至如萧何,发踪指示,功人也。"

响屧廊[1]

不重雄封重艳情,遗踪犹自慕倾城。怜伊几緉平生屧,踏碎山河是此声。

【注释】

[1]此诗咏吴王因宠爱西施而亡国事。《姑苏志》:"响屧廊,在灵岩山。相传吴王建廊而虚其下,令西施与宫人步屧绕之则响,故名。"朱庭珍《筱园诗话》誉此诗为"七绝中之飞将"。

赵　翼(1727—1814)

赵翼,字耘松,江苏阳湖人。授翰林院编修,出知镇安府。朝廷用兵缅甸,翼赴军赞画。调守广州,擢升贵西兵备道。五十二年,林爽文反台湾,李侍尧赴闽治军,邀翼与俱,事平辞归,以著述自娱,尤邃史学,著有《廿二史札记》、《皇朝武功记盛》、《陔余丛考》、《瓯北诗集》。

漂母祠[1]

淮阴生平一知己,相国酂侯而已矣[2]。用之则必尽其才,防之则必致其死。何物老妪偏深沈,能遇未遇相赏深。吾哀王孙岂望报,此语早激英雄心。布衣仗剑试军职,宁但重瞳不相识[3]？将坛未筑官连敖[4],刘季亦无此眼力。何况区区亭长妻,固宜蓐食私盐齑[5]。客来轹釜似邱嫂[6],饭后打钟如阇黎[7]。独悲淮阴奇才古无偶,始终不脱妇女手。时来漂母怜钓鱼,运去娥姁解烹狗[8]。

【注释】

[1]漂母饭韩信之事,为历代诗人所津津乐道。作者此诗,将韩信一生命运与三位妇人联系起来,故能以旧为新。[2]相国酂侯:萧何。[3]重瞳:项羽。《史记·项羽本纪》:"项羽亦重瞳子。"又,《淮阴侯列传》:"数以策干项羽,羽不用。"[4]连敖:《淮阴侯列传》:"汉王之入蜀,信亡楚归汉,未得知名,为连敖。司马贞《索隐》:李奇云:"楚官名。"张晏云:"司马也。"[5]蓐食:《淮阴侯列传》:"常数从其下乡南昌亭长寄食,数月,亭长妻患之,乃晨炊蓐食。食时信往,不为具食。"[6]邱嫂:丘嫂。《汉书·楚元王传》:"高祖微时,常避事,时时与宾客过其丘嫂食。嫂厌叔与客来,阳为羹尽,轹釜,客以故去。"颜师古注:张晏曰:"丘,大也,长嫂称也。"[7]"饭后打钟"句:用唐朝王播故事。王定保《唐摭言》:王播少孤贫,尝客扬州惠昭寺,随僧斋餐。诸僧厌怠,播至,已饭矣。后播位至高官,重游此寺,因题诗云:"上堂已了各西东,惭愧阇黎饭后钟。"阇黎,僧人。[8]娥姁:吕后。司马贞《索隐》:"讳雉,字娥姁也。"《淮阴侯列传》:"吕后使武士缚信,斩之长乐锺室。"

题元遗山集[1]

身阅兴亡浩劫空,两朝文献一衰翁。无官未害餐周粟[2],有史深愁失楚弓[3]。行殿幽兰悲夜火[4],故都乔木泣秋风[5]。国家不幸诗家幸,赋到沧桑句便工。

【注释】

[1]元好问,字裕之,号遗山,金元之际诗人,著有《中州集》。[2]周粟:《史记·伯夷列传》:周武王灭殷,伯夷、叔齐隐于首阳山,采薇蕨而食,不食周粟,后饿死。[3]失楚弓:《孔子家语·好生》:

"楚恭王出游,亡乌皓之弓,左右请求之。王曰:'已之。楚人失弓,楚人得之,又何求之?'"[4]幽兰:金行都汴京轩名,汴京陷被焚。[5]故都乔木:元好问《壬辰十二月车驾东狩后即事五首》:"乔木他年怀故国。"

黄景仁(1749—1783)

黄景仁,字仲则,江苏武进人。少孤贫,客游四方。朱筠督学安徽,招入幕。尝自恨其诗无幽并豪士气,遂游京师。乾隆四十一年东巡,召试二等,武英殿签例得主簿。陕西巡抚毕沅奇其才,厚赀之。著《两当轩集》。

杂 感[1]

仙佛茫茫两未成[2],只知独夜不平鸣。风蓬飘尽悲歌气,泥絮沾来薄幸名。十有九人堪白眼[3],百无一用是书生。莫因诗卷愁成谶,春鸟秋虫自作声。

【注释】

[1]黄景仁应乡试不第,作诗以抒写孤愤。[2]仙佛:谓学仙学佛。[3]白眼:鄙视。典出《晋书·阮籍传》:"籍又能为青白眼,见礼俗之士,以白眼对之。"

都门秋思[1]

五剧车声隐若雷[2],北邙惟见冢千堆[3]。夕阳劝客登楼去,山色将秋绕郭来。寒甚更无修竹倚,愁多思买白杨栽。全家都在风声里,九月衣裳未剪裁。

【注释】

[1]原题《都门秋思四首》,所选为第三首,写诗人滞留北京的况味。[2]五剧:谓数道纵横交错。[3]北邙:山名,即邙山,在洛阳之北,故名。东汉魏晋王侯公卿多葬于此。此处指北京城郊的墓地。

张问陶(1764—1814)

张问陶,字仲冶,四川遂宁人。以诗名,书画亦俱佳。由翰林院检讨改御史,复改吏部郎中。出知莱州府,忤上官意,遂乞病。游吴越。始见袁枚,枚曰:"所以老而不死者,以未读君诗耳!"其钦挹之如此。著有《船山诗草》。

戏作行路难[1]

行路难,不在登高山。高山之高直到天,安知不能竟凭云气成飞仙?行路难,不在浮大海。大海风涛绝潇洒,安知不能漂向蓬壶住千载[2]？争利必于市,争名必于朝；难莫难于最平地,都城落日风萧萧。风萧萧,沙入口,马勃牛溲无不有[3]。朝谒城东客,暮饮城西酒。九陌直如弦,轩车平似手。一里二里间,五年十年走,终日皇皇丧家狗。公卿将相不能唾手得,囊破还留一钱守。翰墨场,冠盖薮。悠悠车笠盟[4],逢人多白首,青山入梦乡心陡。行路难,难乎否？

【注释】

　　[1]《行路难》为乐府旧题。《乐府解题》："'行路难',备言世路艰难及离别悲伤之意,多以'君不见'为首。"此诗写京城翰林官仕途之不易。[2]蓬壶：即蓬莱,古代传说的海中仙山。[3]马勃牛溲：马勃,菌类；牛溲,车前草。喻低贱之物。[4]车笠盟：周处《风土记》："越俗性率朴,意亲好合,则脱头上手巾,解腰间五尺刀与之为交,拜亲跪妻,初定交有礼……祝曰：'卿虽乘车我戴笠,后日相逢下车揖；我虽步行卿乘马,后日相逢卿当下。'"后因以"车笠盟"比喻富贵贫贱不移的友谊。

第三节　　清后期诗

龚自珍（1792—1841）

　　龚自珍,一名巩祚,字璱人,浙江杭州人。才气横越,初由举人沿例为中书,道光时成进士,擢升宗人府主事,改官礼部主事。官中书时,上书总裁论西北塞外部落源流、山川形势,订《一统志》之疏漏。后复上书论礼部四司政体宜沿革者。其文字鸷桀,出入诸子百家,自成学派。思想敏锐,议论颇惊世骇俗。道光十九年,辞官南下,年五十卒于丹阳书院。

琴　歌[1]

　　之美一人,乐亦过人,哀亦过人。（一解）

　　月生于堂,匪月之精光,睇视之光。（二解）

　　美人沉沉,山川满心。落月逝矣,如之何勿思矣！（三解）

　　美人沉沉,山川满心。吁嗟幽离,无人可思。（四解）

【注释】

　　[1]《琴歌》为乐府旧题,属琴曲歌辞。歌中所咏"美人"是象征,还是实指,今不可解。有人以为乃作者自喻,表达一种孤芳自赏的情绪。然其音韵铿锵,意境幽深,令人生无限联想。

漫　感[1]

绝域从军计惘然[2]，东南幽恨满词笺[3]。一箫一剑平生意[4]，负尽狂名十五年。

【注释】

[1]作者于道光三年刊定自己的词集后，回顾平生，写下此诗，郁郁不平之气，溢于言表。[2]绝域：指西北边疆。诗人曾撰《西域置行省议》。[3]东南：指东南沿海。诗人曾撰《东南罢番舶议》。[4]一箫一剑：箫喻幽怨，剑喻狂侠。作者《湘月》词："怨去吹箫，狂来说剑，两样销魂味。"《己亥杂诗》第九十六："少年击剑更吹箫，剑气箫心一例消。"

秋　心[1]

秋心如海复如潮[2]，但有秋魂不可招[3]。漠漠郁金香在臂[4]，亭亭古玉佩当腰。气寒西北何人剑[5]，声满东南几处箫？斗大明星烂无数[6]，长天一月坠林梢。

【注释】

[1]道光六年，作者第五次会试落第，同年夏天，几位好友相继辞世。此诗悼念亡友，慨叹不遇，悲凉之情，不平之气，交织在一起。[2]秋心：作者悲秋之心。[3]秋魂：亡友之魂。[4]郁金：与下句"古玉"均比喻自己高雅的品德情操。此乃模仿《离骚》"香草美人"的象征手法。[5]西北剑气：与下句"东南箫声"分别比喻作者的文韬武略。按：作者曾上《西域置行省议》与《东南罢番舶议》两奏，未被采纳。[6]明星：《淮南子·说林》："百星之明，不如一月之光。"

己亥杂诗(选录)[1]

一(原第五首——编者注)

浩荡离愁白日斜，吟鞭东指即天涯。落红不是无情物，化作春泥更护花。

【注释】

[1]道光十九年，即农历己亥年，作者辞官南返，途中将所见所闻、所思所感，写入诗中，统名《己亥杂诗》。作者后来回忆道："每作一诗，以逆旅鸡毛笔书于账簿纸，投一破簏中，往返九千里，至腊月二十六日抵西海别墅，发簏数之，得纸团三百十五枚，盖作诗三百十五首也。"

二(原第八十七首—编者注)

故人横海拜将军[1]，侧立南天未葳勋[2]。我有阴符三百字[3]，蜡丸难寄惜雄文[4]。

【注释】

[1]故人:指林则徐。横海将军:《史记·卫将军骠骑将军列传》:"将军韩说,……以待诏为横波将军,击东越有功。"[2]葳勋:大功告成。[3]阴符:古兵书。《云笈七签·轩辕本纪》:"玄女教(轩辕)帝三官秘略、五音权谋、阴阳之术。玄女传《阴符经》三百言。帝观之十旬,讨伏蚩尤。"[4]蜡丸:古代传递军事机密文书用。

三(原第一百二十九首—编者注)

陶潜诗喜说荆轲,想见停云发浩歌[1]。吟到恩愁心事涌,江湖侠骨恐无多。

【注释】

[1]停云:陶渊明有诗名《停云》,序曰:"思亲友也。"

四(原第一百三十首—编者注)

陶潜酷似卧龙豪[1]，万古浔阳松菊高[2]。莫信诗人竟平淡,二分梁甫一分骚[3]。

【注释】

[1]陶潜句:作者自注:"语意本辛弃疾。"辛词《贺新郎》:"把酒长亭说,看渊明、风流酷似,卧龙诸葛。"[2]陶潜《归去来辞》:"三径就荒,松菊犹存。"[3]梁甫:《梁甫吟》,古乐府曲名。《三国志·诸葛亮传》:"亮躬耕陇亩,好为《梁甫吟》。"骚:《离骚》。

五(原第一百三十一首—编者注)

陶潜磊落性情温,冥报因他一饭恩[1]。颇觉少陵诗吻薄[2]，但言朝叩富儿门。

【注释】

[1]冥报:陶潜《乞食》诗:"感子漂母惠,愧我非韩才。衔戢知何谢,冥报以相贻。"[2]少陵:唐诗人杜甫。杜诗《奉赠韦左丞丈二十二韵》:"朝叩富儿门,暮随肥马尘。残杯与冷炙,到处潜悲辛。"

魏　源(1794—1857)

魏源,字默深,湖南邵阳人。道光二十四年进士,曾从刘逢录学《公羊春秋》,究心经世致用之学。兀傲有大略,熟于朝章国故,论古今成败利病、学术流别,驰骋往复,四座皆屈。晚遭夷变,谓筹夷事必知夷情,复据历代史志及林则徐所译《西夷四州志》等,编成《海国图志》一百卷。能诗文,著有《古微堂诗文集》。

泗源泉林寺[1]

山不必高,水不必深,但得其阳,乃识其阴。大古之心,至人之琴。湛若泉吟,常有寂音。

时哉时哉[2],山梁所息。一举寥然,安知所极。

今日之今,风风雨雨。俄焉瞩之,已化为古。

【注释】

[1]泗河流经鲁国曲阜,相传孔子曾在河滨讲学授徒,感慨道:"逝者如斯夫,不舍昼夜!"后人于此地立碑,碑题:"子在川上曰处"。[2]时哉时哉:《论语·乡党》:"色斯举矣,翔而后集。山梁雌雉,时哉时哉。"

郑 珍(1806—1864)

郑珍字子尹,贵州遵义人。初受知于程恩泽,乃益进求声音文字之原与古宫室冠服之制,于经最精"三礼"。有《巢经巢诗钞》。徐世昌《晚晴簃诗话》谓其"为诗能运健笔,委折达所欲言,意象开拓,力避庸软。"

自毛口宿花垴[1]

盘江在枕下,伸脚欲踏河塘堠[2]。晓闻花垴子规啼,暮踏花垴日已瘦。问君道近行何迟,道果非远我非迟,君试亲行当自知。此道如读昌黎之文少陵诗,眼著一句见一句,未来都非夷所思[3]。云水相连到忽断,初在眼前行转远。当年止求径路通,闷杀行人渠不管。忽思怒马驱中州[4],一目千里恣所游。安得便驰道挺挺,大柳行边饭葱饼[5],荒山惜此江湖影。

【注释】

[1]写盘江沿岸道路的崎岖,却不直接描述山峻地险路曲峰回,而是从行进时的感觉著笔,行文曲折,想象奇特。[2]河塘堠:盘江边地名。作者自注:"毛口对岸即河塘,溯流渡江至之已十里。"诗中毛口、花垴、大柳,均为地名。[3]非夷所思:《周易·涣》:"涣有丘,匪夷所思。"[4]中州:中原,河南。作者赴京应试曾路经中州河南。[5]大柳:河南地名。行:路。

桐　冈[1]

明月上冈头，绿坠一湖影。来往不逢人，露下衣裳冷。

【注释】

[1]桐冈，在湖南省衡山城郊。"桐冈牧笛"为"衡山十景"之一。诗人独游桐冈，徘徊于月光湖影之间，孤寂清冷，有"幽人独往，缥渺孤鸿"的意境。

曾国藩（1811—1872）

曾国藩，初名子城，字涤生，湖南湘乡人。以翰林院检讨典试四川，再转翰林院侍读，累迁至礼部侍郎。为词章考据，尤留心天下人才。历署刑部、吏部侍郎、湖北巡抚，加兵部侍郎衔。转战江西，加兵部尚书衔，署理两江总督。加太子少保衔，节制江苏、安徽、江西、浙江四省。封一等毅勇侯。清开国以来，文臣封侯自是始。继又奉旨围剿捻军，授武英殿大学士，调直隶总督。九年，诏赴天津处理教案，颇受时论非议，调任两江总督。天性好文，治之终身不厌。有家法，而不囿于一师。其论学兼综汉宋，以谓先王治世之道经纬万端，一贯之以礼。尤知人，善任使，所成就者不可胜数。举先世耕读之训教戒其家，遇将卒僚吏若子弟然。故虽严惮之，而乐为之用。居江南久，功德最盛。

早发武连驿忆弟[1]

朝朝整驾趁星光，细想吾生有底忙[2]。疲马可怜孤月照，晨鸡一破万山苍。曰归曰归岁云暮[3]，有弟有弟天一方。大壑高崖风力劲，何当吹我送君旁。

【注释】

[1]武连驿，在四川剑阁县南。道光二十四年，作者为四川乡试副考官，由陕入蜀经过此地。[2]底：何。[3]曰归曰归：《诗经·采薇》："曰归曰归，岁云暮矣。"

送梅伯言归金陵[1]

文笔昌黎百世师[2]，桐城诸老实宗之[3]。方姚以后无孤诣，嘉道之间又一奇。碧海鳌呿鲸掣候[4]，青山花放水流时。两般妙境知音寡，它日曹溪付与谁[5]？

【注释】

[1]梅伯言名曾亮,姚鼐弟子,为嘉庆、道光年间桐城派领袖。[2]昌黎:韩愈。苏轼《潮州韩文公庙碑》:"匹夫而为百世师,一言而为天下法。"[3]桐城诸老:指"桐城三祖"方苞、刘大櫆、姚鼐。[4]鳌呿鲸掣:呿:张口貌。此二句形容梅氏文风兼有阳刚与阴柔之美,即下文所谓"两般妙境"。[5]曹溪:水名。禅宗六祖慧能曾在曹溪宝林寺演法,因别号曹溪。这里比喻桐城义法之真传。

王闿运(1833—1916)

王闿运,字壬秋,湖南湘潭人。初馆山东巡抚崇恩,入都就尚书肃顺聘,甚被尊礼,军事多谘而后行。左宗棠之狱,闿运实解之。入曾国藩幕,后从事讲学,应四川总督丁宝桢聘,主讲成都尊经书院,归为长沙思贤讲舍、衡州船山书院山长。光绪三十四年,授翰林院检讨,加侍读衔。民国初年,任清史馆馆长。著有《湘军志》、《湘绮楼诗文集》等。

寄怀辛眉[1]

空山霜气深,落月千里阴。之子未高卧,相思共此心。一夜梧桐老,闻君江上琴。

【注释】

[1]辛眉,名邓绎,湖南武冈人,作者故友。

人日立春对新月忆故情[1]

萋萋千里物华新,湘春人日不逢人[2]。园中柳枝已能绿,汀洲草色暗生尘。立春人日芳菲节,此日行吟正愁绝。倚栏垂泪看初春,临水低头见新月。初春新月几回新,几回新月照新人?若言人世年年老,何故天边岁岁春?寻常人日人常在,祇言明月无期待。故人看月恒自新,故月看人人事改。也知盈缺本无情,无奈春来春恨生。远思随波易千里,罗帷对影最孤明。故人新月共装回[3],湘水浮春尽日来。黄鹤楼前汉阳树[4],湘春城角定王台[5]。休言月下新人艳,明年对月容光减。鸾镜长开亦厌人,燕脂色重难胜脸。庭中桃树背春愁,春来月落梦悠悠。唯见迎春卷珠幔,谁能避月下江楼?楼前斜月到天边,楼上春寒非昔年。远水余光仍似雪,空山夜碧忽如烟。如烟似雪光难取,明月有情应有语,从来照尽古今人,可怜愁思无今古。

【注释】

[1]人日:正月初七。此诗写春江月夜,颇有张若虚《春江花月夜》的意境与韵味。[2]湘春,长

沙旧有湘春门,此处代指长沙。[3]裴回:徘徊。[4]黄鹤楼:在湖北汉阳。古人诗中,常借黄鹤楼以表达乡愁送别等。[5]定王台:在长沙城东,相传西汉长沙定王为望其母唐姬墓而建。

樊增祥(1846—1931)

樊增祥,字嘉父,湖北恩施人。增祥聪颖美姿容,以文章游京师,会稽李慈铭亟称其才。累官至陕西、江宁布政使,曾护理两江总督。入民国,寓居上海。论诗以清新博丽为主,工于隶事,巧于裁对,见人用眼前习见故实,曰:"此乳臭小儿耳。"作诗万首,而七律居其八九,次韵迭韵之作尤多。初取径于中晚唐,晚年亦为宋诗。著有《樊山全集》。

后彩云曲[1]

纳兰昔御仪鸾殿[2],曾以宰官三召见[3]。画栋珠帘霭御香,金床玉几开宫扇。明年西幸万人哀,桂观蜚廉委劫灰[4]。房骑乱穿驿道走,汉宫重见柏梁灾。白头宫监逢人说,庚子灾年秋七月。六龙一去万马来[5],柏灵旧帅称魁杰[6]。红巾蚁附端郡王[7],擅杀德使董福祥[8]。愤兵入城肆淫掠,董逃不获池鱼殃。瓦酋入据仪鸾座,凤城十家九家破。武夫好色胜贪财,桂殿秋清少眠卧。闻道平康有丽人[9],能操德语工德文。状元紫诰曾相假[10],英后殊施并写真[11]。柏灵当日人争看,依稀记得芙蓉面。隔越蓬山十二年,琼华岛畔邀相见[12]。隔水疑通云汉槎,催妆还用天山箭[13]。彩云此际泥秋衾,云雨巫山何处寻?忽报将军亲折简,自来花下问青禽。徐娘虽老犹风致,巧换西装称人意。百环螺髻满簪花,全匹鲛绡长拂地。雅娘催下七香车,豹尾银枪两行侍[14]。钿车遥遵辇路来,罗袜果踏金莲至。历乱宫帷飞野鸡,荒唐御座拥狐狸。将军携手瑶阶下,未上迷楼意已迷。骂贼还嗤毛惜惜[15],入宫自诩李师师[16]。言和言战纷纭久,乱杀平人及鸡狗。彩云一点菩提心,操纵夷獠在纤手。肱篚休探赤仄钱[17],操刀莫逼红颜妇。始信倾城哲妇言,强于辩士仪秦口[18]。后来虐婢如蝮虿,此日能言赛鹦鹉。较量功罪相折除,侥幸他年免缧首。将军七十虬髯白,四十秋娘盛钗泽。普法战罢又经年,枕席行师老无力。女闾中有女登徒,笑捋虎须亲虎额。不随盘瓠卧花单[19],那得驯狐集金阙?谁知九庙神灵怒,夜半瑶台生紫雾。火马飞驰过凤楼,金蛇燄䗖燔鸡树。此时锦帐双鸳鸯,皓躯惊起无襦裤。小家女记入抱时,夜度娘寻凿坏处。撞破烟楼闪电窗,釜鱼笼鸟求生路。一霎秦灰楚炬空,依然别馆离宫住。朝云暮雨秋复春,坐见珠盘和议成[20]。一闻红海班师诏[21],可有青楼惜别情?从此茫茫隔云海,将军颇有连波悔。君王神武不可欺,遥识军中妇人在。有罪无功损国威,金符铁券趣销毁[22]。太息联邦虎将才,终为旧院蛾眉累。蛾眉终落教坊司,已是琵琶弹破时。白门沦落归乡里[23]，绿草依稀具狱词。世人有情多不达，明明祸水褰裳涉[24]。玉堂鹓鹭愆羽仪[25]，碧海鲸鱼丧鳞甲[26]。何限人间将相家，墙茨不扫伤门阀[27]。乐府休歌杨柳枝[28]，星家最忌桃花煞[29]。今者株林一老妇[30]，青裙来往春申浦[31]。北门学士最关渠[32]，西幸丛谈亦及汝。古人诗贵达事情，事有阙遗须拾补。不然落溷退红花，白发摩登何足数[33]！

【注释】

[1]彩云：本姓傅，即名妓赛金花。年十四，嫁与状元洪钧为妾。洪衔命出使欧洲，携彩云同往，三年后归国。洪殁，彩云复至上海为妓，风流韵事，载在人口。作者曾作《彩云曲》咏其事，为时传诵。其后，彩云北上天津开设妓院，适逢庚子事变，八国联军占领北京。彩云因与联军总司令瓦德西有旧，在旧梦重温之时，亦做过一些力所能及的好事。作者以这位风流名妓与瓦德西的风流艳事为线索，著意庚子之变，被人誉为"诗史"，至比为《长恨歌》与《圆圆曲》云。[2]纳兰：指叶赫那拉氏，即慈禧太后。[3]宰官：作者自谓。按：作者曾以地方官身份三次受到慈禧太后的召见。[4]桂观萤廉：汉宫殿阁名，下文"柏梁"亦为汉宫建筑名，此处系代指。[5]六龙：天子车驾。[6]柏灵：柏林。渠帅：首领，指瓦德西。[7]红巾：指义和团。端郡王：名载漪，时管总理各国事务衙门，力主对外宣战。[8]董福祥：甘军统帅。董福祥奉荣禄之令，命甘军包围东交民巷，攻外国使馆，事后被褫职软禁。按：日本公使书记杉山彬系董兵击毙，但枪杀德国公使克林德的却是端郡王的神虎营，并非董福祥的甘军。作者为了下文巧用"董逃"（古乐府曲名）一语，故作此迁就。[9]平康：妓女集居之地。[10]状元紫诰：皇帝颁与状元夫人的封册诰命。[11]英后：英国维多利亚女王。[12]琼华岛：在北京北海内。[13]天山箭：用薛仁贵三箭定天山典，此处指。[14]豹尾银枪：宫廷仪仗，此处指瓦德西的卫队。[15]毛惜惜：南宋高邮妓女，高邮人荣全叛，召毛侍宴，毛斥之，被杀。[16]李师师：北宋汴梁名妓，相传入宫被徽宗封为瀛国夫人。[17]胠箧：撬箱。赤仄钱：汉武帝时铸的铜钱，以其边为赤铜所铸，故名。此处指古玩珍宝。[18]仪秦：张仪与苏秦，战国纵横家。[19]盘瓠：传说中的神犬，高辛氏之女嫁与犬，生六男六女，为"蛮夷"始祖。见《搜神记》卷十四。[20]珠盘：天子与诸侯歃血为盟用的器皿。《周礼·天官·玉府》："合诸侯者必割牛耳，取其血歃之以为盟。珠盘以盛牛耳。"[21]红海：非洲东北部和阿拉伯半岛之间的狭长海域，自苏伊士运河开通后，即成为欧亚之间的重要航道。这里代指欧洲。[22]金符铁券：古代皇帝赐予功臣授予免死等特权的凭证。[23]白门：指南京。[24]褰裳：《诗经·褰裳》："褰裳涉溱。"小序曰："思反正也。"[25]玉堂鹓鹭：指文臣。[26]碧海鲸鱼：指武将。[27]墙茨：《诗经》中有《墙有茨》篇，刺淫乱。[28]杨柳枝：乐府歌诗，唐诗人白居易所创，为咏妓之作。[29]桃花煞：男女之事。煞：凶运。[30]株林：《诗经·陈风》中有《株林》篇，刺陈灵公与夏姬私通事。据郑玄笺，株林乃夏氏邑。此处代指青楼。[31]春申浦：即黄浦江。以战国楚春申君得名。此处指上海。[32]北门学士：唐高宗时，弘文馆直学士刘祎之等，时奉诏于翰林院草诏，由北门入，时人谓之"北门学士"。此处是诗人自称。[33]摩登：即摩登伽，据《楞严经》，释迦牟尼在世时，有妇摩登伽，使其女以幻术引诱阿难淫乐。此指赛金花。

陈三立(1852—1937)

陈三立,字伯严,江西义宁人。尝被任命为江西南浔铁路总理及两江总督幕僚。民国改元后,日于诸逸老诗酒流连,不求声誉,不慕显达。诗怀古拔,与郑孝胥共为名诗家。疏旷似魏晋间人,不解治生,而笃于友谊。陈衍《石遗室诗话》:散原树义高古,扫除凡猥,不肯作一犹人语,盖原本山谷家法,特意境奇创,有非前贤所能囿耳。

十一月十四日夜发南昌月江舟行[1]

露气如微虫,波势如卧牛。明月如茧素,裹我江上舟。

【注释】

[1]光绪二十九年冬,作者自南昌乘船往南京,夜宿舟中,以诗写自己的独特感受。狄葆贤《平等阁诗话》云:"奇语突兀,二十字抵人千百。"

晓抵九江[1]

藏舟夜半负之去[2],摇兀江湖便可怜。合眼风涛移枕上,抚膺家国逼灯前。鼾声邻榻添雷吼,曙色孤篷漏日妍。咫尺琵琶亭畔客[3],起看啼雁万峰颠。

【注释】

[1]此诗写于八国联军攻占北京翌年,清政府已同列强签订丧权辱国的《辛丑条约》。诗人因参与维新运动而早被革职。[2]藏舟:《庄子·大宗师》:"夫藏舟于壑,藏山于泽,谓之固矣;然而夜半有力者负之而走,昧不知也。"此句写自己的无奈。[3]琵琶亭:在九江浔阳江边。白居易贬江州司马,送客于此,闻琵琶声,有《琵琶行》之作。

康有为(1858—1927)

康有为,字广厦,广东南海人。少从朱次琦游,博通经史。先聚徒讲学,入都上万言书,议变法。中日甲午海战后,闻将签订《马关条约》,遂与各省会试举人上书朝廷,请拒和、迁都、变法。光绪二十一年成进士,以工部主事用,极陈非维新变旧不能自强,受到光绪皇帝召见,在总理衙门章京上行走,促成"百日维新"。戊戌政变后,流亡海外,组织保皇会。辛亥革命后归国,诋毁共和,倡立孔教为国教,任孔教会会长。康有为是近代知识界维新派的思想领袖,著有《孔子改制考》、《新学伪经考》、《大同书》等。

出都留别诸公[1]

天龙作骑万灵从[2],独立飞来缥缈峰。怀抱芳馨兰一握,纵横宙合雾千重[3]。眼中战国成争鹿,海内人才孰卧龙?抚剑长号归去也,千山风雨啸青锋。

【注释】

[1]1888 年,作者以布衣身份上书朝廷,请求变法,受阻。离京南返,赋诗言志,感慨。原诗共五首,此为之二。[2]万灵:各类神灵。此句为想象语:自己离京回乡,如骑天龙遨游,雷师、云神、月御等神灵,前呼后拥,纷纷随从。[3]宙合:四海。

伦敦观剧[1]

海山岩下紫藤斜,仙女飞飞舞碧霞。弄罢风涛眠石上,满身衣袖压飞花。

【注释】

[1]原题《伦敦观剧,有作海山仙女,幽逸如〈离骚〉、〈九歌〉者。昔士卑亚曲多有之,令人超超作出世想》。昔士卑亚今译莎士比亚,作者所观之剧,可能是莎士比亚喜剧名著《仲夏夜之梦》。

黄遵宪(1848—1905)

黄遵宪,字公度,广东嘉应人。充使日本参赞,著《日本国志》。任美国旧金山总领事。历官湖南长宝盐法道,署按察使。时陈宝箴为巡抚,行新政,遵宪首倡民治于众,曰:"亦自治其身,自治其乡而已。由一乡推之一县一府一省,以迄全国,可以成共和之至致,臻大同之盛轨。"仿西方巡警之制,设保卫局。戊戌政变后,罢官闲居。著有《人境庐诗草》等。

伦敦大雾行[1]

苍天已死黄天立[2],倒海翻云百神集。一时天醉帝梦酣,举国沈迷同失日。芒芒荡荡国昏荒,冥冥蒙蒙黑甜香[3]。我坐斗室几匝月,面壁惟拜灯光王[4]。时不辨朝夕,地不识南北。离离火焰青,漫漫劫灰黑。如度大漠沙尽黄,如探岩穴黝难测。化尘尘亦缁,望气气皆墨。色象无可名,眼鼻若并塞。岂有盘古氏,出世天再辟。又非阿修罗[5],搅海水上击,忽然黑暗无间堕落阿鼻狱[6]。又惊恶风吹船飘至罗刹国[7],出门寸步不能行,九衢遍地铃铎声。车马鸡栖匿不出,楼台蜃气中含腥。天罗磕匝偶露缺,上有红轮色如血;暖暖曾无射目光,凉凉未觉炙手热。吾闻地球绕日日绕球,今之英属遍五洲,赤日所照无不到,光华远被天尽头。乌知都城不见日,人人反抱天堕忧[8]。又闻地气蒸腾化为雨,巧算能知雨点数。此邦本以水为家,况有灶烟十万户[9]。倘将四海之雾铢积寸算来,或尚不如伦敦雾。

【注释】

[1]英国是近代世界第一超级大国,有"日不落帝国"之称,首都伦敦也是世界工业中心,烟雾弥漫,被人称为"雾都"。此诗用中国人习见的恐怖意象,如"劫灰"、"阿修罗"、"阿鼻狱"、"罗刹国"等,突出其暗无天日的阴森景象,充满调侃。[2]"苍天"句:东汉末年,钜鹿人张角,奉事黄老道,聚众起义,倡言:"苍天已死,黄帝当立。"见《后汉书·皇甫嵩传》。[3]黑甜:苏轼《发广州诗》:"三杯软饱后,一枕黑甜余。"自注:"俗谓睡为黑甜。"[4]灯光王:《维摩经》:"东方度三十六恒河沙国,有世界名须弥相,其佛号须弥灯王。"此指雾都昼晦,室内须点灯照明。薛福成《出使英法义比四国日记》:"往往白昼晦冥,室中皆燃灯火,方能观书写字。"[5]阿修罗:佛教鬼神,意为无酒神,或无善神。[6]阿鼻狱:佛教八大地狱之一。[7]罗刹国:佛教传说的海上恶鬼之国。[8]天堕忧:《列子·天瑞》:"齐国有人,忧天地崩坠,身亡所寄,废寝食者。"[9]灶烟:薛福成《日记》:"英伦三岛,四面皆海,本多白雾。而伦敦五百万烟户之煤烟,又为雾所掩,不能冲霄直上,聚为黄雾。天气稍冷,则人皆拥炉,又多五百余万人终日夜焚煤之烟,非特灶突之烟也。"

今别离[1]

朝寄平安语,暮寄相思字。驰书迅已极,云是君所寄。既非君手书,又无君默记。虽署花字名[2],知谁箝缄尾[3]?寻常并坐语,未遽悉心事。况经三四译,岂能达人意?只有班班墨,颇似临行泪。门前两行树[4],离离到天际。中央亦有丝,有丝两头系。如何君寄书,断续不时至。每日百须臾,书到时有几?一息不相闻,使我容颜悴。安得如电光,一闪至君旁。

汝魂将何之?欲与君追随。飘然渡沧海,不畏风波危。昨夕入君室,举手搴君帷。披帷不见人,相君就枕迟。君魂倘寻我,会面亦难期。恐君魂来日,是妾不寐时。妾睡君或醒,君睡妾岂知?彼此不相闻,安怪常参差。举头见明月,明月方入扉。此时想君身,侵晓刚披衣。君在海之角,妾在天之涯,相去三万里,昼夜相背驰。眠起不同时,魂梦难相依。地长不能缩,翼短不能飞。只有恋君心,海枯终不移。海水深复深,难以量相思。

【注释】

[1]《今别离》为乐府旧题,而所咏却为新事。何藻翔《岭南诗存》云:"《今别离》四章,以旧格调

运新理想,千古绝作,不可有二。"组诗分咏火车轮船、电报、照相及东西半球昼夜相反。所选为第二与第四首。[2]花字名:周密《癸辛杂志》:"古人押字,谓之花字。即是用名字稍花之,如韦陀之朵云是也。"[3]缗:梁启超《饮冰室诗话》引作"纸"。[4]两行树:指电线杆。下文"丝"指电线。

丘逢甲(1864—1912)

丘逢甲,字仙根,台湾人。任兵部主事。甲午之役后,朝廷割台湾全省之地,拱手赠与日本。适台湾举人以会试在都,伏阙上书,涕泣而争,朝廷不顾。逢甲乃首倡台湾自主之说,全台皆应。未几,日舰大集,台北台南相继失守,逢甲见大势已去,乃内渡入广东,杜门不出,谢绝亲友,自署为"台湾之遗民",日以赋诗为事,而故国之思,郁伊无聊之气,尽托于诗。平日执干戈卫社稷之气概,皆腾跃纸上。光绪末年,各省尽成咨议局,粤人选其为议员,旋举为副议长。入民国后,出任教育司长,复选为南京临时参议院议员。

新乐府[1]

留海发

薙发令行二百年,乃有断发新少年。奈何当断不断,后垂长尾而留短鬣当其前?嗟汝半边头,笑杀蓬头仙,蓬头仙人刘海蟾[2]。匪仙而妖,不女不男;匪蟾而兔,一笑堪怜。雄兔扑朔,雌兔迷离[3]。妾发覆额,为天下雌。郎发亦覆额,问郎将何为?

万牲园

中国所有毕罗致,中国所无求海外。力为禽兽造世界,神禹所驱今复聚[4]。毛虫羽虫大和会,除却凤麟无不至。嗟哉伙颐万其类[5],无良无猛,无蠢无灵,胥目曰牲,园吏按册皆可呼其名。食粟者粟,食肉者肉,尔虽不能言,无不得所欲。文禽武兽前后补[6],京朝之官半寒苦。人言员外郎,不及园中虎。况尔穷民满天下,安能上与槛猿笼鹤伍。古来灵囿何足言,天荒地老有此园。长安夜半西风起,啼呼如在山林间。

【注释】

[1]原为四章,讽咏时髦风俗。所选为第一与第三,分咏少年发式与动物园。[2]刘海蟾:道教全真道祖师。民间多绘作仙人状,前额垂发,骑蟾背上。[3]雄兔扑朔:《木兰辞》:"雄兔脚扑朔,雌兔眼迷离。"[4]神禹:大禹。[5]伙颐:惊羡之辞,多也,语出《史记·陈涉世家》。[6]文禽武兽:清朝官服绣以图案,表明不同品级,称"补子",文臣以鸟,武将以兽。

章太炎(1869—1936)

章太炎,初名学乘,字枚叔,后更名炳麟。慕昆山顾宁人(炎武),又易名绛,自署太炎。浙江余杭人。戊戌政变后,知清室之不足有为,始昌言光复之义。赴日本,识孙中山。二十九年,蜀人邹容草《革命军》以摈满洲,章序而刊行之。未几,章、邹被逮,后章出狱至日本,加入同盟会,任《民报》主笔,鼓吹革命。辛亥革命时,归至上海,参与民军机枢。继以南北议和,而各省仍纷纷不一,乃创统一党于上海。及宣统退位,章北上入都,袁世凯聘为东三省筹边专使。二次革命后,章氏入京,既而被拘。后释归上海,著书自娱。章氏博极群书,尤精佛典,古文诗词,亦自一格,著有《章氏丛书》行世,日人誉之为书橱。

狱中赠邹容[1]

邹容吾小弟,被发下瀛州[2]。快剪刀除辫,干牛肉作糇[3]。英雄一入狱,天地亦悲秋[4]。临命须掺手[5],乾坤只两头。

【注释】

[1]邹容,四川巴县人,曾留学日本。一九○三年出版《革命军》一书,鼓吹排满,章氏为作序。同年六月,章氏被捕入狱,邹容激于义愤,自动投案。章氏即于狱中赠诗互勉。[2]瀛洲:传说中东海的神山,此处指日本。[3]糇:干粮。[4]秋:愁。[5]掺手:牵手,执手。

狱中闻沈禹希见杀[1]

不见沈生久,江湖知隐沦。萧萧悲壮士,今在易京门[2]。螭魅羞争焰,文章总断魂。中阴当待我[3],南北几新坟。

【注释】

[1]沈荩,字禹希,湖南善化人。曾与唐才常等组织自立军,事败走上海,潜往北京,从事反清活动。因在报上揭露《中俄密约》被捕入狱,杖死。[2]"萧萧悲壮士"句:《史记·刺客列传》载《易水歌》:"风萧萧兮易水寒,壮士一去不复还。"[3]中阴:佛教语,谓死后生前的过渡状态。

苏曼殊(1884—1918)

苏曼殊,名玄瑛,号曼殊,广东香山人,生于日本横滨。年十二,遂为沙门。后东渡日本寻母,学泰西美术于上野二年,学政治于早稻田三年,一无所成。得使馆公费学陆军八阅月,卒不屑竟学。至泰国随乔悉磨长老究心佛学二年,归入杭州西湖灵隐山。旋至上海,从陈独秀、章士钊游。后赴苏州,任吴中公学教授。重游泰国、日本,辑《文学因缘》二卷。又译《拜伦诗选》、《燕子笺传奇》等。

樱花落[1]

十日樱花作意开,绕花岂惜日千回？昨来风雨偏相厄,谁向人天诉此哀？忍见胡沙埋艳骨,休将清泪滴深杯。多情漫向他年忆,一寸春心早已灰。

【注释】

[1]作于日本东京,追忆与恋人百助枫子的往事。

题拜轮集[1]

秋风海上已黄昏,独向遗篇吊拜轮。词客飘蓬君与我,可能异域为招魂。

【注释】

[1]此诗作于新加坡。原序:"西班牙雪鸿女诗人过存病榻,亲持玉照一幅,《拜轮遗集》一卷,曼陀罗花共含羞草一束见贻,且以殷殷勖以归计。嗟夫,予早岁披剃,学道无成,思维身世,有难言之恫,爰扶病书二十八字于拜轮卷首。此意惟雪鸿大家能知之耳。"

第二章 清 文

　　清初文风,受时变影响,渐趋于雅正平实。以遗民自居的顾炎武、黄宗羲等人,在忧愤孤苦的心境中,深刻反省前朝学风与亡国的教训,努力提倡经世致用之文。而钱谦益等文坛巨子,也对明代文坛的流弊进行了清算。现代的文学史家对金圣叹、李渔、张潮等人的闲情美文评价甚高,但在当时,情形却完全不同。以上三人都在主流文人圈子之外,追求的是闲情逸趣和性灵抒写,与明末公安派同风,虽有读者,却得不到主流社会的承认。正统文坛推崇的是侯方域、魏禧、汪琬,号称古文三大家,他们的文章,接续唐宋古文的传统,风格淳正,题材严肃,代表着清初文风的转变。而文坛上的"一代正宗"则是安徽桐城人方苞。

　　方苞历仕康、雍、乾三朝,是清代前期的文坛领袖。方氏自言其"学行继程朱之后,文章介韩欧之间",这非常符合官方对士大夫的要求。方苞论文以"义法"为核心,所谓"义法",并不玄妙深奥,用方氏自己的话说:"义,即《易》之所谓'言有物'也;法,即《易》之所谓'言有序'也。"顾而言之,"义法"无非说的是内容与形式的统一,但方氏具体皆有所指。他所推崇的"义法最精"的文章典范是《左传》、《史记》、《汉书》、《后汉书》以及唐宋八大家之文。方苞的"义法"实际上是对唐宋以来"文道合一"论的总结与发挥。方氏的同乡后学刘大櫆在"义法"的前提下,从文章美学的角度,进一步探讨古文的"神气"、"音节"、"字句"等要素及其相互关系。方、刘二氏的文论与文章,当时影响颇大,以至有人戏言:"天下文章,其出于桐城乎!"桐城古文亦由此得名。乾隆时代,姚鼐总结方、刘二位同乡前辈的古文理论并加以完善,提出神、理、气、味、格、律、声、色为古文八大要素,而将文风归结为"阳刚"与"阴柔"两端,同时主张为学应兼义理、考证、文章三者。桐城派的文论系统由是愈加缜密。姚氏特编选《古文辞类纂》,一为作文示范,一为标榜文统,其书流布很广,影响极大。

　　桐城古文文从字顺,清通严整,雅驯简洁,这在以文章为应用工具的时代,自有其显而易见的优点。故虽有人批评反对,但却难以抵消其影响与势力。作为清代影响最大的古文流派,桐城派并非专指安徽桐城的古文作家,而是一个全国性的流派,姚氏之后,许多桐城派的重要作家都不是桐城人,如梅曾亮、管同等。桐城派中两个有影响的流派阳湖派与湘乡派,更是在清代后期异军突起。尤其是湘乡派,其中人物如曾国藩及曾门弟子薛福成、黎庶昌、张裕钊、吴汝伦等,大都是政界、外交界、军界或学界的名流,其影响非纯粹文人可比。故至清末,桐城古文仍余波不息。

与此同时,也有许多不受桐城义法拘限而自成一家风格者。乾隆时代的袁枚,主张抒写性灵,但其诗多无聊浅薄之作,其文的艺术成就反在诗之上,即使是信笔所写的尺牍,也别有趣味。郑燮以画竹著称,其题画之文也清新可诵。嘉、道时代的龚自珍,喜发"非常异议可怪之论",其文也有奇气。晚清时代,更有康有为、梁启超、章炳麟,各成一家。尤其是梁启超,其文汪洋恣肆,笔锋常带情感,时杂以俚语、韵语及外国语法,对于读者别有一种魔力,学者竞相仿效,当时号为"新文体"。

骈文作为一种特殊的文体,在清代备受文人青睐。清人崇尚博学,文人多兼学人,文风趣雅。骈文讲究声韵,遣词用字,要有出处,而典故的运用,更能显示作者的博雅。骈文代有作者,但以乾嘉时代为盛。著名者有胡天游、袁枚、洪亮吉、孔广森、汪中等。当时风气,书信、序跋、记传、奏章等,举凡一切内容,都有以骈文表达者。作者是博雅之士,读者也须是饱学之人。这种审美趣味,在清代士大夫中却非常流行。清末名流王闿运、刘师培等,都是作骈文的高手。

参考书目:

黎庶昌.续古文辞类纂[M].四部备要本.中华书局,1912.

王先谦.续古文辞类纂[M].上海:商务印书馆,1907.

郑振铎.晚清文选[M].上海:上海书店,1987.

郭豫衡.中国散文史(下)[M].上海:上海人民出版社,1999.

陈平原.从文人之文到学者之文[M].上海:三联书店,2004.

第一节　清前期文

金人瑞(1608—1661)

金人瑞,原名采,字若采,江苏苏州人。明诸生,明亡后,改名人瑞,字圣叹,以字行。为人倜傥高奇,俯视一切。善衡文评书,议论皆发前人所未未发,曾以《庄子》、《离骚》、《史记》、《杜诗》、《水浒传》、《西厢记》为"六才子书",极力推崇。

不亦快哉[1]

昔与斫山同客共住，霖雨十日，对床无聊，因约赌说快事，以破积闷。至今相距既二十年，亦都不自记忆。偶因读《西厢·拷艳》一篇，见红娘口中作如许快文，恨当时何不检取共读，何积闷之不破。于是反自追索，犹忆得数则，附左方，并不能辨何句是斫山语，何句是圣叹语矣。

其一：夏七月，赤日停天，亦无风，亦无云。前后庭赫然如洪炉，无一鸟敢来飞。汗出遍身，纵横成渠。置饭于前，不可得吃。呼簟欲卧地上，则地湿如膏，苍蝇又来，缘颈附鼻，驱之不去。正莫可如何，忽然大黑车轴疾澍，澎湃之声，如数百万金鼓，檐溜浩于瀑布。身汗顿收，地燥如扫，苍蝇尽去，饭便得吃。不亦快哉！

其一：十年别友，抵暮忽至。开门一揖毕，不及问其船来陆来，并不及命其坐床坐榻，便自疾驱入内，卑辞叩内子："君岂有斗酒，如东坡妇乎？"内子欣然拔金簪相付，计之可供作三日供也。不亦快哉！

其一：空斋独坐，正思夜来床头鼠耗可恼，不知其嘎嘎者是损我何器，嗤嗤者是裂我何书。中心回惑，其理莫措，忽见一猣猫注目摇尾，似有所睹，敛声屏息，少复待之，则疾趋如风，挃然一声，而此物竟去矣。不亦快哉！

其一：于书斋前，拔去垂丝海棠紫荆等树，多种芭蕉一二十本。不亦快哉！

其一：春夜与诸豪士快饮，至半醉，住本难住，进则难进。旁一解意童子，忽送大纸炮可十余枚，便自起身出席，取火放之。硫磺之香，自鼻入脑，通身怡然。不亦快哉！

其一：街行见两措大执争一理，既皆目裂颈赤，如不戴天，而又高拱手，低曲腰，满口仍用"者也之乎"等字。其语刺刺，势将连年不休。忽有壮夫掉臂行来，振威从中一喝而解。不亦快哉！

其一：子弟背诵书烂熟，如瓶中泻水。不亦快哉！

其一：饭后无事，入市闲行，见有小物，戏复买之，买亦已成矣，所差者至少，而市儿苦争，必不相饶。便掏袖中一件，其轻重与前直相上下者，掷而与之。市儿忽改笑容，拱手连称"不敢"。不亦快哉！

其一：饭后无事，翻倒敝箧，则见新旧逋欠文契，不下数十百通，其人或存或亡，总之无有还理。背人取火，拉杂烧净，仰看高天，萧然无云。不亦快哉！

其一：夏月科头赤足，自持凉伞遮日，看壮夫唱吴歌，踏桔槔。水一时奔涌而上，譬如翻银滚雪。不亦快哉！

其一：朝眠初觉，似闻家人叹息之声，言某人夜来已死。急呼而讯之，正是一城中第一绝有心计人。不亦快哉！

其一：夏月早起，看人于松棚下，锯大竹作筒用。不亦快哉！

其一：重阴匝月，如醉如病，朝眠不起。忽闻众鸟毕作弄晴之声，急引手搴帷，推窗视之，日光晶荧，林木如洗。不亦快哉！

其一：夜来似闻某人素心，明日试往看之。入其门，窥其闺，见所谓某人，方据案面南看一文书。顾客入来，默然一揖，便拉袖命坐曰："君既来，可亦试看此书。"相与欢笑，日影尽去。既已自饥，徐问客曰："君亦饥耶？"不亦快哉！

其一：本不欲造屋，偶得闲钱，试造一屋。自此日为始，需木需石，需瓦需砖，需灰需钉，无晨无夕，不来聒于两耳。乃至罗雀掘鼠，无非为屋校计，而又都不得屋住，既已安之如命矣。忽然一日，屋竟落成，刷墙扫地，糊窗挂画，一切匠作出门毕去，同人乃来分榻列坐。不亦快哉！

其一：冬夜饮酒，转复寒甚，推窗试看，雪大如手，已积三四寸矣。不亦快哉！

其一：夏日于朱红盘中，自拔快刀，切绿沈西瓜。不亦快哉！

其一：久欲为比丘，苦不得公然吃肉。若许为比丘，又得公然吃肉，则夏月以热汤快刀，净刮头发。不亦快哉！

其一：存得三四癞疮于私处，时呼热汤开门澡之。不亦快哉！

其一：箧中无意忽捡得故人手迹。不亦快哉！

其一：寒士来借银，畏不可启齿，于是唯唯亦说他事。我窥见其苦意，拉向无人处，问所需多少，急趋入内，如数给与。然后问其必当速归料理是事耶，为尚得少留共饮酒耶？不亦快哉！

其一：坐小船，遇利风，苦不得张帆，一快其心。忽逢艑舸，疾行如风。试伸挽钩，聊复挽之，不意挽之便著。因取缆向其尾，口中高吟老杜"青惜峰峦，共知桔柚"之句，极大笑乐。不亦快哉！

其一：久欲觅别居，与友人共住，而苦无善地。忽一人传来云：有屋不多，可十余间，而门临大河，嘉树葱然。便与此人共吃饭毕，试走看之，都未知屋如何。入门先见空地一片，大可六七亩许，异日瓜菜不足复虑。不亦快哉！

其一：久客得归，望见郭门，两岸童妇，皆作故乡之声。不亦快哉！

其一：佳磁既损，必无完理，反复多看，徒乱人意。因宣付厨人，作杂器充用，永不更令到眼。不亦快哉！

其一：身非圣人，安能无过？夜来不觉私作一事，早起怦怦，实不自安。忽然想到佛家有布萨之法，不自覆藏，便成忏悔，因明对生熟众客快然自陈其失。不亦快哉！

其一：看人作擘窠大书，不亦快哉！

其一：推纸窗放蜂出去，不亦快哉！

其一:作县官,每日打鼓退堂时,不亦快哉!

其一:看人风筝断,不亦快哉!

其一:看野烧,不亦快哉!

其一:还债毕,不亦快哉!

其一:读《虬髯客传》,不亦快哉!

【注释】

[1]选自《贯华堂第六才子书》,非单篇成文,而是作者评点《西厢记》时的即兴发挥,记其与挚友王斫山雨夜的快谈。

张　潮 (1650—约1709)

张潮,字山来,新安人也。潮博通经史百家言。弱冠补诸生,以文鸣大江南北,累试不第,以赀为翰林郎,不仕,杜门著书,自号心斋居士。通佛道之学,作《亦禅录》、《唐音丹笈》。辑近代诸名家古文一百五十种,作丛书三部。又辑时辈新奇怪异之文数千篇,为《虞初新志》。

幽梦影[1]（节选）

为月忧云,为书忧蠹,为花忧风雨,为才子佳人忧命薄,真是菩萨心肠。

余淡心曰:洵为君言,亦安有乐时耶?

孙松坪曰:所谓君子有终身之忧者耶?

黄交三曰:"为才子佳人忧命薄"一语,真令人泪湿青衫。

张竹坡曰:第四忧,恐命薄者消受不起。

江含征曰:我读此书时,不免为蟹忧雾。

竹坡又曰:江子此言,直是为自己忧蟹耳。

尤悔庵曰:杞人忧天,嫠妇忧国,无乃类是。

花不可以无蝶,山不可以无泉,石不可以无苔,水不可以无藻,乔木不可以无藤萝,人不可以无癖。

黄石间曰:事到可传皆具癖,正谓此耳。

孙松坪曰:和长舆却未许借口。

春听鸟声,夏听蝉声,秋听虫声,冬听雪声,白昼听棋声,月下听箫声,山中听松声,水际听欸乃声,方不虚此生耳。若恶少斥辱,悍妻诟谇,真不若耳聋也。

黄仙裳曰:此诸种声颇易得,在人能领略耳。

朱菊山曰:山老所居,乃城市山林,故其言如此。若我辈日在广陵城市中,求一鸟声,不啻如凤凰之鸣,顾可易言耶?

释中洲曰:昔文殊选二十五位圆通,以普门耳根为第一人。今心斋居士耳根不减普门,吾他日选圆通,自当以心斋为第一矣。

张竹坡曰:久客者,欲听儿辈读书声,了不可得。

张迂庵曰:可见对恶少悍妇,尚不若日与禽虫周旋也。又曰:读此方知先生耳聋之妙。

赏花宜对佳人,醉月宜对韵人,映雪宜对高人。

余淡心曰:花即佳人,月即韵人,雪即高人。既已赏花、醉月、映雪,即与对佳人、韵人、高人无异也。

江含征曰:若对此君仍大嚼,世间那有扬州鹤?

张竹坡曰:聚花、月、雪于一时,合佳、韵、高为一人,吾当不赏而心醉矣。

对渊博友,如读异书;对风雅友,如读名人诗文;对谨饬友,如读圣经贤传;对滑稽友,如阅传奇小说。

李圣许曰:读这几种书,亦如对这几种人矣。

张竹坡曰:善于读书取友之言。

艺花可以邀蝶,累石可以邀云,栽松可以邀风,贮水可以邀萍,筑台可以邀月,种蕉可以邀雨,植柳可以邀蝉。

曹秋岳曰:藏书可以邀友。

崔莲峰曰:酿酒可以邀我。

尤艮斋曰:安得此贤主人?

尤慧珠曰:贤主人非心斋而谁乎?

倪永清曰:选诗可以邀谤。

陆云士曰:积德可以邀天,力耕可以邀地,乃无意相邀而若邀之者,与邀名、邀利者迥异。

庞天池曰:不仁可以邀富。

楼上看山,城头看雪,灯前看月,舟中看霞,月下看美人,另是一番情境。

江允凝曰:黄山看云,更佳。

倪永清曰:做官时看进士,分金处看文人。

毕右万曰:予每于雨后看柳,觉尘襟俱涤。

尤谨庸曰:山上看雪,雪中看花,花中看美人,亦可。

　　吾欲致书雨师：春雨宜始于上元节后（观灯已毕），至清明十日前之内（雨止花开），及谷雨节中；夏雨宜于每月上弦之前，及下弦之后（免碍于月）；秋雨宜于孟秋、季秋之上下二旬（八月为玩月胜景），至若三冬，正可不必雨也。

　　孔东塘曰：君若果有此牍，吾愿作致书邮也。

　　余生生曰：使天而雨粟，虽自元旦雨至除夕，亦未为不可。

　　张竹坡曰：此书独不可致于巫山雨师。

　　因雪想高士，因花想美人，因酒想侠客，因月想好友，因山水想得意诗文。

　　弟木山曰：余每见人长一技，即思效之，虽至琐屑，亦不厌也。大约是爱博而情不专。

　　张竹坡曰：多情语，令人泣下。

　　尤谨庸曰：因得意诗文想心斋矣。

　　李季子曰：此善于设想者。

　　陆云士曰：临川谓"想内成，因中见"，与此相发。

　　古之不传于今者，啸也，剑术也，弹棋也，打球也。

　　黄九烟曰：古之绝胜于今者，官妓也，女道士也。

　　张竹坡曰：今之绝胜于古者，能吏也，猾棍也，无耻也。

　　庞天池曰：今之必不能传于后者，八股也。

　　春雨如恩诏，夏雨如赦书，秋雨如挽歌。

　　张谐石曰：我辈居恒苦饥，但愿夏雨如馒头耳。

　　张竹坡曰：赦书太多，亦不甚妙。

　　律己宜带秋气，处世宜带春气。

　　孙松揪曰：君子所以有矜群而无争党也。

　　胡静夫曰：合夷、惠为一人，吾愿亲炙之。

　　尤悔庵曰：皮里春秋。

　　春雨宜读书，夏雨宜弈棋，秋雨宜检藏，冬雨宜饮酒。

　　周星远曰：四时惟秋雨最难听，然予谓无分今雨旧雨，听之要皆宜于饮也。

　　文章是案头之山水，山水是地上之文章。

　　李圣许曰：文章必明秀，方可作案头山水；山水必曲折，乃可名地上之文章。

胸中小不平,可以酒消之;世间大不平,非剑不能消也。

周星远曰:看剑引杯长,一切不平,皆破除矣。

张竹坡曰:此平世的剑术,非隐娘辈所知。

张迂庵曰:苍苍者未必肯以太阿假人,似不能代作空空儿也。

尤悔庵曰:龙泉太阿,汝知我者,岂止苏子瞻以一斗读《汉书》耶?

春风如酒,夏风如茗,秋风如烟、如姜芥。

许筠庵曰:所以秋风客气味狠辣。

张竹坡曰:安得东风夜夜来。

情之一字,可以维持世界;才之一字,可以粉饰乾坤。

吴雨岩曰:世界原从情字生出,有夫妇然后有父子,有父子然后有兄弟,有兄弟然后有朋友,有朋友然后有君臣。

释中洲曰:情与才缺一不可。

牛与马,一仕而一隐也;鹿与豕也,一仙而一凡也。

杜茶村曰:田单之火牛,亦曾效力疆场。至马之隐者,则绝无之矣。若武王归马于华山之阳,所谓勒令致仕者也。

张竹坡曰:莫与儿孙作马牛,盖为后人审出处语也。

蝉为虫中之夷齐,蜂为虫中之管晏。

崔青峙曰:心斋可谓虫中之董狐。

吴镜秋曰:蚊是虫中之酷吏,蝇是虫中之游客。

才子遇才子,每有怜才之心;美人遇美人,必无惜美之意。我愿来世托生为绝代佳人,一反其局而后快。

郑蕃修曰:俟心斋来世为佳人时再议。

余湘客曰:古亦有我见犹怜者。

倪永清曰:再来时,不可忘却。

【注释】

[1]《幽梦影》是一部文笔雅淡的小品。这类小品,晚明清初颇盛行,时谓之"清言"。其中所表达的人生哲理与审美情趣,以及诗化的语言,与正统诗文迥异。此书一出,评点者甚众,而见解之

奇,文笔之妙,亦堪称一绝。《幽梦影》以及评点,是作者与读者共同参与艺术创作的范例。

方 苞(1668—1749)

方苞,字灵皋,号望溪,安徽桐城人。康熙进士。因戴名世《南山集》案牵连下狱,后免罪入旗。受清圣祖宠遇,入值南书房。未几,改值蒙养斋,编校御制乐律、算学诸书,充武英殿修书总裁。清世宗即位,迁内阁学士,充《一统志》总裁。乾隆元年再直南书房,擢礼部侍郎。方苞论学宗程朱理学,究心《春秋》、《三礼》,为文继承明归有光"唐宋派"的古文传统,严于"义法",文尚"雅洁",影响所及,遂成流派,号"桐城派"。著有《望溪文集》等。

左忠毅公逸事[1]

先君子尝言[2]:乡先辈左忠毅公视学京畿,一日风雪严寒,从数骑出,微行入古寺。庑下一生伏案卧,文方成草,公阅毕,即解貂覆生,为掩户。叩之寺僧,则史公可法也。及试,吏呼名至史公,公瞿然注视;呈卷,即面署第一,召入使拜夫人,曰:"吾诸儿碌碌,他日继吾志者,惟此生耳。"

及左公下厂狱[3],史朝夕狱门外,逆阉防伺甚严,虽家仆不得近。久之,闻左公被炮烙,旦夕且死,持五十金,涕泣谋于禁卒。卒感焉,一日使史更敝衣,草屦背筐,手长铲,为除不洁者。引入,微指左公处,则席地倚墙而坐,面额焦烂而不可辨,左膝以下,筋骨尽脱矣。史前跪抱公膝而呜咽。公辨其声而目不可开,乃奋臂以指拨眦,目光如炬,怒曰:"庸奴!此何地也,而汝来前?国家之事糜烂至此,老夫已矣!汝复轻身而昧大义,天下事谁可支拄者?不速去,无俟奸人构陷,吾今即扑杀汝!"因摸地上刑械,作投击势。史噤不敢发声,趣而出。后常流涕述其事以语人曰:"吾师肝肺,皆铁石所铸造也。"

崇祯末,流贼张献忠出没蕲、黄、潜、桐间,史公以凤、庐道奉檄守御。每有警,辄数月不就寝,使将士更休,而自坐幄幕外,责健卒十人,令二人蹲踞而背倚之,漏鼓移则番代[4]。每寒夜起立,振衣裳,甲上冰霜迸落,铿然有声。或劝以少休,公曰:"吾上恐负朝廷,下恐愧吾师也。"史公治兵,往来桐城,必躬造左公第,候太公太母起居,拜夫人于堂上。

余宗老涂山[5],左公甥也,与先君子善,谓狱中语乃亲得之于史公云。

【注释】

[1]左忠毅公即左光斗,明末东林党领袖之一。万历进士,官至左佥都御史。因参劾宦官魏忠

贤下狱，后被害死狱中。此文记左光斗之逸事，侧重写其对史可法的知遇之恩与精神感召，文笔雅洁，不枝不蔓，却能绘形传神，力透纸背，颇能体现桐城古文"义法"之轨范。[2]先君子：先父。[3]厂狱：明代宦官掌控的特务机构东厂与西厂所设的监狱。[4]番代：轮替。[5]宗老：同宗族的老前辈。方涂山，作者族祖父之号。

游雁荡记[1]

癸亥仲秋，望前一日[2]，入雁山，越二日而反。古迹多榛芜不可登探，而山容壁色，则前此目见者所未有也。鲍甥孔巡曰[3]："盍记之？"余曰："兹山不可记也。永、柳诸山，乃荒陬中一丘一壑，子厚谪居[4]，幽寻以送日月，故曲尽其形容。若兹山，则浙东西山海所蟠结，幽奇险峭，殊形诡状者，实大且多。欲雕绘而求其肖似，则山容壁色，乃号为名山者之所同，无以别其为兹山之岩壑也。"而余之独得于兹山者，则有二焉：

前此所见，如皖桐之浮山，金陵之摄山，临安之飞来峰，其崖洞非不秀美也，而愚僧多凿为仙佛之貌相，俗士自镌名字及其诗辞，如疮痏蹙然而入人目。而兹山独完其太古之容色以至今，盖壁立千仞，不可攀援，又所处僻远，富贵有力者无因而至，即至亦不能久留、构架鸠工以自标揭，所以终不辱于愚僧俗士之剥凿也。

又凡山川之明媚者，能使游者欣然而乐；而兹山岩深壁削，仰而观、俯而视者，严恭静正之心不觉其自动。盖至此则万感绝，百虑冥，而吾之本心乃与天地之精神一相接焉。察于此二者，则修士守身涉世之学，圣贤成己成物之道，俱可得而见矣。

【注释】

[1]雁荡山在浙江省东南部，旧传山顶有荡，秋雁归时多宿此，故名。此文并未如通常山水游记那样，细述山水风光或记叙游览之趣，而是集中笔墨写自己对雁荡山的整体印象，以及由此而起的人生感悟，虽不免为理学家的老生常谈，但寓理于景，亦不失为文章之作法也。[2]望前一日：农历十四。[3]鲍孔巡：方苞外甥。方苞一妹嫁鲍氏，孔巡即其子。[4]子厚：唐代文学家柳宗元，字子厚，曾被贬为永州司马，后又为柳州刺史。柳宗元在两地写过不少山水游记，两地山水因此而闻名于世。

刘大櫆（1698—1779）

刘大櫆，字才甫，一字耕南，安徽桐城人。年二十余入京师，时方苞负海内重望，后生以文谒者不轻许与，独奇赏大櫆。雍正中两登副榜，竟不获举。乾隆元年，方苞推荐其参试博学鸿词科，被黜落。桐城自方苞为古文之学，同时有戴名世、胡宗绪，名世被祸，宗绪博学，名不甚显。大櫆游苞门，传其义法，而才调独出，著《海峰诗文集》。姚蕭继起,其学说盛行于时,尤推服大樾,世遂称曰"方刘姚"。

<h1 style="text-align:center">樵髯传[1]</h1>

樵髯翁,姓程氏,名骏,世居桐城县之西鄙。性疏放,无文饰。而多髭须,因自号曰"樵髯"云。少读书聪颖,拔出凡辈,于艺术匠巧嬉游之事,靡不涉猎,然皆不肯穷究其学,曰:"吾以自娱而已。"尤嗜弈棋,常与里人弈。翁不任苦思,里人或注局凝神,翁辄颦蹙曰:"我等岂真知弈者?聊用为戏耳。乃复效小儿辈,强为解事!"时为人治病,亦不用以为意。诸富家尝与往来者,病作,欲得翁诊视,使僮奴候之。翁方据棋局哓哓然,竟不往也。翁季父[2]官建宁,翁随至建宁官廨,得以恣情山水,其言武夷、九曲幽绝可爱,令人遗弃世事,欲往游焉。

刘子曰:余寓居张氏勺园中[3],翁亦以医至。余久与翁处,识其性情。翁见余为文,亟求余书其名氏,以传于无穷。余悲之而作《樵髯传》。

【注释】

[1]本文为一寻常性情中人立传,纯用白描,生动而传神。[2]季父:叔父。[3]张氏勺园:在桐城县城,作者曾应张家之邀,在园中课徒。

<h1 style="text-align:center">窦祠记[1]</h1>

桐城县治之西北有窦祠,邑之人所建,以祀蜀人窦成者也。明之亡,流贼将破桐城,成有救城功,故邑人戴其德而建祠以祀之。

当是时,贼攻城甚急,城坚不可卒下,贼时来时去。巡抚安庆等处部将廖应登,率蜀兵三千人为防御。时贼不在,应登将兵往庐州,经舒城,方解鞍憩息,而贼骑突至,遂劫应登去。贼顾谓应登曰:"今欲诱降桐城,汝卒中谁可遣者?"应登曰:"宜莫如窦成。"贼问成:"若能往否?"成许之无难色。贼遂以二卒持兵夹成,拥至城下,使登高阜呼城守而告之。成谛视,见所与相识者,乃大呼曰:"我廖将军麾下窦成也!贼胁我诱若令降[2],若必无降!若谨守若城,且急使人请援!贼今穿洞,洞皆石骨,不可穿,计穷且去矣!"夹成之二卒猝出不意,相顾惊愕,遂以刃劈其头,脑出而死。自是守兵始无降贼意,益昼夜谨护城,而密使人之安庆请援,援至而城赖以全。

当明之季世,流贼横行,江之北鲜完邑焉,而桐城以蕞尔独坚守得全。虽天命,岂非人力哉!成本武夫悍卒,然能知大义,不为贼屈,捐一身之死,以卒全一邑数万之生灵,有功德于民,则庙而食之宜矣。彼其受专城之寄、百里之命、君父之恩至深且渥也,贼未至而开门迎揖者,独何心与!夫以卒之微,而使一邑之缙绅大夫莫不稽首跪拜其前,岂非以义邪? 又况士君子之杀身以成仁者哉!

吾观有明之治,常贵士而贱民。诵读草茅之中,一旦列名荐书,已安富而尊荣矣;繫官于朝,则其尊至于不可指,而百姓独辛苦流亡,无所控诉。然卒亡明之天下者,百姓也。后之为人君者,可以鉴矣。

【注释】

[1]作者此记,先叙述建祠缘由及窦成死难经过,这是一般记文的常套;最后议论,才是画龙点睛之笔。[2]若:你,你们。

第二节　清中期文

袁　枚(传略见前清诗部分)

随园记[1]

金陵自北门桥西行二里,得小仓山。山自清凉胚胎,分两岭而下,尽桥而止。蜿蜒狭长,中有清池水田,俗号乾河沿。河未干时,清凉山为南唐避暑所,盛可想也。凡称金陵之胜者,南曰雨花台,西南曰莫愁湖,北曰钟山,东曰冶城,东北曰孝陵,曰鸡鸣寺。登小仓山,诸景隆然上浮。凡江湖之大,云烟之变,非山之所有者,皆山之所有也。

康熙时,织造隋公当山之北巅[2],构堂皇,缭垣牖,树之楸千章,桂千畦,都人游者,翕然盛一时,号曰隋园,因其姓也。后三十年,余宰江宁,园倾且颓弛,其室为酒肆,舆台嗷啕,禽鸟厌之不肯妪伏,百卉芜谢,春风不能花。余恻然而悲,问其值,曰三百金,购以月俸。茨墙剪阁,易檐改途。随其高,为置江楼;随其下,为置溪亭;随其夹涧,为之桥;随其湍流,为之舟;随其地之隆中而欹侧也,为缀峰岫;随其蓊郁而旷也,为设宧窔[3]。或扶而起之,或挤而止之,皆随其丰杀繁瘠,就势取景,而莫之夭阏者[4],故仍名曰随园,同其音,易其义。

落成叹曰:"使吾官于此,则月一至焉;使吾居于此,则日日至焉。二者不可得兼,舍官而取园者也。"遂乞病,率弟香亭、甥湄君移书史,居随园。闻之苏子曰:"君子不必仕,不必不仕。"然则余之仕与不仕,与居兹园之久与不久,亦随之而已。夫两物之能相易者,其一物之足以胜之也。余竟以一官易此园,园之奇,可以见矣。

【注释】

[1]作者于乾隆三十九年辞官,卜居金陵。他在城西小仓山下购得隋园,取《易经》"随之时义大矣哉"意,更名随园。从此优游园中,以诗酒自娱。四方名流及达官贵人,往来其间,酬唱谈燕,殆无虚日。作者晚年自号"随园老人",并先后撰随园六记。其生平著述,亦多以园名,如《随园诗文集》、《随园尺牍》、《随园诗话》、《随园食单》等。[2]隋公:隋赫德,雍正六年后任江宁织造。袁枚此记有误。案《随园诗话》:"康熙间,曹练(当作栋)亭为江宁织造,……其子(当作孙)曹雪芹撰《红楼梦》一书,备记风月繁华之盛。中有所谓大观园者,即余之随园也。"[3]宧窔(音夷要):原指室之东北角与东南角,此处代指房屋建筑。[4]夭阏:阻塞。此处谓园景布置,皆随自然山势,而未尝中绝也。

祭妹文[1]

乾隆丁亥冬,葬三妹于上元之羊山,而奠以文曰:

呜呼!汝生于浙,而葬于斯,离吾乡七百里矣。当时虽觭角幻想[2],宁知此为归骨所耶?汝以一念之贞,遇人仳离[3],致孤危托落。虽命之所存,天实为之,然而累汝至此者,未尝非予之过也。予幼从先生授经,汝差肩而坐,爱听古人节义事。一旦长成,遽躬蹈之。呜呼!使汝不识《诗》、《书》,或未必艰贞若是。

余捉蟋蟀,汝奋臂出其间。岁寒虫僵,同临其穴。今予殓汝葬汝,而当日之情形,憬然赴目。予九岁憩书斋,汝梳双髻,披单缣来,温《缁衣》一章[4]。适先生奓户入[5],闻两童子音琅琅然,不觉莞尔,连呼"则则"。此七月望日事也。汝在九原,当分明记之。予弱冠粤行,汝掎裳悲恸。逾三年,予披宫锦还家,汝从东厢扶案出,一家睔视而笑,不记语从何起。大概说长安登科,函使报信迟早云尔。凡此琐琐,虽为陈迹,然我一日未死,则一日不能忘。旧事填膺,思之凄梗。如影历历,逼取便逝。悔当时不将婴婗情状[6],罗缕纪存。然而汝已不在人间,则虽年光倒流,儿时可再,而亦无与为印证者矣。

汝之义绝高氏而归也[7],堂上阿奶,仗汝扶持;家中文墨,眹汝办治[8]。尝谓女流中最少明经义、谙雅故者,汝嫂非不婉嫕[9],而于此微缺然。故自汝归后,虽为汝悲,实为予喜。予又长汝四岁,或人间长者先亡,可将身后托汝,而不谓汝之先予以去也。前年予病,汝终宵刺探,减一分则喜,增一分则忧。后虽小差,犹尚殗殜[10],无所娱遣。汝来床前,为说稗官野史可喜可愕之事,聊资一欢。呜呼!今而后,吾将再病,教从何处呼汝耶?

汝之疾也,予信医言无害,远吊扬州。汝又虑戚吾心,阻人走报。及至绵惙已极[11],阿奶问望兄归否,强应曰诺。已予先一日梦汝来诀,心知不祥。飞舟渡江,果予以未时还家,而汝以辰时气绝。四支犹温,一目未瞑,盖犹忍死待予也。呜呼,痛哉!早知诀汝,则予岂肯远游?即游,亦尚有几许心中言要汝知闻,共汝筹划也。而今已矣!除吾死外,当无见期。吾又不知何日死,可以见汝;而死后之有知无知,与得见不得见,又卒难明也。然则抱此无涯之憾,天乎人乎?而竟已乎?

汝之诗,吾已付梓;汝之女,吾已代嫁;汝之生平,吾已作传。惟汝之窀穸[12],尚未谋耳。先茔在杭,江广河深,势难归葬,故请母命,而宁汝于斯,便祭扫也。其旁葬汝女阿印,其下两冢,一为阿爷侍者朱氏[13],一为阿兄侍者陶氏。羊山旷渺,南望原隰,西望栖霞,风雨晨昏,羁魂有伴,当不孤寂。所怜者,吾自戊寅年读汝《哭侄诗》后[14],至今无男。两女牙牙,生汝死后,才周晬耳[15]。予虽亲在未敢言老,而齿危发秃,暗里自知,知在人间尚复几日?阿品远官河南[16],亦无子女,九族无可继者。汝死我葬,我死谁埋?汝倘有灵,可能告我?

呜呼!身前既不可想,身后又不可知。哭汝既不闻汝言,奠汝又不见汝食。纸灰飞扬,朔风野大。阿兄归矣,犹屡屡回头望汝也。呜呼哀哉!呜呼哀哉!

【注释】

[1]本篇为古代著名祭文之一。王文濡《清文评注读本》曰:"昌黎《祭十二郎文》、欧阳《泷冈阡表》皆古今有数文字,得此乃鼎足两三。"作者用韩愈《祭十二郎文》"至亲不文"的原则,不用韵,不雕琢,只就日常琐事著笔,自然感人。袁氏之妹名机,字素文,参见作者所撰《女弟素文传》。[2]觡角:独角羜,喻儿时。[3]仳离:妇女被遗弃。《诗·王风·中谷有蓷》:"有女仳离,嘅其叹矣。"[4]《缁衣》:《诗·郑风》篇目。[5]扅户:开门。[6]婴婗:《释名·释长幼》:"人始生曰婴儿,或曰婴婗。"此处指儿时。[7]义绝高氏:据《女弟素文传》:衡阳令高清卒,库亏,妻子系狱。作者父亲曾为其幕宾,深知个中缘由,遂出面为平其事。高家感激不尽,遂与袁家约为婚姻。后十余岁,高家因其子不肖,谎称子病,意欲辞婚。袁父犹豫,而三妹意不允。高家如实相告,三妹仍坚执"从一而终",遂嫁与高家子。高家子恶言恶行,三妹百般忍耐,后因其夫输博者钱,将卖妻抵债,才逃归娘家。袁家讼之官府,解除婚姻。[8]眕:以目示意。[9]婉嫕:柔顺文静。[10]瘅瘊:病半卧半起。[11]绵惙:病危。[12]窀穸:坟墓。[13]侍者:此处指妾。[14]《哭侄诗》:作者于乾隆戊寅年丧子,三妹曾写诗哀悼。[15]周晬:婴儿周岁。[16]阿品:作者堂弟,名树,字东芗,时任河南正阳县令。

赵翼(传略见前清诗部分)

戏控袁简斋太史于巴拙堂太守[1]

为妖法太狂,诛殛难缓事:

窃有原任上元县袁枚者,前身是怪,括苍山忽漫脱逃[2];年老成精,阎罗殿失于查点。早入清华之选[3]，遂膺民社之司[4]。既满腰缠，即辞手版[5]。园伦宛委[6]，占来好山好水；乡觅温柔，不论是男是女。盛名所至，轶事斯传。借风雅以售其贪婪，假觞咏以恣其饕餮。有百金之赠，辄登诗话揄扬[7]；尝一脔之甘，必购食单仿造。婚家花烛，使刘郎直入坐筵；妓苑笙歌，约杭守无端闯席。占人间之艳福，游海内之名山。人尽称奇，到处总逢迎恐后；贼无空过，出门必满载而归。结交要路公卿，虎将亦称诗伯；引诱良家子女，蛾眉都拜门生。凡在胪陈，概无虚假。虽曰风流班首，实乃名教罪人。

为此列款具呈，伏乞按律定罪。照妖镜定无逃影，斩邪剑切勿留情。重则付之轮回，化蜂蝶以偿凤孽；轻则递回巢穴，逐猕猴仍复原身[8]。

【注释】

[1]这篇骈文是一篇游戏文字。梁绍壬《两般秋雨庵随笔》："赵云松观察戏控袁简斋太史于巴拙堂太守，太守因以一词为袁、赵两家息讼，并设宴郡斋以解之，想见前辈风趣。"[2]括苍山：浙江名山，在今临海市境内。[3]清华之选：谓翰林院。袁枚中进士后，入选翰林院庶吉士。[4]民社之司：州县地方长官。[5]手版：笏板，品官所执，此处喻官职。[6]园伦宛委：园林曲折。[7]诗话：指《随园诗话》。[8]猕猴：以袁枚姓氏开玩笑。

汪 中 (1745—1794)

汪中，字容甫，江苏扬州人。生十七岁而孤，家贫不能就外傅，母授以《四子书》。稍长，助书贾鬻书于市，因遍读经史百家，过目成诵，遂为通人。年二十补诸生，乾隆四十二年拔贡生。专意经术，与高邮王念孙、宝应刘台拱为友，共讨论之。考三代典礼及文字训诂名物象数，益以论撰之文，为《述学》内外篇凡六卷。生平于诗文书翰无所不工，所作《广陵对》、《黄鹤楼铭》、《汉上琴台铭》，皆见称于时。

经旧苑吊马守真文[1]

岁在单阏[2]，客居江宁城南，出入经回光寺，其左有废圃焉。寒流清泚，秋菘满田。室庐皆尽，惟古柏半生。风烟掩抑，怪石数峰，支离草际，明南苑妓马守真故居也。秦淮水逝，迹往名留。其色艺风情，故老遗闻，多能道者。余尝览其画迹，丛兰修竹，文弱不胜，秀气灵襟，纷披楮墨之外。未尝不爱赏其才，怅吾生之不及见也。夫托身乐籍，少长风尘，人生实难，岂可责之以死？婉娈倚门之笑[3]，绸缪鼓瑟之娱[4]，谅非得已。在昔婕好悼伤[5]，文姬悲愤[6]；矧兹薄命，抑又下焉。嗟夫！天生此才，在于女子；百年千里，犹不可期。奈何钟美如斯，而摧辱之至于斯极哉！

余单家孤子，寸田尺宅，无以治生。老弱之命，悬于十指。一从操翰，数更府主。俯仰异趣，哀乐由人。如黄祖之腹中[7]，在本初之弦上[8]。静言身世，与斯人其何异？

祗以荣期二乐[9],幸而为男,差无床簀之辱耳。江上之歌[10],怜以同病;秋风鸣鸟[11],闻者生哀。事有伤心,不嫌非偶。乃为辞曰:

嗟佳人之信婳兮[12],挺妍姿之绰约。羌既被此冶容兮,又工鞶与善谑。攘皓腕以抒思兮,乍含毫以绵邈。寄幽怨于子墨兮[13],想蕙心之盘薄[14]。惟女生而从人兮,固各安乎室家。何斯人之高秀兮,乃荡堕于女间[15]。奉君子之光仪兮,誓偕老以没身。何坐席之未温兮,又改服而事人。顾七尺其不自由兮,倏风荡而波沦。纷啼笑其感人兮,孰知其不出于余心?哆乐舞之婆娑兮,固非微躯之可任。哀吾生之鄙贱兮,又何矜乎才艺也!予夺其不可冯兮,吾又安知非天意也!人固有不偶兮,将异世同其狼藉。遇秋气之恻怆兮,抚灵踪而太息。谅时命其不可为兮,独申哀而竟夕。

【注释】

　　[1]马守真,字湘兰,明末名妓,"秦淮八艳"之一,能诗善画,尤善画兰。作者此文,名曰吊妓,实则叹文人"不自由"。[2]岁在单阏:《尔雅·释天》:"太岁在卯曰单阏。"这里指乾隆四十八年。[3]婉娈:缠绵,缱绻。[4]绸缪:缠绵殷切。[5]婕妤:班婕妤,汉成帝妃,曾作《怨歌行》。[6]文姬:蔡文姬,曾作《悲愤诗》。[7]黄祖:东汉末为江夏太守。《后汉书·祢衡传》:"衡为作书记,轻重疏密多得体宜。祖持其手曰:'处士,此正得祖意,如祖腹中之所欲言也。'"[8]本初:袁绍字。《文选·为袁绍檄豫州》李周翰注:"琳避难冀州,袁本初使典文章,作此檄以告备,言曹公失德,不堪依附,宜归本初也。后绍败,琳归曹公。公曰:'卿昔为本初移书,但可罪状孤而已,何乃上及父祖邪?'琳谢罪曰:'矢在弦上,不可不发。'"[9]荣期:荣启期,《列子》中人。《列子·天瑞》:"孔子游于太山,见荣启期行乎郕之野,鹿裘带索,鼓琴而歌。孔子问曰:'先生所乐,何也?'对曰:'吾乐甚多。天生万物,唯人为贵,而吾得为人,是一乐也;男女之别,男尊女卑,故以男为贵,吾既得为男矣,是二乐也。'"[10]江上之歌:《吴越春秋》四:"楚白喜奔吴,吴王阖闾以为大夫,与谋国事。吴大夫被离问子胥曰:'何见而信喜?'子胥曰:'吾之怨与喜同,子不闻河上歌乎:'同病相怜,同忧相救。惊翔之鸟相随而集,濑下之水因复俱流。'"[11]秋风鸣鸟:《文选·答苏武书》李善注引桓谭《新论》:"但闻飞鸟之号,秋风萧条,则伤心矣。"[12]婳:美貌。[13]子墨:文章,文辞。[14]盘薄:徘徊曲折。[15]女间:妓院。

姚　鼐(1732—1815)

　　姚鼐,字姬传,桐城人。乾隆二十八年进士,选翰林院庶吉士,改礼部主事,历充山东湖南乡试考官、会试同考官,所得多知名士。四库馆开,充纂修官,书成,以御史记名,乞养归。鼐工为古文,康熙间,侍郎方苞名重一时,同邑刘大櫆继之。鼐世父范与大櫆善,鼐本所闻于家庭师友间者,益以自得。所为文高简深古,尤近欧阳修、曾巩。其论文根极于道德,而探原于经训;至其浅深之际,有古人所未尝言,鼐独抉其微,发其蕴,论者以为辞迈于方,理深于刘。三人皆籍桐城,世传以为桐城派。自告归后,主讲江南、紫阳、钟山书院四十余年,以诲迪后进为务。著《惜抱轩文集》二十卷、《诗集》二十卷。

游媚笔泉记[1]

桐城之西北,连山殆数百里,及县治而迤平[2]。其将平也,两崖忽合,屏蠹墉回[3],崭横若不可径[4]。龙溪曲流,出乎其间。

以岁三月上旬,步循溪西入。积雨始霁,溪上大声溇然,十余里,旁多奇石、蕙草、松、枞、槐、枫、栗、橡,时有鸣巂[5]。溪有深潭,大石出潭中,若马浴起,振鬣宛首而顾其侣。援石而登,俯视溶云,鸟飞若坠。复西循崖可二里,连石若重楼,翼乎临于溪右,或曰宋李公麟之"垂云沜"也[6],或曰后人求李公麟地不可识,被而名之。石罅生大树,荫数十人。前出平土,可布席坐。南有泉,明何文端公摩崖书其上曰[7]:"媚笔之泉"。泉漫石上为圆池,乃引坠溪内。

左丈学冲于池侧平地为室[8],未就,邀客九人饮于是。日暮半阴,山风卒起,肃振岩壁,榛莽、群泉、矶石交鸣。游者悚焉,遂还。是日姜坞先生与往[9],鼐从,使鼐为之记。

【注释】

[1]本文记桐城媚笔泉,行文不枝不蔓,文笔极为俭约。[2]迤平:平缓。[3]屏蠹墉回:屏障似的蠹立,城垣似的迂回曲折。[4]崭横:高耸横出貌。[5]巂:同归,即子规鸟。[6]李公麟:字伯时,北宋画家。晚年居桐城龙眠山,号龙眠山人。[7]何文端:何如宠,字康侯,明万历进士,官至礼部尚书,卒谥文端。[8]左丈学冲:作者的朋友。[9]姜坞先生:姚鼐伯父姚范。

登泰山记[1]

泰山之阳,汶水西流;其阴,济水东流;阳谷皆入汶,阴谷皆入济;当其南北分者,古长城也。最高日观峰,在长城南十五里。

余以乾隆三十九年十二月,自京师乘风雪,历齐河、长清,穿泰山西北谷,越长城之限,至于泰安。是月丁未,与知府朱孝纯子颍由南麓登四十五里,道皆砌石为磴,其级七千有馀。泰山正南面有三谷,中谷绕泰安城下,郦道元所谓环水也。余始循以入,道少半,越中岭,复循西谷,遂至其巅。古时登山循东谷入,道有天门。东谷者,古谓之天门溪水,余所不至也。今所经中岭及山巅崖限当道者,世皆谓之天门云。道中迷雾冰滑,磴几不可登。及既上,苍山负雪,明烛天南。望晚日照城郭,汶水、徂徕如画,而半山居雾若带然。

戊申晦,五鼓,与子颖坐日观亭待日出,大风扬积雪击面。亭东自足下皆云漫,稍见云中白若樗蒱数十立者,山也。极天云一线异色,须臾成五采。日上,正赤如丹,下有红光动摇承之。或曰:此东海也。回视日观以西峰,或得日,或否,绛皓驳色,而皆若偻。亭西有岱祠,又有碧霞元君祠。皇帝行宫在碧霞元君祠东。是日观道中石刻,自唐显庆以来,其远古刻尽漫失,僻不当道者,皆不及往。

山多石少土,石苍黑色,多平方,少圜。少杂树,多松,生石罅,皆平顶冰雪。无瀑水,无鸟兽音迹。至日观数里内无树,而雪与人膝齐。桐城姚鼐记。

【注释】

[1]本文是作者的名篇,文字简约雅洁,体现了桐城古文山水游记的特色。

梅曾亮(1786—1856)

梅曾亮,字伯言,上元人。少时工骈文,姚鼐主讲钟山书院,曾亮与邑人管同俱出其门。两人交最笃,同肆力古文。读周秦、《太史公书》,乃颇悟,一变旧习,义法本桐城,稍参以异己者之长,选声练色,务穷极笔势。道光二年进士,以知县援例改户部郎中。居京师二十余年,京师治古文者,皆从梅氏问法。著有《柏枧山房集》。

观　渔[1]

渔于池者,沈其网而左右麾之。网之缘出水可寸许,缘愈狭,鱼之跃者愈多。有入者,有出者,有屡跃而不出者,皆经其缘而见之。安知夫鱼之跃而出者,不自以为得耶?又安知夫跃而不出与跃而反入者,不自咎其跃之不善耶?而渔者视之,忽不加得失于其心。

嗟夫!人知鱼之无所逃于池也。其鱼之跃者,可悲也;然则人之跃者,何也?

【注释】

[1]这是一篇杂感。作者由观渔而有感于世事,言简意赅,颇耐人咀嚼。

张惠言(1761—1802)

张惠言,字皋闻,江苏武进人。授翰林院编修。惠言少为词赋,拟司马相如、扬雄之文,及壮,游学韩愈、欧阳修;篆书初学李阳冰,后学汉碑额及石鼓文。生平精思绝人,尝从歙县金榜问,故其学要归六经,而尤深《易》、《礼》。有《茗柯文》五卷、《茗柯词》一卷。

先妣事略

先妣姓姜氏，考讳本维，武进县学增广生[1]。其先世居镇江丹阳之滕村，迁武进者四世矣。先妣年十九，归我府君[2]。十年，凡生两男两女，殇其二，唯姊观书及惠言在。而府君卒，卒后四月，遗腹生翊。是时先妣年二十九，姊八岁，惠言四岁矣。

府君少孤，兄弟三人，资教授以养先祖母。先祖母卒，各异财，世父别赁屋居城中[3]。府君既卒，家无一夕储。世父曰："吾弟不幸以殁，两儿未成立，是我责也。"然世父亦贫，省啬口食[4]，常以岁时减分钱米。而先妣与姊作女工以给焉。惠言年九岁，世父命就城中与兄学，逾月，时乃一归省。一日，暮归，无以为夕飧，各不食而寝。迟明，惠言饿不能起。先妣曰："儿不惯饿惫耶？吾与而姊而弟，时时如此也！"惠言泣，先妣亦泣。时有从姊乞一钱，买糕啖惠言。比日昳，乃赀贷得米，为粥而食。

惠言依世父居，读书四年。反，先妣命授翊书。先妣与姊课针黹，常数线为节，每晨起，尽三十线，然后作炊。夜则燃一灯，先妣与姊相对坐，惠言兄弟持书倚其侧，针声与读声相和也。漏四下，惠言姊弟各寝，先妣乃就寝。然先妣虽不给于食，惠言等衣履未尝不完，三党亲戚吉凶遗问之礼未尝阙[5]，邻里之穷乏来告者，未尝不恤也。

先是，先祖早卒，先祖妣白太孺人[6]，恃纺绩以抚府君兄弟至于成人，教之以礼法孝弟甚备，里党称之，以为贤。及先妣之艰难困苦，一如白太孺人时，所以教惠言等者，人以为与白太孺人无不合也。

先妣逮事白太孺人五年，尝得白太孺人欢，于先后委宛备至，于人无所忤，又善教诲人，与之居者，皆悦而化。姊适同邑董氏，其姑钱太君，与先妣尤相得，虚其室，假先妣居，先妣由是徙居城中。每岁时过故居，里中诸母争要请，致殷勤，唯恐速去。及先妣卒，内外长幼无不失声，及姻亲之臧获[7]，皆为流涕。

先妣以乾隆五十九年十月十八日卒，年五十九，以嘉庆二年正月十二日，权葬于小东门桥之祖茔，俟卜地而窆焉[8]。府君张氏，讳蟾宾，字步青，常州府学廪膳生，世居城南郊德安里。惠言，乾隆丙午科举人。翊，武进县学生，为叔父后。观书之婿曰董达章，国子监生。

呜呼！先妣自府君卒，三十年更困苦惨酷，其可言者止此，什伯于此者，不可得而言也。尝忆惠言五岁时，先妣日夜哭泣，数十日，忽蒙被昼卧，惠言戏床下，以为母倦哭而寝也。须臾，族母至，乃知引带自经，幸而得苏。而先妣疾，惠言在京师，闻状驰归，已不及五十一日。呜呼！天降罚于惠言，独使之无父无母耶？而于先妣，何其酷也！

【注释】

[1]增广生:明清官办学校生员享受月廪者,称廪膳生员,有名额限制,正额之外,增加名额,称为增广生员。[2]府君:对亡父的尊称。[3]世父:伯父。[4]省啬:爱惜、节省。[5]三党:父族、母族、妻族。[6]孺人:七品官的母亲和妻子的封号。[7]臧获:仆人。[8]窆:将棺木葬于墓穴。

沈 复(1763—?)

沈复,字三白,苏州人。俞平伯《重刊浮生六记序》云:"可注意的是,他是个习幕经商的人,不是什么斯文举子。偶然写几句诗文,也无所存心。上不为名山之业,下不为富贵的敲门砖,意兴所到,便濡毫伸纸,不必妆点,不知避忌。统观全书,无酸语、赘语、道学语,殆以此乎?"

浮生六记[1](节选)

闺房记乐

是年七夕,芸设香烛瓜果,同拜天孙于我取轩中。余镌"愿生生世世为夫妇"图章二方,余执朱文,芸执白文,以为往来书信之用。是夜月色颇佳,俯视河中,波光如练,轻罗小扇,并坐水窗,仰见飞云过天,变态万状。芸曰:"宇宙之大,同此一月,不知今日世间,亦有如我两人之情兴否?"余曰:"纳凉玩月,到处有之。若品论云霞,或求之幽闺绣闼,慧心默证者固亦不少;若夫妇同观,所品论者恐不在此云霞耳。"未几烛烬月沈,撤果归卧。

七月望,俗谓之鬼节。芸备小酌,拟邀月畅饮,夜忽阴云如晦。芸愀然曰:"妾能与君白头偕老,月轮当出。"余亦索然。但见隔岸荧光明灭万点,梳织于柳堤蓼渚间。余与芸联句以遣闷怀,而两韵之后,逾联逾纵,想入非夷,随口乱道。芸已漱涎涕泪,笑倒余怀,不能成声矣。觉其鬓边茉莉浓香扑鼻,因拍其背,以他词解之曰:"想古人以茉莉形色如珠,故供助妆压鬓,不知此花必沾油头粉面之气其香更可爱,所供佛手当退三舍矣。"芸乃止笑曰:"佛手乃香中君子,只在有意无意间;茉莉是香中小人,故须借人之势,其香也如胁肩谄笑,"余曰:"卿何远君子而近小人?"芸曰:"我笑君子爱小人耳。"正话间,漏已三滴,渐见风扫云开,一轮涌出,乃大喜。倚窗对酌,酒未三杯,忽闻桥下哄然一声,如有人堕。就窗细瞩,波明如镜,不见一物,惟闻河滩有只鸭急奔声。余知沧浪亭畔素有溺鬼,恐芸胆怯,未敢即言。芸曰:"噫!此声也,胡为乎来哉?"不禁毛骨皆栗,急闭窗,携酒归房。一灯如豆,罗帐低垂,弓影杯蛇,惊神未定。剔灯入帐,芸已寒热大作,余亦继之,困顿两旬。真所谓乐极灾生,亦是白头不终之兆。

中秋日,余病初愈,以芸半年新妇,未尝一至间壁之沧浪亭,先令老仆约守者勿放闲人。于将晚时，偕芸及余幼妹，一妪一婢扶焉。老仆前导，过石桥，进门，折东曲径而入，迭石成山，林木葱翠。亭在土山之巅，循级至亭心，周望极目可数里，炊烟四起，晚霞烂然。隔岸名"近山林"，为大宪行台宴集之地，时正谊书院犹未启也。携一毯设亭中，席地环坐，守者烹茶以进。少焉，一轮明月已上林梢，渐觉风生袖底，月到波心，俗虑尘怀，爽然顿释。芸曰："今日之游乐矣！若驾一叶扁舟，往来亭下，不更快哉！"时已上灯，忆及七月十五夜之惊，相扶下亭而归。

闲情记趣

余忆童稚时，能张目对日，明察秋毫，见藐小微物，必细察其纹理，故时有物外之趣。夏蚊成雷，私拟作群鹤舞空。心之所向，则或千或百果然鹤也。昂首观之，项为之强。又留蚊于素帐中，徐喷以烟，使其冲烟飞鸣，作青云白鹤观，果如鹤唳云端，怡然称快。于土墙凹凸处，花台小草丛杂处，常蹲其身，使与台齐；定神细视，以丛草为林，以虫蚁为兽，以土砾凸者为丘，凹者为壑，神游其中，怡然自得。一日，见二虫斗草间，观之正浓，忽有庞然大物拔山倒树而来，盖一癞虾蟆也，舌一吐而二虫尽为所吞。余年幼方出神，不觉呀然惊恐。神定，捉虾蟆，鞭数十，驱之别院。年长思之，二虫之斗，盖图奸不从也。古语云："奸近杀。"虫亦然耶？贪此生涯，卵为蚯蚓所哈（吴俗呼阳曰卵），肿不能便。捉鸭开口哈之，婢妪偶释手，鸭颠其颈作吞噬状，惊而大哭，传为语柄。此皆幼时闲情也。

余扫墓山中，检有峦纹可观之石。归与芸商曰："用油灰迭宣州石于白石盆，取色匀也。本山黄石虽古朴，亦用油灰，则黄白相间，凿痕毕露，将奈何？"芸曰："择石之顽劣者，捣末于灰痕处，乘湿掺之，干或色同也。"乃如其言，用宜兴窑长方盆迭起一峰，偏于左而凸于右，背作横方纹，如云林石法，巉岩凹凸，若临江石矶状。虚一角，用河泥种千瓣白萍。石上植茑萝蔓延满山，如藤萝之悬石壁。花开正红色，白萍亦透水大放，红白相间，神游其中，如登蓬岛。置之檐下，与芸品题：此处亦设水阁，此处宜立茅亭，此处宜凿六字曰"落花流水之间"，此可以居，可以钓，可以眺。胸中丘壑若将移居者然。一夕，猫奴争食，自檐而堕，连盆与架顷刻碎之。余叹曰："即此小经营，尚干造物忌耶！"两人不禁泪落。

【注释】

[1]《浮生六记》是一部自传体散文。原书六篇，即《闺房记乐》、《闲情记趣》、《坎坷记愁》、《浪游记快》、《中山记历》、《养生记道》，但后两记已佚。作者是无名之辈，文中所记，大多是平常夫妇间的恩恩爱爱以及生活琐事，又无精巧的构思，无非是作者将记忆中的一些断片，随意地连缀在一起。此文的魅力，在于其自然纯真的情感，以及淡雅简洁的叙事风格。前人曾有"幽芳凄艳，读之心醉"的评语。

第三节　清后期文

蒋　坦（约 1818—1863）

蒋坦，字平伯，号蔼卿，浙江钱塘人，诸生。有《息影庵初存诗集》。

秋灯琐忆[1]（节选）

桃花为风雨所摧，零落池上。秋芙拾花瓣砌字，作《谒金门》词云："春过半，花命也如春短。一夜落红吹渐满，风狂春不管。""春"字未成，而东风骤来，飘散满地，秋芙怅然。余曰："此真个'风狂春不管'矣！"相与一笑而罢。

秋芙每谓余云："人生百年，梦寐居半，愁病居半，襁褓垂老之日又居半，所仅存者，十之一二耳。况我辈蒲柳之质，犹未必百年者乎！庾兰成云：一月欢娱，得四五六日。想亦自解语耳。"斯言信然。

夜来闻风雨声，枕簟渐有凉意。秋芙方卸晚妆，余坐案旁，制《百花图记》未半，闻黄叶数声，吹堕窗下。秋芙顾镜吟曰："昨日胜今日，今年老去年。"余怃然云："生年不满百，安能为他人拭涕！"辄为掷笔。

余为秋芙制梅花画衣，香雪满身，望之如绿萼仙人翩然尘世。每当春暮，翠袖凭栏，鬓边蝴蝶犹栩栩然，不知东风之既去也。

秋芙所种芭蕉，已叶大成荫，荫蔽帘幕。秋来雨风滴沥，枕上闻之，心与俱碎。一日，余戏题断句叶上云："是谁多事种芭蕉，早也潇潇，晚也潇潇！"明日见叶上续书数行云："是君心绪太无聊，种了芭蕉，又怨芭蕉！"字面柔媚，此秋芙戏笔也。然余于此，悟入正复不浅。

晚来闻络纬声，觉胸中大有秋气。忽忆宋玉悲秋《九辩》，击枕而读。秋芙更衣阁中，良久不出。闻唤始来，眉间有秋声。余问其故，秋芙曰："'悲莫悲兮生别离'，何可使我闻之？"余慰之曰："因缘离合，不可定论。余与子久皈觉王，誓无他趣。他日九莲台上，当不更结离恨缘，何作此无益之悲也？昔锻金师以一念之誓，结婚姻九十余劫，况余与子乎？"秋芙唯唯，然颊上粉痕，已为泪花污湿矣。余亦不复卒读。

开户见月，霜天悄然，因忆去年今夕，与秋芙探梅巢居阁下，斜月暝空，远水渺弥，上下千里，一碧无际，相与登补梅亭，瀹茗夜谈，意兴弥逸。秋芙方戴梅花鬓翘，虬枝在檐，遽为攫去，余为摘枝上花补之。今亭且倾圮，花木荒落，惟姮娥有情，尚往来孤山林麓间耳。

去年燕来较迟，帘外桃花，已零落殆半。夜深巢泥忽倾，堕雏于地。秋芙惧为猧儿所攫，急收取之，且为钉竹片于梁，以承其巢。今年燕子复来，故巢犹在，绕屋呢喃，殆犹忆去年护雏人耶？

【注释】

[1]《秋灯琐忆》为作者夫妻生活的回忆。文中所记，无非夫妻日常生活的片段，但却风情万种，妙趣横生。

薛福成（1838—1894）

薛福成，字叔耘，江苏无锡人。以副贡生参曾国藩戎幕，积劳至直隶州知州。光绪八年，朝鲜乱，福成请速发军舰东渡援之，乱定，以功迁道员，十年授宁绍台道。十四年除湖南按察使，明年改三品京堂出使英法义比大臣，历光禄、太常、大理寺卿，留使如故。福成好为古文辞，演迤平易，曲尽事理，尤长于论事纪载。著有《庸庵文编》、《海外文编》、《出使英法义比日记》等。

观巴黎油画记[1]

余游巴黎蜡人馆，见所制蜡人，悉仿生人，形体态度，发肤颜色，长短丰瘠，无不毕肖。自王公卿相以至工艺杂流，凡有名者，往往留像于馆。或立，或卧，或坐，或俯，或笑，或哭，或饮，或博。骤视之，无不惊为生人者。余亟叹其技之奇妙。译者称："西人绝技，尤莫逾油画，盍驰往油画院，一观普法交战图乎？"

其法为一大圜室，以巨幅悬之四壁，由屋顶放光明入室。人在室中，极目四望，则见城堡冈峦，溪涧树林，森然布列。两军人马杂遝，驰者，伏者，奔者，追者，开枪者，燃炮者，鸯大旗者，挽炮者，络绎相属。每一巨弹堕地，则火光迸裂，烟焰迷漫；其被轰击者，则断壁危楼，或黔其庐，或赭其垣。而军士之折臂断足，血流殷地，偃仰僵仆者，令人目不忍睹。仰视天，则明月斜挂，云霞掩映；俯视地，则绿草如茵，川原无际。几自疑身外即战场，而忘其在一室之中者。迨以手扪之，始知其为壁也画也，皆幻也。

余闻法人好胜，何以自绘败状，令人气丧若此？译者曰："所以昭炯戒，激众愤，图报复也。"则其意深长矣。

【注释】

[1]作者出使法国，参观巴黎蜡人馆和油画院，为其奇妙的艺术所折服，更为其"自绘败状"以"昭炯戒、激众愤、图报复"的精神所震动。

康有为（传略见前清诗部分）

游滑铁卢序[1]

余游拿破仑纪功坊，见拿翁将死蜡像卧帐中，属纩垂绝[2]，其子愁眉侧坐而侍疾，一桌、二几、一榻，奄奄英雄末路。我心恻之。雄心屈于短图，远志抑于近虑。幽于荒岛，斜对夕阳，海波渺弥，追怀凤昔，金戈铁马已为昨日之山河，残喘离魂，将为蓐食于蝼蚁[3]，奋飞难再，断肠奈何！斯亦拔山盖世之雄所凄楚哽咽者已，苟非知道，能不痛心？知来去无常，本纵浪于大化，喜欢则乘愿而来，缘尽则绝尘而去。假以黄金铺地，终有崩决之时，成住坏空[4]，何恋何爱，藉非为救世度人而来者，虽有英杰，西山日薄，漏尽钟鸣，能不悲乎！

【注释】

[1]作者游欧，曾访滑铁卢、巴黎拿破仑纪功碑等处，并有诗纪其事，诗题《游滑铁卢，观擒拿破仑处。及游巴黎，观拿帝坊陵，巍然旌旗，尚匝其红文石椁。及观蜡人院，拿帝奄碟帐中，一子侍疾，凄然于英雄末路也。慨然感赋》。此文即诗前序文。[2]属纩：《礼记·丧大记》："疾病，……属纩以俟绝气。"人将死，在口鼻上放上丝绵，以观察有无呼吸，叫属纩。后称病重垂死为属纩。[3]蓐食：丰厚的饮食。[4]成住坏空：佛教语，指成劫、住劫、坏劫、空劫。"劫"表示宏观时间，据佛教教义，一大劫中包括"成住壤空"四劫，反映世界经历一次自形成至毁灭的大过程。

梁启超（1873—1929）

梁启超，字卓如，号任公，别署饮冰室主人，广东新会人。光绪十六年，南海康有为以上书变法，不达，归粤，启超与陈千秋往谒之，一见大服，遂执弟子礼，受陆王之学，及史学西学之梗概。中日战起，愧愤时局，时有所吐露。次年《马关条约》成，代表广东公交车一百九十人，上书陈时局。是年七月，康有为开强学会于京师，任梁为书记。二十二年，应黄公度约赴上海，主撰《时务报》。二十三年，至湖南，主讲长沙时务学堂。二十四年，入京师，被清德宗召见，命办大学堂译书局事务。时德宗锐意变法，康有为深受知遇，梁启超与谭嗣同、杨秀深等，以京卿参佐之。八月政变起，谭、杨等被杀，梁启超亡命日本，创办《新民丛报》，介绍西洋学说思想。民国二年，熊希龄组阁，任为司法总长，翌年去职。未几，袁世凯又任为参政院参政。帝制议起，梁启超居天津，著《异哉所谓国体问题》一文驳之。袁闻讯，遣使以十万金贿梁启超，请隐其文，拒之。护国军起，梁启超赴两广，任两广都司令部都参谋。袁死黎继，民国复活，与汪大燮、林长民等组织宪法研究会。段祺瑞任国务总理，挽梁为财政总长。民国七年，漫游欧洲，九年春归国，专从事著述讲学事业。往来讲学于清华、南开及东南大学，任清华大学研究院导师。

少年中国说[1]

日本人之称我中国也，一则曰老大帝国，再则曰老大帝国。是语也，盖袭译欧西人之言也。呜呼！我中国其果老大矣乎？梁启超曰：恶！是何言！是何言！吾心目中有一少年中国在。

欲言国之老少，请先言人之老少。老年人常思既往，少年人常思将来。惟思既往也，故生留恋心；惟思将来也，故生希望心。惟留恋也故保守，惟希望也故进取。惟保守也故永旧，惟进取也故日新。惟思既往也，事事皆其所以经者，故惟知照例；惟思将来也，事事皆其所未经者，故常敢破格。老年人常多忧虑，少年人常好行乐。惟多忧也，故灰心；惟行乐也，故气盛。惟灰心也，故怯懦；惟盛气也，故豪壮。惟怯懦也，故苟且；惟豪壮也，故冒险。惟苟且，故能灭世界；惟冒险也，故能造世界。老年人常厌事，少年人常喜事。惟厌事也，故常觉一切事无可为者；惟好事也，故常觉一切事无不可为者。老年人如夕照，少年人如朝阳；老年人如瘠牛，少年人如乳虎；老年人如僧，少年人如侠；老年人如字典，少年人如戏文；老年人如鸦片烟，少年人如泼兰地酒。老年人如别行星之陨石，少年人如大洋海之珊瑚岛；老年人如埃及沙漠之金字塔，少年人如西比利亚之铁路；老年人如秋后之柳，少年人如春前之草；老年人如死海之潴为泽，少年人如长江之初发源。此老年与少年性格不同之大略也。梁启超曰：人固有之，国亦宜然。

梁启超曰：伤哉老大也！浔阳江头琵琶妇，当明月绕船，枫叶瑟瑟，衾寒于铁，似梦非梦之时，追想洛阳尘中春花秋月之佳趣。西宫南内，白发宫娥，一灯如穗，三五对坐，谈开元天宝间遗事，谱霓裳羽衣曲。青门种瓜人，左对孺人，顾弄孺子，忆侯门似海，珠履杂遝之盛事。拿破仑之流于厄蔑，阿剌飞之幽于锡兰，与三两监守吏，或过访之好事者，道当年短刀匹马驰骋中原，席卷欧洲，血战海楼，一声叱咤，万国震恐之丰功伟烈，初而拍案，继而抚髀，终而揽镜。呜呼！面皱齿尽，白发盈把，颓然老矣！若是者，舍幽郁之外无心事，舍悲惨之外无天地，舍颓唐之外无日月，舍叹息之外无音声，舍待死之外无事业。美人豪杰且然，而况于寻常碌碌者耶？生平亲友，皆在墟墓；起居饮食，待命于人。今日且过，遑知他日？今年且过，遑恤明年？普天下灰心短气之事，未有甚于老大者。于此人也，而欲望以擎云之手段，回天之事功，挟山超海之意气，能乎不能？

呜呼！我中国其果老大矣乎？立乎今日，以指畴昔，唐虞三代，若何之郅治！秦皇汉武，若何之雄杰！汉唐来之文学，若何之隆盛！康乾间之武功，若何之煊赫！历史家所铺叙，词章家所讴歌，何一非我国民少年时代良辰美景赏心乐事之陈迹哉？而今颓然老矣。昨日割五城,明日割十城;处处乌雀尽,夜夜鸡犬惊。十八省之土地财产,已为人怀中之肉;四百兆之父兄子弟,已为人注籍之奴。岂所谓"老大嫁作商人妇"者耶?呜呼!凭君莫话当年事,憔悴韶光不忍看!楚囚相对,岌岌顾影,人命危浅,朝不虑夕。国为待死之国,一国之民为待死之民,万事付之奈何,一切凭人作弄,亦何足怪?

梁启超曰:我中国其果老大矣乎?是今日全球之一大问题也。如其老大也,则是中国为过去之国,即地球上昔本有此国,而今渐渐灭,他日之命运殆将尽也。如其非老大也,则是中国为未来之国,即地球上昔未现此国,而今渐发达,他日之前程且方长也。欲断今日之中国为老大耶,为少年耶?则不可不先明国字之意义。夫国也者,何物也?有土地,有人民,以居于其土地之人民,而治其所居土地之事,自制法律而自守之;有主权,有服从,人人皆主权者,人人皆服从者,夫如是,斯谓之完全成立之国。地球上之有完全成立之国也,自百年以来也。完全成立者,壮年之事也;未能完全成立而渐进于完全成立者,少年之事也。故吾得一言以断之曰:欧洲列邦在今日为壮年国,而我中国在今日为少年国。

夫古昔之中国者,虽有国之名,而未成国之形也。或为家族之国,或为酋长之国,或为诸侯封建之国,或为一王专制之国,岁种类不一,要之其于国家之体质也,有其一部而缺其一部。正如婴儿自胚胎以迄成童,其身体之一二官支,先行长成,此外则全体虽初具,然未能得其用也。故唐虞以前为胚胎时代,殷周之际为乳哺时代,由孔子而来至于今为童子时代,逐渐发达,而今始将入成童以上少年之界焉。其长成所以若是之迟者,则历代之民贼有窒其生机者也。譬犹童年多病,转类老态,或且疑其死期之将至焉,而不知皆由未完全未成立也,非过去之谓,而未来之谓也。

且我中国畴昔,岂尝有国家哉?不过有朝廷耳。我黄帝子孙,聚族而居,立于此地球之上者既数千年,而问其国之为何名,则无有也。夫所谓唐虞夏商周秦汉魏晋宋齐梁陈隋唐宋元明清者,则皆朝名耳。朝也者,一家之私产也。国也者,人民之公产也。朝有朝之老少,国有国之老少。朝与国既异物,则不能以朝之老少而指为国之老少明矣。文武成康,周朝之少年时代也;幽厉桓厘,则其老年时代也。高文景武,汉朝之少年时代也;元平桓灵,则其老年时代也。自馀历朝,莫不有之。凡此者谓为一朝廷之老也则可,谓为一国之老也则不可。一朝廷之老且死,犹一人之老且死也,于我所谓中国者何与焉?然则吾中国者,前此尚未出现于世界,而今乃始萌芽云尔。天地大矣,前途辽矣,美哉我少年中国乎!

夫以如此壮丽秾郁翩翩绝世之少年中国,而使欧西日本人谓我为老大者,何也?则以国权者,皆老朽之人也。非哦几十年八股,非写几十年白折,非当几十年差,非捱几十年俸,非递几十年手本,非唱几十年诺,非磕几十年头,非请几十年安,则必不能得一官,进一职。其内任卿贰以上,外任监司以上者,百人之中,其五官不备者,殆九十六七人也;非眼盲,则耳聋,非手颤,则足跛。否则半身不遂也。彼其一身,饮食步履视听言语,尚且不能自了,须三四人在左右扶之捉之,乃能度日。于此而乃欲责之以国事,是何异立无数木偶而使之治天下也!且彼辈者,自其少壮之时,既已不知亚细欧罗为何处地方,汉祖唐宗是那朝皇帝,犹嫌其顽钝腐败之未臻其极,又必搓磨之,陶冶之,待其脑髓已涸,血管已塞,气息奄奄,与鬼为邻之时,然后将我二万里山河,四万万人命,一举而畀于其手。呜呼!老大帝国,诚哉其老大也!而彼辈者,积其数十年之八股、白折、当差、捱俸、手本、唱诺、磕头、请安,千辛万苦,千苦万辛,乃始得此红顶花翎之服色,中堂大人之名号,乃出其全副精神,竭其毕生力量,以保持之。如彼乞儿拾金一段,虽轰雷盘旋其顶上,而两手犹紧抱其荷包,他事非所顾也,非所知也,非所闻也。于此而告之以亡国也,瓜分也,彼乌从而听之,乌从而信之。即使果亡矣,果分矣,而吾今年既七十矣,八十矣,但求其一两年内,洋人不来,强盗不起,我已快活过了一世矣。若不得已,则割三头两省之土地,奉申贺敬,以换我几个衙门,卖三几百万之人民作仆为奴,以赎我一条老命,有何不可?有何难办?呜呼!今以所谓老后、老臣、老将、老吏,其修身齐家治国平天下之手段,皆具于是矣。西风一夜催人老,凋尽朱颜白尽头。使走无常当医生,携催命符以祝寿。嗟呼痛哉!以此为国,是安得不老且死?且吾恐其未及岁而殇也。

梁启超曰:造成今日之老大中国者,则中国老朽之冤业也;制出将来之少年中国者,则中国少年之责任也。彼老朽者何足道,彼与此世界作别之日不远矣,而我少年乃新来而与世界为缘。如僦屋者然,彼明日将迁居他方,而我今日始入此室处;将迁居者,不爱护其窗棂,不洁治其庭庑,俗人恒情,亦何足怪?若我少年者,前程浩浩,后顾茫茫。中国而为牛为马为奴为隶,则烹脔鞭棰之惨酷,惟我少年当之;中国如称霸宇内,主盟地球,则指挥顾盼之尊荣,惟我少年享之;于彼气息奄奄,与鬼为邻者何与焉?彼而漠然置之,犹可言也;我而漠然置之,不可言也。使举国之少年之而果为少年也,则吾中国为未来之国,其进步未可量也。使举国之少年而亦为老大也,则吾中国为过去之国,其渐亡可翘足而待也。故今日之责任,不在他人,而全在我少年:少年智则国智,少年富则国富,少年强则国强,少年独立则国独立,少年自由则国自由,少年进步则国进步;少年胜于欧洲,则国胜于欧洲,少年雄于地球,则国雄于地球。红日初升,其道大光;河出伏流,一泻汪洋。潜龙腾渊,鳞爪飞扬;乳虎啸谷,百兽震惶;鹰隼试翼,风尘吸张。奇花初胎,矞矞皇皇;干将发硎,有作其芒。天戴其苍,地履其黄;纵有千古,横有八荒;前途似海,来日方长。美哉我少年中国,与天不老!壮哉我中国少年,与国无疆!

"三十功名尘与土,八千里路云和月。莫等闲白了少年头,空悲切。"此岳武穆《满江红》词句也。作者自六岁时即口受记忆,至今喜诵之不衰。自今以往,弃"哀时客"之名,更自名曰"少年中国之少年"。作者附识。

【注释】

[1]梁氏政论,挥洒自如,纵横轶荡,文情并茂,且时时杂以俚语、韵语、排比语及外国语法,与桐城古文风格迥异,实为古典文体一大解放,时号"新民体"或"新文体"。此文即充分体现了这一文体的特点,略有删节。

林 纾(1852—1924)

林纾,字琴南,号畏庐,福建闽县人。为文宗韩柳,论文主意境、识度、气势、神韵,而忌率袭庸怪。尤善叙悲,音吐凄梗,令人不忍卒读。论者谓以血性为文章,不关学问也。所译欧西说部至百数十种,然纾故不习欧文,皆待人口达而笔述之。

冷红生传[1]

冷红生居闽之琼水,自言系出金陵某氏,顾不详其族望。家贫而貌寝,且木强多怒。少时见妇人,辄踧踖隅匿,尝力拒奔女,严关自捍,嗣相见,奔者恒恨之。

迨长,以文章名于时,读书苍霞洲上。洲左右皆妓寮,有庄氏者,色技绝一时,夤缘求见,生卒不许。邻妓谢氏笑之,侦生他出,潜投珍饵,馆童聚食之尽,生漠然不闻知。一日群饮江楼,座客皆谢旧昵,谢亦自以为生既受饵矣,或当有情,逼而见之,生逡巡遁去,客咸骇笑,以为诡僻不可近。生闻而叹曰:"吾非反情为仇也,顾吾偏狭善妒,一有所狎,至死不易志,人又未必能谅之,故宁早自脱也。"

所居多枫树,因取"枫落吴江冷"诗意,自号曰"冷红生",亦用志其癖也。生好著书,所译《巴黎茶花女遗事》,尤凄惋有情致,尝自读而笑曰:"吾能状物态至此,宁谓木强之人果与情为仇也耶?"

【注释】

[1]作者自为小传。

第三章 清 词

　　元明两代,曲盛而词衰,虽作者不乏其人,然殊少名家。至明末陈子龙出,词始有复兴之势,而至清初,名家继起,一扫词坛数百年沈寂气象,遂开清词中兴之局。清初诗人如王士禛、朱彝尊、陈维崧等,亦以词名家,尤以朱、陈为最,两人并世齐名,影响所及,演为阳羡、浙西二派,嘉庆以前词坛,几乎为两家所笼罩。

　　陈维崧性豪迈,其词气象阔大,风格豪放,有苏、辛之风。同时有与其风格相近的一批词人,往来唱和。陈氏出身宜兴名门,而宜兴古称阳羡,故有"阳羡派"之称。浙江朱彝尊亦出身世家,人虽仕清,却不无故国幽渺之思。发而为词,深曲蕴藉,清幽苍凉。朱氏标举南宋姜夔、张炎一派"清空"、"醇雅"的词风,并编选唐宋元人词为《词综》,藉以推衍其主张。陈、朱二人虽并世齐名,但以影响而论,浙西词派却远在阳羡词派之上。乾隆时代的厉鹗,为浙西词派的后起之秀,其词境清空幽淡,辞藻精雅,音律工炼,在词坛具有相当影响。

　　清代词家多为学人或诗人,故有"学人之词"与"诗人之词"。如论本色当行而以"词人之词"著名者,当首推纳兰性德。纳兰性德是满洲贵公子,未染汉族士大夫陋习,为人豪爽任侠而又多情善感,其词缠绵婉约,出语天然,不事雕琢,风格类似南唐李后主,独成一家,无与之相颉颃者。其后,道光年间有项鸿祚之清真哀艳,咸丰年间有蒋春霖之沈郁悲深,词风与纳兰性德相仿佛,亦为"词人之词",至有词家"三鼎足"之说。

　　浙西词派至厉鹗而后,其流弊渐显,词境枯寂,语言琐碎,为饾饤,为寒乞。"常州词派"崛起词坛,词风于是为之一变。嘉庆、道光年间,江苏常州人张惠言从正统文学的观念出发,推尊词体,诗词同道,主张词与诗一样,须有"比兴"与"寄托",文辞要"深美闳约",风格要"低徊幽眇"。张氏编选唐宋词人四十四家为《词选》,并对其"比兴"与"寄托"加以阐发,欲"以《国风》、《离骚》之情趣,铸温(庭筠)、韦(庄)、周(邦彦)、辛(弃疾)之面目"。其《词选序》称:"词者,盖出于唐之诗人,采乐府之音以制新律,因系以词,故曰词。传曰:'意内而言外谓之词。'其缘情造端,兴于微言,以相感动,极命风谣。里巷男女,哀乐以道。贤人君子幽约怨悱不能自言之情,低徊要眇以喻其致。盖诗之比兴,变风之义,骚人之歌,则近之矣。"其后,周济补充发挥张氏之说,提出"词史"的观念,在讲"非寄托不入"的同时又讲"专寄托不出",使常州词派的理论更加系统明确。显而易见,常州词派是以"言志"与"比兴"的传统,来扩展词境,提高词格,深化词意。常州词派的主张,影响很大,晚清著名词人如郑廷焯、王鹏运、朱祖谋、况周颐等,可视为常州词派的余波后劲。

清诗宗唐亦宗宋,词则宗宋,尤其是南宋。然词本歌曲,倚声填词,可歌可唱;而明以后,乐调失传,不复歌唱,徒有其长短不葺之句式与平仄声律格式,与唐宋所谓倚声填词大异其趣。清代词人对倚声填词一道非常讲究,在词律声韵方面,严守唐宋家法,亦步亦趋,学之惟恐不肖,故整理研究唐宋词律及唐宋词集,不遗余力,如词律方面,有王奕清的《词谱》、万树的《词律》、戈载的《词林正韵》等;而唐宋词集的整理汇集,则有王鹏运《四印斋所刻词》、朱祖谋《强邨丛书》等。然所谓"倚声"者,只是倚照其长短句式与声律平仄格式,而非其音乐腔调,故清人所谓"词",正如近人龙榆生所言,实乃长短不葺之新体格律诗而已。

参考书目:

龙榆生.近三百年名家词选[M].上海:上海古籍出版社,1979.

严迪昌.清词史[M].南京:江苏古籍出版社,1990.

第一节 清前期词

陈维崧(1625—1682)

陈维崧,字其年,号迦陵,江苏宜兴人。维崧天才绝艳,十岁代大父撰《杨忠烈像赞》,比长,侍父侧,每名流宴集,援笔作序记,千言立就。尝由汴入都,与朱彝尊合刻一稿,名《朱陈村词》,流播至禁中,蒙赐问,时以为荣。年逾五十,始举博学鸿词科,授翰林院检讨,修《明史》,著《湖海楼诗集》、《迦陵文集》。时汪琬于同辈少许可者,独推维崧骈体,谓自唐开宝后无与抗矣。诗雄丽沈郁,词至千八百首之多,尤前此未有也。

醉落魄

咏鹰[1]

寒山几堵，风低削碎中原路。秋空一碧无今古。醉袒貂裘，略记寻呼处。男儿身手和谁赌？老来猛气还轩举。人间多少闲狐兔？月黑沙黄，此际偏思汝。

【注释】

[1]题为"咏鹰"，实为言志。

贺新郎

赠苏昆生[1]

吴苑春如绣。笑野老、花颠酒恼，百无不有。沦落半生知己少，除却吹箫屠狗[2]。算此外，谁欤吾友？忽听一声《何满子》[3]，也非关、泪湿青衫透[4]。是鹃血[5]，凝罗袖。　武昌万迭戈船吼。记当日、征帆一片，乱遮樊口。隐隐舵楼歌吹响，月下六军搔首。正乌鹊、南飞时候[6]。今日华清风景换[7]，剩凄凉、鹤发开元叟[8]。我亦是，中年后。

【注释】

[1]苏昆生，著名昆曲歌唱家，曾与说书艺人柳敬亭同客明镇守武昌兵马大元帅左良玉幕下。左良玉举兵东下，讨伐马士英，病殁九江舟中，昆生痛哭削发入九华山，后入吴中。作者沦落半生，听昆生一曲悲歌，虽有同病相怜的感慨，更多的却是沧桑之感、故国之思。[2]吹箫屠狗：用伍子胥与荆轲故事，喻沦落困顿者。[3]《何满子》：古曲名。张祜《宫词》："故国三千里，深宫二十年。一声《何满子》，双泪落君前。"[4]泪湿青衫：白居易《琵琶行》："座中泣下谁最多，江州司马青衫湿。"[5]鹃血：李山甫《闻子规啼》："断肠思故国，啼血溅芳枝。"[6]乌鹊南飞：曹操《短歌行》："月明星稀，乌鹊南飞。绕树三匝，何枝可依？"[7]华清：宫名，在临潼骊山，为唐玄宗、杨贵妃游宴之地。[8]鹤发开元叟：李洞《绣岭宫》："绣岭宫前鹤发翁，犹唱开元太平曲。"

朱彝尊（传略见前清诗部分）

桂殿秋[1]

思往事，渡江干，青蛾低映越山看。共眠一舸听秋雨，小簟轻衾各自寒。

【注释】

[1]作者回忆与意中人在一起的情景。冒广生《小三吾亭词话》:"世传竹垞《风怀》二百韵为其妻妹作,其实《静志居琴趣》一卷,皆《风怀》注脚也。"词论家谓:"共眠一舸听秋雨,小簟轻衾各自寒"二句,抵得上《风怀》二百韵。

卖花声

雨花台[1]

衰柳白门湾,潮打城还。小长干接大长干。歌板酒旗零落尽,剩有渔竿。　　秋草六朝寒,花雨空坛。更无人处一凭栏。燕子斜阳来又去,如此江山!

【注释】

[1]雨花台所在地南京,不仅是六朝故都,也是明朝开国时的都城。作者登临雨花台,吊古伤今,不禁有沧桑兴亡之感。谭献《箧中词》评曰:"声可裂竹。"

解佩令

自题词集[1]

十年磨剑[2],五陵结客[3],把平生涕泪都飘尽。老去填词,一半是、空中传恨。几曾围、燕钗蝉鬓[4]?　　不师秦七,不师黄九[5],倚新声、玉田差近[6]。落拓江湖[7],且分付、歌筵红粉。料封侯、白头无分!

【注释】

[1]这首词抒写作者壮志不遂的遗恨。前人曾评此词"幻影空花,《离骚》变相",似疑其别有深意。作者早年曾参与抗清活动,与魏耕、屈大均等人相结纳,此词发端三句,可能就是指的这一段经历。[2]十年磨剑:贾岛《剑客》:"十年磨一剑,霜刃未曾试。今日把似君,谁为不平事。"[3]五陵:西汉五位皇帝的陵墓。汉时经营皇陵,将富家豪族和外戚迁至陵墓附近居住,故五陵多豪侠少年。[4]燕钗蝉鬓:燕钗本为首饰,蝉鬓本为发式,这里代指美丽少女。[5]秦七黄九:北宋词人秦观和黄庭坚。[6]玉田:南宋词人张炎。[7]落拓江湖:杜牧《遣怀》:"落拓江湖载酒行,楚腰纤细掌中轻。"作者所题词集名《江湖载酒集》。

水龙吟

谒张子房祠[1]

当年博浪金椎[2]，惜乎不中秦皇帝！咸阳大索，下邳亡命，全身非易。纵汉当兴，使韩成在[3]，肯臣刘季？算论功三杰[4]，封留万户，都未是，平生意。遗庙彭城旧里，有苍苔、断碑横地。千盘驿路，满山枫叶，一湾河水。沧海人归[5]，圯桥石杳[6]，古墙空闭。怅萧萧白发，经过揽涕，向斜阳里。

【注释】

[1]这首吊古之词，后人疑其有弦外之音。谭献《箧中词》曰："何堪使洪、吴辈闻之！"洪指洪承畴，吴指吴三桂。[2]博浪金椎：《史记·留侯世家》："（张良）得力士，为铁椎重百二十斤。秦皇帝东游，良与客狙击秦皇帝博浪沙中，误中副车。秦皇帝大怒，大索天下。……良乃更名姓，亡匿下邳。"[3]韩成：韩诸公子，秦末被项梁立为韩王，后为项羽所杀。[4]论功三杰：《史记·高祖本纪》："高祖曰：'夫运筹策帷帐之中，决胜千里之外，吾不如子房；镇国家，抚百姓，给馈饷，不绝粮道，吾不如萧何；连百万之军，战必胜，攻必取，吾不如韩信。此三者，皆人杰也，吾能用之，此吾所以取天下也。"[5]沧海人归：指张良辞官归隐。古神话中有海岛名沧海。《留侯世家》："留侯乃称：'……愿弃人间事，欲从赤松子游耳。'乃学辟谷，导引轻身。"[6]圯桥：即沂水桥。相传黄石公授张良《太公兵法》于此桥上。

厉 鹗（1692—1752）

厉鹗，字太鸿，钱塘人，家贫，性孤峭，不苟合。始为诗即得佳句。于学无所不窥，一发之于诗。康熙五十九年中举，再试礼部不第，乾隆元年举鸿博，又报罢。鹗搜奇嗜博，为《宋诗纪事》一百卷，又《南宋画院录》、《辽史拾遗》、《东城杂记》诸书，皆博洽详赡。诗刻炼，尤工五言，有自得之趣。诗馀亦擅南宋诸家之长。

百字令[1]

月夜过七里滩[2]，光景奇绝。歌此调，几令众山皆响。

秋光今夜，向桐江，为写当年高躅[3]。风露皆非人世有，自坐船头吹竹。万籁生山，一星在水，鹤梦疑重续。欸音遥去，西岩渔父初宿[4]。　　心忆汐社沈埋[5]，清狂不见，使我形容独。寂寂冷萤三四点，穿过前湾茅屋。林净藏烟，峰危限月，帆影摇空绿。随风飘荡，白云还卧深谷。

【注释】

[1]《百字令》，即《念奴娇》词调之别称，以其词共百字，故名。[2]七里滩是富春江的一段，其终端即严子陵钓台。作者在幽清的山光水色之中，想起当年隐居此地的严光、谢翱，不禁心驰神往。[3]高躅：高人足迹。这里指东汉严光。[4]西岩渔父：柳宗元《渔翁》："渔翁夜傍西岩宿。"[5]汐

社:南宋遗民谢翱,避地浙东,度钓台南地为文冢,名会友之所曰汐社,期晚而信。后翱葬于钓台,从初志也。见厉鹗《宋诗纪事》。

忆旧游[1]

辛丑九月既望[2],风日清霁,唤艇自西堰桥,沿秦亭、法华,湾洄以达于河渚。时秋芦作花,远近缟目。回望诸峰,苍然如出晴雪之上。庵以"秋雪"名,不虚也。乃假僧榻,偃仰终日,唯闻棹声掠波往来,使人绝去世俗营竞所在。向晚宿西溪田舍,以长短句纪之。

溯溪流云去,树约风来,山剪秋眉。一片寻秋意,是凉花载雪,人在芦碕。楚天旧愁多少,飘作鬓边丝。正浦溆苍茫,闲随野色,行到禅扉。　　忘机。悄无语,坐雁底焚香,蛩外弦诗。又送萧萧响,尽平沙霜信,吹上僧衣。凭高一声弹指,天地入斜晖。已隔断尘喧,门前弄月渔艇归。

【注释】

[1]《忆旧游》词调,始见于北宋周邦彦《片玉词》。此词写深秋时节西溪之游的感受,将秋思与秋雪(芦花)融成一片,创造出一种飘逸淡远的境界。[2]辛丑,即康熙六十年(1721)。

纳兰性德(1654—1685)

纳兰性德,初名成德,以避皇太子礽嫌名改,字容若。满洲正黄旗人,大学士明珠之子。数岁即习骑射,稍长工文翰。康熙十四年成进士,授三等侍卫,再迁至一等。卒年三十一。性德善诗,尤长倚声,边涉南唐、北宋诸家,穷极要眇。所著《饮水》、《侧帽》二集,清新秀隽,自然超逸。尝读赵松雪《自写照诗》有感,即绘小像,仿其衣冠,坐客期许过当,弗应也。乾学谓之曰:"尔何似王逸少!"则大喜。好宾礼士大夫,与严绳孙、顾贞观、陈维崧、姜宸英诸人游。清世工词者,往往以诗文兼擅,独性德为专长,谭献尝谓为"词人之词"。

长相思[1]

山一程,水一程,身向榆关那畔行[2],夜深千帐灯。　　风一更,雪一更,聒碎乡心梦不成,故园无此声[3]。

【注释】

[1]康熙二十一年(1682)早春,作者扈驾东巡,风雪夜中,思乡之情油然而生。[2]榆关:山海关。[3]故园:指北京。

蝶恋花[1]

辛苦最怜天上月，一昔如环，昔昔都成玦。若似月轮终皎洁，不辞冰雪为卿热[2]。

无那尘缘容易绝，燕子依然，软踏帘钩说。唱罢秋坟愁未歇[3]，春丛认取双栖蝶[4]。

【注释】

[1]这是一首悼亡词。[2]"不辞冰雪"句：《世说新语·惑溺》："荀奉倩与妇至笃，冬月妇病热，乃出中庭自取冷，还以身熨之。"[2]秋坟：李贺诗："秋坟鬼唱鲍家诗。"[4]双栖蝶：用梁祝死后化为双飞蝴蝶的传说。

木兰花令

拟古决绝词[1]

人生若祇如初见，何事秋风悲画扇[2]？等闲变却故人心，却道故心人易变。骊山语罢清宵半[3]，泪雨零铃终不怨。何如薄幸锦衣郎，比翼连枝当日愿？

【注释】

[1]《乐府诗集》已有元稹《决绝词》，故本词题曰"拟古"。本词为代言体，以女性口吻责问薄情郎。[2]悲画扇：西汉班婕妤《怨歌行》："新裂齐纨素，皎洁如霜雪。裁为合欢扇，团团似明月。出入君怀袖，动摇微风发。常恐秋节至，凉风夺炎热。弃捐箧笥中，恩情中道绝。"[3]"骊山"等四句：用唐明皇与杨贵妃事。锦衣郎，指唐明皇。白居易《长恨歌》："在天愿为比翼鸟，在地愿为连理枝。"

第二节　清后期词

张惠言（传略见前清文部分）

木兰花慢

杨　花[1]

尽飘零尽了[2]，何人解当花看？正风避重帘，雨回深幕，云护轻幡。寻他一春伴侣,只断红相识夕阳间。未忍无声委地,将低重又飞还。　　疏狂情性,算凄凉耐得到春阑。便月地和梅,花天伴雪,合称清寒。收将十分春恨,做一天愁影绕云山。看取青青池畔,泪痕点点凝斑。

【注释】

[1]借杨花寄托身世之感。[2]尽:任由,任凭。

木兰花慢

游丝[1]

是春魂一缕,销不尽,又轻飞。看曲曲回肠,愁侬未了[2],又待怜伊[3]。东风几回暗翦,尽缠绵、未忍断相思。除有沈烟细袅[4],闲来情绪还知。　　家山何处?为春工[5]、容易到天涯。但牵得春来,何曾系住?依旧春归。残红更无消息,便从今、休要上花枝。待祝梁间燕子,衔他深度帘丝。

【注释】

[1]随风飘游的蛛丝,惹起敏感的词人联翩的思絮。[2]愁侬:愁我。[3]怜伊:怜他,他指游丝。[4]沈烟:沈香之烟。[5]春工:指生物得春而发育滋长。元好问《赋瓶中杂花诗》:"一树百枝千万结,更应熏染费春工。"

水调歌头

春日赋示杨生子揆[1]

今日非昨日,明日复何如?揭来真悔何事[2],不读十年书。为问东风吹老,几度枫江兰径,千里转平芜。寂寞斜阳外,渺渺正愁予[3]。　　千古意,君知否?只斯须。名山料理身后[4],也算古人愚。一夜庭前绿遍,三月雨中红透,天地入吾庐。容易众芳歇,莫听子规呼。

【注释】

[1]这组《水调歌头》共五首,历来为词家称道。陈廷焯《白雨斋词话》:"皋文《水调歌头》五章,既沈郁,又疏快,最是高境。……热肠郁思,若断仍连,全自风骚变出。"此为第四首,感叹春光易逝,岁月难留。[2]揭来:语辞。[3]愁予:《九歌·湘夫人》:"帝子降兮北渚,目渺渺兮愁予。"[4]名山:著书立说。

周　济 (1781—1839)

周济,字保绪,荆溪人。好读史,喜观古将帅兵略,骑射击刺艺绝精。济虽以才自喜,一日尽屏豪习,闭门撰述。晚复任淮安教授,遴秀童,教以乐舞,礼成,观者盈千。

渡江云

杨　花[1]

春风真解事,等闲吹遍,无数短长亭。一星星是恨,直送春归,替了落花声。凭阑极目,荡春波、万种春情。应笑人春粮几许[2],便要数征程。　　冥冥。车轮落日,散绮馀霞,渐都迷幻景。问收向、红窗画箧,可算飘零?相逢只有浮云好,奈蓬莱东指[3],弱水盈盈[4]。休更惜,秋风吹老莼羹[5]。

【注释】

[1]咏杨花,是词中常见的题目。前人多感叹飘零,而此词偏以豪壮语出之。谭献《箧中词》:"怨断之中,豪宕不减。"[2]春粮:《庄子·逍遥游》:"适百里者宿春粮,适千里者三月聚粮。"[3]蓬莱:古代仙话中的神山。《山海经·海内北经》:"蓬莱山在海中。"[4]弱水:古之言弱水者甚多,一般指绝远之地的水。[5]莼羹:西晋张翰,在洛阳为官,见秋风起,因思家乡吴中菰菜、莼羹、鲈鱼脍,遂辞官归去。见《世说新语·识鉴》。

蝶恋花[1]

络纬啼秋啼不已[2]。一种秋声,万种秋心里。残月似嫌人未起,斜光直透罗帏底。　　唤起闲庭看露洗。薄翠疏红,毕竟能余几?记得春花真似绮,谁将片片随流水?

【注释】

[1]此词写秋感。[2]络纬:蟋蟀。

蒋春霖 (1818—1868)

蒋春霖,字鹿潭,江阴人。工词,时方乱离,彷徨沈郁,高者直逼姜夔。困于卑官,孤介忤时。春霖慕性德《饮水》、鸿祚《忆云》,自署"水云楼",即以名其词。

卜算子[1]

燕子不曾来,小院阴阴雨。一角阑干聚落花,此是春归处。　　弹泪别东风,把酒浇飞絮:化了浮萍也是愁[2],莫向天涯去。

【注释】

[1]飘零之感。陈廷焯《白雨斋词话》:"鹿潭穷愁潦倒,抑郁以终,悲愤慷慨,一发于词,如《卜算子》云云,何其凄苦若此!"[2]浮萍:《本草》:"浮萍季春始生,或云杨花所生。"唐时升诗:"雨余柳絮化为萍。"

木兰花慢

甲寅四月,客有自金陵来者,感赋此阕[1]。

破惊涛一叶,看千里,阵图开。正铁锁横江,长旗树垒,半壁尘埃。秦淮几星磷火,错惊疑、灯影旧楼台。落日征帆黯黯,沈江戍鼓哀哀。　　安排,多少清才。弓挂树,字磨崖。甚绕鹊寒枝,闻鸡晓色,岁月无涯。云埋蒋山自碧[2],打空城、只有夜潮来。谁倚莫愁艇子[3],一川烟雨徘徊。

【注释】

[1]甲寅为咸丰四年(1854)。上年,太平军攻占南京,改称天京。[2]蒋山:即钟山,又名紫金山,汉末有秣陵尉蒋子文逐盗死于此,孙权为立庙于钟山,因改称蒋山。[3]莫愁艇子:古乐府《莫愁乐》:"莫愁在何处? 莫愁石城西。艇子打两桨,催送莫愁来。"今南京水西门外有莫愁湖。

王鹏运(1848—1904)

王鹏运,字幼遐,广西临桂人。历官内阁侍读、监察御史、礼科给事中。八国联军侵入北京,鹏运与朱祖谋、刘福姚集宣武门外教场头条胡同寓宅,相约填词,成《庚子秋词》二卷。尝汇刻《花间集》以迄宋元诸家词为《四印斋所刻词》。其词学承常州词派之余绪而发扬光大之,以开清季诸家之盛。

满江红

朱仙镇谒岳鄂王祠[1]

风帽尘衫,重拜倒、朱仙祠下。尚仿佛、英灵接处,神游如乍。往事低徊风雨疾,新愁黯淡江河下。更何堪、雪涕读题诗,残碑打!　　黄龙指[2],金牌亚[3]。旌旆影,沧桑话。对苍烟落日,似闻悲咤。气耆蛟鼍澜欲挽,悲生笳鼓民犹社[4]。抚长松郁律认南枝,寒涛泻[5]。

【注释】

[1]朱仙镇距汴京四十五里，乃岳飞当年被迫班师之地。作者凭吊朱仙镇岳飞祠，感慨古今。[2]黄龙：金朝初年的国都，故城在今吉林龙安县。《宋史·岳飞传》："飞大喜，语其下曰：'直抵黄龙府，与诸君痛饮尔！'"[3]金牌亚：亚通压。《宋史·岳飞传》："桧知飞志锐不可回，乃先请张俊、杨沂中等归，而后言飞孤军不可久留，乞令班师，一日奉十二金字牌。飞愤惋泣下，东向再拜曰：'十年之力，废于一旦！'"[4]笳鼓：军乐。社：祭土地神。这里指祭岳庙。[5]寒涛泻：作者自注："道光季年，河决开封，举镇惟岳祠无恙。"

朱孝臧（1857—1931）

朱孝臧，一名祖谋，字古微，浙江归安人。授翰林院编修，累官至礼部侍郎，出为广东学政。始以能诗名，及官京师，交王鹏运，弃而专为词，勤探孤造，抗古迈绝，海内归宗匠焉。晚处海滨，身世所遭，与屈子泽畔行吟为类。故其词独幽忧怨悱，沈抑绵邈，莫可端倪。尝校刻唐宋金元人词百六十馀家为《彊邨丛书》，学者奉为宝典。其自为词，经晚岁删定为《彊邨语业》二卷。

乌夜啼

同瞻园登戒坛千佛阁[1]

春云深宿虚坛，磬初残，步绕松阴双引出朱阑。

吹不断，黄一线，是桑乾。又是夕阳无语下苍山。

【注释】

[1]这首词以写景名。戒坛在北京西郊门头沟。

声声慢

辛丑十一月十九日，味聃赋《落叶词》见示，感和[1]。

鸣蛩颓城，吹蝶空枝，飘蓬人意相怜。一片离魂，斜阳摇梦成烟。香沟旧题红处[2]，拚禁花[3]、憔悴年年。寒信急，又神宫凄奏[4]，分付哀蝉[5]。　　终古巢鸾无[6]，正飞霜金井[7]，抛断缠绵。起舞回风，才知恩怨无端。天阴洞庭波阔[8]，夜沉沉、流恨湘弦。摇落事，向空山、休问杜鹃。

【注释】

[1]此词作于八国联军入侵北京的次年。辛丑，即光绪二十七年（1901）。此词题咏落叶，实有

所指。龙榆生《彊邨本事词》:"此为德宗还宫后恤珍妃作。"[2]香沟题红:范摅《云溪友议》:唐宣宗时,卢渥赴京应举,偶临御沟,拾得红叶,叶上题一绝曰:"流水何太急,深宫尽日闲。殷勤语红叶,好去到人间。"后宣宗放出部分宫女,许从百官司吏,渥得一人,即题诗红叶上者。[3]禁花:宫中之花,喻珍妃。[4]神宫:《雅乐歌》:"神宫肃肃,天仪穆穆。"此处代指光绪。[5]分付哀蝉:《拾遗记》:"汉武帝思李夫人,因赋落叶哀蝉之曲。[6]巢鸾:巢居之鸾。《禽经》:"凤翥鸾举,百鸟从之。"因以凤鸾喻后妃。[7]金井:此处指珍妃井。曹邺《金井怨》:"西风吹急景,美人照金井。不见面上花,却恨井中影。"[8]洞庭波阔:《九歌·湘夫人》:"帝子降兮北渚,目渺渺兮愁予。袅袅兮秋风,洞庭波兮木叶下。"

况周颐(1859—1926)

况周颐,原名周仪,字夔笙,广西临桂人。嗜倚声,与同里王鹏运共晨夕,于所作多所规诫,自是寝馈其间者五年。南归后,两江总督张之洞、端方先后延之入幕。晚居上海,以鬻文为活。周颐以词为专业,致力五十年,特精品评。所为《蕙风词话》,朱祖谋推为绝作。

苏武慢

寒夜闻角[1]

愁入云遥,寒禁霜重,红烛泪深人倦。情高转抑,思往难回,凄咽不成清变。风际断时,迢递天涯,但闻更点。枉教人回首,少年丝竹,玉容歌管。　　凭作出、百绪凄凉,凄凉惟有,花冷月闲庭院。珠帘绣幕,可有人听?听也可曾肠断?除却塞鸿,遮莫城乌[2],替人惊惯。料南枝明月,应减红香一半。

【注释】

[1]此词写寒夜闻角的凄凉感。王国维《人间词话》:"境似清真,集中他作,不能过之。"[2]遮莫:或许,大约。

摸鱼儿

咏虫[1]

古墙阴、夕阳西下,乱虫萧飒如雨。西风身世前因在,尽意哀吟何苦?谁念汝?向月满花香,底用凄凉语?清商细谱。奈金井空寒,红楼自远,不入玉筝柱。　　闲庭院,清绝却无尘土,料量长共秋住。也知玉砌雕阑好,无奈心期先误!愁谩诉,只落叶空阶,未是消魂处。寒催堠鼓。料马邑龙堆[2],黄沙白草,听汝更酸楚。

【注释】

　　[1]秋日黄昏,乱虫争鸣,皆隐含讽喻。赵尊岳《蕙风词史》:"甲午事亟,主和战者两不相能,驯至败绩。其于和战纷哄之际,先生咏虫以喻之,作《摸鱼儿》。"[2]马邑龙堆:泛指边塞。马邑,古县名,汉属雁门郡。龙堆即白龙堆。《后汉书·班超传赞》:"咫尺龙沙。"李贤注:"白龙堆,沙漠也。"赵尊岳《蕙风词史》:"其结拍云:'料马邑龙堆,黄沙白草,听汝更酸楚。'则其指战事之败可知。"

第四章　小说戏曲

　　按照正统史家的叙述,清代主流文学还是诗文,所以吴敬梓、曹雪芹等小说大师生前默默无闻,穷困潦倒,不入文学之林。但小说创作已成时尚,尤其在晚清,随着中西文化的碰撞交流,新式报纸期刊的出现,读者群的扩大,小说创作空前繁荣,鲁迅在《中国小说的历史的变迁》中,概括其主流有四:一拟古派,二人情派,三讽刺派,四侠义派。

　　拟古派指拟六朝志怪或唐代传奇,为文言小说,与白话小说雅俗异趣,最著名者是清初蒲松龄《聊斋志异》。蒲松龄(1640—1715),字留仙,别号柳泉居士,今山东淄博人,十九岁考上秀才,乡试不第,先后做过幕宾和塾师。所著文言短篇小说集《聊斋志异》近五百篇,内容驳杂,或简或详,其中最具魅力的是神鬼、狐妖、花木精灵的奇异故事。这些故事多为异闻传说,并非全出自作者一人之想象虚构。其《自序》云:"才非干宝,雅好搜神;情类黄州,喜人谈鬼。闻则命笔,遂以成篇。"文言小说自古就有志怪述异的传统,《聊斋志异》正是继承了这一传统。但蒲松龄的本领,在以变幻委曲摇曳多姿之笔,叙述怪异离奇之事,即以唐传奇之笔法写志怪小说,文字凝练而生动,开创文言小说叙事艺术的一种新风格与新境界。清代中期,受《聊斋志异》的影响,文言小说中谈狐说鬼成为一时风气,但大都平庸无奇。四库馆臣纪昀则反其道而行之,以简洁淡雅之笔作《阅微草堂笔记》,虽然其叙事尚质黜华,不事虚构,殊少文学意味,但其知识性与趣味性却颇能投合旧时文人的阅读趣味,故在士林中也颇为流行。

　　白话小说在清代继续发展,讲史小说虽有作者,如褚人获《隋唐演义》、陈忱《水浒后传》、钱彩《说岳全传》以及无名氏《说唐演义全传》等,但艺术水平都远逊于《三国演义》、《水浒传》等元明作品。人情小说,或称"世情小说",却后来居上,产生了若干杰作,如明末清初署名西周生的《醒世姻缘传》、乾隆时期李绿园的《歧路灯》等,在刻画世态人情、描摹市井社会等方面,都各具鲜明的艺术特色。

　　曹雪芹的《红楼梦》无疑是人情小说的登峰造极之作。曹雪芹(约 1715—约

1763），名沾，字梦阮，"雪芹"是其别号，满洲正白旗人。其曾祖曹玺、祖父曹寅、伯父曹颙、父亲曹頫，在康熙朝，世袭江宁织造。在康熙诸皇子夺嫡之争中，曹家押错了赌注，雍正继位后，即以"织造款项亏空甚多"等罪名，将曹頫革职，并抄没家产，曹家从此败落。《红楼梦》，又名《石头记》、《情僧录》、《风月宝鉴》、《金陵十二钗》，作者通过对贾府的全景描写，细致入微地反映了这一贵族之家由盛到衰的巨变。这种人生的大起大落，在古代中国帝王将相贵族之家，司空见惯，并不是曹家才有的独特经历，"人生如梦""富贵云烟"也不是作者才有的独特感悟，但作者成功地利用了白话小说这一形式的叙事功能与表现空间，将其人生经历和人生感悟，栩栩如生淋漓尽致地表现出来，比诗词的咏叹与文言的叙事，更具有穿透力和震撼力。虽然《红楼梦》仍旧采用章回体的传统形式，但却创造性地化用了古典诗词等多种艺术的表现手法，融叙事抒情于一体，将现实与超现实的描写有机结合起来，亦真亦幻，亦雅亦俗，极大地丰富了中国古典白话小说的表现艺术。总之，《红楼梦》既是文学的，又是历史的；既是写实的，又是魔幻的；既是叙事的，又是抒情的；既是传统的，又是创新的。其将小说由俗变雅，由消闲文学变为严肃文学，具有划时代的意义。

由于小说涉及的人与事是当时极端敏感的话题，所以作者运历史真实于虚构之中，故布迷阵，以"假语村言"，"将真事隐去"，连朝代、地名、官职、服饰等，都故意模糊其时代特征，而以贾宝玉和"金陵十二钗"的悲欢离合为主线，类似"才子佳人"小说，实则蕴含着难以言传的大悲哀。如作者第一回自叹："满纸荒唐言，一把辛酸泪。都云作者痴，谁解其中味？"《红楼梦》的主旨，自其传世以来，就众说纷纭，或云"记故相明珠家事"（陈康祺《郎潜纪闻》），或云"为清世祖与董鄂妃而作"（王梦阮、沈瓶庵《红楼梦索隐》），或云"吊明之亡，揭清之失"（蔡元培《石头记索隐》），或云"自叙传"（胡适《红楼梦考证》），或云"感叹身世""情场忏悔"（俞平伯《红楼梦辨》），或云"封建社会的挽歌"（李希凡、蓝翎），或云"阶级斗争"（毛泽东），等等，见仁见智。鲁迅在《绛花洞主小引》曾说："单是命意，就因读者的眼光而有种种：经学家看见《易》，道学家看见淫，才子看见缠绵，革命家看见排满，流言家看见宫闱秘事……"这其实也是古今中外文学阐释皆有的现象，即西汉经学家所谓"诗无达诂"。但《红楼梦》其人其书，充满太多的谜，吸引了很多研究者与读者。破译"红楼"之谜，包括作者、版本的考证与书旨文意的阐释等，在近代逐渐形成专门之学，即所谓"红学"。"红学"本来是道光年间士人朱昌鼎自我调侃的戏语，后竟成为学界用语，也为中国古典小说研究的一大奇事。

讽刺小说也描写世态人情，但其表现手法却以讽刺、调侃或暴露为主。清代最优秀的讽刺小说是吴敬梓的《儒林外史》。吴敬梓（1701—1754），安徽全椒人，乡试不第，遂放弃功名，移居南京，渐至穷困，潦倒以终。他创作的《儒林外史》，虽然假托明朝,实则反映清中期士林的生存状态。小说开篇即说:"人生功名富贵,是身外之物;但世人一见了功名,便舍著性命去求他,及至到手之后,味同嚼蜡。自古及今,那一个是看得破的!"闲斋老人《儒林外史序》说:"其书以功名富贵为一篇之骨:有心艳功名富贵而媚人下人者;有倚仗功名富贵而骄人傲人者;有假托无意功名富贵自以为高,被人看破耻笑者;终乃以辞却功名富贵,品地最上一层,为中流砥柱。"书中描绘社会各色人等面对富贵功名的态度,尤以刻画斗方名士与八股之士的虚荣、虚伪、势利、世故最为传神,真实而深刻地揭露被体制异化的中国知识分子的根性与人性普遍的弱点。惺园退士《儒林外史序》说:"慎勿读《儒林外史》,读之乃觉身世酬应之间,无往而非《儒林外史》。"《儒林外史》是一部纯粹写实的作品,既不语怪力乱神,也不涉男女风情,这在传统小说中绝无仅有。《儒林外史》全书五十五回(一说五十六回),没有贯穿全书的主角或情节线索,而是由若干相对独立的片段或短篇连缀而成。小说虽以纯熟的白话写成,且工于人物刻画,但其笔致深婉、意味隽永,鲁迅谓其"行文戚而能谐,婉而多讽",非有相当文史修养与生活阅历,不能体会其妙,故其读者及影响主要在士林。

鸦片战争后,中国日渐沦为东西列强瓜分的对象,国内各种矛盾日益尖锐,一触即发。这也是一个思想大变革的时代,西方各种观念,纷至沓来,影响了越来越多的中国知识分子。至清末,梁启超等人提倡"小说界革命",甚至声称"欲新一国之民,不可不先新一国之小说",强调小说转移人心、改造社会的实用功能。通俗小说日益受到重视,小说创作空前繁荣。《新小说》、《绣像小说》、《月月小说》、《小说林》等小说期刊应运而生,一些报纸与期刊也登载通俗小说,以吸引读者。

一些具有改良思想的知识分子,便以通俗小说为工具,揭露官场黑暗吏治腐败,彰显世风败坏道德沦落,以求改良社会,如清末李宝嘉《官场现形记》、吴沃尧《二十年目睹之怪现状》、刘鹗《老残游记》、曾朴《孽海花》等。李宝嘉(1867—1906),字伯元,号南亭亭长,江苏武进人。所著《官场现形记》六十回,旨在揭露官场黑暗,从最低级的县衙典史,写到巡抚总督、军机大臣,不是贪官污吏,就是昏官庸官,全是坏官,可以说是一部"官场百丑图"。吴沃尧(1866—1910),字趼人,号我佛山人,广东南海人。所著《二十年目睹之怪现状》一百零八回,小说借主角"九死一生"之口,采取第一人称叙述,描述二十年间所见所闻的种种怪事奇事,官场、洋场、商场,乃至三教九流。刘鹗(1857—1909),字铁云,江苏丹徒人。所著《老残游记》二十回,以主角"老残"行医各地为线索,串联一系列故事,而以揭露"清官"为其看点。作者在第十六回中评道:"赃官可恨,人人知之。清官尤可恨,人多不知。盖赃官自知其病,不敢公然为非,清官则自以为不要钱,何所不可?刚愎自用,小则杀人,大则误国,吾人亲目所见,不知凡几。

历来小说皆揭赃官之恶,有揭清官之恶者,自《老残游记》始。"曾朴(1872—1935),字孟朴,江苏常熟人。所著《孽海花》三十五回,以状元金雯青(洪钧)与名妓傅彩云(赛金花)的故事为全书线索,主要通过对上流社会精英阶层的描写,反映近代"文化的推移"和"政治的变动",立意写成一部政治历史小说。这些以暴露为主旨的小说,结构上大都模仿《儒林外史》,由相对独立的系列故事连缀成篇,以便在报刊上连载。然"辞气浮露,笔无藏锋",甚至不惜夸大其辞,讽刺意蕴少而漫画色彩重,鲁迅在《中国小说史略》中将其称为"谴责小说",以别于《儒林外史》这样的"讽刺小说"。虽然其艺术价值不能与《儒林外史》相比,但在当时读者中的影响,却超过了《儒林外史》。

侠义小说以故事情节的惊险曲折取胜。自《水浒传》问世以来,侠义就成为通俗小说的热门题材,而至近代蔚为奇观。文康的《儿女英雄传》与石玉昆的《三侠五义》,是其中最著名者。《儿女英雄传》叙述汉军世族旧家安学海被诬下狱,其子安骥前往营救,途中遇险,得侠女"十三妹"相助,化险为夷。十三妹原名何玉凤,其父为权臣纪献唐(影年羹尧)所害,遂奉母避居山林,结交豪杰,习武练拳,伺机复仇。后纪献唐伏诛,安学海亦出狱,访知十三妹乃通家世交的遗孤,十三妹遂嫁安骥为妻,助夫读书科考。最后安骥探花及第,位极人臣。此书写英雄志也写儿女情,云:"有了英雄至性,才成就得儿女心肠;有了儿女真情,才作得出英雄事业。"故名《儿女英雄传》,在侠义小说中别开生面。《三侠五义》,原名《忠烈侠义传》,演绎北宋包拯与"三侠"(南侠展昭、北侠欧阳春、双侠丁兆兰、丁兆蕙)、"五义"(钻天鼠卢方、彻地鼠韩彰、穿山鼠徐庆、翻江鼠蒋平、锦毛鼠白玉堂)故事,后经著名学者俞樾"援据史传,订正俗说",别撰第一回,更名《七侠五义》。江湖侠义不是造反起义的英雄,而是扶弱济困、伸张正义的好汉,是广大民众心目中的精神偶像。清官也是民众崇拜的偶像,故在近代,侠义小说与描写清官断案故事的公案小说合流,形成所谓公案侠义小说,如《三侠五义》、《施公案》《彭公案》等。这类小说所表现的价值观念,一般为传统社会流行的思想,如"忠义"、"仁义"、"孝义"等,故极易为一般民众所接受。

狭邪小说也是近代小说的主要流派,是明末清初才子佳人小说的末流,不过才子佳人变成了狎客妓女,狎客为怀才不遇的浪漫文人,妓女则为多情多义的风流才女,实则是潦倒文人顾影自怜的幻想。狭邪小说同时也反映了近代都市生活的一个侧面,可以从中了解当时的世态风俗。其主要作品有陈森《品花宝鉴》(写同性恋)、魏子安《花月痕》、俞达《青楼梦》、韩邦庆《海上花列传》、张春帆《九尾龟》等。

最后,小说翻译以林纾最著名。林氏以"冷红生"的笔名所译法国小仲马《巴黎茶花女遗事》,令读惯"才子佳人"小说的中国读者耳目一新。据阿英《晚清小说史》统计,林氏共译外国小说约一百六十余种,包括英、美、法、德、俄、西、日等国的作品,是近代首屈一指的翻译大家。林译小说让中国读者眼界大开,促成了近代小说观念的演变。有趣的是,林纾本人却不懂外语,他翻译小说,都是先由别人据原著口述,而后自己笔录成文。林氏是古文家,文笔流畅雅洁而不失生动,其以古文笔法翻译外国小说,虽然大多不忠实于原著,却非常投合士林读者的阅读趣味,故能风行一时。

清代戏曲杂剧在清初即已蜕变为案头文学。清人崇雅,曲词务求文采工丽,重阅读效果,而不太重舞台演唱效果。作家多以杂剧抒写情感、感叹人生甚至表达观念,如吴伟业的《通天台》(写南朝遗民故国之思)、尤侗的《读离骚》(写屈原生平)与《桃花源》(写陶潜归隐)、杨潮观的《吟风阁杂剧》(共收单折短剧三十二种)等,或文采斐然,或寓意深远,或刻画工妍,但都不太注重戏剧性,舞台效果大都不佳。可读性增强,观赏性减弱,作为舞台艺术的杂剧也就走上了末路。

以昆曲演唱的传奇,上承明季余波,在清初曾一度繁荣,出现了李玉、李渔、洪升、孔尚任等优秀作家。李玉曾以"一笠庵四种曲"(《一捧雪》、《人兽关》、《永团圆》、《占花魁》)知名于明末剧坛,入清后又有《清忠谱》、《千钟禄》等新作问世。李玉的传奇,内容大多比较严肃,如以明末东林党人与阉党斗争为题材的《清忠谱》,就与当时流行的浪漫传奇风格大异其趣。同时的李渔,则是娱乐派的代表。所作《笠翁传奇十种》,如《风筝误》、《奈何天》、《比目鱼》等,大多为喜剧或滑稽剧,剧情离奇,结构巧妙,诙谐中不乏机趣,戏剧性很强,舞台效果甚佳,故当日颇为流行,至有传至日本与欧洲者。李渔不但深谙音律,而且有丰富的演出实践,故其论戏曲的结构、词采、音律、宾白、科诨、格局等,多经验之谈与真知灼见,在古典戏曲理论方面有独到的贡献。

清代最优秀的传奇作家应推洪升与孔尚任。两人并世齐名,时称"南洪北孔"。

洪升(1645—1704),字昉思,浙江钱塘(今杭州)人。国子监生,著有《稗村集》。所作《长生殿》五十出,演绎唐明皇与杨贵妃故事,基本上沿用白居易《长恨歌》的情感基调,用优美婉柔的昆曲与清丽流畅的曲词,抒情而浪漫地表现了李杨之间的情感世界与悲欢离合。戏曲演绎唐明皇与杨贵妃故事,元有白朴《梧桐雨》,明有吴世美《惊鸿记》,《长生殿》所以能后来居上,首先归功于其优美动人的音乐与曲文,再则也与剧中对李杨故事的"净化"与"升华"有关。《长生殿》摒弃了元明戏曲小说中种种"涉秽"的情节,以"钗盒情缘"为主线,着重表现李杨之间的"纯情"。作者在全剧开场时即声明:"借太真外传谱新词,情而已。"有人甚至称其为"一部闹热《牡丹亭》"。帝王与贵妃的生死恩爱,一变而为才子佳人式的浪漫传奇,再用柔美婉转的昆曲演唱,故能推陈出新,后来居上。

孔尚任(1648—1718),字聘之,山东曲阜人,孔子后裔。国子监生,后迁至户部员外郎,因故罢官。所作《桃花扇》四十出,演绎南明弘光朝廷的覆亡,是一部历史悲剧。

但也采用了"才子佳人"戏的形式，以复社名士侯方域与秦淮名妓李香君的悲欢离合为贯穿全剧的主线，即"借离合之情，写兴亡之感"。《桃花扇小引》："《桃花扇》一剧，皆南朝新事，父老犹有存者。场上歌舞，局外指点，知三百年之基业，隳于何人？败于何事？消于何年？歇于何地？不独令观者感慨涕零，亦可惩创人心，为末世之一救矣。"《桃花扇》是严格意义上的历史剧，剧中人物和情节甚至许多细节，都有史实依据。结构上也别具匠心，尽管其场面宏大，人物众多，剧情复杂，但却有条不紊，不枝不蔓，尤其是以"桃花扇"作为关目，更加强了其戏剧性。其悲剧性的结局，打破了"大团圆"的传统模式，这在古典戏曲中是前无古人的。

清代中期，流行近百年的昆曲已渐呈衰落之势，一则因古今观众共有的喜新厌旧的心理，再则因其本身的弱点。以昆曲演唱的传奇本属高雅一途，发展到后来，雅化的倾向日趋严重，文词艰深，唱腔婉转，难与其它更清新活泼的声腔争胜。昆曲当时被称为"雅部'，而其它地方声腔如京腔、秦腔、弋阳腔、梆子腔、罗罗腔、二簧调等则被称为"花部"，统谓之"乱弹"。乾隆时代，花部各腔开始流行，逐渐与昆曲分庭抗礼。乾隆末年，活跃于北京舞台的安徽戏班，以其所唱二簧调为主，同时吸收昆曲、秦腔等声腔曲调，风行一时。至道光年间，二簧调再次与来自湖北的西皮调结合，形成一种新的徽剧，即皮黄剧，后改称"京剧"，并最后取代昆曲，成为流行全国的剧种。

参考书目：

鲁迅.中国小说史略[M].北京:人民文学出版社,1986.

阿英.晚清小说史[M].北京:人民文学出版社,1980.

朱一玄.明清小说资料汇编[M].上海:上海古籍出版社,1992.

张俊,沈治钧.清代小说简史[M].沈阳:辽宁教育出版社,1992.

吴梅.中国戏曲概论[M].北京:中国戏剧出版社,1983.

周贻白.中国戏剧通史[M].北京:中华书局,1953.